아틀란티스

아틀란티스

© 게르하르트 하우프트만, 2025

1판 1쇄 인쇄__2025년 11월 20일
1판 1쇄 발행__2025년 11월 30일

지은이__게르하르트 하우프트만
옮긴이__이관우
펴낸이__홍정표
펴낸곳__작가와비평
        등록__제2018-000059호
공급처__(주)글로벌콘텐츠출판그룹
    대표__홍정표 이사__김미미 편집__백찬미 권군오 홍명지 강민욱 남혜인 기획·마케팅__홍민지
    주소__서울특별시 강동구 풍성로 87-6
    전화__02) 488-3280 팩스__02) 488-3281
    홈페이지__http://www.gcbook.co.kr
    이메일__edit@gcbook.co.kr

값 19,500원
ISBN 979-11-5592-379-5 03850

※ 이 책은 본사와 저자의 허락 없이는 내용의 일부 또는 전체의 무단 전재나 복제, 광전자 매체 수록 등을 금합니다.
※ 잘못된 책은 구입처에서 바꾸어 드립니다.

아틀란티스

게르하르트 하우프트만 지음 | 이관우 옮김

작가와비평

옮긴이의 말

『아틀란티스』는 독일 자연주의문학의 거장이자 노벨문학상 수상작가인 게르하르트 하우프트만(1862~1946)이 1912년에 발표한 소설이다. 독일의 의사이자 병리학자인 주인공 프리드리히가 의학연구에서의 낭패와 심한 정신질환을 앓는 아내로 인한 삶의 위기상황을 피해 침몰사고를 겪으며 대서양을 건너 미국으로 도피했다가 다시 돌아오기까지 약 4개월 동안의 여정을 그리고 있다. 그 속에서 프리드리히와 아내, 청순한 모습에 반한 열여섯 살 무용수 소녀 잉이게르트, 미국에서의 새로운 연인 에바 번스 등 세 여인과의 애증관계, 배의 침몰사고와 승객들의 살아남기 위한 처절한 싸움, 돈벌이에 혈안이 된 신대륙 미국사회의 삭막한 현실, 침몰사고로 인한 프리드리히의 정신적 혼돈상황 등이 치밀하고 생동감 있게 묘사된다. 특히 이 작품은 타이타닉호가 대서양에서 침몰한지 얼마 되지 않은 시점에서 같은 대형 여객선의 침몰을 다룸으로써 특별한 주목을 받았으며, 발표 이듬해인 1913년에는 덴마크에서 영화로 제작되어 실제 타이타닉 사고와 유사하다는 이유로 관심과 함께 비판을 받기도 했다. 이 소설은 물질문명의 추락에 대한 상징으로 호화여객선의 침몰을 등장시키고, 주인공 프리드리히의 꿈속에 펼쳐지는 신화적 세계를 갈등과 폭력이 없는 이상세계로 묘사함으로써 당시대 사람들에 의해 높은 평가를 받았다.

　소설은 크게 두 부분으로 구성되어 있다. 전반부에서는 의사 프리드리히 폰 카마허가 증기선을 타고 북대서양을 건너 미국으로 향하던 중 배가 침몰하는 사고를 당하고, 우여곡절 끝에 살아남아 미국 땅에 발을 딛게 되는 과정이 그려진다. 후반부에서는 물질만능적인 미국사회의 삶의 방식과 순수성을 잃은 예술계의 현실 앞에서 고통 받는 프리드리히의 삶과 함께 그가 겪는 침몰사고의 후유증과 그 극복과정이 펼쳐진다.

　작품을 이해하기 위해서는 우선 생소한 제목인 '아틀란티스'부터 살펴보는 것이 순서일 것 같다. 아틀란티스는 고대 그리스의 철학자 플라톤이 저서 『티마이오스』와 『크리티아스』에서 처음 언급한 전설상의 섬이자 국가로, 강대한 해군력을 바탕으로 아테네를 제외한 대부분의 세계를 정복했다고 묘사된다. 아틀란티스는 자신의 힘을 과신하다가 결국 신의 분노를 사 대서양 속으로 가라앉아버렸다고 되어 있다. 신의 분노를 사 바다 속으로 사라져버린 풍요로운 땅이라는 개념은 후대에도 수많은 작가들에게 영감을 주었다. 19세기 들어서는 전설 속의 아틀란티스를 실제로 찾아 나서려는 시도까지 이루어졌다. 실제로 해저 지형 등을 과학적으로 분석한 결과 아틀란티스의 실존 가능성은 점차 낮아지고, 이에 따라 아틀란티스는 말 그대로 '전설의 대륙' 정도로 굳어지게 되었다. 그럼에도 불구하고 아틀란티스의 개념은 지금까지도 많은 사람들에게 영향을 미치고 있으며, 아틀란티스를 다루는 영화, 소설, 드라마 등을 통해 여전히 높은 인지도를 유지하고 있다.

　작품은 대서양을 횡단하여 유럽과 미국을 왕래하는 대형 증기선 〈롤란트호〉가 바다 속으로 침몰하는 사건을 소재로 삼고 있다. 따라서 대서양에 가라앉은 작품 속 증기선은 역시 대서양에 가라앉은 전설의 대륙 아틀란티스와 자연스럽게 연결된다. 대륙이 가라앉을 때 울부짖었을 사람들은 배가 침몰할 때 울부짖는 사람들과 다르지 않다. 작품에서는 앞부분에서 '가라앉은 아틀란티스'라는 표현이 아무 설명 없이 처음으로 등장하고, 끝부분에서 침몰사고 후유증으로 시달리는 주인공 프리드리히가 환각상태에서 만난, 배에서 보일러에 석탄을 던져 넣는 일을 하다 사고로 죽은 화부의 말을 통해 '아틀란티스'가 다시 언급된다. 화부는 프리드리히가 꿈속에서 상륙했던 만과 항구가 다름 아닌 가라앉은 대륙 아틀란티스이며, 아조레스, 마데이라, 카나리아 제도는 해수면 위에 남아있는 아틀란티스의 잔해라고 설명한다. 결국 가라앉은 땅 아틀란티스와 함께 가라앉은 거대여객선 〈롤란트호〉는 물질문명사회에서 인간의 교만과 탐욕이 만들어낸 문명의 잔해이자 인간의 정신이 사라져버린, 잃어버린 이상향을 상징한다고 볼 수 있다.

소설 속 이야기가 펼쳐진 시기는 19세기 말로, 이 무렵은 산업혁명이 교통과 기계문명을 급속히 발전시키고 있었다. 따라서 작품은 인류의 소유물이라는 교통망이 오히려 인류를 소유하고 있지는 않은지, 기계의 엄청난 작업능력이 진정으로 인간의 노동량을 줄여주어 행복의 가능성을 높여주었는지를 묻고 있다. 물질적 풍요와 반비례하여 나타나는 정신적 공허의 문제를 비판적으로 제기하고 있는 것이다. 또한 이 시기는 독립한 지 백 년밖에 안 된 새로운 세계 미국을 향해 유럽의 가난한 하층민들이 일자리와 돈을 찾아 몰려들던 때였다. 특히 영국은 범죄자들을 미국으로 추방함으로써 영국인들은 미국을 범죄자들의 유배지라고까지 불렀다. 흥미롭게도 독일에서 미용사 일을 하며 어렵게 살던 트럼프 미국 대통령의 친할아버지가 열여섯 살의 나이로 증기선을 타고 미국으로 이주하여 정착함으로써 독일계 미국인 혈통 트럼프 가문이 뿌리를 내리게 된 것도 이 무렵(1885년)이다. 작품에서는 "미국지상주의를 증오하고, 세계를 집어삼키는 미국의 과잉행위와 약탈자적 지배"를 힐난하고 있는데, 100여년이 지난 지금의 미국 트럼프 정권의 실상과 오버랩되어 묘한 흥분을 일으킨다. 상업적이고 배타적이며 독선적인 미국우선주의가 바로 그 무렵부터 뿌리내려온 건 아닌지….

물론 이들처럼 돈을 찾아 미국으로 건너가지는 않은 작품 속 주인공 프리드리히는 그곳에서 마주하는 사람들의 무자비한 황금만능주의 행태에 대해 신랄한 비판을 가한다. 등장인물의 입을 통해 미국인을 달러와 비즈니스라는 두 단어만을 반복적으로 말하는 앵무새로 비유하고, 미국이라는 나라를 '달러랜드'라고까지 조롱하며 부른다. 그러면서 유럽을 모차르트와 베토벤, 칸트와 쇼펜하우어, 실러와 괴테, 렘브란트, 레오나르도와 미켈란젤로 등 방대한 지적 재산을 간직한 인간적이고 도덕적인 터전으로 대비시킨다. 그런가하면 뉴욕에 도착한 프리드리히는 이 도시가 돈벌이욕의 광기에 사로잡혀 있다고 생각한다. 그에게는 위협하듯 도처에 걸려 있는 현란한 현수막들과 크고 다채로운 그림들, 무언가를 나타내는 거대한 모형의 손과 주먹과 얼굴들이 온갖 수단을 동원해 처절하게 벌이고 있는 경쟁이자 돈벌이를 위한 거친 싸움질로 보일 뿐이다. 이 같은 미국과 미국인들에 대한 비판은 하우프트만이 자신의 외도로 상심하여 미국으로 떠난 아내를 뒤쫓아 가 함께 살았던 1894년 1월부터 5월까지 4개월 동안의 체류경험이 토대를 이룬 것으로 보인다.

작품에서 무엇보다 돋보이는 것은 사람들이 침몰하는 배에서 살아남기 위해 벌이는 처절한 싸움에 대한 치밀하고 생동감 넘치는 묘사이다. 여행객들은 살아남기 위한 동물적인 싸움에서 서로를 물고 뜯는 야수가 된다.

가라앉는 배의 갑판에서 그들은 구명보트의 한 자리를 차지하기 위해 피 터지게 뒤얽혀 싸운다. 떠밀려 물속으로 떨어진 사람들은 물불 가리지 않고 구명보트로 달려들어 매달린다. 전복되면 죽는다는 것을 아는, 보트를 차지한 운 좋은 사람들은 보트에 오르려고 있는 힘을 다해 매달리며 허우적거리는 사람들을 마찬가지로 있는 힘을 다해 밀쳐낸다. 심지어 보트에 오르지 못하도록 휘저으며 내리치는 노에 머리통을 맞아 피투성이가 된 채 익사하는 사람들로 바다는 핏빛 물길을 이루기도 한다. 생사를 가르는 재앙 앞에서 가장 문명화 된 인간이 오로지 살아남겠다는 본능적 욕구 하나만으로 가장 미개한 맹수보다 더한 인간야수가 될 수 있다는 것을 절절하게 보여준다.

"빌케는 구명조끼를 찾아내 이곳저곳에서 그것을 바다로 던졌는데, 그곳에서는 물에 휩쓸려 배에서 떨어진 사람들이 절망한 채 필사적으로 싸우고 있었다. … 지금 이 순간에야 비로소 여기에서 인간의 이성으로는 이해할 수 없는 상황이 벌어졌다는 것을 알 수 있었다. 이 우글거리는 작고 검은 개미들은 어찌할 바 모르며 무력하게 뒤엉켜 서로 잡아끌고 들이받고 밀어제치곤 했다. … 거대한 파도가 갑판 위를 휩쓸고 지나갔고, 그리하여 그 직후 바람 부는 쪽으로 물보라가 휘몰아쳐 사람들이 떠다니고, 울부짖고, 몸부림치고, 죽음과 싸우고 있었다. … 갑자기 구명보트는 무슨 짓이든 하기로 작정한 분노한 사람들의 공격을 받았고, 바다에서의 짐승 같은 야만적인 싸움이 시작되었다. … 그는 로자의 붉게 물든 주먹과 리플링 부인과 어린 잉이게르트의 움켜쥔 손가락을 보았다, 그것들은 익사하는 이웃들의 손과 팔꿈치를 반들반들하게 얼어붙은 보트 가장자리에서 절망의 힘으로 떠밀어내고 있었다. 선원들은 검은 피의 흐름을 뒤쫓는 식으로 노를 저어갔다."

홀로 살아남았다는 죄책감과 침몰사고 후유증으로 인한 환각에 시달리는 프리드리히의 정신상태 또한 생생하고 세밀하게 그려지면서 사고로 인한 트라우마의 영향이 얼마나 강하고 지속적인지가 극명하게 드러난다. 수개월이 지났음에도 여전히 침몰사고의 망령에서 벗어나지 못하고 악몽에 시달리는 그의 미국생활에서의 실상은 스스로의 고백에서 잘 나타나 있다.

"하루에 세 번, 네 번, 다섯 번 그것의 침몰이 내 마음 속에서 반복되고 있습니다. 미안하지만 어젯밤에 나는 식은땀에 흠뻑 젖은 채 참을 수 없이 지독하게 울려대는 벨소리에 잠에서 깨었습니다. 조난을 알리는 혼란하고 요란한 소리와 피 묻은 얼굴들과 내 주위를 둥둥 떠다니는 사람의 팔다리가 정말 끔찍했습니다."

환각상태에 빠진 그는 부모님 집을 찾아가고, 자신이 탔던 배의 침몰장면을 보며 사람들과 이야기를 나눈다. 말이 끄는 썰매의 종소리가 침몰하는 배의 비상벨소리로 들리는 환청현상에 빠져 발작을 일으키기도 한다. 그런가하면 죽은 친구가 자신의 방에 앉아 독서를 하고 있는 모습을 보는 환영현상에 빠져 그와 대화를 나누기도 한다. 배에서 만났던 카드놀이꾼들이 자신의 집에서 함께 살고 있다는 환각에 빠지기도 한다. 산책을 하면서는 배에서 보일러에 석탄을 던져 넣던 중 사고로 숨진 어린 화부의 그림자와 이야기를 나눈다. 또한 외출에서 돌아와 방에 들어서서는 의자에 앉아있는 자신의 모습을 환영으로 보게 되고, 그를 자신이 아닌 이중인간으로 여기면서 공포와 증오에 차 그에게 권총을 겨누기도 한다. 새로운 연인 에바 번스가 그의 집을 찾았을 때 그는 1주일 내내 의식을 잃고 섬망상태에서 고열과 발작으로 허우적거리고 있었다.

작품에서는 가끔 꿈과 같은 초현실적 세계가 등장하여 특별한 관심을 끈다. 이는 현실의 직관적 묘사를 핵심으로 삼는 자연주의적 표현방식과는 다분히 거리가 있어 이채롭다. 하지만 작가는 이런 환상적 요소를 통해 불안과 혼돈의 현실세계와 대비되는 안정과 질서의 유토피아적 세계를 부각시키는 특별한 역량을 발휘하고 있다. 부조리한 현실을 이상적 세계와 대비시킴으로써 은연중 현실에 대한 비판적 시각을 드러내고, 이는 바로 자연주의의 문학적 역할과도 연결된다. 작가는 자연주의와는 어울리지 않는 듯한 환상묘사를 통해 오히려 자연주의적 특성을 한층 강화시키는 묘수를 부리고 있는 것이다.

대표적인 환상세계는 프리드리히가 꿈속에서 만난 친구 페터 슈미트와 함께 하는 여러 가지 체험들이다. 작은 항구도시는 안온한 느낌을 주고, 사람들은 최소한의 말로만 소통하고 있으며, 모든 것이 새롭고 조용하고 은밀하다. 오래 전 세상을 떠난 삼촌은 생전의 어두운 공기 속에서가 아닌, 빛 가꾸는 농부들과 함께 밝고 여유롭게 살아가고 있다. 또한 번거로운 허례허식 없이 쉽고 단순하게 생활하고 있다. 배에서 사고로 죽은 불쌍한 화부 소년은 포도나무를 가꾸며 밝고 풍요로운 삶을 살아가고 있다. 또다른 꿈에서 프리드리히는 가을에 이동하는 철새들이 고향의 초원에서 쉬면서 정겹게 재잘거리는 소리를 듣는다. 그러나 그가 현실에서 듣는 것은 철새들의 지저귐이 아닌, 가라앉는 배에서 살아남기 위해 사투를 벌이는 사람들의 처절한 울부짖음뿐이다.

프리드리히가 서로 다른 성향의 두 여인과 대조적인 관계를 발전시켜 나가는 것도 관심을 끈다. 한 여인은 프리드리히가 일찍이 춤추는 모습을 보고 청순함에 반해 미국까지 따라가지만 끝내 결별하는 열여섯 살 무용수 소녀 잉이게르트이고, 또 다른 여인은 침몰사고의 후유증으로 환각증상에 시달리며 미국에서 체류하던 중 만나 사랑의 결실을 맺는 스물다섯 살 조각가 여인 에바 번스다. 잉이게르트가 파괴자라면 에바 번스는 구원자로 대비된다.

춤을 추는 잉이게르트의 모습을 보고 사랑에 빠진 프리드리히는 미국에서의 공연을 위해 대서양을 건너는 그녀를 따라 같은 배에 오른다. 그러나 그는 그녀가 자신이 상상했던 순진한 소녀가 아닌, 남자들을 능란하게 유혹하는 위험한 팜므파탈이자 뭇 남자들의 우상임을 알게 되고, 그녀로부터 모욕을 당하기도 한다. 배가 난파선과 충돌하여 침몰하게 되고, 두 사람은 소수의 승객들과 함께 가까스로 구조된다. 지나던 화물선에 옮겨져 무사히 뉴욕에 도착한 그는 침몰사고로 아버지를 잃은 그녀의 보호자가 되고, 두 사람은 금세 친밀해진다. 그는 그녀에게 성적으로 얽매이기까지 한다. 그는 그녀에게 인생을 함께할 것을 제안하지만 그녀는 한 남자에게만 얽매여 사는 대신 무대에 올라 삶을 즐기고 싶다는, 배에서 이미 내보인 입장을 고수한다. 나아가 그녀는 언론의 대대적인 관심을 이용하여 무용수서로서의 화려한 경력을 쌓고자 기존 공연계약을 파기하면서 다른 소속사로 옮겨 소송으로까지 가는 분쟁을 일으킨다. 가뜩이나 미국이라는 사회에 염증을 느끼고 있던 프리드리히는 그녀의 미국에서의 정착 계획에 실망한다. 그는 그녀의 몸은 녹일 수 있었으나 마음은 녹일 수 없다는 것을 깨닫지만 그녀에의 속박에서 쉽게 벗어나지는 못한다. 여기에서 잉이게르트는 자유분방함과 본능 및 유혹의 화신으로서 이성적 질서와 본능적 욕망의 충돌을 상징하고 있다. 동시에 잉이게르트와의 사랑에서는 사랑은 구원이 아닌 파멸로 이끈다는, 하우프트만이 자주 다루는 인간욕망의 모순성을 드러내고 있다.

잉이게르트와의 갈등과 함께 배의 침몰로 인한 심각한 정신적 후유증으로 고통 받는 프리드리히 앞에 나타난 영국 출신 조각실습생 여인 에바 번스는 그에게 잉이게르트에게서 얻을 수 없었던 평화와 안식을 안겨주는 구원자가 된다. 프리드리히는 의사로서의 직업단절, 정신병을 앓는 아내로 인한 괴로움, 잉이게르트에의 악마적이고 파괴적인 성적 종속 등 자신의 고통스런 온갖 상황을 그녀에게 털어놓는다. 침몰한 배에서 소수의 승객과 함께 자신만이 살아남은 것에 대한 죄책감을 토로하는 그에게 그녀는 가능한 한 과거를 덮고 현실의 삶에 집중하라고 충고한다. 그녀는 그가 잉이게르트로부터 완전히 벗어나지 못하고 있는 데 대해서는 창조적인 조각 작업을 해결책으로 제시한다. 즉 그가 좋아하는 조각 작업으로 상대 여자의 세계를 만들고, 이를 통해 정신적으로 안정을 찾아보라는 것이었다. 그는 그녀의 제안에 따라 그녀와 함께 잉이게르트를 묘사하는 조각 작업을 해나가며, 잉이게르트의 특징적 모습을 탐구하여 그녀의 보기 흉한 얼굴의 특징뿐만 아니라 편협하고 까다로운 성격까지도 발견하게 된다. 프리드리히는 새로운 여자 친구 앞에서 질서와 청결함을 느끼는 데 반해 잉이게르트에게서는 세계 곳곳의 유흥가를 누비는 벌거벗은 탕녀의 모습을 발견하고는 그녀로부터 벗어나 자유로워지는 데 성공한다. 대학 친구인 의사 페터 슈미트의 도움으로 한적한 시골에서 휴양과 치유를 하게 된 프리드리히는 에바 번스의 창의적인 치료와 돌봄으로 건강한 정신 상태를 회복하고, 지쳐버린 힘든 삶에서 해방된다. 두 사람은 독일로 돌아가 결혼하여 프리드리히의 세 자녀와 함께 한 가족을 이루는 감동의 장면을 연출한다.

한편 떳떳하지 못한 임신을 한 여자들이 뒷감당을 하지 못해 무조건 미국으로 가는 배에 올라 선내의사로부터 낙태수술을 받아 문제를 해결하고자 하는 모습이 19세기말 사회상의 일면을 엿볼 수 있는 에피소드로 제시되고 있다. 이 지점에서 작가는 주인공 프리드리히의 입을 통해 모성애가 바탕이 되는 여성의 임신과 출산이 인간세계를 지속적으로 유지시키고 굳건하게 발전시키는 역할을 한다면서 정상궤도를 벗어난 혼외임신까지도 포함한 모든 임신을 보호받고 존중되어야 할 대상이라고 주장한다. 이는 지극히 보수적이던 1백여 년 전 독일제국 사회에서는 적잖이 파격적인 견해가 아닐 수 없어 눈길을 끈다.

그런가하면 작품은 유럽 등 다른 대륙에서 아메리카 신대륙으로 몰려든 이민자들의 돈과 물질적 풍요만을 좇는 삭막한 현실과 부패한 정치 상황 등 당시대 미국사회의 실상을 문학을 떠나 역사적 시각으로 엿볼 수 있게 한다는 데에서도 관심을 끈다.

이 작품은 내용 상 이런저런 잡다한 이야기들이 주로 대화를 통해 그다지 긴밀하게 연결되지 않은 채 조각조각 모아져 있는 것처럼 보인다. 하지만 전체적으로 보면 거대여객선의 침몰이라는 재앙 앞에서 문명화 된 인간이 얼마나 비문명적이고 야만적일 수 있는지를 생생하게 내보이고 있으며, 좌절과 고통의 나락에 빠진 한 남자를 회복과 치유로 이끄는, 건전한 여인과의 건강한 사랑의 힘을 특별히 부각시키고 있다.

작품을 다 읽고 난 후에도 오랫동안 뇌리에 남아 가슴을 먹먹하게 하는 두 사람이 있다. 어릴 적 헤어진 엄마를 찾기 위해 미국행 배에서 화부로 일하던 중 사고로 숨져 비정하게 바닷물 속에 던져진 어린 화부 소년은 하늘나라에서 엄마를 만났을까? 헌신과 희생의 상징이자 진정한 영웅으로 부르고픈 하녀 로자는 연인 불케와 한 몸이 되어 오래도록 행복의 나래를 펼쳤을까?

발표된 지 113년이 지났지만 아직 국내에 소개되지 않은 생경한 제목의 소설 『아틀란티스』를 처음으로 우리말로 옮겨 선보이게 되어 작은 보람을 느낀다. 독자의 이해를 돕기 위해 일부 생소한 용어나 표현에 각주를 달아 설명해 놓았는데, 작품원문에는 없는 것임을 밝힌다. 아울러 솔직하게 말하면, 이 작품은 특정한 중심사건이 극적으로 전개되어 흥미를 불러일으키고 호기심을 자극하는 류의 소설은 아니다. 대신 인물들 간의 다분히 철학적이고 무미건조한 대화와 불필요하리만큼 세밀하고 잡다한 상황묘사로 인해 읽는 재미를 반감시킨다. 따라서 인내심을 시험하는 셈 치고 차분하며 참을성 있게, 때로는 반복적으로 깊게 숙고하며 읽어나갈 것을 독자들에게 바라고 싶다. 그럴 경우에만 장황하고 지루하게 이어진 행간 속에 숨어있는 독일소설 특유의 깊고 묵직한 맛과 마주하게 될 것이다.

  옮긴이는 짧지 않은 이 장편소설을 우리말로 옮기면서 이제 잔글씨를 대하기에는 두 눈이 버텨내기에 역부족임을 실감했다. 나이 70을 눈앞에 두고 있으니 그럴 만도 하다. 이제 이 작품번역을 마지막으로 내게 일생 동안 헌신적으로 봉사해준 늙은 눈과 손가락을 편히 쉬게 해줘야하지 않나 생각하니 잔잔하게 아쉬움과 함께 허전함이 밀려온다.

2025년 11월
옮긴이 이관우

아틀란티스

옮긴이의 말 · 4

아틀란티스 · 18

게르하르트 하우프트만의 삶과 문학 · 400
게르하르트 하우프트만 연보 · 406

 1892년 1월 23일 독일의 우편선 겸 고속증기선 〈롤란트호〉가 브레멘을 출항했다. 뉴욕을 오가는 이 선박은 북독일해운사의 오래된 배들 중 하나였다.
 배의 승무요원들은 선장, 네 명의 항해사, 여섯 명의 기관사, 조달책임자 한 명과 회계책임자 한 명, 조달담당 조수 한 명과 회계담당 조수 한 명, 수석승무원, 차석승무원, 조리장과 부조리장, 그리고 의사로 구성되어 있었다. 물 위를 떠가는 이 거대한 집의 안전을 책임지고 있는 이들 외에도 선원과 승무원, 취사도우미, 석탄 운반자들과 그 밖의 종사자들이 타고 있었고, 여러 명의 수습선원과 여자간호사 한 명도 있었다.
 배에는 브레멘을 출발하면서 1등실에 백 명이 넘지 않는 승객이 타고 있었다. 다인실에는 약 4백 명이 자리하고 있었다.
 이 배에는 일찍이 파리에서 프리드리히 폰 카마허라는 사람의 1등실 좌석이 전보를 통해 예약되어 있었다. 서둘러야 했다. 그 젊은이는 좌석을 예약한 다음 한 시간 반도 채 지나지 않아 급행열차에 올라야 했고, 밤 12시쯤 르아브르*에 도착했다. 그는 여기에서 바다를 건너 사우샘튼**으로 가는 배를 탔다. 배는 아무 탈 없이 앞으로 나아갔고, 그는 형편없는 침대

칸의 좁은 침대에서 잠을 잤다.

동이 틀 무렵 갑판으로 나간 그는 영국의 해안이 조금은 으스스한 모습으로 점점 더 가까이 다가오는 것을 보았다. 마침내 증기선은 사우샘튼 항구로 들어섰고, 거기에서 프리드리히는 〈롤란트호〉를 기다려야 했다.

배의 안내실에서 그는 부두에 작은 살롱증기선이 출발할 준비를 하고 있으며, 멀리 바다에 〈롤란트호〉가 보이는 즉시 출발한다는 얘기를 들었다. 프리드리히는 저녁때 쯤 모든 짐을 챙겨 그 작은 살롱증기선에 타면 된다는 안내를 받았다.***

그는 낯설고 황량한 도시에서 긴 시간을 무료하게 보내야 했다. 게다가 춥기까지 했는데, 기온이 영하 10도나 되었다. 그는 여관을 찾아 가능하면 대부분의 시간을 잠을 자며 보내기로 마음먹었다.

그는 가게의 진열장에 포트사이드에서 생산된 시몬 아르츠트 담배****들이 진열되어 있는 것을 보았다. 그는 여종업원이 막 청소를 끝낸 그 작은 가게로 들어가 담배 수백 개비를 샀다.

그가 담배를 산 것은 흡연의 특별한 즐거움을 만끽하고 싶어서라기보다는 어떤 감상적인 마음에서 비롯된 행동이었다.

프리드리히 폰 카마허는 양복 안주머니에 악어가죽으로 만든 지갑을

---

* 프랑스 북서부, 대서양에 면한 항구도시로 파리에서 북서쪽으로 약 200km 떨어져 있다.
** 영국 남부에 위치한 항구도시로 런던에서 남서쪽으로 121km 떨어져 있다.
*** 당시 거대한 국제여객선 〈롤란트호〉는 좁은 만을 이루어 깊숙하게 들어간 곳에 위치한 사우샘튼 부두로 드나들기가 어려워 아래쪽 작은 섬에 있는 니들스 부두에 정박하여 승객들을 승하선시켰다. 따라서 승객들은 사우샘튼에서 니들스까지 작은 부속선인 살롱증기선을 이용하여 왕래했다.
**** 시몬 아르츠트(1814~1910)는 담배공장을 설립, 운영한 이집트의 유대인 사업가로 1869년 이집트 포트사이드에 첫 번째 담배 공장을 설립한 후 카이로(1907)와 알렉산드리아(1913)에 공장을 증설했다. 그의 이름을 따 시몬 아르츠트 담배가 하나의 브랜드가 되었다.

아틀란티스

가지고 다녔다. 이 지갑에는 다른 서류들과 함께 프리드리히가 불과 24시간 전에 받은 편지도 들어 있었다. 편지는 다음과 같은 내용이었다.

"사랑하는 프리드리히!

아무것도 도움이 되지 않았네. 나는 끝장나버린 사람이 되어 하르츠의 요양병원을 떠나 부모님 집으로 돌아왔네. 호이쇼이어* 산악의 그런 빌어먹을 겨울이라니! 내가 열대지방에서 돌아오자마자 곧장 그런 겨울의 손아귀에 빨려들지 말았어야 했는데 말이야. 물론 최악의 것은 내 동료의 모피였지. 이 빌어먹을 물건은 지옥에서 악마두목이 무엇보다 먼저 불태워버려야 할 것이네. 그것 때문에 내가 온통 개 같은 고통을 당하고 있는 거라네. 잘 있게! 물론 나는 결핵으로 주사를 맞았고, 그런 다음 많은 양의 박테리아를 뱉어냈다네. 간단히 말하면, 내가 곧 죽게 된다는 것을 확실하게 보증해 주는 것들이 아직 충분히 남아있다네.

하지만 내 좋은 친구여, 이제 본질적인 것을 얘기하지. 나는 재산을 정리해야 되겠네. 내가 자네에게 3천 마르크를 빚지고 있다는 걸 잘 알고 있네. 자네는 그 당시에는 내가 의과대학 과정을 마칠 수 있도록 도와주었지만 지금은 그랬던 것이 나를 정말로 비참한 지경으로 몰아넣고 있네. 물론 이런 상황에 대해 자네에게는 아무런 책임도 물을 수 없지. 그리고 모든 것을 잃은 지금 유감스럽게도 자네에게 한 푼도 갚을 수 없다는 이 끔찍한 깨달음이 유난히도 나를 괴롭히고 있다는 것이 엄청 신기하기도 하다네. 잘 들어보게. 내 아버지는 도시의 수석교사이며, 특별한 방식으로 돈을 저축해두고 있지만 그걸로 아직 미성년인 다섯 아이를 나 없이 뒷바라지해야

---

* 독일제국 동남부의 산악지대로 현재는 폴란드 남부, 체코와의 국경 근처이다.

한다네. 아버지는 나를 당신의 돈으로 간주하고, 충분한 이자를 희망하면서 거의 허용될 수 있는 것 이상으로 나에게 도움을 청한다네. 아버지는 내가 이렇게 된 오늘에는 실질적인 사람이 되어 돈과 이자를 잃어버렸다고 보고 있다네.

간단히 말하면, 아버지는 유감스럽게도 채무가 나와 함께 저 건너 - 퉤! 퉤! 퉤! 세 번 뱉어내네! - 더 나은 세상으로 들어가지 못하는 것을 걱정하고 있는 거라네. 내가 어떻게 해야 되나? 자네는 내가 갚아야하는 빚을 포기할 수 있으려나?

그건 그렇고, 오랜 친구여, 나는 이미 몇 차례 거의 저 세상으로 갈 뻔했다네. 그리고 자네를 위해 그런 상태의 진행과정에 대한 아마도 과학적으로 흥미있을 기록들을 남겨두었다네, 위대한 순간이 지난 후 내가 저 세상에서 나를 눈에 띄게 할 수 있다면 자네는 내게서 더 많은 얘기를 듣게 될 걸세.

자네는 정말 어디에 있는 건가? 잘 있게! 한없이 복잡하게 이어지는 나의 꿈속에서는 자네가 늘 높은 파도가 치는 바다 위에서 흔들리고 있다네. 어쩌면 자네는 배를 타고 여행이라도 떠나려는 건가?

1월이네. 적어도 4월처럼 변덕스런 날씨를 걱정할 필요는 없으니 어느 정도는 유익하지 않은가? 자네에게 작별인사를 보내네, 프리드리히 카마허!

자네의 게오르크 라스무센이"

프리드리히는 이 편지를 받고 파리에서 곧장 전보로 답신을 보냈는데, 장렬하게 죽어가는 아들에게서 건강한 아버지에 대한 걱정을 덜어주는 내용이었다.

프리드리히는 항구의 호프만호텔 독서실에서 죽어가는 친구에게 답장을 썼다.

"오랜 친구여!
　내 손가락들이 뻣뻣하게 굳어 있네. 나는 부러진 깃펜을 곰팡이 핀 잉크 속에 쉬지 않고 담근다네. 하지만 내가 지금 쓰지 않으면 자네는 앞으로 3주 동안은 내게서 소식을 받지 못하게 되네. 내가 오늘 저녁 북독일해운사의 〈롤란트호〉에 승선하게 되니까.
　누군가가 나의 바다여행에 대해 자네에게 말해줄 리는 없었을 테니 자네가 꾼 꿈은 정말로 영험한 듯이 보이는군. 자네의 편지를 받기 2시간 전까지도 나는 바다여행을 하리라고는 전혀 생각하지 못했다네.
　모레는 자네가 두 번째 세계여행을 마치고 이야깃거리와 사진과 시몬 아르츠트 담배로 가득 찬 배낭을 메고 곧장 브레멘에서 호이쇼이어로 우리를 찾아온 지 1년이 되는 날이구려. 나는 영국 땅에 발을 디디자마자 하선지점에서 스무 발짝 떨어진 가게 진열장에서 우리가 좋아하는 그 담배의 상표를 발견했다네. 물론 나는 그것을 곧장 샀지. 그것도 대량으로. 그리고 방금 지난날을 회상하며 한 개비를 피웠네. 유감스럽게도 내가 편지를 쓰고 있는 이 끔찍스런 독서실은 담배를 피운다고 더 따뜻해지지는 않는구려.
　자네가 우리에게 와서 머문 지 2주가 지난 어느 겨울날 밤 운명이 내 현관문을 두드렸지. 우리 둘은 곧장 문으로 뛰쳐나갔고, 그때 우리는 감기에 걸린 것 같았지. 나에 관해 말할 것 같으면, 오늘 집을 팔고, 병원을 넘겨주었으며, 세 아이는 기숙학교에 들여보냈다네. 그리고 내 아내에게서 무슨 일이 일어났는지는 자네도 알게 될 걸세.
　빌어먹을! 지난날을 돌아보는 것이 이따금 너무도 끔찍스럽네. 그런데 자네가 우리의 병든 동료의사의 대리 역을 받아들인 것은 사실 우리 둘에게 옳은 일이었네. 나는 아직도 자네가 병원에서 그의 여우모피를 입고 썰매를 타고 돌아다니는 모습이 눈에 선하네. 그리고 그가 죽었을 때 나는 자네가 바로 근처에서 성실한 시골의사로 지내는 것에 전혀 반대하지 않았지. 비록 우리가 늘 그런 시골의사의 굶주리는 병원을 조롱해왔지만 말이야.

빌어먹을, 그런데 모든 것이 아주 엉뚱하게 돼 버렸어.

자네는 우리가 그 당시 눈 덮인 호이쇼이어로 떼를 지어 날아들었던 황금멧새들에 대해 얼마나 유치하게 장난을 쳤는지 아직도 기억하고 있겠지? 잎이 지고 가지만 남은 관목더미나 나무에 접근해가면 갑자기 그것이 흔들리면서 수많은 황금 잎들을 주위에 떨어뜨리거나 내던지는 것 같았지. 우리는 그것을 황금으로 된 산이라고 했었지. 그러고 나서 저녁이면 멧새들을 요리해 먹었지. 그것들은 일요일의 사냥꾼들에게 무더기로 잡혀 술을 좋아하는 내 요리사 여인에 의해 훌륭하게 구워졌으니까. 자네는 그 당시 가난한 환자들에게 밀가루, 포도주, 고기와 필요한 모든 것들을 제공해주기 위해 국가가 거대한 창고를 지어 저장물들을 지원해주지 않는 한 의사로 남아있지 않겠다고 맹세했었지. 그런데 의사단체의 사악한 악마가 자네에게서 그 맹세를 지워버렸지. 하지만 자네는 나를 위해 꼭 다시 건강해져야만 하네!

나는 지금 미국으로 가고 있네. 왜냐고? 우리가 다시 만나면 알게 될 걸세. 빈스방어 집에 있으면서 극진한 보살핌을 받고 있는 내 아내에게는 내가 더 이상 전혀 필요한 존재가 될 수 없다네. 나는 아내를 3주 전에 방문했었네. 그녀는 한 번도 나를 다시 알아보지 못했다네. 또한 나는 의사로서의 직업은 물론 세균학 연구 또한 정말로 끝내버렸네. 내게 불행한 일이 일어났다네. 학문적으로 존경받던 내 이름이 조금 험하게 훼손되었네. 내가 탄저병 원인균 대신 염료 속의 미세섬유를 연구하여 논문에 썼다고들 주장하고 있다네. 그럴 수도 있지만 나는 그들의 주장을 믿지 않네. 그건 절대로 나와는 상관없는 일이네.

　나는 때때로 이 세상의 우스꽝스런 짓거리들로 인해 몹시 역겨워진다네. 그럼으로써 내가 괴팍한 영국인의 성격에 무척 가까워졌다고 느끼네. 나에게는 거의 전 세계가, 적어도 유럽은 기차역 뷔페식당에 오랫동안 그대로 놓여있는, 더 이상 구미를 당기게 하지 않는 차가운 음식이지."

　의사 프리드리히 폰 카마허는 이 편지를 따뜻한 인사말로 끝맺고, 주소를 적어 한 독일인 종업원에게 발송하도록 건네주었다. 그런 다음 그는 창문이 꽁꽁 얼어붙은 자신의 방으로 올라가 얼음장 같이 차가운 커다란 더블침대 속으로 들어가 누웠다.

　밤을 새워 바다를 건너와 대양을 건너는 여행을 앞두고 있는 여행자의 처지는 그 자체만으로도 부러움을 살만한 것은 아니다. 게다가 그 젊은 의사가 처해 있는 상황은 고통스러우며, 한편으로는 서로 충돌하는 기억들이 뒤엉켜 있었다. 기억들은 끝없는 사냥을 벌이며 서로를 밀어내면서 그의 의식 속으로 들어왔다. 그는 다가오는 새로운 것들을 위해 조금 강해지려고 잠들고 싶었지만 눈을 뜨건 눈꺼풀을 내리건 모든 것이 똑같이 환하게 보였다.

　그의 삶은 스무 살부터 서른 살까지 10년 동안 죽 평범한 시민적 방식으로 전개되었다. 그는 자신의 특별한 학문분야에서의 열정과 뛰어난 재능으로 위대한 스승들의 도움을 받게 되었다. 그는 코흐[*]의 조수가 되었다. 그러나 코흐의 적수인 뮌헨의 페텐코퍼[**]에게서도 몇 학기를 보냈다.

그리하여 그는 뮌헨에서는 물론 베를린에서도 세균학계에서 가장 유능한 인물들 중 한 사람으로 인정받게 되었고, 그가 쌓은 경력은 더 이상 의심 받지 않았다. 기껏해야 그의 까칠한 동료들이 문예애호적인 그의 성향으로 인해 여기저기서 조금 의심스럽게 고개를 저을 뿐이었다.

프리드리히 카마허의 논문이 발표되어 부정적 평가를 받게 되고, 그가 엄청난 좌절을 겪고 난 후 전문가들의 세계에서는 부수적인 관심에 의한 논점의 분산이 전도가 유망한 젊은 인재를 자멸로 이끌었다는 말이 공공연히 나돌았다.

프리드리히는 사실은 격앙상태에서 벗어나기 위해 파리로 갔지만 어느 예술계 출신 남자의 열여섯 살 된 딸이 그를 꼭 붙잡았다. 그의 사랑은 병이 되었다. 이 병은 아마도 최근에 일어난 불행한 사태 이후 좌절한 그가 사랑의 독에 특히 취약해졌기 때문에 그토록 심한 정도에까지 이르렀을지도 모른다.

의사 폰 카마허의 보잘 것 없는 짐은 그가 세심하게 준비된 바다여행을 하는 것이 아니라는 걸 암시했다. 그는 절망에 빠져 있었기 때문에 이 여행을 결심했다. 하지만 그보다는 그가 그 예술가와 딸이 뉴욕으로 가려고 1월 23일에 브레멘에서 우편선 겸 고속증기선인 〈롤란트호〉에 승선했다는 소식을 접하고 그녀에 대한 열정이 폭발하여 어쩔 수 없이 결정한 여행이었다.

---

*　　코흐(Heinrich Hermann Robert Koch, 1843~1910)는 독일의 의사이자 미생물학자였다. 결핵, 콜레라, 탄저병 등 치명적인 전염병의 구체적인 원인균을 발견하여 현대 세균학의 주요 창시자 중 한 사람으로 평가된다.
**　　페텐코퍼(Max Joseph Pettenkofer, 1818~1901)는 독일 바이에른의 화학자이자 위생학자였다. 그는 좋은 물, 신선한 공기, 적절한 하수 처리의 권위자로서 실질적인 위생 분야를 중시한 것으로 유명하다.

이 여행자는 옷을 입은 채 한 시간가량만 침대에 누워 있다 일어나서 대야의 얼음을 깨고 간단히 씻은 다음 작은 호텔의 아래층으로 내려갔다. 독서실에는 젊고 예쁜 영국여자가 앉아 있었다. 덜 예쁘고 덜 젊은 이스라엘인 풍의 상인남자가 들어왔는데, 그는 곧 자신이 독일인임을 밝혔다. 기다리는 시간의 지루함이 서로를 가깝게 했다. 그 독일인은 미국에 거주하고 있어 〈롤란트호〉로 거대한 연못을 건너 그곳으로 돌아가려는 것이었다.

공기는 음산했고, 방은 추웠으며, 젊은 여자는 불이 지펴지지 않은 벽난로 옆을 불안스레 이리저리 서성였고, 새로이 알게 된 사람들의 대화는 곧 단음절이 되어 사라졌다.

불행한 사랑을 하는 사람의 상황은 주변사람들에게 숨겨져 있거나 우스꽝스럽다. 그런 사람은 번갈아가며 밝은 환상에 푹 빠져버리거나 어두운 환상에 의해 고통을 받는다. 그리하여 그 젊은 사랑의 바보는 바람과 추위에도 불구하고 밖으로 나가 작은 항구도시의 거리와 골목을 불안한 마음으로 거닐었다. 그는 같은 독일인인 상인남자가 자신의 여행목적에 대해 넌지시 알아내고 싶어 할 것으로 생각하고, 자신의 비밀스런 목적이 노출되지 않기 위해 몇 가지 것들을 당황하지 않고 제시해야겠다는 생각을 했다. 그는 이제부터는 다시 질문을 받게 되면 나이아가라와 옐로스톤 공원을 둘러보고 대학동창생을 만나기 위해 건너가는 것이라고 말하리라 다짐했다.

호텔에서의 조용한 점심식사 중에 〈롤란트호〉가 예정보다 이른 저녁 5시 경 니들스에 도착할 것이라는 소식이 전해졌다. 프리드리히는 기성복 분야에서 자기 업장을 개설하기 위해 업무여행 중이라는 그 처음 알게 된 남자와 함께 커피를 마시고 시몬 아르츠트 담배를 피웠다. 그런 다음 두 사람은 짐을 모두 챙겨 호화로운 이름과는 전혀 어울리지 않는 살롱증기선으로 올라갔다.

여기에서는 굴뚝이 낮아 검은 연기가 누르스름한 혼탁한 안개 속으로 피어올라 온통 고통스럽게 하는 가운데 한 시간 동안 몹시 불편하게 앉아 있어야 했다. 이따금 기관실에서는 석탄을 때는 화부(火夫)의 삽질소리가 울려왔다. 차례로 대여섯 명의 승객이 모두 입을 굳게 다문 채 짐꾼들과 함께 도착했다. 부속선인 이 살롱선의 선실은 갑판 위에 있었다. 내부에는 창문 아래에 빨간 플러시쿠션이 있는 긴 의자가 있었는데, 사실상 방은 유리상자나 마찬가지였다.

승객들은 모두 어디에든 가만히 계속 앉아있을 만큼 마음의 안정을 찾지 못했다. 그들은 불안스럽게 속삭이는 톤으로 말을 주고받았다. 젊은 여자 세 명이 창백한 얼굴을 한 채 계속해서 귓속말을 하면서 선실을 따라 앞쪽에서 뒤쪽 끝까지 이리저리 거닐었다. 그중 한 명은 호텔 독서실에 있었던 바로 그 여자였다.

묻지도 않았는데 갑자기 기성복업자가 말했다.

"내가 이 배로 왕복하는 게 벌써 열여덟 번째입니다."

누군가가 응대했다.

"배 멀미는 안 하시나요?"

"나는 매번 배에 발을 올려놓기만 하면 즉시 시체가 된답니다."

마침내 오랜 시간을 헛되이 기다린 끝에 부속선의 내부와 조종간에서 어느 정도 준비가 된 것 같았다. 세 명의 여자는 서로 끌어안고 입맞춤했다. 호텔 독서실에 있었던 가운데의 가장 예쁜 여자는 배 위에 그대로 남았고, 다른 두 여자는 부두로 내려갔다.

그러나 그 작은 부속선은 여전히 움직일 기미를 보이지 않았다. 마침내 부두에 있는 쇠로 된 고리에서 밧줄이 풀렸다. 가슴을 찢는 기적이 울렸고, 스크루가 시험하듯 서서히 검은 물을 휘저었다. 그러는 동안 칠흑 같이 어두운 밤이 사방을 점령했다.

마지막 순간에 프리드리히는 몇 통의 전보를 전달 받았다. 그의 부모님이 행복한 여행을 기원했다. 그의 형은 몇 마디 진심이 담긴 말을 적었다. 다른 두 통의 전보는 그의 회계담당자와 변호사에게서 온 것이었다.

이제 젊은 의사 폰 카마허는 사우샘튼 부두에 남아 배웅해주는 어떤 친구도 친척도, 심지어 아는 사람 하나 없었는데도 그 작은 부속선이 움직이는 것을 느끼자마자 가슴속에서 폭풍이 일었다. 그는 그것이 슬픔의 폭풍인지 고통의 폭풍인지, 어쩌면 절망의 폭풍인지 끝없는 행복에 대한 희망의 폭풍인지 말할 수 없을 것 같았다.

평범하지 않은 남자들의 인생행로는 10년마다 심각한 위기에 빠지는 것 같다. 그러한 위기에서는 축적된 병원체들이 극복되고 퇴치되기도 하지만 그것들이 들어가 살고 있는 신체가 굴복당하기도 한다. 흔히 그렇게 굴복당하는 것이 육체적인 죽음이지만 가끔은 단지 정신적인 죽음일 뿐이기도 하다. 그리고 가장 중요하며 관찰자에게 있어 가장 놀랄만한 위기들 중 하나는 세 번째 10년과 네 번째 10년 사이의 전환기에 오는 위기이다. 위기는 서른 살 이전에 시작되기는 어렵고, 30대 중반까지, 아니 자주 그 이후까지도 늦춰진다고 여겨진다. 왜냐하면 위기는 동시에 삶의 대대적인 청산이자 근본적인 결산이므로 사람들은 너무 일찍 시작되는 것보다는 가능한 한 늦춰지기를 원하기 때문이다.

프리드리히가 유럽 땅을 떠나고 나서 그때까지의 그의 전 생애에 대해 얼마나 폭넓게 되돌아보며 깨달았는지는 두말할 필요가 없을 것이다. 항구의 불빛을 뒤로 하고 멀어지는 이 표면적인 작별은 그의 마음속에 있는 모든 세계와의 작별이기도 했다. 그리고 여기에서는 다시 만날 기약을 한 것이 아니라 모든 것을 영원히 잃어버린 것이었다. 이 순간에 프리드리히 존재의 전체가 거의 가만히 있지 못할 정도로 요동친 것은 놀라운 일이 아니었다.

작은 증기선 주변으로 짙은 어둠이 깔렸다. 항구의 불빛은 사라졌다. 유리로 된 방이 있는 조각배가 크게 흔들리기 시작했다. 그러면서 바람이 이 음매를 통과하여 휘파람을 불며 울부짖었다. 바람은 이따금 작은 증기선을 멈춰 세웠다. 갑자기 기적이 여러 번 울렸고, 배는 어느 쪽으론가 방향을 틀어 검은 어둠을 뚫고 계속하여 앞으로 나아갔다.

창문이 덜커덩거리는 소리, 선체의 진동, 땅속을 후벼 파는 듯한 프로펠러의 그르렁거리는 소리가 배를 옆으로 기울어뜨리는 바람의 빽빽 소리치는, 휘파람을 부는, 울부짖는 소리와 합쳐졌다. 이 모든 것이 함께 어우러져 여행객들은 더할 나위 없이 불편한 상태로 빠져들었다. 증기선은 어찌할 바를 모르는 듯 몇 번이고 멈춰 서서 날카로운 기적소리를 울렸다. 이따금 기적소리는 강풍이 부는 검은 바다의 사나운 요동에 완전히 묻혀버려 쉰 목구멍에서 나오는 힘없는 숨소리로밖에 들리지 않았다. 그러다가 배는 때로는 뒤로, 때로는 앞으로 나아갔다가 다시 어쩔 줄 모르고 멈춰 섰고, 파도의 엄청난 물결에 의해 방향을 틀고 솟아올랐는데, 흡사 길을 잃고 영원한 어둠 속으로 가라앉는 것 같았다.

그러고 나서 갑자기 드르륵 소리를 냈고, 물에 소용돌이를 일으켰으며,

끔찍하고 무서운 휘파람 소리를 내며 쉭쉭하는 연기를 세차게 내뿜었다. 한 번, 두 번 – 프리드리히 폰 카마허는 일곱 번 세었는데 – 갑자기 배는 마치 사탄에게서 달아나려는 것처럼 최고의 민첩성을 얻게 되었다. 그리고 배는 갑자기 방향을 돌려 찬란한 불빛을 받으며 어마어마하게 큰 환영 앞에 떠 있게 되었다.

〈롤란트호〉는 니들스에 도착하여 바람을 맞으며 떠 있었다. 작은 증기선은 〈롤란트호〉의 거대한 측면의 보호를 받고 있어 마치 대낮처럼 밝은 항구에 입항한 것 같았다. 프리드리히는 마음속에서 자신을 막강한 바다를 정복한 놀라운 존재라는 인상을 일깨웠고, 최고로 강한 힘을 나타내는 포르티시모*와 같다고 여겼다.

프리드리히는 검은 물이 솟아올라 검게 변한 이 거대한 벽, 배의 이 어마어마한 측면을 바라보는 지금처럼 인간의 천부적 재능의 힘에 대해, 그가 서있는 시대의 진정한 정신에 대해 깊은 존경심을 느껴본 적이 없었다. 그 측면은 끝없이 이어진 둥근 창들을 통해 바람에 맞서 싸우며 거품을 일으키는 파도의 초원으로 불빛줄기를 던지고 있었다.

선원들은 〈롤란트호〉의 측면에서 트랩을 내리느라 분주하게 움직였다. 프리드리히는 트랩이 연결된 위쪽 갑판에서 제복을 입은 많은 종업원들이 무리를 지어 새로운 승객들을 맞이할 준비를 하고 서있는 것을 볼 수 있었다. 이제 작은 살롱증기선 안에서는 모두가 급하게 짐을 챙기고 있었고, 그러는 동안 눈앞에 펼쳐지고 있는 모든 것이 숭고한 힘을 지닌 채 젊은 의사를 지배하고 있었다. 이 거대한 진기함 앞에서 현대 문명이 무미건조하다는 믿음을 유지하는 것은 불가능했다. 여기에서는 대대적인 낭만이 모든

---

* '매우 강하게'를 뜻하는 음악의 기호로 악보에 이 표시가 있으면 아주 강하게 연주해야 한다.

사람에게 강요되었으며, 이 낭만에 비하면 시인들의 꿈은 희미하게 사라져버릴 정도로 아무 것도 아니었다.

작은 부속선이 요염한 얼굴로 춤을 추며 반쯤 둥둥 떠서 트랩에 접근하는 동안 위쪽 높이에 있는 〈롤란트호〉의 갑판에서는 악대가 음악을 연주하기 시작했다. 그것은 군인들을 전투, 즉 승리 또는 죽음으로 이끄는 호전적이면서도 동시에 체념적인 종류의 활기차고 결연한 행진곡 풍이었다. 관악기, 심벌즈, 북, 팀파니로 이루어진 오케스트라는 젊은 의사의 신경을 열정적인 빗물로 녹아내리게 하는 데 부족함이 없었다.

저 위 높은 곳에서 밤의 어둠 속으로, 그리고 유도되고 있는 작은 부속선으로 울려 내려오는 이 음악은 소심한 사람들의 두려움을 잠재우기 위한 의도로 연주되고 있음이 분명했다. 밖에는 끝없는 바다가 펼쳐져 있었다. 그런 순간에는 바다를 깜깜하고 어둡다고 생각하는 것 외에는 아무 것도 할 수 없었으니! 그것은 인간과 인간의 일에 적대적인 무서운 힘이었다. 이제 〈롤란트호〉의 가슴에서 깊숙한 저음이 점점 더 강하게 고조되면서 끔찍스런 소음, 고함, 포효, 천둥소리가 터져 나왔고, 공포와 폭력성을 띤 그 소리는 심장의 피를 멈추게 했다. 프리드리히는 '아, 사랑하는 롤란트, 자네가 바다와 겨루려나 보네'라고 생각했다. 그러면서 그는 트랩에 발을 올려놓았다. 그는 지금까지 무슨 일을 해왔고, 어째서 여기로 오게 되었는지를 잊고 있었다.

그는 악단의 거친 리듬이 울리는 가운데 계단의 꼭대기에 올라 마침내 아크등의 밝은 불빛 아래 넓은 갑판에 서게 되었고, 믿음을 불러일으키는 수많은 남자들과 마주해 있는 데 대해 놀라워했다. 그들은 훌륭한 사람들의 집합체였다. 장교에서 승무원에 이르기까지 모두가 선택된 대단한 사람들이었고, 얼굴모습 또한 예리하면서도 단순하고, 총명하면서도 진실한 느낌을 주었다. 프리드리히 폰 카마허는 무언가 독일이라는 나라와도 같은 것이 존재한다고 혼잣말을 했고, 동시에 자부심과 함께 믿음어린 안정감을 느꼈다. 이런 느낌을 뒷받침해준 것 중 하나는 그의 마음속에서 순간적으로 떠오른 아주 특별한 생각이었다. 그것은 '우리의 주님이 이런 고귀하고 충직한 선택된 사람들을 어린 고양이처럼 바다에 빠뜨려 죽일 결심을 하시지는 않을 거야'라는 것이었다.

그는 침대 두 개가 있는 선실을 혼자 배정받아 짐을 푼 다음 곧 식당으로 가 말굽 모양의 테이블 끝에 앉아 최고의 서비스를 받았다. 사람들은 먹고 마셨지만 저녁식사 시간은 이미 지났기 때문에 뒤늦게 온 몇 안 되는 사람들만이 앉아있는 낮고 넓은 텅 빈 방은 그다지 붐비지 않았다. 모두가 지쳐서 자기 일에만 전념했기 때문이다.

식사를 하면서 프리드리히는 자신이 지금 정말로 미국으로 가고 있는지, 정말로 여행 중에 있는지 생각하기가 어려웠다. 그가 있는 건물의 거의 감지할 수 없을 정도의 조용한 진동은 지속적인 흔들림에 수반된 현상으로 보기에는 너무 미미한 듯 했다. 그는 습관에 따라 포도주 몇 잔을 마시자 차분하고 편안한 느낌이 들었고, 기분 좋게 나른한 상태가 되었다. 그는 숙면을 취할 수 있으리라 예감하면서 몇 주, 아니 몇 달 만에 처음으로 바로 이곳, 쉬지 않고 바다를 헤치며 나가는 배 위에서 몇 시간의 휴식과 평안을 찾게 된 것이 참으로 신기하다고 생각했다.

그는 열 시간 동안 엄마의 요람에 든 아기처럼 잠을 자고 난 다음 다시 눈을 떴고, 여전히 행복한 평화 같은 것을 느꼈다. 그가 맨 처음 생각한 것은 그 소녀였다. 그녀는 같이 떠다니는 넓은 숙소를 통해 여러 날 밤낮에 걸쳐 슬픔과 기쁨 속에 그와 연결되어 있을 것이었다. 프리드리히는 벽들을 더듬었다. 그것들은 그가 사랑하는 여인과 접촉하게 하고, 그녀의 생생한 숨결이 그에게로 흘러들어가게 하는 하나의 길잡이와도 같은 것이 되었다.

프리드리히는 식당으로 갔다. 거기에서는 푸짐한 아침식사가 제공되었고, 그는 왕성한 식욕을 돋우며 식사를 즐겼다. 그는 혼잣말을 했다.

'나는 잠을 자고 있었고, 마치 어느 날 밤 꿈에서 그랬던 것처럼 마비된 상태로 누워서 대서양 위를 200마일이나 달려왔구나. 이 얼마나 독특하고 얼마나 기이한가!'

프리드리히는 승객명단을 요청했고, 명단에서 아주 확실하게 찾을 수 있으리라 예상했던 두 사람의 이름을 발견하고는 소스라치게 놀랐으며, 얼굴이 창백해지고 가슴이 쿵쾅거렸다.

프리드리히 카마허는 할슈트룀과 그의 딸의 이름을 눈으로 읽자마자 곧바로 명단을 접고 주위를 둘러보았다. 식당 홀에는 열다섯에서 스무 명 가량의 남녀가 모여 있었고, 모두 식사를 하고 있거나 종업원에게 원하는 아침식사 메뉴를 알려주고 있었다. 그러나 프리드리히에게는 그들이 모두 자신을 염탐하고 관찰하기 위한 목적으로 그곳에 있는 것처럼 여겨졌다.

식당은 배의 좌측에서 우측까지 가로로 전체를 차지하고 있었고, 창들은 부딪치는 파도에 의해 이따금 어두워졌다. 프리드리히의 맞은편에는 해운사제복을 입은 한 남자가 앉아있었다. 그는 프리드리히에게 자신을 선내의사라고 소개했다. 프리드리히가 관심을 기울이지 않는데도 둘 사이에는 곧장 전문적인 분야의 대화가 무척 활발하게 이어졌다. 프리드리히는 할슈트룀 부녀와 처음 만날 때 어떻게 행동해야 할지 마음을 정할 수가 없었다.

그는 어린 할슈트룀 때문에 온 것은 전혀 아니고, 사실은 자신이 특별히 사랑하는 친구 페터 슈미트를 방문하고, 뉴욕과 시카고, 워싱턴, 보스턴, 옐로스톤 공원, 그리고 나이아가라 폭포를 보기 위해 새로운 세계로의 여행길에 오른 것뿐이라고 스스로에게 말하면서 자기기만을 통해 난감함을 덜었다. 그는 할슈트룀 부녀에게도 이렇게 전하고자 했고, 나아가 이런 기이한 만남이 이루어진 우연의 원인을 그들에게 돌릴 생각이었다.

프리드리히는 마음이 점점 더 차분해지는 것을 느꼈다. 사랑의 우상숭배는 우상과 떨어져 있는 상태에서는 이따금 그 정도가 치명적이 된다. 그리하여 프리드리히는 파리에 체류하는 동안 끊임없는 열병 상태 속에 살았고, 그의 그리움은 참을 수 없을 정도로 커져갔다. 이제 동그란 후광에 에워싸인 어린 할슈트룀의 모습이 나타났고, 그것이 프리드리히의 내면의 눈을 감탄시키며 강제로 끌어당김으로써 그는 말 그대로 눈이 멀어 다른 것은 아무것도 보이지 않았다. 그러나 이런 환상은 갑자기 사라졌다. 그는 부끄러웠고, 정말 우스꽝스럽다고 느꼈다. 그리고 처음으로 갑판으로 올라가려고 일어나자 마치 자신이 꽁꽁 묶여 있던 사슬에서 풀려난 것 같은 느낌이 들었다.

위에서 불어오는 짭조름한 바람이 가슴을 후련하게 하면서 그의 내면으로 밀려들어오자 그런 자유와 치유의 느낌은 더 고조되었다. 남자와 여자들이 측은함을 불러일으키는 상태로 접이식 의자에 누워 있었다. 그들의 얼굴은 몹시 무관심한 녹색 표정을 띠고 있었고, 젊은 의사 프리드리히는 이러한 모습만으로도 〈롤란트호〉가 더 이상 잔잔한 물 위를 평온하게 미끄러져 나가지 않고 이미 눈에 띄게 흔들리며 피칭하고 있다는 것을 알아차렸다. 하지만 프리드리히는 두려워했던 뱃멀미를 스스로도 놀랄 만큼 조금도 느끼지 않았다.

그는 여성휴게실을 빙 돌아 별실 입구를 지나 함교 아래에서 세차고 짠 바닷바람에 몸을 맡겼다. 그의 아래쪽, 배의 거의 선두에까지 뻗어 있는 다인실의 승객들은 편안한 상태로 있었다. 〈롤란트호〉는 전속력으로 달리는 듯이 보였지만 최고 속도에 이르기에는 역부족이었다. 배에 맞서 바람이 몰고 오는 긴 파도행렬이 배가 나아가는 것을 방해했다. 아래쪽 갑판 위에는 아마도 비상용인 듯 두 번째 함교가 세워져 있었고, 프리드리히는 춤추는 배를 보면서 갑자기 위쪽의 텅 빈 함교 위에 서있어 보고 싶은 강한 유혹을 느꼈다. 그는 다인실로 내려간 다음 철제 디딤판을 타고 바람이 부는 높은 다리로 기어 올라가 그 높은 곳에서 강풍 속에 서있음으로써 당연히 적잖은 주목을 끌었다. 그러나 우선은 그것이 그를 힘들게 하지는 않았다. 갑자기 그는 우울해진 적도 없고, 정신병을 앓는 아내의 기분에 짓눌려 살아본 적도 없으며, 시골의 곰팡이 슨 구석방에서 진료를 한 적도 없었던 것처럼 기분이 너무 상쾌해지고, 새로워지는 것을 느꼈다. 그는 결코 세균학을 연구한 적도 없고, 그걸로 좌절을 겪은 적도 없는 듯이 생각되었다. 그는 방금 전에 내보였던 그런 기분 좋은 모습으로 사랑에 빠진 적 또한 없었다.

그는 머리를 뒤로 젖힌 채 세차고 신선한 바람을 맞으면서 웃었고, 짭짤한 공기를 마음껏 들이마시고 원기를 회복했다.

그 순간 아래쪽 다인실에서 사람들의 거친 웃음소리가 프리드리히에게 울려 올라왔다. 동시에 그의 눈에 띈, 뱃머리 앞에서 하얗고 세차게 솟아오른 무언가가 눈이 멀어버릴 정도로 그의 얼굴을 격하게 내리쳤고, 그는 자신이 속옷까지 흠뻑 젖어 물이 흘러내리는 가운데 세찬 바람을 맞으며 서

있다는 것을 깨달았다. 그에게 덮친 첫 번째 파도였다.

그는 마치 바이킹이야말로 자신의 인생에서 진정한 소명이라는 것을 발견한 듯한 느낌이 들었고, 사람들의 웃음을 받으며 심한 추위에 몸을 떨면서 다시 철제 계단을 기어 내려왔다. 그는 아직 머리 위에 프랄린이라고 하는 회색의 둥근 모자를 쓰고 있었다. 그의 외투는 공단으로 된 안감이 누비질 되어 있었다. 그는 얇은 산양가죽으로 된, 단추가 달린 우아한 부츠를 신고 있었다. 하지만 이 모든 것은 차가운 소금물에 젖어 버렸다. 그는 다인실의 승객들 사이를 뚫고 축축한 흔적을 남기면서 그다지 명예롭지 못한 철수를 했고, 승객들은 그를 걱정했다. 그런데 분노에 차 있는 프리드리히에게 누군가 그의 이름을 부르기까지 하면서 말을 걸었다. 그는 올려다보면서 호이쇼이어에서 온 어떤 사람을 알아보고는 자신의 눈을 의심하지 않을 수 없었다. 그 사람은 술주정과 온갖 불성실한 행동으로 악평이 자자했었다.

"빌케, 당신 맞지요?"

"예, 그렇습니다, 의사 양반."

빌케는 북미의 뉴잉글랜드주에 살고 있는 동생을 방문하러 가는 길이었다. 그는 자신의 고향에 사는 "인류"가 비열하고 배은망덕하다고 주장했다. 집에서는 목을 찔려 생긴 마지막 상처를 처치해준 의사 앞에서까지 수줍어하고 거리를 두어왔던 그가 여기에서는 거대한 바다의 파도 위를 다른 사람들과 함께 헤엄쳐 나아가면서 예의바른 어린아이처럼 솔직하고 수다스러워졌다.

그는 마침내 프리드리히에게 넓게 퍼지면서 모음소리가 강한 사투리로 말했다.

"당신도 고맙다는 말을 듣지 못했을 걸요, 의사 양반."

그러면서 그는 자신의 선량한 행동이 험담에 의해 엉뚱하게 피해를 당한 숨겨진 많은 사례들을 열거했다. 그는 프리드리히가 거주하면서 진료를 했던 플라센베르크와 그 주변 지역 출신의 사람들은 자신이나 의사 같은 사람에게는 어울리지 않는다고 말했다. 그리고 그런 사람들에게는 자유의 땅 미국이 꼭 맞는 곳이라고 말했다.

산책용 갑판으로 돌아온 프리드리히는 〈롤란트호〉의 선장인 금발의 폰 케셀 씨에게서 몹시 친밀하게 대접 받았다. 선장은 그에게 이런저런 것들을 친절하게 말해 주었다.

프리드리히가 들어가 옷을 갈아입은 선실은 배가 더 심하게 움직였기 때문에 머무르기에 어려움이 있었다. 두꺼운 유리로 된 둥근 채광창 하나가 방을 비추었다. 그때 채광창이 나있는 벽이 위로 솟아올라 비스듬한 지붕처럼 기울어지자 곧장 구름을 뚫고 하늘에서 햇빛이 채광창을 통해 맞은편에 놓인 낮은 마호가니 침대로 떨어졌다. 여기서 프리드리히는 침대의 가장자리에 앉아 머리를 숙인 채 몸을 지탱하려고 애썼다. 그렇게 하지 않았더라면 그는 침대에 머리를 부딪쳤을 것이다. 그리고 그는 뒷벽이 조금씩 뒤로 물러나는 데에 딸려가지 않으려고 필사의 노력을 기울였다. 선실은 롤링이라고 불리는 움직임의 순환주기에 있었고, 이따금 프리드리히에게는 창문 벽이 천장이 되고, 천장이 오른쪽 측면 벽이 되는 것처럼 보였고, 그런 다음 다시 침대 벽이 천장이 되고, 이것이 다시 창문 벽이 되는 것처럼 보였다. 이때 실제의 창문 벽이 마치 그를 다급히 일어나게 하려는 것처럼 그의 발 앞으로 거의 수평으로 밀려들어왔기 때문에 당연히 창이 완전히 물에 잠겨 객실이 어두워진 순간을 맞았다.

그토록 심하게 흔들리는 방에서 옷을 벗고 입는 것은 쉽지 않았다. 그리고 프리드리히는 한 시간 전에 떠났던 방이 그 사이에 그런 요동 속에 빠질 수 있다는 데 대해 적잖이 놀랐다. 여기에서는 가방에서 부츠와 바지를 꺼내거나 그것을 발과 다리에 입히는 것은 체조를 하는 행위였다. 그리하여 그는 자신도 모르게 웃으며 그런 비교를 했고, 그 비교에 대해 연거푸 웃음이 터져 나왔다. 이 웃음이 진심에서 나왔다고 말할 수는 없다. 그는 끙끙거리며 옷을 갈아입으면서 다음과 같이 혼잣말을 했다.

'여기에서 내 모든 인격이 완전히 흔들리고 있다. 이런 일이 지난 2년 동안에 이미 일어났다고 생각한다면 내 생각이 틀린 것이다. 나는 운명이 나를 흔들고 있다고 생각했었다. 이제 내 운명과 내가 흔들리고 있다. 나는 내 안에 비극을 품고 있다고 생각했었다. 이제 나는 내 모든 비극을 안고 이 덜컹거리는 상자 안에서 우당탕 소리를 내며 뛰어다님으로써 나 자신 앞에서 품위가 박탈당하고 있다. 나는 모든 것과 모든 사람에 대해 꼼꼼하게 생각하는 습관이 있다. 예컨대 나는 계속하여 새로운 파도를 헤치고 지나가는 뱃머리에 대해 곰곰이 생각한다. 다인실에 있던 사람들의 웃음에 대해 곰곰이 생각해보면, 내 생각에 그들은 편안한 마음으로 앉아 있지 못하는데도 내 덕분에 잠시 즐거움을 맛보고 있다. 쓰레기 빌케에 대해 곰곰이 생각해보면, 그는 집에서 곱사등이 재봉사 여자와 결혼했으며, 그녀가 모아놓은 돈을 빼앗고, 날마다 그녀를 학대했는데, 조금 전 나는 그를 거의 끌어안을 뻔했다. 금발이며, 순수 독일인이고, 조금 연약한 폰 케셀 선장에 대해 곰곰이 생각해보면, 좀 땅딸막한 이 멋진 남자는 여기에서 절대적인 통치자이자 왕이며, 첫눈에 믿음이 가는 사람이다. 그리고 마지막으로 나 자신의 끊임없는 웃음에 대해 곰곰이 생각해보면, 내 웃음이 재기발랄한 경우는 극히 드물다는 것을 스스로도 인정한다.'

프리드리히는 이와 같은 식으로 자신의 내면의 대화를 한동안 이어갔다. 그러면서 가장 쓰디쓴 아이러니가 묻어나는 열정 또한 내보였는데, 소녀에 대한 이 열정은 그에게 이 여행을 떠나도록 한 동인이었다. 그는 이제 정말 아무런 의지도 없었고, 높은 파도 위에서 좁은 새장에 갇힌 이런 상태에서 마치 운명의 수법과 자신의 무력함이 가장 신랄한 형태로 자기 앞에 내보여지고 있는 것 같았다.

프리드리히가 다시 위로 올라갔을 때 갑판에는 여전히 꽤 많은 사람들이 있었다. 환자들이나 낮잠 자는 사람들이 이용하는 눕는 의자들은 벽에 단단히 고정되어 있었다. 승무원들이 음료를 제공했다. 그들이 음료수가 가득 담긴 예닐곱 개의 잔을 들고 크게 흔들리는 갑판 위에서 몸의 균형을 잡는 모습은 보기에 흥미로웠다. 프리드리히는 할슈트룀과 딸을 찾기 위해 주위를 둘러보았지만 보이지 않았다.

그는 온통 주의를 기울여 앞에서 뒤까지 긴 갑판 전체를 둘러본 끝에 사우샘튼의 호텔 독서실에서 처음 보았던 그 예쁜 영국여자를 발견했다.

그녀는 근처의 굴뚝에 의해 따뜻하게 덮혀진, 바람을 막아주는 한 곳에서 담요와 모피를 덮고 편안한 상태로 앉아있었다. 무척 활기찬 어떤 젊은 남자가 그녀 옆에 앉아서 기사도를 발휘하고 있었다. 그 남자는 갑자기 벌떡 일어나 프리드리히에게 인사를 했다. 프리드리히는 한스 필렌베르크라는 그 젊은이의 이름을 지금까지 들어본 적이 없다고 생각했지만 활달한 젊은이는 자신이 프리드리히와 함께 어느 저녁모임에 갔던 적이 있다고 믿고 있었다. 그는 배를 타고 건너가 펜실베이니아 주 피츠버그 근처의 철광산 지역으로 갈 계획이었다.

갑자기 한스 필렌베르크가 말했다.

"폰 카마허 씨, 어린 할슈트룀도 당신처럼 여기 이 배에 타고 있다는 걸 아시나요?"

"할슈트룀이라니 누굴 말하는 거요?"

한스 필렌베르크는 프리드리히가 어린 할슈트룀을 잊고 있다는 사실에 적잖이 놀라지 않을 수 없었다. 그에게는 어린 할슈트룀이 베를린의 예술가의 집에서 춤을 출 때 프리드리히를 보았던 기억이 또렷하게 남아 있었다.

그 젊은 베를린 신사는 말했다.

"당신이 그 춤을 보지 못했다면, 폰 카마허 씨, 당신은 정말로 많은 것을 놓친 것입니다. 우선 어린 할슈트룀이 나타났을 때 걸치고 있는 것은 별것 아니었지만 그녀가 행동으로 내보여준 것은 정말로 감탄할만한 것이었습니다. 그것에 대한 사람들의 의견은 한 가지뿐이었지요.

사람들은 먼저 커다란 조화 하나를 방 안으로 들여왔습니다. 어린 할슈트룀은 그 꽃으로 달려가 냄새를 맡았습니다. 그녀는 꿀벌이 조그만 날개를 떨듯이 눈을 감고 꽃을 찾아낸 다음 역시 눈을 감은 채 꽃의 냄새를 맡았습니다. 갑자기 눈을 뜬 그녀는 돌처럼 얼어붙었습니다. 꽃 위에는 거대한 왕거미가 앉아있었습니다. 그녀는 방의 구석으로 도망쳤습니다. 처음에는 그녀가 무게 없이 땅 위를 둥둥 떠다니는 것처럼 보였지만 그 끔찍한 두려움으로 인해 방을 가로질러 달아나는 모습은 그녀를 비현실적으로 보이게 하는 것 이상의 역할을 했습니다."

프리드리히 폰 카마허는 예술가의 집에서 본 그 아침공연 외에도 그녀가 공포에 찬 끔찍스런 춤을 추는 것을 열여덟 번이나 보았다. 젊은 필렌베르크가 "유명한", "대단한", "거대한"과 이와 유사한 강한 어휘로 그녀의 춤을 칭송하려고 노력하는 동안 프리드리히는 마음속에서 그 춤을 다시 체험했다. 그는 어린 소녀의 몸이 한 동안 떨고 있다가 꽹과리, 심벌즈, 피리가 만들어내는 리듬에 맞춰 다시 꽃으로 접근해 가는 모습을 보았다. 꽃으로의 이 두 번째 접근은 욕망이 아닌 강압에 의한 것이었다. 무용수는 처음에는 공기 중에 부드럽게 흐르는 향기를 흔적으로 이용했는데, 그 흔적을 따라 향기의 발원지를 찾아갈 수 있었다. 이때 그녀의 입은 열려 있었다. 그녀의 작고 예쁜 콧등은 살며시 떨고 있었다. 그 다음 두 번째로는 무시무시한 무언가가 그녀를 끌어당겼다. 그것은 그녀에게 두려움, 공포, 호기심을 번갈아 불러일으켰고, 그리하여 그녀는 눈을 크게 뜨고 있었으며, 이따금 아무것도 보지 않으려고 두려움에 떨면서 두 손으로 눈을 가렸다.

그러나 그녀는 모든 두려움을 단번에 떨쳐내는 것 같았다. 그녀는 아무 이유 없이 겁을 먹었던 것이며, 이제 움직이지 않는 뚱뚱한 거미는 날개를 가진 피조물에게는 기본적으로 위험하지 않다는 것을 깨달았다. 이쯤에서 그녀의 춤은 엄청난 우아함과 익살스럽게 솟아 넘치는 흥겨움이 담겨 있었다.

이제 춤의 새로운 단계가 시작되었는데, 그것은 생각에 깊이 잠긴 상태를 나타냈다. 춤에 대한 욕구를 충분히 충족한 상태에 있는 듯한 젊은 무용수는 기분 좋게 나른한 동작으로 꽃에 흠뻑 취해 즐기고 난 다음 몸의 이곳저곳에서 거미줄 같은 실을 털어내면서 쉬려고 했다. 이것은 처음에는 조용히 사색에 잠긴 행동이었지만 그 속으로 점차 이상한 불안감이 밀려들어왔고, 이것은 지켜보는 모든 사람들에게 전해졌다. 그 아이는 동작을 멈추었고, 곰곰이 생각하고는 자신에게 솟아오른 어떤 근심으로 인해 자신을 비웃고 싶어 하는 것 같았다. 그러나 다음 순간 아이는 겁에 질려 창백해진 다음 마치 올가미에서 벗어나려는 듯 깜짝 놀랄만한 지극히 정교한 도약을 했다. 광란하는 무녀가 내던지는 듯한 그녀의 하얀 금발은 여기에서 활활 타오르는 물결이 되었고, 그 모든 것은 감탄의 아우성을 불러일으키는 광경이 되었다.

탈출이 시작되었고, '마라 또는 거미의 희생자'라는 제목과 어울리게 춤의 주제는 이제 마라가 점점 더 거미줄 속으로 얽혀 들어가 마침내 그 속에서 목 졸려 죽게 되는 것으로 꾸며졌다.

어린 할슈트룀은 발을 풀었고, 거미줄에 목이 졸려 있는 것을 발견했다. 그녀는 목에 감긴 거미줄을 잡으려고 손을 뻗고는 두 손이 묶여 있는 것을 발견했다. 그녀는 거미줄을 끊고, 몸을 구부리며 미끄러지듯 달아났다. 그녀는 두드리며 날뛰었지만 거미의 끔찍한 줄 속으로 점점 더 빨려 들어갔다. 마침내 그녀는 나무에 묶여 누워 있었고, 거미가 그녀의 생명을 빨아들이는 것을 느꼈다.

---◆---

프리드리히 폰 카마허가 어린 무용수 할슈트룀에 대해 그다지 흥미를 느끼지 않는다고 생각한 젊은 퓔렌베르크는 최근 베를린에서 유명세를 타고 있는 다른 인사들의 이름을 댔다. 그들은 같은 〈롤란트호〉를 타고 미국으로 가고 있었다. 그 중에는 미술계에서 잘 알려진 추밀고문관 라르가 있었는데, 그는 국가가 회화와 조각 작품을 매입하는 데 있어서 영향력을 행사하고 있었다. 그가 미국에 가는 것은 그곳에 소장된 미술품들을 연구하기 위해서였다. 또 다른 사람으로는 유명한 조각가 투셍 교수도 있었다. 그는 독일의 몇몇 도시에 기념상들을 세웠는데, 그것은 베르니니*의 정신

이 잘못 희석된 작품들이었다. 퓔렌베르크는 투셍에게는 돈이 필요하다고 설명했다. 사실은 투셍이 돈을 필요로 하는 것은 그의 부인이 돈을 탕진했기 때문이라고도 말했다.

말하자면 베를린의 사회적 소문을 몸에 두르고 다니는 한스 퓔렌베르크는 이렇게 말했다.

"그는 미국 땅에 발을 디디면 처음 사흘 동안의 호텔비를 지불할 돈조차 가지고 있지 않을 겁니다."

승리의 의자에 누워 〈롤란트호〉의 움직임과 함께하고 있는 그 조각가를 프리드리히가 쳐다본 것과 거의 동시에 팔이 없는 이상한 남자가 자신의 외투 깃을 붙잡고 있는 한 청년의 안내를 받아 갑판 위로 올라와 조심스럽게 근처의 작은 문을 통해 흡연실로 들어갔다. 젊은 베를린 사람은 프리드리히에게 설명했다.

"저 사람은 예술가입니다. 그는 뉴욕의 '웹스터와 포스터' 공연에 출연할 예정입니다."

승무원 몇 명이 갑판 위에서 몸의 균형을 잡고 있었고, 큰 컵에 담긴 뜨거운 수프가 추위에 떨고 있는 승객들에게 제공 되었다. 젊은 베를린 사람은 자기 여자에게 수프를 마시게 한 다음 그녀를 앉혀 두고 프리드리히와 함께 흡연실로 들어갔다. 물론 이곳은 시끄럽게 떠드는 소리와 연기로 가득 차있었으며, 두 사람도 담배에 불을 붙였다. 그 작은 방의 한쪽 구석에서는 카드놀이가 벌어지고 있었고, 여러 테이블에서는 독일어와 영어로 정치얘기가 오갔다. 프리드리히가 앞서 아침식사를 하면서 알게 된 선내 의사 빌헬름 박사가 나타났다. 그는 다인실 전체에 대한 아침점검을 하고

---

* 17세기 이탈리아 로마의 뛰어난 바로크 조각가(1598~1680)이다.

왔다. 그는 프리드리히의 옆에 앉았다. 미국이나 캐나다로 이주한 2백 명의 러시아 유대인들이 다인실에 있었다. 또한 30명의 폴란드인 가족과 그만큼의 독일인 가족이 있었는데, 이들은 제국의 남쪽에서는 물론 북쪽이나 동쪽에서도 왔다. 빌헬름 박사는 다음날 순회점검에 함께 참여하자고 동료 프리드리히에게 요청했다.

조그만 흡연실에서 나는 소리는 맥주홀에서 흔히 볼 수 있는 새벽술자리의 소리였다. 즉, 자리를 떠나는 남자들이 있었고, 대화는 큰 소리로 이어졌다. 또한 아주 거친 유머와 소란스런 흥겨움도 계속 펼쳐졌다. 그러면서 남자들에게서는 시간이 빨리 지나가고, 많은 사람들에게 있어서 일종의 마취제가 됨으로써 조급한 삶에서 안식을 취하게 했다, 프리드리히는 물론 빌헬름 박사도 대학시절부터 익숙해진 대로 온갖 종류의 추억을 되살려 끌어내는 것을 싫어하지 않았다.

한스 퓔렌베르크는 의사들이 자신을 거의 잊은 채 둘이서만 얘기를 주고받음으로써 곧장 지루함을 느껴 그의 여자에게로 돌아갔다. 그는 여자에게 이렇게 말했다.

"독일인들은 만나면 소리를 지르고, 취하게 될 때까지 술을 마시고, 서로 '형제애'를 외치며 마시지요."

빌헬름 박사는 이 흡연실의 분위기를 자랑스러워하는 것 같았다. 그는 이렇게 설명했다.

"우리의 선장은 우리 남자들이 방해받지 않고 머물면서 편안함을 잃지 않도록 하는 것을 철칙으로 삼고 있어요. 다시 말해서, 그는 어떤 조건에서도 여자들이 들어오는 것을 허용하지 않겠다고 뇌리에 새겨 두었지요."

흡연실에는 두 개의 철제문이 있었는데, 하나는 좌현으로, 다른 하나는 우현으로 나 있었다. 그 중 하나가 열리게 되면 들어오는 사람이든 나가는 사람이든 배의 움직임과 강한 바람에 맞서 매번 격렬한 투쟁을 벌여야 했다. 날씨가 좋은 날에는 날마다 그래왔듯 11시 쯤 되자 케셀 선장의 거대한 모습이 아주 조용히 들어섰다. 그는 바람과 날씨, 운항전망이 좋은지 나쁜지에 대한 일반적인 질문에 대해 친절하지만 간단하게 몇 마디 답해주고 나서 의사들이 앉아있는 테이블에 앉았다.

선장은 프리드리히 폰 카마허에게 말했다.

"당신은 유능한 선원이 될 수도 있을 것 같은데요!"

그러자 폰 카마허는 자신은 바닷물 세례를 한번 충분히 받아서 두 번째 세례는 원하지 않기 때문에 유감스럽게도 선장의 생각은 틀렸다고 여길 수밖에 없다고 대답했다. 프랑스 해안을 떠나 온 수로안내선 한 척이 몇 시간 전에 최신의 소식을 가져왔다. 함부르크-미국 항로를 운항하는, 취항한 지 1년밖에 안 된 쌍 스크루 증기선 〈노르트마니아호〉가 유럽으로 돌아오던 중 사고를 당해 뉴욕에서 약 600해리 떨어진 지점에서 회항하여 더 이상의 사고 없이 다시 호보켄*에 도착했다는 것이다. 비교적 잔잔한 바다에서 이른바 만조파가 갑자기 배 측면에서 솟아올랐고, 어마어마한 물 폭탄이 쏟아져 내리면서 여성휴게실과 그 복도와 그 옆 갑판의 복도를 훑고 지나가 여성휴게실에 있던 피아노가 배 밑 화물칸으로까지 굴러 내려갔단다. 선장은 자기방식대로 조용하게 이런저런 이야기를 했다. 그는 슈베닝어가 프리드리히스루에서 비스마르크 옆을 지키고 있는데,** 사람들은 이제 시시각각 비스마르크의 죽음을 걱정해야 한다는 얘기도 했다.

---

*   미국 뉴저지주에 있는 작은 항구도시로, 허드슨강을 사이에 두고 뉴욕의 맨해튼과 마주하고 있다.

**   철혈재상으로 유명한 오토 폰 비스마르크(1815~1898)는 19년간 독일제국과 프로이센왕국의 총리로 재임했는데, 에른스트 슈베닝어(1850~1924)는 비스마르크가 프리드리히스루에서 급성 폐부종으로 사망할 때까지 17년 넘게 주치의로 그를 돌보았다.

〈롤란트호〉에는 아직 신호도구로 국제적인 종이 도입되지 않았다. 한 트럼펫 연주자가 선실복도와 갑판 위로 낭랑한 신호음을 울렸는데, 식당으로 가 테이블에 앉아 식사를 해도 된다는 신호였다. 이 트럼펫신호음의 첫 번째 소리가 바람의 울부짖음을 뚫고 좁고 소란스러우며 사람들로 꽉 찬 흡연실 안으로 울려왔다. 팔 없는 남자를 안내하는 청년이 주인을 돌아가게 하려고 나타났다. 프리드리히는 큰 관심을 가지고 팔 없는 남자의 행동을 좇았다. 그는 시원시원하고 지적 능력이 풍부한 사람이었다. 그리고 영어, 프랑스어, 독일어를 하나같이 유창하게 말했으며, 존경받는 선장 앞에서까지 불손함을 멈추려 하지 않는 듯한 한 젊은 미국인의 건방진 어투를 제지하여 모두를 기쁘게 했다.

식당 안의 식탁은 삼지창 모양으로 설치되어 있었다. 삼지창의 닫힌 부분은 배의 앞쪽을 향해 놓여 있었고, 세 개의 갈래는 뒤쪽으로 향하고 있었다. 여기 가운데 갈래의 끝, 일종의 둥근 벽난로와 벽거울 앞에는 파란색 연미복을 입은 우아한 모습의 수석승무원 푼트너가 서 있었다. 마흔 살에서 쉰 살 사이의 푼트너 씨는 조심스럽게 태워서 분가루를 뿌린 듯한 하얀 머리를 하고 있어 루이 14세 시대의 집사와도 같았다. 머리를 꼿꼿이 들고 흔들리며 떠가는 홀을 내려다보면서 선장의 뒤에 서있는 그의 모습은 케셀 선장의 특별 경호원인 것처럼 보였다. 푼트너는 가운데 갈래의 끝에 앉아있으면서 식탁의 주인인 동시에 가장 고귀한 손님이었다. 그의 옆에는 의사 빌헬름 박사와 수석 항해사가 앉았다. 선장은 프리드리히가 마음에 들었기 때문에 빌헬름 박사 옆에 그의 자리를 마련해 주었다.

마련된 좌석의 절반 정도가 차자 흡연실에서 카드놀이를 하던 사람들이 비틀거리며 들어왔고, 승무원들이 명령에 따라 서비스를 행하기 시작했다. 잠시 후 카드놀이꾼들이 앉아있는 곳에서 샴페인의 코르크마개가 터졌다. 그쪽을 힐끗 바라 본 프리드리히는 갑자기 할슈트룀 씨를 발견했다. 그는 딸을 동반하지 않고 혼자였다. 일종의 화랑과도 같은 곳에서 식사에 어울리는 음악이 끊임없이 울려 내려왔다. 콘서트 프로그램에는 배의 이름, 날짜와 함께 연미복과 원통형 모자를 쓰고 만돌린을 치는 흑인의 모습과 연주될 일곱 개의 곡이 담겨있었다.

배의 앞부분과 함께 테이블과 접시, 병들이 있는 홀, 또한 식사하는 승객과 서비스하는 승무원들, 조리된 생선과 야채, 구이, 분식들 그리고 악단과 음악 등 모든 것이 번갈아가며 바닷물 산으로 높이 솟아올랐다가 밀려오는 다음 파도의 깊은 바다로 가라앉았다. 엔진의 강력한 작동으로 배는 온통 진동했고, 식당의 벽들은 15마일의 속도로 밀어닥친 소금물파도로 인한 첫 번째 충격을 당분간 견뎌내야 했다.

사람들은 전기불빛을 받으며 식사를 했다. 구름이 낀 겨울날의 그 우중충한 조명은 순간순간 창에 부딪치는 요란한 파도의 습격에서는 벗어나 있었지만 방을 충분히 밝게 비출 수는 없는 듯했다. 프리드리히는 흡사 고래의 뱃속에서 경박한 음악을 들으며 호화롭게 식사를 하는 무모한 상황을 - 이런 어마어마한 인간의 건방짐을 - 몹시 놀라워하며 웃으면서 즐겼다. 막강한 배는 꾸준히 정해진 항로를 따라가는 중에 이따금 순간적으로 저항에 부딪혔다. 반작용을 하는 어떤 힘의 조합이 배의 꼭대기를 향해 생겨났고, 거기에서 그것은 선체를 꼼짝 못하게 고정시키는, 이따금 거의 낭떠러지 앞에 서있는 것과도 같은 효과를 불러일으켰다. 그런 순간에는 언제나 소란스런 대화가 잠잠해졌고, 수많은 창백한 얼굴들은 선장 쪽을 바라보거나 배의 꼭대기를 빙 둘러 올려다보았다.

그러나 선장 케셀과 그와 함께 있는 사람들만은 식사에 열중하면서 잠깐 동안 배를 진동하며 멈춰 있게 한 이 현상에 대해 신경을 쓰지 않았다. 벽을 부숴버리기라도 하려는 듯 거대한 물 폭탄이 던지고, 누르고, 뛰어오르는 것은 흔히 일어나는 일인 양 그들은 계속하여 음식을 먹거나 이야기를 했다. 터무니없이 얇은 벽에 의해서만 제지되고, 질식시킬 듯한 분노를 품은 채 고래고래 증오의 함성을 내지르며, 둔중하게 천둥소리를 울리는 이 분노하는 막강한 자연의 힘은 뱃사람들을 불안하게 하지 않는 듯했다.

프리드리히의 시선은 계속하여 할슈트룀의 호리호리한 모습에 이끌렸다. 그의 옆에는 **빽빽한 콧수염**과 검은 속눈썹에 이따금 날카롭고 매서운 시선을 프리드리히 쪽으로 던지는 서른다섯 살쯤 되는 남자가 앉아있었다. 그는 프리드리히를 불안하게 했다. 조금 나이가 들었지만 여전히 멋진 남자로 여겨질 수밖에 없을 것 같은 할슈트룀은 인자한 표정을 지으면서 그 낯선 남자에게서 아첨을 받고 있다는 것이 곧 눈에 띄었다.

"동료 양반, 저 금발의 호리호리한 신사를 아십니까?"

프리드리히는 깜짝 놀라 대답하는 것을 잊었다. 그저 질문을 던진 빌헬름 박사를 어쩔 줄 몰라 하며 바라볼 뿐이었다. 빌헬름 박사는 계속해서 말했다.

"할슈트룀이라는 호주 사람이지요. 그는 과거에 우리 일에 손을 댔습니다. 또한 특이한 사람이기도 하지요. 그는 말괄량이 딸과 함께 여행하고 있는데, 그 딸은 뱃멀미가 너무 심해 브레멘에서 출발한 후 아직도 일어나지 못하고 있지요. 할슈트룀 옆에 앉아 있는 흑인 남자는 그녀의 삼촌인 것 같습니다."

빌헬름 박사가 물었다.

"동료 양반, 뱃멀미에는 도대체 어떤 방법을 쓰시나요?"

프리드리히는 아무도 눈치 채지 못하게 깜짝 놀라면서 대화의 방향을 돌리고자 했다.

"박사님, 박사님이 여기에 계시다니요? 저는 제 눈을 의심했는걸요!"
선실 계단 아래에서 막 갑판으로 오르려던 프리드리히는 이 말을 듣고 할슈트룀에 의해 멈춰 서게 되었다는 것을 느꼈다.
"할슈트룀 씨! 정말 기이한 우연이군요. 마치 베를린 전체가 미국으로 이주하기로 약속이나 한 것 같습니다."
이와 비슷한 식으로 프리드리히는 억지로 호들갑을 떨며 놀라워하는 체 했다.
"빈에서 온 건축가 아하라이트너랍니다!"
할슈트룀은 앞서의 그 날카로운 시선을 지닌 남자 아하라이트너를 소개했다. 건축가는 관심을 보이며 미소 지었고, 배의 흔들림으로 내동댕이 쳐져 벽에 부딪히지 않기 위해 구리로 된 계단난간을 있는 힘을 다해 꼭 붙잡았다.
계단의 첫 번째 층계참에서 음침한 흡연실의 문으로 통로가 나 있었다. 긴 쿠션의자가 갈색 판자로 된 벽을 따라 둥그렇게 놓여 있었고, 서너 개의 창문을 통해 파도가 소용돌이치고 거품을 일으키는 모습을 내다볼 수 있었다. 쿠션들 사이의 타원형 공간 전체를 어둡게 채색된 탁자 한 개가 채우고 있었다. 할슈트룀이 말했다.
"이곳은 두렵고 불안해지는 정말 끔찍스런 곳입니다."
다음 순간 트럼펫소리와 비슷한 웃는 목소리가 할슈트룀을 불렀다.

"우리가 계속 이런 기상상황에 처한다면 당신의 딸은 계약에 따른 '웹스터와 포스터' 극장에서의 공연 첫날 일정을 놓치게 되고, 나도 마찬가지일 겁니다, 할슈트룀 씨. 이런 악천후가 정말 끔찍스럽습니다. 우리는 8노트의 속도로 달릴 수가 없습니다. 당신 딸이 위약금까지 물지 않도록 대비하십시오. 나는 짐승이오! 나는 일주일을 바닷물 속에 누워있을 수 있고, 그래도 죽지 않습니다. 우리가 2월 1일 - 오늘이 25일인데 - 저녁 8시에 호보코에 도착하게 되면 나는 곧바로 9시에 더없이 유쾌한 기분으로 '웹스터와 포스터' 극장의 공연무대에 설 수 있습니다. 당신 딸은 그렇게 못할 걸요, 할슈트룀 씨."

프리드리히는 그 남자들과 함께 흡연실로 들어갔다. 그는 방금 전 말을 한 사람이 팔이 없는 그 남자라는 것을 이미 알아차렸다. 프리드리히가 나중에 할슈트룀을 통해 알게 된 대로 이 장애인은 세계적으로 유명했다. 아르투어 슈토스라는 그의 짧은 이름은 10년 전부터 전 세계 모든 주요 도시의 포스터에 새겨져 왔고, 수많은 군중을 극장으로 끌어들였다. 그의 특별한 기술은 다른 사람들이 손으로 하는 모든 일을 발로 하는 데에 있었다.

아르투어 슈토스는 점심을 먹었다. 식사장소로는 거의 이용되지 않는 이 좁은 공간에서 그에게 식사가 제공된 것은 포크와 나이프를 발로 쥐어야 하는 사람을 일반인들과 함께하는 식탁에서 먹게 할 수는 없었기 때문이다. 배가 심하게 흔들리는 데도 불구하고 아르투어 슈토스가 깨끗한 맨발로 익숙하게 포크와 나이프를 사용하고, 멋진 유머를 섞어 아주 재치 있게 이야기를 하면서 입으로 한 입 한 입 씹어 삼키는 모습은 세 명의 남자에게 정말로 구경할 만한 가치가 있었다. 아울러 그 팔 없는 예술가는 곧장 할슈트룀과 동반자를 이따금 좀 신랄하게 조롱하며 공격하기 시작했고, 그러면서 프리드리히와 시선을 주고받았다. 그의 시선은 프리드리히를 훨씬 더 높이 평가하고 있는 듯했다. 그의 그런 공격은 잠시 후 그와 프리드리히 두 사람을 갑판으로 옮겨가도록 했다.

"슈토스라고 합니다!"

"폰 카마허입니다!"

"함께 얘기를 나눌 수 있게 해주셔서 감사합니다. 저 할슈트룀과 그의 심복은 구역질이 납니다. 나는 20년 동안 예술가로 살아왔지만 저렇게 느슨하고 게으른 자들은 처음 보았습니다. 스스로는 아무것도 하고 싶어 하지 않으면서 딸을 속속들이 이용해먹는… 그 자들은 내게 구토제와도 같아서 나는 그 자들을 눈으로 볼 수가 없습니다. 그는 그러면서 위대한 남자인 체 연기를 하지요! 그가 무위도식하는 자이며, 예술가가 아니라는 것을 신은 아셔야 하는데! 그는 어딘가에서 딸의 뼈로 수프를 끓일 겁니다. 콧대는 높아요! 쓰레기 속에서 두카텐* 한 닢이 눈에 띌 경우 점잖은 누군가가 거기에 있으면 그것을 그대로 놔두고 집어 올리지 않는답니다. 그가 호감을 주는 외모를 지니고 있음은 부인할 수 없습니다. 그런 도구를 가지고 있으니 아주 재능 있는 고등사기꾼 역을 못할 리 없지요. 그는 점점 더 편안하게 살아가고 있으며, 딸과 딸의 추앙자들에 의해 생계를 부양받고 있습니다. 세상에 얼마나 많은 바보들이 사라지지 않고 계속하여 존재하는지 놀랍습니다. 저 아하라이트너 같이! 할슈트룀이 위에서 내려오면서 얼마나 거드름을 피우며 후원자인 체 하는지 주의 깊게 보십시오. 할슈트룀은 과거에 말 조련사였습니다. 그는 그 후 현기증냉수요법과 스웨덴식 체조요법으로 파산했지요. 그러자 그의 부인이 그자 곁을 떠났습니다. 유능하고 근면한 여자였지요. 그녀는 지금은 파리의 워스에서 지배인으로 화

---

*   옛 유럽에서 사용된 금화이다.

려한 삶을 누리고 있답니다."

프리드리히는 할슈트룀에게 마음이 끌렸다.

예기치 않게 슈토스를 통해 알게 된 할슈트룀의 과거의 삶은 지금 이 순간에는 그에게 아무 관심도 없었다. 예술가 슈토스가 사라지지 않는 바보들에 대해 한 말이 프리드리히의 얼굴에 슬쩍 홍조를 띠게 했다.

아르투어 슈토스는 점점 더 말이 많아졌다. 그는 발을 손으로 사용해야 하는 사람에게 있어서 피할 수 없는, 원숭이와 비슷한 자세로 앉아 있었다. 그리고 식사를 마치자 그는 여느 다른 남자와 마찬가지로 담배를 입에 물었다.

그는 어린애같이 밝은 목소리로 이야기를 계속했다.

"정말 할슈트룀 같은 사람들은 우리의 사랑하는 하느님께서 내려주신 건강하고 곧게 자란 팔다리를 가질 자격이 없습니다. 비록 올림픽 우승자처럼 보일지라도 여기 이 위쪽에 (그러면서 그는 자신의 이마를 두드렸다) 들어있는 것이 너무 적으면 당연히 엉망진창으로 지내지요. 유감스럽게도 할슈트룀에게는 너무 적게 들어있습니다. 나를 좀 보십시오! 나는 다른 모든 사람들이라고는 말하고 싶지 않지만 적어도 열 명 중 아홉 명은 나 같은 상황에서라면 일찍이 어린아이 때 죽었을 것입니다. 반면에 나는 오늘날 아내를 부양하고 있고, 칼렌베르게에 빌라를 소유하고 있으며, 배다른 형의 세 아이와 내 아내의 언니까지 먹여 살리고 있습니다. 처형은 가수였는데 안타깝게도 목소리를 잃었습니다.

현재 나는 남에게 의지하지 않고 완전히 독립을 했습니다. 그리고 내 재산을 어느 정도는 정리하고 싶어 여행을 다닙니다. 오늘 〈롤란트호〉가 침몰한다 해도 나는 더없이 태연하게 바닷물을 들이키며 죽어갈 수 있습니다. 나는 내 일을 해왔고, 내 돈으로 떵떵거리며 살아왔습니다. 내 아내, 아내의 언니와 배다른 형의 아이들은 무난히 살아갈 수 있도록 준비해놓았습니다."

예술가의 도우미 청년이 팔이 없는 그의 주인을 선실로 데려가 낮잠을 재우려고 나타났다. 슈토스는 "우리 사이에서는 모든 것이 제 시간에 꼭 맞춰 순조롭게 이루어지고 있지요."라고 말하고, 계속하여 도우미 청년에 대해 이야기했다.

"그는 독일 해군에서 4년 동안 복무했습니다. 나는 바다여행에서 다른 사람을 이용할 수 없습니다. 나에게 도움이 되는 사람은 물쥐처럼 노련한 잠수부여야 합니다."

위쪽 갑판은 오전과 비교하여 조용해졌다. 프리드리히는 현기증을 느끼며 선실에서 외투를 가지고 나와 중앙계단 입구 맞은편의 벤치에 주저앉았다. 할슈트룀은 보이지 않았다. 프리드리히는 옷깃을 높이 올리고 모자를 머리에 꾹 눌러 쓴 채 선박여행에서 특징적인 수면상태에 빠졌다. 이러한 상태는 눈꺼풀이 무겁게 내리누르는 데도 불구하고 불안스런 투명한 의식과 연결되었다. 영상들이 내면의 눈앞에서 질주한다. 그것은 끝없이 오고 끝없이 달아나는 다채로운 물살이며, 그 끝없는 이어짐이 영혼을 고통스럽게 만든다. 접시가 달그락거리고, 음악이 흐르는 화려한 점심식탁이 프리드리히의 머릿속에서 요동쳤다. 그는 예술가가 하는 말을 들었다. 이제 그 반 원숭이가 팔에 마라를 안고 있었다. 호리호리한 할슈트룀은 그 모습을 바라보고 미소를 지었다. 파도는 식당을 강타하고, 폭음을 내며 갈라지는 배의 몸체를 짓눌렀다. 갑옷을 입은 무시무시한 모습의 비스마르크와 역시 갑옷 차림의 전사 롤란트가 분노의 웃음을 지으며 말을 주고받았다. 프리드리히는 두 사람이 걸어서 바다 위를 지나가는 것을 보았다. 롤란트는 오른손에 춤추는 작은 마라를 들고 있었다. 프리드리히는 이따금 오들오들 몸을 떨었다. 배가 비스듬하게 기울어졌다. 배는 강한 남동풍에 의해 오른쪽 측면을 강타 당했다. 파도가 쉭쉭 소리 지르며 격렬하게 돌진 해왔다. 회오리파도가 빙빙 돌아 일으키는 리듬이 프리드리히에게는 마침내 자기 자신의 신체리듬인 듯 여겨졌다. 스크루가 작동하는 소리가 분명하게 들렸다. 일정한 시간간격에 따라 배의 맨 뒤쪽 부분이 물 위로 솟아올랐고, 그때마다 스크루는 공중에서 그르렁거리며 돌아가는 소리를 냈다. 그때 프리드리히는 호이쇼이어에서 온 빌케가 "의사 양반, 스크루가 부러지는 것 같은데요!"라고 말하는 소리를 들었다. 마침내 모든 기계가 프리드리히가 머릿속에서 생각한 것처럼 작동했다. 때때로 한 기관사가 기관실에서 다른 기관사에게 큰 소리로 말을 건넸고, 금속 물받이판이 울리는 소리가 들렸다.

프리드리히는 벤치에서 일어났다. 그는 죽은 사람 하나가 비틀거리면서 선실계단을 올라 자신에게 달려오는 것을 본 것 같았다. 그는 더 자세히 관찰하는 가운데 그 사람이 앞서 사우샘튼에서 만났던 그 기성복업자라는 것을 알아차렸다. 실제로 그는 뱃멀미로 이미 죽은 사람이라기보다는 죽어가고 있는 사람에 더 가까워 보였다. 그는 의식을 잃은 끔찍스런 시선으로 프리드리히를 바라보았고, 승무원 한 사람이 붙잡고 있던 바로 옆 승리의 의자에 털썩 주저앉았다. 프리드리히는 이 사람을 영웅에 포함 시키지 않는다면 이 세상에 영웅은 존재하지 않는다고 생각했다. 아니면 이 사람으로 하여금 끊임없이 반복하여 그런 여행의 지옥을 헤쳐 나가게 한 무언가가 영웅정신이 아니었을까?

프리드리히의 맞은편 계단 입구에는 수습선원 한 사람이 서있었다. 그는 이따금 함교에서 호루라기 소리가 울려 내려오면 당직 항해사에게서 무언가 명령을 전달받기 위해 사라졌다. 호루라기 소리는 한 시간이 넘게 울리지 않는 경우가 자주 있었고, 그럴 때면 그 귀여운 소년은 자신과 자신의 운명에 대해 곰곰이 생각할 수 있는 조용한 휴식시간을 가질 수 있었다.

프리드리히는 그가 이름이 막스 판더이고 슈바르츠발트* 출신이라는 것을 알고 난 후 그에 게 자신의 직업에 만족하는지 뻔한 질문을 했다. 그는 숙명적이라는 듯한 미소로 답했고, 그 미소는 귀엽게 생긴 머리를 더 귀엽게 보이게 했고, 선원이라는 직업에 대한 열정은 멀리 떨어져 있을 수 없다는 것을 증명하고 있었다.

프리드리히에게는 바다에 대한 끊임없는 열정은 허구임에 틀림없을 것 같은 생각이 들었다. 시계는 3시를 가리켰다. 그는 배에 오른 지 겨우 19시간에서 20시간밖에 안 되었는데도 벌써 약간의 피로가 찾아들고 있음을 느꼈다. 〈롤란트호〉가 지금보다 더 빠른 속도로 운항할 수 없다면 그는 똑같은 상태의 24시간을 여덟 번 내지 아홉 번 견뎌내야 할 참이었다. 그런 다음 프리드리히는 계속하여 그 메마른 땅에 머물겠지만 수습선원은 며칠 후 회항 길에 오를 것이다.

프리드리히가 그에게 물었다.

"자네가 육지 어딘가에서 좋은 일자리를 얻게 된다면 선원 일을 그만 둘 건가?"

소년은 고개를 끄덕이며 단호하게 말했다.

"예."

키 큰 일등항해사의 옆을 지나가면서 의사 빌헬름이 프리드리히에게 말했다.

"지긋지긋한 남동풍이로군요. 동료 양반, 괜찮으시다면 우리 함께 내

---

* 독일 남서부 바덴뷔르템베르크주의 울창한 숲으로 유명한 산악지역이다.

약국으로 들어가 아무 방해도 받지 않고 담배도 피우고 커피도 마십시다."

─·───────────◆───────────·─

〈롤란트호〉의 아래쪽 더 낮은 곳에 있는 두 번째 갑판을 따라 걸으면, 좌현에서도 우현에서도 모두 지붕이 덮인 복도를 통과하게 된다. 항해사들의 침실이 이곳에 있었고, 비교적 넓은 빌헬름 박사의 방도 여기에 있었다. 그 방에는 박사의 침대, 책상, 의자들과 잘 정돈된 약품장이 있었다.

두 사람이 자리에 앉자마자 적십자사의 한 간호사가 들어와 다인실에 있는 여자환자에 대해 의사에게 미소를 지으며 보고했다.

간호사가 나가자 선내의사가 설명했다.

"동료 양반, 이건 내 진료실에서 벌써 다섯 번째로 반복적으로 일어나고 있는 사건입니다. 즉, 처녀들이 실수를 저지르고는 뒤따를 일을 숨길 수 없어 무엇을 어떻게 해야 할지 모르면서 무작정 배를 타고 떠나는 것이지요. 분명 불미스런 일이 벌어질 수 있다는 것을 예상하면서 말입니다. 물론 그런 여자들은 자신들이 평범한 승객이라는 것을 알지 못하며, 우리 승무원들이 그들에게 이따금 꽤 노골적으로 적당한 존경을 표하면 그들은 어리둥절해 하지요. 물론 나는 언제나 그런 여자들을 최선을 다해 도와주지요. 나는 일이 별 탈 없이 해결된 경우 벌어진 일을 신고하지 말아달라고 배의 선장들을 설득해왔고, 대부분의 선장들은 내 말을 들어주었습니다. 우리가 어쩔 수 없이 신고를 할 수밖에 없었던 한 여자가 배가 입항한 직후 항구의 숙소 창문손잡이에 목을 매 숨진 채 발견된 사례가 있었기 때문입니다."

프리드리히는 여자들의 문제는 적어도 여자들이 이해하는 바로는 그저 나이가 찬 처녀들의 문제일 뿐이라고 말했다. 나이 찬 처녀의 임신을 막는 것은 모든 여성운동을 불임화 시킨다는 것이었다. 프리드리히는 계속 자기 생각을 펼쳐나갔다. 그는 자기 생각의 결론을 잘 알고 있었기에 기계적으로 술술 생각을 펼쳐나가는 동안 갑자기 마라와 그녀의 애인과 관련된 온갖 고통스런 상상들이 그를 괴롭혔다.

프리드리히는 담배연기를 내뿜으면서 겉으로 보기에는 활기차게 말했다.
"모성의식이 여성권리에 관한 모든 개혁의 살아있는 출발점을 이루어야 합니다. 더 건강한 사회적 유기체를 이룰 미래 세포국가*의 세포는 모성의식을 지닌 여성입니다. 여성세계의 위대한 개혁운동가들은 모든 면에서 남성과 동일하게 행동하려는 사람들이 아니라, 모든 사람은, 가장 위대한 남성까지도 여성을 통해 태어났다는 사실을 인식하는 사람들입니다. 여성들은 인간과 신의 혈족을 의식적으로 낳은 사람들입니다. 여성의 자연권은 아이를 가질 권리인데, 이 권리를 빼앗긴 것은 여성의 역사에 있어 가장 수치스러운 장입니다. 남자의 허락을 받지 않고 태어난 아이는 유황비**를 맞으며 뭇사람들의 공공연한 멸시를 받았습니다. 동시에 이러한 멸시는 남성의 역사에 있어 가장 비열한 장이기도 합니다. 마침내 이런 멸시가 끔찍하고 절대적인 지배력을 갖게 되었다는 것은 악마나 알 겁니다.

나는 여성들에게 권고할 것입니다. 어머니들의 단체를 결성하라고 말입니다. 그리고 단체의 모든 회원들은 남자의 허락을, 즉 결혼을 고려하지

---

* 세포국가는 독일의 의사이자 병리학자인 루돌프 루트비히 카를 비르호(1821~1902)가 신체의 세포구조에 대한 연구를 통해 세포라는 병리학적 개념을 정치화 한 용어이다. 건강한 사람이든 병든 사람이든 개개 인간의 생명의 온갖 특성을 담고 있는 개체로서의 세포가 사회나 국가의 출발점을 이룬다는 것이다.
** 꽃가루가 포함되어 있는 비로, 빗방울이 증발하거나 스며든 후에 미세한 황색 가루가 남는다. 구약성서 창세기 19장 24절에 나오는, 죄악의 땅 소돔과 고모라에 불과 유황 비가 내렸다는 데에서 유래한다.

아틀란티스　57

말고, 살아있는 아이들을 통해 실질적이고 사실적으로 어머니가 되었음을 밝히라고 말입니다. 그들의 힘은 여기에 있는 것입니다. 하지만 그들이 아이들에 관하여 겁을 먹고, 감추고, 양심의 가책으로 불안해 하면서가 아니라 당당하고, 공개적이며, 자유롭게 행동할 때에만 그렇습니다. 인류를 낳은 여자들의 자연스럽고 전적으로 정당하며 자랑스러운 의식을 되찾으라. 그대들이 그런 의식을 갖는 순간 그대들은 누구에게도 굴하지 않는 존재가 되리라."

의학계의 전문가 집단과 접촉을 해왔던 빌헬름 박사는 프리드리히의 이름과 그의 학문적 운명을 잘 알고 있었다. 그의 책장에는 프리드리히의 불행한 세균학 논문과 함께 그것을 처절하게 거부하고 수정을 요하는 자료가 있었다. 그러나 빌헬름 박사에게 프리드리히라는 이름은 아직도 권위 있는 울림을 지니고 있었다. 그는 주의 깊게 들었고, 프리드리히와 서로 얘기를 주고받음으로써 전반적으로 기분이 좋아졌다. 그런데 갑자기 적십자사의 간호사가 빌헬름 박사를 데려갔다.

의사가 쓰는 조그만 독실에 문을 닫고 홀로 있게 된 프리드리히는 자신의 기이한 여행의 의미에 대해 또 다시 곰곰이 생각하게 되었다. 〈롤란트호〉도 눈에 띄게 평온한 상태였기 때문에 그는 담배 연기를 즐기면서 어느 정도 편안함을 찾을 수 있었다. 하지만 이 편안함 속에도 바다여행의 일반적인 긴장감은 스며있었다. 기묘한 동기에 의해 기쁨과 동시에 슬픔을 느끼며 이 거대한 인간수송선에 실려 새로운 땅덩이로 옮겨진다는 것이 기이했었고, 그것은 지금도 여전하다. 그는 살아오면서 지금처럼 자신이 아무 생각 없는 운명의 인형인 것처럼 느껴본 적은 없었다. 그러나 다시 밝은 환영들과 어두운 환영들이 번갈아 나타났다. 그는 아직 배에서 보지 못한 잉이게르트를 생각했다. 그리고 그가 천장이 낮은 진료실의 진동하는 벽에 손을 대자 자신이 그 어린 여자아이와 함께 같은 벽 뒤, 같은 용골 위에서 안전하게 있다는 행복감이 밀려들었다. 그는 "사실이 아니야! 거짓말이야!"라고 낮은 목소리로 반복하여 말했는데, 이것은 할슈트룀이 자신의 말을 명예롭지 못한 방식으로 이용하고 있다는 팔 없는 불구자의 주장에 대한 반박을 의미했다.

프리드리히는 빌헬름 박사가 돌아옴으로써 몽롱한 꿈의 상태에서 거의 고통스럽게 깨어났다. 선내의사는 웃으며 모자를 침대 위에 던지고는 자기가 방금 그 어린 할슈트룀을 그녀의 개*와 함께 갑판으로 데리고 갔다고 말했다. 그는 그 칠칠치 못한 계집애는 말 그대로 늘 야단법석을 떤다면서, 아하라이트너라고 불리는 충실한 애완견 시종 녀석이 그 아이에 의해 때로는 구타를 당하기도 하고 때로는 귀여움을 받기도 한다고 말했다.

이 소식은 프리드리히를 불안하게 했다.

프리드리히가 어린 마라를 처음 보았을 때만 해도 그녀는 그에게 어린아이다운 순수함의 화신으로 보였다. 그러나 그 사이에 그의 귀에는 그녀의 순결함에 대한 믿음을 흔들리게 한 소문들이 들려왔고, 그런 소문들은 프리드리히에게 고통스러운 시간과 잠 못 이루는 숱한 밤의 원인이 되었다. 빌헬름 박사도 어린 마라에게 관심이 있는 것처럼 보였고, 대화는 아하라이트너에게로 향했다. 아하라이트너가 빌헬름 박사에게 자신이 잉이게르트 할슈트룀과 약혼했다고 허물없이 털어놓았다는 것이다. 프리드리히는 침묵했다. 그는 그러지 않고는 자신이 또 다시 기겁하며 놀란 것을 달리 감출 수가 없었을 것이다. 빌헬름은 계속해서 말했다.

"아하라이트너는 충직한 애완견입니다. 그놈은 참을성 많은 개 같은 품

---

*   여기에서 개는 시중드는 아하라이트너를 가리킨다.

종의 남자에 속하며, 개의 다른 특성 또한 지니고 있습니다. 그놈은 밟고, 물어오고, 아첨하고, 설탕조각을 넣어줍니다. 그 여자애는 하고 싶은 것을 제멋대로 할 수 있겠지만 그놈은 언제나 꾹 참으면서 충직한 개가 될 것으로 나는 확신합니다. 그럼 폰 카마허 동료 양반, 괜찮으시다면 우리 잠깐 갑판으로 그 아이들한테 나가봅시다. 여자아이가 아주 재미있어요. 거기서 잠시 자연을 좀 마실 수도 있구요."

어린 마라는 승리의 의자에 몸을 쭉 뻗고 누워 있었다. 그녀의 얼굴을 바라볼 수 있도록 조그만 야외의자에 아주 불편하게 앉아 있는 아하라이트너는 어린아이인 양 그녀에게 팔 아래까지 내려오도록 담요를 덮어주었었다. 지는 해가 어마어마한 파도가 넘실대는 바다의 언덕을 넘어 사랑스러우면서 밝은 얼굴을 내비치고 있었다. 갑판은 활기가 넘쳤다. 배가 평온한 상태가 됨으로써 사람들에게 산책을 하고 싶은 욕구를 불러일으켰던 것이며, 대부분 상쾌하고 활기찬 대화가 이어졌다. 어린 마라의 모습은 사람들의 눈길을 끌었는데, 탁 트인 바다의 부드러운 파도가 던지는 물이 그녀의 하얀 금발 둘레를 적시고 있었기 때문이다. 또한 그녀는 양손에 작은 인형을 들고 있었으며, 지나가는 모든 사람들은 계속하여 믿을 수 없다는 듯 그녀의 존재를 확인하는 상황이었다. 프리드리히는 몇 주 동안 자신의 영혼 앞을 떠돌면서 자신에게서 나머지 세상을 가려온 그 소녀를 다시 보자 흥분이 너무나도 크게 일었고, 심장은 갈비뼈를 두드릴 정도로 세차게 뛰었다. 그리하여 그는 평정심을 유지하기 위해 등을 돌릴 수밖에 없었다. 그리고 몇 초가 지난 후에도 그의 마음속은 노예 상태에 있었다. 그는 자신

의 이런 상태를 주변 사람들은 그다지 쉽게 알아차리지 못한다는 것을 깨닫지 못했다.

꼬마 아가씨는 인형에 파란색 공단 모자를 제대로 씌우면서 말했다.

"이미 아빠한테 당신이 이 배에 타고 있다는 얘기를 들었어요. 우리와 함께 앉지 않으실래요? 아하라이트너, 폰 카마허 씨에게 의자 좀 가져다드려요."

"당신은 심하게 꾸짖었지요."라고 말하며 그녀는 빌헬름 박사에게 고개를 돌리고는 계속해서 말했다.

"하지만 내가 여기에 올라와 해가 지는 것을 볼 수 있게 해주셔서 감사해요. 폰 카마허 씨, 당신도 자연을 무척 좋아하시는군요?"

"저 아이는 오직 자연만 좋아하고 있군!"이라고 빌헬름 박사는 흥얼거리며 발돋움을 하고 몸을 흔들었다. 그러자 잉이게르트가 말했다.

"아, 당신은 무례해요. 박사님은 무례해요! 나를 쳐다보고 나를 붙잡는 처음 순간에 그렇다는 걸 알았어요!"

"사랑스런 꼬마 아가씨, 내가 알기로 나는 절대로 아가씨를 붙잡지 않았는데!"

"계단 위로 올라가게 해줘서 고마워요. 덕분에 파란 멍이 들었지만요."

대화는 한동안 이런 식으로 계속됐다. 프리드리히는 아무도 알아채지 못하게 주의하면서 그녀가 하는 말 한 마디 한 마디, 얼굴 표정 하나 하나, 눈빛, 속눈썹의 떨림을 몰래 지켜보았다. 하지만 그는 그녀가 나타내는 모든 표정과 표현, 동작, 시선을 질투심에 사로잡힌 채 살폈다. 그는 수습선원 막스 판더가 여전히 자신의 근무 지점에 서서 긴장한 미소를 지으며 도톰한 입술을 벌린 채 눈으로 그녀를 빨아들이고 있는 모습을 볼 수 있었던 것이다.

잉이게르트는 남자들이 친절함을 표시하며 자신을 에워싸고 있는 것을 보고 기뻐했다. 그녀는 인형을 잡아 늘이고, 갈색과 흰색 체크무늬가 있는 이상한 송아지가죽 재킷의 둘레를 잡아당기고는 아양을 떨고 싶은 기분에 빠졌다. 일부러 멋을 부린 그녀의 음색은 프리드리히에게 목말라 죽어가는 술꾼이 술을 마시며 느끼는 황홀감을 불러일으켰다. 동시에 그의 온몸은 질투로 불탔다. 훤칠한 키에 정말 멋진 탑과도 같은 일등항해사 폰 할름이 올라오자 잉이게르트는 바라보는 눈길로 뿐만 아니라 예리한 말로도 그에게 관심이 있음을 내보였다. 그럼으로써 그녀는 자신을 선망하는 남자들에게 자신이 햇빛에 그을린 그 해군장교에게 관심을 갖고 있다는 것을 알렸다. 창백하며 추위에 떠는 듯한 아하라이트너가 일등항해사에게 물었다.

"소위님! 니들스에서 출항 한 후 지금까지 몇 마일이나 달려왔나요?"

"이제 좀 더 빨리 달리게 되겠지만 지난 스물 두세 시간 동안 우리가 달려온 거리는 200마일도 안 됩니다."

"이런 식으로라면 우리가 뉴욕까지 가는 데 2주일이 걸릴 수 있습니다." 라고 베를린 사람 한스 퓔렌베르크가 조금 건방진 태도로 사람들에게 말했다. 그의 옆에는 사우샘튼에서의 그 젊은 영국 여자가 있었다. 그러는 사이에 그는 마라를 에워싼 사람들이 있는 곳으로 무척 거세게 이끌렸다. 그래서 그는 벌떡 일어났고, 심장병을 앓는 그의 여자는 그대로 앉혀두었다.

그의 말투는 마라와 그녀의 추앙자들에게 기분 좋은 느낌을 주었지만 프리드리히 폰 카마허에게는 예외였다. 엄청나게 흥겨운 분위기가 산책용 갑판 전체에 퍼졌다. 프리드리히는 이러한 진부한 난장판 속에서 역겨움을 느꼈다. 그는 자신의 생각들과 함께하며 혼자 있기 위해 그들에게서 벗어났다.

한낮에 물에 젖어있던 갑판은 다시 완전히 말랐다. 프리드리히는 용기를 내어 증기선의 가장 뒤쪽 끝으로 가서 배가 지나면서 남긴 거품 이는 넓은 물길을 뒤돌아보았다. 그는 더 이상 어린 여자악마의 옥죄는 속박에 얽매여 있지 않은 것에 만족해하며 안도의 한숨을 쉬었다. 갑자기 오랜 동안의 영혼의 긴장이 사라졌다. 이제 그는 자신의 무절제함을 부끄러워했고, 그 어린 여자아이에 대한 자신의 열정이 우스꽝스러워 보였다. 그는 남몰래 자신의 가슴을 쳤고, 스스로를 각성시키려는 듯 오른손 손가락으로 이마를 마구 두드렸다.

신선한 산들바람은 옆으로 조금 기울어진 선체를 향해 비스듬한 각도로 여전히 불어오고 있었고, 태양은 강렬한 갈색 불을 내뿜으면서 막 가라앉으려 하고 있었다. 이 태양, 그 아래에서 갈색과 흙색의 거품능선을 천천히 굴리고 있는, 조용히 움직이는 산과도 같은 시커먼 석탄 빛 바다, 그리고 마지막으로 짙게 낀 구름에 의해 갈라져 있는 하늘이 프리드리히에게는 하나의 세계교향곡의 악장과도 같았다. 그는 그것이 끔찍할 정도로 장엄함에도 불구하고, 그것을 느끼는 사람에게는 스스로를 왜소하게 느낄 이유가 없다고 자신에게 말했다.

그는 바닷물 속에 잠긴 긴 줄을 끌고 가는 항속측정기 근처에 서 있다가 배의 진행방향으로 몸을 돌렸다. 그의 앞에서 육중한 배가 진동하고 있었다. 두 개의 연통에서 나오는 연기는 불어오는 바람에 의해 입구에서 솟아나오자 곧장 물 위로 낮게 가라앉아 우울한 모습의 긴 행렬을 나타냈다. 긴 장례용 베일을 쓴 과부들이 손을 비벼 애원하면서, 침묵의 탄식 속에 끝없는 저주의 황혼 속으로 걸어가는 것 같았다. 그러는 사이 프리드리히는 승객들이 왁자지껄 떠드는 소리를 들었다. 그는 이 불안하게 미끄러져 나가고 있는 거대한 집의 벽들 뒤로 모든 것이 하나로 뭉쳐 있으며, 그 안에서 얼마나 많이 찾고 달아나고 희망하고 두려워하는 것이 한데 짜 맞춰져 있는지를 상상했다. 그리고 무척이나 놀랍게도 프리드리히의 영혼 속에서 아직도 여전히 답을 찾지 못한 채 머물고 있는 굵직한 의문들이 다시 한 번 깨어났다. 그것은 이 여행길에 오른 것과 연결된, 존재의 어두운 의미를 건드리는 '왜?'와 '무엇을 위해?'였다.

    프리드리히는 산책을 하는 중 다시 어린 잉이게르트 할슈트룀 가까이에 접근하게 된 것을 알아차리지 못했다. 그때 갑자기 빌헬름 박사의 목소리가 들렸다.
    "당신을 찾고 있어요."
    빌헬름 박사는 이렇게 말하고는 동시에 동료인 프리드리히가 움찔하며 놀라는 것을 보고 사과했다. 어린 마라가 프리드리히에게 말했다.
    "당신은 꿈을 꾸고 있군요! 당신은 몽상가예요! 나한테 오세요. 나를 둘러싸고 있는 멍청한 사람들은 내 맘에 들지 않아요."
    그녀 주변에 서있던 여섯 내지 여덟 명의 남자들은 아하라이트너를 제외하고는 껄껄 웃고 농담을 던지면서 그녀의 말에 따를 것을 강조하며 자리를 떴다.
    "아하라이트너, 아니 아직도 그대로 앉아있는 거예요?"
    이 말은 아하라이트너 역시 사라지라는 뜻이었다. 프리드리히는 쫓겨난 사람들이 어느 정도 거리를 두고 쌍이나 그룹을 이루어, 흔히 그다지 건전하지 않은 여자와 즐거운 시간을 보낸 적이 있는 남자들 사이에서 그렇듯 특별히 서로 은밀하게 속삭이는 것을 알아차렸다.

프리드리히는 그 순간 사실 일종의 부끄러움을 느끼며, 그리고 분명한 거부감을 품은 채 아하라이트너의 아직 온기가 남아 있는 안락의자에 앉았고, 마라는 자연에 몰입하기 시작했다.

그녀가 말했다.

"해가 지면 모든 것이 가장 멋지지 않나요? 나는 그럴 때가 즐겁고, 적어도 맘에 들어요."

그녀는 프리드리히가 얼굴을 찡그림으로써 자신의 말에 동의하지 않는다는 생각이 들자 사과의 말을 덧붙였다. 그런 다음 그녀는 모든 사람들이 처음에 시작하는 문장으로 넘어갔다. "나는 이건 좋아하지 않는데, 나는 저건 좋아하지 않는데, 나는 이거나 저거는 좋아하지 않는데"와 같은 것이었다. 그녀는 자신의 감각 앞에 펼쳐지는 엄청난 우주의 드라마 속에서 지극히 냉정하고 무심하게 버릇없는 아이의 불손한 자만심을 펼쳐나갔다. 프리드리히는 벌떡 일어나고 싶었다. 그는 긴장하여 콧수염을 잡아당겼고, 얼굴은 조롱거리가 될 만큼 경직되어 있었다. 그녀는 이것을 알아차렸고, 자신에게 익숙지 않은 그런 특이한 형태의 경의 표시에 몹시 불안해졌다.

프리드리히는 결코 몸이 아픈 적이 없었다. 그보다는 오히려 이따금 특이한 열정을 나타내 보였다. 친구들은 그가 평온한 시기에는 뚜껑이 덮인 분화구였고, 좀 덜 평온한 시기에는 불을 내뿜는 분화구였다는 것을 알고 있었다. 그는 겉모습으로 보면 부드러움이나 잔혹함과는 거리가 먼 듯했지만 실제로는 부드러운 기질과 잔혹한 기질을 모두 지니고 있었다. 이따금 그는 열광적인 격정에 사로잡혔고, 혈관 속에 약간의 포도주라도 들어가면 특히 심했다. 그러면 그는 이리저리 뛰어다니면서 낮이면 해를 보며 요란하고 격정적으로 열광했고, 밤이면 별자리들을 보며 자신의 시를 읊었다.

프리드리히는 어린 마라를 위험한 이웃으로 느끼지는 않았다. 그러나 그녀는 늘 그랬듯 불장난을 하고 싶은 충동에 사로잡혔다. 그녀는 말했다.

"나는 자신이 남들보다 더 잘났다고 생각하는 사람들을 좋아하지 않아요."

그러자 프리드리히가 응대했다.

"나는 위선자이기 때문에 더더욱 그런 사람이지요."

그리고 이제 그는 매우 잔인하게 설명했다.

"내 생각에 당신은 나이에 비해 몹시 건방지고 독선적인 것 같군요. 사실 내가 더 좋아한 건 당신의 춤이었지요."

여기서 그는 마치 스스로를 심하게 처벌하는 느낌이었다. 마라는 기이한 미소를 지으며 그를 바라보았다. 마침내 그녀의 입에서 이런 말이 나왔다.

"당신의 생각에 따르면 어린 소녀는 기껏해야 질문을 받을 경우에만 입을 열고, 어떤 경우에도 자신의 의견이 담겨서는 안 된다는 거군요. 당신은 늘 스스로에 대해 '나는 가난하고 무지한 아이이고, 그가 내게서 무엇을 찾는지 알지 못해.'라고만 말하는 소녀밖에 사랑할 수 없는 사람처럼 보이는군요. 저는 그런 멍청한 인간은 좋아하지 않아요."

깜짝 놀랄 정도로 정신이 바짝 든 프리드리히가 일어나려고 하자 그녀는 고집스럽게 상을 찌푸리며 "안 돼요"라고 말하면서 그를 주저앉혔다. 그녀는 다음과 같이 이어서 말하면서 인형을 비스듬히 입술에 가져다 댐으로써 코가 눌렸다.

"나는 이미 베를린에서 춤을 추는 동안 언제나 당신을 바라보아야 했어요. 나는 그 당시에 이미 우리 사이의 끈끈한 유대 같은 것을 느꼈고, 우리가 다시 만날 거라는 걸 알았지요."

프리드리히는 깜짝 놀랐다. 그는 이것이 그녀가 자주 사용하는 관계 맺기의 한 형태이며 본질적으로는 거짓이라는 사실에 대해 한순간도 착각이라고 여긴 적이 없었다. 그는 제정신을 차리기도 전에 "결혼은 하셨나요?"라는 말을 듣고 얼굴이 새파랗게 질려서 곧장 대답할 준비를 했다.

그는 결코 친절하지 않은, 거의 냉담하며 거부적인 투로 말했다.

"할슈트룀 양, 나를 많은 사람들 중 한 사람으로 대하기 전에 나에 대해 좀 더 자세히 알아보는 게 좋을 것 같군요. 나는 우리를 서로 묶는, 그것도 특별하게 묶는 유대를 아직은 믿지 않습니다. 당신은 춤을 추는 동안 나만이 아니라 모든 사람들을 바라보았잖아요!"

잉이게르트는 잠깐 웃고는 말했다.

"말씀 잘 하셨습니다. 당신은 저를 오를레앙의 처녀 잔 다르크*로 생각하시나요?"

"꼭 그렇게 생각하는 것은 아닙니다. 하지만 허락하신다면 나는 당신을 젊고 뛰어난 여인으로 여기고 싶으며, 당신의 명성은 조금도 훼손되지 않도록 너무 과하지 않은 정도로 세심하게 보호받아야 합니다."

"명성이요? 내가 그따위 것에 관심이 있다고 생각하신다면 착각입니다. 나는 지루해 죽어가면서 최고의 명성을 누리는 것보다는 좋지 않은 평판을 받으면서 마음 내키는 대로 살아가는 것이 열 배는 더 좋습니다. 나는 내 삶을 즐겨야 합니다, 박사님."

잉이게르트는 프리드리히가 겉보기에 조용히 듣고 있던 이 말에 인상

---

* 잔 다르크(1412~1431)는 프랑스 농촌 태생의 소녀로, 성령의 부름을 받았다고 주장하면서 군대를 이끌고 오를레앙에서 승리를 거둠으로써 프랑스를 정복하려던 잉글랜드의 시도를 좌절시켰다. 출정 1년 후 사로잡혀 잉글랜드군 및 그들과 손잡은 프랑스 진영에 의해 이단으로 화형 당했으나 이후 프랑스 최고의 국가영웅이 되었다.

적인 일련의 은밀한 이야기를 덧붙였는데, 그 내용은 창녀나 요부에게나 어울릴 듯했다. 그녀는 프리드리히가 자신을 동정하는 것은 어쩔 수 없지만 아무도 자신에 대해 이런저런 상상을 해서는 안 된다고 말했다. 그녀는 자신과 상대하는 모든 사람은 자신이 누구인지 정확하게 알아야 한다고 말했다. 이 말을 하면서 그녀는 실망하지 않도록 해주고 싶은 마음으로 무서운 진실을 털어놓았다.

해가 지고 잉이게르트가 계속하여 향락적인 음탕한 미소를 지으며 잔혹한 고백을 마쳤을 때, 프리드리히는 자신이 의사로서 진료를 하면서도 접해본 적이 없는 그토록 모험적이고 거친 젊은 여자의 삶의 현실 앞에 서 있다는 것을 알았다. 소녀를 갑판에서 데려가려던 아하라이트너와 아버지 할슈트룀은 그녀에게 여러 번 격렬하게 쫓겨났다. 프리드리히는 마침내 마라를 그녀의 선실로 들여보냈다.

자신의 선실에서 그 상태 그대로 침대에 몸을 던진 프리드리히는 그 이해할 수 없는 것을 속속들이 생각해보려고 했다. 그는 한숨을 쉬었고, 이를 갈았으며, 자꾸만 의심이 들었다. 그는 큰 소리로 여러 번 "아니야" 혹은 "그럴 리가 없어"라고 말하면서 위쪽 가까이에 있는 침대의 매트리스를 주먹으로 내리쳤다. 마침내 그는 이번에는 소녀의 오만불손한 이야기 전체에 거짓은 없었다고 믿어도 좋을 것 같았다. '마라 또는 거미의 희생자'. 이제 그는 갑자기 그녀가 춘 춤의 제목과 주제를 이해하게 되었다. 그녀는 지금까지 살아온 자기 자신의 삶을 춤추었던 것이다.

―·―――― ◆ ――――·―

'내가 너무 경솔했어.'

조금 귀찮지만 겉으로는 즐거움이 넘치는 저녁식사를 하는 동안 이 내면의 후렴구가 프리드리히를 따라다녔다. 그와 선내의사는 샴페인을 마셨다. 프리드리히는 수프를 먹으면서부터 첫 번째 샴페인 병을 주문하고는 곧장 몇 잔을 따라 마셨다.

그가 술을 더 많이 마실수록 그의 상처는 아픔이 덜했고, 세상은 그만큼 더 경이로워 보였으며, 말하자면 세상은 경이로움과 수수께끼로 가득 차 있는 것처럼 보였다. 그런 것들에 에워싸이고, 그런 것들이 밀려드는 가운데 그는 모험가로서의 삶의 황홀경을 만끽했다. 그는 훌륭한 연예인이었다. 그러면서 그는 운 좋게도 자신의 값진 전문지식을 대중화했다. 게다가 그는 지금처럼 쓰디쓴 유머가 그의 영혼의 깊은 바닥에 자리 잡고 있을 때 마음대로 사용할 수 있는 가벼운 유머까지 지니고 있었다. 그리하여 그날 저녁 선장실 구석은 그가 지닌 지식의 마력에 휩싸여 있었다.

그는 과학과 현대적인 진보의 유일한 구원의 힘에 대한 믿음을 보여주었는데, 그 믿음은 사실은 이미 그를 떠났다. 수많은 전구들의 화려한 조명 속에서 와인과 음악, 그리고 흔들리는 선체의 리드미컬하게 맥동하는 걸음걸이에 의해 한껏 고무된 그에게는 이따금 마치 인류가 음악 소리와 함께 축제의 행렬을 지어 행복이 넘치는 섬나라로 가고 있는 것처럼 여겨졌다. 그는 어쩌면 인간은 언젠가 과학의 도움으로 불멸의 존재가 될지도 모른다고 말했다. 그는 신체의 세포를 젊게 유지하는 방법과 수단을 발견하게 될 수도 있을 것이라고 말했다. 그는 지금 소금물을 주입함으로써 죽은 동물들을 다시 살려내고 있다고 했다. 그는 현대인들이 자기 시대의 엄청난 우월성을 깨닫고 싶어 할 때 자주 대화의 주제가 되는 외과수술의 기적에 대해 이야기했다. 머지않아 사회적 문제는 화학에 의해 해결될 것이고, 식량문제는 사람들에게 과거의 일이 될 것이라는 말도 했다. 그는 화학은 실제로 돌로 빵을 만들어내는 일을 눈앞에 두고 있는데, 이는 지금까지 식물로만 할 수 있었던 일이라고 말했다.

프리드리히는 흠뻑 취한 와중에도 두려움에 떨며 취침시간이 시작되었음을 생각했다. 그는 눈을 감을 수 없으리라는 것을 알고 있었다. 그는 저녁식사를 마친 후 의사와 함께 여성휴게실에 들렀다가 흡연실로 들어갔다. 얼마 지나지 않아 그는 다시 갑판으로 나왔다. 그곳은 어둡고 황량해졌으며, 바람은 다시 비상용 돛대의 삭구*를 지나 격렬하고 처절하게 울부짖었다. 날씨는 몹시 추웠고, 프리드리히는 눈송이가 뺨을 스치는 느낌을 받았다. 마침내 그는 어쩔 수 없이 잠자러 들어가야겠다고 마음먹었다.

두 시간 동안, 시간상 대략 밤 11시에서 1시 사이에, 그는 매트리스 위에 웅크리고 앉아 있었다. 대부분 깊은 생각에 잠겨 있는 상태였고, 이따금씩 꽤 고통스러운 어스름 빛 속에서 깨어 있는 것과 잠자는 것 사이의 상태에 있었다. 이 두 가지 상태 속에서 그의 영혼은 환영과 같은 영상들이 밀려들어옴으로써 크게 동요되었다. 그것은 가끔은 거친 윤무였다가 가끔은 사라지고 싶지 않아 하는 한 사람의 얼굴이기도 했다. 낯선 힘의 유희에 맞서 내면의 눈을 뜨고 있어야 한다는 구제불능의 강박감이 그에게서 강렬하게 생겨났다. 그는 램프를 껐고, 이제 외부에 대한 눈의 감각이 작동하지 않는 상태에 있는 어둠 속에서 자신의 청각과 감각이 전달해주는 것을, 즉 한밤중의 바다를 뚫고 항로를 따라 고르게 앞으로 나아가는 거대한 배의 온갖 소음과 움직임을 갑절로 더 느꼈다. 그는 불안해하면서 프로펠러가 돌아가는 소리를 들었다. 그것은 마치 인간의 고된 노역에 함께하도록 강요받은 힘 센 악마의 작업인 것 같았다. 그는 석탄 작업자들이 거대한 화

---

*   배에서 쓰는 밧줄이나 쇠사슬 따위를 통틀어 이르는 말.

실(火室)에서 나온 탄재를 바다에 쏟아 부을 때 외치는 소리와 걸어가는 소리를 들었다. 뉴욕까지 항해하는 동안 2만 5천 파운드의 석탄이 이 화실에 공급하는 연료로 소비되었다.

프리드리히의 상상의 세계는 마라에게 빠졌다가 이따금 집에 남겨두고 온 아내에게 빠지곤 했다. 그는 잉이게르트 할슈트룀이 그녀에 대한 자신의 애정을 무너뜨린 지금 아내가 겪고 있는 고통이 자기 탓이라고 스스로를 비난했다. 그의 정신은 온통 이 열정의 독에 대한 반작용 상태에 빠져 있는 것 같았다. 그의 몸에서는 심한 열이 났다. 그리고 이런 상태에서 그의 '나'가 마라인 '너'를 분노하며 사납게 뒤쫓고 있었다. 그는 그녀를 프라하의 거리에서 붙잡아 집으로 끌고 가 그녀의 어머니에게 돌려보냈다. 그는 그녀를 악평이 나있는 집들이 있는 곳에서 발견했다. 그는 그녀가 어떤 남자의 집 안에 서있는 것을 보았다. 그 남자는 그녀를 불쌍히 여겨 자기 집으로 데리고 들어갔고, 거기에서 그에게 멸시당하고 버림받은 그녀는 시간마다 울면서 창가에 서 있었다. 프리드리히는 독일 젊은이의 티를 아직 완전히 벗지 못하고 있었다. 그에게는 아직도 "독일 처녀"의 낡아빠지고 헤진 전형이 신성한 위엄을 지니고 있었다. 그러나 프리드리히가 혐오스런 짓을 저지르는 마라를 발견할 때마다, 환상 속에서 그녀와 마주쳐 자신의 도덕적인 온 힘을 다해 그녀의 모습을 떨쳐내려고 할 때마다 그녀의 금을 두른 듯한 얼굴과 하얗고 연약한 소녀의 몸은 모든 커튼과 벽 그리고 생각을 뚫고 기도나 저주로도 사라질 수 없는 듯 다시 나타났다.

밤 1시가 조금 지나 프리드리히는 그의 작은 침대에서 내려왔다. 다음 순간 그는 비트적거리다가 침대에 부딪혔다. 그의 이런 모습에서는 〈롤란트호〉가 다시 대서양의 더 심하게 요동치는 지역에 들어섰으며, 날씨가 다시 악화되었다는 사실을 숨길 수 없었다.

아침 5시에서 6시 사이에 프리드리히는 일찌감치 갑판에 나와 있었다. 그는 어제의 그곳, 식당으로 내려가는 계단 맞은편에 있는 벤치에 앉았다. 식당에서 작센 주 출신의 한 젊고 힘이 넘치는 승무원이 뜨거운 차와 구운 빵 등 필요한 것들을 가지고 올라왔다.

바닷물은 계속하여 갑판을 흠뻑 적시고 있었다. 계단을 보호해주는 작은 상부구조물의 지붕에서는 이따금 물줄기가 쏟아져 내려 지금 그곳을 지키고 있던 수습선원 판더의 어린 동료가 물에 흠뻑 젖었다. 〈롤란트호〉에는 비상용 돛대와 삭구에 이미 얼음결정이 맺혀 있었다. 번갈아 비가 내리고 눈보라가 쳤다. 그리고 돛대와 삭구를 맴돌며 소동을 일으키고, 울부짖고, 휘파람소리를 내는 맹렬한 바람과 배에서 나는 통상적인 거칠고 요란한 쇳소리 및 소음과 어우러진 채 잿빛의 황량한 아침 어스름이 자신의 존재를 영원히 지켜나가려는 것처럼 보였다.

커다란 찻잔에 손을 따뜻하게 덥히면서 프리드리히는 스스로도 인정하는 움푹 들어간 불타는 눈으로 흔들리며 쿵쾅거리는 배의 물속에 잠기곤 하는 외벽 너머를 가끔씩 건너다보았다. 그는 공허감을 느꼈다. 그는 감각이 무뎌진 것을 느꼈는데, 이것은 지난밤 환영들에게서 달아난 후 지금의 그에게는 바람직한 상태였다. 강하고 축축하며 브롬이 풍부한 바람과 혀끝에서 느껴지는 짠맛 또한 그를 상쾌하게 해주었다. 살짝 추위를 느끼는 가운데 외투 깃을 올린 상태에서 기분 좋은 졸음도 몰려왔다.

이때 그는 파도가 요동치고, 헤엄쳐 가고 있는 집이 대담무쌍하게 격투를 벌이고 있는 것을 느꼈다. 배는 출렁이는 높은 파도를 부숴버리거나 죽음을 각오한 차분하며 끝없는 용기로 뚫고 나가면서 정해진 단계를 멎지고 힘차게 밟아가고 있었다. 프리드리히는 마치 배가 살아서 그에게서 고맙다는 말을 듣고 싶어 하는 것 같아 용감한 배를 칭찬했다.

7시가 조금 지나 선원제복을 입은 한 야위고 호리호리한 사람이 나타나 천천히 프리드리히에게 다가왔다. 그는 모자에 살짝 손을 대고는 물었다.

"폰 카마허 씨이시죠?"

프리드리히가 그렇다고 대답하자 그는 가슴주머니에서 편지 한 통을 꺼내 그것이 어제 프랑스에서 온 수로안내선 편으로 도착했지만 승객 명단에 카마허라는 이름이 없어 바로 배달할 수 없었다고 설명했다. 그 남자의 이름은 링크였고, 〈롤란트호〉에 올라 독일-미국 간 해상우편 업무를 담당하고 있었다.

프리드리히는 아버지의 필체를 알아보고는 편지를 숨겼다. 그는 뜨거운 감정이 치솟아 눈꺼풀을 닫을 수밖에 없음을 느꼈다.

빌헬름 박사가 차분한 기분이 되어 있는 프리드리히와 마주쳤다.

선내의사 빌헬름 박사는 말했다.

"나는 곰처럼 잠을 푹 잤습니다."

그의 건강하고 싱그러운 얼굴, 기분 좋게 기지개를 켜고 하품을 하는 모습에서 그가 정말 상쾌한 상태가 되어 있음을 알 수 있었다.

"아침 식사 후에 함께 다인실에 가 점검을 해볼까요? 가기 전에 안전을 위해 내 약국에서 옷에 살충제가루를 뿌리도록 합시다."

―·―――――◆―――――――·―

일은 그대로 이루어졌다. 두 남자는 아침식사를 했다. 메뉴는 구운 감자, 소량의 갈비, 햄과 계란, 넙치구이와 또 다른 생선이었다. 그들은 곁들여 차와 커피를 마셨다. 이제 그들은 다인실로 갔다.

두 사람은 모두 넘어지지 않기 위해 천장의 수직 철제 지지대 중 하나를 붙잡고 있었다. 그곳에 드리워져 있는 희미한 여명에 어느 정도 익숙해졌을 때 그들은 바닥에서 신음하고 통곡하며, 비명을 지르거나 비틀거리며 혼돈에 빠진 사람들과 마주하고 있다는 것을 알았다. 창을 열 수 없었으므로 수많은 러시아 유대인들이 온갖 짐짝들과 함께 내뿜는 냄새가 공기를 몽땅 망쳐 놓았다. 살아있다기보다는 죽은 것에 더 가까운 창백한 어머니들은 입을 벌리고 눈을 감은 채 누워서 젖먹이 아이들을 가슴에 끌어안고 있었다. 그들이 뱃멀미로 인한 구토로 죽을 고통을 당하면서 아무런 의지도 없이 속수무책으로 이리저리 흔들리는 모습은 보기에도 끔찍했다. 동료의 얼굴에서 당혹해하는 기미를 알아차린 빌헬름 박사가 말했다.

"자, 이런 경우에는 우리가 어떻게 해줄 수 있는 일이 없지요."

그러나 빌헬름 박사는 간호사를 데리고 여기저기서 도움이 되는 일을 했다. 그는 첫 번째 선실의 식료품저장고에서 운반해온 포도와 다른 기호품을 처방해주었다.

부서마다 적지 않은 수고와 노력을 기울여 대처했고, 도처에서 고통이 한꺼번에 몰려들면서 사람들은 이 고통에서 달아나려고 몸부림쳤다. 이 흔들리는 절망의 서랍 속 어딘가에 꼿꼿이 버티고 있는 사람들의 창백한 얼굴에서조차 어둡고 증오에 찬 쓰라림의 표정이 어려 있었다. 여기에는 예쁜 소녀들도 많이 눈에 띄었다. 두 의사와 소녀들의 시선이 서로 마주쳤다. 큰 위험과 곤경은 그 순간의 삶을 더 탐욕스럽게 불타오르게 한다. 거기에서 사람들은 깊은 동질감을 느끼게 된다. 동시에 대담함이 생겨난다.

프리드리히는 한 젊은 러시아 유대여인의 심각하고 어두운 모습을 기억에 담았다. 동료 프리드리히가 그 소녀에게, 그리고 그 소녀도 프리드리히에게 좋은 인상을 받았다는 사실을 알아차린 빌헬름은 이 사실을 언급하는 것을 억제하지 못하고, 웃으면서 프리드리히에게 축하의 말을 했다.

두 사람은 걸어가면서 맞은편에서 빌케가 고래고래 고함을 지르는 것을 보았다. 호이쇼이어에서 온 그 동향인의 모습은 그 사이 바뀌어 있었다. 그는 술에 취함으로써 자신의 비참한 상태를 누그러뜨리고자 하는 듯했다. 빌헬름은 빌케가 주변 사람들에게 성가시고 위험한 존재가 되어 있었으므로 그를 꾸짖었다. 술에 취한 그는 자신이 쫓기고 있다고 생각하는 것 같았다. 그의 풀어진 더러운 누더기 보따리는 매트리스 위 치즈와 먹다 남은 빵조각 옆에 놓여 있었고, 그는 오른손에 일종의 사냥칼인 주머니칼을 열려 있는 채로 들고 있었다.

빌케는 자신이 이웃과 승무원들, 선원들, 식량 담당관, 선장에게 도둑을 맞았다고 소리쳤다. 프리드리히는 그에게서 칼을 빼앗고, 그의 이름을 부르며 말을 걸었다. 그리고 그 폭력적인 남자의 덥수룩한 털이 덮인 목에 난 흉터를 만지면서 그가 칼에 찔린 후 자신에게서 앞서 한 번 봉합수술을 받아 간신히 살아남았다고 이야기했다. 빌케는 프리드리히를 알아보고 조금 더 차분해졌다.

두 의사는 다시 위로 올라가 바다의 맑은 공기를 마셨고, 프리드리히는 숨 막히는 지옥에서 탈출한 것 같은 느낌이 들었다.

그들은 텅 빈 갑판 위를 무척 힘겹게 걸어갔다. 갑판은 쉬지 않고 넘쳐 들어오는 파도로 흠뻑 젖었다. 그러나 그것은 프리드리히에게 상쾌한 기분을 불러일으키는, 해방감을 주는 두려움이었다. 그는 거의 잊고 있었던, 집에서 온 편지를 읽기 위해 여성휴게실로 들어갔다. 뱃멀미를 하지 않는 몇 명의 여자가 축 늘어진 채 지친 상태로 한 사람씩 따로 둘러앉아 있었다. 방에서는 플러시와 니스 칠 냄새가 났고, 금테두리를 한 거울과 그랜드

피아노가 있었다. 카펫이 깔려 있어 발걸음 소리는 나지 않았다.
프리드리히 폰 카마허의 아버지는 이렇게 쓰고 있었다.

"사랑하는 아들아!
이 편지가 너에게 닿게 될지, 어디에서 받아보게 될지 모르겠구나. 어쩌면 이 편지가 너보다 더 늦게 도착할 수도 있어 뉴욕에서나 받아보게 될 것이다. 네가 우리를 조금 놀라게 하고 있는 갑작스런 여행에 대한 네 늙은 애비와 훌륭한 어미의 인사를 꼭 접했으면 한다. 하지만 우리는 너로 인해 놀라는 일에 익숙해져 있다. 우리가 이미 오래 전부터 너에 대한 믿음을 무척 제한적인 정도로만 품어왔기 때문이다. 나는 운명론자이고, 또한 너를 비난하여 짜증나게 할 생각은 전혀 없다. 그러나 네가 성년이 된 다음부터 우리의 사고와 행동에 너무나 많은 모순이 생겨온 것은 유감스런 일이다. 그것이 무척 안타까운 일이라는 걸 하느님은 아실 것이다. 만약 네가 가끔 내 말을 들어줬더라면… 하지만 내가 말했듯이 "만약 네가 ~더라면"이나 이와 유사한 화법은 때를 놓치고 나서 뒤늦게 하는 말로 아무 쓸모없는 것이지! 사랑하는 아이야, 앞서 네가 운명의 가혹한 고통을 겪을 때 나는 곧장 너에게 앙엘레는 건강하지 못한 가정 출신이라고 말했지. 그럼 이제는 적어도 머리와 목은 꼿꼿이 들고 지내라. 그렇게 하면 아무것도 잃지 않을 것이기 때문이다. 내가 너에게 특별히 당부하고 싶은 것은 실패한 세균연구에 대한 말도 안 되는 얘기를 가슴에 담아두지 말라는 것이다. 내가 세균을 두고 떠들어대는 모든 말들을 허위로 여긴다고 말하는 것이 이번이 처음은 아니다. 페텐코퍼는 티푸스균 배양액을 몽땅 삼켜버렸지만 그에게는 아무 일도 일어나지 않았다. 내 염려는 말고 미국으로 가라. 전혀 나쁜 생각 할 필요 없으며, 그것이 결코 잘못된 시도도 아니다. 나는 이곳 유럽에서 파산한 후 부러움과 칭송을 받는 백만장자가 되어 돌아온 사람들을 알고 있다. 그리고 나는 네가 꼭 체험해야 하는 것들에 대해 충분하고 철저하게 숙고한 다음 지금과 같은 첫걸음을 떼어놓게 되었으리라는 것을 의심하지 않는다. …"

프리드리히는 한숨을 쉬고, 거의 들리지 않을 정도로 짧게 웃으면서 편지를 접었다. 그는 나중에 그것을 끝까지 읽어볼 생각이었다. 그때 그는 어제 그를 화나게 했던 미국인 장난꾸러기 청년이 그가 알기로 캐나다인인 한 젊은 여자와 시시덕거리고 있는 것을 발견했다. 그는 자신의 눈을 믿을 수가 없었는데, 갑자기 그 화재에 취약한 공간에서 한 무더기의 스웨덴 성냥개비가 불타오르고 있었다. 그 청년이 불장난을 한 것이었다. 승무원이 와서 그 멋쟁이 청년에게 겸손하게 몸을 굽히면서 불법적인 그의 행동을 그에게 지적해주는 것이 자신의 의무라고 말했다. 그런 다음 승무원은 "꺼져버려, 이 멍청이"라고 말하며 그를 쫓아냈다. 프리드리히는 어머니의 편지를 꺼냈고, 그것을 읽기 전에 그 젊은 미국인의 두개골 속에는 어떤 물질이 들어 있을지에 대해 잠깐 생각해 보지 않을 수 없었다. 어머니는 이렇게 쓰고 있었다.

"사랑하는 아들아!
엄마의 기도가 너와 함께할 것이다. 너는 어린 나이에 많은 것을 경험하고 또 고통도 겪었지. 네가 기뻐할 수 있도록 네 아이들이 잘 지내고 있다는 소식도 알린다. 사흘 전 나는 아이들이 호탕한 성격의 모하우프트 목사님 곁에서 잘 지내고 있다는 것을 확신하게 되었다. 알브레히트는 아주 훌륭하게 변했고, 엄마를 더 닮고 늘 말이 없는 아이였던 베른하르트는 더 활발하고 말이 많아진 듯했으며, 목사관에서의 생활과 농사일에서 기쁨을 느끼는 것 같았다. 모하우프트 목사님은 두 아이가 결코 재주가 없지 않다고 말씀하셨지. 녀석들은 목사님에게서 벌써 라틴어 기초수업을 받고 있단다. 어린 안네마리는 수줍어하며 내게 엄마에 대해 물었지만 특히 너에 대해 여러 번 물었단다. 나는 뉴욕이나 워싱턴에서 끔찍한 결핵을 퇴치하게 될 큰 회의가 열리고 있다고 말해 주었다. 얘야, 사랑하는 옛 유럽으로 빨리 돌아오너라!

　나는 빈스방어와 긴 대화를 나누었다. 그가 말하는데, 네 아내는 유전적으로 문제가 있다는 구나. 그 병은 몸속에 잠복해 있다가 조만간 무조건 터져 나올 것이란다. 사랑하는 아이야, 그는 네 논문에 대해서도 말하면서, 네가 위축되지 않았으면 좋겠다고 하더구나. 4, 5년 동안 심혈을 기울인 연구논문이라면서 너의 실패는 원상복구될 거라고 말했다. 내 사랑하는 프리드리히야, 네 늙은 엄마의 말을 따르고, 한없는 믿음으로 네 영혼을 우리의 하늘에 계신 아버지에게 돌이키렴! 나는 네가 무신론자라고 생각한다. 네 엄마를 비웃어도 좋아! 하지만 우리는 하느님의 도움과 하느님의 은혜 없이는 아무것도 아니니, 내 말을 믿으렴! 때때로 기도해라. 전혀 해로운 일이 아니니! 나는 네가 앙엘레 때문에 많은 관계에서 얼마나 부당하게 자신을 비난하는지 알고 있다. 빈스방어는 이런 상황에서 네가 온전히 평온하게 지낼 수 있을지 모르겠다고 말하더구나. 그러나 네가 기도를 하면 하느님은 네 두려워하는 영혼에서 모든 죄책감을 없애 주실 것이다. 내 말을 믿으렴. 너는 서른 살 갓 넘긴 나이지만, 나는 일흔 살이 넘었다. 내가 막내아들인 너보다 앞서 산 40년이라는 긴 세월의 경험으로 말하는데, 네 삶은 네 지금의 곤경과 고통을 언젠가는 거의 기억하지 못하게 되는 식으로 이루어질 수 있다는 것이다. 사실들이 네 정신 앞에 드러나게 될 텐데도, 너는 오로지 너와 연결되어 있는 사람의 살아있는 고통과 느낌만을 상상하려고 헛된 노력을 하고 있구나. 나도 여자야. 나도 앙엘레를 좋아했어. 하지만 나는 그 애와 너, 너와 그 애를 아주 공정한 마음으로 지켜보았지. 나를 좀 믿어주렴. 그 애는 때로는 모든 남자를 절망에 빠뜨릴 지도 몰라. …"

편지의 결말은 어머니로서의 애정이 담겨 있었다. 프리드리히는 마음 속에서 어머니의 재봉틀이 있는 창가로 옮겨가 어머니의 머리, 이마, 손에 입맞춤했다.

프리드리히가 고개를 들자 승무원이 다시 그 멋쟁이 청년에게 와 있는 것이 보였고, 그에게 유창한 독일어로 "선장은 당나귀 귀야!"라고 크게 외치며 그를 쫓아내는 소리가 들렸다. 마치 전기충격을 가하듯 모두의 신경을 자극하는 한마디 말이었다. 그때 성냥개비 한 무더기가 불안한 어스름에 찬, 화재에 취약한 공간에서 흔들리는 작은 불꽃을 내며 다시 타오르기 시작했다.

프리드리히는 두말할 것 없이 그 젊은 미국인의 영혼 전체를 이루고 있는 어리석음의 핵심을 학생들에게 드러내 보이기라도 하려는 듯 마음속으로 모든 해부학적 규칙에 따라 젊은이의 소뇌와 대뇌를 완벽하게 해부했다. 그리고 무엇보다도 여기서 나타나는, 아마도 뇌에서도 중심부를 차지하고 있을 무례함은 가장 큰 희귀성을 띤 것이었다. 그러는 동안 프리드리히 폰 카마허는 기분 좋게 웃었고, 기쁨을 느꼈다. 마라, 즉 어린 잉이게르트 할슈트룀이 더 이상은 그에게 위력을 나타내지 못하는, 예컨대 그가 불과 15분 전에 처음 보았던 까무잡잡한 유대여인보다 못한 존재가 되었기 때문이었다.

선장 케셀이 들어왔다. 그는 금발의 머리를 가볍게 끄덕이며 프리드리히에게 인사한 후 어느 나이 든 부인의 테이블에 앉았고, 부인은 곧장 선장에게 힘차게 말을 걸었다. 그러는 동안 그 멋쟁이 미국인 젊은이와 창백하고 지쳐있었지만 요염하게 안락의자에 기대어 있는 아름다운 캐나다 여인 사이에 눈길이 오갔다. 프리드리히는 그녀가 곧은 코, 흔들리는 콧방울, 우아하게 휜 짙은 눈썹, 머리털처럼 검은 피부, 말하면서 씰룩이는 고운 입 주변의 희미한 솜털 등 특별한 남국의 아름다움을 지닌 여성이라고 판단했다. 그녀는 그 젊은이가 우스꽝스럽도록 진지하게 성냥개비들을 쌓아올리자 증기선의 강한 움직임으로 인한 불안한 상태에 처해 있음에도 불구하고 웃음이 나오려는 충동을 참을 수 없어 검은 레이스스카프로 잠깐 동안 얼굴 전체를 덮었다.

젊은이가 선장이 와 있는데도 불구하고 불이 날 위험이 있는 장난을 또다시 시작하려 한다는 명백한 징후를 보인 것은 팽팽한 긴장을 불러일으키는 순간이었다.

몸집이 크고 육중하며 다리가 조금 짧은 폰 케셀은 우아하게 꾸며진 여성휴게실에서는 다소 균형이 맞지 않는 것 같았다. 그는 침착하게 앉아서 평화롭게 이야기를 나누었다. 날씨 탓인지 그의 표정에서는 그가 심각한 기분에 빠져 있음을 알 수 있었다. 갑자기 성냥개비 더미에서 불꽃이 타올랐다. 그리고 이제 조용히 있던 선장은 유별나게 큰 머리를 조금 돌렸고, 누군가가 오해의 여지가 없는 분명한 음조로 "꺼!"라고 말했는데, 프리드리히는 사람의 입에서 그토록 간결한 명령조로 끔찍스럽게 울려나오는 말을 들어 본 적이 없었다. 창백하게 질린 젊은이는 순식간에 불을 껐다. 아름다운 캐나다 여인은 눈을 감았다.

그런 일이 있은 다음 곧 프리드리히는 이발사에게서 면도를 받았다. 이발사가 말했다.

"날씨가 좋지 않네요."

그는 지적인 사람이었고, 배가 엄청나게 흔들리는데도 아주 노련하게 자신의 일을 해나갔다. 프리드리히는 그에게서 만조파도에 의해 피아노가 여성휴게실 바닥을 지나 선창 안으로까지 굴러 떨어졌다는 〈노르트마니아호〉에 대한 이야기를 또 들었다. 한 독일인 하녀가 들어왔다. 이발사는 그녀를 로자라고 불렀고, 그녀에게서 오드코론 향수를 건네받았다. 그 시골뜨기 소녀는 아주 건강하지만 표정이 그다지 밝아 보이지는 않았다. 이발사가 말했다.

"쿡스하펜을 출발한 후 오드코론이 벌써 다섯 병째입니다. 저 하녀는 남편과 이혼한, 두 자녀가 있는 어떤 여자 밑에서 일하고 있지요. 저 아이는 편한 날이 없답니다. 한 달에 16 마르크를 벌기 위해 아침, 점심, 자정 전후로 계속해서 일해야만 하지요. 내가 그 여자의 머리를 손질해준 적이 있어요. 그때 그 여자가 로자를 얼마나 욕하던지! 고마워하는 마음은 손톱만큼도 없더라고요."

프리드리히는 특허 받은 미용의자에 사지를 뻗고 누워 면도를 받으면서 그 활달한 이발사에게서 이런저런 이야기를 듣는 것이 기분 좋았다. 그것은 기분을 전환시키고, 그를 편안하게 했다. 그는 현대적인 선박의 설계에 대한 이발사의 짧은 강의도 즐겼다. 최고의 속도를 지나치게 중시하는 것은 잘못이라는 것이었다. 그렇게 가볍게 만들어진 너무 얇은 거대한 건물이 어떻게 지속적으로 거센 바다를 견딜 수 있겠느냐는 것이었다. 그는 게다가 어마어마한 기계들을 설비해야 하고 어마어마한 석탄을 소비해야 한다고 했다. 그는 〈롤란트호〉는 물론 훌륭한 배이며, 글래스고에 있는 존 에들러 회사의 조선소에서 건조되었다고 말했다. 그는 이 배가 1881년 6월부터 운항에 들어갔다고 말했다. 공식 표기마력은 5,800마력, 하루 석탄 소비량은 115톤이라고 했다. 또 시속 16노트로 달린다고 했다. 등록된 톤수는 4,510톤이며, 3기통 복합 기관을 갖추고 있고, 승무원은 168명이라고 그는 말했다.

선내이발사는 이 모든 세부사항들을 꿰뚫듯이 잘 알고 있었다. 그는 개인적으로 가장 큰 문제라고 여기는 듯 화를 내며, 〈롤란트호〉가 바다를 횡단할 때마다 석탄창고에 2만 5천 파운드 이상의 석탄을 싣고 간다고 말했다. 그는 천천히 운항할 때는 편안하고 안전하지만 빨리 달릴 때는 위험하고 비용이 많이 든다는 주장을 펼쳤다.

그 작은 이발소는 움직이지 않고 가만히 있었다면 전등불빛을 받아 아늑했을 것이다. 그러나 불행히도 그것은 흔들렸고, 벽들은 기계의 박동으로 인해 떨리고 있었으며, 밖에서는 파도가 호랑이처럼 분노하며 두꺼운 유리로 된 창으로 뛰어올랐다. 장 속의 향수병들이 삐거덕거리고 딸그락거렸다. 이발사는 속도가 느리고 더 무겁게 건조된 배들이 더 평온한 운항을 한다고 말했다.

그런 다음 그는 머리칼에 물을 들인 어느 작은 여자에 대해 말했다.

"그 여자는 한 시간 이상을 미용의자에 누워 시간을 보냈는데, 내게 바르는 크림과 여러 가지 파우더와 내가 가지고 있는 피노 제품과 로저와 갈레 제품들을 차례로 보여 달라고 했지요."

이발사는 혼자서 웃었다. 그는 바다여행을 하다 보면 지극히 이상한 여자들을 알게 되는 기회가 생긴다면서, 자신이 경험했던, 언제나 성욕과다

증에 걸린 여자가 주인공이었던 이야기들을 들려주었다.

특히 끔찍한 것은 매달려 있는 구명정들 중 하나에서 어느 젊은 미국 여자가 의식을 잃은 채 발견된 사건이었다. 그곳에서 그녀는 전체 선원들로부터 차례로 성폭행을 당했던 것이다. 프리드리히는 이발사의 상상력을 이런 쪽으로 움직여 가게 한 데에는 잉이게르트 할슈트룀이라는 여자가 동기가 되었다는 것을 알았다. 앞서 그녀는 그가 지금 쉬면서 누워있는 바로 그 의자에 앉아 있었다. 그는 멈췄다가 다시 뛰는 심장의 박동을 느끼는 가운데 그 어린 아이의 위력이 아직 무너져 내리지 않았다는 것을 깜짝 놀라면서 깨달았다.

프리드리히는 벌떡 일어나 몸을 흔들었다. 그는 냉탕과 온탕에 뛰어들어 찬물을 세차게 틀어놓고는 자신의 겉과 속을 깨끗이 씻어내고, 자신의 피에서 곪아가는 역겨운 독을 빼내야만 할 것 같았다.

―・――――――◆――――――・―

이발소는 선체의 뒤쪽에 자리하고 있었다. 밖으로 나오면 증기기관의 실린더와 샤프트가 작동하는 것을 볼 수 있었다. 프리드리히는 힘들게 갑판 위로 올라가 사람들로 가득 찬 흡연실로 기어들어갔다. 그러나 사실은 소란스런 사람들과 빽빽하게 한 곳에 몰려있는 것이 역겨웠다.

빌헬름 박사가 그의 자리를 잡아두고 있었다. 선장이 프리드리히 쪽으로 고개를 돌리고 장난기어린 미소를 지으며 말했다.

"당신은 다인실에 있었다지요. 우리 의사선생이 말해주는데, 아름다운 데보라가 당신에게 위험스런 인상을 주었다면서요."

프리드리히는 웃었고, 그럼으로써 대화는 처음부터 밝은 쪽으로 방향을 잡았다.

구석에는 카드놀이 하는 사람들이 앉아있었다. 그들은 뇌졸중에 걸리기 쉬운 체격의 장사꾼들이었다. 그들은 여행이 시작된 이후 늘 그렇듯 잠잘 때를 제외하고는 아침식사를 하면서부터 맥주를 마시며 카드놀이를 하고 있었다. 그들은 다른 사람들의 대화에는 관심이 없었다. 그들은 날씨에 대해 묻지도 않았고, 거대한 배의 흔들림도, 황량하고 음울한 바람의 휘파람소리도 알아채지 못하는 것 같았다. 요동치며 굴러가는 배가 견뎌야 하는 흔들림의 정도가 때때로 너무 심해서, 좌현에서 우현으로, 우현에서 좌현으로 심하게 기우는 바람에 프리드리히는 자신도 모르게 아무것이나 잡고 매달렸다. 그는 이따금 좌현이 우현 위에서, 혹은 우현이 좌현 위에서 무너져 내려 들어올 수도 있겠다는 느낌을 받았다.

'이런 경우가 된다면 〈롤란트호〉의 용골은 공중에 떠 있을 테고 함교와 돛대와 굴뚝은 수면 아래 상당히 깊은 곳에 잠겨 있을 거야. 그러면 모든 것이 끝장나버릴 텐데.'

그의 생각에는 이 세 명의 카드놀이꾼들만이 고개를 숙인 채 놀이를 계속할 것 같았다.

홀쭉한 모습의 할슈트룀이 고개를 숙이고 흡연실의 자욱한 연기 속으로 기어들어왔다. 그의 밝고 차갑고 비판적인 눈이 앉을 자리를 찾으려고 했다. 그는 재치 있는 농담으로 자신을 향해 소리치는 팔 없는 남자를 무시했다. 그는 가능한 한 슈토스와 멀리 떨어진 곳에 자리를 잡은 다음 차분하게 점잔을 빼며 담뱃갑과 짧은 네덜란드산 파이프를 꺼냈다. 프리드리히가 맨 처음 떠올린 생각은 '아하라이트너는 어디에 있지?'였다. 선내의사가 물었다.

"따님은 어떻습니까?"

"아, 괜찮아졌습니다. 제 생각에는 날씨가 좋아질 것 같은데요."

자연스레 바다에 정통하고 바다에 익숙한 사람들이 모여들어 모두가 한동안 날씨에 대한 대화를 이어갔다. 누군가가 물었다.

"선장님, 우리가 어젯밤에 표류하는 난파선에 부딪칠 뻔했다는 게 사실인가요?"

질문을 받은 선장은 대답 없이 웃었다.

"지금 우리가 있는 곳이 어디인가요, 선장님? 어젯밤에 안개가 끼었나요? 저는 적어도 한 시간 동안 2분마다 사이렌 소리를 들었어요!"

그러나 폰 케셀 선장은 운항의 관리와 운명에 관한 모든 질문에 묵묵부답으로 일관했다.

"워싱턴에 있는 대형 은행으로 갈 금괴들이 이 배에 실려 있는 게 사실인가요?"

폰 케셀은 미소를 지었고, 가느다란 담배연기가 금발의 수염을 지나 공중으로 피어올랐다. 빌헬름이 말했다.

"그거 아무짝에도 쓸모없는 일입니다."

이제 세상의 거창한 테마이자 테마 중의 테마인 돈이 지극히 일반적으로 다루어지는 것은 어쩔 수 없는 일이었다. 당연히 모든 여행객들은 즉시 헬러를 페니히로 환산하여 자신의 재산을 머릿속에서 셈해보거나 최소한 개략적인 액수만이라도 알아두려고 했다. 그들 대부분은 계산기가 되었고, 피상적으로 워싱턴은행의 자산을 영국은행, 프랑스의 크레디트 리요네은행, 미국 억만장자의 재산과 큰 소리 치며 비교했다. 이런 대화가 이어지는 가운데 카드놀이를 하던 사람들까지도 잠시 여기저기서 귀를 기울였다.

미국은 경제적인 불황을 겪고 있었다. 그들은 불황의 원인에 대해 말을 주고받았다. 지금의 미국인들은 다수가 민주당 성향이었고, 그 책임을 공화당에게 돌리고 있었다. 특히 태매니-타이거가 분노의 대상이었다. 그가 자신의 꼭두각시가 시장으로 있는 뉴욕을 손아귀에 넣었을 뿐만 아니라 지역의 거의 모든 영향력 있는 좋은 직위들 또한 태매니계 사람들이 차지했다. 이들은 모두 자기 밑에 있는 양들의 털을 깎는 법을 알고 있었고, 미국인들은 말려들었다. 고위직의 비리는 어마어마했다. 해군에 수십억 달러의 예산이 배정될 경우, 만약 전함 한 척이라도 궁극적으로 건조된다면 그것은 예상 밖의 엄청난 일이 될 것이다. 왜냐하면 모든 돈은 사용목적과는 동떨어져 있고, 해군에 대한 관심이라곤 전혀 없는 평화로운 미국인들의 주머니로 흘러들어갈 것이기 때문이다. 팔 없는 남자가 날카로운 목소리로 외쳤다.

"나는 미국에 묻히고 싶지 않아요. 무덤 속에서도 너무 황량하고 지루할 것 같아요. 나는 침 뱉는 것과 얼음물 마시는 걸 죽도록 싫어합니다."

사람들의 웃음이 크게 터졌다. 슈토스는 사람들의 웃음이 비난을 계속 해달라는 부추김이라고 생각했다.

"미국인은 달러와 비즈니스라는 두 단어를 끊임없이 내뱉는 앵무새입니다. 비즈니스와 달러! 달러와 비즈니스! 미국에서는 이 두 단어 때문에 문화가 죽었습니다. 미국인은 비장이 뭔지도 모릅니다. '달러랜드'라는 끔찍한 표현을 생각해 보십시오. 하지만 우리 유럽에는 인간이 살고 있지요.

미국인은 언제나 세상의 모든 것을, 심지어 동료까지도 오로지 달러로 얼마만큼의 가치를 내보이고 있는지에 따라 바라봅니다. 그는 달러로 계산된 것 외에는 아무것도 보지 않습니다. 그리고 카네기*와 그 일당들이

---

*   철강왕 또는 강철왕으로 알려져 있는, 19세기 미국에서 손꼽힌 기업인 중 한 사람이다

와서 그들의 소매점철학에 담긴 역겨운 내용으로 우리를 놀라게 하고 싶어 합니다. 여러분들은 그들이 세상에서 달러를 빼앗아 가면 세상이 발전할 것이라고 생각하십니까? 아니면 그들이 빼앗아 간 돈의 일부를 팡파르를 크게 울리며 세상에 다시 돌려준다면? 만약 그들이 우리에게 그런 호의를 베푸는 자비로움을 갖추고 있다면 그 대가로 우리가 모차르트와 베토벤, 칸트와 쇼펜하우어, 실러와 괴테, 렘브란트, 레오나르도와 미켈란젤로, 한마디로 유럽의 방대한 지적 재산을 모두 내던져버릴 것 같습니까? 호의를 베푸는 것과는 반대로 미국의 억만장자이자 달러병자인 불쌍한 떠돌이 개의 행태는 어떻습니까? 오히려 우리에게 따뜻한 도움을 청하려 하다니!"

  선장은 자신의 방명록에 몇 마디 적어달라고 프리드리히에게 부탁했다. 이 기회에 선장은 프리드리히에게 해도실과 나침반 뒤에 큰 바퀴가 있는 조타실을 보여 주었다. 조타실에서는 한 선원이 스피커를 통해 들려오는 일등 항해사의 명령에 따라 그 바퀴를 움직였다. 나침반의 계기판에서 볼 수 있듯 〈롤란트호〉는 서남서쪽에 떠 있었는데, 이는 선장이 좀 더 남쪽으로 치우친 항로를 탐으로써 더 좋은 날씨를 맞이하리라 기대했기 때문이다. 키를 잡은 선원은 한 순간도 주의를 게을리 하지 않았다. 금발의 수염과 푸른 눈을 지닌 그의 날씨로 단련된 구릿빛 얼굴은 흔들림 없이 진지하게 나침반의 서남서 라인에 달라붙어 있었다. 둥근 구리 케이스에 담겨

(1835~1919).

걸려 있는 나침반의 계기판은 계속하여 상하좌우로 엄청나게 날뛰면서 코끼리처럼 앞으로 나아가는 증기선의 어쩔 수 없는 흔들림에도 불구하고 수평을 유지하고 있었다.

선장은 자기의 개인 방에서 더 말이 많아졌다. 프리드리히는 자리에 앉아야 했다. 키를 잡고 서있는 선원과 같은 계통의 눈을 지닌 멋진 금발의 게르만인 프리드리히가 선장에게 담배를 권했다. 프리드리히는 폰 케셀이 결혼을 하지 않았으며, 역시 미혼인 두 명의 누나가 있고, 아내와 아이들이 있는 동생이 한 명 있다는 것을 알게 되었다. 적갈색의 플러시 소파 위쪽에는 누나들, 동생과 제수와 아이들의 사진과 함께 선장 부모의 사진이 대칭상태로 걸려 있어 특별한 성전을 이루고 있었다.

프리드리히는 폰 케셀이 자신의 직업에 분명한 애정을 갖고 있는지 물어보는 것을 잊지 않았다. 그의 대답은 이러했다.

"육지에서 일자리 하나 소개해 주시오. 똑같은 벌이가 된다면 나는 아무 생각 하지 않고 바꾸겠소. 항해는 몇 년 하다 보면 매력이 사라지기 시작합니다."

선장의 목소리는 무척 호감이 가는 후두음이었다. 그 목소리의 울림은 프리드리히에게 상아로 만든 당구공이 부딪치는 소리를 연상시켰다. 그의 명료한 발음은 흠잡을 데가 없었고, 그는 사투리조로 말하는 것을 피했다. 선장이 말했다.

"내 동생에게는 아내와 아이들이 있습니다."

물론 그의 목소리에서는 감상적인 음색은 전혀 느껴지지 않았지만 밝은 시선에서는 그가 프리드리히에게 사진으로 보여준 조카와 조카딸들을 얼마나 우상숭배 하듯 귀하게 여기고 있는지 알 수 있었다. 그는 마지막으로 "내 동생은 사람들이 부러워하는 남자입니다."라고 말한 다음 프리드리히에게 폰 카마허 장군의 아들인지 물었다. 그것은 확인되었다. 선장은 70년과 71년의 전쟁*에 참전하여 소위로 어느 보병연대에서 복무했는데, 당시 연대장이 바로 프리드리히의 아버지였다. 선장은 크게 존경하는 마음으로 그에 대해 말했다. 프리드리히는 선장 옆에 30분 이상 머물렀다. 프리드리히와 함께 있는 것이 선장을 특별히 기쁘게 하는 것 같았다. 이 남자의 내면에 얼마나 부드럽고 애정 어린 영혼이 숨겨져 있는지 놀라웠다. 그는 항상 내면에서 무언가를 끌어내 밝히기 전에 담배를 좀 더 힘껏 한 모금 빨아들이고, 프리드리히를 오랫동안 자세히 바라보곤 했다. 점차 그 금발 거인의 가슴속에 있는 나침반에 가장 강한 영향을 미치는 자석이 무엇인지가 분명해졌다. 그는 슈바르츠발트와 튀링어발트를 번갈아 가리켰다. 프리드리히는 그의 아늑한 작은 집 쥐똥나무울타리 옆에 울타리용 가위를 들고 서있거나 장미 덤불 사이에 접목용 칼을 들고 서 있는 그 멋진 남자를 자신도 모르게 보았다. 프리드리히는 이 사람은 끝없이 펼쳐진 숲의 부드러운 속삭임 속에 기뻐하며 영원히 푹 잠겨있는데도 그저 마지못해 세상의 모든 바다의 소리에 몸을 맡겨오고 있는 것이라고 확신했다.

"아마도 아직 모든 날들이 저녁이 되지는 않았을 것입니다."

선장은 농담을 하며 일어나 프리드리히 앞에 커다란 방명록을 내놓으며 말했다. 그리고 위협하듯 말했다.

"나는 펜과 잉크로 당신을 가두어 놓을 것이고, 돌아와서는 이 종잇장 위에서 무언가 의미 있는 것을 찾아내야만 하겠습니다."

프리드리히는 그 방명록을 죽 훑어보았다. 선장은 채소밭, 구스베리 덤

---

*   1870년 7월부터 1871년 5월까지 벌어진 프로이센-프랑스 전쟁을 말한다. 통일 독일을 이룩하려는 프로이센과 이를 저지하려는 프랑스 제2제국 간에 벌어진 전쟁으로 보불전쟁이라고도 불린다.

불, 지저귀는 새 소리, 윙윙거리는 벌 소리와 마주하고픈 희망을 *끈끈하게* 붙들고 있는 것이 명명백백했다. 수많은 항해를 하면서 무거운 책임에 짓눌린 선장의 영혼은 분명 이 책을 넘겨보며 고양되었을 것이다. 그러면서 그는 소박한 마음 속 평화를 느끼는 가운데 이 책이 주인에게 증언을 해줄 날을 기대했을 것이다. 그런 다음 그는 자신의 임무를 수행하고, 안전한 항구에서 자신이 견뎌낸 위험과 투쟁, 고난을 충만하고 깊은 즐거운 여운으로 변화시키는 일을 해야 했다.

갑자기 프리드리히의 영혼 앞에 자신의 정관주의적인 이상이 농장의 형태로, 완전히 고립되어 있는 작은 통나무집의 형태로 나타났다. 그러나 그 집에는 그만이 아니라 그와 어린 악마 마라가 살고 있었다. 그는 분노했다. 그는 좀 더 외지다고 생각되는 곳으로 내려갔고, 스스로를 물을 마시고, 낚시로 물고기를 잡고, 기도하고, 뿌리와 열매로 살아가는 외로운 은둔자로 여겼다.

다시 돌아와 프리드리히와 인사를 나누고 헤어진 선장은 자신의 방명록에서 다음과 같은 글귀를 발견했다.

"주인의 길을 함께 나누며,
바다 위를 높이 떠다니는 너[*]는
언젠가는 멈춰 머무르면서
그의 길의 종착점에서 꽃을 피우리라.
그의 고요한 정원에서
너는 주인에게 폭풍과 행동을 증언하리라.

---

[*] 선장의 방명록을 가리킨다.

힘과 남자의 의지는
그 어떤 포악한 바다에도 굴하지 않음을!
너는 항해사의 명예를 드높이는
자랑스러운 찬사를 받으리라.
그리고 그가 바다를 통해 실어 나른 사람들에게
감사의 말을 하리라."

프리드리히가 한 손으로 머리에 쓴 두건을 꼭 붙잡고, 다른 한 손으로는 난간을 잡고 애매한 높이에 있는 선장실에서 산책용 갑판으로 내려오자 1등 항해사의 멋진 갑판실이 열리고, 1등 항해사가 아하라이트너와 대화를 나누면서 나타났다. 아하라이트너는 창백하고 근심어린 얼굴로 지나가면서 프리드리히에게 소리쳤다. 그는 잉이게르트 할슈트룀을 위해 조타실을 빌렸다고 알려주었다. 지금 쓰고 있는 선실에서 그녀가 고통스러워하고 있는 모습을 더 이상은 바라볼 수가 없기 때문이라는 것이다. 폭풍우는 점점 더 심해졌고, 이제 갑판에는 단 한 사람의 승객도 보이지 않았다. 선원들은 구명정을 점검했다. 배의 측면을 향해 솟아오르는 거대한 물 폭탄은 앞쪽에서부터 비스듬히 항로를 따라가면서 힘차게 솟아올라 물을 흩뿌리고, 한 순간 공중에서 하얀 산호처럼 조용히 멈춰 있다가 모든 것을 흠뻑 적시며 갑판으로 내려앉았다. 굴뚝의 연기는 악천후의 거친 숨결에 의해 입구에서 나오면서 납작하게 가라앉아 뒤로 날려가 하늘과 바다가 뒤섞인 사나운 혼돈 속으로 흩어져 들어갔다. 프리드리히는 낮은 앞쪽 갑판을 바라보았다. 유대여인에 대한, 그리고는 무뢰한 빌케에 대한 기억이 불타는 이마 뒤에서 떠올랐다. 그런데 격랑 치는 바다의 습격을 받은 앞쪽 갑판에는 아무도 서있을 수가 없었다. 선원 한 명만이 닻을 내리는 크레인에서 멀지 않은 선수재 앞에서 망을 보고 서있었다.

중앙계단에 연결된 직사각형의 계단통 주위로 난간이 설치되어 있었다. 그 주변으로는 여러 사람들이 신선한 공기를 마시며 물에 젖지 않고 앉아 있을 수 있는 좁은 공간이 있었다. 프리드리히는 휴게실로 내려가려고 늘 열려 있는 문을 통해 계단실로 들어섰고, 거기에서 말없이 창백한 사람들이 모여 있는 것을 보았다. 이른바 '안락함의 승리'라고 불리는 의자 한 개가 비어 있었고, 프리드리히에게 앉을 것을 권하고 있었다. 그는 마치 저주받은 사람들의 집단에 합류한 듯한 생각이 들었다.

프리드리히는 그 불쌍한 죄인들 중 한 사람은 곤경에 빠진 유명한 조각가 투셍 교수일 것이라고 생각했는데, 그 사람에 관해서는 칼라브레저와 라트만텔이 알려준 적이 있었다. 그의 옆에 있는 남자가 가끔씩 그와 말을 주고받았는데, 아마도 문화부 소속의 추밀고문관 라르일 듯했다. 프리드리히는 시장 집에서 한번 그와 마주앉은 적이 있음에도 불구하고 마음속에서 그의 모습은 흐릿하게만 떠오를 뿐이었다. 기성복업자는 - 어떻게 그 정도까지 되었는지! - 자신의 선실에서 여기까지 간신히 몸을 질질 끌고 올라와 다 죽어가는 사람이 되어 의자에 누워 있었다. 그밖에도 작고, 둥글둥글하며, 불안해하는 한 남자가 있었다. 그는 깡마르고 키가 큰 어떤 남자와 얘기하고 있었다.

키 큰 남자는 대화상대에게 해저 전신케이블의 단면을 보여주었다. 그들은 삼, 금속, 구타페르카를 얽어 만든 케이블을 이리저리 돌려보았다. 키 큰 남자의 속삭이면서 이따금 끊어지는 문장들을 통해 사람들은 그가 1877년에 유럽-북미 간 통신케이블을 설치한 증기선에서 전기 기술자로 일했다는 것을 알게 되었다. 공사는 공해상에서 쉬지 않고 몇 달 동안 계속되었다. 그 남자는 조선소에서 케이블선박의 건조작업과 함께 선체의 금속판을 리벳으로 고정시키는 노동자들의 작업을 감독했었다고 이야기했다. 그는 아일랜드와 뉴펀들랜드 사이에 뻗쳐 있는, 모래로 이루어진 해저의 전신 고원은 유럽-미국 간 케이블의 가장 중요한 매립지라고 말했다.

케이블 내부에 있는 구리선들은 거의 주먹 만 한 두께로 거대한 닻줄과도 같았는데, 그것을 보호하는 것이 그의 또다른 임무로 주어져 그는 그것을 자신의 영혼으로 불렀다고 했다. 프리드리히는 깊은 바다 속 끔찍하리만큼 황폐한 곳에서 끝도 시작도 없는 것처럼 보이는 거대한 청동의 뱀들이 신비로운 해저동물들이 서식하는 모래 바닥 위에 늘어져 있는 것을 마음속으로 연상해 보았다. 그에게는 그토록 깊은 곳에 버려진 채 고립되어 있는 운명이야말로 케이블의 영혼에게는 너무나도 잔인하다고 여겨졌.

그런 다음 그는 스스로에게 물었다.

'어째서 사람들은 최초의 전신을 수신했을 때 최초의 케이블의 양쪽 끝에서 열광적인 환호성을 터뜨렸을까? 그것은 아마도 불가사의한 이유가 있을 거야. 왜냐하면 지금 우리가 '좋은 아침, 뮐러 씨!' 또는 '좋은 아침, 슐체 씨!'라는 인사말을 1분에 20번씩이나 전신으로 보내거나, 아니면 전 세계 모든 지역의 기자들이 떠들어대는 말로 전체 인류를 하찮게 만드는 것이 이 열광적인 기쁨의 진정한 이유일 수는 없었기 때문이지.'

그가 그렇게 생각하고 있을 때 앉아있던 의자가 미끄러졌다. 프리드리히는 전기기술자와 잠자고 있는 기성복업자와 함께 계단통의 난간 쪽으로 세차게 내동댕이쳐졌고, 반대편에 열을 지어 앉아있던 승객들은 추밀원 고문관과 투셍 교수와 함께 뒤로 넘어졌다. 그 사태는 꽤 우스꽝스러웠다. 그러나 아무도 웃으려 하지 않았다.

언제나 분주하게 움직이던 승무원들 중 한 사람이 나타나 놀란 사람들을 위로하려는 듯 늘 먹을 것이 떨어지지 않는 식료품실에서 꺼내온 스페인산 포도를 한 사람씩 건네주었다. 누군가가 물었다.

"뉴욕에는 언제 도착하나요?"

모든 사람들의 눈이 놀라움과 공포에 빠져 그에게로 향했다. 그러나 늘 예의 바랐던 승무원은 아무 대답도 하지 않았다. 그의 견해에 따르면 어떤 정보는 운명의 도전과도 같은 것일 수도 있었다. 승객들도 비슷한 느낌을 받았다. 그랬다. 그들에게는 실제로, 그리고 진정으로 다시 육지를 밟을 수 있을 것이라는 생각은 자신들의 그 순간의 상황에서는 거의 말도 안 되는 동화 같이 여겨졌다.

전기기술자에게서 주로 설명을 듣고 있던 그 뚱뚱하고 키 작은 남자의 행동이 이상했다. 그는 계속해서 걱정스러워 하는 말을 했고, 잠깐씩 시간 간격을 두고 연거푸 불안해하며 사람들의 동요하는 상태를 바라보았다. 그는 근심어린 얼굴에 박혀 있는 초롱초롱한 작은 눈으로 우현에서 좌현을, 좌현에서 우현을 가로질러 쉬지 않고 커다란 원호를 그리는 돛대들의 꼭대기를 꼼꼼히 살피면서 올려다보다가 점점 더 높이 솟아오르는 물 폭탄의 단조로운 움직임을 몹시 걱정스러워하며 내려다보곤 했다. 프리드리히가 이 가련한 시골 쥐의 소심함에 대해 속으로 비웃고 있을 때 누군가가 그에게 그 뚱뚱한 남자가 선장이며, 3년 동안 범선을 타고 바다 위를 떠돌며 세계 일주를 한 다음 3주 전에 뉴욕으로 돌아왔다고 이야기해 주었다. 그는 유럽에 있는 부인을 방문한 후 비슷한 기간으로 또 다시 세계 일주를 하려고 다시 뉴욕으로 돌아가는 길이라는 것이었다.

프리드리히는 그 소심한 선원에 대해 생각했다. 그 사람의 성격적 특성은 그의 혹독한 직업의 요구 및 기능과는 어울리지 않는 것 같았고, 무엇이 그런 사람을 영원히 결혼 생활과 삶에 묶어두고 있는지 스스로에게 물었다. 그런 다음 그는 목적도 없이 어딘가로 가기 위해 일어났다. 바다여행에서 저절로 주어지는 여유는 특히 악천후에서는 승객들에게 배에서 받을 수 있는 가능한 모든 인상들을 계속하여 반복적으로 떠올리게 한다. 그리하여 프리드리히는 한동안 목적 없이 계단을 오르락내리락한 후 흡연자들의 무리와는 어울리지 않는 화려한 흡연실의 가죽쿠션 위에 앉게 되었다. 팔 없는 남자가 어제 식사를 했던 곳이었다.

한스 필렌베르크는 이곳에서 담배를 피우는 것이 허용되지 않는지 물었다. 그런 다음 그는 날씨에 대해 말하고, 날씨가 꽤 우중충하다고 판단했다.

"이런 날씨가 언제 끝날지 아무도 모르지요. 아마도 우리는 뉴욕으로 가는 대신 뉴펀들랜드에 있는 긴급대피항으로 향할지도 모릅니다."

프리드리히는 이런 전망에 관심이 없었다.

필렌베르크는 새로운 대화주제를 찾으려고 했다.

프리드리히가 물었다.

"당신의 여자는 뭘 하고 있습니까?"

"내 여자는 영혼에 대해 말하면 자신의 영혼을 토해냅니다. 나는 두 시간 전에 그녀를 침대로 데려가 눕혔습니다. 이 영국여자는 이미 순종 미국여자가 되었습니다. 터놓고 말씀드리지요! 대단한 일입니다. 먼저 나는 브랜디로 그녀의 이마를 문질러 주었고, 그녀는 그것을 꽤 즐겼습니다. 그런 다음 나는 그녀의 목에서 단추를 풀었습니다. 그녀는 나를 자기 남편이 고용한 안마사라고 생각하는 것 같았습니다. 그 일은 마침내 내게 지루해졌습니다. 게다가 그녀가 잠자고 있는 방에서는 역겨운 느낌이 솟구쳐 올랐습니다. 모든 시적인 분위기는 사라져버렸지요. 또한 그녀는 애정을 바쳐 사랑하는 뉴욕 출신의 남편 사진을 나에게 보여주었습니다. 내 생각엔 런던에 또 한 놈 있는 것 같은데…"

한스 퓔렌베르크의 말은 저녁 식사를 알리는 첫 번째 트럼펫 소리에 의해 중단되었다. 트럼펫 연주자는 계단 입구에서 날카로운 음을 내며 트럼펫을 불었지만 무거운 공기와 바다의 엄청난 소음이 메아리도 없이 즉시 그 소리를 삼켜버렸다.

젊은이는 "게다가 그 여자는 빌헬름 박사를 아래로 불러냈답니다."라고 말을 맺었다.

식당 안은 황량해 보였다. 항해사도 〈롤란트호〉의 선장도 없었다. 악천후 상황에서의 근무가 그들이 식당에 앉아있는 것을 허용하지 않았다. 접시와 유리잔, 병이 미끄러지는 것을 방지하기 위해 나무로 된 장치가 테이블 표면을 칸막이로 나누었다. 주방과 도자기보관실에서는 이따금 엄청난 파열음이 났다. 접시들이 부딪히는 소리가 들렸다. 겨우 열두세 명의 사람들이 식탁에 앉아있었고, 그 중에는 할슈트룀과 빌헬름 박사도 있었다. 마침내 카드놀이꾼들이 달아오른 얼굴로 큰 소리로 떠들며 다시 몰려들어 왔다. 그들은 곧장 카드놀이 대신 샴페인을 마셨다. 악천후에도 불구하고 식탁의 음악은 제 기능을 했다. 음악 속에는 무언가 불경스런 것이 있는 것 같았고, 〈롤란트호〉는 암초를 마주하고 달리는 듯 연거푸 진동하면서 멈춰 서곤 했다. 한번은 이런 불길한 상상이 너무 강해서 다인실에서는 공황상태가 생겨났다. 수석승무원 푼트너 씨는 운항 상태와 관련된 소식을 식당으로 가져왔다. 세차게 솟구치는 물 폭탄의 소음과 접시의 덜그럭거리는 소리와 현악기 소리에도 불구하고 놀란 사람들의 비명소리가 귓속을 뚫고 들려왔다.

할슈트룀은 디저트를 먹기 위해 멀리 떨어져 있던 자리에서 프리드리히와 빌헬름 박사 옆으로 조금 힘들게 걸어왔다. 그는 자신을 돌팔이 의사라고 부르며 치유체조에 대한 대화를 나누기 시작했다. 할슈트룀은 이 체조를 통해 자신의 딸 잉이게르트가 춤에 대해 생각하게 되었다고 말했다. 그는 위스키를 마신 것 같았다. 왜냐하면 그는 더 이상 평상시의 말이 없는 상태가 아니었기 때문이다. 그는 철학적인 견해들을 전개해 나갔다. 도전이라도 하려는 듯 그는 거칠고 과격한 주장을 잇달아 펼쳐나갔다. 하나하나의 주장은 쟁쟁한 독일인 카드놀이꾼 열 명 정도는 외통수로 몰아넣기에 충분할 으뜸패인 것 같았다. 그의 말을 믿는다면 그는 테러를 저지르는 무정부주의자이고, 소녀밀매상이며, 사기꾼이었다. 어쨌든 그는 자신의 모든 우월함을 내세우며 어리석은 사람들에 맞서 싸우는 사람들의 대의를 옹호했다.

그는 이렇게 말했다.

"여러분! 미국은 사기꾼들이 만든 걸로 알려져 있습니다. 여러분들이 그 땅 위에 텐트를 치면 여러분들은 세상에서 가장 편안한 감옥을 갖게 됩니다. 위대한 르네상스시대의 얼간이인 사기꾼이 그곳에서는 승리를 거두는 인생이 됩니다. 그리고 그것은 단 하나의 가능한 인생입니다. 언젠가 미국의 사기꾼이 온 세상을 손아귀에 넣게 될 것을 조심하십시오! 유럽도 이제는 르네상스시대의 이상과 르네상스시대의 짐승 같은 인간들 속으로 조금은 빠져들고 있습니다. 말하자면 사기 치는 데에 열중하고 있는 것입니다. 하지만 사기 치는 데에는 미국이 유럽보다 말 열 필 길이만큼은 앞서 있습니다. 그들 체사레 보르지아*들은 종 모양의 스커트를 입고 카페에

---

*　체사레 보르지아(1475~1507)는 교황 알렉산더 6세의 큰아들로 이탈리아 중부 로마냐를 모두 장악했고, 그 기세를 몰아 피렌체가 있는 토스카나까지 지배하려 했던 마키아벨리 시대의 가장 주목받던 군주다. 발렌티노 공작, 로마 교회군 총사령관, 그리고 추기경이라는 화려한 경력에서 보듯 그는 당시 그 누구도 꿈꾸지 못한 많은 것들을 한꺼번에 갖고 있었다. 여기에서는 미국인의 사기성과 정복욕을 강조하기 위해 빗댄 인물로 볼 수 있다.

앉아 꽤 순수한 시구절로 자신들의 범죄자적 천재성을 표현합니다. 그들은 병들어 보이거나 의사에 의해 피가 몽땅 빼내진 사람들처럼 보입니다.

만약 유럽이 스스로를 구하고 싶다면 방법은 단 하나뿐입니다. 사기꾼, 현금 횡령자는 물론 기만적인 파산자도, 사기도박꾼도 미국에 인도하지 못하게 하는 법을 만드는 것입니다. 이미 미국 항구에 정박해 있는 독일, 영국, 프랑스 선박에서는 이런 사람들이 유럽의 아주 특별한 보호를 받고 있지요. 이로 인해 유럽이 얼마나 빨리 엉클 샘*을 앞지르게 될지 지켜보십시오!"

두 의사는 웃음을 터뜨렸다.

할슈트룀은 계속해서 말했다.

"천재가 언제 도덕적으로 일한 적이 있습니까? 하늘과 땅의 창조주조차 그런 것은 이해하지 못했습니다. 왜냐하면 그도 자신의 창조물을 부도덕하게 만들었기 때문입니다. 좀 더 고상한 형태의 모든 활동은 도덕을 내던져버렸지요. 역사가가 연구하는 대신 도덕적이 될 수 있을까요? 아니면 의사가 도덕적이 될 수 있을까요? 아니면 십계명의 시민도덕을 규범으로 삼는 위대한 정치가가? 예술가가 도덕적이면 바보이고 악당입니다. 우리 모두가 도덕적이라면 전 세계의 교회는 무슨 일을 할 수 있을까요? 그것들은 존재하지 않을 것입니다."

그들은 식탁에서 일어나 갑판 위로 올라갔는데, 그때 갑자기 할슈트룀이 프리드리히에게 이렇게 말했다.

"내 딸이 당신을 기다리고 있습니다. 우리는 이곳에 아하라이트너라는 친구 하나가 있는데, 그는 온유한 사람이지만 돈을 많이 가지고 있습니다.

---

* 엉클 샘은 미국의 마스코트 격 캐릭터로, 넓은 의미로 미국이라는 나라 자체를 상징한다.

더없이 불쌍한 그 친구는 그것을 어떻게 하면 가장 잘 써버리는 건지를 알지 못합니다. 그래서 그는 내 딸을 위해 소위에서 호화로운 갑판실을 빌렸습니다. 그 대가로 그는 유감스럽게도 이따금 내 딸에게 꽤 큰 짐이 될 권리도 갖고 있습니다."

실제로 아하라이트너는 그들이 갑판실에 들어갔을 때, 무척 불안정하게 서있는 그림그리기용 의자에 앉아 있었고, 마라는 몸을 세심하게 감싼 채 안락의자에 사지를 뻗고 누워 있었다. 그러나 그녀는 즉시 아버지에게 제발 자신을 지루하게 하는 아하라이트너를 내보내달라고 소리쳤고, 프리드리히와 특별한 용건이 있다고 말했다. 할슈트룀과 아하라이트너는 그녀의 말에 따라 순순히 자리를 떴다.

프리드리히가 물었다.

"무엇을 도와줄까요?"

잉이게르트는 주변 사람들에게 즐겨 부탁해왔던 사소한 일들 중 하나를 말해주었다. 그녀가 그렇게 한 것은 사람들이 자신을 위해 사소한 일이라도 해 주지 않으면 자신이 버림받은 것처럼 보일 것 같았기 때문이라고 설명했다. 그녀는 승무원에게 시켜도 될 일이기에 아무래도 괜찮다는 생각에 이렇게 말했다.

"하지만 당신이 하고 싶지 않다면 하지 않아도 좋아요. 그리고 당신이 나와 함께 있는 것을 지루하게 여긴다면 나는 기꺼이 혼자 있겠어요."

프리드리히는 그녀가 말을 그렇게 시작한 것을 당혹스러움의 어리석은 표현으로 느꼈다. 그는 힘닿는 대로 도움이 되고 싶다고 조용히 말했고, 자신은 결코 지루해하지 않을 것이라고 설명했다. 그는 실제로 지루하지 않았다. 왜냐하면 그는 그녀의 선실에서 그 어린 소녀와 단둘이 있으면서, 특히 배의 움직임이 덜한 상태에서 그녀의 존재에 대한 위험한 매력을 느꼈기 때문이다.

바다여행의 고통은 그녀의 마돈나 같은 얼굴을 밀랍 같이 창백하게 만들었다. 여승무원은 그녀의 곱슬머리를 풀었고, 그것은 베개의 하얀 아마포 위에 펼쳐졌다. 그것은 황금빛 물결이었고, 그것을 바라보는 것은 프리드리히에게 혼란스러움을 안겼다. 그 순간 그에게는 수백 마리의 인간 개미가 타고 있는 거대한 배 전체가 이 작은 누에, 이 섬세한 색깔의 매혹적인 나비의 고치에 지나지 않는 것처럼 보였고, 마치 배 밑바닥에서 하얀 화염 속으로 석탄을 던져 넣고 있는 벌거벗은 노예들이 오로지 이 어린애 같은 비너스를 모시기 위해 땀을 흘리고 있는 것처럼 보였다. 선장과 장교들은 이 여왕의 기사인 것처럼, 나머지는 그녀의 시종들인 것 같았다. 그리고 다인실은 마치 맹목적으로 헌신하는 노예들로 가득 차 있는 것 같았다.

그녀가 갑자기 말했다.

"어제 내가 한 이야기가 당신의 마음에 상처가 됐나요?"

프리드리히가 대답했다.

"내가요? 기껏해야 당신이 스스로 상처를 받았을 뿐입니다."

그녀는 냉소적인 미소를 지으며 그를 바라보았고, 그녀 옆에 있던 과자 상자에서 분홍색 솜으로 된 작은 조각을 동그랗게 뜯어냈다.

프리드리히는 그녀의 미소와 시선 속에 차가운 즐김이 담겨 있음을 느꼈고, 자신이 남자이면서 그런 조롱 앞에서 무력하다는 것을 느끼자 육체적인 분노의 파도가 솟아올랐다. 피가 눈으로 솟구쳐 들어갔고, 그는 두 주먹을 움켜쥐었다. 이것은 프리드리히가 이따금 불가피하게 내보였던 돌발적인 격분이었고, 그의 친구들에게는 익히 알려진 현상이었다.

잉이게르트는 계속해서 솜을 뜯어내면서 말했다.

"무슨 일이에요? 나는 당신 같은 승려는 두려워하지 않아요."

이것은 프리드리히의 내면에서 솟아오르는 열정의 물결을 진정시키기에 적절한 말이 아니었다. 그 사이 그는 그녀를 지배하는 주인이 되었다. 그는 이 요부의 우리에서 새로 들어온 애송이 동물이 되고 싶지는 않았다.

잉이게르트가 프시케*의 화신과도 같은 사악한 여자였던 만큼 그녀에 대한 한 남자의 동요하는 감정 속에도 숨길 것이 거의 없었다. 그녀는 말했다.

"아, 나도 언젠가는 수녀가 되고 싶었어요."

그리고 그녀는 거짓말을 하지 않는 한 진실에 따라 어느 정도 자세하게 옹알거리며 이야기했는데, 착한 사람이 되기 위해 한때 1년 넘게 수도원에서 보낸 적이 있지만 수도원에서도 특별히 좋은 성과를 거두지는 못했다는 것이다. 그녀는 자신이 신앙심이 깊다며, 그렇다는 것을 진솔하게 말할 수 있다고 했다. 그녀는 옆에 앉아 함께 하느님께 기도를 드릴 수 있다는 느낌이 들지 않는 사람들은 모두 자신에게 낯선 사람으로 남아있으며, 역겹기까지 하다고 말했다. 그녀는 어쩌면 다시 수녀가 될지도 모르지만, (여기서 그녀는 자신도 모르는 듯 방금 말했던 모든 것을 조롱하기 시작했는데) 그것은 경건해지기 위해서가 아니라 자기 자신이 경건하지 않다는 생각이 막 떠올랐기 때문이라고 말했다. 그녀는 자기 자신밖에는 아무것도 믿지 않는다고 말했다. 인생은 짧고, 그 다음에는 아무것도 오지 않는다고 그녀는 말했다. 인생을 최대한 즐겨야 한다는 것이다. 그녀는 즐김을 거

---

* 프시케는 그리스신화에 나오는 빼어난 미모의 여인이다. 그녀가 미의 여신 아프로디테보다 더 아름답다는 칭송을 받자 질투를 느낀 아프로디테는 아들 에로스에게 프시케가 추한 남자를 사랑하게 만들라고 명령한다. 하지만 에로스는 그녀의 아름다움에 빠져 헤어나지 못하다가 우여곡절 끝에 제우스와 아프로디테의 축복을 받으며 부부의 연을 맺는다.

부하는 사람은 자기 자신에게 죄를 짓고 자신을 속이는 것이라고 말했다.
 여승무원이 객실로 들어와 흥겹게 말하며 잉이게르트의 베개와 이불을 정돈했다.
 "여기가 저 아래층보다 더 좋지 않나요, 아가씨?"
 여승무원이 나가자 잉이게르트가 말했다.
 "저 멍청한 여자도 벌써 나한테 사랑에 빠졌는지 모르겠네요."
 프리드리히는 '내가 왜 여기 앉아 있는 거지?'라고 스스로에게 물었고, 온갖 호의를 다해 그 어리석은 어린 피조물을 깨우쳐주려는 시도를 하기 시작했다. 도대체 왜 이 피조물에게 전혀 필요하지 않은 연민이 그토록 유별나게 강한 힘으로 끊임없이 그를 엄습하는 것일까? 그리고 이 유치한 라미아*의 존재가 작용하고 있는 동안에도 왜 그는 그녀가 순진무구하다는 생각과 순결하다는 생각에서 벗어나지 못하고 있는 것일까? 그에게 그녀는 순수하며 아무도 손대지 않은 자연 그대로로 보였고, 그녀의 모든 변덕스러운 동작과 말은 그녀가 의지할 곳 없는 처지에 놓여 있다는 인상만을 높여주어 그의 마음을 아프게 했다.
 '모든 사랑은 연민이다!'
 쇼펜하우어가 제시하고, 역설적인 동시에 진실하다고 밝힌 이 문장이 프리드리히의 머릿속을 뚫고 지나갔다. 그는 어린 소녀 주위에 다시 흩어져 있던 작은 인형들 중 하나를 손에 들고 환자를 대할 때 사용해온 인간적인 어조로 세상이 인형극이라는 잘못된 생각 속에서 처벌 받지 않고 살아

---

*   그리스 신화에 나오는 여자 요마로, 하반신은 뱀이고 상반신은 아름다운 여인의 모습을 하고 있다. 여신 헤라의 저주로 인해 아이들을 잡아먹는 습성을 지녔으며, 아름다운 목소리로 남자들을 유혹하여 피를 빨아먹거나 그대로 잡아먹기도 한다.

갈 수는 없다는 것을 잉이게르트에게 이해시키려 했다. 그는 그녀의 인형들이 실제로는 맹수들이라고 말했다. 그는 그것들의 이빨에 찢기고, 발에 맞아 내동댕이쳐지기 전에 그 실상을 일찍 깨닫지 못한다면 너무나도 슬픈 일이라고 말했다.

그녀는 짧게 웃고는 아무 대답도 하지 않았다. 그런 다음 그녀는 가슴속의 고통을 하소연했다. 그녀는 프리드리히에게 그가 의사이니 자신을 진찰해주겠느냐고 말했다.

프리드리히는 그건 빌헬름 박사가 할 일이고, 자신은 여행을 하면서는 진료를 하지 않는다고 거칠게 대답했다. 그녀는 자신이 고통 받고 있다면 의사로서 그가 자신의 고통을 덜어줄 수 있는 것이며, 그럴 생각이 없다면 자신에 대한 그의 우정은 특별한 것이 아닐 거라고 말했다.

프리드리히는 그녀의 그런 논리를 외면할 수 없었다. 그는 그녀의 극도로 섬세한 체질이 차변과 대변의 균형을 아주 힘겹게 유지하면서 매 순간 위험에 처해 왔다는 것을 오래 전부터 알고 있었다. 그는 설명했다.

"내가 당신의 의사라면 나는 당신을 시골 목사나 농부에게 맡길 것이오. 무대에 서는 것은커녕 극장에 가지도 마십시오! 그 빌어먹을 카바레들이 당신을 육체적으로나 도덕적으로 무너뜨렸어요."

프리드리히는 자신이 거칠다고 여기면서도 그게 약이라고 생각했다.

"당신은 농부가 되고 싶으세요?"

"무슨 말이지요?"

"당신은 이미 목사님이잖아요!"

그녀는 웃었고, 대화는 앵무새의 외침소리로 중단되었다. 객실 뒤쪽에 서있는 나뭇가지를 오르내리는 앵무새가 있다는 것을 프리드리히는 그때까지 모르고 있었다.

"저게 있었군요! 어디서 저런 동물을 가져왔나요?"

"저 새 좀 나한테 데려다 주세요! 코코! 코코!"

프리드리히는 일어서서 크고, 하얗고, 장밋빛인 그 바다여행자를 자신의 손 위로 기어오르게 했다.

그러는 사이 〈롤란트호〉는 바닷물이 가라앉으면서 생기는 골짜기를 지나고, 거대한 기계처럼 고르게 작동하는 바다의 산맥을 넘어 안개구름 속으로 파고들어 사이렌 소리를 내뿜었다. 잉이게르트는 "안개야."라고 말했고, 그녀의 얼굴에서는 핏기가 싹 가셨다. 그러나 그녀는 즉시 자신은 결코 두려워하지 않는다고 말했다. 그런 다음 그녀는 과자 한 조각을 입에 넣어 앵무새가 그것을 쪼아 먹게 했고, 앵무새는 소녀의 사랑스럽게 움직이는 가슴을 아무런 감각도 없이 밟고 올라서 있었다.

그러는 동안 프리드리히는 그녀에게 매 순간 뭔가 다른 손길을 베풀어야 했고, 그녀가 한때 소유했던 자바 원숭이에 대해 열광하며 말하는 것을 들어주면서 자신이 과연 의사나 간호사, 미용사, 객실종업원, 승무원인지 자문해 보았다. 또한 잉이게르트 곁에 있으면서 심부름꾼 아이로까지 전락하는 건 아닌지 스스로에게 물었다.

그는 탁 트인 바깥의 공기를 갈망했고, 갑판으로 돌아가고 싶었다.

그리고 얼마 지나지 않아 아하라이트너가 겁에 질린 의심스러운 눈빛을 하고 방으로 돌아왔다. 잉이게르트가 증오에 찬 눈길로 지독히 냉정하게 프리드리히를 내보냈다기보다 내쫓아버렸을 때, 프리드리히는 잠긴 문 뒤에서 짙은 안개 속에 서있는 자신을 발견했다. 그때 그에게는 묶여 있는 사람을 끌고 가듯 무언가가 그를 소녀의 거처로 다시 데려갈 것 같은 생각이 들었다.

사이렌소리가 귀청을 찢을 듯 요란하게 울렸다. 말하자면 그것은 거대한 황소의 가슴에서 나오는 그르렁거리는, 위협적인 동시에 무서운 경고를 담고 있는, 사납고 무시무시하게 고조되는 소리였다. 프리드리히는 사이렌소리를 들을 때마다 그것의 경고와 두려움을 자기 자신과 연관 지었다. 마찬가지로, 질주하는 안개도 그에게 자신의 영혼의 모습인 것처럼 보였다. 그의 영혼은 질주하는 안개의 모습이거나 눈이 먼 채 알 수 없는 세계로 들어가려고 애쓰는 배의 모습인 것처럼 보였다. 그는 난간으로 가서 곧바로 아래를 내려다보면서 거대한 배의 벽이 얼마나 어마어마한 속도로 물을 뚫고 지나가는지 볼 수 있었다. 그리고 그는 인간의 대담함이 허황된 것이 아닌지 자문해 보았다.

선장부터 마지막 수습선원에 이르기까지, 계속해서 솟아올라 공중에서 그르렁거리는 하나뿐인 스크루의 회전축이 어쩌면 바로 다음 순간에 부러져버리는 것을 그 누가 막을 수 있을 것인가? 웨이퍼처럼 얇은 벽으로 이루어진 속이 텅 빈 거대한 배의 파멸적인 충돌을 누가 사전에 알아내어 피할 수 있을 것인가? 철과 각목들이 한데 뭉쳐 큰 덩어리를 이룬 침몰한 많은 배들 중 하나가 물속에서 방향을 잃고 떠다니면서 해류의 힘에 의해 나뒹굴다가 힘차게 접근하는 〈롤란트호〉의 몸체와 부딪히는 것을 누가 피할 수 있을 것인가? 지금 기계가 고장 나면 어떻게 될 것인가? 몇날 며칠을 중단 없이 이어온 증기의 압력을 증기보일러가 감당하지 못한다면? 이 지역에서는 배들이 빙산도 만났었다. 점점 맹렬해지는 폭풍 속에서 어떤 운명이 〈롤란트호〉를 기다리고 있을지는 아무도 알 수 없었다.

프리드리히는 위층의 흡연실로 들어갔다. 거기에서 그는 카드놀이꾼들, 빌헬름 박사, 팔 없는 아르투어 슈토스, 투셍 교수와 다른 남자들이 모여 있는 것을 보았다. 그는 인사를 받았다. 진한 커피 냄새가 나는 방은 짙고 매캐한 연기로 가득 차 있었는데, 프리드리히가 들어오자 연기는 잠깐 동안 축축한 안개와 맞부딪혔다. 프리드리히가 물었다.

"무슨 일이 일어났나요, 여러분?"

그러자 누군가가 외쳤다.

"당신은 그 춤추는 여자의 왼쪽 엉덩이 바로 위에 있는 손가락 두 개 너비의 잘 알려진 반점을 제거하는 수술 잘 마치셨나요?"

얼굴이 창백해진 프리드리히는 대답하지 않았다.

그는 다시 빌헬름 박사 옆에 앉았고, 그 낯선 사람의 시끄럽게 떠드는 모든 말은 자신과는 관계가 없다는 듯이 행동했다. 그는 체스를 두자는 동료의사의 제안을 받아들였다.

체스를 두는 동안 그는 수치심과 분노를 억누를 시간을 가졌다. 그는 은밀하게 둘러보며 조금 전 말한 사람이 누구인지 찾아보았다. 슈토스가 그에게 외쳤다.

"의사 선생님, 여기 미국으로 가면서 독일에서의 품위를 버리는 사람들이 있습니다. 그런다고 바다를 건너는 뱃삯이 싸지는 것도 아닌데 말입니다."

프리드리히는 그의 말에 대답하지 않았다. 대신 누군가가 말했다.

"하지만 슈토스 씨, 우리가 지금 여성휴게실에 있는 것도 아니니 사소한 농담을 가지고 곡해할 필요는 없지요."

그러자 슈토스가 대답했다.

"나는 주변에 있는 사람들을 희생시켜 하는 농담은 좋아하지 않습니다. 무엇보다도 여자가 관여된 농담 말이지요."

그러자 앞서 말했던 함부르크에서 온 나이 든 남자가 말했다.

"오, 슈토스 씨, 모든 것은 제각각 적절한 때가 있는 법입니다. 나는 당신의 설교에 반대할 생각은 없습니다. 하지만 우리는 지금 악천 후 속 바다 위에 떠있고, 이 방은 교회가 아닙니다."

누군가가 말했다.

"더구나 아무도 직접 이름을 거명하진 않았지요."

이미 여성휴게실에서 불을 지펴 주목을 끌었던 미국 청년이 이제 무뚝뚝하게 말했다.

"슈토스 씨가 뉴욕에 가 있으면 매일 밤 '웹스터와 포스터'의 카바레에서 교회 예배를 드릴 겁니다."

슈토스가 응답했다.

"어떤 습기도 많은 미국 청년들의 귀 뒤에 있는 습기와는 비교될 수 없지요."

청년은 말했다.

"유명한 배리슨 자매가 등장하여 곧장 노래 '링거 롱 루'를 부르고 나면 슈토스 씨는 하늘을 향해 두 손을 들어 올리고 청중들에게 기도해 달라고 간청할 것입니다."

이 말을 한 다음 호리호리한 그 청년은 얼굴 근육 하나도 움직이지 않고 밖으로 뛰쳐나갔다.

아르투어 슈토스는 아무런 소득도 얻지 못했다. 그러나 그는 자신이 받은 타격과 자신을 뒤따르는 웃음소리에 오래 구애받지는 않았다. 그는 자신과 함께 앉아 있던 투생 교수를 향해 말했다.

"사람들은 흔히 착각을 많이 하지요. 예술가들 세계의 도덕이 사회의 다른 곳에서보다 더 느슨할 것이라고 생각한단 말입니다. 그것은 완전히 잘못된 가정이지요. 그런가하면 예술가들이 끊임없이 발전시켜 나가는 이 전대미문의 대단한 성과가 화냥녀의 삶과 같다고 말하는 사람도 있지요? 빌어먹을! 많은 사람들이 이에 놀라워한답니다. 멸시받는 술집카바레에서 행해지는 것과 같은 일을 하기 위해서는 결코 아침술을 거르지 않는 속물들은 알지 못하는 금욕과 힘든 노동이 필요한 겁니다."

그리고 그는 계속해서 예술가들을 널리 칭송하는 말을 이어나갔다.

한스 필렌베르크가 물었다.

"슈토스 씨, 당신은 어떻게 그런 특별한 재주를 갖고 계신가요?"

"젊은이, 이건 할 수만 있으면 어려운 일이 아닙니다. 그러나 만약 우리가 결투를 벌이게 된다면 당신은 어떤 눈, 어떤 귀, 어떤 어금니를 바칠 것인지 선택해야 할 것입니다."

그러자 누군가가 말했다.

"저 사람은 사격 선수처럼 쏩니다. 총알로 세 발, 네 발 연속하여 하트 모양 심장을 명중시키지요."

"다른 사람들과 똑같은 예술입니다, 여러분. 하지만 여러분이 팔이 있고 총을 발로 잡아 방아쇠를 당기지 않는다 하여 희생과 땀과 인내 없이 이룰 수 있다고 생각하지는 마십시오."

폰 케셀 선장이 나타나 사람들이 큰 소리로 "아" 하며 맞이했다. 그의 주위로 문을 통해 엄청난 양의 햇빛이 쏟아져 들어왔다. 선장은 말했다.

"기압계가 상승하고 있습니다, 여러분!"

요술이라도 부린 듯 실제로 효과가 나타났다. 뱃멀미의 가장 경미한 증세인 반쯤 잠든 상태에서 구석에서 자고 있던 한 남자가 똑바로 일어나 앉아 눈을 비볐다. 한스 필렌베르크는 다른 승객들과 함께 갑판으로 나갔다. 빌헬름 박사와 체스에서 진 프리드리히도 나갔다.

두 의사는 산책하기 위해 만들어진 긴 갑판을 끝까지 걸었다. 그곳에서는 놀랄 만큼 밝은 삶이 펼쳐졌다. 공기는 온화했다. 배는 가만히 떠 있었다. 그 거대한 몸체는 암녹색의 낮은 파도행렬만을 뚫고 앞으로 나아가는 것을 즐기는 것 같았다. 그리고 승객들에게도 만족감이 밀려왔다. 그들은 계속해서 인사하며 길을 비켜주어야 했는데, 승무원들이 이 침대 저 침대로 다니면서 날씨가 좋다고 알렸기 때문이다. 그래서 사람들은 모두 갑판으로 몰려들었다. 사람들은 여기저기서 수다를 떨고 웃음을 터뜨렸으며, 〈롤란트호〉의 몸통 안에 그토록 흥겨워하는 꽃다운 여자들이 지금까지 숨어있었다는 데 대해 놀라고 또 놀라워했다.

한스 퓔렌베르크가 뱃멀미에서 회복된 자기 여자와 함께 지나갔다. 그녀는 여자 친구 한 명을 발견했다. 그 친구는 스웨덴 식으로 땋아 올린 금발 머리에 모피 베레모를 쓰고 여우 모피로 감싸고 있었으며, 한스 퓔렌베르크의 형편없는 농담과 형편없는 영어로 몹시 재미있어 하는 것 같았다. 게다가 그는 그녀의 반지를 가지고 있었는데, 그것을 번갈아가며 배에도 대었다가 가슴에도 대었다가 몹시 열정적으로 입에 대곤 했다. 불을 냈던 젊은 미국인은 무척 거만하지만 상쾌한 기분인 듯 보이는 그의 캐나다인 여자를 동반하고 산책하고 있었다. 그녀는 무릎까지 내려오는 캐나다산 흑담비 재킷을 입고 있었음에도 불구하고 추워서 떨고 있는 것처럼 보였다.

잉이게르트는 이번에는 갑판의 좌현에 있는 자기 방 앞에서 사람들과 담소를 나누고 있었다. 그녀가 차지하고 있는 최고급 객실은 그녀 뒤쪽에서 문이 열려있어 갑판을 가득 메운 사람들이 누구나 들여다보며 그녀를 부러워할 수 있었기에 그녀의 허영심을 적잖이 자극했다.

프리드리히가 빌헬름 박사에게 말했다.

"동료 양반, 괜찮으시다면 우리 루비콘 강 이쪽 편에 있지요.* 저 어린 여자아이가 나를 좀 짜증나게 하는군요. 그리고 내가 전에 흡연실에 들어갔을 때 모르는 그 남자가 어떻게 알고 내게 인사를 하고 그런 말을 했는지 말해주시지 않겠습니까?"

빌헬름은 기분 좋게 위로하면서, 한스 필렌베르크가 들어와 들뜬 기분에 말을 마구 내뱉었기 때문이라고 말했다. 그가 잉이게르트의 방에서 나오는 프리드리히를 보았다고 떠벌렸다는 것이다.

프리드리히는 필렌베르크의 귀를 잘라버리고 싶었다.

남자들은 웃고 흥겨워했으며, 삶의 기쁨으로 흥청거리는 데에 모두가 함께했다. 모든 사람들은 비참한 시간을 견뎌낸 후에 다시 찾은 단순한 삶의 가치를 이해하게 되었다. '살아있기만을, 살아있기만을!' 이것이 모든 발걸음과 웃음 그리고 사람들 사이의 외침에서 똑같이 울려나오는 소망이었고, 그것은 모든 근심을 잠재웠다. 유럽인이건 미국인이건 모두가 배를 타고 함께 품어온 걱정들은 이 짧은 시간 동안에는 조금도 힘을 얻지 못했다. 그저 살아있기만 하면 1등 복권에 당첨된 것이었다.

지금 산책을 하고 있는 이들은 안전한 땅 위에서였다면 결코 허용하지도 용서하지도 않았을 온갖 종류의 어리석은 짓을 저지르고도 그것을 대

---

* 루비콘 강은 고대 로마의 북부를 흐르던 작은 강으로, 군대가 이 강을 건너는 것은 내란을 초래할 수 있어 법으로 금지되어 있었다. 그런데 율리우스 카이사르가 자신의 군대를 이끌고 이 강을 건넘으로써 로마는 내전의 소용돌이에 휩싸이고 역사적 대변혁이 이루어졌다. 따라서 루비콘 강을 건넌다는 것은 운명을 좌우하는 중요한 사태의 단초가 되는 것을 의미한다. 여기에서는 잉이게르트에게 다가가는 것이 내키지 않으니 그녀를 피해 멀리 떨어져 있자는 의미로 풀이된다.

수롭지 않은 일로 여길 준비가 되어 있었을 것이다.

그러는 사이 선장의 명령에 따라 음악단원들이 갑판에 나타나 악보거치대와 악기를 들고 정렬해 있었다. 그리고 그들의 흥겨운 유랑의 노래들이 〈롤란트호〉 전체로 울려 퍼지자 흥은 절정에 달했다. 마치 푸른 하늘에 떠다니는 몇 안 되는 구름조각들과 배와 그 위에 있는 사람들과 바다가 함께 카드리유*를 추기로 합의한 것처럼 음악은 30분 동안 이어졌다.

갑자기 그 끔찍스런 바다 늙은이가 자비롭고 친절해졌다. 그것은 그가 눈에 띄게 즐거운 기분으로, 터무니없는 허영심을 조금은 드러내면서 자신의 인형들을 〈롤란트호〉 주변을 맴돌며 즐겁게 춤추게 했다는 데에서 드러났다. 날치 떼는 흥겹게 뛰어오를 수밖에 없었다. 고래 한 마리는 익숙하게 분수를 내뿜었다. 그러자 곧장 다인실 앞쪽에 서있던 사람들에게서 함성이 터져 나왔다.

"돌고래다!"

의사 둘은 언제까지나 잉이게르트를 피해 있을 수는 없었다. 그녀가 보이자 빌헬름이 말했다.

"저 교수대 거미!"

프리드리히는 조금 놀라며 물었다.

"왜 그렇게 부르시나요?"

빌헬름이 대답했다.

"아시다시피 교수대 거미는 보통 개미집 근처의 풀줄기 꼭대기에 앉아서 개미가 아래로 지나가려고 할 때 그 앞으로 거미줄 뭉치를 던지는 것 외

---

* 남녀 4쌍이 정사각형으로 서서 추는 춤으로, 1815년 영국의 귀족들이 파리의 상류사회 무도회에서 들여왔다.

에는 아무것도 하지 않지요. 그러면 나머지 일은 개미 혼자서 해결해 주지요. 개미는 꼼짝 못할 때까지 얽히게 되고, 그런 다음 유유히 그 작은 거미에게 잡아먹히게 되지요."

그러자 프리드리히가 말했다.

"동료 양반, 만약 당신이 저 어린 소녀가 춤추는 것을 보았다면, 당신은 그녀에게 교수대 거미에게 목이 졸린 개미의 역할을 맡겼을 것입니다."

빌헬름이 말했다.

"모르겠습니다. 어떤 시인은 '이런 종(種)은 약할 때 가장 강하다.'라고 말하고 있습니다."

잉이게르트는 그 사이 우체국 관리자인 링크 씨 덕분에 새로운 관심거리를 갖게 되었다. 그녀는 주먹 두 개 정도 크기의 하얀 솜으로 만든 공처럼 생긴 귀여운 강아지를 무릎 위에 놓고 놀고 있었다. 재미있는 건 북극곰 소품이 우스꽝스럽도록 가느다란 가성으로 링크 씨가 눈앞에 안고 있는 커다란 고양이를 향해 맹렬하게 짖어대는 것이었다.

빌헬름이 말했다.

"링크 씨, 허락해 주시면 오늘 밤은 푹 잘 수 있을 것 같습니다."

매달려있는 보드랍고 무거운 고양이 옆에서 불타고 있는 담배개비를 들고 있던 우체국직원은 무뚝뚝하게 대답했다.

"나는 항상 잘 자요."

"여기 좀 보세요, 동료 양반!"

이렇게 말하면서 빌헬름 박사는 근처에 있는 문을 열었는데, 그 문을 통해 깊은 사각형 갱을 내려다볼 수 있었다. 그곳은 반 정도 높이까지 수천 개의 소포로 가득 차 있었다. 그 위로는 장화를 신어야 다닐 수 있었다. 그 모든 것들은 우체국직원이 정리해야 했다. 링크는 냉담하게 말했다.

"편지는 없어요."

빌헬름이 계속 걸어가며 말했다.

"저 링크라는 사람은 사실 우리가 알아야 할 특별한 인물입니다. 몇 년 전 그는 저 어린 할슈트룀과 비슷한 유형의 여자로 불행한 일을 겪었지요. 그런 여자와 결혼하면 안 됩니다. 그 이후로 그는 가능한 모든 방식으로 세계의 모든 바다에서 죽음을 무관심하게 바라보아왔습니다. 당신은 그가 이야기하는 것을 들어야 합니다. 하지만 그는 술을 마시지 않기 때문에 그에게 말을 할 수 있게 하는 일은 쉽지 않지요. 운명론에 관해 많은 이야기가 있지만 결국 그것은 그 단어를 사용하는 대부분의 사람들에게 무미건조한 종이에 불과한 것입니다. 그러나 링크에게서는 그것이 종이에 불과한 것은 아니지요!"

갑판에서의 생활은 점점 더 세련된 모습을 띠었다. 프리드리히는 외관상 베를린 출신의 사람들이 갑자기 너무 많이 나타난 데 대해 놀랐다. 곧 투셍 교수가 프리드리히에게 소개된 다음 의자에 주저앉아 있는 아내에게로 안내 되었다.

"미국에 있는 친구의 초대에 응한 것입니다."

투셍은 겸손하게 말하고, 잘 알려진 어느 백만장자의 이름을 댔다. 그는 이어서 말했다.

"건너가서 제 할 일을 찾게 되더라도 미국에서 제2의 고향 같은 걸 느끼게 되는 데에는 관심이 없습니다."

그리고 창백하며 근심에 찬 고상한 남자는 여전히 아름다운 아내의 다소 비꼬는 듯 거만한 시선을 받으며 계속해서 걱정과 희망의 말을 펼쳐나갔다. 그는 자신도 모르는 사이에 계속하여 '달러랜드'라는 표현을 너무 자주 사용했다.

그러는 동안 사람들은 뒤쪽 갑판에서 춤을 추기 시작했다. 언제나 활력이 넘치는 베를린 사람 한스 필렌베르크는 슈트라우스의 왈츠를 춤으로써 여우모피를 입은 여자들을 함께 참여시키는 계기를 마련했다. 언제나 그렇듯이, 맨 먼저 내보여진 시범적인 춤에 곧 많은 다른 남녀가 쌍을 이루어 합류했고, 그래서 청명한 하늘 아래에서 둥그렇게 만들어진 춤의 화환은 해가 질 때까지 그 모습을 유지했다.

반짝이는 금관악기를 들고 있는 음악대가 다시 안으로 들어가려고 하자 모여 있던 사람들이 그들을 멈춰 세웠고, 곧 즉석에서 모금이 시작되어 상당한 액수의 팁이 연주자들의 모금함에 쌓였다. 그런 다음 그들의 춤은 훨씬 더 경쾌하게 다시 시작되었다.

빌헬름 박사는 부름을 받아 자리를 떴다. 얼마 후 프리드리히는 투생 부부에게서 벗어나 한동안 혼자 있을 수 있게 되었다. 기적이 일어나 고요해진 듯 청명해진 하늘, 유리처럼 출렁이는 바다, 춤, 음악, 햇살은 그의 마음속에서도 새롭고 행복한 존재감을 불러일으켰다. 프리드리히는 인생은 그렇고 그런 것이며, 고통이 있으면 즐거움도 있고, 밤이 있으면 낮도 있고, 햇살 가득한 순간이 있으면 검은 구름에 뒤덮인 순간도 있는 것이라고 혼잣말을 했다. 그리고 바라보는 순간에 따라 과거와 미래는 매번 어두워지기도 하고 밝아지기도 할 것이라고 생각했다.

'그렇게 빛으로 가득 찬 삶이 그렇게 어두운 삶보다 덜 현실적이어야 하는 걸까?'

그는 자신의 내면과 주변의 모든 것이 "아니야!"라고 대답하는 소리를 듣고 어린아이와도 같이 기쁨을 느꼈다.

프리드리히는 쓰고 있는 챙 넓은 모자를 뒤로 젖히고 얇은 외투를 풀었다. 손에 회색 스웨덴 장갑을 낀 그의 두 팔은 갈고리처럼 난간을 붙들고 있었다. 그는 바다를 보았고, 미끄러지며 달리는 배를 보았으며, 기계들의 맥동을 느꼈다. 그의 청각은 비엔나 왈츠의 유연하게 녹아내리는 하모니로 가득 차 있었고, 온 세상은 모든 것이 경쾌하게 움직이며 다채롭게 반짝이는 무도회장 그 자체가 되어 있었다! 그는 고통을 당하고 고통을 주어왔는데, 이제는 자신에게 고통을 준 사람들과 자신이 고통을 준 사람들을 한데 끌어안고 황홀해하며 그들과 하나로 연결되어 있는 것처럼 보였다.

그때 잉이게르트 할슈트룀과 건장한 체구의 1등 항해사가 지나갔다. 프리드리히는 그녀가 자신은 춤을 추지 않으며, 춤은 재미없다고 말하는 소리를 들었다. 그래서 그는 벌떡 일어나 곧장 미국인 청년 곁에 있던 캐나다 여인을 불같은 독일인 고유의 방식으로 가차 없이 낚아채어 그녀와 함께 원을 그리며 춤을 추었고, 청년은 어리둥절해했다. 섬세하고 이국적인 여인은 숨을 헐떡이는 것으로 보아, 이 억센 정복자의 팔을 좋아하고 있다는 것을 알 수 있었다.

프리드리히는 그 캐나다 여인과의 춤을 끝낼 때가 되자 한동안 그녀와 프랑스어와 영어로 더듬거리며 얘기를 나눌 필요가 있다고 생각했다. 그는 그녀를 무사히 젊은 미국인에게 다시 넘겨줄 수 있게 되어 무척 기뻤다. 그와 동시에 슈토스가 평소처럼 그의 양복 깃을 잡고 있는 도우미 청년의 안내를 받으며 갑판을 가로질러 이동해왔다. 팔 없는 남자는 선박을 통한 이런 종류의 운송에 대해 재미있게 언급할 기회를 잡았다. 그는 그것을 자신의 전용 육상특급우편선이자 해상특급우편선이라고 칭했다. 프리드리히는 그 예술가와 이야기를 나누고 싶은 마음에 갑판의자 하나를 가까이

끌어왔고, 그 사람은 능숙하고도 조심스럽게 거기에 앉았다.

아르투어 슈토스가 말했다.

"날씨가 이대로라면 우리는 화요일 중에 호보켄 부두에 정박할 수 있습니다. 날씨가 이대로만 유지된다면 말이죠. 선장이 내게 말해준대로 우리는 마침내 최고 속도, 즉 시속 16노트로 달릴 수 있게 되었습니다."

프리드리히는 깜짝 놀랐다! 같은 벽 사이에서 잉이게르트와 함께한 삶이 화요일 중에 끝날 수밖에 없었던 것이다.

슈토스는 프리드리히의 생각을 짐작이라도 한 듯 말했다.

"그 어린 여자애는 야하고 천한 계집이에요. 세상경험이 없는 남자가 그 작은 과일에 빠지는 것은 내게는 놀라운 일이 아닙니다. 당연히 그 애는 조심스럽게 다루어야 해요!"

프리드리히는 고통스러웠다. 팔이 없는 사람의 몸통을 옆에서 곁눈질하면서 그의 마음은 수치심과 꼴사나운 자신에 대한 저주로 몸부림쳤다.

그러나 슈토스는 성애(性愛)를 보편적인 철학으로 만드는 데 대해 이야기를 이어갔다. 팔이 없는 돈 후안[*]이 프리드리히에게 여자를 다루는 기법에 대해 특강을 해준 것이다. 거기에서 그는 허풍을 쳤고, 그의 지성은 그의 허영심이 커지는 것과 정확히 비례하여 줄어들었다. 그의 내면에 있는 어떤 고통스러운 본능이 남자로서 다른 사람에게 감명을 주는 것을 지향하고 있는 것 같았다.

하녀 하나가 아이들을 데리고 지나갔다. 그로 인해 슈토스가 말을 돌렸기에 프리드리히는 숨을 들이마셨다. 슈토스가 외쳤다.

"이봐, 로자, 그분은 뭐 하고 있나?"

---

[*] 중세 스페인의 민간 전설에 나오는 방탕한 귀족으로 호색한이나 난봉꾼을 상징한다.

로자가 대답했다,

"아직 올라오지 않으셨어요. 그분은 카드를 펼쳐놓고 점보는 놀이를 하고 계셔요."

아이를 데리고 온 하녀는 불케라는 청년을 보고 은총을 받은 것처럼 느꼈고, 청년은 그녀가 어린 아이들을 의자에 앉히는 것을 도왔다. 그리고 프리드리히는 이발소에서 그녀에게서 오드코론 향수를 샀고, 이발사를 통해 그녀의 비참한 근무상황에 대해 알게 된 바로 그 시골뜨기가 그녀라는 것을 알아차렸다.

그녀에 관한 사정은 이제 아르투어 슈토스에 의해서도 확인 되었다. 슈토스는 말했다.

"리플링이라는 부인이 있는데, 그녀는 이 진주 같은 하녀를 혼내주려고 수석승무원에게 도움을 요청했지요. 그러나 수석승무원 푼트너는 이 모범적인 로자를 질책하는 대신 감싸줘야 한다고 그녀에게 말했습니다."

팔 없는 사람은 덧붙여 말했다.

"그런 여자들은 자주 자신들이 무얼 해야 하는지를 도무지 모르지요."

음악은 여전히 울리고 있었고, 태양은 여전히 마른 갑판 위를 비추고 있었다. 갑판에서는 끝없이 펼쳐진 하늘과 바다를 마주한 여행자들의 세계가 몹시 가볍고 즐거운 기분에 젖어 춤추고 뛰놀고 있었다. 그때 프리드리히가 기관실로 불려갔다. 내려가는 길은 짙은 기름연기와 인공조명을 지나는, 수직으로 내려뻗은 철제 사다리로 되어 있었는데, 프리드리히에게는 그것이 끝이 없어 보였다. 그의 주위로는 기계들이 작동하고 있었다. 윙

웡거리는 소리를 내는 넓은 벨트가 거대한 플라이휠을 감아 돌고 있었다. 두꺼운 금속 축에서는 대형 금속 원반이 모두 특별한 작업을 수행하는 크고 작은 바퀴들과 연결되어 돌아가고 있었다. 프리드리히의 눈은 거대한 실린더들을 훑어보았다. 그 안에서는 압축된 증기가 펌프 손잡이 모양의 피스톤들을 움직였고, 피스톤들에 의해 커다란 샤프트가 움직였는데, 샤프트는 용골라인을 따라 설치되어 뒤쪽을 향하고 있었다.

기계공들은 헝겊과 기름통을 들고 회전하는 쇳덩어리들 사이를 놀랄만큼 확실하고 대담하게 오르내렸다. 여기에서는 모든 부주의한 움직임은 아무리 경미하더라도 죽음을 불러올 것이 틀림없었다.

그리고 계속 아래로 내려가자 벌거벗은 노예들의 손에 들고 있는 많은 삽에서 석탄이 보일러 밑의 하얀 화염 속으로 날아갔다. 그는 석탄, 불, 탄재 냄새가 나는 지옥에 도달했다. 그곳은 하얀 화염을 내뿜는 보일러의 구멍에 의해 빛이 환하게 비추었다.

프리드리히는 숨을 헐떡였다. 그는 배의 가장 밑바닥에 서있다고 생각했는데, 그곳은 곧바로 땀이 목덜미로 흘러내릴 정도로 온도가 높았다. 그는 여전히 그 새로운 인상에 완전히 사로잡혀 실제로 자신이 바다 속 깊은 물에 둘러싸여 있다는 사실을 완전히 잊어버린 채 갑자기 빌헬름 박사를 보게 되었다. 동시에 그는 검은 잔해 위에 하얗게 누워 있는 시체 한 구를 발견했다.

잠시 후 프리드리히는 오로지 의사로서 쓰러져 있는 남자의 심장 소리를 듣기 위해 빌헬름 박사의 청진기를 손에 들었다. 그의 동료들은 머리에서 발끝까지 석탄 먼지로 검게 덮인 채 여기저기서 쉬지 않고 기계를 작동하는 일에 열중했으며, 맥주나 물을 들이킬 때에도 쓰러져 있는 자에게 거의 눈길을 돌리지 않았다. 빌헬름이 말했다.

"저 사람은 3분 전에 쓰러졌습니다. 저기 몸을 씻고 새로 들어온 사람이 그의 후임자입니다."

프리드리히를 아래로 데리고 내려온 기계공은 큰 소리로 외치며 설명했는데, 삽질하는 소리와 보일러의 철제문들이 부딪히는 소리로 말을 알아듣기가 힘들었기 때문이다.

"저 사람이 막 석탄을 구멍으로 던져 넣으려던 참에 삽이 그의 손에서 멀리 날아가 다른 석탄 작업자를 다치게 할 뻔했어요. 그는 함부르크에서 채용되었지요. 그가 배를 탔을 때 나는 곧장 생각했습니다. '일이 잘 풀렸으면 좋겠는데, 내 어린 녀석'이라고 말입니다. 그런데 그는 섬뜩한 농담을 하며 '기계공 아저씨, 만약 심장이 멈추면요.'라고 말했지요. 그리고 나를 가슴 아프게 한 것은 그가 무슨 수를 써서라도 14년 동안 헤어져 있던 누군가를 만나고 싶어 했는데, 이 배에서 일하는 것 외에 넓은 바다를 건너갈 다른 방법을 찾을 수 없었다는 것입니다."

프리드리히는 불행을 당한 자의 가슴에 귀를 대고 오랫동안 듣고 나서 말했다.

"끝났군."

불쌍한 보일러 작업자의 갈비뼈 위쪽 푸르스름하게 왁스칠을 한 듯한 피부 위에서 청진기 줄이 잠시 압력으로 둥글게 부푸는 것이 보였다. 죽은 자의 턱이 아래로 떨어져 내렸다. 프리드리히의 하얀 손수건이 그것을 고정시켰다.

프리드리히가 말했다.

"넘어져도 아주 운 나쁘게 넘어졌군."

거대한 너트의 가장자리가 그의 관자놀이에 열상을 내어 검은 피가 흐르는 깊은 상처를 남겼다.

그리고 이제 의사들은 다시 갑판으로 올라갔다. 문명의 희생자인, 아직도 끔찍스런 노동으로 인한 땀방울로 뒤덮여 있으며, 수건으로 감겨져 치통을 앓는 누군가로 보인 현대의 갤리선* 노예는 불타는 지옥으로부터 위쪽 죽은 자들을 위해 지정된 방으로 여러 사람들에 의해 끌려올라갔다.

빌헬름 박사는 선장에게 알려야 했다. 음악이 막 마지막 곡조를 흘려 내보내고 있는 갑판 위에서는 적십자사 간호사의 도움을 받아 아무도 알아채지 못하게 시체를 매트리스 위에 눕혔고, 얼마 지나지 않아 회계담당관과 의사들을 비롯한 중요한 인물들이 선장을 필두로 하여 그곳 시체 주위로 모였다.

폰 케셀 선장은 화부의 죽음을 비밀로 하라고 명령하고, 두 의사에게도 그렇게 하도록 요청했다. 그런 다음 필요한 서류작업과 형식적인 절차를 마무리해야 했다. 모든 일을 끝내자 밖은 완전히 어두워져 있었고, 저녁 식사시간을 알리는 첫 번째 신호음인 〈롤란트호〉의 귀에 익은 밝은 트럼펫 소리가 갑판을 가로질러 1등실 복도를 통해 울려 퍼졌다.

―·―――――◆―――――·―

그 사이 프리드리히는 자신의 선실에서 옷을 갈아입었다. 그가 식당에 이르렀을 때는 이미 근사하게 차려입은 사람들이 긴 줄을 이루고 있었다. 대부분 1등실에서 나온 여자들이 전기 불빛이 반짝이는 화려한 식당 안으로 몰려들어왔다. 물론 프리드리히는 자기 자리에 앉아 바라보는 즉시 수많은 아름다운 여자들이 들어오면서 뱃멀미에 대한 두려움에서 벗어나려

---

* 고대에서 중세에 걸쳐 지중해에서 주로 노예가 노를 저어 움직였던 범선의 한 종류다.

고 억지로 용기를 내어 우아한 유머를 던지고 있다는 것을 알아차렸다.

실제로 〈롤란트호〉의 어느 곳에서나 느낄 수 있는, 바닥과 벽을 통해 나는 미미한 진동 외에는 배의 움직임은 거의 느낄 수 없었다. 음악이 시작되었고, 제복을 입은 승무원들은 떼로 몰려 들어와 사람들이 자리를 잡으려고 균형을 잃고 서 있는 대열에 합류했다. 선장은 만족스러워 하며 둘러본 뒤 자리에 앉으며 말했다.

"갈라 식탁이로군."

잉이게르트가 볼품없고 무척 평범해 보이는 아하라이트너의 안내를 받으며 들어오자 사람들은 곧장 어안이 벙벙해졌다. 프리드리히는 주저앉고 싶을 정도였는데, 그 정도로 그 어린 여자아이는 너무 꼴사나워 보였고, 옷차림 전체가 너무 불쾌한 느낌을 주었다. 선내미용사는 그녀의 금발로 산더미 같이 끔찍스런 머리 모양을 만들었으며, 그녀는 마치 극도로 가난하고 정말 거의 비참한 모습의 카르멘* 역할을 하려는 것처럼 어깨에 스페인산 숄을 두르고 있었다. 그녀는 처음부터 끝까지 모든 테이블에 늘어선 사람들에게 신랄한 조롱과 경멸을 불러일으켰다. 가시 있는 생선을 꿀꺽 삼키며 프리드리히는 생각했다.

'저 애는 어째서 저런 어울리지 않는 녹색 스타킹을 신고 있고, 왜 저런 천박한 황금딱정벌레 구두를 신고 있는 걸까?'

한 남자가 말했다.

"저 아가씨의 발바닥에 바르게 분필가루 좀 주세요. 줄타기를 하고 싶어

---

* 19세기 프랑스 작가 메리메의 소설이면서 작곡가 조루주 비제에 의해 오페라로 각색된 『카르멘』에 나오는 가난한 집시 여인으로, 자유분방한 성격과 매혹적인 외모로 상대남자를 파멸에 이르게 하는 팜므 파탈의 전형이다.

하나 봐요."

남자들의 입술과 여자들의 눈에서 경멸의 구름이 솟아올랐다. 사람들은 음식을 삼키다가 사례가 들어 냅킨을 입에 대야 했다. 모두가 그녀에 대해 점잖게 평하지 않았고, 다시 샴페인을 마시던 카드놀이꾼들 사이에서는 조롱이 거친 모습을 띠었다.

프리드리히는 갑자기 이 작은 괴물이 타협이라도 하려는 듯 친밀한 태도로 그의 앞에 서서 토라진 듯 입을 삐죽거리며 말을 걸어오자 자신이 제대로 보고 있는 건지 의심이 들었다. 그녀는 "내게 언제 다시 오시겠어요?"라고 물었고, 프리드리히는 겁에 질려서 얼버무리며 대답했다. 올린 옷깃 속에 노출된 목을 목걸이와 진주로 치장한 여인들은 일제히 고개를 돌리고 외면했다. 프리드리히는 그처럼 당혹스러운 일을 겪어 본 적이 있는지 기억해낼 수가 없었다. 잉이게르트는 지금까지 그 같은 상황을 본 적도 느낀 적도 없었다. 아하라이트너 역시 사람들의 십자포화를 받는 것이 불편하여 그녀를 데리고 나가려고 노력했다.

마침내 그녀는 이렇게 말하고 자리를 떴다.

"쳇, 당신은 바보야! 당신은 멍청해! 나는 당신이 싫어!"

선장이 앉아있는 모퉁이에서는 길게 이어지는 꽤 자유분방한 웃음소리가 터져 나왔다.

프리드리히는 그럴 듯하게 꾸민 반어적인 덤덤한 말투로 말했다.

"여러분, 제 말을 믿으셔도 됩니다. 저는 방금 제가 어떻게 하여 그런 칭찬을 받았는지도, 앞으로 어떻게 하면 그런 칭찬을 더 받을 수 있는지도 모르겠습니다."

그런 다음 그는 다른 일들에 대해 말했다.

화창한 날씨와 평온한 밤에 대한 기대로 저녁식사 자리는 아무 걱정 없는 즐거움으로 가득 찼다. 사람들은 먹고, 마시고, 웃고, 시시덕거렸고, 이 모든 것은 19세기의 시민이면서 곧 어쩌면 더 맛있을 20세기의 시민이 된다는 기분 좋은 인식과 함께하고 있었다.

―――◆―――

두 의사가 저녁식사 후 의사실에 함께 마주앉자 대화의 주제는 현대 문화의 결산이 되었다. 프리드리히가 말했다.

"나는 이른바 인류의 소유물이라고 하는, 전 세계에 뻗쳐있는 교통망이 오히려 인류를 소유하고 있다는 것이 두렵습니다. 적어도 지금까지 내가 알아온 바로는 기계의 엄청난 작업능력이 인간이 수행하는 노동의 양을 줄여주지는 않았습니다. 현대의 기계노예제도는 지금까지 존재했던 가장 인상적인 노예제도입니다. 하지만 그것도 노예제도는 노예제도이지요! 기계의 시대가 인간의 고난을 감소시켰는지 묻는다면 지금까지는 아니라고 대답해야 할 것입니다. 그것이 행복과 행복의 가능성을 높여주었습니까? 이 또한 대답은 '아니오!'입니다."

빌헬름은 이렇게 말했다.

"그렇기 때문에 우리가 만나는 교육받은 사람 세 명 중 한 명은 쇼펜하우어주의자*라는 것을 알 수 있지요. 현대의 불교가 비약적인 발전을 하고 있습니다."

프리드리히가 말했다.

―――――――――――――――

*   세상을 맹목적 의지와 필연적 고통의 산물로 본 독일의 염세주의 철학자 쇼펜하우어(1788~1860)를 빗댄, 대체로 세상사를 부정적으로 보는 사람을 칭한다.

"그렇습니다. 우리는 이루 말할 수 없이 감동적으로 발전하는 가운데 점점 더 이루 말할 수 없이 따분해지는 세상에 살고 있기 때문입니다. 영적인 중산층에 속한 사람은 더 많이 등장하고 있지만 그 어느 때보다 더 텅 비어 있으며, 더 오만하고 과포화 상태에 있습니다. 어떤 종류의 이상주의도, 어떤 종류의 원대한 환상도 더 이상 견뎌내지 못하고 있습니다."

빌헬름은 이렇게 말했다.

"나는 문명이라는 막강한 상업회사가 모든 것을 아까워하면서 인간과 그가 지닌 최고의 것만은 아깝게 여기지 않는다는 것을 인정합니다. 그것은 인간이 지닌 최고의 것을 소중하게 여기지 않고 시들어버리게 내버려둡니다. 그러나 우리에게는 한 가지 위안이 남아 있습니다. 나는 이런 문명이라는 회사가 우리를 과거의 최악의 야만적 행위로부터 단번에 분리시켜 예컨대 종교재판과 같은 중범죄 형사재판이나 이와 유사한 것이 더 이상 가능하지 않도록 하는 미덕을 가지고 있다고 믿습니다."

그러자 프리드리히가 이렇게 물었다.

"당신은 그렇다는 것을 확신하십니까? 과학의 최고의 성취물인 스펙트럼 분석, 에너지 보존의 법칙 등과 더불어 가장 오래된 쾰러의 오류도 여전히 큰 힘을 가지고 지속되고 있는 것이 이상하다고 생각되지 않으신가요? 나는 끔찍하기 짝이 없는 마녀의 망치* 시대로 되돌아가는 것이 가능하지 않다고는 확신할 수 없습니다!"

그 순간 부름을 받은 종업원 한 사람과 수습선원 판더가 동시에 들어왔

---

* '마녀의 망치'는 '마녀를 심판하는 망치'를 줄인 말로, 중세시대에 모든 마녀와 이단행위자를 심판하기 위해 쓰인 마녀사냥 교본이다. 로마가톨릭교회 도미니크수도회의 수사인 요하네스 슈프랭어와 하인리히 크레머가 쓰고 교황 인노첸시오 8세가 서명하고 인증해주었다.

다. 빌헬름은 "동료 양반, 우린 샴페인을 마셔야만 될 것 같군요."라고 말하고, 종업원을 향해서 "아돌프, 뽀므리* 한 병 가져다주게."라고 말했다. 종업원 아돌프가 말했다.

"샴페인 저장실이 무척 걱정 됩니다. 물론 우리가 어제와 그저께 물에 빠져 죽지 않은 것을 사람들은 모두 기뻐하고 있습니다."

선장은 수습선원 판더를 보내 화부의 사망진단서를 받아오도록 했다. 그 불쌍한 사람의 수첩에는 다음과 같은 편지의 시작부분이 적혀있었다.

"사랑하는 엄마, 나는 엄마가 어떻게 생겼는지 잊어버렸어요! 나는 힘들게 지내고 있지만 엄마에게, 미국으로 가서 엄마를 꼭 한 번 다시 만나야겠어요! 온 세상 어디에도 친척이 없다는 것은 슬픈 일이예요! 사랑하는 엄마, 나는 그저 엄마를 한 번 보고 싶을 뿐이고, 엄마에게 짐이 되지는 않을 거예요."

샴페인이 등장했고, 얼마 지나지 않아 첫 번째 병이 두 번째 병으로 바뀌었다. 프리드리히는 말했다.

"동료 양반, 내가 오늘 무절제하더라도 놀라지 마십시오. 아마 이 약 덕분에 몇 시간은 잠을 잘 수 있을 것 같습니다."

밤 10시 반이었는데도 의사 둘은 여전히 함께 앉아 있었다. 서로 가까워져 자연스럽게 된 대학생들이나 전공과정 동료들처럼 와인은 높은 친밀감을 일으키는 데 영향을 미쳤다.

프리드리히는 자신이 너무 좋은 편견을 가지고 세상에 발을 들여놓았다고 말했다. 그는 일종의 이상주의 때문에 군대와 행정부에서 경력을 쌓는 것을 거부했다고 했다. 그 후 그는 인류에게 도움이 될 수 있다는 믿음

---

* 프랑스산 샴페인의 일종.

으로 의학을 공부했다고 말했다. 그는 이러한 믿음에 속았다는 것이다. 그는 말했다.

"동료 양반, 실제로 정원사는 건강한 나무로 가득 찬 정원을 돌보지만 우리의 일은 병든 싹에서 자란 병들고 허약한 식물에 몸을 바치고 있지요!"

그리하여 프리드리히는 인류의 가장 끔찍스런 적인 박테리아와의 싸움에 빠져들었다는 것이다. 그러면서 그는 삭막하고 인내심을 요하는 힘든 전문기술 역시 자신을 만족시킬 수 없었다는 사실을 숨기려 하지 않았다. 그는 전문가에게 필요한, 견고하게 완성시키는 능력이 없다고 했다. 프리드리히는 다음과 같이 말하면서 반어적인 투로 크게 웃었다.

"열여섯 살 때 나는 화가가 되고 싶었습니다. 나는 해부대와 베를린의 시체안치소에서는 시를 썼다는 사실을 부인할 수 없습니다. 오늘은 프리랜서 작가가 되었으면 합니다. 사랑하는 동료 양반, 이 모든 것에서 알 수 있듯이 내 인생은 꽤 갈기갈기 조각났습니다."

빌헬름은 그의 말을 전혀 인정하고 싶지 않았다.

그러나 프리드리히는 다시 이어서 말했다.

"그렇습니다! 나는 내 시대의 진정한 아이이고, 그래서 부끄러워하지 않지요! 오늘날 중요한 모든 사람들은 인류 전체가 그렇듯이 제각각 분열되어 있습니다. 그러나 나는 여기서 유럽의 주도적인 혼혈종만을 염두에 두고 있습니다. 내 안에는 교황과 루터, 빌헬름 2세와 로베스피에르[*], 비스마르크와 베벨[**]이 있고, 미국 억만장자의 정신과 함께 성 프란치스코

---

[*] 프랑스 혁명기의 정치가(1758~1794)로. 왕정을 폐지하고 독재 체제를 수립하여 공포 정치를 행했다.
[**] 독일의 사회주의 사상가(1840~1913)로 사회민주당의 당수였다. 여성운동에도 관심을 가져 1879년 『여성론』을 출간하여 여성해방운동에 큰 영향을 주었다.

폰 아시시***의 명예인 빈민에 대한 열정이 있습니다. 나는 우리 시대의 가장 거친 진보주의자인 동시에 가장 거친 반동분자이며 퇴행자입니다. 나는 미국지상주의를 증오하며, 세계를 집어삼키는 미국의 과잉행위와 약탈자적 지배에서 헤라클레스의 가장 유명한 노역들 중 하나인 아우기아스의 마구간에서의 노역****과 유사한 것을 봅니다."

"혼돈을 위하여 건배!"라고 빌헬름이 말했다.

그들은 술잔을 부딪쳤다. 그러면서 프리드리히가 말했다.

"예, 하지만 춤추는 하늘이나 적어도 춤추는 별 하나라도 낳는다면 말이지요."

선내의사는 웃으면서 다음과 같이 말하고, 프리드리히를 좀 의미심장하게 바라보았다.

"춤추는 별들을 조심해야 해요! 빌어먹을 전염병 독이라도 핏속에 들어 있으면 어떻게 하시려고요?"

이런 느닷없는 고백은 포도주의 영향을 받은 빌헬름에게도 프리드리히에게도 자연스러운 일이었다.

빌헬름이 동화를 인용하여 말했다.

"옛날에 지하 둥지에 쥐 한 마리가 있었습니다."

그러자 프리드리히가 말했다.

"그래서, 그래서 그걸 어떻게 해야 한단 말입니까?"

*** 이탈리아의 로마가톨릭교회 수사이자 저명한 설교가이며, 프란치스코회의 창설자이기도 하다.
**** 그리스신화의 등장인물 중 가장 힘이 센 영웅으로 알려진 헤라클레스가 행한 열두 개의 노동 가운데 다섯 번째에 해당하는 것이 엘리스왕국의 국왕 아우기아스의 마구간에서의 노동이다. 아우기아스의 마구간은 오랫동안 오물이 방치되어 더럽고 혼란스런 공간으로, 혼돈과 부패가 만연한 지역이나 나라를 상징하는 수사학적 용어가 되었다.

그런 다음 그는 다시 화제를 다른 데로 돌렸다.

"유명한 무두장이에게서 가죽이 떨어져나가듯이 이른바 이상적인 것이 우리에게서 떨어져 나가는데 우리가 무엇을 위해 스스로를 온전하게 지켜나가야 합니까? 그래서 나는 내 과거를 깨끗이 청산해버렸습니다. 나에게 독일은 바다 속으로 가라앉아버렸습니다. 그래요! 독일을 보면서 궁극적으로 무엇을 떠올리게 됩니까? 독일은 정말로 변함없이 강력하고 통일된 제국일까요, 아니면 신과 악마가, 내가 말하려고 하는 교황과 황제가 서로 차지하기 위해 여전히 싸우고 있는 전리품일까요? 왜냐하면 천년이 넘는 동안 줄곧 통일의 원칙이 제국의 원칙이 되어왔다고 말할 수밖에 없으니까요. 사람들은 30년 전쟁*이 독일을 분열시켰다고 말합니다. 나는 그보다는 천년 전쟁이 그랬다고 말하고 싶습니다. 30년 전쟁은 천년 전쟁에 의해 독일인들의 몸에 감염되어 있던 종교적 어리석음이라는 전염병이 최악의 발작을 일으킨 것에 불과합니다. 그러나 통일이 없으면 제국은 주인이나 거주자가 벽돌의 극히 미미한 부분만 소유하고 있는 아주 이상한 건물과도 같습니다. 교황관을 쓰고 로마에 앉아있는 채권자는 점점 더 도덕이 느슨해져 이자에 이자까지 더해 벽돌 전체를 돌려받을 수 있을 때까지 집을 무너뜨리겠다고 계속하여 강압적으로 위협하고 있습니다. 그러면 남는 것은 기껏해야 잔해더미일 것입니다.

독일인은 자신의 집 지하실에 문이 잠겨 있고, 비밀스러우며, 끔찍스런 푸른 수염의 방이 있다는 것을 알지 못한다며 소리를 지르고 머리카락을 쥐어뜯을 수도 있습니다. 그것은 절대로 여자들을 위한 방만은 아닙니다.

---

* 구교(가톨릭교)와 신교 사이의 갈등에서 비롯된 종교전쟁으로, 1618년부터 1648년까지 신성로마제국을 비롯한 유럽의 거의 전역에서 벌어져 유럽을 초토화 시켰다.

그는 그곳에 어떤 영적 고문 도구들이 잔혹하게 사용될 준비가 되어 있는지 알지 못합니다. 그 도구들은 피에 굶주린 성직자의 광적인 광기를 다스리면서 몸에 끔찍한 고문을 가할 준비가 되어 있다는 의미에서 영적입니다. 슬픈 일이지요! 자물통이 끊임없이 덜거덕거리고 있는 이 문이 열리면 우리는 30년 전쟁의 온갖 피비린내 나는 참혹함과 이단자법정의 타락한 도살장과도 같은 잔혹함이 다시 피를 튀기며 피어오르는 것을 보게 될 것입니다."

빌헬름이 말했다.

"하지만 우리는 그런 것을 위해 건배하지는 맙시다. 그보다는 이렇게 말합시다. 천박함과 관용을 지닌 미국의 건전하고 정직하며 냉소적인 약탈자적 이상을 위하여!"

"그럼요, 천 배 만 배 그게 낫지요."

프리드리히는 그렇게 말했다. 그리고 미국을 위한 건배가 행해졌다.

갑자기 다인실의 여승무원이 코피가 멈추지 않아 코에 손수건을 대고 있는 열일곱 살 러시아 유대여인을 데리고 들어왔다. 러시아 여자는 "오, 방해해서 죄송해요."라고 말하고, 갑판 문에서 반 발짝 뒤로 물러났다. 빌헬름은 그녀에게 더 가까이 오라고 요구했다. 그러나 여승무원이 빌헬름 박사에게 온 것은 그 소녀를 데리고 오기 위해서가 아니었다. 그녀는 빌헬름 박사의 귀에 대고 몇 마디 속삭였고, 그러자 그는 프리드리히에게 미안하다고 말하면서 벌떡 일어났다. 그는 모자를 쓰고 러시아 여인을 동료에게 맡기면서 여승무원과 함께 나갔다.

"의사 선생님이세요?"

그 러시아 여자가 말했다. 프리드리히는 그렇다고 대답한 다음 별다른 말이 없이 환자를 소파 위에 다리를 쭉 뻗고 앉게 한 다음 탐폰으로 피를 멎게 했다. 프리드리히가 신선한 바닷바람이 흘러들어오는 것을 건강에 좋다고 여겼기 때문에 갑판의 문은 열려 있었다.

"저는 괜찮으니 편히 담배를 피우셔도 돼요."

러시아 여자가 잠시 후에 이렇게 말했는데, 프리드리히가 산만해하면서 여러 번 담배에 불을 붙이려고 하다가 항상 마지막 순간에는 그만두는 것을 알아차렸기 때문이다.

프리드리히는 짤막하게 말했다.

"아니오, 지금은 안 피워요."

"그럼 저에게 한 가치 주실 수 있는지요. 지루하네요."

"그럼요. 환자는 지루한 거예요."

"저에게 담배 한 대만 허락해 주시면 나중에 이렇게 말씀드리겠습니다. 예, 당신 말이 꼭 맞습니다."

"내 말이 옳다는 건 잘 알지만 지금 이 순간에는 담배를 피우라는 말은 할 수 없습니다."

"하지만 저는 담배를 피우고 싶어요. 당신은 예의범절을 모르시네요."

프리드리히는 러시아 여자가 일부러 어두운 얼굴로 고집스럽게 발뒤꿈치를 조금 들어 올렸다가 다시 가죽 쿠션 위로 떨어뜨리는 것을 바라보았다.

소녀는 투덜거리는 목소리로 말했다.

"당신은 제가 타국에서 그저 모든 사람들의 지휘를 받기 위해 러시아를 떠났다고 생각하시나요?"

그녀는 이어서 말했다.

"추워요! 문 좀 닫아주세요."

"원하신다면 문을 닫겠습니다."

그는 온통 진지하지만은 않은 낙담한 모습을 보이며 문을 닫았다.

아침에 다인실에서 데보라와 눈을 마주치며 의사소통을 했던 프리드리히는 와인이 머릿속에 들어 있었음에도 불구하고, 아니면 들어 있었기 때문에 빌헬름 박사가 오기를 기다렸지만 그가 돌아오는 일은 늦어지고 있었다. 환자가 잠깐 동안 침묵하고 있고, 프리드리히가 환자의 콧속에 있는 면봉을 검사할 필요가 있다고 느꼈을 때 그는 환자의 눈에 눈물이 고인 것을 발견했다.

프리드리히는 물었다.

"무슨 일입니까? 도대체 왜 우는 거지요?"

그러자 그녀는 갑자기 손과 팔로 그에게 저항했고, 그를 부르주아라고 부르며 벌떡 일어나려고 했다. 그러나 프리드리히의 부드럽고 우세한 힘이 그녀를 곧 진정된 상태로 되돌렸다. 그런 다음 그는 전처럼 자리에 앉아 기다렸다.

프리드리히는 부드럽고 온화하게 말했다.

"이봐요, 아가씨, 당신은 지극히 이상한 식으로 존댓말 같은 것을 던지고 있는데, 더 이상 그 얘기는 하지 맙시다. 당신은 예민해져 있어요. 당신은 흥분하고 있어요!"

"나는 결코 1등실은 이용하지 않을 거예요!"

"왜지요?"

"대부분의 사람들을 고통스럽게 하는 곤경을 생각하면 그것은 비열한 일이기 때문이에요. 도스토옙스키를 읽고, 톨스토이를 읽고, 크라포트킨을 읽어보세요! 우리는 쫓기고 있어요! 우리는 추격당하고 있어요! 우리가 어느 울타리 뒤에서 죽는지는 중요하지 않지요."

"관심이 있다면 말하겠는데, 나는 크라포트킨, 톨스토이, 도스토옙스키를 모두 알고 있습니다. 그러나 당신이 지구상에서 유일하게 쫓기는 사람이라고는 생각하지 마십시오. 나도 쫓기고 있습니다. 우리는 모두가 쫓기고 있습니다, 아가씨."

"아, 당신은 1등실에 타고 가시는 거지요. 당신은 유대인도 아니지요. 나는 유대인이에요! 러시아에서 살아왔으면서 유대인이라는 것이 무엇을 의미하는지 아시나요?"

"그래서 우리가 지금 새로운 세계로 가고 있는 겁니다."

"나는 내 운명을 알고 있어요. 내가 어떤 저주받은 약탈자의 손에 떨어졌는지 아시나요?"

소녀는 울었고, 검은 머리와 검은 눈의 혈통이라는 걸 제외하고는 잉이게르트처럼 어리고 그녀와 비슷한 연약한 모습이었기 때문에 프리드리히는 마음이 약해지는 것을 느꼈다. 그의 연민은 커졌고, 그는 연민이 사랑의 가장 확실한 가교라는 것을 잘 알고 있었다. 그리하여 그는 또 한 번 냉혹한 대답을 할 수밖에 없었다.

"나는 여기서 의사이고, 여기서 동료를 대신하고 있습니다. 당신이 약탈자의 손에 넘어갔다 해도 그게 나와 무슨 상관이며, 내가 그것을 어떻게 바꿀 수 있습니까? 게다가 당신들 지적인 러시아인들은 남녀를 막론하고 모두 신경질적이오! 그리고 그것은 내가 정말 역겨워하는 특성이오."

그녀는 벌떡 일어나 달아나려고 했다. 프리드리히는 그녀를 붙잡아두기 위해 먼저 그녀의 오른쪽 손목을 잡은 다음 왼쪽 손목을 잡았다. 그러자 그녀가 증오와 경멸의 눈길로 그를 바라보았기 때문에 그는 소녀의 열정적인 아름다움을 온전히 느끼지 않을 수 없었다.

프리드리히가 물었다.

"내가 당신에게 무슨 짓을 한 거죠?"

그 순간 그는 정말로 깜짝 놀라서 자신이 실제로 무슨 잘못을 저지른 건 아닌지 알 수가 없었다. 그그는 술에 취해 있었고 흥분해 있었다. 누군가가 거기로 오면 그를 보고 무슨 생각을 할까? 요셉이 거부하고 달아난 보디발의 아내는 잘 알려진 방법으로 득을 보지 않았던가?* 그는 다시 한 번 말했다.

"내가 무슨 짓을 한 거지요?"

"아무 짓도 하지 않았어요. 당신이 평소에 늘 하는 일, 즉 무방비 상태의 소녀를 모욕한 것 외에는."

"당신 미쳤어요?"

"모르겠네요."

그 순간 그녀의 얼굴에 나타난 냉담하고 증오어린 표정이 녹아내리며 헌신의 표정으로 바뀌었다. 그것은 프리드리히와 같은 남자에게는 거부할 수 없을 만큼 감동적인 변화였다. 그는 자신을 잊었다. 그리고 더 이상

---

*　요셉과 보디발의 아내 이야기는 구약성서 창세기에 나온다. 이집트 왕의 경호대장인 보디발의 집 노예로 팔려 들어간 젊은 요셉의 준수한 용모에 반한 보디발의 아내는 동침하자며 날마다 요셉을 유혹한다. 요셉이 계속하여 거절하자 그녀는 어느 날 강제로 요셉의 옷을 벗기기까지 하며 노골적으로 요구하고, 요셉은 자기 옷을 그 여자의 손에 남긴 채 달아난다. 정욕을 채우지 못한 분함에 그녀는 요셉의 옷을 증거로 삼아 요셉이 자기를 겁간하려 했다고 모함하여 곤경에서 벗어나는 반면, 요셉은 누명을 쓰고 감옥에 갇힌다.

자신의 감정을 다스릴 수 없게 되었다.

---◆---

오고, 보고, 사랑하고, 영원히 작별을 고한 이 이상한 사건은 꿈처럼 지나가버렸다. 빌헬름이 여전히 돌아오지 않고 있었기 때문에 프리드리히는 방문객 여자가 달아난 후 갑판으로 나갔다. 그곳에서는 끝없이 펼쳐진 바다 위로 별이 빛나는 하늘의 모습이 그를 깨끗하게 정화시켰다. 그는 천성적으로나 습관적으로나 돈 후안이 아니었는데도 그 여자와의 그 특별한 모험이 세상에서 가장 자연스러운 일처럼 여겨졌다는 사실에 놀라지 않을 수 없었다.

그 시간에 프리드리히는 앞으로 수백만 년 동안에 걸친 지상의 삶과 죽음의 총합에 대한 가슴 깊이 느껴지는 고통스러운 환상을 품어보았다. 그러나 시작에 앞서 죽음이 존재해야 했다. 프리드리히는 죽음과 죽음, 그것이 바로 엄청난 양의 걱정, 희망, 욕망, 즐거움의 경계라고 여겼다. 그러나 죽음은 곧장 다시 소멸되고, 새로운 욕망, 소유의 환상, 상실의 현실, 고난, 투쟁, 통일과 분열, 끊이지 않는 온갖 사건들과 고통에 고통이 얽혀있는 통로들이 생겨난다고 그는 상상했다. 배가 그렇게 순조롭게 운항하는 가운데 그 러시아 여자와 다른 환자승객들이 아마도 삶의 엄청난 광기에서 벗어나 무의식 상태의 잠에 빠져 있을 것이라고 생각하자 프리드리히는 진정이 되었다.

프리드리히는 그렇게 곰곰이 이런저런 생각에 빠져 선내의사를 기다리면서 갑판 가장자리에서 무심코 돌아섰다. 그때 굴뚝에서 멀지 않은 한쪽 구석에서 벽에 반쯤 웅크린 채 어떤 이유에서인지 이상해 보이는 어두운 덩어리 하나를 발견했다. 그가 가까이 다가가자 모자를 눈까지 내려덮고 수염이 더부룩한 머리를 야외용 의자에 기댄 채 바닥에 웅크리고 앉아 자고 있는 한 남자가 보였다. 프리드리히는 이 사람이 아하라이트너라고 확신했다. 프리드리히는 어째서 그가 4, 5도의 추위에 침대에 누워 있지 않고 여기에 앉아 있는지 스스로 제기한 의문에 대해 곧장 정답을 얻었다. 그곳에서 세 발짝 떨어져 잉이게르트의 선실로 들어가는 문이 있었기 때문이다. 아하라이트너는 경호원이라는 의미에서, 케르베로스*라는 의미에서, 격한 분노에 사로잡힌 질투심 많은 자라는 의미에서 충실한 개일 수 있었다. 프리드리히는 큰 소리로 말했다.

"불쌍한 녀석. 불쌍하고 멍청한 아하라이트너!"

그리고 프리드리히는 가장 순수하고 거의 애정 어린 연민에 더해, 사랑하면서 실망에 빠진 남자의 온갖 슬픔을 느꼈다. 그러한 슬픔은 니체와 쇼펜하우어로부터 부처 고타마에 이르기까지 많은 선현들에 의해 깊이 있게 탐구 된 것이었다. 제자 아난다가 "부처님, 여자를 멀리하려면 어떻게 행동해야 하나요?"라고 묻자 부처는 "아난다여, 그대는 여자를 보지 말아야 하느니라!"라고 말했다. 부처는 왜냐하면 여자의 본성은 물속의 물고기가 다니는 길처럼 보이지 않게 숨겨져 있고, 그들에게서는 거짓이 진실인 것처럼, 진실이 거짓인 것처럼 보이기 때문이라고 말했다.

"어이, 동료 양반, 여기서 뭘 하고 있습니까?"

이렇게 말하면서 빌헬름 박사가 세심하게 포장된 무언가를 양손에 들고 조용히 걸어서 다가왔다.

프리드리히가 말했다.

---

* 그리스 신화에 나오는 머리가 세 개 달린 개로 지옥의 문을 지킨다.

"여기 누가 누워 있는지 아십니까? 아하라이트너입니다."

"그 사람은 사람들이 저기 저 문을 너무 자주 드나들지 못하도록 감시하려했던 거요."

"그를 깨워야 하겠습니다."

"아니 왜요? 나중에요! 당신이 잠자러 갈 때!"

프리드리히가 "이제 갈게요."라고 말하자 빌헬름이 "잠깐만 내 방으로 들어갑시다."라고 말했다.

의사는 자기 진료실에서 포장지를 풀어 축축하게 젖은 태아를 꺼냈다.

"그 여자는 자신의 목적을 달성했습니다."

의사는 이렇게 말하면서 그녀가 다인실에 있는 소녀라고 알려주었다. 그가 생각하기에 그녀는 오로지 짐을 내던져버리기 위한 목적으로 이 여행에 나섰다는 것이다. 프리드리히는 이 작은 해부학상의 물체를 바라보면서 그것이 태어난 상태로 자라는 것이 더 나은 것인지, 아니면 깨어나지 않는 것이 더 나은 것인지 알 수가 없었다. 그런 다음 그는 되돌아가서 자고 있는 아하라이트너를 깨웠고, 이해할 수 없는 말을 중얼거리는, 걸어가면서 잠을 자는 고집 센 남자를 갑판 아래 그의 방으로 끌고 내려갔다. 프리드리히도 불면증에 시달릴까 두려워하면서 자신의 침대를 찾았다.

―·――――――◆――――――·―

프리드리히는 곧장 잠이 들었다. 그러나 그가 잠에서 깨어났을 때는 겨우 2시밖에 되지 않았다. 배는 여전히 평온한 상태에 있었고, 물 밑에서 스크루가 고르게 작동하는 소리가 들렸다. 심리적 위기에 처한 시기의 삶이 그 자체로 열병이라면, 여행과 잠 못 이루는 밤은 이 열병을 악화시킨다.

프리드리히는 자신의 상태를 깨닫고는 그토록 짧은 시간 만에 다시 잠의 평화를 잃었다고 생각하며 깜짝 놀랐다.

그러나 그것이 정말로 평화였을까? 그는 〈롤란트호〉의 굴뚝에서 나와 바다 위로 퍼져나가는 석탄연기로 만들어진 검은 과부들 사이에 끼어 아하라이트너와 손을 잡고 끝없이, 끝없이 걸어가는 꿈을 꾸었다. 그는 오데사 출신의 러시아 유대여인과 함께 죽은 화부 치켈만을 파란색 여성휴게실로 힘겹게 끌고 올라가 자신이 발견한 혈청을 사용하여 그를 다시 살려냈다. 그런 다음 그는 서로 몸싸움을 벌이며 격렬하게 욕설을 퍼붓는 러시아 여자와 잉이게르트 할슈트룀과의 싸움을 해결했다. 그러고 나서 그는 다시 약국에서 빌헬름 박사와 함께 앉아 일찍이 바그너가 그랬던 것처럼 아직 배아상태로 유리 공 안에서 빛을 받으며 자라고 있는 호문쿨루스[*]를 관찰했다. 빌헬름이 말했다.

"인간은 물속의 거품처럼 솟아오릅니다. 어디에서 왔는지, 어디로 가는지 알지 못하며, 그리고는 터져버립니다."

잉이게르트의 흰색 앵무새는 아르투어 슈토스의 어조로 이렇게 말했다.

"나는 오늘 이미 완전히 독립했습니다! 나는 내 재산을 정리하고 싶어서 여행 중입니다."

프리드리히는 잠시 깨어나 이 모든 것을 생생하게 기억하고 있다고 생각하는 순간 벌써 다시 꿈을 꾸고 있었다. 그는 갑자기 일어나서 말했다.

"내가 당신을 좀 혼내줘야겠소, 한스 필렌베르크!"

---

[*] 호문쿨루스는 라틴어로 '작은 사람'이라는 뜻으로, 뱃속의 태아를 의미한다. 중세 유럽의 의학이론에서 정액에는 이미 완전한 형태로 작은 사람이 들어있으며, 임신은 이 정액 속의 작은 사람이 여성의 태내에서 단순히 성장하는 것이라 여겼다.

아틀란티스

그런 직후 그는 흡연실에서 파괴적인 거친 설교를 했고, 그와 잉이게르트와의 비밀스런 관계를 모독한 남자를 도덕적으로 때려눕혔다.

그리고 다시 아하라이트너와 검은 연기를 퍼뜨리는 과부들과 손을 잡고 황량한 물 위를 거닐기 시작했다. 그는 크라포트킨을 숭배하는 젊은 여인과 함께 알몸의 죽은 화부를 계단을 오르내리며 힘겹게 끌고 다녔다. 여자들 사이의 말다툼과 퓔렌베르크 및 흡연실에 있는 사람들의 질책이 반복되었다. 그리고 그 반복된 질책은 점점 더 심해져 고통스러웠다. 유리 공 안의 호문쿨루스가 빌헬름 박사와 함께 다시 나타났다. 그는 빛을 쬐며 자라났다. 고통 속에서, 이 고문하는 듯한 이미지들로부터 달아날 수 없는 자신의 한없는 무력함을 느끼는 가운데 프리드리히의 불타는 영혼이 평화를 갈망하며 갑자기 솟아올라 큰 소리로 말했다.

"이성의 빛을 밝혀라! 오 하늘에 계신 하느님, 이성의 빛을 밝혀 주소서!"

그런 다음 그는 꿈에서 깨어 일어났고, 하녀 로자가 실제로 타고 있는 등불을 들고 그의 옆에 서 있는 것을 보았다. 그녀가 물었다.

"몸이 안 좋으세요, 박사님?"

선실이 쾅하고 터지는 소리를 냈다. 하녀는 다시 자리를 떴다. 배는 조용한 상태로 있었다.

'어쩌면 〈롤란트호〉의 항로가 더 이상 이전과 같은 평온함과 항상성을 유지하지 못하고 있는 건 아닐까?'

프리드리히는 정신을 집중하여 귀를 기울였고, 스크루가 물속에서 고르게 돌아가는 소리를 들었다. 그런 다음 갑판에서 단조로운 외침소리가 들렸고, 탄재를 바다에 쏟아 붓는 요란한 소리가 들려왔다. 시계는 5시를 가리키고 있었고, 프리드리히가 잠에서 깬 지 3시간이 지났다.

다시 한 번 요란한 소음과 덜그렁거리는 소리와 함께 많은 양의 탄재가 대서양 속으로 미끄러져 내려갔다.

'그것을 밖으로 쏟아 붓는 사람들은 죽은 화부의 동료들이 아닌가?'

프리드리히는 아이들의 울부짖는 소리에 이어 신경이 예민한 이웃여인의 우는 소리와 신음소리를 들었고, 마침내 어린 지크프리트와 말이 많은 엘라 리플링을 진정시키려고 애쓰는 로자의 목소리를 들었다. 지크프리트는 더는 여행을 계속하고 싶어 하지 않았다. 그 아이는 몹시 언짢아하며 애원했고, 루켄발데에 있는 할머니에게 돌아가고 싶어 했다. 리플링 부인은 로자와 언쟁을 벌이면서 아이들의 그런 행동에 대한 책임을 그 소녀에게 돌렸다. 프리드리히는 리플링 부인이 말하는 소리를 들었다.

"너희들이 내 신경을 짓밟고 있으니 잠 좀 자게 해줘!"

이런 온갖 모습에도 불구하고 프리드리히는 잠이 들었다. 그리고 꿈을 꾸었다. 그는 하녀 로자와 어린 지크프리트 리플링과 함께 녹색으로 빛나는 고요한 바다 위에서 흔들리고 있는 구명보트에 타고 있었다. 이상하게도 그들은 그 작은 배의 바닥에 많은 금괴를 싣고 있었는데, 워싱턴은행으로 가기 위해 〈롤란트호〉에 실렸던 바로 그 금괴였다. 프리드리히가 키를 잡고 몇 번 지그재그로 운항한 끝에 그들은 아조레스인지 마데이라인지 카나리아 섬의 어느 밝고 친근한 항구에 도착했다. 부두에서 멀지 않은 곳에서 로자는 물속으로 뛰어들어 어린 지크프리트를 팔에 안아 높이 들어 올린 채 육지에 발을 디뎠다. 사람들은 그녀를 환영하며 맞이했고, 그녀는 곧장 그들과 함께 어린 아이를 데리고 항구에 있는 새하얀 건물들 중 하나로 사라졌다. 프리드리히가 배에서 내리자 그의 오랜 친구인 페터 슈미트

가 부두의 대리석으로 된 상륙용 계단에서 그를 맞이했다. 페터 슈미트는 앞서 프리드리히가 호기심 많은 질문자들 앞에서 그를 방문하려는 것이 자신의 여행의 가장 중요한 목적이라고 밝혔던 바로 그 의사였다. 프리드리히가 헤어진 지 몇 년 만에 이곳 남부의 백인 도시에서 예기치 않게 그를 다시 만나자 이 재회에 대한 그의 기쁨은 스스로도 깜짝 놀랄만한 것이었다. 그토록 멋진 남자이자 그토록 오랜 시절 동안 충실한 동무였던 그를 어떻게 가끔씩만 기억하며 살아왔단 말인가?

"자네 참 잘 왔네."

페터 슈미트가 말했고, 프리드리히는 그가 자신을 오랫동안 기다려왔다는 느낌을 받았다. 그의 친구는 말없이 그를 항구 근처의 여관으로 데려갔고, 프리드리히는 그때까지 느껴본 적이 없는 안온한 느낌에 빠졌다. 그가 식당에서 간단한 음식을 먹으며 기운을 차리고, 독일인인 주인이 엄지손가락을 돌리며 그의 맞은편에 서 있을 때 슈미트가 말했다.

"마을이 크지는 않지만 자네에게 뭔가 영감을 줄 수 있을 거야. 자네는 여기에 영구히 상륙해 사는 사람들을 찾을 수 있을 거네."

눈부신 빛 속에 자리한 이 특이하고 조용한 도시에서는 최소한의 말로만 소통해야 한다는 데에 이견이 없었다. 여기에서는 모든 것이 새로운, 조용한, 내면적인 의미로 인식되었다. 프리드리히는 말했다.

"나는 항상 자네를 우리 운명의 알 수 없는 심연에 존재하는 스승으로 삼아왔네!"

그는 이렇게 말함으로써 친구의 신비에 찬 존재에 대한 경외감을 표현하고자 했다. 친구는 이렇게 말했다.

"그래, 그래. 하지만 이건 사소한 시작일 뿐이야. 적어도 여기에서는 표면 아래 숨겨져 있는 무언가를 경험할 수 있네."

이렇게 말하면서 톤데른* 출신의 페터 슈미트는 프리드리히를 데리고 나가 항구로 안내했다. 항구는 매우 작았다. 거기에는 여러 척의 고풍스런 배들이 있었다. 페터 슈미트는 "1492년이지."라고 말했다. 그것은 〈롤란트호〉에 탄 미국인 승객들 사이에서 400주년을 기념하는 말들이 자주 오가면서 나온 연도였다. 프리슬란트***인 친구는 두 척의 범선을 가리키고, 그 중 한 척이 크리스토퍼 콜럼버스의 제독선 〈산타 마리아호〉라고 프리드리히에게 알려주었다. 프리슬란트인 친구가 말했다.

"내가 크리스토퍼 콜럼버스와 함께 여기로 상륙했지."

이 모든 것은 프리드리히를 무조건적으로 깨우쳐주는 뜻깊은 것이었다. 페터 슈미트가 그 서서히 썩어가는 범선의 목재를 레뇨 산토****라고 부르며, 그 안에 깨달음의 정신이 담겨 있기 때문에 사람들이 축제일에는 벽난로에서 태운다고 설명했을 때에도 프리드리히는 어떤 이상한 느낌도 들지 않았다. 더 멀리에 있는 바다에는 세 번째 배가 놓여 있었는데, 그 배의 좌현 앞쪽에는 커다란 검은 구멍이 나 있었다. 프리슬란트인은 말했다.

"저 배는 침몰했지. 그래서 많은 사람들이 몰려들었지."

프리드리히는 멀리 내다보았다. 그는 욕구를 충족하지 못했다. 그는 저 멀리에 있는 이상하게 낯설면서도 이상할 정도로 친숙한 선박에 대해 더 많이 알고 싶었다. 그러나 프리슬란트인은 항구를 벗어나 좁고 구불구불한 계단식 골목길로 들어섰다.

---

* 덴마크 남부에 위치한 도시로 1864년까지는 슐레스비히 공국에 속했고, 1864년~1920년 사이에는 프로이센 왕국과 독일제국의 도시였다.
*** 프리슬란트는 독일의 북해 연안에 있는 역사문화지역으로 현재는 네덜란드 남부의 주이다. 프리슬란트어를 사용하는 게르만계 민족인 프리슬란트인들의 전통적인 터전이기도 하다.
**** '레뇨 산토(legno santo)'는 이탈리아어로 '신성한 나무'를 뜻한다.

여기에서 15년 전에 세상을 떠난 프리드리히의 늙은 삼촌이 기분 좋게 담배 파이프를 입에 물고 프리드리히에게 다가왔다. 그는 자기 집으로 들어가는 열려 있는 출입문 옆에 놓인 벤치에서 방금 일어난 것 같았다. 그는 말했다.

"안녕, 사랑하는 아이야. 우리는 모두 여기에 살고 있어!"

프리드리히는 살아있을 당시 그다지 운이 좋지 않았던 노인의 "우리는 모두 여기에 살고 있어."라는 말이 누구를 가리키는 것인지 알고 있었다. 노인은 미소 지으며 말을 이어갔다.

"우리는 여기서 아주 잘 살고 있어. 얘야, 나는 너희들과 살 때는 어두운 공기 속에서 잘 지내지 못했지. 여기서는 우리가 무엇보다도 레뇨 산토를 가지고 있어."

그리고 그는 어두운 집 안에서 푸르스름하게 타오르는 난로를 담배 파이프로 가리키며 말했다.

"그리고 마침내 우리는 빛 가꾸는 농부들도 갖게 되었어. 너는 틀림없이 이 농부들과 함께라면 어떤 쓸데없는 걱정도 없이 상당한 시간 동안 우주의 위험을 견뎌낼 수 있다는 내 말을 인정할 거야. 그런데 내가 너를 붙잡고 있는 것 같구나. 우리는 시간이 많지만 너는 급할 텐데!"

프리드리히는 작별인사를 했다. 그러자 삼촌이 화를 내며 소리쳤다.

"아니 이런! 얘야, 너희는 아직도 저 아래 세상에서 환대인사와 작별인사를 그토록 번거롭게 많이 하니?"

꿈꾸는 자는 페터 슈미트의 안내를 받아 계속해서 걷고 오르면서 여러 집들과 안마당들을 통과해갔다. 프리드리히에게 함부르크나 뉘른베르크의 구시가 지역을 연상시키는 각진 안뜰 중 하나에는 '해선(海船)으로'라는 간판을 달고 있는 잡화점이 있었다. 페터 슈미트가 말했다.

"여기에서는 모든 물건들이 무척 평범해 보이지만 여기에 있는 모든 것은 진품들이라네."

그러면서 그는 친구에게 잡화점의 조그만 진열장 안, 씹는 담배와 채찍끈 사이에 있는 고풍스런 작은 모형 배를 가리켰다.

'배, 배, 온통 배밖에 없구나!'

또 다른 조그만 배를 바라보면서 프리드리히의 머릿속에서는 살그머니 고통스러운 반감이 이는 것 같았다. 물론 그는 이전에 본 적이 없는 무척 폭넓은 상징물을 눈앞에 두고 있다는 것도 알고 있었다. 그는 새로운 인지기관을 동원하고 뚜렷한 명료성을 발휘하여 이곳에 있는 조그만 모형 속에 인간의 방랑자이자 모험가로서의 본질이 담겨있다는 것을 깨달았다. 가게주인이 막 작은 가게의 유리문을 열자 거기에 걸려 있던 온갖 물건들이 덜그럭거리며 흔들렸다. 주인이 말했다.

"오, 사랑하는 프리드리히, 자네가 이곳에 왔나? 나는 자네가 아직 바다에 있을 거라고 생각했지."

그리고 프리드리히는 어린 시절에 알았던, 오래 전에 죽은 제빵사의 허름한 잠옷과 모자를 걸치고 그의 앞에 서있는 가게주인을 보고 놀랍게도 그가 게오르크 라스무센이라는 것을 알아차렸다. 게오르크 라스무센은 그가 사우샘튼에서 작별의 편지를 받았던 친구였다. 모든 것이 그토록 신비로웠는데도 프리드리히에게는 이번 재회가 자연스럽게 느껴졌다. 조그만 가게는 황금멧새들이 지저귀는 소리로 시끄러웠다. 고물장수로 변장한 라스무센이 말했다.

"자네도 알다시피 지난 겨울에 호이쇼이어로 날아 들어와 나를 혼란스럽게 한 바로 그 황금멧새들이라네."

"맞아. 우리가 헐벗은 잡목들로 다가가자 갑자기 그것들이 흔들리면서 수많은 금화를 떨어뜨리는 것 같았지. 우리는 그것을 황금의 산이라고 생각했지."

가게주인이 말했다.

"그런데 말이야, 나는 정확히 1월 24일 1시 13분에 파리에서 자네가 보낸, 빚을 탕감해준다는 전보를 손에 쥐고 마지막 숨을 거두었다네. 가게 뒤쪽에는 내 동료의 여우모피도 걸려 있네. 내가 그걸로 인해 감염되었지만 전혀 불평은 하지 않는다네! 나는 저 너머의 세상에서 자네에게 나를 알리고 싶다고 편지를 썼었지. 여기서 나는 잘 지내고 있다네! 여기에서도 모든 것이 완전히 명확하지는 않지만 더 잘 지내고 있다네. 여기에서는 우리가 모두 안전하다는 기본적인 느낌 속에 쉬고 있네. 자네가 페터를 만난 것은 참 잘된 일이네. 페터 슈미트는 이 땅에서 무척 중요한 사람으로 인정받고 있네. 그런데 자네는 저 위 왁자지껄한 뉴욕의 기념축제 '1492년'과 다시 만나겠군. 맙소사, 미국을 발견했다는 이 사소한 일이 도대체 무슨 큰 의미가 있는 건지."

그리고 기이하게 변장한 라스무센은 크리스토퍼 콜럼버스의 제독선과 똑같은 이름인 '산타마리아'라고 불리는 작은 배를 진열장에서 꺼냈다. 그는 말했다.

"이제 각별히 신경을 집중해주게!"

그리고 프리드리히는 그 늙은 제빵사 복장의 친구가 항상 같은 종류이지만 점점 더 작은 크기의 배를 처음의 배 안에서 하나씩 차례로 꺼내는 것을 보았다. 그는 계속해서 배의 뱃속에서 새로운 작은 배를 꺼내며 말했다.

"늘 인내심을 가져야 돼. 언제나 작은 것이 더 좋다네. 그리고 시간이 있다면 우리는 예상했던 가장 작은, 마지막의 가장 영광스러운 작품에 이를 수 있을 거네. 이 작은 배들 하나하나로 우리는 지구의 경계를 뛰어넘을 뿐만 아니라 인식능력도 뛰어넘는다네. 그런데 자네가 관심이 있는지 모르지만 나는 집에 다른 물건들도 가지고 있다네. 여기 선장의 울타리가위가 있고, 여기에는 납으로 된 측정추가 있는데, 이것으로는 별이 빛나는 하늘과 은하수의 마지막 깊이까지 잴 수 있다네. 하지만 자네들은 시간이 없으니 자네들을 붙들고 싶지는 않네."

그러면서 고물장수는 유리문 뒤로 물러났다.

하지만 유리문 뒤에서 그가 코를 유리에 밀착하고 있는 모습이 보였다. 신비스럽게, 그리고 뭔가 팔 것이 있는 듯 그는 잉어 입 모양을 하고 단어를 만드는 어떤 입 앞으로 손가락을 내밀었다. 프리드리히는 알아차렸다.

'레뇨 산토로구나! 빛 가꾸는 농부들이구나!'

그러나 페터 슈미트는 주먹으로 유리문을 내리치고, 위장을 한 라스무센의 모자를 벗겨 내리고, 작은 열쇠를 꺼내 프리드리히에게 달아나자고 손짓했다.

그들은 집을 떠나 언덕이 있는 탁 트인 땅으로 나갔다. 페터가 말했다.

"사실 저런 일은 엄청나게 힘든 노력을 필요로 하지."

그런 다음 그들은 몇 시간 동안 걸어 올라갔다. 저녁이 되었다. 그들은 작은 불을 지폈다. 그들은 바람에 흔들리는 나무 위에서 잠을 잤다. 아침이 왔다. 그들은 해가 아주 낮게 가라앉을 때까지 다시 걸었고, 페터는 마침내 낮은 담장에 나있는 조그만 문을 열었다. 담장 뒤로는 정원이 있었다. 정원사는 포도나무를 묶으면서 이렇게 말했다.

"어서 오십시오, 박사님. 해가 지고 있네요. 하지만 우리는 왜 죽는지 알고 있지요."

그리고 프리드리히가 그 남자를 자세히 살펴본 결과 그는 바로 〈롤란트호〉에서 목숨을 잃은 화부였다.

"저는 삽으로 석탄을 파는 것보다 이 일을 하는 것이 더 좋아요."

그는 이렇게 말하면서 손가락에 걸려 있는 긴 가죽 끈을 보여주고, 포도 덩굴과 포도를 위해 그가 어떤 일을 하는지를 넌지시 알렸다. 그런 다음 그들 세 사람은 꽤 긴 길을 걸어 어둠이 완전히 내린 정원의 무성하게 풀이 나있는 곳으로 들어갔다. 이제 바람이 세차게 불고, 정원의 다년생 식물들과 나무들, 덤불들이 파도처럼 쏴쏴 소리를 내기 시작했다. 화부가 손짓하자 그들은 이제 둥글게 웅크리고 앉았다. 그는 주머니에서 희미하게 타고 있는 석탄 한 조각을 맨손으로 꺼낸 것 같았다. 그는 그것을 땅바닥보다 약간 높게 들고 있음으로써 햄스터가 드나드는 둥근 땅 구멍을 비추었다.

페터 슈미트가 불타고 있는 석탄을 가리키며 말했다.

"레뇨 산토라네. 사랑하는 프리드리히, 이제 이 나라에서 야광충이나 밤빛이라고 부르는 개미 같이 작은 악마들을 보게 될 거네. 이 사람들은 스스로를 빛 가꾸는 농부라고 거창하게 부르지. 하지만 이들은 땅속 깊은 곳에 숨겨진 빛을 저장고에 모으고, 특별히 준비된 경작지에 빛의 씨를 뿌리고, 그것이 자라나서 금단이나 금덩이리 형태로 백배의 열매를 맺었을 때 수확하며, 또한 가장 어두운 시기를 대비하여 그 빛을 보관하는 사람들이라는 걸 인정해야 하네."

프리드리히는 틈을 통해 실제로 지하의 태양이 빛을 비추는 듯한 제2의 세계 속을 들여다보았다. 그곳에서는 셀 수 없이 많은 빛 가꾸는 농부들이 낫질, 줄기 자르기, 단 묶기로, 간단히 말해서 수확으로 분주했다. 많은 사람들이 금괴와도 같이 땅바닥에서 빛을 잘라냈다. 페터가 말했다.

"이 빛 가꾸는 농부들은 내 아이디어에 어느 누구보다 더 큰 도움이 되고 있다네."

프리드리히는 잠에서 깨었는데도 친구의 목소리는 여전히 바로 옆에서 들려왔다.

 프리드리히가 잠에서 깨어나 가장 먼저 한 일은 시계를 보는 것이었다. 멍멍한 느낌이 그에게 밤낮으로 잠에 빠져있었음에 틀림없다고 말해주고 있었다. 그러나 그가 마지막으로 깨어난 지 기껏해야 6분밖에 지나지 않았다.

 매우 독특한 종류의 전율이 그를 사로잡았다. 그는 흥분한 가운데 마치 자신이 계시를 받을 만한 자격이 있는 것처럼 여겨졌다. 그는 침대 위의 그물망에서 노트를 꺼내 이상한 가게 주인이자 고물장수가 말해준 사망 날짜와 사망 시간을 적었다. 그는 1월 24일 1시 13분이라고 말하는 라스무센의 목소리를 또 다시 들었다.

 바다의 움직임과 그에 따른 배의 움직임의 정도가 조금 강해졌다. 그리고 커다란 사이렌이 큰 소리로 울리기 시작했다. 프리드리히는 초조감에 사로잡혔다. 안개가 짙다는 것을 알리는 천둥 같은 반복적인 사이렌 소리와 아마도 오로지 새로운 폭풍과 새로운 고난의 전조현상일 배의 흔들림은 프리드리히를 기분 나쁜 생각으로 화나게 했다. 그는 생각 속에만 품고 있던 모험적인 상황에서 벗어나 그에 못지않은 현실세계의 모험적인 상황과 마주하게 되었다. 꿈속에 가라앉았던 그는 깨어나서 거친 바다를 가르며 나아가는 증기선의 좁은 선실에 갇혀 있는 자신을 발견했다. 그 배는 많은 사람들의 불안하고 무거운 꿈을 가득 싣고 있는데도 불구하고 신기하게도 가라앉지 않고 있었다.

 5시 반도 되기 전에 프리드리히는 갑판으로 나갔다. 그곳에서는 안개가 다시 걷히고 적당히 흔들리는 납빛 바다 위로 밤의 기운이 채 가시지 않은 아침이 밝아오고 있었다. 갑판은 비어 있었고, 황량하게 버려져 있는 느낌을 주었다. 승객들은 선실에 누워 있었고, 처음에는 선원들이 아무도 보이지 않았기 때문에 거대한 배가 사람의 인도도 받지 않은 채 항로를 따라 무작정 나아가고 있는 것처럼 보였다.

프리드리히는 뒤쪽 복잡하게 얽힌 넓은 용골* 속으로 연결된 수심측정기 옆에 서 있었다. 이 유령 같은 새벽시간에도 배고픈 갈매기들은 때로는 배에 다가오기도 하고 때로는 뒤쳐지기도 하며, 배가 지나가며 일으키는 물살에 계속하여 부딪히면서 저주받은 영혼들의 황량한 울부짖음을 뱉어냈다. 이것은 꿈이 아니었지만 프리드리히는 꿈인지 아닌지 거의 구별하지 못했다. 여전히 꿈에서 경험한 이상하고 낯선 것에 흠뻑 젖어있던 그는 이제 평소보다 지나치게 흥분이 되어 낯선 모습으로 출렁이는 바다의 황량함을 적잖이 경이롭게 느꼈다. 그렇게 바다는 수백만 년보다 더 긴 세월 동안 눈먼 사람들의 눈이 보지 못하는 가운데 마찬가지로 눈먼 산더미 같은 물을 굴려왔다. 그것은 창조의 첫날 이후 늘 그래왔다. 처음에 신은 하늘과 땅을 만들었는데, 땅은 황량하고 텅 비어 있었고, 신의 성령은 물 위에서 떠다니고 있었다. 프리드리히는 온몸이 얼어붙었다. 그는 성령이 아닌 다른 것과, 즉 유령들과 함께 살아왔던 것일까? 그리고 지금 이 순간, 그는 흔들리지 않는 견고한 땅, 현실이라 불리는 것에서 그 어느 때보다 더 멀리 떨어져 있지 않은가? 그가 이런 상태에서 유모동화**나 뱃사공의 이야기를, 방황

---

* 선저의 중심선을 따라 선수에서 선미까지 이어져 설치된, 마치 인체의 척추와 같이 선체 종조직의 기초를 이루는 중요한 구조물재료.
** 유모동화는 18세기에 유래되었을 것으로 추정되는데, 유모가 자신이 돌보는 아이들에게 무서운 이야기(동화)를 들려주어 일찍 잠자리에 들게 하던 풍습에서 비롯되었다. 유모동화는 구전이야기의 교

하는 네덜란드인[*]이나 클라바우터만[**]을 믿지 않을 수 있단 말인가? 물결치는 파도를 한없이 굴리는 바다는 무엇을 숨겨 왔을까? 모든 것이 바다에서 솟아나지 않았던가? 모든 것이 다시 그것의 깊은 곳으로 가라앉지 않았던가? 무언가의 힘이 프리드리히에게 가라앉은 아틀란티스[***]를 들여다볼 수 있는 유령 같은 시선을 열어주면 안 될 이유는 없지 않은가?

프리드리히는 끔찍하면서도 행복감이 느껴지는 두려움의 심오하고 신비로운 순간을 체험했다. 바다가 있었고, 그 위로는 길을 잃은 것처럼 보이는, 무한한 바다에 비해 지극히 작은 배가 비틀거리며 앞으로 나아가고 있었다. 배의 앞에는 목적지가 보이지 않았고, 뒤에는 출발지가 보이지 않았다. 하늘은 희미하게 회색빛으로 머물고 있었다. 이 바다와 배와 하늘에 네 번째로 프리드리히가 합류했다. 그는 이 황량한 곳에서 죽지 않고 홀로 남아 환영으로, 그림자 방문객으로, 내면의 틀로 변했다. 인간인 그는 알 수 없는 신비로움 앞에서 언제나 혼자 있었고, 이것은 위대하다는 느낌과 동시에 버림받았다는 느낌을 안겨주었다. 보이지 않는, 불타는 운명의 실에

육적, 문화적 보존이라는 측면과 함께 종종 감각을 통해 아이들을 즐겁게 하고, 두려움을 통해 순종을 가르치는 기능을 했다.

[*] '방황하는 네덜란드인'이란 항구에 정박하지 못하고 대양을 영원히 항해해야 하는 저주에 걸린 전설 속 유령선을 말한다. 이 배는 으스스한 빛을 발산하며, 사람들은 이 배를 목격하면 파멸의 징조로 받아들였다.

[**] 클라바우터만은 발트해에서 선원이나 어부를 도와주는 역할을 하는 가상의 요정이다. 클라바우터만은 많은 종류의 배에 대한 전문가이고, 명랑하고 성실하며, 때때로 바다에 빠진 선원을 구해주기도 하는 존재로 묘사된다.

[***] 아틀란티스는 플라톤이 『크리티아스』에서 처음 언급한 장소로, 오래 전에 바다 속으로 가라앉았다고 하는 섬과 그곳에 있는 도시국가를 말한다. 플라톤의 원저에서는 일단 실제로 존재한 도시를 묘사하려 했던 것으로 보이나 오늘날까지 다른 기록에서 교차 검증되지 않고 기록과 정확히 일치하는 고고학적 흔적을 찾을 수 없어 전설로만 여겨지고 있다.

의해 두 개의 대륙에 묶여있는 한 남자가 한밤의 어둠이 가시는 동트는 아침, 배의 뒷전에 서서 지구에서 수백만 마일 떨어진 낯선 행성 태양에게서 덜 고통스러운 새로운 형태의 삶을 기다리고 있었다. 이 모든 것은 그에게 거의 치명적이다 싶을 정도로 경이로운 것이었다. 그리하여 그는 마치 기적 속에 갇혀 있는 것 같은 느낌이었다. 그는 신비와 경이로움의 숨 막히는 속박에서 해방될 수 없다는 갑작스런 절망감에 빠져 난간 너머로 뛰어내리고 싶은 유혹을 느꼈다. 그리고 곧장 양심의 가책을 느껴 두려움이 밀어닥쳤다. 그는 들킬까봐 두려워하며 주위를 둘러보았다. 그의 가슴은 속에서 납덩이가 짓누르는 듯 무거웠다.

그 순간 그는 활기찬 인사말을 들었다.

"좋은 아침입니다!"

그 사람은 선교로 걸어가고 있던 1등 항해사 폰 할름 씨였다. 그리고 곧장 말소리의 건강한 아름다움 앞에서 유령은 사라지고, 프리드리히의 영혼은 다시 현실의 자신에게로 되돌아왔다. 할름 씨가 물었다.

"깊은 바다 속을 탐구하고 싶으셨지요?"

프리드리히는 웃으며 말했다.

"물론입니다. 하마터면 가라앉은 아틀란티스를 향해 수심측정을 할 뻔했지요."

폰 할름은 선교에서 뛰어내리고는 물었다.

"날씨는 어떨 것 같습니까?"

그 건장한 사람은 방수모와 방수복을 착용하고 있었고, 프리드리히에게 현저하게 낮아져 있는 기압계를 보여주었다. 승무원 아돌프는 프리드리히를 찾고 있었다. 그는 프리드리히가 선실에 없음을 알고 갑판으로 과자와 차를 가져 왔다. 앞서의 날들과 마찬가지로 프리드리히는 선실 계단 맞은편에 앉아 기분 좋게 차를 마시고, 따스한 찻잔에 손을 데웠다.

그런데 이상하게도 그가 차를 마시고 과자를 먹기 전에 비상돛대의 삭구에서 다시 요란한 소리가 나기 시작했다. 같은 방향으로 꿋꿋하게 불어오는 강한 바람이 배의 좌현에 맞부딪쳐 배를 우현 쪽으로 기울게 했다. 프리드리히는 앞으로 닥쳐올 여행의 또다른 어려움으로 인해 누군가와 논쟁을 벌이듯 마음속으로 다투고 있었다.

―·――――◆――――·―

프리드리히와 빌헬름이 아침 8시쯤 넓은 식당 홀에서 아침 식사를 즐기고 있을 때, 배가 바위에 심하게 부딪치기라도 한 듯 진동하며 달렸다. 군데군데 전등이 켜져 있고 전체적으로 음울한 어스름으로 가득 찬 낮은 식당 홀은 광란의 춤을 추면서 그 안에 있는 모든 것과 함께 공중으로 높이 솟아오르기도 하고 으르렁거리는 바다 속으로 가라앉기도 했다. 사람들은 웃었고, 용기를 내어 아침 식사를 하던 몇몇 남자들은 농담과 위트로 그다지 낙관적이지만은 않은 상황을 이겨내려고 애를 썼다. 프리드리히는 일찍이 어렸을 때 타면 안 된다는 높은 그네에 탔을 때 받았던 느낌을 지금 배 안에서 느끼고 있다고 말했다.

빌헬름이 말했다.

"동료 양반, 우리는 지금 악마의 도가니 안에 있으며, 이곳에서는 지금까지 해온 것들로는 맞서기 어렵다고 생각되는 일이 일어나고 있어요!"

그리고 어딘가에서 '싸이클론'이라는 어휘가 튀어나왔다. '싸이클론'이라는 어휘는 무시무시한 말이지만 결연한 임무완수의 표본이며, 물을 쫓아내고 어려움을 타개하는 용감한 〈롤란트호〉에게는 아무런 영향도 미치지 못할 것 같았다. 목적지는 뉴욕이었고, 배는 앞으로 달려 나가고 있었다.

프리드리히는 갑판으로 가고 싶었지만 상황이 험악한 것 같아 감히 밖으로 나갈 수 없었다. 그는 계단 지붕의 보호 아래 계단 꼭대기에 가만히 서 있어야 했다. 바다의 수위가 더 높아진 것 같아 마치 〈롤란트호〉가 계속해서 깊은 골목을 걸어가고 있는 듯했다. 그 골목 위에서 해수면이 합쳐지는 순간 언제든지 배의 운명은 결정 날 수밖에 없을 것 같은 인상과 착각에 빠질 수 있었다. 선원들과 수습선원들은 조여지지 않은 나사나 못이 있는지 점검하고, 더 단단히 조이기 위해 이리저리 돌아다녔다. 벌써 파도가 넘어 들어왔다. 바닷물이 갑판 위로 넘쳐들었고, 엎친 데 덮친 격으로 하늘에서는 비와 눈이 쏟아졌다. 삭구는 온갖 소리를 내며 울부짖고, 신음하고, 윙윙거리고, 휘파람을 불었다. 그리고 쏴쏴 소리치고, 윙윙거리고, 끝없이 그르렁거리고, 끝없이 쉭쉭거리는 세찬 물소리와 함께 증기선은 술에 취해 정신을 잃은 것처럼 앞으로 굴러갔다. 이 광포하고 절망적인 비틀거림은 시간이 지나면서도 계속 이어졌다. 정오가 되자 이 가혹하고 끔찍한 상태는 더 심해졌다.

그럼에도 불구하고 점심식사를 알리는 소리가 갑판 위와 부서질 듯 딱딱거리는 소리를 내는 지붕을 지나 울려 퍼졌지만 그 소리에 따르는 사람은 거의 없었다. 키가 큰 할슈트룀은 휑한 식탁에 앉아있는 프리드리히와 빌헬름 박사 옆에 앉았다. 프리드리히가 말했다.

"뱃사람들이 미신을 믿는 걸 이상하다고 할 수 있을까요? 맑은 하늘에서 갑자기 이런 날씨가 나타나다니 정말 마법을 믿고 싶게 되는군요."

빌헬름이 말했다.

"상황이 더 심각해질 수도 있습니다."

이 말을 들은 일부 여자들은 겁에 질린 눈으로 건너다보았다. 한 여자가 물었다.

"위험이 닥쳐올 걸로 생각하시나요?"

빌헬름은 웃으면서 대답했다.

"아, 살면서 위험은 언제나 있는 법이지요! 중요한 건 두려워하지 않는 것이지요."

놀랍게도 악단은 평소처럼 '승리의 행진'이라는 곡을 연주하기 시작했다. 할슈트룀이 말했다.

"암울한 지금 우리의 유머는 큰 자산이지요!"

벽 밖의 바다와 벽 안의 음악이 내는 이중의 소음으로 아무 소리도 들을 수 없었기 때문에 프리드리히는 비명을 지르듯 소리 높여 말했다.

"오, 하느님, 흔들리지 않는 테이블과 의자 그리고 침대를 주소서! 이런 것들을 소유한 자는 자신이 얼마나 부유한지 잘 모르지요."

악천후에도 불구하고 팔이 없는 아르투어 슈토스는 인적이 드문 흡연실에서 침착하게 유쾌한 기분으로 식사를 했다. 그는 엄지발가락과 둘째 발가락 사이에 끼고 있던 포크와 나이프로 생선을 자르고 있었다. 프리드리히는 점심식사를 마친 후 독특하고 흥미로운 그 괴물을 마주보고 앉았다. 슈토스가 말했다.

"우리의 낡은 옴니버스가 조금 덜컹거리는군요. 우리 보일러가 튼튼하다면 아무 것도 두려워할 게 없습니다. 하지만 확실한 것은, 이것이 사이클론이 아니더라도 사이클론으로 변할 수 있다는 것입니다. 나는 아무렇지도 않습니다. 상황이 생각보다 더 암울해 보입니다. 하지만 내가 어떤 놈인데요. 나는 케이프타운, 멜버른, 타나나리보, 부에노스아이레스, 샌프란시스코, 멕시코에 사는 사람들에게 자연의 심술에도 불구하고 확고하고 힘찬 의지를 지닌 인간이 이루어낼 수 있는 것이 무엇인지를 보여주기 위해 전 세계 모든 바다의 모든 사이클론과 토네이도와 태풍을 뚫고 미끄러져 나아가지요. 베를린의 겨울정원, 런던의 알람브라 궁전 등에 앉아 있는 속물들은 예술가가 무대 위에서 자신의 역을 연기하는 것만 바라볼 뿐 그가 무대에 오르기 위해 헤쳐 나가야 하는 온갖 역경들에 대해서는 꿈에도 생각을 못합니다."

프리드리히는 처참한 느낌이 들었다. 비록 지난밤의 꿈들이 아직도 그의 뇌리에 맴돌고 있었지만, 점점 더 그의 다른 모든 감정은 도처에서 분명하게 내보이는 심각한 위험에 대한 경고 속으로 빠져들고 있음을 느꼈다. 한스 퓔렌베르크가 와서 망연자실한 표정으로 배에 시체가 실려 있다고 이야기했다. 그리고 마치 화부의 죽음을 맹렬한 폭풍과 연관 짓는 것 같았다. 그는 빵에서 버터를 떨어뜨렸다. 슈토스는 자신의 시중을 드는 청년 불케도 화부 한 명이 죽었다는 얘기를 해주었다고 말했다. 프리드리히는 그 일에 대해 아무 것도 모르는 것처럼 행동했다. 스스로를 진지하게 관찰하는 데 익숙해진 그는 자신이 알고 있는 그 소식에 다시 몸서리를 치고 있음을 깨달았다.

"죽은 사람은 죽은 겁니다."

슈토스는 이렇게 말하고 맛있게 구운 고기를 먹어치웠다. 그는 이어서 말했다.

"우리는 죽은 화부 때문에 파멸하지는 않습니다. 하지만 어젯밤에 난파선이 발견되었어요. 그 배의 시체들은 더 위험한 상황입니다. 바다가 출렁이면 시체들을 찾을 수가 없지요."

프리드리히는 슈토스에게서 더 자세한 정보를 얻었다.

"지난 5년 동안 이곳 대서양의 북부에서 975척의 표류하는 난파선이 발견되었습니다. 실제로는 그 수가 분명 두 배 이상이 될 겁니다. 이런 종류의 난파선들 중 가장 위험한 떠돌이 배는 리버풀에서 샌프란시스코로 가는 도중 화물에 불이 나 선원들에게서 버려진 4돛대의 철선 〈아우어스필드호〉입니다. 만약 우리가 그런 일을 겪게 된다면, 세계 다섯 대륙의 어느 누구도 더는 우리의 단 한 마디 절규도 듣지 못할 것입니다."

슈토스는 계속 활기차게 씹으면서 말했지만, 여행이 그다지 순탄하게 끝나리라고는 생각하지 않는 것 같았다.

필렌베르크가 말했다.

"복도로 나갈 수가 없습니다. 격벽이 잠겨 있어요."

또다시 증기선의 사이렌 소리가 요란하게 울리기 시작했다. 프리드리히는 여전히 그것을 저항과 승리의 소리로 들었지만, 배의 이름이기도 한 영웅 롤란트*의 부러진 뿔피리를 연상시키는 소리 또한 들었다. 슈토스는 안심시키며 말했다.

"아직 위급 상황은 아닙니다!"

---◆---

슈토스의 수행원이 평소처럼 낮잠을 재우려고 슈토스를 침대로 데리고 간 지 오랜 시간이 지났는데도 프리드리히는 여전히 인적이 드문 흡연실

---

* 롤란트는 고대 독일 카를 대제 휘하에 있던 12명의 전설적 기사 중 힘, 용기, 담력, 전술이 가장 뛰어난 인물로 스페인에서 퇴각하던 중 죽었다고 전해진다.

에 남아 있었다. 프리드리히에게 그 방은 무서웠고, 그렇기 때문에 그와 함께 있는 사람은 아무도 없었다. 그리고 상황의 심각성을 고려할 때 프리드리히는 특별히 혼자 있을 필요가 있었다. 그는 이미 최악의 가능성을 염두에 두기 시작했다. 가죽을 씌운 벤치가 방의 벽을 따라 놓여있었는데, 프리드리히는 그 위에 무릎을 꿇고 창을 통해 세차게 요동치는 바다를 들여다볼 수 있었다. 그는 이런 자세를 한 채 절망적으로 싸우고 있는 배를 향해 이해할 수 없을 정도로 거칠게 몰아닥치는 파도를 보면서 자신의 지나온 삶을 되짚어보았다.

그의 주위에는 잿빛 어둠이 내려앉아 있었다. 그리고 그는 이제 자신이 빛을 갈망하고 있다는 것과 얼마 전까지도 생각해왔던 죽음은 멀리하고 있다는 것을 느꼈다.

'내가 왜 여기에 있는 거지? 나는 왜 이 무의미한 여행에서 나를 지켜줄 수도 있을, 차분하게 숙고해 볼 나만의 합리적인 의지를 동원하지 않아 왔을까? 내가 죽을 수는 있지! 하지만 이렇게 죽어서는 안 되지! 어머니의 땅에서 멀리 떨어지고, 인류의 거대한 공동체로부터 도달할 수 없을 만큼 멀리 떨어진 이 황량한 물속에서 죽을 수는 없어. 내가 보기에 그건 견고한 땅, 자기 집, 사람들 사이에서 안온하게 지내는 사람들은 조금도 알지 못하는 특별한 저주이기 때문이야.'

지금 그에게 잉이게르트는 무엇인가! 이제 그는 잉이게르트에게 관심이 없었다! 그리고 그는 지금 자신이 가장 사소한 것에만 관심을 두고 있다고 자인했다. 이 처절한 운명에서 벗어나 어느 해안에든 기어올라야겠다는 생각뿐이었으니! 프리드리히의 상상 속에서 모든 대륙과 섬, 도시 그리고 눈 덮인 마을은 에덴동산과 낙원, 전혀 있을 법하지 않은 행복의 꿈이 되었다. 그는 마른 땅 위에서 그저 걷기만 해도, 그저 숨만 쉬어도, 분주한 거리만 보아도, 간단히 말해 가장 사소한 것들에 대해 앞으로는 열광적일 정도로 감사하고 싶었던 것이다! 프리드리히는 이를 악물었다. 여기서 도움을 청하는 인간의 외침이 무슨 소용이 있단 말인가? 여기서 하느님의 귀를 어디서 찾는단 말인가? 최악의 경우 〈롤란트호〉가 많은 사람들과 함께 침몰하기 시작하면, 누군가 구출이 되었다 하더라도 그런 참혹한 모습들을 본 그는 기뻐하지 못할 것이다. 프리드리히는 침몰하는 모습을 보지 않을 것이라고, 단지 그것을 보지 않기 위해 자발적으로 배 밖으로 뛰어내리겠다고 생각했다.

증기선 〈롤란트호〉가 침몰했다는 기사가 신문에 실린다. "아" 하는 소리를 내며 베를린의 속물들과 함부르크와 암스테르담의 속물들은 커피를 한 모금 더 마시고 담배를 한 모금 빨아들이고는 직접 목격되거나 가공된 재앙의 좀 더 자세한 내용을 느긋하게 맛본다. 그리고 신문발행인들의 환호성! 엄청난 센세이션! 더 많은 구독자! 이것이 바로 우리가 바라보고 있는 메두사*이며, 그것은 우리에게 배에 실린 인간화물의 진정한 가치가 무엇인지를 말해준다.

프리드리히는 〈롤란트호〉라는 굴러가는 집이 있는 힘을 다해 분투하며 쉬지 않고 앞으로 나아가다가 폭풍 속에서 이제 거의 질식시킬 듯한 사이렌소리를 울리며 바다 밑바닥에 조용히 가라앉는 상상에서 벗어나기 위해 노력했지만 소용이 없었다. 상상 속에서 그는 마치 유리관 안에 들어 있는 듯한 거대한 배를 보았다. 갑판 위로는 물고기 떼가 이리저리 지나다

---

* 메두사는 그리스 신화에 등장하는 괴물로, 보석과 같이 빛나는 눈을 가졌으며 자신이 보는 것을 모두 돌로 만들어버리거나 흉측하고 무시무시한 자신의 얼굴을 본 사람을 공포에 빠뜨려 돌로 만들어버리는 능력을 가졌다.

니고, 방들은 물로 가득 차 있었다. 호두나무로 된 벽면과 테이블들과 가죽을 씌운 회전의자들이 있는 넓은 식당은 바닷물로 가득 차 있었다. 커다란 히드라와 해파리, 물고기, 버섯 모양의 붉은 수련이 승객들이 다니는 길로 밀려들어왔다. 그리고 프리드리히가 경악을 금치 못하게도 수석승무원 푼트너와 그의 부하 승무원 제복을 입은 시체가 그 안에 갇힌 채 물 위에서 천천히 원을 그리며 계속해서 떠돌고 있었다. 이러한 상상은 상황이 그토록 끔찍하지 않거나 확실한 가능성의 영역에 있지 않았다면 거의 터무니없는 것일 수도 있었다. 잠수부들은 모든 것을 빠짐없이 알렸다. 침몰한 대형 선박의 선실과 복도에서 잠수부들이 미처 마주치지 않은 것도 있었다. 마치 살아 있는 것처럼 팔을 쭉 뻗은 채 똑바로 서서 잠수부들을 기다리고 있었다는 듯 그들에게 다가오는 뗄 수 없이 뒤얽힌 승객이나 선원들의 무리였다. 더 자세히 살펴보니 바다 밑바닥에 있는 이 유실물 관리자와 감시자들, 이상한 해운업자들, 상인들, 선장들과 사무원들, 행운사냥꾼들, 금을 찾아 나선 자들, 탈세자들과 사기꾼들, 또는 그들이 어떤 사람들이든 간에 그들의 옷에는 히드라, 게, 온갖 종류의 바다생물들이 달라붙어서 갉아 먹힌 퇴색한 앙상한 뼈 외에 다른 것이 남아 있는 한 마음껏 뜯어먹고 있었다.

 그리고 프리드리히는 자신을 그 끔찍스런 집에서 이리저리 헤매고 다니는, 썩어가는 배의 유령으로 보았다. 이 끔찍스런 비네타*에서는 모두가 두려움에 사로잡힌 몸짓으로 말없이 이웃을 지나쳐갔다. 모두가 제각

---

*   발트해 남쪽 해안에 있는, 바다 속에 가라앉았다는 전설적인 도시의 이름이다. 이 도시의 지나치게 환락적이고 신성모독적인 생활방식으로 인해 홍수가 도시를 발트해의 바닥으로 가라앉혔다는 전설이 전해온다.

각 가슴 속에 단단하게 얼어붙은 슬픔의 외침을 품고 있는 것 같았다. 그들은 그 슬픔의 외침을 머리를 아래로 숙이고, 팔을 뻗치거나 머리를 뒤로 젖히고, 입을 벌리고, 끔찍하게 손을 짚고 걸어가거나, 양손을 둥글게 움켜쥐거나 펼치는 식으로 나타냈다. 보일러실에 있는 기계공들은 여전히 실린더와 구동바퀴를 천천히 조정하는 것처럼 보였지만, 그들에게서 중력의 법칙이 사라진 것처럼 보였기 때문에 이전과는 달랐다. 그들 중 한 사람은 이상하게 웅크린 모습으로 잠자는 사람처럼 바퀴의 림 사이에 단단히 끼어 있었다. 유령처럼 돌아다니던 프리드리히는 사망사고가 나던 재앙의 순간에 작업을 하면서 깜짝 놀랐던 화부들에게도 내려갔다. 그들 중 몇 사람은 여전히 손에 삽을 들고 있었지만 그것을 들어 올릴 수는 없었다. 그들은 둥둥 떠 있었지만 땅에 놓여있는 둥그런 삽은 움직이지 않았다. 모든 것이 끝났고, 그들은 더 이상 불을 타오르게 할 수 없었으며, 따라서 그들은 더 이상 거대한 배를 움직일 수 없었다. 다인실에서는 남자, 여자, 아이들이 너무 빽빽하게 어둠 속에 뒤얽혀 있어서 굴뚝을 통해 보일러실로 들어가 기계를 지나 여기까지 들어온 고양이조차 이 몰려있는 사람들 속으로 끼어들 만큼 용감하고 게걸스러워 보이지 않았다. 이 사람들이 "우리 모임을 방해하지 말아!"라고 말하는 것 같기도 했다. 모두가 삶의 수수께끼에 대해 어느 때보다 더 열심히 깊이 있게 생각했으며, 물론 그럴만한 충분한 시간도 있었다.

 그리하여 여기에 있는 모든 사람들은 오로지 명상을 하기 위해 이상한 식으로 모여 있는 것 같았다. 양손을 움켜쥔 사람들, 양손을 펼친 사람들, 손을 짚고 걷는, 즉 두 발로 천장을 쓰다듬으면서 단 한 개의 손가락 끝을 짚고 설수 있는 사람들이 모두 깊은 명상에 잠겨 있었다. 복도에서 프리드리히와 만난 떠다니는 투셍 교수만이 오른손을 치켜들고 이렇게 말하려고

아틀란티스   159

하는 것 같았다.

"예술가는 녹슬어서는 안 됩니다! 환기를 시켜야 해요! 새로운 상황을 찾아야합니다! 이탈리아에서 적절한 평가를 받지 못한다면 레오나르도 다빈치처럼 프랑스로 가거나, 나처럼 자유의 땅으로 이주해야 합니다."

프리드리히는 생각했다.

'나는 살고 싶어. 살고 싶은 것밖에 아무것도 없어. 나는 늙은 카토가 말했던 것처럼, 배로 3일 만에 갈 수 있다고 해도 앞으로는 같은 길을 1년이 걸릴망정 배를 타지 않고 걸어서 갈 거야.'

그는 파랗게 부풀어 오른 명상가들의 집단 속으로 빨려 들어가지 않기 위해 무덤과 같이 음산한 흡연실을 떠나 아픈 머리와 납덩이 같이 무거운 사지를 끌고 갑판으로 나갔다. 거기에서 거칠게 요동치는 폭풍과 어지럽게 뒤섞인 눈, 비, 짭짤한 물보라가 그의 마음에서 악몽을 사라지게 했다.

선실 계단 주위의 작은 공간에서 프리드리히는 전날 그곳에 모였던 몇몇 사람들을 만났다. 그들은 갑판 의자에 서로 바짝 붙어 앉아있었다. 그 가운데에는 투셍 교수도 있었다. 그 외에도 소심한 범선선장과 케이블에 대해 설명해 주었던 키 큰 전기기술자와 미국인 육군대령이 있었다. 폭넓은 전문지식을 갖춘 표본적 인물인 미국인 대령은 미국의 철도망의 길이에 관한 대화를 시작했으며, 끔찍스런 날씨에도 불구하고 키 큰 전기 기술자에게 유럽인의 편협한 애국주의를 불러일으키는 주장을 펼쳤다. 양측은 철도망의 엄청난 길이를 킬로미터 수치로 댄 다음 각각 자기나라 철도회사의 장점을 부각시켰다.

투셍이 프리드리히에게 말했다.

"우리는 절반의 속도로만 달리고 있습니다. 상황이 갑자기 바뀌다니 이상하지 않나요?"

"예, 정말 이상하군요."

투셍은 창백한 얼굴을 찡그리면서도 억지 미소를 지으며 계속하여 말했다.

"물론 나는 사이클론에 대해 아무것도 모릅니다. 하지만 선원들은 이 폭풍이 사이클론과 같다고 말합니다."

키가 작고 뚱뚱하며 소심한 범선선장은 이런 날씨를 사이클론이라고 부를 수 있을 것이라고 설명했다.

"만약 내가 내 배에 타고 있고, 지금과 똑같은 폭풍이 똑같이 격렬하고 갑작스럽게 몰아닥쳤더라면 우리는 돛을 내릴 시간도 없었을 것입니다. 다행히 현대적인 증기선은 사정이 더 나아 보입니다. 그럼에도 불구하고 나는 4개의 돛대가 달린 내 배를 타는 게 더 편안하며, 내일보다는 오늘 당장 4개의 기둥 안에 있고 싶군요."

프리드리히는 밝게 웃을 수밖에 없었다. 그는 이렇게 말했다.

"선장님, 〈롤란트호〉에 관해 말한다면, 나는 지금 차라리 뮌헨의 호프브로이하우스*에 있는 게 더 좋을 것 같습니다. 하지만 당신의 4개의 기둥은 더 마음에 들지 않습니다."

한스 필렌베르크가 살금살금 다가와 구명정 한 척이 물을 갈라 매끈하

---

* 세계에서 가장 유명한 맥주홀로, 1589년 빌헬름 5세에 의해 설립된 바이에른 왕실 지정 양조장에서 출발하여 1830년부터 일반인들도 이용할 수 있게 되었다. 1층은 맥주 하우스, 2층은 레스토랑 겸 무도회장으로 사용하는데, 총 수용 인원이 3,000명이 될 정도로 세계에서 가장 큰 맥주홀이기도 하다. 여기에서는 악천후를 만난 〈롤린트호〉의 혼돈스런 상황을 시끌벅적한 맥주홀에 빗대고 있다.

게 길을 내주었다고 이야기했다. 그가 이렇게 말하는 순간 앞쪽에서 둥그런 물덩이가 비스듬히 배 위로 날아올랐고, 그것은 모든 사람들로 하여금 깜짝 놀라 소리를 지르게 했다. 프리드리히가 말했다.

"대단하네! 멋진데!"

범선선장은 "이건 사이클론 같은데!"라고 말했다. 다시 대령이 "내 말을 믿으세요. 뉴욕-시카고 구간은…"이라고 말하는 소리가 들렸다. 투셍은 "그건 나이아가라 폭포 같았어요."라고 말했다. 실제로 엄청난 양의 물 덩이가 쏟아져내려와 통풍구와 굴뚝 속으로 들어가고, 거대한 선체를 말끔하게 닦아 내렸다.

날씨는 추웠고, 〈롤란트호〉는 눈과 얼음 층 아래에서 도전적이며 감탄스러운 여정을 계속해나갔다. 돛대와 밧줄에는 고드름이 매달려 있었다. 유리 같은 얼음종유석이 함교와 해도실 둘레와 난간 및 가장자리 곳곳에 만들어졌다. 갑판은 미끄러웠고, 앞으로 나아가는 것은 위험했다. 프리드리히는 잉이게르트의 객실 문이 열리고, 바람 부는 날씨에 헝클어진 소녀의 긴 금발머리가 눈에 보이자 즉시 갑판을 가로질러 달려가는 위험한 시도를 했다. 잉이게르트는 그를 안으로 끌어들였다.

그녀는 지크프리트와 엘라 리플링을 맡아서 돌보고 있었다. 그녀의 말에 따르면 하녀 로자가 이 아이들의 어머니 시중을 드느라 너무 바빴기 때문이다. 그녀는 프리드리히가 온 것을 기뻐했으며, 위험한 상황이라는 생각에 익숙해져야 하는지 알고 싶어 했다. 프리드리히가 어깨를 으쓱하자 그녀는 두려워하지 않고 오히려 결의를 굳혔다. 그녀는 이렇게 소리쳤다.

"아하라이트너 같은 사람에게 무슨 말을 해주면 좋을까요? 그는 자신의 선실에 누워 끊임없이 울부짖어요. '오, 나의 불쌍한 어머니! 내 불쌍한 여동생! 내가 왜 엄마 말을 듣지 않았는지, 엄마!' 등의 말을 하면서요. 그리고 울어요! 남자가! 꼴불견이지요!"

그러면서 그녀는 짐짝처럼 구석에 내던져지지 않으려면 누구나 그렇게 하듯 침대를 꼭 붙잡고 매달려 배꼽을 쥐고 웃으려 했다.

그 순간 프리드리히가 어린 죄인 잉이게르트를 파묻어 두었던 산의 돌덩이들이 치워졌다.

프리드리히에서 감동이 솟아올랐다. 갑자기 그녀가 그 늙은 당나귀를 위로하기 위해 갑판을 가로질러 아하라이트너에게 내려가려고 했기 때문이다. 하지만 프리드리히는 그것을 허락하지 않았다.

―・―――――◆―――――・―

프리드리히가 옴으로써 잉이게르트는 짐을 덜게 되었는데, 그가 곧장 아이들과 어울려 놀아주었기 때문이다. 잉이게르트에게서 인형을 받은 엘라는 다리를 담요로 감싸고 안락의자의 한쪽에 앉아 있었고, 지크프리트는 침대에서 편안하게 놀고 있었다. 거기에서 지크프리트는 초췌한 얼굴로 카드 세트를 가지고 다소 단조로운 게임을 하고 있었는데, 상상의 파트너가 있는 것 같았다.

"엄마는 이혼했어요. 아빠는 늘 엄마와 싸웠어요."

엘라는 이렇게 이야기했다. 지크프리트는 카드를 옆으로 치우고 엘라의 말을 확인해주었다.

"엄마가 아빠에게 부츠를 던진 적도 있어요."

엘라가 다시 설명했다.

"아빠는 힘이 세어요. 한번은 의자를 바닥에 내던지기도 했어요."

잉이게르트는 웃지 않을 수 없었다. 그리고 말했다.

"이 어린 아이들은 너무 재미있네요."

지크프리트가 말했다.

"아빠도 벽에 물병을 던진 적이 있어요. 늘 볼레 아저씨가 왔기 때문이어요."

그렇게 아이들은 결혼이라는 주제를 놓고 조숙한 모습으로 자세하게 이야기를 계속해나갔다.

예술가 슈토스의 수행원은 자기 주인을 모시는 것과 똑같은 식으로 로자를 갑판을 가로질러 선실로 데려왔다. 두 사람은 모두 즐거워하는 것 같았고, 얼굴에 홍조를 띠었다. 프리드리히는 젊은 수행원 불케에게 〈롤란트호〉의 상황을 어떻게 보느냐고 물었다. 그는 웃으면서 예기치 않은 일이 일어나지 않는 한 모든 것이 괜찮을 것이라고 말했다. 로자가 불케에게 말했다.

"불케, 지크프리트 좀 업어줘요!"

불케는 그렇게 하겠다는 표정을 지었고, 로자는 이미 엘라를 삶은 게처럼 붉은 자신의 팔에 앉히고 있었다.

하지만 아이들은 거부했고, 그래서 잉이게르트는 아이들을 자신이 데리고 있겠다고 말했다. 로자는 고맙다면서 아이들은 정말이지 잉이게르트가 있는 이곳에서 가장 잘 지낼 수 있을 것이라고 말했다. 그녀는 오후간식으로 받게 될 약간의 빵과 우유커피를 지금 당장 받아오고 싶어 했다. 프리드리히가 그녀에게 물었다.

"팔이 왜 그래요?"

그는 로자의 팔에서 길게 할퀸 자국을 보았다. 그녀는 주인아줌마가 고통과 두려움으로 미치광이 같은 상태라고 말했다.

사이클론은 미친 듯 분노하며 다섯 시간 동안 날뛰었다. 돌풍에 돌풍이 점점 더 짧은 간격으로 이어지며 계속하여 배를 강타했다. 프리드리히는 힘겹게 이발사에게 내려갔다. 이발사는 이런 무시무시한 악천후에도 흔들리지 않고 그에게 면도를 해줌으로써 진정한 예술작품을 완성했다. 이발사가 큰 소리로 말했다.

"해오던 일은 계속 해야지요. 일을 안 하면 망합니다."

그는 갑자기 면도를 멈추고는 프리드리히의 목에서 칼을 떼었고, 얼굴색이 변했다. 기관실에서 신호음이 울렸는데, 이는 함교로부터 선장의 명령이 확성기를 통해 내려왔다는 신호였다. 그런 다음 즉시 기계들의 작동이 멈췄다. 그 자체로는 단순할 수도 있는 이런 사건은 이런 날씨에 대서양 한가운데에서 일어났기에 프리드리히와 이발사뿐만 아니라 어느 정도 정신이 온전한 모든 승객들과 전체 승무원들에게도 재앙의 위력을 알리는 작용을 했다. 배에 타고 있는 모든 사람들이 동요하고 있다는 것을 알 수 있었다. 목소리들이 외쳤고, 여자들은 비명을 질렀으며, 발자국들이 복도를 따라 급히 달려갔다. 한 남자가 이발소 문을 열고 소리쳤다.

"이발사 양반, 우리 배가 왜 가만히 멈춰 있어야 하는 겁니까?"

그는 선장의 책임이라는 것을 가난한 이발사가 믿도록 하려는 듯 분노하며 그런 질문을 했다. 프리드리히는 얼굴에서 비누거품을 닦아낸 다음 가능한 한 서둘러 많은 사람들이 몰려들어 묻고, 기어오르고, 펄쩍펄쩍 뛰고, 뚜벅뚜벅 걸어가고, 한쪽 통로 벽에서 다른 쪽 벽으로 던져지고 있는 갑판으로 올라갈 생각이었다. 누군가가 말했다.

"우리는 표류하고 있어요. 스크루를 부러뜨렸나 봐요!"

몇몇 사람들은 "사이클론이야!"라고 외쳤다. 다른 사람들은 "스크루 파손이야!"라고 소리쳤다. 아침가운을 입고 몸을 질질 끌고 있던 한 어린 소녀는 이렇게 말했다.

"아, 나를 돌봐줄 사람은 아무도 없어요. 전혀 아무도 없어요. 하지만 슈투트가르트에는 내 불쌍한 엄마가 살고 있어요."

스무 명 가량의 목소리가 급하게 지나가고 있던 승무원에게 동시에 소리쳤다.

"무슨 일이에요, 무슨 일이에요?"

그는 그대로 달려가며 어깨를 으쓱했다.

양떼처럼 몰려든 사람들이 갑판의 첫 번째 계단을 막고 있었기 때문에 다른 계단을 찾아야 했던 프리드리히는 배의 후미 부분으로 꽤 먼 길을 걸어간 다음 거기에서 좁은 복도를 따라 다시 앞으로 나아가야 했다. 그는 재빨리 걸었으며, 겉으로는 평온해 보였지만 극도로 긴장했고, 두려움에 빠져 있었다. 프리드리히는 자신의 객실 앞에 맨발로 서 있는 한 남자로 인해 멈춰 섰다. 그 사람은 셔츠칼라의 단추를 채우려고 했지만 흥분한 나머지 채우지 못했다. 그는 프리드리히에게 큰 소리로 알렸다.

"도대체 무슨 일이 일어난 거요? 이 망할 놈의 상자 안에 있는 것들은 모두 다 미쳐버린 거 아니오? 화부가 죽질 않나! 이제는 구멍이 뚫려 물이 들어오거나 스크루가 파손되었을 수 있다고 하질 않나! 선장은 무슨 생각을 하고 있는 거지요? 난 장교요! 나는 2월 25일에 반드시 샌프란시스코에 가 있어야 하오. 계속 이런 상태라면 나는 이대로 낙오될 수밖에 없단 말이오."

프리드리히는 서둘러 지나가려고 했지만 그 남자가 길을 막았.

그는 소리쳤다.

"나는 장교요. 내 이름은 클링크해머라고 해요. 선장은 도대체 무슨 생각을 하고 있는지."

그때 그는 예기치 않은 충격으로 인해 뒤쪽 통로 벽에 부딪혀 거의 자신의 선실 안으로 굴러들어갈 뻔했다. 그는 계속하여 말했다.

"내가 복무를 중단하거나 경력 쌓는 일을 포기하지 않은 이유는 이 빌어먹을 낡은 상자에서…"

그러나 프리드리히는 이미 가버렸다.

더 이상 생동감이 보이지 않는 배 안에서는 깊은 침묵이 흘렀다. 그 침묵 속에서 승객들의 불안한 삶이 배가되어 느껴졌다. 문들이 쾅하고 닫혔다가 다시 열리면 객실들에서는 찢어지는 듯한 짧은 비명소리가 터져 나와 승객들의 혼란과 두려움을 증명해주었다. 프리드리히가 전기불빛이 비추는, 새로 신은 부츠처럼 삐걱거리고 흔들리는 복도에 서있으면서 무엇보다 무서워 한 것은 제멋대로 울려대는 전기 벨소리였다. 100개의 선실에서 비싼 선실료를 지불하고 좋은 서비스를 받을 자격을 갖춘, 두려움에 질린 사람들이 동시에 벨의 버튼을 누르는 것 같았다. 그들 중 어느 누구도 대서양의 불가항력, 사이클론, 스크루의 파손이나 그 밖의 가능한 사고를 인정하고 싶어 하지 않았다. 그들은 벨을 누르면 책임감 있는 구조자로 하여금 무조건 자신들을 안전한 곳으로 데려다달라는 거부할 수 없는 요구를 전하는 것이라고 믿었다. 프리드리히는 여기에서 사람들이 벨을 울리는 동안 어쩌면 이미 구명정들이 물 위로 내려와 침몰할 정도로 많은 사람들을 태웠을지도 모른다고 생각했다.

———◆———

그러나 얼마 지나지 않아 프리드리히는 출구를 확보하고 마침내 힘겹게 잉이게르트의 갑판선실에 이르렀다. 그녀에게 가려는 충동이 그만큼 거셌던 것이다. 그는 그녀가 어린 엄마처럼 돌봐주고 싶어 하는 아이들 외에 함께 있는 그녀의 아버지와 빌헬름 박사도 보았다. 빌헬름이 말했다.

"사람들이 너무 겁이 많아 넌덜머리가 나요!"

프리드리히가 물었다.

"그렇습니다. 그런데 무슨 일이 일어난 겁니까?"

"스크루의 회전축이 과열되었어요. 그걸 식히는 데는 시간이 좀 필요하지요."

계단으로 몰려든 승객들은 계속하여 선장을 부르고 있었다. 빌헬름이 말했다.

"선장은 어리석은 질문에 대답하는 것 말고도 다른 할 일이 있습니다."

프리드리히는 사람들을 깨우쳐주고 진정시켜야 한다고 말하면서 이렇게 덧붙여 말했다.

"항해이론이나 상황의 판단에 대해 전혀 모르는 육지의 사람들이 두려움을 느끼는 건 당연하다고 봅니다."

선내의사가 응답했다.

"왜 사람들에게 무슨 말을 해줘야 합니까? 상황이 아무리 좋지 않더라도 사람들을 속이는 것이 더 낫습니다."

그러자 할슈트룀이 말했다.

"그렇다면 그들을 속이세요. 승무원들을 보내서 사람들에게 모든 것이 괜찮다고 말하게 하세요. 우리는 익사할 수밖에 없지 뭐!"

그 후 얼마 지나지 않아 지휘부를 대신하여 일단의 승무원들이 의사가 말한 대로 스크루의 회전축이 과열되었으며, 기계는 곧 다시 작동할 것이라는 소식을 전함으로써 승객들을 진정시켰다. 위험하냐는 수 천 번이나 되풀이된 질문에 모든 승무원들은 단호하게 "아니오."라고 대답했다. 그러나 잉이게르트의 선실에서 바라본 〈롤란트호〉 몸 덩어리의 의지를 잃고 표류하는 무기력한 모습은 승무원들의 전달내용을 특별히 보증하거나 뒷받침해주지 못했다.

공기를 순환시키기 위해 잉이게르트는 가능한 한 늘 갑판으로 난 문을 조금 열어 두고 있었다. 할슈트룀이 말했다.

"돛대꼭대기와 삭구를 이용하기 직전에 와 있다는 사실을 숨길 수 없습니다."

곧이어 빌헬름이 말했다.

"지금 기름 주머니를 내걸고 있습니다!"

빌헬름은 이렇게 말하면서 프리드리히에게 문틈을 통해 수습선원 판터를 가리켰다. 그는 선원 한 사람과 함께 기름에 젖은 범포 주머니를 밧줄에 매달아 물속에 넣고 있었다. 걸어 다니는 산처럼 다가오는 거친 파도와 그 뒤를 따르는 끔찍하고 격렬한 돌풍 앞에서 이러한 조치는 거의 우스꽝스러워 보였다. 시시각각 길게 늘어지는 톤으로 도와달라는 외침과 비슷한 경고신호를 끊임없이 보내고 있던 죽은 〈롤란트호〉는 밑에서 솟구쳐 오른 산더미 같은 물과 함께 솟아오르며 깊은 물속에 잠긴 듯 거의 아무것도 보이지 않았다. 거대한 증기선은 멈춰 섰고, 어느 쪽으로 가야 할지 모르는 듯했으며, 돌풍의 힘에 의해 우현 쪽으로 밀려났다가 좌현 쪽으로 밀려나곤 했고, 헤라클레스 같은 힘은 사라지고 어찌할 바 모르는 무력한 덩어리만이 남아 있었다. 배는 천천히 돌아 방향을 틀었고, 그 순간 갑자기 끔찍스런 바다가 흑녹색 산등성이에서 굴러 내려오는 수천 마리의 쉭쉭대는 하얀 표범 떼처럼 배를 덮쳤다.

적시에 갑판 문을 걸어 잠근 빌헬름이 말했다.

"험악한 상황이었어요."

프리드리히의 신경은 긴장감이 지배하고 있었다. 그는 그것을 비유적으로만이 아니라 끊어질 정도로 팽팽하게 당겨진 바이올린 줄처럼 직접 몸으로 분명하게 느꼈다. 할슈트룀이 프리드리히에게 물었다.

"이 상황에 불안하시지요?"

프리드리히는 대답했다.

"조금은요. 나는 그것을 부인하지 않습니다. 우리는 힘이 있고 지적인 능력도 어느 정도 있지만 그걸로는 눈앞에 닥쳐온 위험 앞에서 아무것도 할 수가 없지요."

빌헬름은 이렇게 말했다.

"직접적인 위험이요? 동료 양반, 우리는 아직 거기까지에 이르지는 않았습니다. 우선 스크루는 곧 다시 작동할 것이고, 만약 우리가 정말로 표류한다 해도 최후의 수단으로 비상 돛을 펼치면 우리는 1주일 안에 우리 상자 안에서 마음 편히 있게 될 겁니다."

그러자 할슈트룀이 물었다.

"마음 편히 있게 된다니 무슨 뜻입니까, 박사님?"

"북북서쪽에서 폭풍이 몰려오고 있습니다. 이런 배가 공해에서 전복되는 일은 결코 일어나지 않습니다. 그래서 우리는 아무래도 아조레스 제도 쪽으로 표류해 가서 어느 날 그곳의 어느 항구에 닿게 될 것입니다. 그러나 아마도 우리는 더 남쪽으로 내려갈 수도 있고, 그러면 1주일 안에 테네리파의 웅장한 산봉우리들을 볼 수 있는 카나리아 제도에 정박하는 것도 전혀 배제할 수 없다는 말입니다."

화가 난 할슈트룀이 말했다.

"테네리파의 산봉우리에 대해 알려주셔 감사합니다. 하지만 나는 뉴욕에 가야 합니다. 우리는 해야 할 일이 있습니다."

프리드리히는 다시 터질 것 같은 극도로 긴장된 신경상태가 되어 말했다.

"내 신경계는 1주일 동안의 불확실한 상황을 감당할 수 없을 것 같습니다. 나는 이런 소극적인 영웅주의에는 들어맞지 않는 사람입니다. 나는 적극적인 행동에서 더 많은 일을 해낼 수 있습니다."

빌헬름은 아이러니하게 말했다.

"당신은 '가죽스타킹 이야기'*를 알고 있겠군요. 동료 양반, 그렇다면 당신은 미국의 오래된 붉은 피부의 사람들 사이에서는 소극적 영웅주의가 더 존경받는다는 것 또한 틀림없이 알고 있겠군요. 고문말뚝**들을 생각해 보십시오."

프리드리히는 이렇게 말했다.

"싫습니다, 싫어요. 당신은 고문말뚝에 익숙한 사람들을 예로 들어 지독히도 친절하게 나를 안심시키려 하는군요! 오늘 내가 우리 배의 스크루가 부러졌다는 것을 알게 되고, 내일도 우리가 여전히 대책 없이 표류하게 된다는 것을 알게 된다면, 나는 그것을 견딜 수 없을 것이고, 모레는 물속으로 뛰어 들어갈 것입니다. 내가 구명대를 반대하는 것도 같은 이유에서입니다. 나는 구명대를 거부합니다. 당신은 아무렇지 않게 내게 하나를 건네주려 하겠지만요."

---◆---

몇 시간이 흘러갔다. 귀청을 찢는 듯한 끝없는 바다의 소음과 함께 낮의

---

* 미국의 소설가 제임스 페니모어 쿠퍼(1789~1851)가 5개의 이야기를 연작형식으로 엮은 소설의 제목이다. 전형적인 개척자의 모습을 보여주는 인물들을 내세워 끝없는 모험과 함께 백인과 인디언 사이의 인종 갈등과 같은 개척시대 미국에서의 전반적인 문제들을 주제로 다루고 있다.

** 고문말뚝은 미국 북동부의 일부 아메리카 원주민 부족이 사용한 기둥으로, 적대적인 상대 부족의 사람이 포로로 잡힐 경우 그를 여기에 묶어 굴욕적이고 치명적인 고문을 가했다. 소수의 부족에서만 사용되었다는 기록에도 불구하고 고문말뚝은 아메리카 원주민에 대한 가장 흔한 고정관념 중 하나로 남아있다.

아틀란티스 171

잿빛 어스름에 이어 더 짙은 저녁의 황혼이 찾아들었다. 다른 모든 사람들과 마찬가지로 프리드리히도 스크루가 다시 움직여 무기력한 선체가 항로를 되찾게 될 순간을 기다렸지만 헛된 일이었다. 사람들은 돌풍의 강도를 어림잡아보았고, 자신들에게서 마음 편한 휴식시간이 줄어들 것인지 늘어날 것인지를 절망에 찬 두려움을 느끼며 관찰했다. 날씨가 좋아지지 않자 프리드리히는 때때로 음울한 피해망상에 사로잡혔다. 무엇보다 더 소름끼치는 상황은 갇혀있는 다인실 승객들의 집단적인 비명소리가 짧은 시간간격을 두고 여러 시간 동안 크게 들려온 것이었다. 함께 갇혀있는 사람들은 훌쩍훌쩍 울었고, 소리치며 기도했고, 분노하며 하늘을 향해 도와달라고 외쳤으며, 한편으로는 두려움으로, 한편으로는 분노로, 한편으로는 신체적 고통으로 울부짖었다. 그러나 아무 일도 일어나지 않았다는 듯 정해진 시간에 저녁식사를 알리는 첫 번째 요란한 신호가 여전히 방향타 없이 표류하고 있는 배 위로 울려 퍼졌다. 이 무기력한 거대한 방주는 이제 다시 셀 수 없이 많은 등불로 밝혀졌으며, 길게 이어진 창문에서 나오는 불빛은 이 배를 황량한 파도의 유희를 벌이는 얼어붙은 요정의 궁전으로 만들었다. 프리드리히는 지금 이런 상황에서 어느 누가 냉정한 마음으로든 용기를 내서든 식욕을 느껴서든 식사자리에 갈 수 있을 것인지 자문해 보았다. 그러나 빌헬름은 외쳤다.

"우리 식사하러 갑시다!"

막 로자가 물에 젖은 몸으로 용감하게 돌아와 아이들을 돌보았고, 그래서 프리드리히는 잉이게르트의 방에 더 머무를 필요가 없어 빌헬름 박사와 할슈트룀과 합류해야했다. 그들은 방을 나가 갑판 위를 돌아보기로 곧장 결정했다. 앵무새가 소리를 질렀고, 엘라는 비명을 질러 잉이게르트와 로자가 열심히 달래주었다. 방을 떠나기 전에 프리드리히는 잉이게르트에게 이렇게 말했다.

"내가 여기 머물기를 원하나요? 잉이게르트 양, 이제 나에 관한 한 모든 것은 전적으로 당신의 뜻에 달려 있습니다."

그녀가 대답했다.

"고맙습니다. 박사님, 다시 와주세요."

프리드리히는 자신이 너무나 자연스럽게 질문을 하고 대답을 듣는 데 대해 놀랐다.

그런데 이제 예상치 못한 변전이 일어났다. 벽과 바닥이 확실하고 힘차게 진동하는 것으로 보아 힘의 리듬이, 목표지향성의 리듬이, 〈롤란트호〉의 맥박과 심장이 다시 살아났음을 알 수 있었다. 잉이게르트는 어린아이처럼 환호성을 질렀고, 프리드리히는 입을 굳게 다물었다. 새로운 삶의 물결, 새로운 전망과 희망의 물결, 전반적인 긴장의 해소와 함께 다시 찾은 계획성이 그를 나약하게 만들어 감동시키고 눈물을 흘리게 했던 것이다. 그는 크게 감동하여 갑판으로 나갔다.

이제 상황은 달라졌다. 〈롤란트호〉는 시끄러운 어둠을 뚫고 흥겹고 힘차게 다시 앞으로 나아가고 있었다. 밤중에 홍수와도 같은 엄청난 물을 이용하여 마녀들이 벌였던 어마어마하며 요란한 모든 세척작업이 이제 그에게는 다시 환영할만한 축제인 것처럼 여겨졌다. 그는 다시 어두운 산맥과도 같은 배를 둘러보다가 위로 솟아올랐다가 깊은 계곡으로 난폭하게 가라앉았는데, 이때 뒤쪽에서는 스크루가 매번 몇 초 동안 공중에 떠서 광란하는 돌풍 속에 제멋대로 돌아가고 있었다.

링크는 밝게 빛나는 독일-미국 해상우체국 문턱에 앉아 담배를 피우며 얼룩무늬 고양이를 쓰다듬고 있었다. 프리드리히는 근처를 지나가면서 말하지 않을 수 없었다.

아틀란티스   173

"우리 배가 다시 달릴 수 있어 다행입니다."

"왜요?"라고 링크가 무덤덤하게 응대했다. 프리드리히는 말했다.

"어쨌든 나는 무기력하게 표류하기보다는 전속력으로 달리고 싶으니까요."

링크는 다시 "왜요?"라고 물었다. 배가 흔들리는데도 불구하고 아래쪽 복도는 다시 꽤 편안한 분위기가 되었다. 사람들은 이제 두려움은 잊은 것 같았다. 그들은 농담을 주고받으며 이곳저곳을 붙잡고 비틀거리며 열을 지어 식당으로 갔다. 부엌 근처에서 도자기가 달그락거리는 소리가 귀를 먹먹하게 했는데, 특히 접시 부딪히는 소리가 가장 요란했다. 사람들은 웃음을 감출 수 없었다. 그들은 건배를 했다. 그리고 모든 사람이 다시 돌아가는 거대한 기계의 쾌활한 리듬을 귀로 들을 수 있었고, 그 기분 좋은 효과는 이제 세상의 어떤 음악과도 견줄 수 없었다.

프리드리히는 몸이 흠뻑 젖었기 때문에 용기를 내어 자신의 선실로 가서 옷을 갈아입었다. 그의 승무원인 아돌프가 그를 돕기 위해 왔다. 프리드리히가 옷을 갈아입는 동안 아돌프는 엔진이 멈췄을 때 다인실에서 벌어진 패닉상태에 대해 이야기해주었다. 몇몇 여자들이 물속으로 뛰어들려고 했다는 것이다. 다른 사람들은 애써 그들을 막았다고 한다. 그리고 그의 동료 승무원 숄과 선원 한 사람이 물에 뛰어든 한 폴란드 여자를 간신히 다리를 붙잡아 갑판으로 끌어올렸다고 했다.

프리드리히가 말했다.

"이런 상황에서 그 사람들을 겁쟁이들이라고 비난할 수는 없지요. 그 반대여야 좋을 것입니다. 땅이 발밑에서 흔들릴 때 그대로 서있겠다고 말할 수 있는 사람이 어디에 있을까요. 그런 인간은 거짓말을 하거나 짐승 정도의 낮은 수준밖에 안 되는, 우둔한 사람일 것입니다."

승무원이 말했다.

"그렇습니다. 하지만 우리가 그렇게 겁이 많다면 어떻게 해야 합니까?"

그래서 프리드리히는 자주 그래왔던 것처럼 개인강사로서 자신에게 많은 젊은 수강자들을 불러 모으게 했던 강의에 들어갔다.

"여러분들의 경우는 다릅니다. 여러분들은 자신의 의무를 수행한다고 느끼면서 보수를 받아 살아갑니다. 우리 승객들이 겁에 질려 있는 동안 요리사들은 육즙의 거품을 제거하고, 생선의 비늘을 벗긴 다음 삶아서 파슬리를 곁들여 조리하고, 닭을 튀겨 잘게 자르고, 비계가 있는 노루등살을 훈제하는 등의 일을 했잖아요."

여기서 승무원은 웃었다. 프리드리히는 계속하여 말했다.

"하지만 때로는 구운 고기를 먹는 것보다 고기를 굽는 것이 더 쉽다는 것을 나는 자신 있게 말할 수 있습니다."

그리고 프리드리히는 거의 엄숙하지만 그렇기 때문에 오히려 장난스러운 방식으로 소심함과 용기에 대한 철학적인 설명을 계속했다.

─·─────◆─────·─

저녁식사가 시작되었다. 날씨는 결코 나아지지 않았지만, 엄청난 위험을 이겨내고 나서 이제 삼지창 모양의 테이블에는 비교적 많은 사람들이 모여들었다. 오늘도 선내이발사를 통해 하얀 머리를 땋아 내리는 대신 불타는 듯 화려하게 로코코식 가발처럼 다듬은 수석승무원 푼트너는 언제나처럼 위풍당당한 자세로 식당 출입문 사이에 있는 가짜 벽난로 앞에 서 있었다. 그곳에서는 식당 안이 가장 잘 들여다보였다.

간느의 '승리의 아버지'가 울려 퍼졌다. 그것은 행진곡이었다. 다음에 질레의 '먼 바이 섬'이 이어졌다. 주페의 '경기병' 서곡이 연주되는 동안 평소처럼 게임을 하느라 늦은 영원한 카드놀이꾼들이 덜거덕거리는 소리와 함께 비틀거리며 홀로 들어섰다. 사람들은 여기저기서 많은 포도주를 마셨다. 포도주가 용기를 북돋워주고 취하게 해주기 때문이었다. 폴슈테트의 '흥겨운 형제들'이 연주될 때에도 사람들 사이에서는 자신들이 이겨낸 재앙을 두고 계속하여 말이 오갔다. 그들은 말했다.

"우리는 비상 깃발을 올렸어."

"우리는 폭죽을 쏘아 신호를 보냈지."

"구명벨트와 보트는 이미 정비해 놓았지!"

"그래, 우리는 기름을 몽땅 쏟아 부었어!"

그리고 식탁에 선장도 갑판사관도 없었기 때문에 그들이 주고받는 말은 더욱 더 소란스러워졌다. 누군가가 말했다.

"선장은 아침부터 함교에 머물며 내려오지 않았어."

갑자기 창밖이 밝아졌고, 사람들은 모두 놀라 소리치며 포크와 나이프를 떨어뜨렸다. 그리고 사람들의 "아!" 하는 소리에 따라 모두가 의자에서 벌떡 일어나 부딪치고 밀치고 달그락거리면서 "배다!", "증기선이다!"를 외치며 갑판 꼭대기로 기어 올라갔다. 거기에서는 정말로 그 당시 가장 강력한 바다정복자 중 하나가 충격적인 위엄을 띠고 천 개의 불빛에 싸인 채 50미터도 채 안 되는 거리에서 멋지게 움직이면서 짓밟고 구르며 다가와 지나가고 있었다.

"〈비스마르크호〉다! 〈비스마르크호〉야!"

사람들은 이미 그 증기선을 알아보았기 때문에 그렇게 소리쳤다. 그런 다음 그들은 목청껏 "만세"를 외쳤다. 프리드리히가 소리쳤다! 그리고 할슈트룀이 소리쳤다! 그리고 빌헬름 박사와 투셍 교수도, 또한 목구멍이 있는 사람이라면 누구나 큰 소리로 외쳤다. 똑같은 기쁨의 함성이 다인실에서도 울려나왔다. 그리고 이제 거대한 증기선이 우렁차게 기적을 울리며 인사했다.

물론 〈비스마르크호〉의 여러 갑판에서도 승객들이 손을 흔드는 모습이 보였고, 바다에서 이는 소음에도 불구하고 희미하게나마 그들의 환호소리가 들렸다. 당시 증기선 〈비스마르크호〉는 6일 11시간 24분 만에 대서양을 횡단하는 세계 신기록을 세웠다. 지금 약 2천 명의 사람들이 세계 최초의 모델 중 하나인 이중 스크루에 올라 뉴욕에서 유럽으로 돌아가고 있었다. 2천 명이라 하면 대형극장의 객석을 맨 앞에서부터 맨 꼭대기까지 두 번 가득 채울 수 있을 만큼 많은 인원을 뜻한다.

〈롤란트호〉에서 〈비스마르크호〉로, 〈비스마르크호〉에서 〈롤란트호〉로 깃발을 흔들며 서로 신호를 주고받았다. 그러나 전체 모습이 나타난 후 사라지는 데는 3분도 채 걸리지 않았다. 이 시간 동안 끓어오르는 바다는 빛의 홍수로 뒤덮였다. 불빛에 의해 소용돌이치는 안개가 보이면서 〈비스마르크호〉는 갑판에서 음악을 연주했고, 그러면 유령처럼 으스스하게 울리는 애국가의 선율이 들려왔다. 그런 다음 곧장 〈롤란트호〉는 다시 바다 한가운데에서, 한밤중에 폭풍과 눈보라를 맞으며 홀로 자신의 길을 갔다.

악대는 이제 배가된 열정으로 카를의 카드리유 '축제의 소리'와 키슬러의 춤곡 '놀이광장스캔들'을 연주했다. 배가된 식욕과 배가된 활력으로 식당에서는 저녁 식사가 계속되었다. "요정 같아!", "동화 같아!", "멋지다!", "대단해!", "거창하네!"와 같은 감탄의 목소리가 마구 뒤섞여 들려왔다. 프리드리히도 자부심과 안도감을 느꼈고, 폐에 공기가 필요한 것만큼이나 현대인의 정신에 적잖이 필요한, 분위기가 일으키는 생명의 숨결을 느꼈다. 프리드리히는 빌헬름에게 말했다.

"동료 양반, 우리가 아무리 저항해도, 또한 제가 어제 밤에 현대의 문화를 아무리 비난했더라도 방금 본 것과 같은 광경은 뼛속 깊이 감명을 일으킬 수밖에 없습니다. 인간의 손과 정신으로 만들어진 비밀스러운 자연의 힘의 산물, 그런 창조를 뛰어넘은 창조, 그런 배가 가능하게 되었다는 것은 정말 대단한 일입니다."

두 사람은 술잔을 부딪쳤고, 다른 많은 테이블에서도 술잔 부딪치는 소리가 들렸다. 프리드리히는 계속해서 말했다.

"그 배는 수천 년 동안 두려워해온 자연의 힘에 대항하는 얼마나 큰 용기와 대담함과 용맹성을 지니고 있는지 모르며, 이 힘차게 생동하는 유기체 속에는 용골에서 돛대꼭대기까지, 돛대에서 스크루까지 얼마나 대단한 천재적 세계가 존재하고 있는지 모릅니다."

선내의사 빌헬름이 말했다.

"그런데 오늘날 성취된 이 모든 것은 겨우 100년 안에 이루어졌고, 따라서 지금은 단지 발전의 시작일 뿐입니다. 누구든지 반발할 수는 있지만 과학, 특히 기술적인 진보는 영원한 혁명이며, 모든 인간 삶의 상태에 대한 진정하고 유일한 개혁입니다. 여기서 시작된, 끊임없는 전진이라 할 이 발전을 더 이상 그 어떤 것도 멈추게 하지 못할 것입니다."

프리드리히가 말했다.

"그것은 수천 년 동안 수동적이었다가 갑자기 능동적이 된 인간의 정신입니다. 의심할 여지없이 인간의 두뇌와 그에 의한 사회적 공동협력이 새로운 국면에 접어들었습니다."

"그렇습니다. 아마 고대에도 인간의 정신은 어떤 식으로든 이미 활동하고 있었을 테지만 그것은 너무 오랫동안 거울 속의 남자하고만 싸워왔던 것입니다."

프리드리히는 빌헬름의 말을 확인해주며 이렇게 말했다.

"그럼 우리는 우리에게 왔던 위대한 거울 속 검객들, 사기꾼들, 남태평양군도의 주술사들과 마법사들의 마지막 순간이 멀지 않았다는 데 대해, 또한 영혼을 잡아먹으며 수천 년을 살아온 모든 냉소적인 해적들이 지성을 갖춘 선장과 인간성을 갖춘 관리관과 함께하는 빠르고 안전한 문명의 해선(海船) 앞에서 항복하게 되리라는 데 대해 희망을 가집시다."

저녁 식사 후 프리드리히와 빌헬름 박사는 위쪽 흡연실로 올라갔다. 카드놀이 테이블에는 카드놀이꾼들이 앉아 있었다. 그들은 담배를 피우고, 위스키와 커피를 마시고, 카드를 테이블에 던졌다. 그들은 그런 것 외에는 다른 모든 것에 관심이 없는 것처럼 보였다. 프리드리히는 포도주를 주문했고, 계속해서 마시며 몸을 자극했다. 그는 머리가 아파서 목을 거의 지탱하고 있을 수가 없었다. 피곤하여 눈꺼풀이 아팠지만 그것이 눈알 위에서 감기자 고통스런 마음을 훤히 드러내듯 밝게 빛나는 것 같았다. 그에게서 모든 신경과 근육, 세포는 깨어있었고, 잠을 자는 것은 생각할 수 없었다. 그는 인생에서 몇 주, 몇 달, 몇 년을 손바닥 뒤집듯 순식간에 보내왔는데, 그날 저녁 또한 사우샘튼을 떠나온 지 사흘 반밖에 되지 않았다.

빌헬름이 말했다.

"피곤하시군요, 동료 양반. 그럼 오늘 죽은 화부의 장례식에 함께 가자는 말은 하지 않겠습니다."

"아닙니다. 아니에요."

프리드리히의 마음속에는 어떤 것도 아끼지 않고 이 해체되고 덜컹대며 흔들리는 인간세계의 가장 쓰디쓴 인상까지도 몽땅 끝까지 맛보려는 고통스러운 분노가 자리하고 있었다.

어머니를 방문하거나 찾기만이라도 하고 싶어 했던 화부가 돛대 천에 덮여 꿰매질 때 두 의사가 합류했다. 이런 일이 행해진 텅 빈 방은 전구의 불빛이 그다지 밝게 비추지 않았다. 프리드리히는 죽은 화부에 대해 꾸었던 꿈을 기억했고, 그가 자신과 페터 슈미트를 빛 가꾸는 농부들에게 안내했던 일을 회상했다. 그에게서는 이미 큰 변화가 일어났다. 그의 얼굴은 머리카락과 눈썹과 턱수염을 붙여놓은, 노란색 왁스로 만들어진 인공적인 덩어리인 것 같았다. 그러나 프리드리히에게는 죽은 사람의 입언저리에 잔잔하며 영특한 미소가 어려 있는 듯 보였다. 그리고 젊은 의사 프리드리히가 묘한 긴장감과 호기심으로 그를 더욱 자세히 바라보자 그는 이렇게 말하는 것 같았다.

"레뇨 산토! 빛 가꾸는 농부들!"

죽은 자의 얼굴까지 천으로 덮이고, 바느질로 거칠게 꿰매지자, 간신히 제 자세를 유지하고 있던 범포 인형의 전신은 선원들에 의해 철판으로 덮인 판자대기 위에 옮겨져 묶였다. 프리드리히는 '저런 번데기에서 정말 다시 나비가 태어날 수 있을까?'라고 자문해 보았다. 그를 처리하는 서툰 곡예 같은 모든 과정은 끔찍하다기보다는 우스꽝스러웠다. 그러나 그렇게 처리된 시신꾸러미가 불멸의 영혼에 두른 필멸의 껍데기에 불과하다 할지라도 그것을 끔찍스럽도록 황량한 바다에 넘겨준다는 것은 한없이 슬픈 생각을 남겼다.

이런 날씨에 시신을 배 밖으로 옮겨놓는 일은 쉽지 않았고, 끊임없이 물이 넘쳐 들어오는 흔들리는 갑판에서 의식을 치르는 것도 불가능했기 때문에, 사무장은 함교를 지켜야 하는 선장을 비롯한 소수의 사람들에게 죽은 사람의 영혼을 위해 조용히 기도만 드려달라고 요청했다. 일은 그대로 진행되었다. 화부의 동료 네 명이 이따금 멈추고, 흔들리고, 비틀거리고, 헐떡거리며 그 긴 꾸러미를 갑판에 있는 난간으로 옮겼고, 그곳에서 주어진 순간에 그것을 바다로 내던졌다.

빌헬름은 헤어지면서 프리드리히에게 말했다.

"잠을 잘 수 있도록 노력해보세요."

사람들은 헤어졌고, 프리드리히는 그곳 갑판에서 밤을 보낼 수 있는 안전한 장소를 찾아 나섰다. 그는 돛대에 달린 아치형 전구의 희미한 빛을 받으며 무서운 바람과 악천후 속에서 얼음처럼 차가운 공기와 어둠이 짙게 깔린 밤을 바라보고 싶었다. 그는 창문이 닫혀있고, 뜨겁고 탁한 공기로 가득 찬 숨 막힐 듯 좁은 객실에 몸서리를 쳤다. 그러나 그를 여기 위쪽 갑판에 머물게 한 것은 그런 몸서리나는 상태 때문만이 아니라 위험에 처했을 때 잉이게르트 할슈트룀 가까이에 있고 싶은 소망이 더 큰 이유였다. 그리고 굴뚝 근처에 자리를 잡고 앉아 따뜻한 벽에 등을 대고, 모자를 끌어내리고, 턱을 외투 깃 속으로 밀어 넣은 그는 갑자기 속으로 웃었다. 왜냐하면 어제 건축가 아하라이트너를 발견했던 바로 그 장소에서 자신이 바로 그와 똑같은 상황에 처해 있었기 때문이다.

프리드리히의 귀에 부석거리는 소리가 들렸다. 그는 자신의 위쪽에서 거대한 원을 그리고 있는 아치형 램프가 있다는 것을 느꼈다. 그는 주기적으로 돌풍이 휘몰아치는 것을 느꼈고, 물 덩어리가 으르렁거리며 끓어오르는 가운데 삭구에 부딪히는 바람이 내는 소름끼치는 고양이 소리를 들을 수 있었다. 갑자기 포효하며 뛰어오르는 호랑이 소리와 함께 고집스럽고 사악한 고양이의 야옹 소리가 들렸다. 그리고 다시 프리드리히에게 그 소리는 길을 잃고 방황하는 아이들의 말할 수 없이 비참한 흐느낌과 울음

소리인 것 같았다. 그는 이제 분명히 볼 수 있었다. 그들은 죽은 화부가 누워있는 들것을 에워싸고 큰 소리로 한탄하며 모여 있는 한 무리의 아이들이었다. 그리고 빛 가꾸는 농부들도 다시 나타났다. 그는 곧장 그들 중 하나를 붙잡아 선실로 잉이게르트에게 가져다주려고 했다. 잉이게르트는 자신의 유명한 익살 춤을 추기 위해 막 옷을 입고 있었다. 이미 큰 거미가 매달려서 나중에 마라가 얽혀들게 될 그물을 엮고 있었다. 프리드리히는 춤을 저지하고 거미를 쓸어내 버리기 위해 빗자루를 찾았다. 빗자루가 나타났지만, 물을 운반하고 쏟아내는 하인의 모습을 하고 있었고, 그 뒤를 이어 두 번째, 세 번째, 네 번째, 다섯 번째 빗자루가 나타나 마침내 모두가 쏼쏼 소리 내며 넘쳐나는 엄청난 양의 물에 잠겨버렸다. 프리드리히는 잠에서 깨었다. 그는 마법사의 제자가 되는 꿈을 꾸었는데, 그의 입술은 아직도 홍수를 쫓아내는 무서운 말을 더듬거리고 있었다. 파도가 으르렁거렸다. 그는 다시 잠이 들었다. 이제 그 파도소리는 프리드리히의 발밑으로 흐르는 강물이 되었다. 태양이 빛나고 해맑은 아침이었다. 반대편 강둑에서 젊고 아름다운 프리드리히의 부인이 꽃무늬가 크게 새겨진 옷을 입고 자신의 조그만 나룻배를 손수 저으며 다가왔다. 그녀의 온화하고, 어둡고, 풍만한 모습은 베스타의 무녀*와 기혼녀의 매력을 동시에 지니고 있었다. 그리고 근처 숲에서는 잉이게르트가 금발머리와 몸을 보석으로 치장하고 우아한 모습으로 나타났다. 그녀의 때 묻지 않은 나신과 하나로 어우러진, 햇볕이 내리쬐는 풍경은 아담과 이브가 천국에서 쫓겨나기 전의 모습으로

---

*　고대 로마에서 나라의 운명을 상징하는 성스러운 불을 관리했던 18명의 무녀로 베스타 처녀로도 불린다. 이들은 반드시 순결을 지켜야 했으며, 처녀성을 잃어버리면 무녀와 상대 남자 모두 무거운 형벌에 처해졌다.

보였다. 프리드리히는 자신에게 다정하게 미소를 짓는 아내의 손을 잡았고, 부드럽고 순수하며 순종적인 듯 보이는 잉이게르트 할슈트룀의 손도 잡았다. 그리고는 두 사람의 손을 서로 맞잡게 했다. 그러면서 그는 잉이게르트에게 말했다.

"내가 너를 깨끗하게 하리라.

내가 네게서 더러운 찌꺼기를 씻어내 주리라."

그러나 하늘은 어두워졌다. 숲은 검게 변했고, 거대한 강물처럼 무섭게 굉음을 내는 숲 위로 유령 같은 달빛이 떠올랐다. 프리드리히는 어두운 들판 가장자리를 따라 서둘러 달리고 있었다. 갑자기 그의 뒤에서 "모이라!"* "모이라!"라는 소리가 울리더니 마치 거대한 검은 날개를 치듯 묵직하게 움직이면서 숲가에서 어둠의 조각이 떨어져 나왔다. 그것은 "모이라, 모이라!"라고 점점 더 큰 소리를 울리며 그의 뒤에서 떠도는 새였다. 그는 그 무서운 새가 뒤에서 떨어져 내리는 바윗덩이라도 되는 듯 달아났다. "모이라, 모이라!" 그는 자신을 방어하기 위해 주머니칼을 꺼냈는데… 프리드리히는 잠에서 깨어 옷을 벗은 채 침대에 누워있는 자신을 발견했다. 어제 아하라 이트너를 그랬던 것처럼 누군가가 그를 아래쪽 그의 선실로 데려다주었던 것이다. 깨어있는데도 고대 운명의 여신을 떠올리게 하는 "모이라!"라는 외침은 여전히 그의 귓전을 울렸다.

프리드리히는 몇 시간 동안 잠을 자고 난 후 맨 정신이 되어 갑자기 객실 밖 통로 어딘가에 있는 자신을 발견했고, 그곳에서 벌써 아침 일을 하고 있

---

* 모이라는 그리스 신화에 나오는 세 명의 운명의 여신을 가리키는 말이다. 모이라가 관장하고 다스리는 운명은 인간이 인식할 수 있는 것을 넘어서서 개별적 운명, 전체 문명, 자연 현상, 신들의 운명을 포괄했다.

는 몇몇 승무원들과 이야기를 나누었다. 그는 자신이 셔츠 외에는 아무것도 입고 있지 않다는 것을 서서히 깨달았다. 그는 지금까지 살아오면서 몽유병자 행세를 해본 것은 이번이 처음이었다. 그러나 이제 그는 자신도 나쁜 병 앞에서 안전하지 않다는 것을 알았다. 그는 당황했고, 부끄러웠으며, 셔츠를 입은 채로 한 승무원의 도움을 받아 객실로 돌아가야 했다. 이제 그는 자신의 객실에 물이 3, 4인치 높이로 가득 차 있다는 것을 알았다. 그것은 아마도 어딘가의 누수 파이프에서 흘러나온 것 같았다. 그는 침대 속으로 기어들어가 굴러 떨어지지 않기 위해 자신이 생각해낸 방식으로 침대받침판 사이를 힘껏 누르고 밀치면서 움켜쥐었다. 6시가 되자마자 프리드리히는 갑판으로 나가 손에 뜨거운 찻잔을 들고 벤치에 앉았다. 날씨는 끔찍했다. 더할 나위 없이 황량한, 꽁꽁 얼어붙은 아침이었다. 바다의 분노는 더욱 거세졌다. 다가오는 어스름은 다름 아닌 새로운 종류의 어둠이었다. 요란하게 울부짖는 바닷물소리와 바람소리로 귀가 먹먹할 정도였다. 프리드리히는 고막이 아팠다. 그러나 배는 비록 느리기는 하지만 여전히 거친 파도와 싸우며 달려 나갔고, 정해진 항로를 유지했다.

그런데 프리드리히가 제대로 들은 건지는 곧장 알 수 없었지만 갑자기 바다의 소음을 뚫고 장엄하게 시작되어 조용히 부풀어 오르는, 교회성가의 화음과 멜로디를 띤 초자연적인 경건한 소리가 귀에 울려왔다. 프리드리히는 감동하여 눈물을 흘렸다.

"이제 모두가 마음과 입과 손으로 하느님께 감사드립니다."

그는 막 밝아온 황량한 아침이 일요일의 아침이었고, 사이클론의 와중에도 선내 성가대가 규정에 따라 이런 경건한 소리를 울리기 시작한 것이라고 생각했다. 성가대는 갑판 아래, 계단 중간쯤 높이에 있는, 인적이 드문 흡연실에 자리를 잡았는데, 그곳에서 선율이 나지막하게 위아래로 흘러나오고 있었다. 프리드리히의 영혼 속에서 힘겹고, 혼란스럽고, 서로 분리된 상태로 있던 모든 것이 이 음악의 진지함과 단순함과 순수함에 의해 녹아 없어졌다. 그는 자신의 어린 시절을 생각하게 되었다. 순진무구함과 기대와 커다란 행복에 대한 예감으로 가득 차 있었던 많은 아침들이 있었고, 일요일과 축제일이 있었으며, 연대의 악대가 이끄는 합창이 어린 아이를 잠에서 깨웠던, 아버지나 어머니의 생일이 있었다. 이런 과거와 비교하면 오늘날은 어떠했던가? 그 사이에 무엇이 있었던지. 얼마나 많은 쓸데없는 일, 실망스러운 희망, 쓰디쓴 대가를 치른 지식이 있었던가. 열정적으로 끌어 모았던 얼마나 많은 재산이 사라져버렸는지, 얼마나 많은 사랑이 사그라지고, 얼마나 많은 열정이 사그라졌는지 모른다. 얼마나 많은 첫 만남에서 내뱉기 어려운 굽실거리는 말을 하면서 힘들고 고통스런 싸움이 일상화되거나 특별한 것이 되었던가. 얼마나 많은 순수한 의도가 수치와 추잡함 속으로 이끌려 들어갔는지. 자유와 자결을 위한 얼마나 많은 투쟁이 의지 없이 맹목적인 결과를 낳았던가.

그가 정말로 하느님 앞에 그렇게 중요한 사람이었기에, 하느님께서 그에게 그토록 극심하고도 쓰라린 정화의 형벌을 내리셨던 것일까?

이제 객실로 올라가는 계단 입구에 나타난 한스 필렌베르크가 외쳤다.

"나는 다 포기했습니다. 이제 더 이상은 이렇게 지내지 못하겠습니다. 이러다가는 미쳐버릴 겁니다."

그와 프리드리히는 물론 극도로 지치고 무기력해지거나 절망에 빠진 다른 모든 승객들은 아침부터 정오까지, 정오부터 저녁까지, 다시 저녁부터 아침까지 똑같이 끔찍한 상태로 함께했다. 스무 번은 죽을 거라고 생각해왔던 그들은 비록 기진맥진해 있고 절망적이었음에도 불구하고 여전히 살아있었다. 이러한 상황에서 대부분의 사람들에게는 더 이상 단 한 시간을 견디는 것도 불가능해 보였다. 그러나 그들은 뉴욕까지 가려면 적어도 72시간은 더 견뎌야 한다는 말을 들었다.

---◆---

햇살이 조금 비추었지만 폭풍이 약해지지 않은 월요일은 끔찍스러웠다. 리벳이나 못으로 단단히 고정되지 않은 것은 모두 갑판에서 떨어져 나갔다. 고군분투하는 배를 관통하여 다인실에서 규칙적으로 들리는 비명 소리는 인간이 아니라 도살자의 칼 아래에 놓인 동물을 연상케 했다. 화요일로 넘어가는 밤은 고문이었고, 몸이 약하거나 뱃멀미의 고통으로 정신을 차리지 못하는 사람이 아니고는 아무도 눈을 감지 못했다. 화요일 새벽, 동이 틀 무렵이었다. 1등 객실에 있던 모든 사람들은 "위험합니다!"라는 승무원의 차분하게 내뱉는 말에 깜짝 놀랐다.

프리드리히는 옷을 벗지 않은 채 침대에 누워 잠시 시간을 보내고 있었다. 그때 승무원이 문을 열고, 지시받은 대로 진지한 태도로 "위험합니다."라는 말을 객실 안으로 던졌다. 그토록 간결하면서도 의미심장한 메시지를 전한 사람은 그러면서 전등을 켰다. 프리드리히는 일어났다. 그는 침대에 앉아 있었고, 배가 좌우로 흔들리는 데에 따라 누수 파이프에서 나오는 물이 객실의 이쪽 편으로 몰려갔다가 저쪽 편으로 몰려가곤 하여 신경을 거슬리게 했다. 처음에 그는 자신이 들은 말이 실제로 누군가가 소리를 지른 것인지, 아니면 신경의 과도한 자극과 과도한 피로로 인해 생겨난 환청 현상들 중 하나에 불과한 것이었는지 알 수 없었다. 그러나 승무원이 이웃 객실을 두드리는 소리와 문이 열리는 소리가 뚜렷하게 들리고, 두세 번의 "위험합니다."라는 말을 분명하게 구별할 수 있게 되자 그에게는 마음속의 변화를 가져오게 한 어떤 느낌이 다가왔다. 그는 "자, 그럼"이라고 조용히 말하고는 마치 별 관심도 없는 연극에 초대받아 가는 것처럼 외투를 조심스레 두르고 복도로 나갔다.

복도는 죽은 듯 텅 비어 있었다. 프리드리히는 다시 한 번 생각했다.

'자, 지금 우리는 우리 인간들을 자신들의 장난감으로 여기는 보이지 않는 지배자들에 의해 극단적이고 노골적인 방식으로 학대받고 있지.'

그는 한 번의 잠이 아니라 수백 겹의 꿈과 잠에서 깨어나 냉정하게 정신을 차리고 있었다. 그런데 이 모든 것이 다시 그의 망가진 두뇌의 환상적인 속임수인 것처럼 보였고, 그래서 그는 객실로 다시 돌아가고 싶었다.

그제야 그는 기계의 리듬도 더 이상 느껴지거나 들리지 않고, 스크루가 돌아가는 소리도 느껴지지 않는다는 것을 깨달았다. 갑자기 그는 거대한 배가 선원들과 승객들에게 버림받은 채 바다에 표류하고 있으며, 대대적인 구조작업에서 자신만 제외되었다고 생각했다. 그때 실크 잠옷을 입은 한 승객이 비틀거리며 지나갔고, 놀란 프리드리히가 무슨 일이 있는 거냐고 묻자 대답해주었다.

"아뇨, 아무것도 아닙니다. 나는 단지 승무원을 찾고 있는 중입니다. 목이 마르군요. 그저 레몬수 한잔 마시고 싶을 뿐입니다."

그는 이렇게 말하면서 비틀거리며 자신의 객실로 들어갔다.

"이 멍청아!"

프리드리히는 자기 자신에게 이렇게 말했다. 그는 자신을 완전히 미친 놈이라고 불렀다. 그러나 고요함은 끔찍하게 고통스러웠고, 프리드리히는 거친 본능에 사로잡혀 갑판을 향해 뛰쳐나갈 수밖에 없었다.

누군가가 그에게 다가와 어디로 가느냐고 물었다. 프리드리히는 대답했다.

"제기랄! 그건 당신이 상관할 일이 아니오."

그러나 뱃멀미의 흔적으로 더럽혀진 옷을 반쯤 걸쳐 입은 시체 같은 그 남자는 비켜서지 않고 소리쳤다.

"여기 승무원들은 모두 미쳤나?"

그 순간 프리드리히의 귓전에서 전기 벨이 울리기 시작했고, 다음 순간 프리드리히의 길을 가로막고 있던 소름끼치는 공포의 유령은 열, 스물, 서른 명의 다른 유령들로 늘어났다. 그들은 외쳤다.

"무슨 일이지? 무슨 일이 일어난 거지? 우리가 가라앉고 있어! 위험해!"

한 남자가 "승무원, 승무원!"이라고 근엄한 목소리로 소리쳤다. 또 다른 남자는 "선장, 선장!"이라고 외쳤다. 한 사람은 분개한 목소리로 욕을 퍼부었다.

"이거 정말 개판이네! 승무원이 없잖아! 여기서 우리를 잔인하게 죽이려는 거야?"

그리고 전기 벨소리가 미친 듯이 울리기 시작했다.

프리드리히는 돌아서서 끝없이 이어진 복도를 따라가 아래로 내려갔고, 거기에서 아무런 제지도 받지 않고 기관실이 보이는 창문을 지나쳤다. 실린더와 회전축은 움직이지 않았다. 벽이 갈라지고 삐걱거리는 소음에도 불구하고 배의 아래쪽 깊은 곳에 있는 보일러와 화덕에서 물이 찰랑거리며 흐르는 듯한 소리가 들려왔다. '보일러가 터졌나?' 프리드리히는 그런 경우라면 끓는 물의 증기가 세차게 터져 나오는 소리를 들었으리라는 사실을 망각한 채 그렇게 생각했다. 그러나 그는 멈추지 않고 우체국을 지나 배의 선미와 다인실을 향해 달려갔다. 달리는 동안 그는 파리에 있을 때 오페라광장에 있는 토마스 쿡 앤 선 사무실에서 서두른다면 아직 사우샘튼 앞 운하를 달리고 있는 〈롤란트호〉에 도착할 수 있다는 것을 알고 얼마나 행복했었는지를 생각했다. '내가 정녕 왜 그토록 몸이 떨리도록 엄청난 조바심을 하며 놓쳐버릴까 봐 한없이 두려워하면서 곧장 파멸 속으로 뛰어들었던 것일까?'

다인실로 통하는 문에서 프리드리히는 이발사를 만났다. 이발사가 말했다.

"보일러 불이 꺼졌어요! 충돌했어요! 물이 내 이발소 바닥으로 밀려들어왔어요."

벨소리가 미친 듯이 울렸다. 이발사는 몸을 질질 끌며 구명벨트 두 개를 가지고 왔다.

"두 개가 왜 필요합니까?"

프리드리히는 한 개를 가지고 달아났다.

―·―――◆―――·―

프리드리히는 뒤쪽 갑판 문에 이르렀지만 밖으로 나갈 수는 없었다. 그는 배에서 무언가 돌이킬 수 없는 일이 일어났다는 것을 즉시 알아차렸다. 배는 맞바람을 맞지 않는 곳에서는 물 위로 높이 떠있지만 맞바람을 맞는 곳에서는 수면 위로 떠있는 높이가 고작 3~4미터에 불과했다. 〈롤란트호〉의 선미는 앞부분보다 훨씬 깊이 가라앉아 있었기 때문에 특히 높은 파도가 닥쳐오는 거친 바다에서 갑판을 건너 앞으로 걸어 나가는 것은 거의 생각할 수 없는 위험한 모험이었을 것이다. 마음이 내키든 내키지 않든, 상황이 좋든 나쁘든 프리드리히는 방금 내려왔던 통로를 통해 다시 앞으로 나아가 위로 올라가야 했다.

불과 15초 후, 프리드리히가 식당 위쪽 갑판 앞 출구에 도착했을 때, 그는 어떻게 자신이 목이 졸려 죽거나 짓밟히지 않고 승객들로 가득 찬 복도를 통과할 수 있었는지 말문이 막힐 정도였다. 그의 이마와 손에는 상처가 났고, 그는 힘겹게 문틀을 잡고 빌헬름 박사와 격렬하게 논쟁을 벌였다. 빌헬름은 그를 붙잡았고, 두 사람은 죽음을 무릅쓰고 함교로 기어 올라갔다. 그들은 갑판구조물의 보호를 받으며 바람이 불어가는 쪽을 향해 웅크리고 앉았다. 그때 그들은 어스름한 아침의 여명 속에서 무언가가 몹시 높은 곳에서 엄청나게 흔들리면서 그들 위로 날아가는 것을 보았다. 다음 순간 만약 있는 힘을 다해 난간과 보행용 활대에 꼭 매달리지 않았다면 그들은 쏟아 내리는 물 폭포에 복부까지 물에 잠겨 갑판 위에서 헹궈졌을 것이다.

함교에서는 상황이 평소와 거의 다름없어 보였다. 폰 케셀 선장은 태연한 듯 앞으로 몸을 기울이고 서 있었다. 거구인 1등 항해사 폰 할름 씨는 망원경을 눈에 대고 점점 더 짙어지는 안개 속으로 뚫고 들어가려고 했다. 사이렌이 울렸다. 선수에서는 폭죽이 터지고 포가 발사되었다. 선장의 오른쪽에는 2등 항해사가 서 있었고, 3등 항해사는 막 "밧줄을 자르고, 구명보트를 물에 던져!"라는 명령을 받고 있었다. 그는 "밧줄을 자르고, 구명보트를 물에 던져!"를 복창했다. 그는 가능한 한 그 명령을 수행하기 위해 사라졌다.

이 모든 상황에도 불구하고 프리드리히는 또 다시 무언가 비현실적인 것이라는 느낌을 받았다. 이와 같은 순간들은 항상 그의 마음 앞에 가능한 것으로 서있었지만, 그는 자신이 그런 것들을 진지하게 예상해오지는 않았다는 것을 깨달았다. 그는 자신 앞에 진실이 엄연하게 현존한다는 것을 분명히 알고 있었지만, 그것을 아무런 의심 없이 확고부동하게 받아들일 수는 없었다. 그는 자신도 정말 구명보트를 잡아타려는 노력을 해야 한다고 스스로에게 말했다. 그때 선장의 검은 눈이 그를 훑어보았지만 그를 알아보거나 이해하는 마음으로 바라본 것은 아니었다. 차분한 목소리로 명령이 울려나왔는데, 친숙하며 당구공이 서로 부딪치는 듯한 아름다운 어조였다.

"남자들은 모두 갑판으로, 밧줄작업요원들은 각자의 위치로!"

선장은 갑판 계단을 내려가기 전에 "남자들은 모두 갑판으로, 밧줄작업요원들은 각자의 위치로!"를 반복해서 외쳤다. 이제 "여자들과 아이들은 우현으로!"라는 말이 들려왔다. 마치 가까이에서 똑같이 울리는 메아리가 대답하듯 "여자들과 아이들은 우현으로!"가 또 들려왔다. 이제 수습선원 판더가 선장에게로 갔다. 그는 선장에게 구명벨트를 가져다주려는 기특하고 특별한 생각을 하고 있었다. 잠시 폰 케셀의 손이 그의 머리를 쓰다듬었다. 그리고 그에게 말했다.

"사랑하는 아이야, 고맙지만 나는 그것이 필요 없단다."

선장은 연필을 집어 들고, 몇 마디 말을 급히 적은 다음 그 메모지를 수습선원에게 건네주었다. 그러면서 그는 말했다.

"얘야, 구명보트로 뛰어내리렴. 그리고 가능하다면 이 메모를 내 누이들에게 전해주렴!"

거친 바다가 바람 불어가는 쪽을 막 덮치고 있었다. 무시무시한 파도가 몰아닥쳐 여전히 조명으로 밝게 빛나는 거대한 배를 들어 올려 빙 돌렸다. 프리드리히는 이해할 수 없는 광경 앞에서 자신을 사로잡고 있는 납덩이 같이 무거운 무관심에서 벗어나려고 헛되이 노력했다. 갑자기 그는 가슴 속에서 공포를 느꼈다. 그는 무슨 일이 있어도 자신이나 다른 사람에게 겁쟁이로 보이고 싶지 않았기 때문에 애써 공포심을 억눌렀다. 그러나 그는 수습선원 판더를 끈질기게 따라다니는 동료 빌헬름의 뒤를 따라다녔다. 빌헬름이 말했다.

"우리는 구명보트에 타야 합니다. 우리가 가라앉고 있는 건 의심의 여지가 없습니다."

그 직후 프리드리히는 곧장 잉이게르트의 갑판객실로 갔다.

"일어나요! 앞으로 가요! 사람들은 벌써 구명보트로 뛰어내리고 있어요!"

문을 열어둔 그는 수습선원 판더와 선원 두 명이 가까이에서 손도끼를 사용해 구명보트의 얼어붙은 밧줄을 자르는 모습을 볼 수 있었다. 잉이게르트는 자신의 아버지에 대해 물었다. 그녀는 아하라이트너에 대해서도 물었다. 프리드리히는 그녀에게 자기 자신만 생각해도 된다고 설명했다. 그는 이제 갑판 아래 아버지에게 내려가는 것은 불가능하며 죽음만을 의미할 뿐이라고 그녀에게 말했다.

"옷 입어요, 옷 입어!"

그녀는 말없이 서둘러 옷을 입었다. 그제야 승무원 한 명이 잉이게르트의 갑판객실을 지나가며 짧게 "위험합니다!"라고 외쳤다. 어린 소녀 잉이게르트가 소리쳤다.

"왜 위험하지요? 우리가 가라앉고 있나요?"

그러나 프리드리히는 이미 그녀를 끌어안고 들어 올려 구명보트 가까이로 데려갔다. 막 밧줄이 끊어지고, 구명보트가 안개가 반짝이는 소용돌이 속으로 떨어져 내렸다.

"여자와 아이들은 반대편으로!"

3등 항해사의 목소리가 단호하게 명령했다. 이 명령은 잉이게르트뿐만 아니라 하녀 로자에게도 해당되는 것이었다. 로자는 마치 장보기로 너무 많은 짐이 있어 전차를 놓칠까 봐 두려워하는 것처럼 힘에 겨워 얼굴이 붉게 달아오른 채 갑판에 나타났다. 그녀는 두꺼운 팔의 믿을 수 없는 힘으로 리플링 부인과 두 아이를 끌고 왔다.

"여자와 아이들은 반대편으로!"

3등 항해사는 다소 날카롭게 반복해서 외쳤다. 다행히도 그는 이미 두 번째 구명보트를 타기 위해 시작된 싸움에 신경을 쓰느라 정신이 없었다. 지체할 시간이 없었다. 선원 두 명의 강력한 제지에도 불구하고 프리드리히, 수습선원 판더, 빌헬름 박사는 잉이게르트를 무사히 첫 구명보트로 내려 보냈다. 이런 과정에서 프리드리히는 갑자기 요란하며 프로이센인다운 모습을 과시했다. 선원들의 온갖 제지를 물리치는 그의 강철 같은 에너지 덕분에 아이들, 리플링 부인, 그리고 마침내 로자까지도 구명보트로 옮길 수 있게 되었는데, 이는 결코 쉬운 일이 아니었다. 프리드리히는 고함을 지르고, 명령을 내리는 자신의 목소리를 들었다. 그는 선원들과 구명보트 선원을 향해 고함을 치며 고군분투했다. 그는 일말의 희망도 없이, 구출할 수 없는 상황에 직면해 있다는 분명하고 확고한 인식만을 지닌 채 이 모든 일을 해나갔다. 모든 것은 끝나버렸다. 모든 것은 사라졌다. 믿고 싶지 않고 싶었지만 이것은 눈앞에서 확실하게 내보여진 현실이었다. 구명보트는 무사히 물 위로 내려앉았다. 세 명의 선원이 그 안에서 뛰어다녔다. 그것은 둥둥 떠 있다가 파도를 타고 솟아올랐다. 프리드리히가 보기에 먼저 타고 있던 8~9명의 승객은 낯익은 얼굴들인 것 같았다. 구명보트는 높은 파도에 잠겨 보이지 않았다. 증기선에서는 마치 무슨 마술이라도 부린 듯, 얼마 전까지만 해도 사람들이 혼잡하게 어울려 춤추던 자리는 텅 비어 있었고, 그 위로는 안개와 파도거품이 쏟아져 내렸다.

이상하게 낯설고도 무심한 듯 날이 밝아오면서 꼭두새벽 어스름의 흑회색과 녹갈색이 서서히 변해갔다. 안개가 조금 걷히자 프리드리히는 잠시 봄의 꽃눈이 쌓이고 꽃이 만발한 목초지가 있으며, 잔잔한 바람이 이는 산들 사이의 계곡에 있는 것 같은 소름끼치는 기만적인 인상을 받았다. 그러나 곧바로 산들은 폭풍의 포악한 정령들로 인해 울부짖으며 계곡으로 쫓겨 들어왔다. 유리로 된 무거운 산봉우리가 무너져 내리고, 흐르는 물이 된 바위덩어리들이 사면초가에 처한 〈롤란트호〉의 첫 번째와 두 번째 비상돛대를 무서운 힘으로 덮쳤다. 그 불쌍한 난파선은 이미 차가워진 보일러로는 더 이상 구조신호를 내보낼 수 없었다. 비참한 몸체는 여전히 거대한 모습으로 앞쪽이 들어 올려 있었다. 폭죽이 솟아올랐다. 맨 앞의 돛대에서 급하게 펄럭이며 보내는 깃발신호는 무자비한 자연의 포악함 속으로 쓸모없는 언어를 쏟아 부었다. 다인실은 평온해졌다. 반면에 이상한 소음이 들렸다. 그것은 축제장 부스 사이나 미끄럼틀이나 회전목마에서 사람들이 지르는 환호와 고함소리를 연상시켰다. 벌떼가 몰려오는 듯한 윙윙거리는 소리가 폭풍의 맹렬함을 뚫고 또렷이 들려왔다. 그것은 남자가 가늘게 내는 가성으로부터 분노한 여자의 미쳐 날뛰는 목소리나 기뻐하는 여자의 환희에 찬 목소리에 이르기까지 다양하게 울려왔다. 프리드리히는 우울한 러시아 여인 데보라를 생각했다. 그는 또 충직한 수행원 불케가 아르투어 슈토스를 데려오자 빌케를 생각했다. 빌케는 그들을 따라왔다. 그는 술을 마시고 있었고, 모든 것이 즐겁다는 듯 소리를 지르고 있었다. 그러나 그는 어느 나이든 노동자 여인을 반쯤은 끌어당기고, 반쯤은 끌어안고 갑판 위로 데리고 올라갔으며, 슈토스와 불케를 뒤로 밀어제치면서 그녀를 무사히 구명보트에 밀어 넣었다. 잉이게르트는 아버지와 아하라이트너를 불렀다. 그러나 그들 대신 빌케와 불케의 부축을 받아 밧줄에 기대고 있던 팔 없는 슈토스가 구명보트 안으로 들어섰다.

프리드리히에게서 멀리 떨어지지 않은 곳에 고양이를 안고 있는 링크 씨가 우체국의 열린 문틈에 끼어 서 있었다. 프리드리히는 "상황이 나쁜 것 같소, 링크 씨."라고 외쳤다. 링크는 "왜요?"라고 덤덤하게 대답했다.

다음 순간 겁에 질린 목소리가 우체국장에게 소리쳤다.

"무슨 일이에요, 무슨 일이에요?"

"아무 일도 없어요!"라고 그는 대답했다.

그 사이에 빌헬름 박사도 빌케와 불케에 의해 구명보트로 옮겨졌다. 불케가 말했다.

"저 아래에 있는 여자아이가 아버지를 찾으며 슬프게 울부짖고 있어요."

잉이게르트의 울부짖는 소리가 프리드리히의 마음을 아프게 했다. 그러나 할슈트룀은 발견되지 않았다. 프리드리히는 인적이 드문 흡연실로 달려갔고, 그 방은 전구들이 빛나고 있음에도 불구하고 가죽을 입힌 쿠션과 함께 지옥의 덫처럼 그의 앞에 놓여 있었다. 갑자기 빌케가 그의 옆으로 왔다. 빌케가 말했다.

"이 안에는 아무도 없습니다."

두 사람은 계속해서 계단을 내려갔다. 식당 앞 공간과 식당은 비어 있었다. 그는 머리칼이 곤두섰다. 입구에는 수많은 접시와 은 식기들이 굴러와 쌓여 있었다. 프리드리히는 있는 힘을 다해 소리쳤다.

"할슈트룀! 아하라이트너! 이리 와요, 이리 와요!"

그러나 그는 대답을 듣지 못했다. 그때 홀에서 음악이 강한 행진곡 풍으로 울리기 시작했다. 아마도 패닉상태의 공포를 진정시키려는 선장의 명령에 따라 울리는 음악인 것 같았다. 그러나 이제 죽음의 축제를 위해 환하게 불이 켜지고 음악이 울려 퍼지는 이 텅 빈 방을 마주한 프리드리히는 적나라한 공포에 사로잡혔다. 이제 그는 목숨을 걸고 달렸다.

그 직후 그는 구명보트에 탔고, 보트는 출발하려고 했다. 프리드리히는 항의했고, 보트에 올라 키를 잡고 있던 항해사와 큰 소리로 언쟁을 벌였다. 그는 용감하게 갑판 아래로 자신을 따라왔지만 아직 다시 나타나지 않은,

호이쇼이어에서 온 착한 빌케를 버리고 갈 생각을 할 수 없었다. 그때 그는 마치 썰매를 타듯 휴게실 계단의 상부구조물에서 난간을 향해 재빨리 미끄러져 내리는 빌케를 발견했다. 그는 빌케에게 소리쳤다.

"빌케! 빌케! 앞쪽으로 가서 보트로 들어와!"

빌케는 "곧! 곧!"이라고 대답했다. 빌케는 "곧! 곧!"이라는 대답을 여러 번 했다. 빌케는 구명조끼를 찾아내 이곳저곳에서 그것을 바다로 던졌다. 그곳에서는 물에 휩쓸려 배에서 떨어진 사람들이 절망한 채 필사적으로 싸우고 있었다. 그 사이 해류와 노에 의해 구명보트는 〈롤란트호〉와 이미 20미터, 30미터, 아니 그 이상 떨어지게 되었다. 이제 어떤 낯선 배나 표류하는 난파선이 〈롤란트호〉의 넓은 측면에 부딪쳐 구멍을 냈으리라 믿어지는 곳에 거대한 균열이 생긴 것이 보였다. 그것이 바로 재앙을 일으킨 장본인이었다. 그때 다시 안개가 짙게 내려앉아 치명적인 손상을 입은 증기선은 보이지 않게 되었다. 곧 다시 안개가 걷히자 좌초된 증기선은 어쩐 일인지 방향이 바뀌어 있었다. 프리드리히와 함께 구명보트에 타고 있던 스무 명 가량의 사람들은 물의 수위와 거의 같은 높이로 가라앉은 증기선의 뒤쪽 갑판을 현기증 나는 높이에서 내려다보면서 큰 소리로 울부짖었다. 왜냐하면 그들은 뒤쪽 갑판에 개미처럼 우글거리며 시커멓게 몰려 싸우고 있는 사람들 속으로 끔찍하게 내던져질 것 같았기 때문이다. 지금 이 순간에야 비로소 여기에서 인간의 이성으로는 이해할 수 없는 상황이 벌어졌다는 것을 알 수 있었다. 이 우글거리는 작고 검은 개미들은 어찌할 바 모르며 무력하게 뒤엉켜 서로 잡아끌고 들이받으며 밀어제치곤 했다. 여자와 남자들로 이루어진 분대가 함께 뭉쳐 결투를 벌였다. 아직 물에 뜨지 않은 일부 구명보트들은 밧줄과 철선에 묶인 채 흔들리는 검은 포도송이로 변한 것 같았고, 거기에서 열매나 개미와 같은 것이 계속해서 물속으로 떨어져 내렸다.

　또 다시 안개와 물보라가 주변 공기를 흐릿하게 만들었다. 그러나 귓전에 들려오는 바다의 포효소리와 철판 두드리는 요란한 폭풍소리 속으로 프리드리히가 갑판에서의 무자비한 광경과 곧장 결부시킬 수 없는 또다른 소음이 파고들었다. 몇 초 동안 그는 멀리 고향의 어떤 지역에 가 있었다. 거기에서는 가을에 이동하는 수많은 새 떼가 넓은 늪지대 초원에 정착하여 쉬고 있었다. 그러나 그가 안개 속에서 들은 것은 여행을 즐기는 철새집단의 지저귐이 아니라, 인간이 저지를 수 있는 어떤 죄악에도 내려질 수 없다고 생각될 만큼 너무나 무거운 형벌을 받고 있는 사람들의 울부짖음이었다. 프리드리히는 과도한 인상에 의해 감각이 받아들이는 것과 영혼의 가장 깊은 곳에 있는 것 사이의 연결다리가 무너져 내리는 것을 정확히 느꼈다. 그러나 갑자기 그토록 많은 죄 없는 사람들의 공공연한 사투의 열기가 프리드리히의 가장 깊은 영혼 속으로도 파고들어 그에게서 비명을 지르게 했다. 마치 명령에 따르듯 모든 사람이 그 비명에 동감한 것 같았다. 그 속에는 두려움과 고통, 분노, 항의, 요구, 경악, 비난, 저주, 공포가 담겨 있었다.

　그리고 이 공포는 여기에는 귀는 없고 오직 귀머거리 하늘만이 있을 뿐이라는 인식에 의해 더 커져갔다. 프리드리히가 바라보는 곳에는 죽음이 있었다. 납덩이처럼 무거운 언덕들이 무심하게 다가왔다. 그것들은 어떤 것도 막을 수 없고, 어떤 제지수단도 예상하지 못한 살인법칙의 움직임이었다. 프리드리히는 죽을 준비를 하고 눈을 감았다. 그는 마치 가까이에 있는 영원한 어둠의 땅을 통과하는 데에 필요한 여권인 듯 가슴 주머니에 있는 부모님의 편지를 몇 번이나 손에 쥐었다. 그는 감히 다시 눈을 뜰 수 없었다. 왜냐하면 그는 배 안에 있는 여자들의 경련과 〈롤란트호〉의 선미에서 벌어지고 있는 잔인한 처형을 더 이상 바라볼 수 없었기 때문이다. 돌풍이 몰아쳤다. 몹시 추웠다. 선체 가장자리의 물이 얼었다. 하녀인 로자만이 유일하게 아이들, 리플링 부인, 잉이게르트, 아르투어 슈토스를 위해 아랑곳하지 않고 계속하여 도움을 베풀고 있었다. 불케와 로자는 앉아 있는 사람들의 무릎까지 차오르며 아르투어 슈토스와 리플링 부인이 누워있는 곳으로 넘쳐 들어오는 물을 퍼내기 위해 서로 경쟁을 벌이듯 있는 힘을 다했다.

그 사이 〈롤란트호〉의 후미갑판에서 벌어진 일은 프리드리히가 선뜻 이해할 수 있는 인간 본성에 대한 개념과는 전혀 들어맞지 않았다. 그가 거기에서 자세히 본 것은 그가 보았던, 음악이 울리는 가운데 식당과 갑판 위에서 춤을 추고, 말하고, 웃고, 인사하고, 생선을 포크로 우아하게 갈라먹는 문명화되고 교양 있는 사람들과는 달랐다. 프리드리히는 긴 부엌칼을 든 하얀 가운을 입은 요리사가 자신이 만들어준 요리를 먹고 있는 존경하는 손님들 사이로 지나가는 모습을 볼 것이라 믿었을 것이다. 그는 한 흑인 화부 녀석이 그를 움켜잡고 있던 캐나다인으로 보이는 여자를 때리고 난간으로 밀어붙이는 것을 분명히 보았다고 확신했다. 일부 승무원은 지침에 따라 변함없이 영웅적으로 행동하는 모습이 분명하게 눈에 띄었다. 그들은 사람들의 싸움에 휘말렸다. 승무원 중 한 사람은 피투성이가 되었다. 그러나 그는 여전히 싸우고 소리를 지르면서 한 여자와 그녀의 아이를 도와 구명보트에 태웠다. 하지만 보트는 전복되어 사라졌다.

앞에서부터 뒤로 비스듬히 높아지면서 열 지어 있는 〈롤란트호〉의 창들은 여전히 밝은 불빛으로 빛나고 있었다. 꼭대기의 램프 또한 잿빛 아침 속으로 파고들어 눈이 부실 만큼 새하얀 빛을 던져주고 있었다. 여기저기서 비상박격포의 질식시키는 듯한 총성이 울리고, 폭죽이 희미하게 빛을 내며 공중으로 솟아올랐다. 그러나 곧 창들의 불빛은 꺼졌다. 그리고 마치 바다가 묶여있다 풀려난 증오에 사로잡혀 이 사태를 기다리고 있었던 것처럼, 거대한 파도가 갑판 위를 휩쓸고 지나갔다. 그리하여 그 직후 바람 부는 쪽으로 물보라가 휘몰아쳐 사람들이 떠다니고, 울부짖고, 몸부림치고, 죽음과 싸우고 있었다. 어떻게 하여 다시 〈롤란트호〉에 아주 가까이 접근하게 되었는지는 모르지만 갑자기 구명보트는 무슨 짓이든 하려고 작정한 분노한 사람들의 공격을 받았고, 바다에서의 짐승 같은 야만적인 싸움이 시작되었다.

프리드리히는 이 모든 것을 보고도 볼 수 없었다. 비록 그것이 그의 근처에서 일어났지만, 무한히 먼 곳에서 일어나고 있는 것처럼 보였다. 그는 무언가와 부딪쳤다. 그것은 한 개의 손, 한 개의 팔, 한 개의 머리, 인간의 목소리가 아닌 소리로 울부짖는 축축하게 젖은 물개와 같은 심해동물이었는데, 마치 형리의 손에 의해 거꾸로 끌려가는 것 같았다. 그는 로자의 불그레한 주먹과 리플링 부인과 어린 잉이게르트의 움켜쥔 손가락을 보았다, 그것들은 보트에 매달려 허우적거리는 이웃들의 손과 팔꿈치를 반들반들하게 얼어붙은 보트 가장자리에서 절망의 힘으로 떠밀어내고 있었다. 선원들은 검은 피의 흐름을 따라가는 식으로 노를 저어갔다. 얼마 후 불케가 항해사를 대신하여 키를 잡았다는 사실과 항해사는 사라지고 더 이상 살아있는 징후를 보이지 않는 긴 머리의 젊은이가 새로운 손님으로 보트 안에 누워있다는 사실을 알아차린 사람은 아무도 없었다.

중요한 것은 이 익사하는 사람들의 지옥의 영역에서 벗어나는 것과 구명보트가 마침내 침몰했을 때 일으킬 혼돈의 영역에서 벗어나는 것이었다. 아직도 이따금 선내 악단의 음악이 죽음을 불사하고 필사적으로 울려 내려왔다. 이 무명의 불쌍하고 보잘것없는 음악단원들은 잠시 영웅적인

아틀란티스   199

위대한 인물들로 프리드리히의 영혼 앞에 서 있었다. 프리드리히는 그런데도 사람들은 그들에게 기념현판 하나 세워주지 않을 거라고 생각했다.

'우리는 모두 우리의 끔찍한 운명과 함께 곧 잊힐 거야.'

그러나 이렇게 생각한 프리드리히는 갑자기 자신이 경험한 이 모든 것을 꿈과 같은 환상이라고 여기고 이마를 방향타에 부딪쳐보았다. 조금 전까지만 해도 아늑한 방에서 안전하고 편안하게 보호받고 있던 그가 이제는 지붕도 복도도 없는 끝없이 흔들리는 공간에서 모든 것을 포기한 채 완전히 무력하게 떠 있지 않은가? 어떻게 하면 여기서 살아남을 수 있을 것인가? 몇 분 동안 프리드리히는 완전히 의식을 잃었음에 틀림없었다. 왜냐하면 잠에서 깨어난 것 같은 느낌 속에서 그는 자신이 아득히 먼 곳에 있다가 끔찍스런 공포의 현장으로 돌아가고 있는 기분이 들었기 때문이다. 그는 마음속에서 양친을 방문했다. 그들은 그가 처해 있는 무시무시한 죽음의 고통은 상상조차 하지 못한 채 편안한 표정으로 아늑한 평화가 깃든 집을 맴돌고 있었다. 이렇게 공포의 현장으로 돌아가는 것이 얼마나 고통스러운 일이며, 닿을 수 없이 멀리 떨어진다는 것이 얼마나 괴로운 일인지. 돌아가는 것은 이제 남의 사랑의 손길을 받을 생각조차 못하면서 아무도 모르게 죽는 것을 의미했다. 프리드리히는 분노와 절망으로 목구멍이 낑낑거리는 것을 느꼈다. 그러나 그가 이곳 하늘과 바다 사이에서 날뛰는 것은 남의 불행을 즐기는 악마 같은 분노의 표출이기도 했다. 그것은 인간의 행동에 대한 맹목적인 복수였다. 또한 끝없는 살인욕과 적개심이었다. 이것을 깨닫자 갑자기 프리드리히의 팔이 단단해지고, 그에게서 완고하고 거칠고 반항적인 힘이 솟아올랐다. 그는 그 힘으로 물속에서 허우적거리며 사력을 다해 달려드는 사람들과 적이 되어 싸워나갔다. 그는 한 사람 한 사람씩 내리치며 노를 저었고, 매달려서 방해하는 모든 것에 인정사정없이 타격을 가했다. 그는 살아남기를 원했고, 구출되고 싶어 했다. 물론 배에 탄 사람들 중 어디가 앞쪽이고 뒤쪽이며, 어디가 위쪽이며 아래쪽인지 방향을 아는 사람은 거의 없었다. 그러나 노를 젓는 일은 보트에 균형을 깨뜨리지는 않았고, 그리하여 보트가 뒤집히는 일은 일어나지 않았다. 젊은 친구 불케가 명령을 내리자 보트는 달리기 시작했는데, 어떻게 이런 일이 일어날 수 있었는지는 아무도 알 수 없었다. 잠시 후 끝없이 움직이는 많은 산들의 모습이 보트와 난파선 〈롤란트호〉 사이에 펼쳐졌고, 북독일해운사의 그 거대한 급행선 겸 우편선은 더 이상 아무런 흔적도 보이지 않았다.

사고 당일 저녁 오렌지, 와인, 기름, 치즈를 싣고 있던 함부르크의 화물증기선 선장이 청명한 날씨 덕에 높은 파도 위에서 표류하는 보트 한 척을 발견했다. 튼튼하게 건조된 이 작은 증기선은 함부르크에서 아조레스로 농기구들을 가져다주고, 파얄의 정박장에서 뉴욕으로 가는 화물을 선적했다. 선장은 표류하는 배에서 수건을 흔들고 있는 것을 확인했다. 그는 그곳으로 향했고, 30분을 달린 끝에 보트에 타고 있던 조난자들을 힘겹게 배에 옮겨 태웠다. 그들은 모두 열다섯 명이었다. 모자에 유명한 고속증기선 〈롤란트호〉의 이름을 새긴 세 명의 선원과 한 명의 수습선원, 두 명의 신사, 두 명의 여자, 한 평범한 노파와 하녀, 팔이 없는 사람, 벨벳 재킷을 입은 긴 머리카락을 한 남자였다. 이 사람들 외에도 항해사와 소년 한 명과 소녀 한 명이 있었다. 소년은 죽어 있었다.

그 귀여운 소년을 죽음에 이르게 한 극심한 피로, 고통, 두려움은 다른 사람들도 함께 겪어온 것이었다. 몸이 흠뻑 젖은 프리드리히가 의식을 잃은 젊은 여자를 사다리로 끌고 올라가려 하고 있었다. 그러나 그의 힘은 충분하지 않았다. 화물선의 선원들은 휘청거리는 사람을 붙들어 세워야 했고, 물이 뚝뚝 떨어지는 아름다운 짐을 그의 팔로부터 받아 들어야 했다. 그는 말을 하려고 했지만 인후염 환자의 휘파람소리만 내뱉을 뿐이었다. 사람들은 뻣뻣하게 얼어붙고 흠뻑 젖은 채 통풍에 걸린 사람처럼 갑판에 웅크리고 있는 그를 도와야 했다. 그는 신음소리를 내고, 끙끙거리며 이유 없이 웃었고, 파랗게 얼어붙은 두 손을 폈다. 그의 입술도 파랗게 얼어 있었고, 흙과 소금물로 뒤덮인 얼굴에서는 움푹 들어간 눈이 열을 뿜고 있었다. 사람들은 그가 무엇보다도 몸을 말리고, 따뜻하게 덥히고, 깨끗하게 씻고 싶어 한다는 인상을 받았다. 하녀 로자도 프리드리히를 뒤따라 왔었다. 그녀는 일등항해사의 팔에 의식을 잃은 어린 소녀 엘라 리플링을 맡긴 다음 다시 되돌아 보트로 내려가고 있었다. 길은 물에 젖어 말끔하지 않았다. 왜냐하면 방금 전에 흠뻑 젖은 팔 없는 사람을 그의 수행원 불케와 화물선의 선원이 계단을 타고 평소의 방식대로 부축하여 데리고 올라갔기 때문이다. 팔이 없는 사람은 멍하니 바라보았고, 물이 뚝뚝 떨어졌으며, 이빨이 맞부딪치며 달그락거리는 소리를 냈다. 그는 달그락거리는 이빨 사이로 말을 하려고 다시 시도한 끝에 다음과 같은 말을 내뱉을 수 있었다.

"그로그[*]! 뜨끈한 그로그!"

그에게서는 콧물이 흘렀고, 눈꺼풀은 염증이 생겨 빨갛게 보였으며, 코 끝은 밀랍처럼 하얗게 되어 있었다. 수행원 불케와 로자는 의식적으로 서로 손을 맞잡고 일하는 것처럼 보였다. 그들은 물에 흠뻑 젖어 문자 그대로 비를 뿌리면서 함께 구명보트 안으로 다시 올라갔고, 거기에는 두 번째 여

---

[*] 럼주에 뜨거운 설탕물을 탄 술.

자인 리플링 부인이 심각한 상태로 누워 있었다.

"부인은 죽었고, 소년도 죽었어."

화물증기선 선원들은 이렇게 말하고, 아직 그르렁거리는 소리를 내고 있는, 다인실에 탔던 다른 여자 먼저 안전한 곳으로 옮기려고 했다. 그러자 로자는 울부짖으며 눈물을 터뜨리고는 리플링 부인은 살아있다고 분명하게 말했다. 선원들은 부인이 물을 너무 많이 마셨다고 설명했다. 그럼에도 불구하고 로자는 자기주장을 굽히지 않았고, 마침내 그녀의 여주인은 젖은 몸을 말린 다음 중앙선실의 큰 테이블에 눕히게 되었다. 끔찍스럽게 그르렁거리는 의식 잃은 여자가 사람들을 벗어나 갑판 위로 옮겨지자 발이 꽁꽁 얼어붙은 채 이리저리 표류하는 동안 끽 소리 못하고 참아왔던 〈롤란트호〉의 선원들 중 한 사람이 갑자기 고통을 참지 못하고 비명을 지르기 시작했다. 그러자 그의 동료들이 저지독일어*로 그에게 이렇게 외쳤다.

"야! 이 자식아, 너 같은 놈 필요 없어. 네가 늙은 여자는 아니잖아. 주둥이 닥치고 조용히 있어."

그런 다음 사람들은 이루 말할 수 없는 고통이 담긴 표정으로 나지막하게 흐느끼는 그 남자를 계단을 통해 위로 데려갔다. 그에 이어 엉뚱한 말을 하던 벨벳 재킷을 입은 남자와 빌헬름 박사, 그리고 마지막으로 선원들에 의해 옮겨지는 꼬마 지크프리트 리플링의 시체가 뒤따랐다.

위쪽 갑판에서는 긴 머리의 남자가 허름한 옷차림을 하고 지극히 이상하게 행동하고 있었다. 그는 신병처럼 꼿꼿이 서 있다가, 곧장 고개를 숙였다가, 사냥을 하듯 공중을 겨냥하기도 했다. 그러면서 그는 외쳤다.

---

*   독일어의 방언으로, 저지대인 독일의 북부 및 북서부 지역에서 사용되는 독일어이다. 표준어인 고지 독일어와 대비되며, 네덜란드어의 시조이다.

"나는 예술가야! 나는 내 객실 비용을 지불했어! 그런데 내 오두막을 잃어버렸어! 독일에서는 사람들이 나를 잘 알지."

이렇게 말하면서 그는 자부심에 찬 자세를 취하고는 이어서 말했다.

"나는 퓌르트에서 온 화가 야콥 플라이슈만이야."

그는 불쌍하게 보일 정도로 바닷물에 흠뻑 젖어 있었고, 그리하여 그의 옷에서 흘러내리는 물기로 주변의 갑판이 흥건해졌다. 그러는 동안 화물선에서 하나뿐인 승무원이 프리드리히에게 뜨거운 차를 가져왔고, 환자를 간호하는 일도 겸해서 하는 선원 한 사람이 리플링 부인을 살려내려고 노력했다. 곧 프리드리히는 선원의 사마리아인* 같은 행동에 함께할 수 있을 만큼 충분히 건강해졌다는 것을 느꼈다. 빌헬름 박사는 코냑만 연달아 몇 번 들이마신 뒤 배의 1등 기관사인 벤틀러 씨의 도움을 받아 거의 희망이 없는데도 불구하고 어린 지크프리트를 살려내는 일에 착수했다.

리플링 부인은 죽은 여자와 다르지 않았다. 얼마 전까지도 젊고 아름다웠던 여인의 이마와 뺨과 목은 섬뜩한 청적색 반점으로 덮여 완전히 달라져 있었다. 옷을 벗겨놓은 몸 역시 목과 얼굴만큼 심하지는 않았지만 피멍이 들고 부어 있었다. 프리드리히는 손가락으로 그녀의 입술을 벌리고, 금으로 때운 많은 치아들을 하나씩 눌러보고, 혀를 제자리에 위치시키고,

---

* 　성서의 누가복음에 등장하는 인물로 선행의 표본으로 제시된다. 어느 유대인 상인이 길에서 강도를 만나 모든 것을 빼앗기고 두들겨 맞아 반죽음 상태에 빠지지만 지나가는 사람들은 모두 그를 외면한다. 그런데 길을 가던 어떤 사마리아인만이 유대인 상인을 불쌍히 여겨 상처를 치료해 주고, 자신의 나귀에 태워 그를 여관에 데려가 간호해 준다. 다음날 사마리아인은 자신의 돈을 여관 주인에게 주며 상인을 잘 돌봐달라고 부탁하고, 돈이 더 들면 돌아오는 길에 갚아 주겠다고까지 한다. 예수는 당시 유대인으로부터 멸시를 당하고 있던 사마리아인이 오히려 유대인을 돕는 일화를 통해 타인에게 대가 없이 사랑을 줄 수 있는 이웃이 되어주라는 가르침을 주고 있다. 현대에 와서 '착한 사마리아인'은 보답을 바라지 않고 타인을 돕는 자비심 많은 사람을 뜻하는 말로 많이 쓰이고 있다.

기관지 끝에 몰려있는 점액을 제거했다. 그런 다음 그는 선내요리사에게 뜨거운 수건으로 죽은 몸을 문지르게 하고, 자신은 인공호흡을 하기 시작했다.

생명이 없는 리플링 부인의 몸이 인형과 같은 모습으로 팔과 다리가 뒤틀린 채 기계적인 호흡을 강요당하며 누워있는 커다란 타원형의 마호가니 테이블은 화물증기선이 갖추고 있는 선실의 대부분을 차지했다. 덜거덕거리는 작은 선내 홀에는 천장 등이 있었고, 두 개의 긴 벽에는 각각 6개의 침실로 들어가는 마호가니 문이 나 있었다. 승객을 태우지 않고 운항하는 화물증기선이었기 때문에 평소 늘 버려져있던 이 공간은 순식간에 진료소가 되었다.

아주 평범한 한 선원이 잉이게르트 할슈트룀의 옷을 벗기고, 섬세하며 진주처럼 빛나는 몸을 가로 벽에 맞닿아 있는 소파에 주저 없이 눕히고는 프리드리히의 지시에 따라 그녀의 온몸을 모직 천으로 힘껏 문지르는 데 열중했다. 로자에 의해 어린 엘라에게도 똑같은 일이 행해졌고, 그 아이는 모든 사람들 중 가장 먼저 침대로 옮겨졌다. 승무원은 열 두 개의 침대를 모두 정돈해 놓느라 정신이 없었다. 두 번째 침대가 준비되자 잉이게르트가 따뜻한 담요를 덮고 베개를 베고 눕게 되었다. 팔이 없는 예술가 아르투어 슈토스는 그의 충실한 수행원 불케에게 세 번째로 마련된 침대로 옮기게 된 것에 대해 여전히 이를 달그락거리면서 감사의 인사를 했다. 화가 야콥 플라이슈만을 다루기는 무척 힘이 들었다. 선원이 다정하게 인사를 하며 그의 옷을 벗기려고 하자 그는 "나는 예술가야!"라고 화를 내며 소리치고, 몸부림치며 날뛰기 시작했다. 승무원과 불케가 그를 꼭 붙잡아 꼼짝 못하게 하도록 도와야 했다. 그는 강제로 침대로 옮겨졌고, 의약품이 든 커다란 가죽 케이스를 잃어버리지 않고 간수해온 빌헬름 박사가 적시에 나타나 모르핀 주사로 그를 진정시켰다. 안타깝게도 선내의사는 그 사이 어린 지크프리트 리플링이 죽은 것을 확인했다. 얼마 전 통증을 참지 못하고 큰 소리로 비명을 질렀던 선원은 가위로 장화를 잘라 부어오른 발을 꺼냈다. 그는 사람들이 침대로 데려가 눕힐 때까지 고통을 꾹 참으며 신음할 뿐이었다. 거기에서 사지를 뻗은 채 그는 씹는 담배를 달라고 했다. 누더기 옷을 입은 여자도 침대로 옮겨졌다. 그녀는 여동생, 네 자녀, 남편, 어머니와 함께 시카고로 가는 길이라는 말밖에는 아무 말도 하지 못했다. 그녀는 그 동안 자신에게 무슨 일이 일어났는지에 대해서는 아무것도 기억해내지 못하는 것 같았다.

그러는 동안 프리드리히는 웃통을 벗은 채 선원의 도움을 받아 불쌍한 리플링 부인에 대한 소생술을 쉬지 않고 계속했다. 그는 그러면서 땀에 흠뻑 젖었기에 오히려 기분이 좋았다. 그러나 그는 점점 힘이 빠졌고, 빌헬름 박사가 그와 임무를 교대했다. 빌헬름 박사가 질식한 여자의 팔을 마치 펌프손잡이인 것처럼 잡고 처치를 이어나가자 프리드리히는 열려 있는 바로 옆 선실로 비틀거리며 들어가 침대 위 개어진 채 놓여있는 담요와 베개 사이에 기진맥진한 채 몸을 던졌다.

——·———— ◆ ————·——

얼마 후 늘 급하게 배를 모는 화물증기선의 선장 부토어 씨가 프리드리히와 빌헬름 박사에게 노고에 대한 인사를 하려고 들어왔다. 그는 반쯤 벗은 채 극심한 피로에도 불구하고 계속해서 그 부인을 처치하는 두 의사를 위해 선원을 보내 마른 옷을 가져오도록 했다. 물론 방은 물에 흠뻑 젖어 있었고, 공기는 달콤한 숨 냄새로 가득 차 있었다.

의사 둘이서 익사상태의 부인을 살려내기 위해 계속 노력하면서 〈롤란트호〉의 재앙에 대한 짤막한 소식을 처음으로 알리자, 부토어 선장은 자신이 배를 몰고 오는 중에는 특별히 좋은 날씨나 특별히 나쁜 날씨를 만나지 않고 대부분 맑은 대기와 지금처럼 좀 센 바람과 중간 정도의 파도만을 만났다며 그런 날씨에 사고가 난 데 대해 의아해했다.

프리드리히와 빌헬름 박사는 재앙의 원인에 대해 말할 수 있는 게 거의 없었다. 빌헬름은 아침 6시쯤 큰 징소리 같은 소음을 들었지만 잠에 취해 벌써 저녁식사 시간을 알리는 소리가 울리는 걸로 생각했다고 말했다. 그러다가 마침내 〈롤란트호〉의 트럼펫 소리를 상기하고는 식사시간을 알리는 데에는 징소리가 사용되지 않는다는 생각을 했다는 것이다. 프리드리히는 〈롤란트호〉가 난파선이나 절벽에 충돌했다고 믿었다. 반면에 선장은 이 해역에는 절벽이 있을 수 없으며, 구명보트가 침몰 지점에서 증기선의 항로로 접어드는 데 걸린 짧은 시간으로 보아 〈롤란트호〉가 조류로 인해 항로를 잃었다고 볼 수도 없다고 설명했다. 부토어 선장은 동료 폰 케셀 선장과 최근 함부르크에서 만나 대화를 나눴다며, 그를 검증된 훌륭한 선장이라고 말했다. 그는 그 거대한 증기선이 정말로 침몰하여 아마도 아직 어떤 항구로도 견인되지 않았다면, 그 재앙은 가장 치명적인 재앙들 중 하나일 거라고 말했다. 마지막으로 선장은 두 사람에게 치료를 마치는 대로 식당에서 저녁식사를 함께 하자고 요청했다.

그들은 리플링 부인의 심장이 뛰고 숨쉬기 시작하자 소생술을 중단하기로 했다. 로자는 한없이 기뻐했다. 그녀는 크게 환성을 지르고 싶은 마음을 애써 억누르면서 여주인의 발에서 생명의 온기가 되살아나는 것을 느꼈다. 그녀는 거친 손으로 여주인의 발바닥을 지칠 줄 모르고 문질렀다. 생명을 건진 리플링 부인 또한 침대로 옮겨졌고, 너무 일찍 태어난 아이처럼 그녀 주위에는 따뜻한 물병이 놓였다.

흡사 죽은 자의 부활과도 같아 보인, 두 의사의 노력이 이뤄낸 마지막 대성공은 프리드리히와 빌헬름 박사를 포함해 함께한 모든 이들에게 깊은 감명을 주었다. 두 사람은 갑자기 서로 악수를 나누고 싶은 느낌이 들었다. 빌헬름이 말했다.

"우리는 구원 받았습니다! 가장 있을 법하지 않은 일이 일어났지요!"

프리드리히가 말했다.

"예, 정말 그렇습니다. 이제 우리가 무엇을 위해 살아남았느냐는 질문에 대한 답을 얻었습니다."

―――――◆―――――

증기선 〈함부르크호〉의 식당은 철벽으로 된 작은 정사각형 방으로, 사각 테이블과 세 개의 벽면에 빙 둘러 있는 벤치 외에는 아무것도 비치되어 있지 않았다. 사고를 당한 모든 사람들과 마찬가지로 감동적인 세심한 배려를 받은 두 의사는 기관실에 인접한 가장 따뜻한 쪽에 자리를 제공 받았고, 김이 모락모락 피어오르는 수프 항아리 둘레에 앉았다. 증기선에는 전기불이 갖춰져 있지 않았다. 탁자 위에는 램프가 걸려 있었는데, 램프의 잘 만들어진 기름버너가 아늑한 빛을 퍼뜨렸다.

부토어 선장은 진한 수프를 손수 그릇에 떠주었다. 수석기관사 벤틀러 씨는 고기를 굽기에 앞서 구원받은 이들에게 어느 정도 즐거운 기분을 북돋아주기 위한 노력의 일환으로 조심스럽게 이런저런 농담을 했다. 그는 라이프치히 근처 지역 출신이었다. 키가 작고 통통한 그의 저지독일어 사투리는 배 위에서 많은 웃음을 불러일으켰다. 선장은 의사들에게 말했다.

"아무 말도 하지 마십시오. 그냥 먹고 마시고 푹 자면 됩니다."

그러나 엄청나게 큰 함부르크 산 구이용 소고기가 한 선원에 의해 구워지고, 선장에 의해 썰어진 다음 테이블의 동료들 입으로 들어가고, 술잔에 레드와인이 부어지자 착한 선장의 그 조언은 구원받은 사람들 사이에서 점차 잊혀졌다. 〈롤란트호〉의 선원들과 더불어 확실히 가장 성대하게 환대받았던 불케도 자리를 함께했다. 그는 눈에 띄게 취한 상태에도 불구하고 빌헬름 박사와 프리드리히 박사의 지시 없이는 잠자러 가지 않겠다고 했고, 의사들에게 군대식으로 인사했다. 이발사 겸 간호사가 〈함부르크호〉의 다른 선원 한 명과 함께 야간 순찰을 맡기로 결정되었다. 〈롤란트호〉에서 온 모든 사람은 잠을 즐기는 것을 허용 받았고, 가능한 한 충분한 잠을 자야 했다.

정말로 배가 가라앉아 엄청난 재앙이 될 가능성이 눈에 띄게 부각하는데도 의사들은 그렇다고 말할 생각을 하지 못했었다. 그것은 너무 엄청나고, 너무 끔찍하고, 너무 근접해 있어서 〈롤란트호〉 선원들을 제외한 승객들은 깊은 감정의 동요 없이는 감히 그런 생각에 다가갈 수 없었다. 그것은 그들의 영혼에 무거운 짐으로 매달려 있었다. 식사 중에 빌헬름이 말하고 프리드리히가 외면상으로 점점 더 생생하게 묘사한 것은 구명보트에서의 힘든 상황이었고, 바다의 파도를 만나기 전, 그리고 〈롤란트호〉의 고난의 운명을 결정지은 그 영원의 순간을 맞이하기 전까지의 항해에 관한 이런저런 사항들이었다.

프리드리히는 이렇게 말했다.

"선장님, 죽음에서 다시 살아난다는 것이 얼마나 놀라운 일인지 당신은 모르실 겁니다. 사는 동안 소중했던 모든 것과 아주 확실하고 철저하게 작별한 사람을 상상해보십시오. 선장님, 나는 임종의 영성체를 받고, 최후의 도유를 받았을 뿐만 아니라 온몸에 죽음, 육신의 죽음도 겪었습니다. 그리고 나는 지금도 여전히 그것을 내 사지에서 느끼고 있습니다. 그런데도 나는 여기에서 벌써 다시 가족들 품에 안겨있다고 말하고 싶을 정도로 아늑한 등불 빛을 받으며 안전하게 앉아 있습니다. 나는 가장 편안한 집에 앉아 있지만, 보통의 사람들과 차이점이 있다면 아직 여러분 모두를 그저 별 볼일 없는 하찮은 인간으로만 볼 수 없다는 것입니다."

여기서 그가 말한 여러분은 선장, 기관장 벤틀러, 구명보트 선원, 1등 항해사였다.

빌헬름이 말했다.

"우리가 〈함부르크호〉를 발견했을 때 나는 막 유언장을 써놓은 상태였습니다. 나는 동료인 폰 카마허처럼 그렇게 마음이 가볍지만은 않았으니까요. 당신의 배가 핀 끝의 뾰족한 침 크기에서 다 자란 완두콩의 크기로 천천히 커졌을 때, 우리는 이미 지를 수 있는 한 힘껏 소리를 질렀습니다! 목구멍이 터져라 말입니다. 선장님, 당신의 〈함부르크호〉가 호두만큼 커졌을 때, 그리고 우리가 발견되었다는 것을 깨달았을 때, 내 눈에 당신의 배는 거대한 다이아몬드나 루비처럼 불타오르는 것 같았고, 나팔을 불어 신호를 울리기 시작하는 것 같았습니다. 선장님, 내가 보기에 당신이 왔던 동쪽은 태양이 아직 바다 위에 떠 있는 서쪽보다 더 찬란하게 빛나고 있었습니다. 우리는 모두 성을 지키는 개처럼 울부짖었습니다."

프리드리히는 계속해서 이렇게 말했다.

"어떻게 그런 아침이 이런 저녁으로 이어질 수 있는지 한없이 놀랍기만 합니다. 나는 충격에 빠져 며칠을 보냈고, 그 며칠은 단 몇 분보다도 더 알맹이가 없었습니다. 여름이 지나갔습니다. 겨울이 지나갔습니다. 마치 첫눈이 내리고 나서 곧장 첫 제비꽃이 핀 것 같았습니다. 첫 제비꽃에 이어 곧장 첫눈이 내렸습니다. 어떻게 이 모든 것이 단 하루 만에 이루어질 수 있는지!"

빌헬름 박사는 〈롤란트호〉의 선원들이 이미 쿡스하펜에서 몇몇 성직자들 때문에 미신으로 흥분해 있었다고 말했다. 그런 다음 그는 자신이 배에 오르기 전 늙은 어머니가 밤에 꾼 꿈에 대해 언급했다. 태어나서 모두 24시간 동안만 살아 숨 쉬었던 그녀의 오래전에 죽은 자녀들 중 한 명이 어른이 되어 그녀에게 나타나 〈롤란트호〉를 타고 바다여행을 하지 말라고 경고했다는 것이다. 이제 그들은 선원들 사이에서 늘 인기를 끌었던 광범위하고 끝이 없는 미신의 영역에 들어섰고, 끊임없이 예언적인 꿈, 실현된 예감, 죽어가거나 죽은 자의 환영과 같은 사례들을 열거했다. 프리드리히는 이 기회에 라스무센의 마지막 편지를 지갑에서 꺼내 읽어주었다.

"위대한 순간이 지난 후 내가 저 세상에서 나를 눈에 띄게 할 수 있다면 자네는 내게서 더 많은 얘기를 듣게 될 걸세."

부토어 선장은 미소를 지으며 그 친구가 저세상에서 지금도 연락을 해오고 있는지 물었다. 프리드리히는 말했다.

"나는 다음과 같은 것을 꿈에서 만났습니다. 판단은 당신이 하십시오, 나는 모르겠습니다."

그는 자신의 평소의 방식과는 완전히 반대로, 이제 신비한 항구에 상륙하면서 시작되어 빛 가꾸는 농부들로 끝난, 그 이후로 그의 마음을 사로잡았던 꿈에 대한 이야기를 펼쳐나갔다. 그는 미국인 친구 페터 슈미트의 개인 신상을 밝혔다. 그는 여전히 목이 쉰 요란한 목소리로 슈미트가 자신을 환영해 맞이하기 위해 대서양 한가운데까지 그의 정령을 보냈다고 설명했다. 그는 1492년과 콜럼버스의 범선 〈산타 마리아호〉에 대해 이야기했지만 주로 늙은 잡화점 주인의 모습을 한 라스무센과의 만남에 대한 이야기를 했다. 그는 라스무센의 의복, 잡화점의 진열창에 있는 기이한 해선, 잡화점 자체, 그리고 지저귀고 윙윙거리는 황금멧새들의 소리에 대해 자세히 설명했다. 그리고 노트를 꺼내 신비로운 잡화상 주인이 꿈속에서 했던 말을 읽었다.

"나는 정확히 1월 24일, 1시 13분에 마지막 숨을 거두었다네."

프리드리히는 다음과 같이 말을 맺었다.

"그것이 사실인지는 틀림없이 밝혀질 것입니다. 분명한 것은 이 꿈에 단지 환상의 공허한 유희만이 아닌 무언가가 있었다는 것입니다. 그렇기에 나는 영혼을 통해 저 너머의 세계와 접촉했고, 다가올 재앙을 암시받았던 것입니다."

〈함부르크호〉의 얼마 안 되는 가족은 식탁에서 일어나기 전에 특별히 진지하고 엄숙한 방식으로 다시 한 번 건배를 했다.

―――――◆―――――

다음날 아침 프리드리히는 11시간의 잠에서 깨어났다. 지난 밤 동안에는 필요할 경우 빌헬름 박사가 환자의 처치를 맡았다. 프리드리히의 좁은 선실 안으로 밝은 태양이 비추었고, 블라인드를 친 문을 통해 사람들이 조용히 말하는 목소리와 컵과 접시들이 정겹게 부딪치는 소리가 들렸다. 그는 아무것도 기억하지 못했고, 자신이 우편선 겸 고속증기선 〈롤란트호〉에 타고 있다고 믿었지만 〈롤란트호〉의 침실에서 떠올렸던 생각과 달라진 선실의 모습을 일치시킬 수가 없었다. 놀란 그는 마침내 가까이에 있는 마호가니 블라인드를 두드렸고, 다음 순간 빌헬름 박사의 신선하게 회복된 얼굴이 나타났다. 빌헬름 박사는 〈롤란트호〉 다인실에서 데려온 여자를 제외하고는 환자들이 평온한 밤을 보냈다고 말했다. 그는 한동안 진료 상황을 설명해나가다가 거의 끝낼 무렵 자신의 동료가 이제야 침대에서 일어나 힘겹게 갈피를 잡기 시작했다는 것을 알아챘다. 빌헬름은 웃으면서 최근에 있었던 몇 가지 사실들을 그에게 상기시켰다. 프리드리히는 벌떡 일어나 관자놀이를 긁적이며 말했다.

"내 머릿속에는 쓸데없고 불가능한 많은 일들이 떠돌아다니고 있습니다."

얼마 후 그는 빌헬름 박사와 함께 아침 식사를 하며 먹고 마셨지만 선박 참사에 대해서는 언급하지 않았다. 잉이게르트 할슈트룀은 깨었다가 다시 잠들었다. 간호사이자 선원 역할을 하는 플리테라는 이름의 이발사는 잉이게르트의 선실 문을 닫아주었다. 팔이 없는 아르투어 슈토스는 침대에 누워 문을 열어둔 채 아주 개운한 기분으로 자신의 충실한 수행원 불케의 농담을 받으며 일부는 입에 흘려 넣고, 일부는 발에 떨어뜨리면서 아침 식사를 했다. 가성(假聲)을 내는 그에게는 자신이 극복해온 모든 고난이 그저 우스꽝스러운 상황들의 연속에 불과한 것처럼 보였다. 그는 심하게 욕설을 퍼부으며 계약 개시일에 맞춰 뉴욕에 도착하지 못할 확률에 대해 논의했는데, 그로 인해 적어도 200영국파운드를 잃을 수도 있었다. 그는 또한 한자회사의 선박 전체를 유창한 영어로 비난했는데, 특히 기껏해야 10노트로밖에 달리지 못하는 허름한 청어잡이 기선 〈함부르크호〉에 저주의 말을 퍼부었다.

퓌르트 출신의 예술가 야콥 플라이슈만은 14시간의 숙면을 취한 후 정신을 차렸다. 그는 침대에서 음식을 주문하고, 명령하고, 승무원을 달려오게 했다. 그는 매우 큰 소리로 말했다. 그는 자신이 뉴욕에서 팔고자 했던 유화, 스케치, 판화를 잃은 것은 어떤 것으로도 보상받을 수 없다며 그 책임은 전적으로 증기선 회사에 있다고 반복해서 주장했다.

하녀 로자는 울어서 부은 눈으로 행복해하며 활기차게 테이블에서 커피, 설탕, 빵을 챙겨 선실에 있는 여주인에게 가져갔다. 죽었던 여자가 그 정도까지 다시 회복된 것은 놀라운 일이었다. 프리드리히가 아침 식사 후 그 부인을 방문했을 때, 그녀는 자신에게 무슨 일이 일어났는지 희미하게만 알고 있었다. 그녀는 멋진 꿈을 꾸었으며, 깨어날까 봐 무척 슬퍼했다고 말했다.

아침 10시쯤 부토어 선장이 선실에 나타나 의사들에게 잘 잤는지 묻고 악수를 했다. 그는 살아난 사람들이 더 있는지 찾기 위해 함교에서 망을 보며 밤을 보냈다고 말했다. 그는 또 바람이 여전히 북서쪽에서 불어오기 때문에 난파된 〈롤란트호〉가 아직 물 위에 떠있다면 그 배의 항로에 다가갈 수 있을 것으로 예상된다고 말했다. 선장이 말했다.

"새벽 1시에 우리는 실제로 표류하고 있는 난파선을 발견했습니다. 그러나 우리는 그것이 오래 전에 사람들이 버렸던, 증기선이 아닌 범선이라는 것을 확인할 수 있었습니다."

그러자 빌헬름이 말했다.

"어쩌면 그것이 〈롤란트호〉의 살인자였을지도 모르지요."

선장은 빌헬름 박사와 프리드리히에게 해도실로 들어가자고 요청했다. 거기에서는 구조된 〈롤란트호〉의 승무원들이 선장을 기다리고 있었다. 선장이 뉴욕에 있는 자신의 해운회사 지점에 조난자들의 수용과 그 밖의 모든 자세한 상황들에 대한 간략한 해상보고서를 올리려면 필요한 근거자료를 확보해야 했다. 펜과 기타 필기도구를 이용하여 일종의 심문이 이루어졌지만 그 엄청난 참사에 대해 그다지 새로운 것은 밝혀지지 않았다.

수습선원 판더는 폰 케셀 선장이 누이들에게 전해달라며 주었던 연필로 쓴 쪽지를 보여주었다. 사람들은 그 쪽지와 그 안에 적힌 몇 마디 말을 가슴 뭉클해하며 바라보았다. 이번 기회에 그 끔찍한 사건으로 인해 선원들까지도 심장과 신경에 얼마나 큰 고통을 받았는지가 드러났다. 판더뿐만 아니라 선원들도 이 사람 저 사람의 발언이나 상황설명에 격한 눈물을 터뜨렸다.

심문이 끝난 후 프리드리히는 혼자 있고 싶은 강한 욕구를 느꼈다. 이상했다. 어제 저녁만 해도 그는 웃을 수 있을 것 같았는데, 오늘은 자신의 진지함이 금속으로 변한 것 같은 느낌이 들었고, 철 가면도 아니고 납 망토도 아닌 무거운 쇳덩이로 된 석관이 몸을 감싸고 있는 것 같았다.

프리드리히는 그 사건이 자신에게 어두운 유산을 남겼다고 느꼈다. 그것은 검게 뭉쳐진 구름 덩어리였고, 위협하고 무언가를 꾀하면서 그의 영혼의 공간을 이리저리 헤매고 있었다. 프리드리히는 번개와도 같은 어떤 것이 구름에서 터져 나와 극복해낸 모든 끔찍스런 일들을 아직 존재하는 것처럼 비출 때마다 의지력을 모아 몸이 떨려오는 것과 싸워야 했다.

어째서 하늘의 힘은 그에게 최후 심판의 날을 환상이 아닌 실제로 보여주었으며, 그와 함께 단지 소수의 사람들만을 죽음에서 벗어날 수 있게 하는 전대미문의 편파성을 지니고 있었을까? 그토록 엄청난 공포를 느낄 수 있었던 작은 개미에 불과한 그가 선이든 악이든 더 높은 목적을 위해 특별한 지휘를 맡을 만큼 충분히 중요한 사람이었던가? 그는 범죄를 저지른 것일까? 그는 처벌을 받아 마땅한 것이었을까? 그러나 그러기에는 이 대량 학살 사건은 너무 끔찍하고, 너무 어마어마했다! 이 사건이 인간의 존재가 미미하다는 것을 일깨우는 교육적 의도에서 일어났다고 하는 것은 터무니없는 일이었다. 프리드리히는 이 사건의 엄청난 일반화에 의해 모든 개인적인 것이 거의 배척당했다는 것도 느꼈다. 그렇다! 이 사건에서는 끔찍하게 피해를 당한 사람을 빼고는 그저 맹목적으로 파괴하는, 귀머거리이고 벙어리인 힘만이 작용했다.

하지만 프리드리히는 인간족속의 원초적인 비극, 힘의 가차 없는 잔혹함과 죽음을 직시했다. 비록 특별히 고상한 섭리나 목적을 띠고 있는 것은 아니지만 그는 자신의 존재 안의 무언가를 가장 단단한 바위처럼 굳건하게 고착시켜준 인식을 얻게 되었다.

'만약 영원한 선이 그 사건을 명령했다면 그 사건의 의미는 어디에 있는 것이며, 그 사건을 막을 수 없었다면 영원한 선의 전능한 힘은 어디에 있는 것일까?'

―――――◆―――――

〈롤란트호〉에서의 시간이 천천히 흘러간 것과는 대조적으로 〈함부르크호〉의 시곗바늘은 놀라울 정도로 빠르게 12시간이 두 번이나 지났음을 가리켰다. 이 시간 동안 두 여인은 날씨가 싱그럽고 안정적이어서 갑판에 머물러도 될 만했지만 여전히 침대에 있었다. 재앙의 결과는 리플링 부인에게서는 불안상태가 뒤따르는, 심한 흥분과 격렬한 심장박동의 주기적인 반복으로, 잉이게르트 할슈트룀에게서는 리플링 부인에게 사용된 모르핀의 사용을 필요로 하지 않는 건강한 수면상태로 나타났다. 구조된 두 여인은 모두 열이 없었다. 반면에 발이 얼어붙은 선원은 열이 났고, 의사들은 다인실에서 데려온 여인의 높은 체온도 40도 이하로 크게 낮추지 못했다.

프리드리히는 침몰사고를 당한 그 불쌍한 여인을 치료차 방문할 때마다 그녀가 영원히 깨어나지 않게 해주고 싶은 충동을 느꼈다. 처음 몇 시간 동안 그녀의 열렬하게 불타는 환상은 침몰하는 배, 남편, 여동생, 아이들에 대한 것이었다. 마침내 그녀는 어린아이가 되어 부모님 집에서 어린 시절을 보내고 있는 것 같았다. 제비집 둥지, 암소 한 마리, 염소 한 마리, 비를 맞지 않도록 덮어씌운 건초가 있는 풀밭이 집에 있는 주된 것들이었다.

충실한 수행원 불케에 의해 옮겨진 아르투어 슈토스와 화가 플라이슈만은 이미 아주 좋은 상태로 갑판 위를 걷고 있거나 이 배에도 있는 갑판의자에 누워 있었다. 이 괴짜 화가의 작은 상처에 연고를 바르고 마사지해주는 의사들에게 화가는 몹시 유쾌한 기분으로 외쳤다.

"선생님들, 나는 항상 잡초는 죽지 않는다고 말합니다, 철저하게 무두질 된 가죽은 바닷물조차 공격할 수 없습니다. 나는 물속에서 1주일 동안 죽지 않고 버틸 수 있는 개미만큼 대단한 사람입니다."

로자의 지칠 줄 모르는 보살핌 덕분에 엘라 리플링은 심한 콧물감기에서 벗어났다. 그 아이의 옷은 말라 있었고, 요염하고 귀여워 보이는 어린 소녀는 모든 사람의 주시를 받으며 〈함부르크호〉의 구석구석을 돌아다녔다. 그 아이는 무료패스를 통해 마음 내키는 대로 함교에 있는 부토어 선장에게 올라가기도 하고, 기관사들과 함께 기관실에 들어가기도 하고, 맨 아래에 있는 두꺼운 스크루의 회전축에까지도 내려가 보았다. 그 아이는 모두의 귀염둥이였다. 물론 모두가 곧 아이 엄마의 살아가는 상황과 생활방식에 대해서도 알게 되었다.

잉이게르트가 침대에서 오랫동안 휴식을 취한 후 프리드리히의 외투를 두르고 갑판으로 나오자 배 안의 몇 안 되는 모든 가족은 축제 분위기가 되었다. 아버지를 잃은 이 사랑스러운 금발의 피조물을 배에 탄 모든 남자들은 남자로서의 한결같은 동정심을 느끼며 바라보았다. 착한 수습선원 판더는 그녀의 그림자가 되었다. 그는 그녀를 위해 나무상자로 발판을 만들었고, 그녀가 거기에 앉아 프리드리히와 이야기하는 동안에는 멀리 떨어져 서 있었지만 그녀의 명령을 받을 수 있을 만큼은 가까이에 있었다. 선원이자 의료조수인 플리테도 소녀를 돌보는 사소한 책임을 게을리 하지 않기 위해 각별한 열정을 가지고 이리저리 뛰어다녔다.

사람들이 가장 많이 들었던 것은 플리테를 부르는 소리였다. 모험에 대한 욕구로 인해 이발사이자 의료조수에서 선원으로 변신한 마크 출신의 어리고 땅딸막한 남자는 배에 탄 가족들 사이에서 좋은 성격으로 인해 예기치 않은 호평을 받았다. 때로는 리플링 부인이, 때로는 잉이게르트가, 때로는 발에 동상이 걸린 선원이, 때로는 플라이슈만이, 때로는 슈토스가, 때로는 불케와 로자까지도 그를 불렀다. 특히 늙고 교활한 선내 조리사의 좁은 주방에서 하루에 몇 시간을 일하는 로자에게 그는 큰 도움이 되었다. 의사들도 물론 늘 그를 데리고 일했고, 그에게서 면도를 받는 것이 일상화된, 그가 우상처럼 받드는 선장의 눈에도 이제 그가 전혀 다른 의미의 사람이 된 것처럼 보인 것은 당연한 일이었다.

바다 한가운데에서 예기치 않게 일단의 낯선 승객들을 만남으로써 작은 화물선의 선장과 선원들에게 장엄하면서도 진지한 흥분을 불러일으킨 것은 부인할 수 없는 사실이었다. 의사들은 선장, 갑판장, 일등항해사, 선내 조리사, 작센 출신의 기관사 벤틀러에게 마치 외계인이 겪은 일인 양 자신들의 목격담과 구조담을 끊임없이 들려주어야 했다. 의사들은 그들이 흥분하는 것으로 보아 이 바다 곰들도 이런 사건에 대해서는 처음 들어본다는 사실을 알았다. 그들 중 바다 위를 떠가면서 그런 먹이를 낚아 올려본 적이 있는 사람은 아무도 없었다.

잉이게르트는 안락한 갑판 의자에 온몸을 쭉 뻗고 누웠고, 프리드리히는 그녀 맞은편의 야외용 의자에 앉아있었다. 〈함부르크호〉에서 하나가 된 모든 사람들은 빌헬름 박사와 그의 영향으로 프리드리히를 낭만적인 구원자이자 어린 소녀의 연인으로 여겼다. 모든 사람들은 하늘이 특별히 내려준 로맨스의 전개에 동참하고 있다고 여기며 관심과 존경의 눈빛으로 지켜보았다. 잉이게르트는 프리트리히를 타고난 보호자로 여기는 듯 순종하는 피보호자로서 그의 앞에서 말없이 복종하는 태도를 보였다.

날씨는 신선했고, 변함없이 고른 조류가 흐르는 가운데 완전히 개었다. 프리드리히의 요구에 따라 오랜 침묵을 지키던 잉이게르트가 갑자기 그에게 물었다.

"〈롤란트호〉에서 우리를 만나게 한 것은 정말 우연이었을까요?"

"우연이란 건 없어요. 아니, 모든 게 우연이지요, 잉이게르트!"

프리드리히는 이렇게 대답하며 그녀의 질문을 회피했다. 그러나 그녀는 그 대답에 만족하지 않았다. 그녀는 프리드리히가 사우샘튼까지 와서 〈롤란트호〉에 승선하게 된 이유와 사정이 분명해질 때까지 포기하지 않았다. 그런 다음 그녀는 이렇게 결론지었다.

"그럼 그런 어리석은 행동은 하지 말았어야 했어요. 바로 나 때문에 당신이 죽을 뻔했잖아요. 그 대신 당신은 이제 나의 구원자가 되었습니다."

이런 짧은 대화를 통해 두 사람의 유대감은 더욱 굳건해졌다.

프리드리히와 잉이게르트를 빼고는 새롭게 선사받은 삶에 대한 구출된 사람들의 인식은 겉으로 보기에도 오만한 형태를 띠었다. 지금과 배의 침몰 시점 사이의 시간간격은 두 번의 24시간을 크게 넘어서지 않았는데도 이 사건의 모든 참혹한 공포를 샅샅이 겪었던 바로 그 사람들에게서 더없이 밝고 억제되지 않은 흥겨움이 적잖이 터져 나왔다. 아르투어 슈토스는 평생을 살아오면서 선장, 일등항해사, 갑판장, 수석기관사 벤틀러, 선내 조리사, 화가 플라이슈만, 빌헬름 박사, 심지어 리플링 부인에 이르기까지 모든 사람들을 지금처럼 한껏 웃게 만든 적이 거의 없었을 것이다.

플라이슈만에 관해서 말하자면, 그는 예술가가 좋은 기분과 의도로 다루는 똑같은 것을 자의적이 아닌 무의식적으로 다루었다. 검은 머리를 하고, 검은 주단 재킷을 입고, 똑같은 검은 바지를 입은 그 사람이 바닷물에 빠졌다가 구조되었을 때, 그림 이론을 얘기하며 자신의 잃어버린 소중한 그림들을 예로 들기 시작했을 때보다 더 즐거운 일은 아무 것도 없었다. 슈토스는 언제나 플라이슈만에게 그의 그림을 설명하기 위해 조잡한 원초적 천재성을 드러내게 하는 것을 재미있어 했다. 플라이슈만의 견해에 따르면 자신이 그림을 잃은 것은 〈롤란트호〉의 모든 재앙들 중에서 가장 중대한 재앙이었다. 그런가 하면 빌헬름 박사는 잉이게르트가 없을 때면 화가에게 구조될 당시의 더 자세한 상황들을 얘기해달라고 했다. 그 상황들은 예술가의 머릿속에서 자신을 최고 수준으로 영광스럽게 하는 기법과 방식으로 설명되었으며, 반면에 자신이 겪었던 대부분 비참한 모든 사건들은 그에게서 완전히 사라졌다.

국채나 산업채의 그때그때 도달하는 시세와 같이 플라이슈만이 자신의 그림 손실에 따라 선박회사에 청구하게 될 최종적인 금액이 얼마가 될지는 배 안의 사람들에게 공공연히 알려져 있었다. 그것은 이틀 반 만에 3천 마르크에서 적어도 2만 5천 마르크로 뛰어올랐다. 그리고 현재로서는 그 금액이 어느 정도까지 오를지 예측할 수 없었다.

플라이슈만은 〈함부르크호〉에서 용지와 연필을 구한 다음부터 배에 탄 모든 사람을 캐리커처하기 위해 쉬지 않고 노력했다. 그는 이제 프리드리히와 잉이게르트가 다른 사람이 필요하지 않게 되었는데도 이따금 초대받지 않은 제3자가 되기도 했다. 그러면 프리드리히는 기분이 언짢았다. 프리드리히는 그에게 그다지 공손하지 않은 투로 말했다.

"나는 이렇게 심각한 사건이 일어난 후에도 당신이 벌써 다시 그렇게 재미있어 할 수 있다는 걸 보고 놀라울 뿐이오."

"강한 성격 탓이오!"

플라이슈만은 간결하게 말했다. 프리드리히가 계속해서 말했다.

"할슈트룀 양이 당신을 계속 쳐다보고 있어야 해서 기분이 상할 수 있다는 생각은 들지 않나요?"

"아니오. 나는 그렇게 생각하지 않는데요!"

하지만 잉이게르트는 플라이슈만의 편을 들었고, 그래서 프리드리히를 더 불쾌하게 했다.

리플링 부인은 아직 꼬마 지크프리트가 죽었다는 소식을 듣지 못했다. 이제 언제나 어린 엘라만 보이자 그녀의 마음속에서 의구심이 솟아오르기 시작했다. 지크프리트를 데려오라는 부탁을 받은 플리테와 로자는 지크프리트 없이 돌아왔고, 마침내 부인이 흥분하고 겁에 질림으로써 어쩔 수 없이 그 아이가 아프다고 이야기할 수밖에 없었다. 프리드리히가 그녀의 선실로 들어오자 그녀는 그를 향해 외쳤다.

"내 사랑스런 불쌍한 지크프리트에게 무슨 일이 있는 건가요?"

그런 다음 그녀는 곧장 두 눈을 손으로 짚은 채 베개 위에 주저앉으며 말했다.

"맙소사, 맙소사, 그러면 안 되는데!"

그런 다음 그녀는 프리드리히가 무슨 말을 하려는지 기다리지도 않고 조용히 눈물을 흘리면서 깊은 생각에 빠져들었다.

———◆———

다음날 정오 무렵 리플링 부인은 빌헬름 박사와 프리드리히의 부축을 받아 갑판으로 올라갔다. 다시 살아난 여인의 출현은 보트에서 시체로 끌려 나가 화물선으로 옮겨진 이후 그녀를 다시 보지 못했던 모든 사람들에게 공포를 불러일으켰다. 선원들은 겁먹은 눈길로 그녀를 쳐다보았다. 그들은 모두 잉이게르트 할슈트룀의 눈을 바라보며 그녀가 무엇을 원하는지 읽으려고 열중하는 동안 자신들이 자연스런 인간을 대하고 있는지 여전히 의심하는 듯 리플링 부인과는 떨어져 거리를 두었다. 바다가, 무덤이 죽은 자들을 다시 돌려보낸다면 어린 지크프리트도 그의 시체실에서 다시 튀어나와야 하는 것 아닌가?

핏기 없는 아름다운 부인은 선장의 외투와 담요에 포근하게 감싸인 채 편안한 상태로 오랫동안 멀리 고요한 바다를 말없이 바라보았다. 갑자기 그녀는 함께 얘기하고 싶어 했던 프리드리히에게 말했다.

"이상하게도 나는 무서운 꿈을 꾼 것 같은 기분이에요. 그냥 꿈일 뿐만은 아닌 것 같아 이상하군요. 그리고 내가 그러지 않으려고 아무리 노력해도 꿈이 실제로 일어난 일을 반영한다는 것을 확신할 때면 지크프리트를 생각하지 않을 수가 없습니다."

프리드리히는 말했다.

"우린 너무 깊이 생각해서는 안 됩니다."

그녀는 그를 쳐다보지도 않고 계속해서 말했다.

"분명 내가 항상 올바르게 행동해오지만은 않았습니다. 나는 벌 받을 생각을 하고 있어요. 하지만 나야 벌을 받을만하지만 지크프리트는 그래서는 안 돼요. 그런데 내가 왜 죽음에서 풀려났지요?"

그녀는 침묵하고 나서 과거에 있었던 이런저런 일들을 생각했다. 남편과의 싸움이 떠올랐다. 남들과 같은 통상적인 방식으로 인연을 맺어 살아오던 남편이 먼저 바람을 피웠던 것이다. 그녀는 자신이 예술가의 천성을 지니고 있으며, 열한 살 때 늙은 루빈스타인 앞에서 연주를 해 보였는데, 그가 자신의 훌륭한 미래를 예언했다고 말했다. 그녀는 이렇게 말을 맺었다.

"나는 부엌일이나 아이 돌보는 것에 대해서는 아무것도 모릅니다. 나는 늘 끔찍스럽게 신경질적이었지만 내 아이들 만큼은 사랑할 거예요! 그렇지 않다면 내가 이혼한 남편에게서 아이들을 빼앗았겠습니까?"

프리드리히는 위로의 말을 하고 있었는데, 그 가운데에는 좀 덜 피상적이라고 생각되는 것도 있었다. 즉 죽음과 부활, 그리고 잠까지도 포함하는 모든 종류의 죽음이 그것이었다. 그는 말했다.

"부인, 만약 당신이 남자라면 저는 괴테를 추천하고 싶습니다. 저는 『파우스트』 2부의 시작 부분을 자주 읽으라고 말하고 싶습니다.

'작은 요정의 위대한 정령이
도움을 베풀 수 있는 곳으로 달려가니…'

혹은

'성난 타조의 가슴을 진정 시키고,
비난으로 불타는 성난 화살을 제거하고,
공포를 체험하여 내면이 정화되니…'

이런 등등의 내용이지요. 우리가 겪은 모든 일로 인해 속죄와 정화의 감정을 느끼지 않으십니까?"

죽음에서 다시 살아난 여자가 말했다.

"내 생각에는 내 전생이 한없이 먼 곳에 있는 것 같아요. 그 사건 이후 내 과거 앞에는 넘을 수 없는 산맥이 놓여 있습니다."

그녀는 이렇게 말을 마쳤다.

"가보세요, 박사님, 지루하시겠어요! 내 곁에서 귀중한 시간을 헛되이 보내셔서는 안 되지요."

그러나 프리드리히는 사실 잉이게르트보다는 리플링 부인과 대화하는 것이 더 좋았다. 그가 지루해한다면 그 가능성은 여기에서보다 그 어린 소녀에게서가 훨씬 더 컸다. 그는 말했다.

"아, 제발 제 걱정은 하지 마세요!"

리플링 부인은 계속해서 이렇게 말했다.

"내 어머니는 아이들을 바다로 데려가는 것은 잘못된 일이라고 말씀하셨어요. 내가 어머니 말을 따랐더라면 지크프리트는 오늘도 살아 있었겠지요. 어머니는 당연히 나를 비난하시겠지요. 또한 이 끔찍한 사건이 벌어지고 나서 내가 어떻게 지크프리트의 아버지 앞에 설 수 있을지! 그 사람도 편지와 친구들을 통해, 그리고 변호사를 통해서까지 아이들을 돌려받기 위해 할 수 있는 온갖 일을 해왔어요."

◆

잉이게르트와 프리드리히 사이의 사소한 의견 차이를 제외하면 〈함부르크호〉에서는 계속되는 좋은 날씨에 기분 좋고 활기찬 상태가 이어졌다. 공포의 장소와는 이미 600, 700, 800마일이나 떨어지게 되었고, 사람들은 매 순간 새로이 선사받은 삶 속으로 더 깊이 파고들어갔다. 배에 실린

열대과일 화물은 언제나 여자들에게 가장 풍부하게 제공될 수 있는 기회를 주었다. 잉이게르트를 즐겁게 해주려고 남자들이 커다란 오렌지들을 가지고 공받기놀이를 하는 일도 드물지 않았다. 〈함부르크호〉를 에워싸고 있는 바다 대서양은 〈롤란트호〉를 집어삼킨 바다와는 완전히 다른 것처럼 보였다. 그것은 마치 파도를 일으키는 제2의 하늘과도 같이 기분 좋게 흔들리는 배 아래에 놓여 있었다. 흘수선* 위는 검은색, 아래는 빨간색으로 칠해진 작고 꾸미지 않은 이 상선도 걸음걸이에 위엄이 없지는 않았다. 경이로운 기술의 산물인 〈롤란트호〉에 비한다면 이 상선은 낡고 편안한 우편마차였지만 시속 10노트의 속도로 안정적이고 빠르게 달렸다. 부토어 선장은 조난자들이 그에게 행운을 가져다주었다고 무척 진지하게 주장했다. 그들이 나타난 순간부터 바다가 여든 살의 영국 목사처럼 조용하고 온화해졌다는 것이다. 슈토스가 말했다.

"그러나 그 늙은 영국 목사는 그 전에 악마가 되어 수많은 인간육신을 배불리 먹어치웠습니다. 그게 누군지도 모르고 믿고 따르다니! 일단 소화시키고 나면 그는 식욕이 더욱 좋아질 것입니다."

배에는 시체 한 구와 중병을 앓는 여자가 타고 있었음에도 불구하고 여행은 끝날 때까지 조금도 축제 같은 분위기를 잃지 않았다. 함교는 자유로운 구역이었고, 해가 비추는 동안에는 잉이게르트가 주로 벤틀러와 체스를 두거나 프리드리히가 한 판 한 판 수석기관사를 이기는 것을 지켜보는 모습이 눈에 띄었다. 선장을 비롯해 선원들 모두가 공해에서 구해낸 전리

---

* 흘수선(吃水線)은 선박과 물의 경계선, 즉 선체가 물에 잠기는 한계선을 말한다. 흘수선을 기준으로 물에 잠기지 않는 윗부분은 건현, 아래의 물에 잠기는 부분은 흘수라고 부른다. 배의 화물 적재량에 따라 흘수선의 위치가 바뀌는데, 보통은 최대 적재량의 흘수선인 만재흘수선을 말한다.

품들에 깊은 만족감을 느꼈다. 용감한 화물마차 〈함부르크호〉에 타고 있는 사람들의 마음속에서 터져 나온 환희가 정령의 빛으로 바뀌었다면, 그 증기선은 한낮에도 특별한 후광에 에워싸여 있었을 것이다.

사람들은 수로안내선의 번호 맞추기에 내기를 걸었는데, 그 직후 갑자기 돛에 25번을 단 수로안내선이 아주 가까이에 나타났다. 승리한 아르투어 슈토스는 거의 질식할 듯 웃어댔고, 불케를 통해 상당한 액수의 돈을 싹 쓸이하도록 했다. 그러나 함께 여행하는 사람들과의 긴밀한 결속은 프리드리히의 마음을 견딜 수 없게 했다. 그는 아직 그들처럼 삶과의 예전의 관계를 회복하지 못했다. 영혼의 어떤 무감각함이 그를 지배했다. 그에게서는 과거에 대한 감각도, 미래에 대한 감각도, 심지어 잉이게르트에 대한 열정마저도 사라져버렸다. 마치 공포의 시간을 겪으면서 틈이 생겨 지금까지 그의 삶에서 일어난 사건, 사람, 사물과의 모든 연결고리를 끊어놓은 것 같았다. 그는 잉이게르트를 볼 때마다 무거운 책임감을 느꼈다. 요 며칠 사이 그녀는 마치 대체로 진지하고 부드러운 분위기의 소녀가 자신의 성향에 대해 설명할 기회를 기다리고 있는 것 같아 보였다. 한번은 그녀가 이렇게 말했다.

"여러분들은 모두 여러분들의 즐거움만 원하지, 아무도 나에 대해 진지하게 무언가를 알려고 하지는 않아요."

프리드리히는 자신을 이해하지 못했다. 할슈트룀은 죽었고, 아하라이트너는 그의 순종적인 개 같은 사랑의 대가를 치러야 했다. 어떤 의미에서 깡그리 뒤흔들리고 깡그리 정화된 소녀는 이제 프리드리히를 의지할 이유를 찾게 되었고, 그의 뜻을 그대로 따랐다. 그녀가 오랫동안 깊은 생각에 잠겨 그를 진지하게 바라볼 때면 그는 종종 그녀와 눈이 마주쳤다. 그러면 프리드리히는 한때 열정적인 사랑에 빠진 영혼의 모든 부(富)를 그녀에게 쏟아 붓기를 원했던 자신이 빈손으로 그녀 앞에 서 있다는 것을 고백해야 했기 때문에 자신이 무척이나 비참하게 느껴졌다. 그는 말을 하고, 분명 자신의 열정적인 사랑의 물결을 막아놓았을 수문을 열어야 했음에도, 지금 당장은 모든 물이 고갈되고 모든 원천이 말랐다는 것을 알고 있었기 때문에 깊은 부끄러움을 느끼며 침묵했다.

2월 6일 오전 10시 경 부토어 선장은 사람들 사이에 앉아 가느다란 조그만 다리를 즐겁게 흔들거리고 있는 어린 엘라 리플링을 지나 망원경을 통해 육지를 보게 되었다. 그 소식이 승객들에게 전해진 것은 충격적인 순간이었다. 프리드리히의 선실로 그 소식을 소리쳐 알린 다음 곧장 사라진 승무원은 "육지요!"라는 자신의 짧은 외침이 그 낯선 사람에게 얼마나 큰 영향을 미쳤는지 알지 못했다. 프리드리히는 선실 문을 닫았고, 소리 없는 텅 빈 깊은 흐느낌으로 몸이 떨렸다. 그때 이런 생각이 그의 마음속을 꿰뚫고 지나갔다,

'삶이란 이런 것이지. 일전에는 어둡고 황량한 밤에 마치 불쌍한 죄인의 감방 안으로 사형선고가 전해지듯 내 선실 안으로 "위험합니다!"라는 말이 지금처럼 울려 들어오지 않았던가?'

아직 사라지지 않은 천둥소리 속으로 이제 목동의 피리 소리가 흘러들어온 것이다. 그리고 프리드리히는 울면서, 그리고 실컷 울고 나서야 비로소 승리를 거둔 삶이 다가오고 있는 듯 전율을 느꼈다. 그는 마치 음악을 울리며 멀리서 어마어마한 군대가 다가오고 있는 것 같은 황홀경에 빠졌다. 그것은 형제들의 군대였고, 그들 덕분에 그는 다시 집으로 돌아가 안전

하게 지낼 수 있게 되었다. 그는 삶에 대해 그런 식으로 생각해 본 적이 없었다. 그에게 그토록 큰 홍수가 닥친 적은 없었다. 어떤 하늘에도 지금 우리의 태양보다 더 아름다운 태양은 없다는 것을 알기 위해서는 아주 깊은 혼돈과 어둠 속으로 내던져져야 한다.

조난된 배에서 구조된 다른 사람들도 각자의 방식으로 "육지다!"를 외치며 흥분에 빠졌다. 가까이에 있는 선실에서 리플링 부인이 로자와 플리테를 부르는 소리가 들렸다. 슈토스는 자신의 충실한 수행원 불케에게 큰 소리로 말했다.

"헤이, 바코, 내 오랜 악당! 바코, 우리가 다시 육지에 발을 디디게 되겠군."

빌헬름 박사는 프리드리히를 바라보며 말했다.

"동료 양반 폰 카마허 씨, 축하합니다. 콜럼버스의 땅이 눈에 들어왔습니다. 우리는 짐 쌀 일이 없으니 참 잘 됐구려."

뚱뚱한 수석기관사 벤틀러가 갑자기 빌헬름 박사의 뒤에서 안을 들여다보았다. 그는 좀 이상하게 보였다. 그가 말했다.

"박사님, 즉시 갑판으로 가셔야 되겠습니다. 박사님이 돌봐주시는 여자가 눈물범벅이 되어 있습니다."

물론 그 여자는 잉이게르트였다. 그녀는 프리드리히가 곁에 나타나자 울었다. 그의 위로는 아무 소용이 없었다. 그는 지금까지 그 소녀가 우는 것을 본 적이 없었다. 그녀의 상태는 그가 조금 전 간신히 극복했던 것과 아주 유사했기 때문에 그는 동정심과 연민을 느꼈다. 그러나 지금 그의 연민과 동정심은 좀 더 부성애적인 것이었다. 그녀는 갑자기 이렇게 말했다.

"아버지가 돌아가신 것은 내 잘못이 아니에요! 나는 아하라이트너에 대해서도 책임이 없어요. 나는 좋은 말로든 나쁜 말로든 그에게 여행을 하지 말라고 충고했었거든요."

프리드리히는 잉이게르트를 쓰다듬어 주었다.

---◆---

〈함부르크호〉의 항로는 거대한 바다의 고적함과는 점점 더 멀어졌다. 이제는 항구로 향하는 이런 저런 배만 보이는 게 아니라, 수면 위로 이미 수많은 증기선과 범선들이 분주하게 오가고 있어 큰 항구가 가까이에 있음을 알렸다. 벌써 샌디훅*의 등대가 보였다. 잉이게르트와 프리드리히는 속속들이 뒤흔들린 영혼의 진동을 진정시킬 수는 없었지만 그럼에도 불구하고 항구 입구의 다채로운 모습에 매료되었다. 그들은 놀라고 또 놀랐으며, 거의 매 순간 새로운 형태의 감동이 그들을 지배했다.

음악소리와 함께 화이트스타** 증기선이 천천히 지나갔다. 그 배는 〈함부르크호〉가 거의 끝낸 항해를 조금 전 새로이 시작했다. 장엄한 배의 갑판에는 개미처럼 승객들이 떼 지어 모여 있었다. 그들은 기분 좋게 들떠 있고 축제 분위기인 것 같았다. 지금 그들은 항로상에서 무엇이 그들을 기다리고 있을지 알고 있을까? 그들은 갑판에 소수의 승객을 태운 작은 〈함부르크호〉를 내려다보면서도 이 소수의 사람들을 유일한 증인으로 남겨둔 그 사고의 규모와 끔찍함에 대해서는 조금도 짐작하지 못하고 있었다.

샌디훅 입구를 지나 로우어 베이를 통과하여 좁은 수로로 접어들면서 그들의 흥분과 신경의 동요는 불 같이 뜨거운 열기와 눈물로도 진정시키

---

* 미국 뉴저지주 뉴욕만의 입구에 있는 반도로, 가는 막대처럼 톡 튀어 나온 지형이다.
** 1845년에 설립된 영국의 해운회사 화이트스타라인을 가리킨다. 영국과 미국 사이의 여객 및 화물운송을 담당한 세계에서 가장 유명한 해운회사 중 하나였다.

지 못했다. 그것은 고향과 바다의 위험과의 이별인 동시에 육지와 안전한 인류문명과의 재회였다. 육지와 안전한 인류문명은 사람들이 잉태되어 영적으로 성숙할 때까지 자라온 모태였다. 사람들은 그렇게 일종의 귀향을 경험했지만 어느 낯선 행성에 도착한 듯 이상한 느낌도 받았다. 저 밖 바다 속과 바다 위에는 고립의 공포가 떠돌고 있었다. 거기에서는 모든 것을 볼 수 있는데도 아무에게도 알려지지도 보이지도 않으며, 신과 세상으로부터 잊힌 인간이 머물고 있었다. 따뜻한 정을 나누며 함께 모여 힘을 합쳐 살아가는 개미떼와도 같은 인간은 행복을 누리기 위해서라면 이 중간 영역의 살인적인 실상을 잊어야만 한다. 곤충 같이 만들어진 인간이라는 피조물의 감각기관과 정신은 우주에서 끔찍스럽게 버림받은 상황을 끊임없이 의식하도록 해준다.

범선들이 오갔고, 증기선들이 경적을 울렸으며, 갈매기 떼는 먹이를 낚거나 신선하게 살랑대는 바람을 뚫고 이리저리 날아다녔다. 두 번째의 대형 대서양 증기선이 함부르크-미국 노선에 있는 노턴 포인트에 접근했다. 그 거대한 건물은 마치 비밀스런 힘에 이끌리듯 조용하고 안전하게 앞으로 밀려갔다. 갑판 산책로에 있는 승객들을 식탁으로 부르는 징소리가 또렷하게 들렸다.

프리드리히는 주머니에서 시계를 꺼내며 말했다.

"유럽은 이제 6시 45분이고, 벌써 밤의 어둠이 깔리겠군."

부토어 선장은 검역소와 깃발신호를 주고받았고, 신호에 따라 〈함부르크호〉는 멈춰 섰으며, 의료요원들이 승선했다. 서로 오랫동안 협의하고 의사들에 의해 자세한 정보가 제공된 후, 리플링 부인의 승낙을 받아 어린 지크프리트의 시신이 앓고 있는 여인과 함께 배에서 내려졌다. 프리드리히는 리플링 부인을 선실에 머물게 함으로써 너무나도 고통스러운 모습을 보지 못하도록 했다. 그런 다음 〈함부르크호〉는 전속력으로 해협을 지나 아름다운 어퍼 베이로 들어섰다.

　프랑스 국민의 선물인 자유의 여신상은 눈에 띄기 훨씬 전부터 여행객들이 계속하여 눈을 무장한 채 찾고 있었다. 프리드리히 역시 여신상이 바닷물 한가운데에서 별 모양의 받침대 위에 솟아있는 것을 보고 마음속으로 그녀에게 경의를 표했다. 그 여신상은 여기서는 그다지 거대해 보이지는 않았지만 그에게 현재보다는 미래에 더 가까운 아름다운 소리를 울려주었다. 그것은 그의 가슴을 뭉클하게 하고 그가 처한 기이한 상태에서도 그의 가슴을 확 트이게 해주는 소리였다. 자유! 그 단어는 잘못 사용되는 수가 있기는 해도, 그것의 마력과 미래는 전혀 잃지 않아 왔다.

　프리드리히에게는 갑자기 세상이 미쳐버린 듯 보였다. 바빌로니아풍의 고층건물들로 둘러싸인 좁은 항구가 다가왔다. 그곳은 당시만 해도 지극히 기괴하며 엄청나게 높은 수많은 페리보트들로 가득 차 있었다. 항구의 그런 어마어마하게 환상적인 광경을 보고 정말 대단하다고 하지 않는다면 아마 웃음거리가 되었을 것이다. 이 삶의 분화구에서는 문명이 짖고, 울부짖고, 비명을 지르고, 으르렁거리고, 천둥치고, 바스락거리고, 윙윙거리고, 우글거린다. 여기에 놀랍고, 혼란스러우며, 정신을 마비시키는 활동을 하는 흰개미의 집이 있다. 이 수습하기 어려운 미쳐 날뛰는 극심한 혼돈 속에서 충돌도, 붕괴도, 살인도 없이 1분이 지나갈 수 있다는 것은 도저히 상상할 수 없을 듯했다. 이렇게 비명을 지르고, 망치로 두드리고, 금속판 위로 내던지는 가운데에서, 또한 그 밖의 미친 듯한 혼돈 속에서 어떻게 차분하게 자신의 목표와 자신의 일을 성공적으로 추구해 나갈 수 있단 말인가?

　〈함부르크호〉에서 마지막 내리는 순간까지 함께한 승객들은 마음과 영혼이 하나가 되었다. 선박사고에도 불구하고 가지고 있던 현금을 잃어버리지는 않았던 프리드리히는 잉이게르트 할슈트룀에게 육지에 내린 다음 처음 며칠 동안 자신의 도움을 거절하지 말아달라고 설득했다. 그리고 사람들은 모두 앞으로도 뉴욕에서 소식을 주고받으며 서로 잊지 말고 살아가자고 약속했다. 〈함부르크호〉가 정박하기 한 시간여 전부터 수많은 기원과 진심어린 마음이 담긴 말로 서로 간의 작별인사가 활발하게 이루어진 것은 당연한 일이었다.

수백만 명의 노동자가 있는 거대한 도시의 광적인 소란은 모든 것을 혁신하고 변모시키는 효과를 가져왔다. 그것은 저항도 못하고 빨려 들어가야만 하는 삶의 소용돌이와도 같은 것이었다. 그것은 과거에 대해 깊이 생각하거나 탐구하는 것을 용납하지 않았다. 그 안에 있는 모든 것은 외치며 앞으로 나아갔다. 여기에는 현재가 있었고, 현재 외에는 아무것도 없었다. 아르투어 슈토스는 이미 '웹스터와 포스터'의 무대에 서 있는 것처럼 보였다. 잉이게르트의 공연에 대해서도 많은 말이 오갔다. 그녀와 슈토스는 같은 날 출연하기로 되어 있었으며, 그날 입장객은 이미 예약이 초과되었다. 잉이게르트는 가슴속에 자리하고 있는 아버지의 행방에 대한 불확실성 때문에 춤을 출 수 없다고 말했다. 반면에 아르투어 슈토스는 일이 잘 되면 오늘 저녁에라도 무대에서 자신의 곡을 연주하겠다고 설명했다. 그는 말했다.

"나는 이미 이틀 저녁에 걸쳐 하루에 약 500달러를 잃었습니다. 뿐만 아니라 나는 일을 해야 해요! 나는 사람들 사이에 있어야 해요!"

그리고 그는 잉이게르트에게 도움이 되는 조언을 해주기 위해 가장 힘든 순간에도 자신의 직업을 수행하는 데 주저하지 않은 사람들의 사례를 들었다. 어떤 학자는 자신의 아내가 죽어가는 동안에도 강의를 했다는 것이다. 아내가 달아나버린 어느 어릿광대는 가슴이 찢어지는 아픔에도 불구하고 익살을 부리기 위해 무대에 올랐다고도 했다. 슈토스는 말했다.

"이것이 우리의 직업입니다, 나아가 우리의 직업일 뿐만 아니라, 마음속이 즐겁든 불쾌하든, 고통스럽든 행복하든 아무 상관없이 자신들의 의무를 다하는 모든 사람들의 직업입니다. 모든 사람은 희비극을 연기하는 광대들입니다. 당연히 우리처럼 광대같이 보이지는 않겠지만 말입니다. 오늘밤 선풍적인 열기에 휩싸인 3천 관중들의 시선 아래 떨지 않고 하트의 한가운데를 쏘아 맞추게 되면, 나는 내가 해낸 그 일에서 승리를 맛보게 될 것입니다."

그리고 그 예술가는 점점 더 떠들썩하게 허풍에 빠졌지만 그것이 호감을 주지 못하거나 알맹이 없는 내용은 아니었다. 그는 두 의사를 향해 말했다.

"신사양반들께서 마땅히 할 일이 없으시다면 오늘 저녁 '웹스터와 포스터'의 공연에 오셔서 제가 점프하는 모습을 보실 수도 있을 것입니다. 일해야지요! 일해야지요!"

그는 이제 잉이게르트를 향해 말했다.

"결정을 내리기를 간절히 바랍니다! 일이 약이지요! 일이 전부입니다! 이미 벌어진 일을 자꾸만 되짚어 슬퍼하는 것은 아무 도움도 안 되지요. 게다가…"

그는 여기서 갑자기 진지해지면서 말했다.

"우리의 주가가 현재 엄청난 강세장에 있다는 것을 잊지 마세요! 예술가는 그런 것도 멀리 할 수 없지요. 육지에 발을 디디자마자 우리가 기자들에게 둘러싸이게 된다는 것도 명심하세요!"

"무슨 말이지요?"라고 프리드리히가 물었다. 슈토스는 계속해서 말했다.

"바로 얼마 전에 〈롤란트호〉 사고에 대한 모든 세부 사항이 포함된 검역소의 보고서가 뉴욕으로 전달되었으리라고는 짐작하고 계시겠지요? 유리 돔과 같은 것들을 하고 있는 저 거대한 고층빌딩들을 보세요. 저것들이 바로 〈선〉, 〈월드〉, 〈뉴욕 슈타츠차이퉁〉*의 사옥입니다. 우리의 소식이 이미 고속 인쇄기로 발간되어 수백만 부의 신문으로 배포되고 있습니다. 뉴욕에서 앞으로 4~5일에 걸쳐 〈롤란트호〉에서 구조된 사람들만큼 유명세를 탈 수 있는 사람은 남녀를 막론하고 없을 것입니다."

그런 비슷한 얘기가 오가는 가운데 〈함부르크호〉는 부두에 정박했고, 사람들은 이제 진지하게 작별의 인사를 나누기 시작했다. 본래 서로 알지 못했던 이 사람들이 보인 행동을 보면 참으로 놀라웠다. 리플링 부인은 울었고, 빌헬름 박사와 함께 프리드리히는 그녀에게서 감사의 키스를 받았다. 로자는 불케에게 키스했고, 엉엉 울면서 연거푸 빌헬름 박사와 프리드리히의 손에 키스했다. 당연히 여자들 사이에서도 애정이 오갔다. 선원이자 간호사인 플리테는 칭송을 받았고, 부토어 선장과 기관사 벤틀러, 그리고 〈함부르크호〉의 승무원들은 건실한 남자이자 구조자로 칭찬을 받았다. 〈롤란트호〉의 선원들은 의사들과 슈토스에 의해 "우리의 영웅들!"이라고 불렸다. 다시 만날 약속도 이루어졌다. 빌헬름 박사는 부토어 선장과 기관사 벤틀러, 그리고 버릇없는 화가 플라이슈만을 다음날 정오에 '호프만 바'로 초대했고, 거기에서 그들은 함께 산책하기로 했다.

불쌍한 화가 플라이슈만은 이 광포한 도시를 마주하고 다소 혼란스럽고 두려워졌다. 그는 영어를 이해하지 못했고, 가지고 있는 현금은 얼마 되지 않았으며, 돈이 될 그림들은 사라지고 없었다. 그는 운명을 함께하는 동

---

*   1834년 12월 24일 창간되어 1934년 폐간된 〈뉴욕 슈타츠차이퉁(New Yorker Staats-Zeitung)〉은 독일어로 된 외국 신문으로, 미국에서 가장 오래된 신문 중 하나였다.

료들에게 최선을 다해 매달리려고 노력했다. 사람들은 이 예술가에게 관심을 가져주기로 의견을 모았고, 팔 없는 슈토스도 도움이 될 적절한 말을 해주었다. 슈토스는 이렇게 말했다.

"회사에서 어떤 어려움이라도 겪게 되면 뉴욕의 〈슈타츠차이퉁〉 사장인 내 친구를 소개해 주지요."

잠시 후 프리드리히는 일종의 현기증과 함께 발밑에 돌로 된 부두의 단단한 바닥이 닿는 것을 느꼈다. 잉이게르트는 그의 팔에 매달려 활짝 웃으며 환호성을 질렀고, 함성을 외치며 미친 듯 기뻐하는 사람들이 몰려들어 그를 에워쌌다. 갑자기 어느 작은 일본인 남자가 앞으로 다가와 여러 번 급하게 말했다.

"잘 지내시지요, 의사 선생님? 저 아시지요?"

프리드리히는 곰곰이 생각했다. 그는 그 순간에는 그가 누구인지 거의 알지 못했다. 소리 높이 외쳐대는 환호성이 천둥치듯 귓전을 울렸으며, 사방에서 사람들이 손을 흔들었다. 정겨운 인사의 표시로 주먹이 그의 뒤에서, 머리위에서, 코앞에서 이리저리 오갔다. 그 일본인은 웃으면서 또 다시 말했다.

"선생님, 저를 모르시는군요?"

프리드리히가 말했다.

"그래요. 이런 참. 아니, 당신은 윌리 스나이더스 아닌가요? 내 옛 제자! 윌리! 어떻게 여기까지 왔나?"

프리드리히는 브레슬라우에서 대학을 다녔는데, 가정이 부유하지 않았기 때문에 그곳에 사는 한 기업가의 절망에 빠진 아들에게 개인과외를 해주고 무척 좋은 보수를 받아 경제적 어려움을 덜었다. 프리드리히는 그 작은 과실에게서 예의바르고 재미있으면서도 곧 자기에게 몸과 마음을 다 바치는 악동의 모습을 발견했었다. 이제야 그는 그 반가워하는 일본인에게서 청년으로 성장한 그때의 그 악동을 알아보았다.

윌리 스나이더스는 프리드리히를 다시 만난 기쁨에 콧구멍을 크게 벌름거리며 말했다.

"여기에 제가 어떻게 왔냐구요? 선생님, 그건 나중에 설명 드리겠습니다. 지금 저는 선생님께 숙소는 정해두고 계신지, 그리고 빌어먹을 기자 떼를 피해 선생님을 샛길로 피신시켜드려야 할지 묻고 싶습니다. 아니면 인터뷰를 당하시는 걸 원하시는지요?"

"말도 안 돼, 윌리."

그러자 윌리가 소리쳤다.

"그럼 부탁을 드려야겠습니다. 제 뒤를 바짝 붙어 따라오세요. 만약을 대비하여 택시를 준비해 놓았으니 곧장 우리 사람들에게 갈 수 있습니다!"

프리드리히는 잉이게르트를 소개한 후 계속해서 이렇게 말했다.

"나는 꼭 해야 할 일이 있다네! 우선 이 지체 높은 젊은 아가씨를 좋은 호텔로 안전하게 데려가야 한다네. 그런 다음에도 이 아가씨를 혼자 놔둘 수는 없다네."

윌리 스나이더스는 즉시 알아들었다. 그렇다고 해서 그의 제안이 바뀌지는 않았다. 그는 이제 더욱 다급하게 그에게 말했다.

"그런데 이 아가씨는 호텔보다는 저희 개인집에서 훨씬 더 편안하고 안전하게 지낼 수 있을 겁니다. 단 한 가지 알고 싶은 것은 아가씨가 이탈리아 음식을 잘 먹을 수 있는지 여부입니다."

잉이게르트의 눈빛에서 기꺼이 그렇게 하겠다는 뜻을 알아챈 프리드리히가 대답했다.

"사랑하는 윌리, 자네의 마카로니 파스타를 먹는 데에는 어려움이 없을 것 같네. 따라서 나는 몇 년 전 자네가 나의 가르침에 몸을 맡겼듯이 오늘은 서로 뒤바꿔서 자네의 입증된 가르침에 내 몸을 맡기고 싶네."

"좋아요, 그럼 앞으로!"

윌리는 이렇게 대답했고, 그토록 좋은 물고기를 낚은 데 대해 기뻐하는 모습을 보였다. 그들은 슈토스가 이빨을 으스러뜨리려는 듯 입을 움직이며 기자들 앞에서 연설하는 것을 보았다. 그들이 군중 속을 뚫고 재빨리 달려가 막 택시에 오르려고 할 때 숨을 헐떡이는 한 남자가 잉이게르트 할슈트룀 앞을 막아서며 말했다.

"실례지만 제가 모실까요?"

바람이 부는 추운 날인데도 땀을 뻘뻘 흘리는 그 노인은 손에 쥔 모자를 손수건으로 닦으며 말했다.

"'웹스터와 포스터'가 나를 보냈습니다. 나는 위임을 받았지요, 위임을 받았어요! 이곳에 마차를 가지고 왔지요! 이쪽에 마차가…"

그는 더 이상 말을 계속할 수 없을 정도로 너무 지쳐 있어 입을 다물었다. 프리드리히가 말했다.

"이 아가씨는 오늘 무대에 오를 수 없습니다!"

"아, 전혀 그렇지 않은데요. 신사양반, 아가씨는 아주 좋아 보이는 걸요!"

"그런 줄 아세요!"

노인의 말에 이렇게 말한 프리드리히는 좀 거칠게 굴고 싶었다. '웹스터와 포스터'의 대리인은 대머리에 모자를 쓴 다음 말했다.

"아가씨가 무대에 오르지 않겠다고 한다면 그건 얼토당토않은 실수, 돌이킬 수 없는 큰 실수가 될 텐데요. 나는 아가씨에게 돈과 필요한 모든 것을 제공해드리라는 임무를 위임받았어요. 저기에 내 마차가 있고요. 방은 아스토어호텔에 예약이 되어 있지요."

프리드리히는 감정이 격해져서 말했다.

"나는 의사요. 의사로서 말하는데, 이 여자는 오늘과 앞으로 며칠 동안 무대에 오를 수 없습니다!"

"당신이 그 아가씨에게 출연료를 대신 줄 건가요?"

"그 문제에 대해 내가 어떻게 할지는 당신이나 '웹스터와 포스터'가 상관할 일이 아닙니다."

이렇게 말하면서 프리드리히는 문제가 해결되었다고 생각했다.

그러나 그 대리인은 빈정대는 투로 말했다.

"당신 누구요, 신사양반? 난 오직 이 아가씨하고만 볼 일이 있어요! 당신은 간섭할 권리가 없어요."

잉이게르트는 무대에 오르지 못할 것 같은 생각이 든다고 말했다. 대리인은 잉이게르트에게 말했다.

"무대에 오르면 그런 생각은 즉시 사라질 겁니다. 그리고 내 점장의 부인이 아가씨께 전해달라고 편지 한 통을 주셨습니다. 부인의 딸이 호텔에 있으며, 필요한 모든 것을 가져다놓았습니다. 그녀가 당신에게 필요한 모든 것을 해결해줄 겁니다."

윌리 스나이더스가 끼어들어 말했다.

"우리 페트로닐라도 아주 훌륭한 사람이에요. 아가씨, 아가씨가 필요한 걸 그녀에게 말하면 5분 안에 해결해줄 텐데요!"

그리고 그는 소녀납치범처럼 다급하게 잉이게르트를 택시 안에 밀어 넣었다. '웹스터와 포스터' 측에서 보낸 사람이 단호한 의지를 보이며 말했다.

"그렇다면 계약위반의 결과에 대해 각오하고, 빨리 당신의 주소가 어떻게 되는지 알려주오!"

"107번가, 번지수는 그쯤 될 걸요!"

프리드리히는 노트를 펼치고 있던 그 낯선 사람에게 이렇게 외친 다음 잉이게르트와 프리드리히와 함께 택시로 그곳을 떠났다.

손님을 태운 택시는 다른 택시 및 화물차들과 함께 페리보트에 올라 호보켄에서 뉴욕으로 건너갔다. 한 신문배달 소년이 〈선〉의 호외를 차 안으로 건네주었는데, 거기에는 벌써 〈롤란트호〉의 침몰에 관한 자세한 기사가 실려 있었다.

페리보트와 예인선들, 온갖 종류의 증기선들로 교통이 엄청나게 혼잡했다. 페리보트들은 굼뜨게 떠다니는 거대한 딱정벌레 같았고, 사람들로 검게 덮여 있었으며, 꼭대기에는 펌프손잡이 같은 철제 구조물이 튀어나와 있었다. 보트가 부두에 정박하자 굉음이 울렸고, 모든 차량들과 택시들과 트럭들이 달그락거리는 발걸음소리를 내는 사람들의 안내를 받으며 거의 동시에 움직이기 시작했다.

프리드리히는 이 도시가 돈벌이욕의 광기에 사로잡혀 있다고 생각했다. 그가 바라보는 곳마다 거대한 현수막들이 그를 위협했다. 거대한 글자들, 거대하고 다채로운 그림들, 무언가를 나타내는 거대한 모형의 손과 주먹과 얼굴들. 그것은 상상할 수 있는 모든 수단을 동원해 도처에서 처절하게 벌이고 있는, 고함을 치며 탐욕을 부리는 경쟁이었고, 돈벌이를 위한 거칠고 뻔뻔스런 싸움질이었다. 그런데 이상하게도 바로 그런 모든 것으로 인해 위대한 어떤 모습을 보이기에 부족함이 없었다. 여기에는 위선이 없었고, 이것은 끔찍스러울 정도의 솔직함이었다.

그들은 전신국에서 정차했다. 그리고 잉이게르트의 어머니와 프리드리히의 아버지에게 전보를 쳤다. 프리드리히의 전보문은 "저는 구조되어 건강하게 잘 지냄"이었고, 잉이게르트의 것은 "나는 구조되었지만 아빠는 생사 불명"이었다. 잉이게르트가 이 글을 작성하는 동안 프리드리히는 윌리 스나이더스에게 그 소녀가 아마도 선박사고로 아버지 없는 고아가 되었을 것이라고 알렸다.

세 사람이 탄 택시는 뉴욕의 몇 마일에 이르는 중심가 브로드웨이를 따라 계속 달려 내려갔다. 브로드웨이에서는 끝없이 이어진 것처럼 보이는 두 대의 트램이 서로 비켜 지나갔다. 당시 그것은 지하의 수로를 따라 달리는 와이어로프에 의해 움직였다. 도처에서 교통이 엄청나게 혼잡했다. 프리드리히와 잉이게르트에게 그보다 더 이상한 느낌을 준 것은 차가 골목으로 꺾어져 목적지에 다다랐을 때 그들을 둘러싼 고요함이었다. 그는 거리의 다른 건물들과 구별되지 않는 낮은 한 단독주택 앞에 멈춰 섰다. 독일에서는 노동자들의 집단거주지만이 이런 건축학적 단조로움을 보여주었는데, 이 단조로움이 이곳에서는 상류층 구역을 지배하고 있었다. 하지만 새 숙소의 내부는 청결함과 아늑함으로 빛나고 있었다.

어둠이 깔리기 시작했고, 여행자들은 마침내 자신들의 방 문 뒤에서 휴식에 들어갔다. 늙은 이탈리아인 가정부 페트로닐라는 잉이게르트를 반갑게 맞이했고, 열정과 함께 애정으로 그녀를 돌보았다.

프리드리히는 몸을 씻고, 윌리 스나이더스의 안내를 받아 저녁식사가 마련되어 있는 반지하실로 내려갔다. 식당 바닥은 타일이 깔려 있었고, 벽은 깨끗한 모피매트로 덮여 있었다. 벽이 끝나는 곳에는 둥근 선반이 설치

되어 있었고, 그 위에는 엮은 볏짚에 싸인 술병들이 열을 지어 서있었다. 테이블은 여덟 명이 앉을 수 있도록 차려 있었고, 냅킨이나 식탁보 등 직물류는 더할 나위 없이 깨끗했다.

윌리 스나이더스는 무척 아늑한 그 집의 성격과 목적에 대해 프리드리히에게 가르쳐주었다. 그 집은 리터라는 조각가를 주로 지원하고 있는 독일의 한 예술가단체가 임차해 쓰고 있었다. 리터는 훌륭한 재능으로 칭송받고 있었다. 그의 후원자이자 고객으로는 아스토어, 굴트, 반더빌트 등이 있었다. 윌리는 리터를 "멋진 놈"이라고 불렀고, 그의 "똑똑함"을 칭찬했다.

식당의 한쪽 구석에는 리터가 만든 모조물들이 있었는데, 윌리는 그것들을 입에 침이 마르도록 칭찬했다.

리터 외에 또 한 사람의 조각가가 이 합숙소의 은혜를 받고 있었다. 그의 이름은 로브코비츠였고, 리터와 마찬가지로 오스트리아 태생이었다. 단체가 지원하는 네 번째 사람은 슐레지엔 사람이었다. 그는 돈 한 푼 없는 가난한 화가이자 괴짜였지만, 그의 재능은 이곳에서 최고로 높이 평가받았다. 착한 윌리는 그 동포를 뉴욕의 빈민가에서 힘들게 이곳으로 데려왔다.

윌리는 미국식 영어의 후음과 콧소리를 친구들이 쓰는 오스트리아 방언과 결합한 자신만의 어조로 말했다.

"미친 개 프랑크가 어떻게 행동하는지 잘 지켜보세요. 그 작자는 주변을 맴돌며 물어뜯고, 배꼽을 쥐고 웃게 합니다. 그 비틀린 목발이 나타난다면 말입니다."

그런데 화가 프랑크가 가장 먼저 들어왔다. 그도 윌리처럼 와이셔츠와 연회복을 입고 있었다. 윌리는 말을 아주 많이 했지만, 그 이상한 사람은 말없이 축 늘어진 채 프리드리히에게 손을 내밀어 악수를 청했다. 그들 독일인 동포들은 서로 붙어 앉아 있었지만, 프랑크가 들어옴으로써 윌리 스나이더스와 프리드리히가 나눈 것과 같은 격의 없는 대화 분위기는 잠시 사라졌다.

프리드리히는 연회복을 입지 않은 것이 몹시 마음에 걸렸다. 윌리가 다시 말했다.

"예, 리터는 형식을 꼼꼼히 따지는 사람이지요. 우리는 저녁마다 적어도 대사관무관처럼 차려입고 식사를 해야 합니다."

페트로닐라가 나타나서 장황한 이탈리아어로 사랑스러운 불쌍한 아가씨가 납덩이처럼 깊은 잠에 빠져 있으며, 조용히 깊고 고르게 숨을 쉬고 있다고 말했다. 그런 다음 그녀는 그들에게 큰 배가 침몰했다는 소식을 들어 보았는지 물었다. 그들이 프리드리히를 구조된 사람이라고 소개하자 그녀는 크게 웃으며 자리를 떴다.

로브코비츠가 식당으로 들어왔다.

로브코비츠는 조용하고 키가 큰 사람이었다. 프리드리히에 대한 최근의 소식을 이미 알고 있는 그는 프리드리히에게 따뜻하게 다가왔다. 그는 리터도 방금 전 마차를 타고 도착했다고 알렸다. 그들은 창문을 통해 검은 제복을 입은 마부가 앉아 있는 우아한 마차를 보았다. 마부는 다시 떠나려고 가죽 진흙받이를 닫았고, 혈기왕성한 회색 말은 이미 발굽을 들어올리기 시작했다.

윌리가 말했다.

"줄을 잡고 있는 저 사람은 오스트리아 장교였다가 몰락했는데, 도박 빚 때문에 어려움을 겪고 있지요. 어찌됐든 지금은 그가 리터에게 많은 힘이 되어주고 있습니다. 왜냐하면 그는 리터에게 아침식사, 점심식사, 저녁식사 할 때와 테니스, 크리켓, 승마, 운전할 때는 각각 어떻게 차려 입을 것인지를 말해주며, 우편마차를 몰 듯 회색이나 검정색 실린더 모자, 장갑, 커프스 단추, 스타킹 착용하는 법을 비롯하여 이곳 뉴욕에서 성공하기 위해 고려해야 하는 모든 것에 대해 알려주기 때문입니다."

이제 미국에서 자신이 바랐던 것보다 더 많은 행운을 얻은 스물여덟 살의 보니파치우스 리터가 알키비아데스*처럼 신선하고 아름답고 상냥한 모습으로 들어왔다. 첫 순간에 프리드리히는 이 운 좋은 사람의 존재에 매료되었다. 리터에게서 보이는 모든 것은 친절함, 순진함, 생기, 진심이었다. 오스트리아인의 상냥함은 미국이라는 새로운 세계의 공기를 통해 밝고 자유롭고 열렬해졌다. 그들은 식탁으로 가 앉았고, 곧장 수프를 먹으면서 대화에 빠져들었다.

일원들 중 총무 역을 맡고 있던 윌리 스나이더스가 사람들에게 와인을 따라주었다. 그런 그의 모습에서 그가 보니파치우스 리터를 얼마나 자랑스러워하는지, 그리고 이 유럽 밖의 땅, 친구들과 함께 있는 집에서 자신의 옛 스승에게 시중을 들 수 있게 된 것을 얼마나 만족스러워 하는지 엿볼 수 있었다. 그들의 어색한 분위기는 풀렸고, 하얀 두건과 하얀 앞치마를 두른 여종업원이 생선을 서빙하자 모두가 프리드리히와 그의 피후견인 소녀가 구조된 것을 축하하는 건배를 했다. 그런 다음 잠시 침묵이 흘렀고, 창백한 젊은 학자 프리드리히는 이 틈을 이용하여 설명했다.

"나는 수년 전에 친구와 함께 시작했던 어떤 연구를 이곳 미국에서 그와

---

* BC 450년 무렵의 그리스인으로 총명하지만 조심성이 없는 인물이었다. 아테네에 정치적 분쟁을 불러일으켜 펠로폰네소스 전쟁에서 아테네가 스파르타에 패하게 만들었다. 부유한 가문 출신으로, 잘 생기고 기지 넘치는 청년으로 자랐으나 사치스럽고 무책임하며 자기중심적이었다.

함께 계속하기 위해 왔습니다."

그는 돌아서서 옛 제자를 바라보며 이어서 말했다.

"윌리, 자네는 그를 알잖아. 그는 지금 메사추세츠 스프링필드에 있는 의사 페터 슈미트야."

윌리 스나이더스가 끼어들어 말했다.

"그분은 지금은 메리든으로 이사했습니다."

프리드리히는 계속하여 설명했다.

"놀랍게도 나는 배에서 지금 여러분들의 환대를 받고 있는 이 어린 아가씨를 만났습니다. 우리는 운이 좋았고, 패닉상태가 되기 전에 침착하게 구명정에 탈 수 있었습니다. 하지만 결국 이 아가씨의 아버지는 남겨둘 수밖에 없었습니다. 이 우연한 사건이 우리를 하나로 묶는 계기가 되었고, 나는 이 어린 아가씨를 책임져야 한다고 생각합니다."

프리드리히는 오랫동안 느껴보지 못한 안정감에 빠져들었다. 그는 언제나 예술가들에게 마음이 이끌려왔다. 그들과 대화를 나누고 그들과 어울리는 것은 예전부터 그가 가장 좋아하는 것이었다. 게다가 그는 차갑고 낯선 것을 예상했던 이곳에서 그 사람들로부터 두 팔 벌려 환영을 받았던 것이다. 사람들이 건배를 하고 가장 편안한 마음으로 식사를 하는 동안, 프리드리히는 때때로 자신이 정말로 지난날의 유럽으로부터 3천 해리 떨어진 뉴욕에 있는 것인지 의아해 했다. 여기가 고향이 아니었나? 그가 지난 10년 동안 저 건너 그의 실제 고향에서 지금처럼 고향의 따스함을 느낀 적이 있었던가? 그리고 지금 그에게는 얼마나 많은 삶이 쏟아져 들어오고 있는가! 이제 그는 시시각각 새로운 파도에 의해 솟아오르고 있었다. 벌거벗은 자신의 존재를 완전한 파멸상태에서 아직 거의 구해내지 못한 그가.

그는 말했다.

"나에게 이토록 따뜻한 우정을 보여주신 여러분, 친애하는 독일 동포 여러분께 진심으로 감사드립니다."

그는 잔을 들어 올렸고, 그들은 잔을 부딪쳐 건배했다. 그리고 갑자기 프리드리히는 자신의 의지와는 반대로 모든 것을 솔직히 털어놓고 싶은 마음이 솟아나 깜짝 놀랐다. 그는 자신을 이중의 조난자라고 불렀다. 그는 살면서 많은 일을 겪었다고 말하고, 만약 〈롤란트호〉의 침몰이 지나치게 비극적인 것이 아니었다면, 그 큰 사고를 자신의 지금까지의 삶의 상징으로 보려 했을 것이라고 말했다. 프리드리히는 말했다.

"구세계와 신세계가 있습니다. 나는 커다란 연못을 건너는 발걸음을 막 내디뎠을 뿐인데도 벌써 어떤 새로운 삶을 느끼고 있습니다."

그는 계속해서 자신이 정밀로 어떻게, 무엇을 할 것인지 아직 전혀 모르겠다고 말했다. 이는 친구와 함께 연구를 계속하겠다던 그의 앞서의 설명과는 모순이었다. 그는 무슨 일이 있어도 일반의나 세균학자로 계속 일하고 싶지는 않다고 말했다. 어쩌면 그는 책을 쓸 것이라고 했고, 어떤 종류의 책인지는 아직 모른다고 말했다. 예컨대 그는 미완성 작품인 밀로의 비너스를 보충하려는 생각을 해왔다는 것이다. 그의 머릿속에는 페터 비셔와 아담 크라프트에 대한 글이 완성되어 있다고도 했다. 그러나 그는 어쩌면 일종의 인생소설도 쓰게 될 것이며, 그것은 현대 철학과도 같은 것이 될 수도 있다고 말했다. 그는 이렇게 말했다.

"이 경우에는 쇼펜하우어가 메우지 않고 구멍을 남겨 둔 곳에서 시작하겠습니다. 그것은 『의지와 표상으로서의 세계』에 있는, 내 머릿속에 항상 품어온 문장을 말합니다. '우리의 존재 뒤에는 우리가 세상을 떨쳐낼 때 비로소 접근할 수 있는 다른 무언가가 있다.'라는 문장이지요."

뒤늦게 '질풍노도'를 겪은 젊은 학자의 이 발언은 존경과 박수로 받아들

여겼다. 윌리가 말했다.

"박사님, 세상을 떨쳐낸다는 것은 화가 프랑크에게 해당하는 말입니다. 프랑크, 어떻게 미국에 오게 되었는지 말해보게!"

로브코비츠가 말했다.

"아니면 프랑크, 시카고로 도보여행 했던 얘기 좀!"

리터가 말했다.

"아니면 살인의 광기 때문에 사냥용 마차를 타고 경찰서 유치장으로 끌려간 보스턴에서의 모험담 좀 들려주게."

프랑크는 이마를 덮은 곱슬머리를 쓸어 넘기면서 잔잔한 미소를 지으며 말했다.

"글쎄요, 정말 좋았지요. 그렇지 않았다면 분명 감기에 걸렸을 겁니다."

프랑크의 발언이 거의 언제나 사람들의 폭소를 터뜨리게 하여 프리드리히는 어리둥절해 했다. 윌리가 프랑크에게 키안티*를 따라주면서 말했다.

"프랑크는 진정한 천재화가입니다. 동시에 그는 다섯 대륙 전체를 통틀어 가장 위대한 별난 사람이기도 하지요."

------◆------

이제 이탈리아인 요리사 시몬 브람빌라가 디저트와 치즈를 직접 가지고 들어와 그들이 모든 음식을 맛있게 먹었는지 물어보았다. 대화는 이탈리아어로 이루어졌고, 손님들과 요리사 사이에 드러나는 친밀감은 최고

---

* 키안티는 이탈리아 중부 토스카나의 중심부에 위치한 포도주 생산지이자 이 지역명을 딴 이탈리아의 대표적인 레드와인을 일컫는다.

의 상태를 나타냈다. 윌리가 갑자기 소리쳤다.

"자, 이제 빨리. 오랜 친구 시몬 브람빌라 씨, 우리에게 이제 무슨 곡이든 연주해주시지요! 그리고 노래도 불러요! 힘찬, 아니 그저 절반의 목소리만으로!"

그리고 윌리는 옆에 있던 만돌린을 들어 주방요리사의 손에 건네주었다. 요리사가 말했다.

"윌리 씨는 언제나 재미있어요."

"그래, 재미있지, 재미있어!"

프랑크는 이렇게 소리치며 주먹으로 식탁을 내리쳤다. 그의 미소는 이미 조금 바보스러운 모습을 띠고 있었다.

만돌린의 대가이자 노래 부르기에 훌륭한 목소리를 가진 요리사는 머리에 하얀 아마포 모자를 쓰고, 아마포 재킷과 앞치마를 입고, 몹시 흥겨워하는 모습을 보였다. 그는 듣는 사람들의 신경에 파고드는 리듬으로 악기를 연주하면서, 동시에 이탈리아 도처에서, 주로 나폴리에서 들을 수 있는 거리의 유행가들을 노래했다. 프리드리히는 몸을 뒤로 젖히고 눈을 감았다. 이탈리아의 해안과 푸른 만들이 마음속에서 솟아올랐다. 도리스인들의 갈색 사원인 카프리의 바위도 보였다. 요리사가 노래 한 곡을 끝낼 때마다 사람들은 박수를 보냈다. 그 순간 페트로닐라가 들어와 윌리 스나이더스에게 무슨 말인가를 속삭였고, 그가 다시 그 말을 프리드리히에게 전달하자 프리드리히는 즉시 벌떡 일어나 그와 함께 방을 떠났다.

페트로닐라의 온갖 항의에도 불구하고 한 신사와 한 귀품 있는 여인이 잉이게르트의 침실 안으로 밀고 들어가 있었다. 프리드리히와 윌리가 들어가자 꽤 화려한 옷차림을 한 그 여인이 "아이야, 제발, 아이야, 잠깐만 일어나 봐."라고 말하면서 잠자는 소녀를 깨우려고 했다.

무슨 권한으로 이 방에 들어왔느냐는 질문에 그 여인은 자신이 뉴욕 최대 규모의 공연중개사의 소유주이며, '웹스터와 포스터'와 이 여자의 아버지 사이에 계약을 체결했다고 설명했다. 그녀는 이 소녀의 아버지가 1천 달러를 선불로 받았다고 말했다. 또한 시간은 돈을 의미하며, 이곳 뉴욕에서는 특히 그러하다고 말했다. 이 아가씨가 오늘 무대에 오를 수 없다면 내일 어떻게 될지를 생각해야 할 때라는 것이었다. 그녀는 이 아가씨의 사정을 기꺼이 봐주고 싶지만, 자신은 이 일 하나만이 아니라 다른 수백 가지 할 일이 있다고 말했다. 그리고 만약 이 아가씨가 내일 무대에 오르려면 지금 즉시 자신과 함께 가서, – 그녀는 뉴욕의 게르손이라는 사람을 댔는데 – 밤새도록 의상 작업을 해야 한다고 말했다. 그녀는 그 의상실은 브로드웨이에 있으며, 지금 대문 앞에 이 아가씨를 데려다줄 택시가 대기하고 있다고 말했다.

그 여인은 잉이게르트가 잠자고 있는 침실에서 목소리를 낮추지 않고 이 모든 것을 거침없이 말했다. 프리드리히와 윌리가 그녀에게 한 번, 두 번, 세 번 조용히 해달라고 간청했지만 아무 소용이 없었다. 그런 다음 프리드리히가 말했다.

"이 아가씨는 절대로 무대에 오르지 않을 것입니다!"

그러자 대리인 여자가 말했다.

"그래요? 그렇다면 그녀는 모레 유쾌하지 않은 재판에 휘말리게 될 텐데요."

프리드리히가 말했다.

"이 여자는 미성년자입니다. 그리고 당신과 계약을 맺었다고 하는 그녀의 아버지는 아마도 〈롤란트호〉 참사로 목숨을 잃었을 것입니다."

대리인 여자가 말했다.

"나는 절대로 가만히 앉아서 1천 달러를 잃지는 않을 것입니다."
프리드리히가 말했다.

"이 여자가 어디 아픈가 보네."

이에 대해 대리인 여자는 이렇게 말했다.

"좋습니다. 그러면 내 의사를 부르지요."

"나도 의사입니다."

"아마 독일 의사겠지요. 우리에게서는 미국인만 인정받는데요."

어린 소녀의 납덩이 같이 무거운 잠이 그 모든 소동과 소음을 이겨내지 못했다면 남자다운 감각과 남자다운 에너지, 남자다운 목소리로 무장한 이 미국 여인은 자신의 의지를 관철시켰을지도 모른다. 프리드리히가 끝까지 굽히지 않고 단호한 결심을 표명하자 마침내 대리인 여자는 조금 양보하고 우선은 물러설 수밖에 없었다. 마침내 윌리는 프리드리히가 나중에야 그 효과를 이해하게 된 생각에 이르게 되었다. 그는 눈에 띄게 당혹해하는 대리인 여자에게 만약 굴복하지 않을 경우 할슈트룀 양이 아직 열일곱 살이 안 됐기 때문에 아동학대방지협회에 통보할 수도 있다고 설명했던 것이다.

그 여자는 눈에 띄게 마음이 누그러진 표정으로 말했다.

"신사양반들, '웹스터와 포스터'와 내가 이미 4주 동안 광고비로 막대한 돈을 썼다는 것을 생각해 보세요. 나는 샌프란시스코까지 가서 순회공연을 할 생각이었어요. 이제 이 아가씨는 〈롤란트호〉에서 구출된 사람들 중 하나이고 아버지도 잃었기 때문에 이번 시즌의 화제인물이 되었지요. 이 아가씨가 지금 공연을 하게 되면 3개월 안에 5만 달러의 보너스를 챙겨 유럽으로 돌아갈 수 있습니다. 그렇게 막대한 돈을 잃게 되는 데 대해 할슈트룀 양 앞에서 책임을 지실 건가요?"

대리인 여자와 수행원이 떠나자 윌리 스나이더스는 이미 몇 주 전부터 모든 건축공사장 울타리, 광고용 시멘트 통, 게시판 등에 '마라 또는 거미의 먹이'라는 포스터가 붙어 있는 것을 보았으며, 거기에는 이따금 무용수 소녀의 활기찬 모습도 담겨있었다는 것을 확인해주었다. 무용수는 어른과 아이의 중간인 반 아이였고, 붉은 토끼 눈과 등황색 머리칼을 한 일종의 백색증 환자 같았다고 그는 말했다. 그녀 뒤에서는 적어도 작은 풍선만한 몸집의 거미가 거미줄을 치고 앉아 노리고 있었다고 했다. 그는 그 포스터는 뉴욕에서 가장 재능 있는 포스터제작자가 만든 것이라고 말했다. 또한 프리드리히도 거리 어디에서나 직접 볼 수 있을 것이라고 했다. 윌리는 이렇게 말을 맺었다.

"저는 늘 그 포스터를 아무것도 모른 채 바라보아왔는데, 지금 잉이게르트 양이 선생님과 함께 집에 있다는 걸 생각하니 너무나 신기합니다. 인생은 참으로 엉뚱한 것들을 엮어내지요. 확실히 말씀드리는데, 제가 그 포스터를 보며 생각했던 것은 선생님이 아닌 세상의 온갖 다른 것들이었으며, 그것이 저에게 있어서 저돌적인 공연광고 이상의 더 중요한 의미를 띠고 있으리라는 건 꿈에도 생각하지 못했습니다."

두 사람이 식당으로 돌아왔을 때 요리사는 더 이상 거기에 없었다. 그러나 로브코비츠와 프랑크는 라파엘로와 미켈란젤로 중 누가 더 위대하냐는 해묵은 논쟁거리를 두고 언쟁을 벌이고 있었다. 윌리는 조금 전에 벌어졌던 대리인 여자와의 아마존전투에 대해 이야기했다. 예술가들은 분개했고, 뉴욕 전체가 돌격해오더라도 단호히 맞서 그 보호받을 권리를 가진 소녀를 내주지 않을 것이라고 선언했다. 프리드리히는 시계를 꺼내어 10시가 된 것을 알아차리고 팔 없는 아르투어 슈토스가 했던 말을 사람들에게 전해주었다. 슈토스는 정확히 밤 10시 반에 청중 앞에 서겠다고 말했었다.

총무로서 주도권을 쥐고 있는 윌리 스나이더스는 함께 '웹스터와 포스터'로 가서 그 팔 없는 사람이 공연하는 것을 구경하자고 제안했다.

10시 반이 되기 전에 예술가들과 프리드리히는 '웹스터와 포스터' 공연이 열리는 객석에 들어섰다. 공연하는 동안 사람들이 담배를 피우고 술을 마실 수 있도록 허용된 거대한 공간은 윌리의 추정에 따르면, 3천 내지 4천 명에 이르는 사람들로 가득 차있었다. 무대는 작고 평탄했으며, 방금 스페인 여자무용수 한 명이 자리를 잡았다. 수많은 둥근 램프들이 담배연기 속에 하얗게 얼어붙은 달처럼 서 있었고, 여자무용수는 익살스러움과 순진함과 야성이 뒤섞인 가운데 날씬한 투우사와 함께 춤을 추었다.

프리드리히는 남자 파트너를 보자 자신이 세비야의 한 투우경기장에 들어가 있는 느낌이 들었다. 그리고 무용수 소녀를 보자 자신이 코린트 만이나 키클라데스의 섬들 중 한 곳으로 끌려갔다가 곧장 스페인을 떠나 아름다운 무용수를 따라 그녀의 나라 그리스로 가기로 결심한 듯한 느낌이 들었다. 그곳에서 그는 그녀를 클로에라 불렀고, 자신은 다프니스가 되었다[*]. 술을 마시는 늙은 목자들이 목양신 판에게 헌정된 소나무 숲에 앉아 있었고, 고원의 초원에서 바위가 많은 해안 아래로 그리스의 바다를 볼 수 있었지만 물이 출렁이는 소리는 들리지 않았다. 음악은 시링크스[**]가 되

---

[*]   클로에와 다프니스는 3세기경 그리스의 작가 롱고스(Longos)가 지은 목가적 연애소설 《다프니스와 클로에》에 등장하는 남녀 주인공의 이름이다. 이 소설은 부모에게 버려져 목자(牧者)에게서 자란 양치기 소년 다프니스와 소녀 클로에의 사랑 이야기를 담고 있다.

[**]   그리스 신화에 나오는 강의 요정으로, 목양신 판에 쫓기다가 갈대로 변해 판의 갈대 피리가 되었다.

었고, 거기에는 '웹스터와 포스터'도 땀에 전 수많은 사람들의 심한 냄새도 없었다. 소나무 사이로 봄의 숨결이 바스락거렸다. 양치기 소녀는 염소들이 우스꽝스럽게 뛰어오르는 소리를 듣고 춤을 추었고, 거대한 목양신 판이 그녀를 요람에 눕히면 더 열심히 춤을 추었다. 양치기 소녀는 젊고 야성적인 생명력과 삶의 행복이 넘쳐나는 춤을 추었다. 프리드리히는 모든 음악의 원천은 동시에 함께 행해지는 춤과 노래라고 생각했다. 춤추는 두 발이 리듬을 불러일으켜 저절로 목구멍에서 노래가 울리는 것이다. 춤추는 양치기 소녀는 노래를 부르지 않을 때에는 자신이 맞춰 춤추는 음악과는 다른 음악을 듣는다. 하지만 그녀가 노래를 부르지 않고 어떤 음악도 없이 춤만 추더라도 그녀를 바라보는 사람은 누구나 그녀의 음악을 들을 수 있다.

무용수 소녀가 박수를 거의 받지 못하고 무대 뒤로 사라지고 난 다음 프리드리히는 "돼지 목에 진주목걸이로군."이라고 말했다.

이제 붉은 제복을 입은 심부름꾼이 무대에 나타나 서로 일정한 거리를 두고 작은 좌석 몇 개를 설치했다. 그가 소구경총과 바이올린 케이스를 무대 위로 가져온 다음에야 프리드리히는 그 사람이 마음씨 착한 하사 불케라는 것을 알아차렸다. 곧바로 슈토스가 등장하여 사람들의 열광적인 환호를 받았다.

그는 검은 주단으로 된 연미복을 입고 레이스 가슴장식, 레이스 커프스, 검은 주단 바지, 검은 실크 스타킹, 쥠쇠 달린 에나멜가죽 구두 등 공연에 나설 완벽한 차림을 갖추고 있었다. 누르스름한 머리칼은 커다란 두개골 주위로 사방에서 빗어 올려 있었다. 넓적한 광대뼈와 넓은 코를 지닌 창백한 얼굴은 미소를 띠고 냉정하게 관객을 바라보았다.

그 순간 프리드리히는 상상 속으로 빠져들었다. 그는 무대 위에서 환호를 받았던 바로 그 남자가 바닷물에 흠뻑 젖은 채 구명보트 바닥에 앉아 있는 것을 보았다. 그리고 선원들, 불케, 빌헬름 박사, 자신은 물론 로자, 리플링 부인과 잉이게르트까지도 죽음과 맞서는 단호한 결기로 배가 뒤집히는 것을 막아내야만 했던 일을 생각했다.

'지금과 그때는 상상할 수 없을 만큼 큰 대비가 되는구나! 그리고 저 남자는 어째서 환호를 받은 걸까?'

그 남자에게 보낸 박수갈채는 모든 것을 표현하는 것이었다.

'우리는 모두 우리를 구한 사람이 그대라는 데에 절대적으로 생각을 같이 하고 있소! 불쌍한 팔 없는 이여, 그대는 그토록 많은 고통을 이겨내 왔소! 두 팔이 있음에도 불구하고 수백 명이 목숨을 잃었지만 그대는 오늘 저녁 아무 일도 없었던 것처럼 무대에 설 수 있다니! 그리고 우리 또한 즐거움을 누릴 수밖에 없다니! 그대가 그대의 수천 가지 기술로 우리를 즐겁게 하고 기쁘게 해주는 것이 이 사람 저 사람이 구조되는 것보다 더 낫소! 나아가 우리는 그동안 견뎌낸 고통에 대해 그대에게 보상해주고 싶소! 더욱이 그대의 기술과 구원을 통해 그대는 이제 갑절로 귀중한 기적의 동물이 되었소!'

요란한 환호성이 계속해서 다시 터져 나왔다. 다시 바다가 나타나고 환호를 받은 사람이 정중하게 물속으로 들어서자 평범한 연미복을 입은 한 남자가 앞으로 나와 할 말이 있다며 손을 저어 관객에게 조용히 해달라는 신호를 보냈다. 그는 유명한 예술수호자이자 세계 챔피언인 아르투어 슈토스에게 한 말씀 해달라고 요청했다. 곧이어 팔이 없는 사람의 밝고 날카로운 소년의 목소리가 너무나 크고 요란하게 울려 퍼져 홀의 맨 뒷줄에서도 들렸다.

프리드리히는 "사랑하는 뉴욕 시민 여러분"과 같은 말을 들었다. 그는

아틀란티스

"손님을 환대하는 미국인", "손님을 환대하는 미국의 해안", "콜럼버스", "1492"라는 말을 들었다. 이제 모든 게시판에는 현대의 미국이 탄생한 1492년이라는 연도가 적혔다. 그 예술가의 입에서는 "항해는 필요하고, 목숨은 필요하지 않다.", "밤을 지나 빛으로" 등과 유사한 말들이 나왔다. 그는 결코 텅 비지 않은 노아의 방주는 지구 표면의 3분의 2가 물로 덮여 있기 때문에 지금도 여전히 쓸모없는 것이 돼버리지는 않았다고 말했다. 이따금 저 바깥세상에서 대홍수가 배를 집어삼키더라도 인류의 방주는 가라앉지 않는데, 하느님이 가라앉지 않도록 구름 속에 무지개를 띄워놓았기 때문이라는 것이다. 그는 바다는 영웅주의의의 요람이며, 군중을 갈라놓는 것이 아니라 통합시키는 요소라고 말했다. 금발의 폰 케셀 선장의 이름이 공연장 안에 울려 퍼졌다. 프리드리히는 자신의 마음의 눈앞에서 그 죽은 영웅이 별빛 총총한 하늘 아래 대지의 대홍수 속에서 떠돌아다니고 있는 것을 보았다. 그는 예술가의 연설을 통해 선장의 목소리를 들었다.

"폰 카마허 씨, 내 동생에게는 아내와 아이들이 있습니다. 그는 사람들이 부러워하는 남자입니다."

그런 다음 프리드리히는 용감한 연설가가 방금 받은 우레와 같은 박수 소리에 꿈에서 깨었다.

아르투어 슈토스는 빈 좌석 중 하나에 앉았고, 불케는 바이올린을 옆 좌석에 올려놓았다. 붉은 제복을 입은 영웅이자 생명의 구원자는 주인에게서 신발을 벗겼고, 그러자 검은 스타킹을 신은, 발가락이 자유로워진 그의 발이 드러났다. 예술가는 오른발 발가락으로 바이올린 활을 잡고 활의 머리에 콜로포늄을 바를 준비를 했다. 군중들이 놀라워하며 속삭이는 모습이 보였다. 이제 오케스트라가 바흐의 유명한 전주곡을 연주하기 시작했고, 슈토스에 의해 구노의 '아베 마리아'가 바이올린의 아름다운 음조로 연주되어 듣는 이들을 황홀경에 빠뜨리면서 울려 퍼졌다. 여기서 연주는 심각한 선박사고를 고려하여 감상적인 종교적 분위기로 바뀌었는데, 그것이 프리드리히를 고통스럽게 몸서리치게 했다. 그 끔찍한 사고는 그렇게 이용되었다.

아르투어 슈토스가 소구경총을 가지고 연기를 하자 분위기는 활기차게 바뀌었다. 그리고 여기에서도 프리드리히와 예술가들에게 그의 주인만큼이나 많은 경탄을 불러일으킨 사람은 불케였다. 그는 냉정하게 카드들을 들고 있었고, 그의 고용주는 한 번도 빗나가지 않고 한 발 한 발 중심을 꿰뚫었다.

프리드리히는 다음 날 아침 침대에서 꽤 늦게 일어났는데, 주변이 온통 고요하여 몹시 놀랐다. 침대가 흔들리지도 않았고, 유리잔과 세면대가 삐거덕거리지도 않았으며, 바닥이 기울어지지도 않았고, 벽이 바닥으로 무너져 내리지도 않았다.

프리드리히가 벨을 눌렀고, 페트로닐라가 나타났다. 체구가 작은 그녀는 잠을 잘 자고 뺨이 붉어진 상태로 일어나 이미 아침을 먹었다고 말했다. 윌리 스나이더스가 써놓은 짧은 편지에는 그가 여기저기서, 이런저런 거리에서, 이런저런 사무실에서 일할 것이며, 집에 와서 점심을 먹을 것이라는 내용이 적혀 있었다.

젊은 학자는 목욕을 했는데, 12시간 동안에 두 번째 하는 목욕이었다. 그에게는 새 양복과 세탁한 옷가지가 제공되었고, 그래서 그는 아침 식사 자리에 '새로 태어난 것처럼' 앉을 수 있었다. 페트로닐라는 식탁에 음식을 올렸고, 동시에 그녀가 집에 남아있는 마지막 사람이라고 설명했다. 그녀는 나갔다가 다시 들어와서 프리드리히에게 원하는 것이 있는지 다시 물었다. 그런 직후 그는 두텁게 몸을 감싼 씩씩한 가정부가 정문을 통해 거리로 나가는 것을 보았다.

가정부가 나가는 것을 본 그는 불안해졌고, 담배에 불을 붙였으며, 입술을 깨물기 시작했다. 그는 잉이게르트 할슈트룀과 단둘이서 있었다. 지금도 프리드리히는 삶의 환상적인 예측불가능성에 깜짝 놀랐다. 그는 뉴욕의 거친 소용돌이와 소란 속에서 몇 주, 아니 몇 달 안에는 지금과 같은 기회와 상황을 맞이할 것이라고는 생각지도 못했다. 배와 도시의 소음, 바다의 포효가 지나간 후 이제 갑자기 목가적인 평화가 그를 에워쌌다. 4백만 명이 살고 있는 이 도시에서 지금 사람들은 모두가 이루 말할 수 없이 끈질긴 열정으로 자신의 일을 이끌어가고 있었고, 강철같이 단단한 의무의 굴레에 얽매여 자신의 길에서 벗어난 모든 것에 대해서는 귀머거리가 되고 장님이 되었다.

프리드리히의 불안감은 커졌고, 가만히 앉아 있을 수가 없었다. 그의 몸의 모든 신경, 모든 세포는 이제 사방에서 그에게 밀려들어오는 힘에 의해 만져지고 자극받았다. 바닥, 천장, 벽을 뚫고 밀려드는 그러한 힘은 여러 가지 이름으로 불렸다. 사람들은 그것을 자기, 정기, 전기라고 말했다. 안정을 찾기 위해 다시 난로 불 앞에 앉은 프리드리히는 이것들 중 전기에 관해서 특별한 경험을 할 수 있었다. 그가 난로집게를 들고 쇠붙이에 가까이 다가갈 때마다 피식하는 소리를 내며 불꽃이 튀었다. 방 안의 모든 것이 전기로 채워져 있는 것 같았다. 프리드리히가 조그만 난로 깔개를 손끝으로 가볍게 스치자 작은 채찍 소리와 함께 여기저기서 불꽃이 튀었다.

프리드리히는 미소를 지으며 생각했다.

'빛 가꾸는 농부들이 여기 있구나!'

그리고 그는 어디에서 이 작은 꼬마요정들에 관해 읽었는지 곰곰이 생각하다가 〈롤란트호〉에서 꾼 꿈이 떠올랐다. 프리드리히는 파리를 잡는 식으로 잽싸게 불꽃을 잡으면서 말했다.

"빛 가꾸는 농부야, 뭐하고 있니?"

얼마 지나지 않아 수많은 불꽃이 그의 핏속으로 빨려 들어갔다. 그는 자리에서 일어나 복도로 나갔다.

그는 양손으로 위층으로 난 계단 난간의 기둥을 꼭 붙잡은 채 한동안 서 있었다. 마침내 그는 난간 위에 머리를 숙였고, 오한에 걸린 듯 온몸을 떨었다.

이때가 바로 그가 자신의 육체가 내뱉는 열정에 불타는 언어를 알아듣고, 자신의 내면의 결정적인 목소리가 육체의 언어가 요구하는 것을 받아들인 순간이었다. 이제 터져 나온 것은 억눌려온 충족되지 못한 요구였다. 이 요구는 낯선 집의 이 뚜쟁이 역을 하는 듯한 아침의 정적 속에서 돌연 억제할 수 없는 힘을 얻었다.

그리하여 그는 잉이게르트가 난로 옆에 앉아 금발의 머리채를 말리고 있는 방으로 들어갔다.

"아, 박사님!"

그녀는 깜짝 놀라 이렇게 외치며 그를 바라보았다. 그러나 거친 숨을 몰아쉬고 있는 남자에게 눈부시게 빛나는 눈을 돌리자마자 그녀의 얼굴에는 아무런 조건 없는 헌신, 나아가 죽음을 무릅쓰고 모든 것을 바치겠다는 희생의 표정이 번져나갔다.

이러한 그녀의 모습은 자제의 의지와 불타는 열정이 하나로 엮여있던 프리드리히를 다시 한 번 무의지 상태로 만들고 정신을 마비시켰다. 마침내 그는 사납게 맹목적으로 들이켜 마심으로써 자신의 내면에 있는 고통스러운 지옥을 떨쳐버릴 생각을 했다. 그러면서 그는 동물의 소리를 내면서 자신을 조금씩 식히고 해방시키는 사랑의 파도 속으로 깊숙이 빠져들었다.

가사 관리인 페트로닐라가 보통의 사람들과 달리 옷을 제대로 차려입지 않은 어떤 남자와 함께 돌아온 것은 11시 무렵이었다. 그 금발의 남자는 장갑을 끼지 않은 억센 손에, 발에는 볼품없는 신발이 걸려 있었고, 왼손에는 젖은 우산을, 오른손에는 낡은 펠트 모자를 들고 흔들면서 무척 기교 있게 휘파람을 불었고, 긴 보폭으로 소리를 내며 이리저리 걸었으며, 독일 예술가들의 합숙소에 살고 있는 사람처럼 행동했다.

이른 방문객은 프리드리히가 앞서 저 먼 바다에 있을 때 꿈을 꾸었던 페터 슈미트였다. 그는 〈롤란트호〉의 구조자 명단에서 프리드리히의 이름을 발견하고 프리드리히를 찾기 위해 메리든에서 뉴욕으로 왔다. 그는 윌리 스나이더스가 프리드리히와 옛 사제관계에 있다는 것을 알고 있었고, 그를 통해 프리드리히가 체류하고 있는 곳을 신속하게 알아냈던 것이다.

"친구야, 너는 텔레파시를 믿니?"

프리드리히가 그와 다시 만나 기쁨을 나눈 후 처음으로 한 질문이었다. 프리슬란트인 친구는 대답했다.

"텔레파시? 전혀."

그는 크게 웃으며 계속해서 말했다.

"이 친구야, 나도 서른 살이 다 돼 가! 나는 바보가 아니야! 라이프치히의 죽은 옛 세관원처럼 무슨 엉뚱한 생각이 네 머리를 돌게 하지 않기를 바란다. 너는 대대적인 심령술 모임을 주도하기 위해 이곳으로 건너왔지? 야 인마, 그렇다면 우리의 우정은 끝난 거야."

이는 대학 친구 사이에 익히 사용되던, 두 사람을 이루 말할 수 없이 기분 좋게 하는 말투였다. 그들의 관계는 모든 것으로부터 자유로웠고, 그로 인해 훗날 서로의 결속이 제한 받았다.

프리드리히가 말했다.

"걱정하지 마. 나는 여전히 심령술 모임에는 관심이 없어. 비록 내가 최근의 경험에 따라 거기에 참여해볼까도 생각했지만 말이야. 최근에 네가 저 먼 바다에 나타나 내게 가라앉은 대륙에 대해 알려주었잖아. 하지만 지금은 꿈에 대해서는 얘기하지 말자."

프리드리히가 〈롤란트호〉의 침몰을 자신이 목격했다는 사실을 알려주자 친구는 이렇게 이야기했다.

"너는 참 멋진 일들을 하고 다니는구나. 내 생각에 너는 결혼했고, 아이들이 있으며, 독일에서 의사를 하면서 부업으로 학문적인 연구를 하고 있겠지. 아니면 의사를 부업으로 하고 있던가. 그리고 특별히 마음에 들지도 않는 미국 여행보다는 온갖 다른 것들을 생각하고 있겠지."

프리드리히가 말했다.

"정말 유령에 홀린 듯 으스스하지 않니? 서로가 전혀 예상치 못한 방식으로, 전혀 예상치 못한 시간과 장소에서 갑자기 다시 만나다니 말이야. 그리고 너무나 사실적이고 너무나 현실적이던 8년의 삶이 갑자기 아무것도 아닌 것이 되어버린 것 같지 않니?"

프리슬란트인 친구는 자신들 둘 다 소요학파 사람이므로 뉴욕의 거리를 조금 산책하자고 제안했다. 잉이게르트는 다음 몇 시간 동안 공급업체와의 일로 무척 바빴으며, 점심식사 때 프리드리히를 다시 만나게 되기를 바란다고 말했다. 그래서 두 친구는 눈 덮인 벌거벗은 나무들 아래, 눈이 쌓인 중앙공원의 초원 사이로 난 깨끗한 아스팔트길을 걸었다. 그들을 에워싼 거대한 도시는 이런저런 수없이 많은 광포한 소음을 담은 공기로 가득 차 있었다.

그들은 마치 불과 30분 전에 멈췄던 대화를 다시 시작한 것 같은 느낌이 들었다. 프리드리히는 자신의 뿌리 뽑히고 갈기갈기 찢어진 상황을 친구에게 숨기지 않았다. 그는 체념의 힘을 인생의 마지막이자 최고의 이득이라고 불렀는데, 그의 친구는 그 주장에 단호하게 반대했다.

페터 슈미트는 방금 산 유력한 신문을 펼치면서 말했다.

"이것 좀 봐. 롤란트! 롤란트! 아직도 여전히 그 소식으로 가득 차 있어."

프리드리히는 머리를 만지며 말했다.

"그런데 내가 정말 거기에 있었나?"

"그게 무슨 말이야! 여기에 이렇게 굵은 글씨로 '폰 카마허 박사의 용기 기적을 이루다!'가 나와 있잖아. 젠장, 여기에 네가 그대로 묘사되어 있어."

〈월드〉나 〈선〉의 삽화가는 펜을 몇 번 휘둘러 수백만 명의 또래들 중 한 명과 똑같은 모습의 젊은 남자를 어렵지 않게 묘사했다. 그가 맨 셔츠를 입은 젊은 여인을 밧줄에 매어 반쯤 가라앉은 증기선의 높은 곳에서 보트로 내려 보내고 있는 모습이었다.

페터 슈미트가 물었다.

"네가 정말로 그렇게 했니?"

"나는 그랬다고 생각하지 않아. 나는 더 이상 그 재앙의 세부적인 사항들에 대해 완벽하게 알지는 못한다는 걸 고백하마."

프리드리히는 가만히 멈춰 서서 창백해진 채 생각을 가다듬으려 애썼다. 그는 말했다.

"그런 사건에 있어서 어떤 것이 더 끔찍한 건지 나는 잘 모르겠어. 그것이 실제로 일어났다는 사실일까? 아니면 그것을 겪었던 누군가가 점차 그것을 소화하고 잊어버리고 있다는 사실일까?"

그리고 프리드리히는 여전히 길 한복판에 가만히 멈춰 서서 계속해서 말했다.

"그런 경험에서 가장 가슴을 아프게 하는 것은 무감각한 무모함, 더할 나위 없는 잔인함과 잔혹함이야. 우리는 이론적으로는 천성의 잔인함을 알고 있지만, 우리가 처한 현실에서 실제로는 그 잔인함을 계속해서 잊어야만 살아갈 수 있지."

그는 가장 깨우친 사람이라도 어떤 식으로든, 어떤 곳에서든 여전히 선한 신과 같은 어떤 것을 믿는다고 말했다. 그러나 자신이 겪었던 그런 경험은 사람들을 어떤 방식으로든 가차 없이, 억센 주먹으로 구타하며 어떤 곳으로든 몰아넣는다고 그는 말했다. 그리고 마음속에는 듣지 못하고, 보지 못하고, 느끼지 못하게 되어 아직 죽은 상태로 깨어나지 못한 곳도 있다는 것이다. 이 잔혹함은 너무 강해서 그것을 실제로 겪고 있는 한 신, 인간, 인류의 미래, 행복한 시대 등에 대한 믿음보다는 저급하거나 의식적인 거짓말을 더 쉽게 입에 올리고 싶어 한다는 것이다. 그는 무고한 사람들에게 그토록 무시무시하고 무의미한 부당한 일이 일어나 더 이상 돌이킬 수 없게 되었는데, 모든 것이 무슨 소용이 있으며, 인간의 존엄성과 인간의 신성한 운명 등에 관한 실러의 격정이론에 빠져들 이유와 목적이 어디에 있느냐고 말했다.

프리드리히는 극도로 창백해졌고, 심한 메스꺼움이 몰려왔다. 그는 눈을 크게 떴고, 그리하여 눈알은 두려움과 공포가 담긴 이상한 모습을 드러냈다. 그는 가볍게 몸을 떨었고, 적잖이 놀라면서 친구의 팔을 꼭 붙잡고 있는 동안 발밑에서 단단한 땅이 흔들리기 시작하는 것을 느꼈다. 그는 말했다.

아틀란티스

"내가 이런 적이 없었는데. 그 이야기를 함으로써 뭔가 당한 것 같아."

페터 슈미트는 친구를 근처에 있는 공원 벤치로 데려갔다. 프리드리히는 손이 마비되고, 식은땀을 흘렸으며, 갑자기 의식을 잃었다.

고통스러워하는 사람은 깨어났지만 주변 환경에 제대로 적응하는 데는 시간이 좀 걸렸다. 그는 누군가를 향해 말을 했다. 그는 자신의 아내, 다음에는 아이들, 그리고 아버지가 완전한 제복차림으로 그의 앞에 있다고 생각했다. 그는 모든 것이 다시 명료해지고 제 정신을 찾게 된 다음 친구에게 자신의 발작과 우연한 사태를 모두 비밀로 해달라고 간곡하게 부탁했다. 페터 슈미트는 그러겠다고 약속했다.

프리슬란트인 친구가 말했다.

"지나치게 긴장시키고 지나치게 부려먹은 신경이 복수를 하고 있는 거야."

프리드리히는 아버지와 어머니에게서 최고의 체질을 물려받았음에도 불구하고 지난 여름과 가을부터 이 순간까지 자신에게 너무 많은 일들이 밀어닥쳐, 사실은 오래 전부터 그런 건강의 붕괴를 예상해왔다고 말했다. 그리고 그는 이렇게 덧붙였다.

"내 생각엔 이런 일이 다시 일어날 것 같아. 이런 증세가 나를 괴롭히지 않았으면 좋겠는데."

슈미트가 말했다.

"그것은 다시 나타날 거야. 그럴 땐 몇 달 동안 조용히 지내면 그것이 영원히 사라질 거야."

얼마 후 그들은 친구 사이의 옛날의 활기를 되찾아 다른 대화 주제로 돌아섰다. 그리고 의사 페터 슈미트는 배의 침몰에 대한 얘기로 되돌아가는 것을 의도적으로 피했다.

슈미트가 갑자기 말했다.

"여기는 리터의 작업실 근처야. 네가 괜찮다면 거기로 갈 수도 있는데."

프리드리히는 그러겠다고 했지만 앞서 벌어진 자신의 건강과 관련된 사태를 완전히 비밀로 유지해 달라고 요청했다. 그는 말했다.

"아무튼 그 치명적인 경련을 일으킨 사태가 내가 네 곁에 함께 있게 된 순간까지 기다려준 것은 나나 우리의 조물주가 현명하다는 거지."

몇 시간을 걷는 동안 여러 차례 떠오른, 프리드리히가 공해에서 가져온 숙명론에 대한 믿음이 페터 슈미트에게 밀려왔다.

보니파치우스 리터의 작업실이 있는 거리는 중앙공원과 접해 있었다. 그들은 작업실로 들어가 먼저 석고주조공의 작업장으로 갔다. 석고주조공은 머리에 자신이 만든 둥근 종이 모자를 쓰고 있었다. 모자는 그의 가운과 바지와 신고 있는 실내화와 마찬가지로 석고 물이 튀어 딱딱하게 굳은 채 덮여 있었다. 벽에는 데스마스크들과 고대인들은 물론 해부학적 표본들과 살아있는 사람의 사지를 본떠 만든 온갖 종류의 주조물이 걸려있었다. 주조공은 엉덩이까지 옷을 걸치지 않고 몸통이 드러나 있는, 마치 운동선수처럼 우람한 어떤 남자에게서 몸의 부분 부분을 본뜨고 있었다. 손님이 온 것을 알리기 위해 주조공이 떠나자 운동선수 같은 사람이 말하기 시작했다.

그는 작센 사투리로 말했다.

"신사양반들, 하루하루 먹고 살 빵 조가리라도 벌기 위해서는 무슨 일이든 마다할 수 없습죠, 나는 피르나*에서 왔소."

이름을 베르네라고 밝힌 그는 계속해서 말했다.

"그리고 이 빌어먹을 뉴욕에서 우리 같은 놈들에게는 웃을 일이라곤 아무것도 없습죠. 나는 처음에는 체인작업자로 일했소. 사장이 파산하자 나는 길바닥에 주저앉게 되었소. 내가 가진 것이라곤 가지고 일하던 쇠막대기와 육중한 몸뚱이뿐이오. 내 뱃살의 무게는 어마어마합지요."

그들은 들어오라는 리터의 지시를 전해 받고 안으로 들어갔다.

그들은 한 우아한 젊은 여인이 상반신 초상화 작업을 하고 있는 방으로 안내되었다. 모델은 보이지 않았고, 작품은 색조로 보아 거의 완성된 것 같았다. 그 다음 방은 대리석 작업자들이 차지하고 있었다. 작업자들은 올려다보지도 않고 태연한 모습으로 시끄럽게 두드리고 망치질을 하며 다양한 크기의 블록들을 가지고 작업하고 있었다. 그런 다음 그들은 먼지로 뒤덮인 나선형 계단을 통해 채광천창이 있는 방으로 올라갔고, 거기에서 보니 파치우스 리터가 그들을 맞이했다.

리터는 몹시 기뻐하며 어린 소녀처럼 얼굴을 붉히면서 인사를 한 뒤 프리드리히와 슈미트 박사에게 자신을 따라오라고 했다. 그들은 프랑스 교회에서 유래한, 하나뿐인 고풍스런 스테인드글라스 창문을 통해 빛이 들어오는 작은 방으로 들어섰다. 천장은 낮았고, 잘 다듬어진 참나무로 되어 있었다. 벽들은 목재합판으로 덮여 있었다. 방의 길이를 기준으로 바닥의 절반 정도는 참나무로 된 무거운 테이블이 차지하고 있었는데, 테이블 주위로는 세 개의 벽면을 둘러싸고 벤치가 놓여 있었다.

리터가 말했다.

"보시는 것처럼 여기는 우리나라 독일의 아늑한 구석방과도 같습니다. 윌리 스나이더스가 모든 것을 그리고, 수집하고, 설치했지요."

---

*   독일의 동쪽 체코와의 국경 근처에 있는 작은 도시이다.

지난날의 대학생이자 선량한 독일인으로서 프리드리히는 정말로 놀라워하고 기뻐했다. 왜냐하면 모든 것이 성 히에로니무스*의 집과 비슷했으며, 그리하여 그것은 어느 독일 와인저장고의 어둠침침한 성소와도 같았기 때문이다. 더구나 그 직후 파란색 앞치마를 두른 석공 한 사람이 능히 술 창고지기로 보일 수도 있는 모습으로 라인지역에서 나온 오래 된 와인 한 병과 뢰머 와인잔을 들고 나타나기까지 했다.

아침술을 마시는 나이를 넘어선 지 오랜 친구들이지만 이제 그들은 다시 한 번 아침술의 향수가 밀려오는 것을 피할 수가 없었다. 그리고 프리드리히의 마음속에서는 여전히 원칙 없는 무모함의 상태가 지배하고 있었다. 그는 순간에 매달려 있으면서 늘 어제와 내일을 대비할 태세를 갖추고 있었다. 어둠침침한 방은 그에게서 행복했던 젊은 시절의 기억을 일깨웠다. 그리하여 그는 큰 소리를 지르고 기뻐하며 뢰머 와인잔을 부딪쳤다. 프리드리히는 영락없는 술꾼처럼 편안하게 말했다.

"리터 씨, 오늘 여기서 나를 쫓아내지 마십시오,"

그는 이어서 말했다.

"그러니까 내 말은 쫓겨나기 전에 당신의 작품들을 보고 싶다는 겁니다."

보니파치우스 리터는 서두르지 말자고 쾌활하게 대답했다. 그는 방명록을 가져왔고, 프리드리히와 페터 슈미트는 그 안에 이름을 적어 넣어야 했다. 이 일이 끝나자 그는 벽장에서 리멘슈나이더**의 독일 마돈나 조각

---

* 히에로니무스(347~420)는 고대 로마제국의 그리스도교 성직자로 예로니모, 또는 제롬으로도 불린다. 4대 교부 중 한 사람으로 꼽히며, 라틴어 성경의 번역자로도 유명하다.
** 틸만 리멘슈나이더(1460~1531)는 독일 뷔르츠부르크 출신의 조각가이자 자유를 위한 투사로, 1500년경 후기고딕에서 르네상스로 넘어가는 전환기에 가장 중요한 예술가 중 한 사람이었다. 그는 주로 나무를 재료로 썼지만, 대리석과 석회석, 석고 등으로도 작품을 만들었다.

품을 꺼냈다. 귀여운 조그만 얼굴이 감미로운 타원형을 이루고 있어 그녀는 더더욱 진짜 독일 소녀 그레첸이었다.

리터는 독일 출신 놈팽이인 뉴욕의 세관원에게서 윌리가 그것을 빼앗았다고 주장한다고 설명했다. 그 멋진 조각품은 옥센푸르트 시청에서 나왔는데, 목수였던 세관원의 아버지가 가끔 수리를 위해 그것을 보관해오다가 새로 칠한 다른 조각품으로 교체했다는 것이다. 성실한 옥센푸르트의 남녀 시민들은 모두가 기뻐하면서 더 멋지고 새로운 조각품을 원래의 것보다 더 좋아했다는 것이다. 리터는 웃으면서 이렇게 말을 맺었다.

"윌리 스나이더스가 그렇게 주장한 겁니다. 나는 지금 말한 내용에 대해 책임이 없습니다. 어쨌든 한 가지 확실한 것은 이 작품이 리멘슈나이더의 것이라는 사실입니다."

그 뷔르츠부르크 출신 대가의 조각품에서는 살아있는 마력이 터져 나왔다. 그것은 사랑스럽게 다듬어진 매력적인 작은 공간과 뢰머 와인잔의 푸르스름한 금빛 광채와 한데 어우러져 보통의 독일인들에게서는 존재하지 않는, 저 깊은 곳에서 솟아나는 조국 독일의 온갖 아름다움을 불러일으켰다.

윌리 스나이더스가 시끌벅적하게 들어왔다. 그는 손님들에게 인사한 후 말했다.

"이봐, 리터, 내가 목마를 거라 생각한 것 같은데 아니야."

그는 병을 살펴보고 말했다.

"아, 이런 빌어먹을 녀석이 있나. 이 녀석이 요하네스베르크 와인 스무병 중 한 병을 나 없는 데서 축내버렸잖아. 그건 이 녀석이 시카고에서 온 돼지장사에게서 꼽추 딸의 초상화를 그려주고 보너스로 받은 거지요. 첫 번째 손님은 제 말을 믿으셨을 테고, 이제 두 번째 손님이 믿으셔야 해요."

윌리 스나이더스는 그의 사장의 사무실에서 인테리어 디자인을 구상하는 일을 마치고 곧장 온 것이었다. 그는 소리쳤다.

"자, 여러분, 이곳은 참 멋진 선술집이지 않나요?"

윌리 스나이더스는 옥센푸르트의 작은 마돈나와 관련하여 그녀가 참 예쁜 어린 아이가 아니냐고 물었고, 곧장 맹세코 그녀는 골판지로 만들어지지 않았다고 덧붙여 말했다. 그는 자신은 일본인 조각품만을 수집한다고 말했는데, 사람들은 즉시 이 어지럽게 흐트러진 머리를 하고 쉽게 흥분하는 검은 피부의 독일-일본 혼혈인의 말을 믿는 쪽으로 기울었다. 그는 당분간은 자신이 불쌍한 개에 불과하며, 자신은 일본식 목각작품부터 모으기 시작했다고 말했다. 하지만 4~5년 안에 필요한 돈을 모으게 되면 일본작품수집가들이 하는 사업을 본격적으로 시작할 것이라고 말했다. 그는 어떤 사람도 예술분야에서 이 사람들과 맞서 싸울 수는 없다고 말했다.

그는 친구를 향해 말했다.

"사랑하는 리터, 그런데 지금 자네에게 할 말이 있네. 자네가 괜찮다면 내가 로브코비츠와 무엇보다도 에바 양을 데려오겠네. 그녀는 방금 전 내가 작업실을 지나올 때 〈롤란트호〉의 영웅을 꼭 만나보고 싶다고 말했다네."

그는 대답도 기다리지 않고 나갔다가 즉시 리터 밑에서 일하는 로브코비츠와 영국 버밍엄에서 온 리터의 견습생 에바 번스 양과 함께 다시 들어왔다.

석공은 귀한 두 번째 와인 병과 뢰머 와인잔과 샌드위치가 담긴 커다란 델프트 접시를 테이블 위에 차려놓았다. 그리고 그런 경우에 흔히 그렇듯이, 너무 오랫동안 이어진 방문을 끝내려는 두 의사의 의도는 30분 후 유쾌한 기분의 물결 속으로 가라앉아버렸다.

그리고 그 소수의 모임이 30분, 1시간이 지나도 여전히 와인과 함께함으로써 그들은 모두가 똑같이 관심을 두고 있는 독일 예술에 대한 무궁무진한 주제를 놓고 열띤 대화에 빠졌다. 프리드리히가 말했다.

"고대 그리스인들의 예술을 창조한 정신이 아담 크라프트, 바이트 슈토스, 페터 비셔의 작품을 특징짓는 완전히 새롭고 심오한 독일의 정신과 결합될 수 없다는 것은 한없이 안타까운 일입니다."

에바 번스가 물었다.

"박사님, 박사님은 실제로 조형예술을 다뤄보신 적이 있으세요?"

윌리 스나이더스가 프리드리히를 대신하여 대답했다.

"박사님은 재능이 넘쳐흐르지요. 나는 그것을 증명할 수 있습니다."

그는 골동품 창고에 이른바 맥주신문*이라는 것을 몇 부 보관하고 있었는데, 거기에는 그의 스승의 진지하면서도 해학적인 그림들이 실려 있었다.

프리드리히는 얼굴을 붉히며 말했다.

"내가 재능이 넘쳐흐른다고? 윌리, 무슨 그런 당치도 않은 말을 하나. 아가씨, 부탁인데, 이 미쳐 날뛰는 악동의 말을 믿지 마세요. 맥주신문을 근거로 하여 나에게 재능이 있다고 말할 수는 없습니다. 예, 나도 한번은 실제로 해봤습니다. 바보가 아닌 다른 모든 젊은이들처럼 나도 열여섯 살에서 스무 살 사이에 그림, 조각, 문학을 얼치기로 해보았다는 사실을 부정할 이유는 없지요. 이걸로 미루어 당신은 내가 예술에 얼마나 재능이 있었는지가 아니라 기껏해야 제가 얼마나 산만했었는지 밖에 알 수 없을 것입니

---

* 맥주신문은 특정 집단의 흥겨운 분위기를 돋우기 위해 만들어진 해학적이고 풍자적인 신문을 일컫는다. 본래 대학생들의 언어에서 유래했으며, 학생들이 술집에서 술을 마시며 주고받는 대화나 노랫말 등이 맥주신문의 내용을 이루었다. 나중에는 시민들의 축하모임이나 학교 졸업식 행사 등에서도 맥주신문이 활용되었다.

다. 나는 예술을 사랑합니다. 나는 특히 지금은 예술을 그 어느 때보다 더 좋아한다고 말할 수 있습니다. 왜냐하면 예술을 제외하고는 세상의 모든 것이 나에게 문제를 일으켰기 때문입니다. 나는 로베르트 코흐와 헬름홀츠*를 합쳐놓은 사람이 되기보다는 저기 저것처럼 (여기서 저것은 리멘슈나이더의 작품을 가리킨다.) 나무로 신의 어머니를 조각하여 가지고 싶습니다. 물론 이건 전적으로 나만의 개인적인 생각이고, 나는 그 두 사람을 존경하고는 있습니다."

"자, 자, 자, 자! 빌어먹을, 우리가 또 이런 데에 빠져 있잖아."

페터 슈미트가 벌떡 일어나며 소리쳤다. 그가 자신을 사랑하고 자신에게 많은 조언을 해주는 이 예술가들 속에 낄 때면 종종 예술과 과학 중 무엇이 우선적 가치가 있는지에 대한 논란의 여지가 있는 질문이 제기되는 순간이 등장하곤 했다. 물론 그럴 때면 그 프리슬란트인은 과학의 가치를 열렬히 옹호했다. 이제 그는 이렇게 말했다.

"만약 자네가 이 리멘슈나이더의 나무조각상을 불 속에 집어넣는다면, 그것은 나무처럼 타버릴 거야. 나무도 거기에 깃든 불멸의 예술도 불에 저항하지 못하지. 그리고 그것이 잿더미가 되면 당연히 그것은 인류의 발전에 아무런 의미도 있을 수 없어. 뿐만 아니라 세상은 나무로 만든 신들과 성모상들로 가득 차 존재해왔지만 내가 아는 한 그것들은 가장 어두운 무지의 밤을 밝히지는 못해 왔지."

프리드리히가 설명했다.

---

* 헤르만 폰 헬름홀츠(Hermann von Helmholtz, 1821~1894)는 독일의 생리학자, 철학자이자 물리학자이다. 생리학과 생리심리학 분야에서 공간의 인지, 시각이론, 음향의 인지 등 생리광학 및 생리음향학에 기여했고, 물리학 분야에서는 열역학 이론 정립에 기여하였으며, 전기역학 및 열화학, 유체역학 등에 업적을 남겼다.

"내 말은 과학에 반대하는 것이 아니야. 중요한 것은 극도로 혼란에 빠진 사람의 예술에 대한 사랑이라는 점을 나는 강조하고 싶네. 그러니 사랑하는 페터, 진정하게!"

오로지 프리드리히의 말만 듣고 있던 에바 번스가 말했다.

"만약 선생님이 정말로 조형예술에 끌리신다면, 내일이라도 즉시 여기 리터 장인님 집에서 모형작업을 시작해보실 수 있지 않을까요?"

리터는 자신이 목각에 대해 사실 잘 모를 수도 있지만 적어도 프리드리히를 마음대로 부려먹을 수는 있다고 농담조로 말했다. 그러자 프리드리히는 갑자기 직설적으로 이렇게 외쳤다.

"나는 나무로 만든 신의 어머니, 내 작은 마돈나 곁을 떠날 수가 없습니다."

그는 잔을 손에 들고 일어섰다. 사람들은 모두 작은 마돈나를 합숙소에 있는 소녀 잉이게르트와 연결 지으면서 웃었고, '작은 마돈나를 위해!'를 외치며 건배했다. 잔이 부딪치는 소리가 울렸고, 프리드리히는 다소 대담하게 계속해서 말했다.

"나는 괴테가 말한 것처럼 남자가 여자에게 동물처럼 할 수 있고 해야만 하는 일을 신의 감각과 인간의 손으로 행할 수 있는 능력이 주어지기를 원합니다."

그는 마치 물을 길어 올리려는 것처럼 양손을 모았다. 그리고 외쳤다.

"내 빈 손 안에 있는 내 마돈나가 호문쿨루스처럼 느껴집니다. 그녀는 여기에 살고 있습니다. 내 손바닥은 황금으로 된 조개껍질입니다. 내 마돈나가 한 뼘 정도의 크기이며, 나를 위해 살아있는 상아로 만들어져있다고 생각해 보십시오. 어딘가에 여러 개의 장밋빛 반점이 있다고 생각해 보십시오. 고다이바*가 입었던 망토밖에는 아무것도 입지 않고, 흐르는 햇살로 만든 머리카락을 하고, 그리고 또… 이런 작은 마돈나를 생각해

보십시오."

그리고 프리드리히는 즉흥적으로 읊어나가기 시작했다.

"장인이 말씀하시길, 내 작업장으로 들어오라.

그리고 그는 창조주 하느님처럼

두 손으로 작은 조각품을 붙잡았지.

그러자 그의 심장이 크게 고동쳤지.

보다시피, 나는 심장이 살아있는 것을 보았고…

그리고 계속하여, 계속하여 살아서 고동치고 있었지.

내 손 위로 뛰어 오른 건

황금빛 물결, 시원한 입술…

나는 더 이상 말하지 않으리라! 내가 말하고자 하는 핵심은 이 마돈나를 독일산 보리수나무로 조각하여 생명 그 자체처럼 다양한 색으로 칠하고 나서 그대로 죽고 싶다는 것."

사람들은 프리드리히의 열광적인 감정폭발을 큰 소리로 브라보를 외치며 받아들였다.

에바 번스는 조금은 남성적일 수도 있는 분위기를 풍기는, 스물다섯을 넘긴 아름다운 여자였다. 그녀의 독일어와 영어는 조금 거칠었고, 어느 정도 악의를 품고 듣는 사람은 그녀의 입속에 너무 두터운 앵무새 혀가 있다고 생각할 수도 있었다. 그녀의 가르마를 탄 검고 풍성한 머리카락은 귀를 덮고 있었다. 그녀의 용모는 넓고 흠잡을 데가 없었다. 프리드리히가 말을

---

*   11세기 영국 코번트리에 살았던 영주의 부인으로, 남편에게 코번트리 시민들이 내는 무거운 세금을 줄여달라고 끈질기게 간청하자 화가 난 남편은 그녀가 사람들이 많이 모인 시장거리를 알몸으로 말을 타고 지나가면 청을 들어주겠다고 약속한다. 이에 고다이바는 다리 이외의 온몸을 머리카락으로 감싼 채 말을 타고 달렸다고 전해진다.

하거나 마쳤을 때 그녀는 크고 어둡고 사려 깊은 총명한 눈으로 그를 바라보았다.

마침내 그녀가 말했다.

"정말로 그렇게 되도록 노력해 보세요!"

프리드리히의 눈과 여인의 눈이 서로 마주쳤고, 젊은 학자는 반은 학생이고 반은 기사의 어조로 대답했다.

"미스… 미스…"

그러자 윌리가 도왔다.

"버밍엄에서 온 미스 에바 번스라네! 버밍엄에서 온 에바 번스 양, 아주 중요한 말을 했습니다. 가난한 의사 한 명을 잃고 세상이 더 가난해지고, 가난한 조각가 한 명이 늘어 세상이 더 부유해진다면 그 책임은 당신에게 있는 거요!"

그 사이 날이 더 어두워졌고, 테이블 위에 걸려 있는 촛대 위의 최고급 밀랍으로 만든 양초들에 불이 켜졌다.

"자네가 신의 감각과 인간의 손을 사용하든, 내가 선호하는 신의 감각, 즉 이성만을 사용하든 인류를 더 고상한 유형으로 번식시키는 데 영향을 미치고 싶다면 나는 그것에 전혀 반대하지 않네."

이렇게 말하면서 페터 슈미트는 다시 논쟁에 끼어들었다.

"자네가 허락한다면 의학의 궁극적인 목적은 이런 것이네. 인간들 사이에서 인공적인 번식을 택하는 것이 필수적인 날이 올 것이네."

예술가들은 웃음을 터뜨렸다. 프리슬란트인은 흔들림 없이 이야기를 끝맺었다.

"그러면 또 다른 더 멋진 날도 오게 될 것이고, 그때는 우리 같은 사람들은 기껏해야 오늘날 아프리카의 부시맨들처럼 취급될 걸세."

촛대의 촛불이 아래로 타내려갔을 때 사람들은 자신들의 작은 모임을 마쳐야 할 때라고 생각했다. 작업실에는 어둠이 깔렸다. 무슨 이유에서인지 작업자들은 평소보다 일찍 일을 마쳤다. 바닥까지 타들어간 촛대의 불빛이 황량한 방을 밝혔다. 로브코비츠는 시카고에 들어맞는 작업으로 상업, 산업, 교통, 노동, 농업을 잊지 않고 조금씩 다루어왔다! 석고와 점토로 만든 모형들은 어마어마한 크기였다. 리터가 말했다.

"예술에서는 엄청나게 큰 것이 대수는 아니지요."

그 물건들은 열성을 다해 만들어졌고, 촛불의 빛을 받아 거대한 그림자를 던졌다. 윌리가 말했다.

"모든 것이 1492년을 기념하는 때늦은 소동을 위한 것이고, 시카고 세계박람회를 위한 것입니다. 노르웨이에서는 바이킹선이 옵니다. 크리스토프 콜럼버스의 마지막 후손이라며 어느 다리가 굽은 스페인 사람이 이리저리 지나다닐 것입니다! 분명 미국 신사들에게 구미 당기는 먹거리일 거창한 사기행각이지요."

윌리는 계속 입을 크게 벌리면서 리터가 오로지 원숭이 같은 민첩성 덕분에 그 엄청난 계약을 따낼 수 있었다고 설명했다. 그는 건축위원회가 다른 사람들이 점토를 적시기도 전에 이미 리터로부터 모든 초안들을 받았다고 말했다. 리터는 이렇게 말했다.

"그 당시 나는 브루클린에 있는 작은 작업실에서 죽도록 힘들게 일하면서 48시간 동안 점토상자에서 손을 꺼내지 못했지!"

이 모든 장식 작품들은 무척 인상적인 제작기법에 의한 것이었다. 리터는 이어서 말했다.

"나는 결코 그것들에 그다지 신경 쓰지 않습니다. 왜냐하면 전시회가 끝난 후에는 모두 사진으로만 남아있을 것이기 때문입니다."

윌리는 다음과 같이 말을 맺었다.

"미국인들은 바로 이런 사람들입니다.

'워싱턴 기념상 하나 부탁해요, 리터 씨! 어쩌면 우연히도 이미 조끼주머니에 완성된 워싱턴 기념상을 갖고 있지 않은지요?'

'아니오! 하지만 오늘 밤까지는 만들어낼 겁니다.'

'이 사람은 그럴 수 있을 거야!'"

윌리는 그의 우상이 된 리터를 가볍게 쓰다듬으며 말했다.

"그래서 이 사람이 미국에 잘 어울리는 겁니다."

그들은 이제 완전히 다른 정신이 담긴 작품들을 볼 수 있는 리터의 한 특별한 작업장으로 들어섰다. 시카고 박람회에 어울리는 박공형상들이 유명한 세계시장임을 외치는 상업적 성격을 띠고 있었던 반면 이곳에서는 모든 것이 예술적이었다. 노래하는 소녀들을 묘사한 높은 부조는 아직 완성되지 않은 점토 상태로 튼튼한 이젤 위에 서서 훌륭한 독특성을 보여주고 있었다. 역시 점토로 만든 장식용 프리즈[*], 염소들을 데리고 있는 푸티, 춤추는 목양신들, 광란의 무녀들, 당나귀를 탄 실레노스 등 간단히 말해 바쿠스 신을 뒤따르는 많은 인물들의 행렬을 볼 수 있었다. 마찬가지로 점토로 만든 분수의 형상과 손에 들고 있는 물고기 한 마리를 호기롭게 바라보고 있는 벌거벗은 남자도 볼 수 있었다. 피렌체 국립 박물관에 있는 도나텔로의 작품을 본뜬 두 번째의 게오르크 상은 이미 석고모형으로 완성되어 있었다. 이 모든 작품에서는 고대 그리스인들과 도나텔로 사이의 중간 정도 되는 적당한 성격이 엿보였고, 허용된 온갖 모방에도 불구하고 대

---

[*] 도자기나 실내의 벽, 혹은 건물의 외벽 등에 장식적 목적으로 두르는 길고 좁은 수평판이나 띠를 가리킨다.

가의 기법을 나타내는 스타일을 보여주었다.

　여기에 모아놓은 작품들은 예외 없이 크라수스라는 미국사람이 지은 성에 쓰기로 정해져 있었다. 그 사람은 이 젊은 조각가와 그의 예술작품에 "홀딱 반해버렸고", 질투심에 불타 그의 창작물들 중 어떤 것도 남의 손에 들어가지 않도록 감시했다. 그는 자신을 또 하나의 완전히 새로운 메디치가*의 인물로 느꼈다. 그와 그의 아내, 딸을 위해 롱아일랜드의 넓은 정원에 거의 모두가 대리석으로 지어진 그의 궁전은 이미 건설하는 데 수백만 달러가 들어갔다. 그러고도 더 많은 비용이 책정되었다. 집의 정원과 안뜰 및 방의 조각 장식은 오로지 리터만이 자신의 재량에 따라 독점적으로 만들어야 했다. 이 미국 땅에는 얼마나 많은 일거리들이 있는지! 만약 재능을 '우리나라' 미국에서 달러를 얻는 것만큼이나 쉽게 얻을 수 있다면, 그것은 틀림없이 제3의, 어쩌면 이탈리아의 르네상스보다 더 큰 르네상스를 불러일으킬 것이다.

　프리드리히는 젊은 리터의 자기만의 유별난 행운에 완전히 사로잡혀 있었고, 특히 성공과 돈벌이가 조화를 이루고 있는 데 대해 놀라워했다. 즐기면서 만들어낸 것처럼 보이는 이 많은 작품들과 젊은 대가의 평정심을 자신의 헝클어진 삶과 비교하자 그에게는 처음으로 천민이 된 듯한 느낌과 함께 절망적인 패배감이 밀려왔다. 어디에서나 뭉개진 축축한 점토 속으로 형태와 영혼을 집어넣어 창조해내는 리터의 풍요로운 작품 위로 촛불의 빛이 미끄러져 내리자 프리드리히의 마음속에서는 계속하여 이런 말

---

*　메디치(Medici)가는 13세기부터 17세기까지 이탈리아 피렌체를 중심으로 친족 지배체제를 구축하여 강력한 영향력을 행사한 귀족가문으로 세 명의 교황(레오 10세, 클레멘스 7세, 레오 11세)과 피렌체의 통치자를 배출했다.

아틀란티스　275

이 들렸다.

"너는 네 삶을 놓쳐버렸어! 너의 날들을 허비해버렸어! 네가 잃어버린 것은 결코 되찾지 못하지!"

그리고 프리드리히에게서는 이름이 없는 더 높은 존재에 대한 시기와 함께 혹독한 비난의 목소리가 터져 나왔고, 어째서 이 존재가 자신에게 제 때에 그런 길을 걷게 해주지 않았는지 알고 싶었다.

고향에서의 리터의 삶은 순탄하지 못했다. 그 젊은이는 군대에서 일어난 어떤 불미스런 사건으로 반항적인 행동을 하다가 급기야 탈영을 하게 되었다. 이제 그는 미국에서 살게 된지 몇 년이 되었고, 고향에서의 뒤틀린 삶은 나뭇가지를 진정으로 적합한 새로운 토양에 옮겨 심을 수 있게 하기 위한 불가피한 것이었다고 말하지 않을 수 없었다. 리터의 인성은 마치 우수한 나무처럼 순수하고, 조화롭고, 곧게 자라났고, 천재나라에서 온 젊은 왕자의 군사적 복종심의 결핍은 숙명처럼 그에게 부여되어 있는 최고의 재능을 통해 완전히 보상 받았다.

리터는 갑자기 프리드리히에게 말했다.

"당신은 〈롤란트호〉에서 베를린의 조각가 투생과도 함께 있었다지요."

페터 슈미트는 예술가들에게 선박 참사에 대해서는 입에 올리지 말아 달라고 몰래 요청했었다. 왜냐하면 그의 친구 프리드리히의 신경이 곤두 서있는 특성을 고려할 때 이는 좋지 않은 결과를 낳을 수 있기 때문이었다. 그런데 이런 경고를 잊은 것이다. 프리드리히가 말했다.

"불쌍한 투생은 여기에서 황금의 산을 찾기를 바랐습니다. 하지만 그는 그저 과자나 좋아하는 천재일 뿐이었습니다."

이제 로브코비츠가 말했다.

"하지만 당신께 장담하는데, 인간으로서 그는 어느 정도는 대단했습니다. 그는 큰 성공에도 불구하고 오로지 사교적인 삶을 좋아하는 부인에 의해, 그리고 자신보다 더 돈이 많은 사람들이 떵떵거리며 베푸는 호의로 인해 괴로워했습니다. 미국 땅에 도착하게 된다면 아마도 그는 부인을 버리고 완전히 다른 사람이 될지도 모릅니다. 그는 단지 뼈 빠지게 노력하려 했고, 오로지 일만 하고 싶어 했으며, 가급적 숙련된 장인들 사이에서 셔츠소매를 끌어올린 채 작업대 위에 서 있고 싶어 했습니다. 한번은 그가 지나가면서 내게 이런 말을 했지요. '당신이 미국에서 이따금 일하다가 쉬는 시간에 빵과 캐러웨이 열매가 든 치즈와 함께 위스키를 마시는, 나를 닮은 석공을 만난다면 당신은 자연스럽게 그게 나라고 생각하세요. 그럴 때면 나를 불쌍히 여기지 말고, 오히려 축해해 주셔야 해요.'라고 말입니다."

프리드리히는 자기 존재의 최고의 부분을 시대의 혼돈 아래 감춰두고, 자신처럼 현존과 허상 사이에서 확실한 결정을 내리려고 헛되이 노력하는 사람이 또 하나 있다고 생각했다.

조각가 리터의 마차가 문 앞에 서서 프리드리히와 페터 슈미트 박사를 역으로 태워다 주기 위해 대기하고 있었다. 페터 슈미트는 역에서 다시 메리든으로 돌아가는 기차를 탈 예정이었다. 두 사람은 작은 마차에 올라 조련사이자 시종으로 일하는 그 오스트리아인 옆에 비집고 앉아야 했다. 리터는 그를 미스터 보아바라고 소개했었다. 그는 리터와 비슷한 연배의 남자로 평소와 같은 갈색의 작고 둥근 모자와 갈색 장갑, 그리고 비슷한 색의 경마기수용 짧은 외투를 착용하고 있었다. 그는 억센 턱과 가는 코를 하고 있었고, 수염이 윗입술을 덮고 있었다. 그의 얼굴에는 대담함과 젊은이다운 순진함이 지배하고 있었기에 그를 멋진 청년이라고 부를 수밖에 없었다. 그는 택시, 트럭, 트램이 뒤엉킨 사이를 뚫고 화려한 백마를 몰면서 가

아틀란티스

볍게 미소를 지었고, 기뻐하는 것 같았다.

너무나 과도한 기술이 만들어낸 이 도시의 온갖 환상적인 모습에도 불구하고, 이 도시는 임시방편적인 성격을 지니고 있었다. 조급함, 부지런함, 서두름, 벌이욕구, 달러열풍이 도처에서 기술을 발전시켜 대담한 업적을 이루게 했던 것이다. 사람들이 고층건물들 아래로 지나다니고, 기차가 달리는 고가철도 밑으로 건너다녀야 하고, 넓은 광장에 안전차단막 하나 없이 나있는 선로들 위로 이중의 목소리로 끝없이 울부짖는 고속열차가 굉음을 내며 지나가는 것 등이 그것을 보여주고 있었다. 단선으로 뻗어있는 선로 위를 빛을 내는 뱀처럼 달리는 이 고가철이 모퉁이를 힘차게 돌아 거리와 골목으로 기어 들어가면 집들의 아래층 창문 밖으로 객차들이 지나가는 것을 볼 수 있었다. 프리드리히가 말했다.

"미쳤어, 돌았어, 정신 나갔어!"

페터 슈미트가 대답했다.

"반드시 그런 것만은 아니야. 이 모든 것 뒤에는 아주 철저하고 가차 없는 냉철함과 실용성이 있어."

프리드리히는 소음을 뚫고 큰 소리로 대답했다.

"그토록 대단하지 않다면 정말 끔찍스러울 거야."

신문배달 소년들은 여전히 "롤란트!, 롤란트!", "거대 증기선 롤란트 난파!"를 외치고 다녔다. 프리드리히는 생각했다.

'이게 무슨 소리지? 무슨 소리였지? 나는 살아나서 힘들어하고 있는데! 이 이야기가 나와 무슨 상관이 있는 거지?'

교통이 막혀 백마는 멈춰 서있어야 했다. 말은 재갈을 씹었고, 머리를 흔들었으며, 입에서 거품 조각이 흩날렸다. 말은 영웅처럼 불을 뿜는 눈으로 마치 고삐를 잡고 있는 두건을 쓴 젊은 오스트리아 장교를 철저히 시험해 보려는 것처럼 빙 둘러보았다. 그렇게 어쩔 수 없이 멈춰 있는 동안 프리드리히는 무더기로 쌓아놓은 〈월드〉, 〈선〉, 〈뉴욕 슈타츠차이퉁〉이 밀고 당기며 떼 지어 몰려드는 군중에 의해 금세 동이 나는 것을 목격했다. 소는 풀을 먹고, 뉴욕은 신문을 먹고 있었다. 신문팔이 소년이 목숨을 건 채 자동차들 사이를 뚫고 다가왔고, 페터 슈미트는 운 좋게도 그에게서 〈세계〉를 구했다. 그 신문에는 이미 〈롤란트호〉 사고 이전에 일어난 새로운 충격적인 사고 뉴스가 실려 있었다.

'펜실베이니아에서 광산사고로 3백 명이 매몰되었다. 13층짜리 고층건물에서 불이 나 방적공장이 모두 타버렸다. 4백 명의 여성노동자들이 죽었다.'

프리드리히가 말했다.

"우리에게 대홍수가 밀려오고 있습니다. 석탄은 비싸고, 곡물도 비싸고, 소주와 석유도 비싸지만 사람은 블랙베리만큼이나 싸지요. 당신도 같은 생각 아닙니까, 보아바 씨? 우리 문명은 41도의 열병을 앓고 있잖아요? 이 뉴욕을 미친 집이라고 말할 수밖에 없지 않을까요?"

그러나 모호한 태도의 마차 운전자 보아바는 흉내 낼 수 없는 우아함으로 오스트리아 장교의 방식대로 한 손을 올려 모자에 대고 입가에 주름을 지으며 단호하면서도 기쁜 미소를 지었지만 그의 대답에는 어떤 동의도 담겨있지 않았다.

"저는 삶을 사랑합니다. 여기에서는 사람이 생동감 넘치는 삶을 살아가고 있습니다. 아마 유럽에서는 전쟁이 일어나지 않는다면 지루할 걸요."

그는 영어로 말함으로써 자신과 구대륙 유럽과의 관계를 분명한 형태로 인식시켰다.

기차역에서 페터는 프리드리히에게 독일식으로 악수하며 이렇게 말했다.

"자식, 이제 곧 빠져나와 나한테, 메리든으로 오게 될 걸. 메리든은 시골 도시라서 여기에서보다 더 편히 쉴 수 있지!"

프리드리히는 가볍게 숙명적인 듯한 미소를 지으며 대답했다.

"야, 나는 결정을 내리는 데 있어 완전히 자유롭지는 않아!"

"왜 그런 거지?"

"나에겐 의무가 있어! 나는 묶여있어!"

슈미트는 가장 친밀한 우정을 한껏 내보이며 물었다.

"그것이 목각 마돈나와 관계가 있는 거야?"

"그런 비슷한 것일 수도 있지. 그 불쌍한 어린 아이는 자신의 보호자인 아버지를 잃었고, 그래서 어느 정도는 내가 그 아이를 구출하는 일에 참여하게 되었고…"

"그렇다면 바로 그 셔츠를 입고 줄사다리를 타고 있는 소녀 때문이구나."

"그렇기도 하고 아니기도 해. 더 자세한 건 나중에 말해줄게. 아무튼 갑자기 주변의 다른 사람에 대한 모든 책임을 떠맡게 되는 순간이 있지."

페터 슈미트는 웃으며 말했다.

"대도시의 혼잡함 속에서 젖먹이 아기를 품에 안은 낯선 여자가 갑자기 나타나 30분 동안만 아이를 데리고 있어달라며 맡기고는 돌아오지 않는다는 뜻인가?"

"내가 나중에 모든 걸 다 설명해주지!"

슈미트가 탄 길고 멋지게 이어진 기차가 천천히 움직이기 시작했고, 아무 소리 없이 아무도 모르게 살금살금 달아나는 것 같았다.

프리드리히는 합숙소로 돌아와서 페트로닐라를 통해 자신이 방문해도 되는지 잉이게르트에게 물어보도록 했다. 노파는 돌아와서 아가씨가 15분 후에 방문해주기 바란다고 전했다. 노파는 피토레 프랑크 씨가 그녀와 함께 있다고 덧붙여 말했다. 프리드리히는 이 말을 듣기 전에는 몸을 깨끗이 씻고 옷을 갈아입을 생각이었다. 그러나 이제 피가 머리위로 솟아오른 그는 한 번에 두세 계단을 짚으며 곧장 2층으로 뛰어올라가 잉이게르트의 문을 세차게 두드렸다. 아무도 "들어오세요!"라고 답하지 않자 그는 허락도 받지 않고 그대로 들어가서 잉이게르트 옆에 집시 청년 프랑크가 나란히 앉아있는 것을 보았다. 그는 백열등 아래에 꽤 큰 종이 한 장을 펼쳐 놓고 무언가를 그리고 있었는데, 가까이 다가간 프리드리히는 그것이 의복에 대한 간략한 스케치라는 것을 알아차렸다. 잉이게르트는 조그만 입을 실룩이며 말했다.

"내가 15분 후에 오라고 했잖아요."

"내가 오고 싶으면 오는 거지."

　프랑크는 전혀 서두르지 않고 일어나서 젊은 학자에게 진심어린 미소를 지으며 문밖으로 나갔다. 잉이게르트는 그를 향해 외쳤다.

"하지만 리고, 당신은 다시 오겠다고 약속 한 거예요!"

　프리드리히는 눈에 띄게 분노하며 다소 거칠게 물었다.

"잉이게르트, 저 젊은 녀석이 네 방에서 무얼 하려던 거야? 그리고 리고라니? 리고가 무슨 뜻이야? 너희 둘 다 돌았어?"

　그의 이런 어조는 난파선에서 구조된 어린 소녀에게는 조금 생경한 것이었음에 틀림없지만 그는 우선은 제때에 할 말을 제대로 한 것 같았다.

그녀가 무척 겸손하게 이렇게 말했기 때문이다.

"왜 그렇게 오랫동안 제게서 떠나 있었어요?"

"그건 나중에 말해줄게, 잉이게르트. 하지만 지금 우리가 이렇게 함께 하는 한 그 녀석과의 그런 우정은 받아들일 수 없어. 만약 네가 무언가를 하고 싶다면, 그 사기꾼에게 빗, 손톱정리 솔, 칫솔이나 선물로 줘! 또한 그 젊은 녀석의 이름은 리고가 아니라 막스야. 그놈은 몹시 너저분하고, 오로지 친구들 덕에 먹고 살고 있어."

잉이게르트는 프리드리히를 쉽사리 부끄러워하게 만들었다. 그녀는 누군가가 가난하든 부자이든, 멋지게 쪽 빼입었든 차림새가 형편없든 자신에게는 아무런 차이가 없다고 말했다. 프리드리히는 침묵했고, 그녀의 정수리에 입맞춤했다.

소녀가 물었다.

"어디 가 있었어요?"

프리드리히는 페터 슈미트에 대해, 그리고 리터의 작업실에서 보낸 즐거운 시간에 대해 이야기했다. 그녀가 말했다.

"나는 그런 것 좋아하지 않아요! 난 그런 건 하고 싶지 않아요! 어떻게 기껏 와인만 마시는지."

이런 일이 있고 나서 한 시간쯤 뒤에 프리드리히는 그의 옛 제자인 윌리 스나이터스에게 잉이게르트가 보살핌을 잘 받을 수 있는 하숙집을 구해달라고 부탁했다. 그는 윌리에게 젊은 여자를 젊은 남자들의 합숙소에 살게 하는 것은 옳은 일이 아니라는 걸 알아야한다고 말했다. 윌리는 그의 말을 이해했고, 이미 5번가에 훌륭한 숙소를 물색해두고 있었다.

다음날 아침 프리드리히는 다시 한 번 흥분에 사로잡혀 잉이게르트의 방으로 들어갔다. 이런 결심을 하게 된 것은 마음을 깨끗하게 하나로 정리

하고 싶은 폭풍과도 같은 열렬한 바람이 원인이 되었다. 그는 말했다,

"잉이게르트, 운명이 우리를 하나로 묶어놓았어. 너도 나처럼 우리가 함께 겪은 우연한 일들에도 불구하고 이미 정해진 운명이 작용하고 있었다고 느끼고 있을 걸."

그리고 그는 자신의 과거의 상황에 대해 진지하게 고백하기 시작했다. 그는 자신의 어린 시절에 대해 이야기하고, 더 없이 아끼고 사랑하는 마음을 담아 자신의 아내에 대해 이야기했다. 그는 다시 건강해진 아내를 보는 것은 기대할 수 없는 일이라고 말했다. 그는 이어서 말했다.

"분명 나는 그저 좋은 의도를 가졌지만 결과가 좋지 못했다는 것 외에는 그녀로 인해 비난 받을 일은 없어. 그러나 내가 나에게 지극히 부족한 평온한 마음으로 그녀를 받쳐주지 못했다는 점에서 나는 그녀에게 좋은 남편이 아니었을 거야. 그리고 어찌됐든 마침내 파탄이 닥치고, 불행은 홀로 오는 경우가 거의 없기에 동시에 가정 밖의 낭패도 뒤따라 버텨내기가 힘들었지. 말하기 싫지만 이건 사실이야. 너를 알기 전에 나는 아주 특정한 목적을 위해 여러 번 권총을 손에 쥐곤 했었어. 나에게 삶은 너무나 재미없게 되어 버렸지. 잉이게르트 너의 모습, 그리고 신기하게도 내가 상상 속에서가 아닌 현실에서 겪어야 했던 난파선 사고는 나에게 삶을 다시 소중하게 여기도록 가르쳐 주었지! 내가 난파선에서 구해낸 두 가지 것, 너와 벌거벗은 내 삶을 말이야. 나는 무슨 일이 일어났는지 찾아내려고 했어, 잉이게르트! 그러나 내가 찾고 있던 것보다 훨씬 더 많은 것이 나에게 닥쳐왔지. 나는 다시 육지에 서 있어. 나는 땅을 좋아하지. 그것을 쓰다듬어주고 싶어. 하지만 나는 아직은 안심이 되지 않아, 잉이게르트! 나는 안팎으로 상처투성이야. 너는 버려졌어! 나도 버려졌어. 우리는 존재의 이면, 즉 잊을 수 없는 존재의 밑바닥 어둠을 본 거야. 잉이게르트, 우리 둘이서 하나가

될까? 찢기고 채찍질당한 사람, 오늘은 탐욕을 부리고 내일은 과식하는 사람, 안식과 평화를 갈망하는 사람에게 네가 안식과 평화가 되어줄래? 잉이게르트, 내가 지금까지 내 삶을 헛되게 해온 모든 것을 버린다면, 지금까지 네 삶을 채워온 모든 것을 포기할 수 있겠니? 우리 둘이서 새로운 기반 위에 서서 단순하고 보잘것없이 새로운 삶을 시작하고, 평범한 사람으로 살다가 죽을까? 너를 내 손에 쥐고 싶어, 잉이게르트."

그리고 그는 앞서 예술가들이 모인 가운데 자신의 마돈나에 대해 말할 때 했던 것처럼 두 손을 움켜잡았다.

"나는…"

그는 중단했다가 다시 말했다.

"말해봐! 두 단어 중 하나를 말해봐, 잉이게르트! 네가… 내 동료가 되어줄 수 있겠니?"

잉이게르트는 창가에 서서 안개 속을 내다보며 연필로 유리창을 두드렸다. 그런 다음 그녀는 말했다.

"예, 어쩌면요, 폰 카마허 씨!"

그는 벌떡 일어나서 말했다.

"어쩌면이라고? 그리고 폰 카마허 씨?"

그녀는 돌아서서 재빨리 말했다.

"당신은 왜 그렇게 늘 무섭게 버럭 화를 내나요? 내가 할 수 있는 일이 무엇이고 할 수 없는 일이 무엇인지, 당신이 원하고 필요로 하는 것에 내가 적합한지 어쩐지 어떻게 알 수 있나요?"

그는 말했다.

"여기서 중요한 것은 사랑이야!"

"물론 나는 당신을 좋아해요, 하지만 이것이 사랑인지 아닌지를 내가 어떻게 알 수 있나요?"

프리드리히는 살아오면서 지금처럼 깊이 굴욕감을 느껴본 적은 없는 것 같았다.

잠시 후 문 두드리는 소리가 나더니 망토를 걸친 한 남자가 흔한 갈색 장갑을 낀 두툼한 손에 원통형 모자를 들고 들어왔다.

"실례합니다."

그는 마주하고 있는 사람이 잉이게르트 할슈트룀이라는 것을 확신하고 자신을 5번가극장의 릴리엔펠트 감독이라고 소개하면서 그녀에게 명함을 건네주었다. 방문객이 소녀에게 오랫동안 이야기를 하고 있는 동안 프리드리히는 이 명함을 통해 릴리엔펠트가 5번가극장의 감독일 뿐만 아니라 어느 공연단의 소유자이자 직업상 흥행가라는 사실을 알게 되었다. 릴리엔펠트는 팔이 없는 예술수호자 슈토스를 통해 이 존경하는 아가씨의 주소를 알게 되었다고 말했다. 그는 그녀가 '웹스터와 포스터'와 의견의 일치를 보지 못하고 있다는 말도 들었다고 말했다. 그래서 그는 어떤 경우에도 좋은 친구의 딸을 내버려두지 말아야겠다고 생각했다는 것이다. 그는 그녀의 아버지뿐만 아니라 어머니도 알고 있었다. 그리고 릴리엔펠트 감독은 잉이게르트에게 그녀의 아버지이자 자신의 친구의 죽음에 대해 애도의 뜻을 표명하기도 했다.

프리드리히가 말했다.

"잉이게르트 할슈트룀 양은 건강을 고려하여 지금까지 대중 앞에 모습을 드러낼 수 없었습니다. 그러나 이제 '웹스터와 포스터'가 중개자와 편지를 통해 이 젊은 여인을 너무 거칠고 무례한 방식으로 위협했기 때문에 이 여자는 어떤 경우에도 그 사람들의 무대에는 오르지 않기로 결정했습니다."

잉이게르트가 말했다.

"절대로! 더 이상 절대로 안 해요!"

프리드리히는 계속해서 이렇게 말했다.

"게다가 출연료도 형편없어요! 다른 곳들에서는 출연료를 3배, 아니 4배로 올려서 주겠다고들 제안해오고 있습니다."

릴리엔펠트 감독이 잉이게르트에게 설명했다.

"조금도 걱정할 것 없습니다! 내가 충분히 조언을 드릴 테니 허락해 주십시오. '웹스터와 포스터'의 협박 시도로 인해 불안해하신다면 먼저 안심시켜드리고 싶습니다. 당신의 아버지와의 계약은 여러 가지 이유로 법적 효력이 없습니다. 우연한 기회에 나는 당신의 돌아가신 아버지와 부인인 어머니의 이혼 진행상황에 대해 양 당사자를 통해, 그리고는 당신의 돌아가신 아버지의 변호사인 내 형을 통해 꽤 정확하게 전해 들었습니다. 아가씨, 그 당시 당신은 법적으로 어머니에게 귀속되어 있었습니다. 그러니까 엄밀히 말하면 당신의 아버지는 계약을 맺을 권리가 전혀 없었던 겁니다. 당신은 도망쳤고, 당신의 아버지와 함께 떠났지요. 당신은 혼신을 다해 당신의 아빠에게 매달렸고, 아마도 당신은 엄마보다는 아빠와의 소통관계가 더 좋았기 때문이었겠지요. 나는 주저 없이 말하겠습니다. 당신이 올바르게, 아주 올바르게 행동했다고! 왜냐하면 당신의 아버지가 당신을 훌륭한 예술가로 키웠기 때문입니다."

"예, 감사합니다!"

잉이게르트는 이렇게 말하며 아버지의 혹독한 예술교육 방식을 떠올리며 그것에 반발하면서도 자신도 모르게 웃었다.

"아버지는 매일 아침 아주 편안하게 파이프 담배를 피우면서 나에게 완전히 발가벗은 채 카펫 위에서 점프하고 몸을 뒤틀게 시켰지요. 아버지는 오후에는 피아노 앞에 앉았고, 그러면 또 끝없는 연습이 처음부터 다시 시작되었지요."

감독이 이어서 말했다.

"당신의 아버지는 그런 면에서 정말 대단한 분이셨습니다. 내가 이렇게 말해도 괜찮다면, 그분은 댄스무대에서 서너 명의 세계적인 최고의 스타를 키우셨습니다. 그분은 유럽과 미국 두 세계에서 춤의 대가였지요."

감독은 의미심장하게 웃으며 계속해서 말했다.

"물론 다른 재미있는 일도 많습니다. 그러나 본론에서 벗어나지 맙시다. 당신이 원하신다면 '웹스터와 포스터'와의 계약은 무효입니다."

감독은 이번에는 주로 프리드리히를 향해 다시 말을 해나기기 시작했다.

"저 역시 사업가라서 점잖은 신사로서는 한계를 지닌 사람이라는 것을 부인하지 않겠습니다. 박사님, 제가 이런 질문을 해도 될지 모르겠습니다만, 박사님께서는 아직도 피보호자를 대중 앞 무대에 출연시키려는 생각을 하고 계신가요? 아니면 박사님과 아가씨가 사적인 삶으로 물러나기로 결심하신 건가요?"

잉이게르트가 단호하게 말했다.

"오, 안 돼요."

프리드리히는 자신이 마치 칼날을 삼키고는 당장 그 쇠붙이를 뽑아낼 수 없는 상황에 처한 듯 여겨졌다.

"아닙니다. 나는 잉이게르트 양의 건강이 좋지 않기 때문에 더는 무대에 오르지 않았으면 하고 바랄 뿐입니다. 하지만 그녀 자신은 무대에서 돌풍 좀 일으킬 필요가 있다고 주장합니다. 그리고 출연료가 담긴 제안서들이 들어오는 걸 보면서 내가 과연 그녀의 출연을 제지할 권리가 있는지 잘 모르겠습니다."

감독은 이렇게 말했다.

"박사님, 제발 출연을 막지 마십시오! 저는 아래층에 문이 열려 있는 것을 발견하고 집에 들어와서 이 집 저 집 여러 문을 두드렸지만 아무도 대답하지 않았고, 아무도 열어주지 않았습니다. 마침내 어렵사리 여기까지 오게 되어 목적지를 찾는 행운을 차지하게 된 것입니다. 아가씨, 그리고 박사님, '웹스터와 포스터'와의 문제를 제가 싸워서 해결하도록 해주십시오. 그들은 진정한 흡혈귀이고, 더욱이 여자를 모욕한 사람들입니다. 가장 비열한 종류의 소문들이 그곳에서 흘러나와 계속해서 유포되고 있다는 걸 확실하게 말씀드릴 수 있기 때문입니다."

프리드리히가 얼굴이 하얗게 변하며 말했다.

"그 사람들 이름 좀 알려줘요!"

감독이 "쉿!"하며 달래듯 두 손을 들어 올렸다. 프리드리히에게는 그 사업가가 도둑질하듯 눈을 깜박이는 것처럼 보였다. 마치 갑작스럽게 터져 나오는 큰 웃음이 예기치 않게 그의 모든 사업상의 진지함을 훼손시킨 것 같았다. 그는 외쳤다.

"오, 맙소사. 너무 명예로운 일인데! 너무 번거롭네!"

그리고 그 남자는 둥글고 큰 눈으로 프리드리히를 냉소적으로 바라보았다. 그런 다음 그는 계속해서 이렇게 말했다.

"저는 지금까지 체결된 모든 계약에서보다 하루 저녁 출연 당 500마르크, 즉 약 140달러의 출연료를 더 얹어주는 걸로 제안하겠습니다. 모든 부수적인 비용을 제외하고 말입니다. 이틀이나 사흘, 아니면 나흘 후에 무대에 오르시지요! 동의하시면 지금 바로 변호사에게 갈 수 있습니다."

10분도 채 지나지 않아 프리드리히와 잉이게르트는 약 스무 명의 사람들과 함께 시내의 한 비즈니스건물 6층으로 올라가는 거대한 엘리베이터에 타고 있었다. 릴리엔펠트는 프리드리히에게 이렇게 말했다.

"박사님은 아직 잘 모르시겠지만, 우리가 찾아가고 있는 미국 변호사의 사무실에 대해 놀랄 거예요. 브라운과 새뮤얼슨, 두 사람이 있지요. 하지만 브라운은 멍청이이고, 다른 사람은 못하는 게 없지요."

잠시 후 그들은 뉴욕의 유명한 변호사 새뮤얼슨 앞에 서있었다. 남녀 직원들이 타자기 옆에서 일을 하고 있는 문서공장의 거대한 홀에는 목재와 블라인드유리로 분리된 대표의 방이 따로 마련되어 있었다. 키가 그다지 크지 않은 그 남자는 피부색이 좋지 않았고, 예수 그리스도와 같은 수염을 기르고 있었다. 그의 옷은 결코 새 것이 아니었고, 허름하기까지 했다. 그는 전혀 미국적인 깔끔함의 표본은 아니었다. 그의 연간 수입은 수십만 달러로 추산되었다. 릴리엔펠트와 잉이게르트 사이의 계약은 15분 만에 체결되었는데, 한편으로는 잉이게르트가 미성년자임을 고려할 때 이 계약은 '웹스터와 포스터'와의 계약과 마찬가지로 합법적이지는 않았다. 그리고 매우 조용한 목소리로 말한 새뮤얼슨 변호사는 할슈트룀과 '웹스터와 포스터' 사이의 사건에 대한 객관적인 상황에 대해서도 자세히 알고 있었다. 그는 그쪽 사람들과 그들의 요구에 대해 얘기하자 무척 가소롭다는 듯 미소를 지으며 말했다.

"그들이 우리에게 순순히 다가오도록 합시다."

잉이게르트와 프리드리히가 택시를 타고 돌아가던 중 폐쇄된 공간에 단둘이 앉아있자 프리드리히가 소녀를 격정적으로 껴안았다. 그는 말했다.

"잉이게르트, 네가 대중 앞에서 무대에 오르면 나는 미쳐버릴 거야."

불쌍한 젊은 학자는 이번에는 뜨거운 포옹을 하면서 자신이 겪고 있는 고통을 또 다시 쏟아내기 시작했다. 그는 말했다.

"나는 지금 여기 안전한 땅에 서있지만 물에 빠져 죽어가고 있는 사람이야! 그 사람에게 네가 손을 잡아주지 않는다면 그 사람은 틀림없이 익사하게 될 거야. 너는 나보다 강하지! 너는 나를 구할 수 있어. 내가 너를 세상과 바꾼다면 세상은 내가 버린, 내게 아무것도 아닌, 그 어떤 것도 될 수 없는, 그런 아무것도 아닌 것이 될 거야."

잉이게르트가 말했다.

"당신은 약하지 않아요!"

그녀는 숨을 거칠게 쉬었고, 가느다란 입술을 벌리고 있었다. 그리고 다시 한 번 가면을 쓴 듯 지독하게 매혹적인 미소가 의식을 잃은 듯한 그녀의 얼굴에 퍼졌다. 그녀는 속삭였다.

"나를 데려가세요! 나를 납치해주세요!"

택시가 고무바퀴를 타고 굴러가는 동안 그들은 오랫동안 침묵했다. 그러고 나서 프리드리히가 말했다.

"잉이게르트, 그들이 너를 오랫동안 기다리고 있을 거야. 우리 내일 메리든에 있는 페터 슈미트의 집으로 가자!"

그러나 그녀는 웃었고, 심지어 그를 비웃기까지 했다. 그는 자신이 그녀의 몸은 녹였지만 영혼은 녹이지 못했다는 것을 충분히 깨달았다.

택시는 합숙소 앞에서 멈췄다. 프리드리히는 잉이게르트를 대문 앞까지 데려다 주었다. 그는 충격과 부끄러움을 억누르며 말없이 그녀의 손을 꼭 쥐었다. 그는 말없이 택시에 다시 올라탔다. 그는 운전사에게 막 머릿속에 떠오른 목적지를 말해주었다.

프리드리히는 택시 안으로 살살 기어 들어갔다. 그는 부끄러웠다. 혼자 앉아있게 되자마자 그는 더할 나위 없는 격정에 사로잡혀 스스로를 세상에서 가장 경멸적인 이름으로 불렀다. 그는 뉴욕사람들이 쓰는 원통형 모자 대신 여전히 쓰고 있던 창 넓은 모자를 벗고, 이마에서 땀을 닦아내는 동시에 주먹으로 이마를 쳤다. 그리고 생각했다.

'아버지가 불쌍하시지! 한 달 안에 나는 그 이상도 이하도 아닌 창녀의 포주가 되어 있을지도 몰라. 사람들은 나를 알아보고 경의를 표할 거야. 뉴욕의 모든 독일인 이발사는 내 아버지가 누구인지, 내가 무엇으로 먹고 사는지, 누구를 쫓아다니는지 얘기해줄 거야! 나는 아무 쓸모없는 이 어린 꼬마이자 악마의 애완견, 원숭이, 중개자가 될 거야. 크고 작은 도시에 있는 모든 독일인 거주지에 우리가 나타나면 독일 귀족의 일원이 얼마나 역겨운 정도까지, 한때 유능한 사람이었던 남편이자 가장이 얼마나 더러운 시궁창 속으로까지 가라앉을 수 있는지 그 전형적인 사례를 내게서 보게 될 거야.'

이런 잡다한 생각과 수치심에 빠진 상태에서 프리드리히는 택시로 브로드웨이를 빠른 속도로 달리면서 스쳐 지나는 건물들에 맹목적으로 시선을 던졌다. 그는 웅크린 채 기어가는 듯한 자세에서 갑자기 벌떡 일어났다. '호프만 바'라는 간판이 눈에 띄었기 때문이다. 그는 시계를 보고 〈함부르크호〉에서 합의한 일을 떠올렸다. 이날 12시에서 1시 사이에 호프만 바에서 조난자들과 구조대원들이 다시 한 번 만나자고 했던 것이다. 택시는 프리드리히의 멈춰달라는 신호에도 불구하고 바를 지나쳤다. 프리드리히는 내려서 요금을 지불하고 곧장 그 유명한 뉴욕의 술집으로 들어갔다.

그는 술 마시기 위해 마련된 긴 탁자, 대리석 석판, 인조대리석, 황동, 은, 먼지 한 점 보이지 않는 거울을 보았다. 반짝이는 빈 유리잔, 빨대가 든 유리잔, 얼음 조각이 담긴 유리잔들이 무척 많이 있었다. 흠잡을 데 없이 말끔한 아마포 옷을 입은 바텐더들은 예술에 가까운 기술과 어떤 것에도 방해받지 않는 여유로움으로 다양한 미국 술들을 따라주었다.

탁자 뒤의 벽에는 손이 닿는 높이까지 윤이 나는 금속으로 된 반짝이는 병마개들이 많이 있었고, 식음료보관실과 비품창고로 이어지는 통로가 나 있었다. 그 위쪽으로는 벽에 사진들이 걸려 있었다. 둥근 모자나 긴 원통형 모자를 뒤로 젖히고 길게 탁자를 따라 서있거나 웅크리고 앉아있는 사람들의 머리 위로 프리드리히는 쿠르베의 멋진 여인 누드화, 트로용의 양떼, 뒤프레의 구름에 덮인 밝은 바다 풍경, 샤를 프랑수아 도비니의 엄선된 여러 작품들을 보았다. 그것은 양들이 노는 모래언덕 풍경, 두 개의 보름달이 떠있는 또 다른 모래언덕 풍경, 지평선 위에 있으면서 연못에 반사되어 두 마리가 된, 되새김질 하고 있는 황소의 모습이었다. 프리드리히는 코로가 그린 나무, 소, 물, 멋진 저녁 하늘을 보았고, 디아즈의 연못과 오래된 자작나무와 물에 반사된 빛을, 루소의 폭풍 속의 거대한 나무를, 장 프랑수아 밀레의 무가 담긴 냄비와 양철 숟가락과 칼을, 드라크로와의 어두운 초상화를, 쿠르베의 주걱으로 마구 칠한 작은 풍경화를, 바스티앙 르파주의 빛을 많이 받으며 풀밭에 있는 소녀와 남자를, 그밖에도 많은 훌륭한 그림들을 보았다. 그는 그 그림들에 너무 푹 빠져서 자신이 조금 전 어떤 일을 겪었으며 왜 이곳으로 오게 되었는지를 거의 잊어버렸다.

거의 완전히 자신을 잊은 채 이 고상한 프랑스 미술가들의 그림에 시선을 고정시키고 있던 프리드리히는 조용한 다른 사람들과는 달리 고함을 지르고, 웃고, 흔들어대는 좀 시끌벅적한 손님들의 무리에 의해 방해를 받앉다. 갑자기 누군가가 그의 어깨에 손을 얹었고, 그는 깜짝 놀라 수염을 기른 얼굴이 낯설면서도 평범하게 느껴지는 어떤 남자의 눈을 들여다보게 되었다. 칵테일과 다른 좋은 음료들로 인해 남자의 얼굴피부는 작약처럼 푸르스름한 빛깔을 띠고 있었다. 낯선 사람이 말했다.

"사랑하는 박사님, 뭐 하고 계세요? 저 모르시겠어요? 부토어 선장입니다."

맙소사, 그 사람은 프리드리히의 목숨을 구해준 선장이었다.

그리고 이제 그는 그림을 보고 있을 때 소란을 피워 방해했던 일단의 사람들 또한 알아보게 되었다. 그들은 팔이 없는 아르투어 슈토스와 그와 조금 떨어져 앉아있는 수행원 불케였다. 그리고 빌헬름 박사, 화가 플라이슈만, 기관사 벤틀러였다. 또 새 옷과 모자를 얻어 착용한 〈롤란트호〉의 선원 두 사람이었다. 그들은 이미 다른 증기선으로 일자리를 옮겼다.

이제 프리드리히는 크게 환영 받았다. 아르투어 슈토스는 곧 여행을 포기하고 쉬게 될 것이라는 옛 노래를 부르고 있었다. 그는 큰 소리로 아내에 대한 많은 이야기를 했고, 자신에게 정말로 아내가 있다는 사실을 알리는 것을 중요하게 생각하고 있는 것 같았다. 그는 이번에 어마어마한 성공을 거뒀으며, 사람들은 전날 저녁에 연단에 몰려들어 그를 어깨에 태우고 돌아다녔다고 말했다.

빌헬름 박사가 물었다.

"이봐요, 동료 양반, 잘 지내시는지요? 시간을 어떻게 보내셨나요?"

"그저 그렇게 보냈지요!"

프리드리히는 이렇게 말하며 어깨를 으쓱했다. 그 자신도 그 사이에 있었던 많은 일들을 어떻게 개략적으로 요약하여 그에게 말해줘야 할지 알 수가 없었다. 그러나 이상하게도 이곳 육지의 '호프만 바'에서는 동료에게 자신의 일을 알리고 싶은 마음이 거의, 아니 전혀 남아 있지 않았다. 빌헬름이 의미심장한 미소를 지으며 물었다.

"우리 어린 여자아이는 어떻게 지내나요?"

"모르겠어요."라고 프리드리히는 냉담하지만 당혹감을 나타내며 대답했다. 그는 덧붙여서 말했다.

"그리고 누구를 말하는 건가요, 사랑하는 동료 양반?"

프리드리히는 몇 차례 다소 어색한 대답을 했기 때문에 대화는 이어지지 않았다. 그는 처음 10분에서 15분 동안에는 자신이 도대체 왜 여기에 왔는지 이해하지 못했다. 게다가 거기에 모인 일행은 고통스럽게도 술집 손님들 사이에서 〈롤란트호〉에서 구조된 사람들의 모임으로 알려지게 되었다. 그 팔 없는 남자는 그 모습 자체로 눈길을 끌었다. 그는 술을 마시지 않았지만 돈을 펑펑 썼다. 그럼으로써 부토어 선장, 기관사 벤틀러, 화가 플라이슈만, 선원들은 서로 마음껏 술잔을 주고받을 수 있었다. 빌헬름 박사도 사양하지 않았다.

빌헬름 박사는 〈뉴욕 슈타츠차이퉁〉에 화가 플라이슈만을 위해 모금한 기부금 내역이 공개되었으며, 그 불쌍한 사람이 이전에 본 적이 없는 액수의 달러를 이미 건네받았다고 낮은 목소리로 알렸다. 이제야 프리드리히는 플라이슈만이 어째서 그토록 당당한 동시에 술에 취해 대단한 체 했는지 알아차리고는 실컷 웃었다.

"어떻게 생각하십니까, 박사님?"

플라이슈만은 이렇게 프리드리히에게 말을 걸고 웃었으며, 곧장 그림으로 뒤덮인 벽을 비난했다.

"자, 말 좀 해보세요. 그리고 이것 좀 보십시오! 이런 걸 예술이라고 부르다니! 이런 것들을 수백만 달러를 주고 프랑스에서 들여왔습니다. 이런 것들이 미국인들을 속여 팔리고 있어요! 장담하는데, 우리들 중 그들보다 그림을 못 그리는 사람은 없을 겁니다."

그러면서 그는 아무 그림이나 이것저것 가리키며 말했다.

"우리에게는 이미 프레스코 과정을 마친 좋은 인재들이 뮌헨에도, 드레스덴이나 베를린에도 얼마든지 있습니다."

프리드리히는 웃으며 말했다.

"당신 말이 다 맞아요."

플라이슈만이 이어서 말했다.

"잘 들어보세요. 나는 미국인들에게 진상을 밝혀줄 것입니다. 독일 예술이…"

그러나 프리드리히는 더 이상 귀를 기울이지 않았고, 얼마 후에는 플라이슈만이 그동안 같은 말을 무수히 남용해온 것처럼 느껴졌다.

그런 다음 프리드리히는 빌헬름에게 아주 거리낌 없이 말했다.

"저 으르렁거리는 물개, 미친 듯이 웃어대는 짐승이 파도 속에서 우리 구명보트 앞으로 솟아올랐던 것 기억하시지요?"

무언가를 두고 몹시 웃고 있던 부토어 선장과 기관사 벤틀러는 두 의사와 잠시 진지하게 얘기를 나눌 때가 왔다고 생각한 듯 눈을 크게 뜨고 다가왔다. 선장이 말했다.

"여러분, 뉴펀들랜드의 어부들이 이미 잔해와 시신들로 추정되는 것들에 대해 알려왔다는 소식을 들으셨습니까? 〈롤란트호〉의 구명조끼들도 발견되었답니다. 잔해와 시신들은 모래톱으로 떠밀려온 것으로 전해집니다. 근처에는 많은 상어들이 있고, 무척 많은 새들이 주위를 맴돌고 있다고 합니다."

빌헬름이 물었다.

"선장님, 어떻게 생각하시나요? 선장님 생각에는 〈롤란트호〉 승선자들 중 죽은 상태로든 살아있는 상태로든 아직 수습되거나 구조될 수 있는 사람이 있다고 보시는지요?"

부토어 선장은 살아있는 사람에 대해서는 아무 말도 하려고 하지 않았다.

"한두 정의 구명보트가 계속해서 남쪽으로 떠내려가 잔잔한 바다를 만났을 수도 있습니다. 다만 그것들은 큰 증기선의 항로를 벗어나 3, 4일 동안 어떤 배도 만나지 못할 수도 있습니다. 파편, 잔해, 시신들은 대개 래브라도 해류를 타고 남쪽으로 내려간 다음 걸프 해류를 만나 북동쪽으로 떠밀려갑니다. 잔해와 시신들이 아조레스 군도 근처의 해류를 타고 북쪽으로 방향을 틀면 짧은 시간 내에 수천 마일 북쪽으로 떠밀려가 스코틀랜드 해안에 도달할 수도 있을 겁니다."

선장의 설명을 듣고 프리드리히가 말했다.

"그렇다면 우리 멋진 금발의 선장님은 아마도 스코틀랜드 땅, 이름 없는 사람들의 교회 마당에서 자신의 무덤을 찾았을 수도 있겠군요."

독일의 마차차장 같은 인상을 풍기는 부토어 선장이 말했다.

"우리 불쌍한 선장들은 예수 그리스도처럼 바다와 폭풍을 지배하라는 요구를 받고 있습니다. 그리고 우리가 그렇게 할 수 없다면, 우리는 바다에 빠져 죽거나 육지에 매달려 살거나 두 가지 중 하나를 선택해야 합니다."

아르투어 슈토스가 다가와서 말했다.

"여러분, 기억하십니까? 우리가 침몰했을 때 문이 닫혀 있었습니까?"

프리드리히는 곰곰이 생각한 다음 말했다.

"아니오!"

슈토스가 말했다.

"나도 같은 생각입니다. 선원들은 그것에 대해서는 아무것도 모른다고 주장합니다. 그들은 '우리는 받은 명령을 수행했습니다.'라고만 말했습니다."

화가 플라이슈만이 끼어들어 외쳤다.

"문은 닫혀있지 않았어요. 나는 선장을 전혀 본 적이 없어서 그가 어떤 사람이었는지 모르겠습니다. 어쨌든 문은 닫혀있지 않았어요. 나는 러시아계 유대인 이민자 가족 옆에 자리를 잡고 있었어요. 그때 우리는 마치 배가 화강암 절벽에 부딪친 것처럼 끔찍한 충격과 함께 부서지고 산산조각 나는 것을 느꼈습니다. 그리고 즉시 공황상태가 시작되었지요. 모두가 멍청이가 됐고, 모두 미쳐버렸지요. 우리는 뒤엉켜서 서로 머리를 부딪치고, 벽에 머리를 부딪치며 이리저리 날아다녔습니다. (그는 소매를 쓸어 올렸다.) 내가 얼마나 멍이 들었는지 볼 수 있을 겁니다. 거기에는 나를 걱정해준 러시아 흑인 여자가 있었지요. 나를 걱정해주었다는 말은 그녀가 나에게 시간이 얼마 남지 않았다고 말해주었다는 것입니다."

빌헬름은 프리드리히를 유심히 바라보았다. 플라이슈만은 계속하여 말했다.

"그녀는 나를 놓아주지 않았어요! 그녀는 너무 소리를 질러 목이 쉬었지요! 그녀는 그냥 휘파람소리만 냈지요! 그녀는 나를 꼭 붙잡고, 계속해서 '나와 함께 죽든지, 아니면 나를 구해주세요!'라고 외쳤습니다. 내가 뭘 할 수 있었겠습니까? 내가 정말 그녀에게 뭔가를 해줬어야 했는데 말입니다."

기관사 벤틀러가 말했다.

"그런 상황에서 뭘 어떻게 하겠습니까? 여러분, 건배합시다!"

슈토스가 말했다.

"그런데 폰 카마허 박사님, 어린 할슈트룀 생각이 나는군요. 가능한 한 빨리 '웹스터와 포스터'와 일이 잘 정리 되도록 그 아이를 설득해야 합니다. 만약 당신이 그 아이의 공연을 막는다면 당신은 정말로 그 아이의 삶을 방해하는 겁니다."

프리드리히가 물었다.

"내가요? 당신 무슨 생각을 하고 있는 거요?"

팔 없는 남자는 흔들리지 않고 계속해서 말했다.

"'웹스터와 포스터'는 아주 괜찮은 사람들이고 그들의 영향력과 추종세력은 예측할 수 없이 대단합니다. 그들과 사이가 좋지 않으면 화를 입게 될 텐데요!"

"슈토스 씨, 이제 그만 하시지요. 나는 결코 당신이 말하는 그 불쌍한 고아의 후견인으로 정해진 사람이 아닙니다."

"아하, 불쌍한 고아라! 사업가들은 그 아이를 돈덩이라고 말하는데요. 우리가 있는 이곳은 달러랜드라는 걸 잊지 마세요."

프리드리히는 분개했다. 그는 모자를 집어 들고 달아나버리고 싶은 기분이었다. 그는 자신이 왜 이런 사람들과 함께 모여 있는지 도무지 이해할 수가 없었다. 그는 화제를 돌리고, 약간의 악의와 불쾌한 기분에서 벗어나기 위해, 또한 좀 더 고상한 이유로 갑자기 하녀 로자에 대해 이야기하기 시작했다. 그는 이 여자에게 관심이 너무 적다고 비난하면서 다른 어떤 여자들보다 이 여자를 위해 뭔가를 하는 것이 훨씬 더 중요할 것이라고 말했다. 그는 자신은 거래자가 아니라고 했다. 또 악덕상인도 아니라고 했다. 그는 사람들이 돈을 모금하고도 로자를 위한 돈을 모금하지 않았다면 〈롤란트호〉의 이 진정한 영웅을 완전히 홀대한 것이라고 말했다. 그러자 플라이슈만은 깜짝 놀라 조금 뻔뻔스럽게 물었다.

"그게 무슨 말이오? 그게 무슨 말이오?"

플라이슈만에게는 사람들이 혹시 자신의 전리품을 나눠가지려는 의도를 품고 있을지도 모른다는 생각이 떠올랐던 것이다. 플라이슈만의 말을 듣고 불케가 끼어들었다.

"기억하고 있겠지요, 플라이슈만 씨. 당신을 맨 먼저 본 사람이 로자였지요! 그녀는 힘이 엄청났지요! 로자가 거기에 없었다면, 그래서 당신을 물에서 끌어올리지 않았다면 당신은 우리가 젓는 노로 머리통을 맞고 가라앉아 죽었을 거요."

플라이슈만은 뒤로 물러서며 말했다.

"당신 같은 바보가 하는 말은 정말 말도 안 되는 소리요! 나는 모르는 얘기요."

그런 다음 그는 그림이 걸린 벽으로 돌아서서 멋진 도비니의 그림 중 하나를 보며 말했다.

"보다시피 나는 지금 저 끔찍스런 달 같은 눈을 가진 두 마리 황소를 계속해서 바라보고 있소."

프리드리히는 술값을 지불하고, 인사도 없이 나와서 자신의 길을 갔다.

그는 함께 아침 식사를 하자는 사람들의 제안을 최대한 정중하게 거절했다.

―――――◆―――――

거리에서 프리드리히는 어째서 자신에게는 유머가 부족한지 자문해 보았다. 그가 과도한 흥분상태에 빠지게 된 것이 과연 그 무고한 사람들 탓이었을까? 잘못된 것을 알아차리자마자 가능한 한 빨리 그것을 바로잡는 것이 프리드리히의 성향이었다. 그리하여 그는 자신의 마음이 안정되자 불행도 행복도 함께 겪은 그 동료들의 아침 식사에 함께해야겠다고 생각을 바꾸었다.

'호프만 바'의 문이 그의 눈앞에 다시 나타나기까지는 몇 분이 걸렸다. 늘 그렇듯이 브로드웨이는 활기가 넘쳤고, 길게 이어진 노란색 전차 두 대가 좁은 간격을 유지하고 서로 비껴 지나갔다. 공기는 차가웠다. 와자지껄한 소리가 크게 들렸고, 이 소음 속에서 프리드리히는 난파선에 함께 탔던 동료들이 술집에서 나오는 것을 보았다. 그는 손을 흔들려고 하는 순간 미끄러졌다. 축축하게 젖은 인도 위에 떨어져 있던 과일 씨나 사과껍질이 원인이었다. 그 순간 누군가의 목소리가 들려왔다.

"넘어지면 안 돼요, 박사님. 잘 지내시지요?"

프리드리히는 다시 똑바로 일어섰고, 베일을 쓰고 모피 베레모와 모피 재킷을 입은 기품 있는 아름다운 여인을 보았다. 그는 서서히 그녀가 번스 양이라는 것을 알게 되었다.

"박사님, 제가 운이 좋네요. 왜냐하면 저는 이 지역에 거의 오지 않는데, 오늘만은 근처에서 살 것이 좀 있어서 이 길로 우회해서 식당으로 가던 중이었거든요. 그런데 박사님이 미끄러져 비틀거리시지 않았다면 저는 박사님을 전혀 알아보지 못했을 거예요. 게다가 오늘 프랑크 씨가 리터 씨의 작업실로 데려온, 박사님이 아시는 젊은 아가씨 할슈트룀 양이 저를 평소보다 더 오랫동안 붙잡아둔 덕분에 이렇게 뵙게 되네요."

"혼자 식사하세요, 번스 양?"

"예, 저는 혼자 먹어요. 그런데 그게 이상하세요?"

"아니요, 전혀 그렇지 않습니다."

그러면서 그는 서둘러 확인하려고 이렇게 물었다.

"그냥 물어보고 싶었을 뿐입니다만, 저와 함께 아침식사 하는 게 싫지 않으신지요?"

"싫다니요, 박사님. 정말 기뻐요."

기품 있는 모습으로 걸어가는 이들 남녀 한 쌍의 모습은 지나가는 이들의 많은 눈길을 끌었다. 프리드리히가 말했다.

"부탁인데 잠시만 멈춰주세요. 지금 막 저쪽에서 하느님의 신비한 뜻에 의해 일부는 나의 구조자가 되었고, 일부는 나와 함께 구조된 사람들이 트램에 오르고 있습니다. 나는 이 남자들을 다시 만나고 싶지 않습니다."

두려움을 던져준 일행을 태운 트램은 브루클린을 향해 굴러갔다. 그가 말했다.

"하늘에 감사할 만큼 다행입니다, 번스 양…"

그녀는 웃으며 말했다.

"트램에 탄 남자들에게서 구조되었기 때문에 다행이라는 말인가요?"

"아니오, 당신을 만났고, 당신이 나를 저 남자들에게서 구해줬기 때문입니다. 내가 배은망덕하다는 것을 나는 인정합니다. 선장 한 사람이 있습니다. 내가 흔들리고 요동치며 바다를 가로질러 다가오는 그의 배를 보고, 높은 함교 위에 서있는 그를 보았을 때, 그는 비록 대천사는 아니더라도 적어도 진정한 하느님의 도구였습니다. 그는 더 이상 그렇고 그런 평범한 인간이 아니라 특별한 인간, 구원하는 신의 인간이었지요! 그리고 그 사람 외에는 아무도 없었습니다. 내 영혼과 우리의 영혼은 그를 향해 울부짖고 그를 숭배하기까지 했습니다! 그런데 여기에서 그는 그저 괜찮은, 착하고, 밋밋하고, 왜소하고, 지루한 평범한 사람이 되어버렸습니다. 항해 중 활기 넘치는 태도가 축복 감이었던 팔 없는 슈토스는 부토어 선장의 마음속에 깊이 새겨진 의무를 납작하게 뭉개버렸습니다. 선내 의사이자 나의 좋은 동료가 있습니다. 나는 그가 실제로는 얼마나 무능한지를 알고는 너무나 놀랐습니다. 이제 선상에서의 유대관계가 더 이상 존재하지 않으므로 우리를 얽어매는 것은 아무 것도 없습니다."

프리드리히는 수문을 열어놓은 것처럼 계속하여 말했다.

"오늘 나를 특히 놀라게 한 것은 사람이 참나무를 남김없이 모두 소화해낼 수 있다는 사실입니다.* 나는 구석구석까지 샅샅이 알고 있던 이 거대한 증기선이 침몰했다는 사실을 계속해서 의심하고 있다는 것을 자각하고 있습니다. 나는 거기에서 무언가를 보았지만 그것으로부터 너무 멀리 떨어져 있어서 아무리 애를 써도 여전히 실제로 그것이 뭔지 파악하지 못하고 있습니다. 이제야 나는 내 영혼 속에서 그 거대한 배가 살아나는 것을 느낍니다. 하루에 세 번, 네 번, 다섯 번 그것의 침몰이 내 영혼 속에서 반복되고 있습니다. 미안하지만 어젯밤에 나는 식은땀에 흠뻑 젖은 채 참을 수 없이 지독하게 울려대는 벨소리에 잠에서 깨었습니다. 조난을 알리는 혼란하고 요란한 소리와 피 묻은 얼굴들과 내 주위를 둥둥 떠다니는 사람의 팔다리가 정말 끔찍했습니다."

에바 번스 양이 웃으며 말했다.

"제가 보기에 박사님의 친구들은 정말 아주 나쁜 행동을 한 게 틀림없군요."

프리드리히는 그것을 확인해줄 수 없었다. 그는 계속해서 이렇게만 말했다.

"그들은 배의 모든 목재와 쇠와 안에 있는 모든 생명을 이빨로 부숴서 흔적도 없이 삼켜버렸습니다."

---

* 소화시키기 어려운 딱딱하고 질긴 참나무를 소화해내듯, 잊을 수 없는 끔찍한 침몰사고를 언제 있었던 일이냐는 듯 쉽게 기억에서 털어내고 희희낙락하는 사람들을 빗댄 말이다.

두 남녀는 어느 작은 식당의 문 앞에 이르렀다. 에바 양이 말했다.

"박사님, 지금 정말로 저와 함께 아침식사를 하고 싶으시면 리터 씨와 같은 허황된 욕심을 부리시면 안 됩니다."

그들은 붉은 타일로 된 통로와 무늬목을 입힌 천장과 벽이 있는 낮은 방으로 들어갔다. 깨끗하게 정돈된 작은 방은 독일인 이발사, 마부, 가게점원 등 소시민들이 주로 드나들었고, 이들은 바에서 마실 것과 값싼 아침식사를 찾았다. 식당주인은 말과 함께 있는 잘 알려진 경마기수, 경륜선수, 다이빙선수들과 다른 사람들의 사진을 모은 조그만 사진첩을 걸어두고 있었다. 외모 상 그 남자는 늦은 저녁과 밤에는 전혀 다른 종류의 손님들을 상대하는 사람으로 보였다.

프리드리히는 여전히 어느 정도는 선민의식에 빠져 있었다. 그리하여 그는 에바 번스가 감히 그런 값싼 식당을 찾는다는 데 대해 은근히 놀랐다. 식당주인이 나타나 변함없이 무표정한 진지함을 띠고 영어로 말했다.

"늦으셨네요, 번스 양. 사고라도 당하셨나요?"

그녀는 활기차고 기분 좋게 대답했다.

"전혀 아니에요, 브라운 씨. 저는 항상 무사합니다!"

그런 다음 그녀는 평소 먹던 점심메뉴를 부탁했고, 함께 온 남자는 아마도 그 메뉴를 좋아하지 않을 것이라고 말했다. 그녀는 식당주인에게 그에게는 더 좋은 음식을 대접해주기를 바란다고 말했다. 그러나 프리드리히는 같은 걸로 먹기를 원했다.

식당주인이 사라지자 그녀가 말했다.

"주의를 드리겠어요. 제 생각엔 제 식단이 박사님에겐 내키지 않으실 것 같아요. 저는 결코 고기를 먹지 않습니다. 그런데 박사님은 분명 '육식애호가'이시겠지요."

프리드리히는 웃었다. 그리고 말했다.

"우리 의사들도 점점 더 육식식단과는 거리를 두고 있습니다."

그녀가 말했다.

"저는 고기를 먹는 것이 끔찍하게 여겨져요. 저의 정원에 아름다운 닭 한 마리가 있어서 날마다 그것을 보며 사는데, 나중에는 닭의 목을 베어 그것을 먹어치우는 겁니다. 우리는 어릴 때 조랑말을 키웠는데, 결국 그 조랑말은 도살당했고, 이스트엔드에 사는 사람들은 그것을 먹어치웠습니다. 많은 사람들이 말고기를 즐겨 먹지요."

그녀는 긴 스웨덴 장갑을 손에서 벗었지만 팔에서는 벗지 않은 채 이어서 말했다.

"그러나 최악의 것은 육식애호가인 인간의 보존을 위해 필요한 이 끝없이 계속되는 끔찍스런 살육입니다. 시카고의 그 거대한 도살장들에서 죄 없는 동물들에 대해 기계를 이용한 대량도살이 지속적으로 행해지고 있지요! 우리는 고기 없이도 살 수 있어요! 우리는 꼭 고기를 먹을 필요는 없어요!"

그녀는 이 모든 것을 유머를 곁들여 진지하게, 그것도 유창한 독일어로 말했지만, 조금은 너무 두꺼운 혀를 사용했다.

프리드리히는 여러 가지 이유로 인해 이 문제에 대한 자신의 견해가 여전히 흔들리고 있다고 말했다. 그는 또 자신은 고기를 먹지 않고도 살아갈 수 있다고 말했다. 그러면서 점심식사로 소 갈빗살과 저녁식사로 소고기 구이만 먹는다면 만족할 것이고, 더 이상의 고기는 필요 없다고도 말했다. 그녀는 어리둥절해했고, 그 악의 없는 농담에 마음껏 웃음을 터뜨렸다.

그녀가 외쳤다.

"당신은 의사이시지요. 의사들은 모두 동물학대자들이에요!"

"동물생체해부를 두고 말하는 거군요?"

"예, 동물생체해부를 말하는 거예요. 그것은 부끄러운 일이고, 수천 년에 걸친 죄악이지요! 단지 아무 관계도 없는 인간의 생명을 연장하기 위해 동물들을 가혹하고 무자비하게 괴롭혀 죽이는 것은 끔찍한 죄악입니다."

프리드리히는 그 점에 있어서 그의 식탁 동료와 의견의 일치를 보기에는 너무나도 과학적인 사람이었기 때문에 조금 침착하게 가만히 있었다. 그녀는 이를 감지하고 이어서 말했다.

"독일 의사들은 끔찍한 사람들이에요. 저는 베를린에 있을 때 죽으면 당신들의 끔찍한 해부의 대상이 될까봐 늘 두려워했습니다."

프리드리히가 물었다.

"아, 베를린에 있었군요, 번스 양?"

"물론이죠, 박사님. 저는 이곳저곳 여러 곳에 있었습니다."

이제 식당주인이 구운 감자, 케일, 계란프라이로 이루어진, 프리드리히에게는 만족스럽지 않을지도 모를 아침식사를 가져왔다. 그러나 그는 식욕을 돋우며 먹었고, 에바처럼 미국인들이 꼭 챙겨 마시는 얼음물을 곁들여 마셨다.

에바 번스의 말투는 꾸밈이 없었고, 자연스럽게 활기에 차 있었다. 그녀는 프리드리히에게서 선박참사가 여전히 생생하게 살아있다는 것을 알아차렸고, 페터 슈미트의 경고를 상기하면서 의도적으로 대화의 방향을 다른 쪽으로 돌렸다. 운명을 함께 나눈 동료들에 대한 언급으로 스스로에 대한 불만이 쌓인 프리드리히는 자신을 표현하는 방식에 괴로움과 은밀한 고통이 자리하고 있다는 것을 얘기해주려고 여러 번 노력했다.

그는 이렇게 말했다.

"사람들은 세상의 정해진 계획에 내재된 정의에 대해 말하곤 합니다. 그런데 잊을 수 없는 폰 케셀 선장을 필두로 하여 〈롤란트호〉의 엄선된 훌륭한 승무원들을 비롯한 많은 사람들이 익사한 반면 어째서 그토록 천박한 사람들은 우연히도 선택받아 구출되었을까요? 그리고 나는 왜, 무슨 목적으로 구출되었을까요?"

그녀가 말했다.

"박사님, 어제는 박사님이 완전히 다른 사람이었습니다. 당신은 밝았지요. 그런데 오늘은 어두워졌어요. 저는 당신이 다행스런 운명에 고마워하지 않는 것은 옳지 않다고 봅니다. 제 생각에는 당신은 구조된 사람들의 자질에도, 당신 자신이 구조된 데 대해서도, 또한 죽은 사람들의 수에 대해서도 책임이 없습니다. 창조의 계획은 그들 없이도 설계되고 실행되며, 그것을 있는 그대로 받아들여야 합니다. 삶을 받아들이는 것은 끝없이 연습해도 진정으로 유용한 유일한 예술입니다."

프리드리히가 말했다.

"당신 말이 맞아요. 하지만 나는 남자이고, 선천적으로 실질적이기보다는 이상주의적인 활동에 대한 지나친 충동을 지니고 있습니다. 덴마크계 영국인인 햄릿은 이렇게 말합니다. '온 세상이 혼란에 빠졌는데, 내가 그것을 바로세우기 위해 세상에 나온 것은 수치이자 슬픔이다.' 나는 아직도 이 이해할 수 없는 과대망상을 여전히 떨쳐버릴 수 없습니다. 그런데 착한 독일인은 모두가 '나에게는 철학, 법, 의학이 있다'는 등의 파우스트적 특성을 가지고 있습니다. 그래서 사람들은 모든 관계에서 실망하고, 악마에게 자신을 맡기고 싶어 하는데, 이상하게도 악마의 첫 번째 약은 대부분 금발의 그레첸*이나 적어도 이와 비슷한 것입니다."

---

* 괴테의 희곡 『파우스트』에서 파우스트가 사랑에 빠지는 아름답고 청순한 소녀이다.

여자는 침묵했고, 프리드리히는 말을 계속해야겠다고 느꼈다.

그는 말했다.

"당신이 이념적 파산자의 특별한 운명에 대해 더 자세히 알고 싶어 하는지 모르겠습니다."

그녀는 웃으면서 말했다.

"파산자라고요? 저는 당신을 그렇게 생각하지 않습니다! 하지만 물론 저는 당신에 관련된 모든 것과 당신이 제게 말하려고 하는 것에 관심이 있습니다."

프리드리히가 말했다.

"좋아요. 당신 말이 맞는지 봅시다. 서른 살이 될 때까지 늘 잘못된 길을 걸어온 사람을 상상해 보세요. 아니면 적어도 이 모든 길 위에서의 여행은 언제나 어깨가 부러지거나 다리가 부러져 무척 빨리 끝났지요. 이번에 내가 실제로 일어난 선박사고에서 살아난 것은 기적일 따름입니다. 그런데도 나는 내 배가 난파됐고, 배와 함께 나도 난파됐다고, 아니면 우리가 여전히 난파의 한가운데에 있다고 생각합니다. 왜냐하면 나는 어떤 땅도 보지 못하기 때문입니다. 뭔가 확고한 바탕 위에 세워진 것을 나는 보지 못하고 있습니다.

나는 12살 때까지 사관학교에 다녔습니다. 나는 자살 충동을 느꼈고, 반항적 행동으로 벌을 받았습니다. 나는 미래의 대대적인 살육을 준비하는 내 자신의 모습에서 아무런 매력도 찾을 수 없었습니다. 그러자 아버지는 뼛속까지 군인이었기에 나에게서 키워온 자신의 가장 좋아하는 이상향을 포기해야 했음에도 불구하고 나를 사관학교에서 끌어냈습니다. 그 후 나는 많은 논란을 남기면서 인문계 고등학교인 김나지움을 졸업했습니다. 나는 의사가 되었고, 더 나아가 학문적인 관심이 있었기 때문에 세균학으로 방향을 바꿨습니다. 그런데 어깨가 부러지고 다리가 부러졌습니다! 모든 것이 끝장났습니다! 나는 더 이상 이 분야에서 일하지 않을 것입니다. 나는 결혼생활을 시작했습니다. 나는 결혼에 앞서 머릿속으로 모든 것을 예술적으로 구성해보았습니다. 집, 작은 정원, 착한 아내, 그리고 대부분의 다른 사람들보다 새롭고, 자유롭고, 더 나은 기법과 방식으로 교육시키고 싶었던 아이들 말입니다. 또한 나는 베를린 W에서보다 진정으로 더 도움을 베풀 수 있는 곳이라고 생각했기 때문에 열악한 시골지역에서 병원을 개업했습니다. 하지만 사람들은 내 가계혈통으로 보아 베를린에서 개업하면 수입이 20배, 30배, 40배가 될 수 있다고 말했습니다! 내 착한 아내는 절대로 아이를 가지려 하지 않았습니다. 잉태의 순간부터 출산할 때까지 절망적인 다툼이 이어졌고, 삶은 우리에게 지옥이 되었습니다. 아내와 내가 밤새도록 잠을 자지 않고 논쟁을 벌이는 것은 드문 일이 아니었습니다. 나의 과제는 생각할 수 있는 모든 논거를 동원하여 소리를 높이거나 조용히, 격렬하거나 부드럽게, 거칠거나 세심하게 좋은 쪽으로 설득하고 위로하는 것이었습니다. 그녀의 어머니도 나를 이해하지 못했습니다. 내 아내는 실망했고, 그녀의 어머니도 내가 훌륭한 경력을 쌓을 수 있는 길에서 벗어나 미친 사람이나 하는 행동만을 보여 왔기 때문에 실망했습니다. 게다가 모든 신혼부부가 똑같이 그런지는 모르겠지만 우리는 매번 아이가 태어나기도 전에 아이의 교육에 대한 세부적인 부분들을 놓고 논쟁을 벌이곤 했습니다. 우리는 아이를 내가 원하는 대로 집에서 교육시켜야 할지, 아니면 아내가 원하는 대로 공립학교에서 교육시켜야 할지를 두고 논쟁을 벌였습니다. 그런가하면 내가 '여자아이는 체조수업을 받아야 해!'라고 말하면 아내는 '여자애가 무슨 체조수업을 받아!'라고 말했습니다. 하지만 그 여자아이는 아직 태어날 생각도 하지 않고 있었지요. 우리는 너무 심하게 싸워 이혼을 하고 자살을 하겠다고 서로를 위협했습니다. 아내는 문을 걸어 잠그고 방 안에 혼자 있었습니다. 나는 나쁜 일이라도 벌일까 두려워 문을 마구 두드렸습니다. 그러고 나서 우리는 화해를 했습니다. 그러나 그러한 화해를 하고나서는 우리 가정의 신경이 곤추서는 고통은 다시 커져 갔습니다. 어느 날인가는 내가 장모님을 문 앞에 서 계시게까지 했습니다. 그것은 평온을 찾기 위한 수단이었습니다. 아내도 마침내 이해를 했습니다. 사실 우리는 서로를 사랑했고, 그 모든 일에도 불구하고 최선의 의도를 가지고 있었습니다. 우리에게는 세 명의 아이들이 있습니다. 알브레히트, 베른하르트, 그리고 안네마리입니다. 그들은 3년 만에 연달아 빨리도 태어났습니다. 이러한 출산은 아내의 정신병적인 성향을 위기로 이끌었습니다. 알브레히트가 태어난 후 이미 그녀는 우울증에 걸렸습니다. 장모님은 그녀가 어렸을 때도 같은 증상을 겪었다고 인정했습니다. 그녀가 마지막으로 출산한 후 나는 아내와 함께 두 달 동안 이탈리아를 여행했습니다. 아름다운 시간이었고, 그녀의 마음은 '이탈리아의 행복한 하늘' 아래에서 정말로 활기에 넘치는 것 같았습니다. 그러나 병은 조용히 진행됐습니다. 나는 서른한 살이고, 결혼한 지 8년이 되었습니다. 나의 큰 아들은 일곱 살입니다. 지금이…"

프리드리히는 곰곰이 생각하고는 이어서 말했다.

"지금이 2월 초니까 아마 작년 10월 중순쯤일 겁니다. 내가 아내를 그녀의 방에서 만났을 때 그녀는 우리가 취리히에서 비싸게 사와 4년 이상 그녀의 서랍 속에 간직해 온 물결무늬 비단 천을 잘게 잘라서 구멍 난 옷을 깁는 헝겊조각으로 만들어놓는 것을 보았습니다. 나는 아직도 잘리지 않은 붉은색 천과 바닥에 느슨하게 산더미 같이 쌓여있는 천 조각들이 눈에 선합니다. 나는 '엔젤, 뭐 하는 거야?'라고 말했습니다. 그리고 나는 그때 무언가가 시계를 마구 때리는 것을 알아차렸지요! 그럼에도 불구하고 나는 한동안 희망을 품고 있었습니다. 그러나 어느 날 밤 내가 잠에서 깨었을 때 내 바로 위에서 정신 나간 표정을 짓고 있는 아내의 얼굴이 보였습니다. 그때 나는 목에 뭔가가 놓여있는 느낌이 들었습니다. 그녀는 천을 자르는 데 썼던 가위를 내 목에 대었습니다. 그러면서 그녀는 말했습니다. '자, 프리드리히, 옷 입어요. 우리 둘이서 보리수나무 관 속으로 잠자러 들어가야 돼요!'

이제 나는 그녀와 내 친척들을 불러 모아야 했습니다. 나야 스스로를 보호하는 방법을 알고 있다 하더라도 궁극적으로 아이들 앞에는 위험이 놓여 있었으니까요. 당신도 짐작하겠지만 나는 결혼생활 중에 내 재능을 그리 멀리까지 발휘하지 못했습니다. 나는 모든 것을 원하지만 아무것도 원하지 않습니다. 나는 모든 것을 할 수 있지만 아무것도 할 수 없습니다. 내 정신은 가득 차 넘쳐나는 동시에 텅 비어 있는 상태를 유지해왔습니다."

에바 번스 양은 간단하게 말했다.

"정말 힘든 일을 겪으셨군요."

프리드리히가 말했다.

"하지만 번스 양, 내 말의 과거형 시제를 현재형으로 바꾸고, 무엇 때문에 이 사건이 더 복잡하게 얽히고 있는지를 이해한다면 방금 한 당신 말이 맞습니다. 문제는 이것입니다. '아내의 정신적 질환이 진행된 것이 나의 책임이었던가, 아니면 나에게는 아무 책임도 없는 것인가?' 내가 말해줄 수 있는 것은 나 자신이 피고이자 원고이자 재판관인 이 사건의 재판이 아직 진행 중이며, 당분간은 최종적인 결정이 나올 수 없다는 것뿐입니다.

번스 양, 대서양이 나를 집어삼키길 원하지 않은 것이 잘 된 일이라고 생각하나요? 아니면 내가 미치광이처럼 나의 벌거벗은 삶을 위해 싸운 것이? 내가 우리 구명보트를 전복시키려는 불행한 사람들을 노로 머리를 쳐서 소리 없이, 흔적도 없이 물속으로 가라앉게 한 것이? 내가 이 엉망진창인 삶을 포기하기보다 여전히 삶에 매달려 온갖 다른 것을 하려는 것이 비열한 일은 아닐까요?"

프리드리히는 이 모든 것을 창백한 얼굴로 격한 감정을 드러내면서도 가벼운 대화를 나누는 어조로 말했다. 식당주인은 다 먹은 접시들을 오래전에 치웠다. 에바 양은 곤란한 대답을 피하기 위해 이렇게 말했다.

"우리 여기서 커피도 마실까요, 박사님?"

"당신이 나를 귀찮아하지 않는 한 당신이 원하는 일이라면 무슨 일이든 오늘도 내일도, 아니 언제든 하겠습니다. 하지만 당신은 나를 우울한 말동무로 여기고 있군요. 나를 사로잡고 있던 어리석고 치졸한 이기주의는 두 번 다시 없을 겁니다. 내 아내가 지금 머물고 있는 시설에서 자신의 죄악, 하찮음, 악덕, 무용성을 끊임없이 증명해보이고 있다고 생각해 보십시오. 그녀는 스스로 말하듯 아무 가치가 없는 반면, 나는 그녀 앞에 너무 크고 고귀하고 경탄스럽게 서있기 때문에 우리는 그녀가 사람들이 흔히 말하는 나쁜 일을 저지르지 않도록 계속하여 그녀를 감시해야 합니다. 이것은 나로서는 매우 기분 좋은 일이 아닌가요? 그리고 나는 정말 자긍심을 느껴도 되지 않을까요?"

그러나 번스 양은 이렇게 말했다.

"그렇게 강한 남자 속에 그토록 작은, 떨고 있는 영혼이 자리 잡고 있다는 것을 저는 전혀 몰랐습니다. 제 생각에는 가능하다면 이 모든 과거를 덮는 것이 바로 지금 당신이 해야 할 일인 것 같습니다. 우리 모두는 삶에 도움이 되도록 그와 비슷한 일을 해야 합니다."

프리드리히가 말했다.

"아니오, 나는 전혀 쓸모없는 사람입니다. 하지만 에둘러 얘기해서 미안합니다만, 지금 이 순간 나는 무슨 이유에서인지 내게 진짜 포도주를 따라줄 수 있는 사람과 마주하고 있기 때문에 기분이 좋습니다."

번스 양이 말했다.

"당신은 집중해야하고, 일을 해야 합니다. 완전히 지칠 때까지 육체적으로 활동해야 될 수도 있습니다."

프리드리히가 외쳤다.

"오, 존경하는 아가씨, 당신은 나를 과대평가하는군요! 일이라고요? 일을 하려면 신뢰와 욕구가 필요한데, 나는 둘 다 잃어버렸습니다. 그리고 나는 지금 유럽인의 가장 강력한 의지에 의해 점령된 땅에, 대부분 현재의 사람들과 과거의 사람들을 구별 짓는 지점에 이렇게 앉아있을 뿐입니다. 나는 노와 조종키를 잃어버렸고, 내 마지막 남은 작은 자기결정권마저 날아가 버렸습니다."

커피가 나왔고, 프리드리히와 번스는 말없이 스푼을 넣어 휘저었다.

그런 다음 번스가 물었다.

"말씀하신 대로 당신의 자기결정권은 어떻게 하여 사라져버렸나요?"

"거미"라고 프리드리히는 말했고, 갑자기 빌헬름 박사가 잉이게르트와 관련지어 사용했던 교수대 거미의 예를 생각해내고는 이제 그것을 더 넓은 의미로 자신의 운명에 대해 설명하는 데에 적용했다. 물론 번스 양은 그의 말을 이해하지 못했다. 그러나 프리드리히는 그녀가 무슨 내용인지 알려달라고 요구하자 더 이상 입을 열지 않고 설명하려 하지 않았다. 그리고 그 여인은 재빨리 질문을 기꺼이 거둬들이고는 독일인의 심오한 정신으로 이끌어진 대화로부터 그녀의 영역, 즉 피상적인 사람의 영역으로 좀 더 옮겨가는 것이 옳고 좋을 것 같다고 말했다. 그녀는 비록 그가 그토록 여러 갈래의 길에 발을 들여놓고는 아직 끝내지 못함으로써 스스로를 혹독하게 심판하고는 있지만, 그렇더라도 용기를 내어 또다른 새로운 길을 개척해야 한다면서, 그 경우 손도 눈도 머리도 똑같이 사로잡을 수 있는 일에 국한해야 한다고 조언해 주었다. 한마디로 그녀의 말은 그가 돌아가서 오랫동안 좋아해온 조각을 시도해보아야 하며, 아마도 그는 몇 달 안에 다홍색 나무를 깎아 만든 마돈나의 대가가 될 것이라는 것이었다.

프리드리히가 말했다.

"당신은 착각하고 있군요. 나는 허풍쟁이입니다. 내 안에서 위대한 예술가가 해방의 순간을 기다리고 있다는 환상은 버리십시오. 아마도 나는 리터 씨의 마부나 하인 또는 매니저가 되는 게 더 나을 겁니다."

---◆---

에바 번스는 조그만 지갑을 꺼냈다. 그녀는 프리드리히가 자기 대신 돈을 내는 것을 원치 않았다. 두 사람은 다시 번잡한 거리로 나섰다. 앞서와 마찬가지로 두 사람이 나타나는 곳에서는 사람들의 관심을 불러일으켰다. 프리드리히는 거리의 시끄러운 소음 속에서 지금까지와는 다른 사람이 되었다.

"내가 무슨 말을 지껄여댄 거지요, 번스 양? 내가 당신의 인내심을 남용하여 당신을 끔찍하게도 지루하게 만들었군요."

"아니에요, 저는 그런 대화에 익숙해 있어요. 저는 몇 년 동안 예술가들과 교류해 왔는걸요."

프리드리히는 조금 놀라면서 물었다.

"내 진실성을 의심하는 건 아니겠죠, 번스 양?"

그녀는 침착하게 거의 남성적인 단호한 투로 말했다.

"그렇지 않아요. 그러나 저는 자연이 무언가를 통해 우리를 고통스럽게 할 경우 똑같은 그걸로 지속적으로 고통스럽게 하려든다고는 생각하지 않습니다. 인간에게 언제 어디서나 낮과 낮 사이에 밤과 잠을 마련해주신 것은 창조주의 의도인 것 같습니다."

프리드리히는 지난 며칠 밤 단지 몇 시간의 잠을 자기 위해 얼마나 많은 노력을 쏟았는지를 생각하며 말했다.

"언제 어디서나는 아니지요."

에바는 자신을 작업실로 데려다 줄 전차를 기다리며 교차로에 가만히 서 있었다. 프리드리히는 그녀에게 완전히 똑같은 여섯 장의 거대한 포스터를 가리키며 말했다.

"저것 좀 보세요."

그 포스터들은 모두 거미의 희생자인 마라를 요란한 색깔로 나타내고 있었다. 모든 포스터에는 녹색 띠가 대각선으로 붙어 있었는데, 거기에는 여자무용수가 난파선의 영향으로 지금까지 공연을 할 수 없었지만 내일 '웹스터와 포스터' 극장에서 미국 관중 앞에 처음으로 모습을 드러내게 된다는 내용이 적혀 있었다. 이 포스터들 위쪽에는 같은 방화벽에 아르투어 슈토스의 실물보다 큰 전신이 예닐곱 개나 그려져 있었다.

에바 번스가 말했다.

"그 소녀가 모레 아침 일찍 5번가에 있는 극장에서 열리는 리허설에 리터 씨를 초대했는데요. '웹스터와 포스터' 극장이 아닌데요!"

프리드리히는 그동안 무슨 일이 있었는지 그녀에게 설명했다. 그러나 리허설이 예정되어 있다는 건 그도 처음 듣는 소식이었다. 그는 가볍게 말했다.

"나는 정말 이 소녀가 가여울 따름입니다. 번스 양, 이 불쌍한 길 잃은 피조물을 좀 돌봐주셨으면 합니다."

번스는 전차에 오르면서 말했다.

"안녕히 가세요. 가능한 한 빨리 작업실로 일하러 오세요."

에바 번스가 뉴욕의 혼잡한 차량 흐름에 휩쓸려 떠나간 후 프리드리히는 이상하게도 버림받은 느낌을 받았다. 그는 스스로에게 말했다,

'내 서툰 솜씨를 비웃음으로 장식하게 될 위험을 무릅쓰고라도 내일 리터의 작업실에 가서 점토상자에 손을 집어넣고, 젖은 흙덩어리로 내 삶을 밑바닥에서부터 다시 세우도록 해봐야겠어.'

다음날 아침 10시쯤 리터는 일찌감치 프리드리히를 자신의 작업실에서 맞이했다. 프리드리히는 작은 작업실 하나를 얻게 되었다. 그곳에 난 문은 번스의 작업장으로 통하고 있었다.

프리드리히는 신들을 인간으로 만들기도 하지만 그보다는 인간들을 신으로 만드는 의미심장한 점토를 처음으로 손에 쥐어보았지만 이미 로마에서 많은 조각가 친구들의 손놀림을 보았기 때문에 작업은 자신도 놀라고 번스 양도 감탄할 정도로 쉽게 진행되었다. 물론 그의 해부학 지식도 도움이 되었다. 셔츠 소매를 걷어 올린 채 쉬지 않고 3시간 동안 열성적으로 일한 끝에 굵은 윤곽선으로 확실하게 모방하여 만든 근육질 남자의 팔이 자기 앞에 세워지자 프리드리히는 완전히 새로운 만족감을 느꼈다. 그는 일하는 동안에는 자신이 누구인지, 그리고 자신이 뉴욕에 있다는 사실을 완전히 잊었다. 늘 그렇듯 윌리 스나이더스가 사무실에서 나와 점심을 먹으

러 가는 길에 보니파치우스 리터와 예술작품에게 인사를 하자 프리드리히는 자신이 마치 잠에서 깨어나 완전히 다른 낯선 삶으로 불려온 것처럼 여겨졌다. 그는 일을 도중에 그만두어야 해서 안타까웠다. 그는 점심식사야말로 진짜 훼방꾼이라고 생각했다.

번스는 물론 윌리도 칭찬을 함으로써 프리드리히의 자긍심을 높여주었다. 리터가 오자 그들은 말없이 그가 어떤 말을 할지 기다렸다. 리터는 의사의 이 첫 번째 시험작품을 살펴본 후 그는 분명히 이미 여러 번 손에 점토를 묻혀본 경험이 있을 것이라고 말했다. 프리드리히는 양심에 따라 그런 적이 없다고 부인할 수 있었다. 리터가 말했다.

"글쎄요. 그렇다면 당신은 정말로 재료가 피 속에 들어있는 사람처럼 그것을 다루었군요. 이 첫 번째 시험작품을 보면 당신은 오직 점토만을 기다려왔고, 점토는 오직 당신만을 기다려온 것 같습니다."

프리드리히가 말했다.

"두고 봐야지요!"

그는 덧붙여 말하길 모든 시작은 어렵다는 말이 있지만 자신의 경험에 의하면 자신에게는 그 반대라고 했다. 그래서 그는 체스, 스카트 또는 당구에서 대부분 첫 번째와 두 번째는 이기지만 그 후에는 항상 진다고 말했다. 그의 박사 논문, 첫 번째 세균학 논문, 첫 번째 의학적 치료 또한 그에게 좋은 결과를 가져왔다는 것이다. 그러나 예술가들은 적어도 어느 정도의 진실이 담겨 있는 그의 이런 주장을 믿으려하지 않았다. 프리드리히는 지난 몇 년 동안에 느껴본 그 어떤 기분보다 더 건강한 기분으로 작업실을 떠났다.

불행하게도 그의 그런 기분은 합숙소에서 잉이게르트 할슈트룀과 대화를 나눈 후 어느 정도 바뀌었다. 그 소녀는 그의 새로운 작업에 대해 조소

적이지는 않더라도 무관심하게 들었다. 윌리와 로브코비츠는 그녀의 발언에 은근히 분노했다. 그녀는 프리드리히에게 '웹스터와 포스터'에 가서 그들이 복수하기 위해 '아동학대방지협회'에 제기한 고발을 철회하게 해줄 것을 요청했다. 그들은 릴리엔펠트와의 새로운 계약으로 인해 난파사고를 당한 어린 소녀가 갖고 있던 값진 달러를 놓쳤기 때문에 이제 최소한 경쟁사에 배상금이라도 청구하여 일을 마무리 지으려 했다. 잉이게르트는 아침에 첫 번째 소규모 리허설을 가졌다. 다음날 리허설에는 '아동학대방지협회'의 대표가 참석하겠다고 이미 통보를 한 상태였다. 이에 대해 물론 그녀는 화가 났다. 왜냐하면 그녀는 처음으로 뉴욕에서 자신의 빛을 화려하게 내비추고 싶었고, 동정을 받는 동시에 감동을 주는 양면적 의미를 띤 공연이 이루어지기를 원했기 때문이다. 나아가 그녀는 예상되는 장래의 수익금을 잃고 싶지 않았다. 그녀가 뉴욕에서 무대에 오르지 못한다면 미국에서의 그녀의 일은 끝장나게 될 것이었다.

어린 소녀의 강철 같은 의지에 대항할 수는 없었다. 프리드리히는 마음속으로 혐오감을 느끼며 좋든 싫든 정오부터 저녁까지 그 어린 스타를 위해 뛰어다니는 하수인 노릇을 할 수밖에 없었다. 그는 '웹스터와 포스터'에서 릴리엔펠트에게로, 릴리엔펠트에게서 변호사 브라운과 새뮤얼슨에게로, 2번가에서 4번가로, 4번가에서 5번가로 달려가 마침내 직접 '아동학대방지협회' 회장인 배리 씨의 문을 두드렸다. 그러나 배리 씨는 그를 맞아주지 않았다.

다행스럽게도 착한 윌리 스나이더스가 헌신적인 태도로 자신의 옛 스승 옆에 남아 스승이 가는 길을 가능한 한 원활하게 해주었다. 그는 이런 목적을 위해 오후에 사무실 업무를 비워두기까지 했다. 그의 뻔뻔스럽고 거친 유머와 뉴욕의 상황에 대한 재미있는 개인적인 얘기는 프리드리히가 많은 불쾌한 순간들을 헤쳐 나가는 데 도움이 되었다.

"5번가에 있는 궁전들의 주인들에게는 귀가 귀머거리가 되어 있는 것이 다행스런 일입니다. 그렇지 않다면 그들 중 어느 누구도 자신의 삶을 즐기지 못할 것입니다. 유럽에서는 이곳의 굴드, 밴더빌트, 그리고 다른 대부호들의 집 주변이 엄청난 저주와 증오로 덮여 깜깜해져 있다는 것을 상상도 못합니다. 이 따분한 사암 궁전과 대리석 궁전들은 박람회에서 볼 수 있는 야생동물의 우리처럼 보이거나, 주 예수를 배신한 제자 유다의 피 묻은 동전으로 지어졌다는 전설 속의 건물처럼 보입니다."

대다수 사람들의 일반적인 관례에 따라 윌리 스나이더스 역시 극도로 상스러운 말을 퍼부은 것이다. 시민이 누군가를 자신과는 다른 존재로 여기는 것이 전혀 불가능하고, 신성한 권위와 뛰어난 명망을 돈으로도 좋은 말로도 얻을 수 없는 나라에서는 그렇게 상스럽게 살아가는 것이 자연스러운 관례이다. 거기에는 군주가 없고, 따라서 돈의 군주도 없으며, 해마다 계속되는 일상화 된 달러 낚기 원정에서 강도와 절도와 사기를 통해 부정한 막대한 몫을 확보했다고 알려진 사람들만 있을 뿐이다.

프리드리히는 다음날 아침에도 점토상자 가까이에 서서 모형 뜨는 작업을 하게 되어 행복했다. 여기서 그는 손과 눈을 이용하여 열정적으로 작업에 몰두함으로써 뉴욕의 소음으로 혼란스러워진 머리를 잠재울 수 있었다. 그는 자신이 근본적으로 세상물정에 어두워서 신성불가침한 달러를 좇아 끝없이 기어 다니고 춤추고 뛰어오르는 끔찍한 행렬에 함께하지 않아도 된다는 것을 다행으로 여겼다.

행동의 숨결이 영혼의 옷을 갈기갈기 찢어놓는 가운데 그는 그 운동선수 같이 탄탄한 팔의 세부적인 부분들을 본뜨면서 내면의 치유 과정이 시작되고 있음을 느꼈다. 에바는 자주 들어와서 그가 한 일을 살펴보고 그와 몇 마디 말을 주고받았다. 친구 같은 그녀의 존재는 그를 진정시키고, 나아가 행복하게 했다. 그리고 그녀의 자기주관이 확고한 성격은 프리드리히에게 끊임없이 잔잔한 감탄을 불러일으켰다. 그가 그녀에게 이 새로운 일이 자신에게 얼마나 탁월한 진정제가 되고 있는지 말하자 그녀는 자신의 경험을 통해 그런 사실을 잘 알고 있다고 설명하고, 그가 그만두지 않고 계속한다면 그러한 형태의 일의 유익함을 곧 더 깊이 느끼게 될 것이라고 말했다.

예술가들은 잉이게르트 할슈트룀에 의해 12시에 열리는 리허설에 초대 받았다. 그들은 어느 정도 축제분위기에 젖어 에바의 작업실에 모여들었다. 리터와 로브코비츠 외에도 윌리 스나이더스와 큰 스케치북을 팔에 낀 집시 같은 프랑크가 왔다. 하늘은 맑고 거리는 말라있었기 때문에 당연히 에바 번스도 포함된 몇 명의 일행은 5번가극장까지 걸어가기로 결정했다. 가는 도중 리터는 프리드리히에게 롱아일랜드에 작은 전원주택을 짓고 있다고 설명했지만 프리드리히는 그것에 대해 이미 더 많이 알고 있었다. 윌리 스나이더스가 프리드리히에게 알려준 대로 그 전원주택은 젊은 대가 리터가 자신의 계획에 따라 꽤나 많은 요구사항을 반영하여 짓는 까다로운 건물이었다. 리터는 도리스식 기둥이 모든 기둥형태들 중에서 가장 자연스럽고 고상하며, 어떤 주변 환경에도 철저히 잘 어울린다고 말했다. 그래서 그는 자신의 별장에서도 그것을 많이 사용해왔다. 내부공간에는 부분적으로 폼페이적인 인상이 주로 담겼다. 그의 전원주택에는 정원이 있었다. 그는 장방형 연못 위에 설치하려고 하는 분수형상, 즉 물을 뿜는 괴물형상에 대해 이야기했다. 그는 오늘날 이와 관련해서는 예술가들이 창의적이지 못하다고 말했다. 그는 가장 멋지고 재미있는 사례들이 있다고 말했다. 그는 '거위 인간', '오줌싸개 동상', 뉘른베르크의 '미덕분수'

를 순수한 독일의 예로 들고, 고대에서는 헤르쿨라눔*으로 이어진 호스를 든 사티로스와 그 밖의 다른 것들을 예로 들었다. 그는 말했다.

"물은 움직이는 요소로서 움직이지 않는 예술 작품과 연결되어 있으며, 흐르거나, 방울방울 떨어지거나, 쏟아져 내리거나, 거품을 내거나, 뿜거나, 솟아오르거나, 세차게 솟구칠 수 있으며, 종처럼 소리를 내거나, 먼지로 흩날릴 수도 있습니다. 헤라쿨라눔으로 이어진 사티로스의 호스에서는 틀림없이 꿀꺽꿀꺽 소리가 났을 것입니다."

프리드리히는 날씬하고 우아한 옷을 입은 보니파치우스 리터 옆에서 걸어가며 그와 함께 햇볕이 내리쬐는 차가운 공기 속에서 그리스적 환상을 체험하는 동안 심장이 세차게 뛰었다. 그러나 그동안에 있었던 모든 즐거운 일이 사라지고, 잉이게르트 할슈트룀이 다시 춤추는 모습을 보아야 한다는 것을 깨닫자 그는 더 이상 그 모습을 견뎌낼 수 없을 것 같았다.

리터와 그의 일행이 들어섰을 때 5번가극장은 어둡고 텅 비어 있었다. 어떤 젊은 남자가 그들을 관람석으로 안내했다. 여기서는 더듬거리며 앞으로 나아갈 수밖에 없었다. 그들의 눈이 적응된 다음 점차 깜깜한 동굴 같은 극장 안이 열 지어 늘어선 좌석들과 관람석 층과 페인트칠이 된 천장과 함께 점차 모습을 드러냈다. 먼지와 곰팡이 냄새가 나는 어둠이 프리드리히의 가슴에 내려앉았다. 둥근 천장을 한 넓은 동굴에는 관을 놓는 구덩이처럼 보이는 움푹 팬 곳들이 있었고, 일부는 희미한 시트로 덮여 있었다. 커튼이 올려쳐져 있고, 어두운 전구에 의해 어스름히 보이는 무대는 희미

---

* 헤르쿨라눔은 이탈리아 남부에 위치한 고대 로마의 도시이다. 서기 79년 베수비오화산의 분화로 거대한 화산재에 묻혔으며, 인근의 폼페이와 함께 거의 온전하게 보존된 몇 안 되는 고대 도시 중 하나이다.

하게 번지는 빛에 눈이 익숙해질수록 점점 더 커 보였다.

불빛이 비추지 않는 텅 빈 극장 안을 한 번도 본 적이 없는 남자들은 자신들이 뭔가 억눌리고 옥죄이는 것을 느낌으로써 특별한 이유도 없이 목소리를 낮춰 속삭이며 얘기했다. 프리드리히의 심장이 점점 더 심하게 갈비뼈를 때린 것은 놀랄 일이 아니었다. 쉽게 당황하지 않고 늘 냉소적으로 빈정대는 경향이 있는 윌리 스나이더스까지도 안경을 고쳐 쓰며 어리둥절해했다. 프리드리히가 그런 윌리의 검은 일본인 머리를 쓰다듬자 그는 정신 나간 표정과 함께 도전적인 우스꽝스런 인상을 풍겼다.

긴장에 찬 몇 분이 지나도 아무 일도 일어나지 않자 예술가들은 질문을 주고받음으로써 자신들의 마음을 진정시키고자 했다. 그때 갑자기 쿵쾅거리는 소리로 평온함이 깨졌다. 무대는 시끄럽고, 조금은 억눌리고, 결코 고운 선율이 아닌 요란한 남자목소리로 요동쳤다. 마침내 망토를 걸치고, 높은 모자를 목덜미 뒤로 젖힌 채 격렬하게 욕을 퍼부으면서 스페인제 지팡이를 휘두르고 있는 임프레사리오 릴리엔펠트가 눈에 띄었다. 예술가들은 그런 그의 모습을 발견하고는 저절로 웃음이 터져 나오려는 것을 간신히 참고 있어야 했다.

릴리엔펠트는 큰 소리를 지르며 으르렁댔다. 그는 관리인을 불렀다. 텅 빈 무대에서 뜻밖에 그와 마주친 청소부 여자는 곧바로 그에게서 벼락 치는 듯한 욕을 먹었다.

"카펫은 어디에 있는 거야? 음악은 어디에 있는 거야? 정각 12시에 오도록 된 조명기사 놈은 어디에 있는 거야? 잉이게르트 할슈트룀은 통로 뒤에 서서 분장실로 들어가지도 못하고 있고."

관람석에서는 예술가들을 안으로 안내했던 젊은 남자의 겁에 질린 목소리가 몇 번이나 "감독님, 감독님"을 외치면서 자신을 알리려고 노력했다. 마침내 귀에 손을 대고 무대 맨 앞으로 걸어가던 릴리엔펠트가 이 목소리를 알아들었다. 잠시 멈췄다가 이제 두 배로 커진 거친 욕설이 즉시 그 젊은 남자에게 쏟아졌다. 조명기사도 왔는데, 마찬가지로 호된 욕을 먹었다. 제각기 징과 심벌즈와 피리를 든 세 사람은 원통형 모자를 쓴 남자에 의해 안으로 밀려들어갔다. 릴리엔펠트는 이제 지하실을 향해 외쳤다.

"꽃은 어디에 있어? 꽃! 꽃!"

어딘가에서 누군가가 겁먹은 목소리로 대답했다.

"예, 모르겠어요."

"꽃은 어디 있어? 꽃은 어디 있어?"

이제 그는 계속해서 이렇게 외치면서 사라졌다. "꽃은 어디 있어? 꽃! 꽃!"이라고 외치는 소리는 좀 더 가까이에서 들려왔다가 좀 더 멀리에서, 때로는 위에서, 때로는 옆에서, 때로는 무대에서, 때로는 관람석 마지막 줄에서 끝없는 메아리가 되어 예술가들의 귀에 들려왔다. 그것은 더욱 더 예술가들의 흥을 돋우는 상황이었다.

이제 좀 더 강한 조명을 받으며 이상하고 커다란 붉은색 종이꽃이 무대 위로 올라왔다. 좀 더 만족스런 상태가 되어 다시 나타난 릴리엔펠트는 악단원들과 대화를 나누었다. 그는 그들에게 필요한 춤은 공부했는지, 리듬은 철저히 익혔는지 물었다. 그런 다음 그는 그들이 무엇을 할 수 있는지 듣고 싶어 지팡이를 지휘봉처럼 치켜들고 명령조로 말했다.

"자, 시작해봐!"

그리하여 악단원들은 프리드리히가 구세계에서 이미 추종했던, 일부는 둔탁하고 일부는 날카로운 야만인들의 음악이자 자극적인 리듬을 신세계에서도 연주하기 시작했다. 프리드리히는 자신의 흥분을 감추는 데 어둠이 도움을 준 것에 대해 하늘에 감사했다. 지금까지 그는 항상 똑같은 소리에 이끌리고, 유혹당하고, 인도되어 왔다. 그 이상한 아리엘*은 그에게 어떤 목적을 품고 있었으며, 희생자인 그를 내면의 폭풍으로 분노하게 했을 뿐만 아니라 실제로 공해상에서 끔찍한 폭풍으로 거의 파멸시킬 뻔 했을 때 누구의 위탁을 받고 행동했던 것일까? 아리엘은 왜 이 음악의 가시로 프리드리히의 살을 찔렀고, 목과 팔다리를 끊어지지 않는 음악의 고리로 휘감았으며, 어떻게 이 음악은 조금도 약해지지 않은 채 고집스런 마성을 띠고 여기에서 다시 울리게 되었을까?

그는 넘어지지도, 달려가지도 않았지만 거의 두 가지를 다 하고 있었다. 그에게는 마치 자신의 머리가 두꺼운 범포에 싸여있는 것처럼 여겨졌고, 마침내 자신에게 부여된 맹목성에서 벗어나 기괴하고 괴이한 상대인 아리엘이나 칼리반**의 눈을 똑바로 바라보아야만 할 것 같은 느낌이 들었다.

프리드리히는 음악이 자신을 괴롭히고 자극하는 동안 사람들이 끊임없이 광기를 찾고 광기에 빠지는 것은 의심의 여지가 없다고 생각했다. 그리고 선도자들이 처음으로 불가능을 가능하게 만들고, 물고기도 새도 아닌데도 바다를 건너간 것은 광기가 아니었나 생각했다. 덴마크 스카겐에 있는 작은 여관의 식당에는 볼만한 것이 있다. 그곳에서는 이따금 잔해와 함께 해변으로 올라온 침몰선박의 뱃머리에 있는 사람들의 모습이 색으로 칠해져 전시되어 있다. 나무로 조각되어 얼굴과 옷이 색칠된 이 모든 남자와 여자들은 광기의 손이 스쳐갔음에 틀림없다. 그들은 모두 위를 올려다보며, 모든 것 뒤에 있는 무언가를 보는 듯 먼 곳을 바라보고, 금이나 낯선

---

*   아리엘은 반은 사자이고 반은 인간의 모습을 한 반인반수의 괴물로, 여기서는 프리드리히의 삶을 침몰사고와 같은 역경과 고난으로 이끈 알 수 없는 운명이나 이해되지 않는 조물주 등으로 해석할 수 있다.
** 셰익스피어의 〈폭풍〉에 나오는 맹수 얼굴을 한 인간.

향신료의 냄새를 찾기 위해 코로 공기 속을 킁킁거린다. 그들은 모두 어떻게든 비밀을 발견했고, 환영과 환상을 좇아 아무도 가지 않은 곳에서 또 다른 새로운 비밀을 발견하기 위해 고향 땅에서 허공으로 발을 내디뎠다. 황금의 땅은 그런 사람들에 의해 발견되었다. 그리고 그런 사람들이 수백만 명의 사람들을 파멸로 이끌었다.[*]

그리고 조금 전만 해도 프리드리히에 의해 나무로 조각되어 곱게 색칠이 된 마돈나로 만들어졌던 잉이게르트 할슈트룀은 이제는 그에게 정말로 고혹적이며 환각에 취한 뱃머리의 인물상이 되었다. 이제 그는 그녀가 물 위에 떠 있는 유령 같이 섬뜩한 범선의 꼭대기에 앉아 백조처럼 배를 내민 채 입을 벌리고, 눈을 크게 뜨고, 노란 머리카락을 관자놀이 양쪽으로 곧게 흘러내리고 있는 모습을 보았다.

그때 시끄러운 음악 소리가 멈추고 잉이게르트가 무대 위로 올라왔다.

그녀는 파란색의 긴 무대용 외투를 걸쳤고, 이미 그 안에 자신의 역할에 맞는 의상을 입고 있었다. 그녀는 몹시 건조하게 말했다.

"감독님, 제 공연 제목 '마라 또는 거미의 희생자'를 '오베론의 복수'로 바꾸는 것은 좀 어리석은 일이라고 생각합니다."

릴리엔펠트는 화를 내며 말했다.

"이봐요, 아가씨, 그건 제발 나한테 맡겨요. 나는 이곳 관객들을 잘 알고 있어요. 시작합시다, 아가씨! 시간이 없어요."

그 남자는 큰 소리로 손뼉을 치며 음악가들에게 외쳤다.

"계속해! 계속해! 머뭇거리지 말고!"

---

[*] 황금의 땅 신대륙 미국으로 이주한 유럽 사람들이 토착 인디언들과의 전쟁을 통해 수많은 토착민들을 죽음으로 내몬 것을 뜻한다.

음악이 다시 시작되었고, 마라가 들어와 춤을 추기 시작했다. 그녀는 이리저리 둥둥 떠다니는 벌거벗은 요정 같았다. 그녀는 넓은 원을 그리며 아직 눈에 보이지 않는 꽃 주위로 날아갔고, 금빛 레이스로 장식된 투명한 베일 속에서 다시 환상적이고 이국적인 나비로 나타났다. 윌리 스나이더스는 그녀를 잠자리라고 불렀고, 리터는 나방이라고 불렀다. 화가 프랑크는 변신한 잉이게르트에게 눈을 고정시켰다.

이제 소녀가 몽유병자처럼 눈을 감고 꽃을 찾기 시작하는 순간이 되었다. 이 꽃을 찾는 모습에는 순진무구함과 욕정이 담겨있었다. 나방의 관능적인 에로티시즘이 엿보이는 한없이 미묘한 떨림이 나타났다. 마침내 그녀는 꽃 냄새를 맡았고, 꽃 위에 있는 커다란 거미를 보고 몸이 얼어붙는 것을 느꼈다.

프리드리히가 알고 있듯 잉이게르트는 놀람, 공포, 달아나는 모습을 항상 제각각 다른 방식으로 표현했다. 사람들은 오늘 혐오, 역겨움, 놀람과 공포로 계속하여 동요하고 일그러지는 소녀무용수의 귀여운 얼굴에서 드러나는 표정의 변화에 모두가 감탄했다. 그녀는 빛이 비치는 원의 가장 바깥쪽으로 바람에 날리는 것처럼 다시 날아갔다.

춤의 새로운 단계가 시작되었다. 소녀는 거미가 해롭지 않다고 여기고, 이제 두려움을 떨쳐냈으므로 마음껏 웃었다. 이 모든 것은 흉내 낼 수 없는 우아함, 순진함, 즐거움이었다. 이제 아주 아늑하고 평온한 상황에 이어 상상의 거미줄 연기가 시작되었을 때 관람석 출입문이 삐거덕거리는 소리가 들렸고, 한 위엄 있는 노인이 안내를 받으며 안으로 들어왔다. 그는 손에 원통형 모자를 들고 있었고, 날카로운 얼굴에는 수염도 없었으며, 전체적인 겉모습이 신사임을 나타냈다. 낯선 사람을 안내한 젊은 남자는 사라졌고, 신사는 앞으로 나아가지 않고 자신이 서있는 곳의 관람석 의자에 앉았다. 그러나 릴리엔펠드가 나타나서 경외감을 불러일으키는 늙은 양키 주위를 아첨꾼처럼 약삭빠르게 맴돌면서 그를 맨 앞줄에 앉히려고 노력했다.

'아동학대방지협회'와 기타 여러 단체의 회장인 배리 씨는 손을 저어 거절하고는 공연에 깊이 빠져들었다. 한편 잉이게르트는 관람석 문이 삐거덕거리는 소리, 그 새로운 관객의 도착, 릴리엔펠트 감독이 인사를 하며 중얼거리는 소리에 의해 정신이 혼란해졌다. 릴리엔펠트가 소리쳤다.

"계속해, 계속해!"

그러나 어린 소녀는 무대 맨 앞으로 가서 화를 내며 말했다.

"무슨 일이에요?"

"아무 일도, 전혀 아무 일도 없어요, 아가씨."

감독은 초조해하며 단호하게 말했다. 잉이게르트는 프리드리히 폰 카마허 박사를 불렀다. 프리드리히는 자신의 이름을 부르는 소리를 듣고 깜짝 놀랐다. 그는 무대 맨 앞 잉이게르트에게 가는 것이 고통스러웠다. 그녀는 그에게 몸을 굽혀 협회에서 나온 감시원의 마음을 떠보고 자신에게 이익이 되도록 그를 구슬려달라고 부탁했다. 그녀는 말했다.

"내가 대중 앞에서 무대에 서는 것이 허용되지 않으면 브루클린 다리에서 뛰어내릴 거고, 그러면 아버지가 계신 곳에서 낚싯대로나 나를 찾을 수 있을 거예요."

잉이게르트가 경련을 일으키면서 거미줄에 목이 졸려 그녀의 목숨이, 실제로는 그녀의 춤이 끝나는 것처럼 보였을 때 프리드리히가 배리에게 소개되었다. 〈메이플라워호〉*를 타고 상륙했던 순례자들의 늠름한 늙은

---

*   〈메이플라워호〉는 1620년 영국의 이민자 102명을 북아메리카 대륙의 매사추세츠주 플리머스

후손은 고양이 눈처럼 빛나는 적대적인 눈길로 프리드리히를 훑어보았는데, 그에게는 어둠 같은 건 존재하지 않는 것 같았다. 배리는 침착하게 말했지만, 그가 한 말은 그에게서 관대한 태도를 기대할 수 있을 것처럼 보이지는 않았다. 그는 릴리엔펠트와 몇 가지 논쟁을 벌이고 나서 말했다.

"저 소녀는 이미 사악한 목적을 위해 아버지에게 악용 당했소."

그는 이어서 말했다.

"아이의 교육은 등한시됐습니다. 아이에게 수치심과 품위라는 가장 일반적인 개념조차 가르치지 않은 것 같습니다."

그는 이어서 불행하게도 공공의 도덕의식을 심각하게 손상시키는 그런 역겨운 공연을 방지할 법이 아직도 존재하지 않는다고 어떤 반박의 말도 무력화시킬 만큼 냉정하고 오만하게 말했다. 그는 릴리엔펠트의 항변을 이해하지 못하는 것 같았다.

부족한 영어능력으로 인해 프리드리히는 개입하기가 어려웠다. 그럼에도 불구하고 프리드리히는 용기를 내어 잉이게르트가 자신의 빵을 벌어야 한다는 압박감을 느끼고 있음을 강조했다. 하지만 배리 회장은 이에 대해 곧장 이런 냉랭한 질문을 한 후 침묵했다.

"당신이 그 소녀의 오빠라도 됩니까?"

협회 회장은 그곳을 떠났고, 릴리엔펠트는 이 양키이자 청교도의 비열한 위선에 대해 맹렬한 저주의 말을 퍼부었다. 그는 잉이게르트 할슈트룀이 대중 앞에서 무대에 오르는 일이 금지될 것이라는 아주 분명한 생각을 갖고 있었다. '웹스터와 포스터'가 그에게 그런 저주받을 짓을 저지른 것이

까지 수송한 범선이다. 이민자 102명 중 35명이 청교도였는데, 이들은 영국 성공회와의 갈등과 종교적박해를 피해서 신앙의 자유를 찾아 이주했다고 알려져 있다.

었다. 프리드리히가 분장실에 있는 잉이게르트를 데려가려 하자 그녀는 울며 몹시 화가 나있었다. 그녀는 말했다.

"이렇게 된 건 모두 당신 탓이에요. 어째서 당신은 슈토스와 다른 모든 사람들의 조언대로 내가 첫날 무대에 오르도록 해주지 못했나요?"

프리드리히는 역겨웠다. 배리의 모습은 그에게 아버지의 모습을 떠올리게 했다. 비록 아버지가 배리와 같은 식으로 자신의 생각을 드러내고 행동으로 옮기지는 않았지만 아버지의 생각은 그 양키의 생각과 유사했다. 실제로 프리드리히 자신의 영혼 속에는 출생과 교육을 통해 심어진 많은 것이 지워지지 않은 채 고스란히 남아 있었다.

집시 같은 프랑크가 들어와서 미친 사람처럼 행동했다. 말을 더듬으면서 적당한 단어를 찾으려고 애쓰는 식으로 내보인 그의 열광적인 모습은 잉이게르트의 기분을 조금 나아지게 했다. 프리드리히는 혐오감을 느끼며 그 화가를 바라보았고, 자기 자신에게 도취되어 신들린 모습을 보이는 그를 다시 알아보고는 깜짝 놀랐다. 잉이게르트는 화가에게 손을 내맡겼고, 그는 그녀의 손에 거친 입맞춤을 했다. 이 열정적인 입맞춤은 그녀의 손목에서 팔꿈치까지 이어졌는데, 이것이 소녀에게는 자연스럽고 정상적인 것처럼 보였다.

잉이게르트는 프리드리히가 다시 한 번 배리 회장에게 직접 가서 간청을 해서든 협박을 해서든, 강요를 통해서든, 돈을 주어서든 그에게 영향을 미치게 해주기를 원했다. 그러한 시도는 프리드리히가 알고 있듯 희망이 없었다. 그래서 그녀는 울면서 자신의 친구들은 오로지 자신을 이용하기만 한다고 설명했다. 아하라이트너가 왜 더 이상 거기에 없었던가? 그와 여러 다른 사람들은 왜 목숨을 잃어야만 했는가? 아하라이트너는 그녀의 진정한 친구였으며, 세상일에 정통해 있었고, 부유하면서도 이기적이지 않은 사람이었다.

---◆---

바로 다음날 정말로 잉이게르트 할슈트룀에게 무대공연 금지령이 전해졌다. 그 소녀는 마치 정신 나간 것처럼 행동했다. 그러나 릴리엔펠트는 이제 이 문제는 뉴욕 시장에게 넘길 시점이라고 설명했다. 동시에 그는 잉이게르트에게 고아원에 수용되고 싶지 않으면 합숙소를 떠나야 한다고 말했다. 결혼은 했지만 자녀가 없는 릴리엔펠트는 그녀에게 자신의 집에 도피해 있을 것을 제안했다. 그녀는 좋든 나쁘든 받아들여야 했다.

잉이게르트가 이사한 다음 날 아침, 프리드리히는 에바 번스가 마련해 준 새 아마포작업복을 입고 본뜨는 작업을 앞에 두고 서서 안도감을 느꼈다.

대가 리터는 에바 번스 앞에서 그 춤추는 소녀를 모델로 삼았으면 좋겠다는 의사를 표명했다. 그러나 프리드리히는 마지못해 힘겹게 동의했다. 그는 말했다.

"이봐요, 에바 양, 사실 나는 아름다운 것이 이루어지는 것을 막고 싶지는 않은 사람이오. 하지만 나는 인간일 뿐이며, 만약 리터 씨가 그 어린 소녀를 누드모델로 이용한다면 내 마음의 평온은 끝날 거요."

에바 양은 웃었다. 프리드리히가 말했다.

"당신은 잘도 웃는군요. 하지만 나는 회복기 환자이고, 병의 재발은 생명을 위협합니다."

1주일이 지났고, 그 사이 프리드리히는 괄목할만하지만 아직 승리에 이르지는 못한 싸움을 벌여왔다. 그는 날마다 작업실에서 일했고, 번스는 그의 친밀한 친구가 되었다. 이제 그녀는 이전에도 알고 있던 것을, 즉 그가 잉이게르트에 구속당함으로써 고통을 겪고 있다는 사실을 직접 그를 통해 알게 되었다. 그녀는 요청을 받을 때 외에는 그의 내면의 혼란에 간섭하지 않으면서 그의 동료이자 조언자가 되었다. 프리드리히는 잉이게르트로부터 벗어나기로 한 자신의 결정을 그녀에게 알렸다. 그는 그 소녀와 함께 있을 때면 언제나 모욕감을 느끼고 지루해했다고 말했다. 그 후 그는 그녀에게 다시는 돌아가지 않기로 결심했지만 이것은 결심이 아니라 종종 불과 몇 시간 후면 깨지곤 하는 생각일 뿐이었다. 에바의 한없는 인내심 덕분에 프리드리히는 잉이게르트라는 테마를 결코 버릴 필요가 없었다. 잉이게르트의 영혼은 안에서 밖으로, 그리고 다시 밖에서 안으로 깡그리 바뀌었고, 그 내용물은 백 번 키질이 되고, 금이나 밀알을 얻기 위해 철저한 고르기 작업이 이루어졌다.

어느 날 잉이게르트는 프리드리히에게 이렇게 말했다.

"나를 데려가세요, 납치하세요. 나를 당신이 원하는 대로 하세요!"

그녀는 전부터 그에게 자신을 심하게, 나아가 잔인하게 대해달라고 요구해왔다. 그녀는 말했다.

"나를 가둬 주세요. 당신 외에는 더 이상 남자들을 만나고 싶지 않아요."

또 한 번은 그녀가 간절히 부탁하며 말했다.

"나는 착한 사람이 되고 싶어요, 프리드리히. 나를 착하게 만들어줘요."

그러나 다음날이면 그녀는 또 다시 자신의 보호자이자 친구에게 용서받을 수 없는 행동을 받아들여줄 것을 강요했다.

사실 그녀는 이미 수많은 남자들을 걷게 하고, 달리게 하고, 거래하게 하고, 생각하게 하고, 돈을 지불하게 하고 있었다.

프리드리히가 버릴 수 없었던 것은 이 연약한 금발 소녀의 달콤한 육체였다. 그런데도 그는 헤어지기로 결심했다. 어느 날 잉이게르트가 와서 에바가 초상화를 그릴 수 있도록 앉아있었다. 프리드리히도 회전의자를 당겨 앉았다. 번스가 왜 이렇게 모두를 한자리에 모이게 했는지는 쉽게 알 수 없었다. 하지만 푹 빠져 있는 자신의 우상에 대한 엄격하고 무척 정확한 탐구는 프리드리히에게도 아주 특별한 영향을 미쳤다.

납작한 이마, 눈의 위치와 홍채, 휜 관자놀이, 기형적인 귀의 모양, 칼등처럼 좁은 코와 콧방울, 좀 나이 들어 보이는 입술과 입언저리의 주름, 아름답지만 거친 턱, 수다쟁이처럼 움푹 들어간 정말 보기 흉한 목 등 이 모든 것이 그에게 너무도 무미건조한 인상을 주었기 때문에 그녀에게서 아름다움을 자아내는 어떤 힘도 사라져버렸다. 아마도 에바 번스는 모델을 그토록 엄격하고도 지속적으로 일관되게 관찰하는 것이 어떤 의미를 띠고 있는지 알고 있었을 것이다.

잉이게르트가 허영심에 차 자신을 내맡겼던 긴 시간 동안의 그들의 모임은 나아가 그녀의 옹졸하고 까다로운 성격을 드러내기도 했다. 프리드리히는 에바 번스에 대한 예찬의 마음과 함께 그의 모델이 한없이 뒤쳐지고 불완전하다는 것 또한 놀랄 만큼 분명하게 느꼈다. 한번은 잉이게르트가 파리에서 어머니로부터 편지를 받았다. 그녀는 그것을 읽어주었는데, 읽는 동안 그녀는 마치 형벌을 받는 것처럼 보였다.

어머니의 편지는 엄격하고, 진지하며 걱정에 차있었지만 사랑이 없는 것은 아니었다. 아버지의 슬픈 죽음이 언급되었고, 잉이게르트는 파리로 돌아오라는 부름을 받았다. 어머니는 이렇게 썼다.

"나는 부자가 아니다. 너는 내 곁에서 일을 해야 한다. 하지만 나는 모든 면에서 너의 어머니가 되도록 노력할 거다."

그리고는 추신을 덧붙였다.

"네가 처신을 바르게 고쳐나가겠다는 결심을 한다면."

그 소녀가 어머니의 이러한 언급에 대해 내뱉은 말은 어리석고 사나운 악의에 찬 것이었다. 그녀는 우스꽝스럽게 흉내 내어 말했다.

"나는 엄마에게 가서 회개해야 돼. 사랑하는 주님께서 나를 그토록 기적적으로 구해주셨기 때문이야. 물론 엄마도 회개해야 해! 내가 그렇게 바보인 줄 아나 봐! 나는 재봉사는 안 될 거야. 엄마에게 끝없이 시달리게 될 테니. 나는 누군가의 손아귀에 있지만 않으면 아무 걱정 없어."

그리고 그녀의 말은 부모의 삶에서 가장 추악한 친숙한 일들을 조금도 주저하지 않고 드러내며 계속 이어졌다.

릴리엔펠트와 그의 변호사의 독촉에 따라 잉이게르트 할슈트룀의 대중 앞에서의 공연에 대한 금지조치를 해제할지 유지할지를 결정하게 될 잉이게르트 측과 뉴욕시장과의 시청에서의 회동이 2월 25일로 잡혔다. 릴리엔펠트 부인의 도움으로 멋지게 차려 입은 잉이게르트는 보호자로 동반한 부인의 안내를 받아 택시를 타고 시청으로 갔다. 프리드리히와 릴리엔펠트는 먼저 출발했다. 릴리엔펠트는 회색빛 어둡고 추운 뉴욕을 통과해 가면서 설명했다.

"뉴욕은 현재 태머니협회의 손 안에 있습니다. 공화당은 지난 선거에서 패배했지요. 시장 일로이는 태머니 사람입니다. 마부는 아마도 태머니 홀을 지나갈 테니 나는 문장에 호랑이 문양이 새겨진 그 엄청나게 영향력 있는 단체의 본거지를 당신에게 보여드리겠습니다. 태머니라는 이름은 아메리카 원주민인 인디언의 예언자 태머넌드에서 유래했습니다. 당의 지도자들은 이런 유치한 인디언 이름과 직함을 가지고 있습니다. 문장은 문장이라고 불리는 게 아니라 토템이라고 불리지요. 그러나 이 인디언의 낭만에 속지 마십시오. 이 사람들은 냉철합니다. 뉴욕의 거대한 양 우리 안에 있는 태머니 호랑이는 호락호락하게 다룰 수 없는 짐승입니다.

아무튼 우리는 태머니 호랑이를 끌어들이고, 그러면 그 어린 소녀 문제에 있어 시장이 우리 편에 서게 될 것이라고 볼 수 있지만 그것이 절대적으로 확실하지는 않습니다. 어쨌든 배리는 공화당원이자 태머니 홀의 숙적입니다. 따라서 시장인 일로이는 배리와 그의 명청한 기관인 '아동학대방지협회'에 한 방 먹여줄 지도 모릅니다. 그러나 시장의 임기는 끝나가고 있고, 그는 재선을 원하고 있는데, 그것은 어느 정도 공화당의 협조를 통해서만 가능한 상황입니다. 어디 봅시다! 우리는 기다릴 수밖에요."

그들은 종탑과 주랑이 있는 대리석 건물인 시청 앞의 시청공원에 도착했다. 그들은 이 주랑 아래에서 여자들이 도착할 때까지 기다려야 했다.

이리저리 거닐고 있던 프리드리히는 갑자기 누군가가 자신의 코트를 잡아당기는 것을 느꼈다. 그는 돌아서서 멋지게 머리를 천으로 감싼 어린 소녀를 보았고, 즉시 그녀가 엘라 리플링이라는 것을 알아차렸다. 프리드리히가 물었다.

"엘라, 너 어디서 오는 거니?"

소녀는 몸을 굽혀 인사했다. 소녀는 로자와 함께 산책을 하고 있었고, 가정부 로자는 시청 계단에 서서 인사했다.

"안녕하세요, 박사님!"

프리드리히는 엘라를 침몰사고를 당한 어린 소녀라고 릴리엔펠트에게 소개했다. 릴리엔펠트가 말했다.

"안녕, 아이야. 그럼 배가 무섭게 침몰할 때 너도 거기에 있었다는 게 정말이니?"

대답은 당돌하고 신선하며 어린애다운 아양이 담긴 자부심으로 가득 차 돌아왔다.

"그럼요! 거기에서 나는 남동생을 잃었어요."

"아, 불쌍한 녀석!"

릴리엔펠트는 이렇게 말했지만 일찍부터 시장 앞에서 무슨 말을 어떻게 해야 할지를 생각하고 있었기 때문에 주의가 산만해졌다. 그는 갑자기 프리드리히에게 "미안합니다."라고 말하며 몇 발짝 물러나 가슴 주머니에서 익혀두기 위한 메모지 한 장을 급히 꺼냈다. 엘라가 소리쳤다.

"우리 엄마는 죽었는데 다시 살아났어요!"

릴리엔펠트는 금테 안경 너머로 엘라를 바라보며 물었다.

"어떻게, 어떻게 해서?"

프리드리히는 소생술을 시도하여 어머니의 생명을 구했다고 그에게 설명했다. 그는 덧붙여 말했다.

"만약 세상이 제대로 돌아간다면 저기 저 보잘 것 없는 시골뜨기 하녀는 (그는 로자를 가리켰다.) 두 세계의 영웅으로 축복받은 라파예트*보다 더 축복받아야 할 것입니다. 그녀는 기적을 행했습니다. 그녀는 항상 자신의 주인 일가와 우리 같은 다른 사람들만 생각했을 뿐 자기 자신은 전혀 생각하지 않았습니다."

프리드리히는 하녀에게 가서 인사했다.

---

* 라파예트(1757~1834)는 프랑스의 사상가이자 장교로, 미국 독립전쟁에 참가한 장군이면서 프랑스혁명 중에는 국민위병의 지휘를 맡았다. 미국과 프랑스에서 이룩한 성과에 의해 그는 "두 세계의 영웅"으로 알려져 있다.

그가 리플링 부인의 안부를 묻자 로자는 작약처럼 환한 얼굴이 되었다. 그녀는 자신의 마님이 아주 잘 지내고 있다고 말했다. 그런 다음 그녀는 어린 지크프리트를 떠올리고는 눈물을 흘렸다. 장례식의 모든 절차는 그녀와 영사관 한 명에 의해 진행되었으며, 유대인 묘지에 그 어린 시신이 안장될 때는 그녀만이 참석했다.

이제 단정하게 옷을 차려입은 사람이 다가왔고, 프리드리히는 아주 가까이에서야 비로소 그가 예술가 슈토스의 수행원인 불케임을 알아볼 수 있었다. 불케가 말했다.

"박사님, 제 약혼녀는 지나간 일에서 헤어 나오지 못하고 있습니다. 박사님, 그건 옳은 일이 아니라고, 그런 지나간 일에서 빠져나와야 한다고 말씀해주시면 안 될까요? 그녀가 자신의 아들을 잃었다 해도 이보다 더 나쁜 상태일 수는 없을 것입니다!"

"불케 씨, 당신이 약혼했다면 모두가 기뻐할 일이고, 진심으로 축하해야겠습니다."

불케는 감사를 표하며 설명했다.

"제가 주인님을 떠나고 그녀가 마님을 떠나면 우리는 곧장 유럽으로 돌아갈 것입니다. 저는 왕립 해군에서 복무하기 전에 도축업을 했었습니다. 지금 브레멘에 있는 제 형이 소형 선박의 식료품매점에 관해 제게 편지로 알려오고 있습니다. 드디어 뭔가를 하게 되었는데, 한번 시도해 보지 않을 이유가 있나요? 언제나 낯선 사람들을 위해 일할 수만은 없지요."

프리드리히는 말했다.

"나도 전적으로 당신의 뜻에 동의해요."

갑자기 그 예술수호자의 수행원은 로자에게 "주인마님 오셔!"라고 말해주고는 떠났다.

리플링 부인은 검은 수염을 기른 어느 신사 옆에 서서 시청정원을 통과해갔다. 그녀의 옷차림은 러시아 대공 부인의 신분에 어울릴 만했고, 그 동안 그 매혹적인 부인이 배에서 잃어버린 옷가지를 보상받을 기회를 찾았다는 것을 증명해주었다. 프리드리히는 여인의 손에 입을 맞추고는 왼쪽 가슴 아래에 있는 반점과 아름다운 여체의 다른 몇몇 특징들을 기억해냈는데, 그는 아주 무자비한 소생술로 그녀가 서서히 다시 숨을 쉬도록 했었다. 그는 그 검은 수염의 우아한 신사에게 소개되었고, 신사는 그를 은밀하면서도 무시하는 듯한 눈빛으로 훑어보았다. 프리드리히는 생각했다.

'나를 적대시 하다니 이상하네. 이 소두증 환자는 내게 무슨 빚을 지고 있는지 알아야 할 텐데. 나는 땀을 흘리고, 얼굴의 땀으로 죽은 사람을 살아나게 하고, 스스로를 섭리의 높은 도덕적 도구로 느꼈는데, 지금 보니 궁극적으로는 방탕자에게 특별한 쾌락을 안기기 위해 일을 해온 것이었네.'

리플링 부인은 미국에 매료되어 있었다. 그녀는 말했다.

"뉴욕의 호텔들에 대해 어떻게 생각하세요? 나는 월도프-아스토리아 호텔에 살고 있습니다. 호텔들 참 좋지 않나요? 나는 앞쪽으로 이어진 방 4개에서 지내고 있어요. 아늑함! 호화로움! 아름다운 사진들! 마치 아라비안나이트 속에 있는 듯한 느낌이지요! 사랑하는 의사 선생님, 델모니코 레스토랑을 꼭 방문해 보셔야 해요! 반대로 베를린과 파리의 상황은 어떻습니까? 유럽에서는 그런 레스토랑도, 그런 호텔들도 찾을 수 없을 거예요."

프리드리히는 어이없어 하면서 아마 그럴 수 있을 것이라고 말했다. 그녀는 "메트로폴리탄 오페라 하우스에 가본 적이 있나요?"와 같이 프리드리히에게 말할 여지를 주지 않으면서 자신의 질문에 스스로 답하는 식으로 한동안 대화를 이어갔다. 프리드리히는 로자와 지크프리트를 생각했고, 부인이 아무개 씨라고 소개한 목이 짧은 그 신사의 새 에나멜가죽 구두, 바지 주름, 장식물들, 반짝이는 단추, 튼튼한 공단 흉갑, 동그란 안경, 원통형 모자, 값비싼 모피 재킷을 계속해서 바라보았다.

릴리엔펠트는 프리드리히가 주랑 아래에 다시 나타나자 물었다.

"메트로폴리탄 오페라 하우스의 유명한 테너가수와는 어떤 관계이신지요?"

―――――◆―――――

방금 전의 만남이 온통 마음속에서 존재의 비극적 코미디를 너무나 많이 떠올렸기에 프리드리히는 이제 당혹스러운 현재를 덜 심각하게 받아들일 수 있게 되었다. 여자들이 탄 택시가 앞서 도착했고, 동시에 여섯 명의 기자들이 로비로 들어왔다. 기자들 대부분이 자연스럽게 서서 잉이게르트와 악수를 나누고 있는 것을 본 프리드리히는 깜짝 놀랐다. 그녀는 매우 귀엽고 어린애 같이 보였다. 변호사 새뮤얼슨도 도착하자 그녀와 릴리엔펠트 부인은 꽤 많은 경호원들에 의해 위쪽 천장이 높고 아치형 창문이 있는, 목재로 장식된 시청의 회의실로 안내되었다. 키 큰 배리는 긴 테이블에, 그것도 뉴욕 시장의 빈 의자 옆에 이미 자리를 잡고 앉아 있었다. 그는 손에 안경을 쥐고 이따금 서류를 넘겨보곤 했다. 새뮤얼슨과 릴리엔펠트는 그의 맞은편에 앉았다. 테이블 주변의 나머지 공간은 언론과 기타 이해관계자가 차지했다. 그들 중에는 프리드리히, 지극히 품위 있는 릴리엔펠트 부인과 협의 당사자인 잉이게르트가 있었다.

이제 아일랜드인 시장이 그의 의자 바로 뒤에서 양쪽으로 여는 문을 통해 들어왔다. 그는 미적지근하고 겸연쩍게 미소를 짓고, 친절하게 인사하지는 않았지만 예의바른 정중한 모습으로 모두를 바라보았다. 누군가가 프리드리히에게 속삭였다.

"아가씨의 일은 잘 될 거고, 시장은 늙은 위선자 배리에게 한 방 먹일 것입니다."

사실 시장은 오른쪽 옆에 앉아있는 사람에게 좋은 징조로 볼 수 없는 친절함을 보였다.

침묵이 흘렀다. 배리에게 발언권이 주어졌다.

그 늙은 남자는 일반적으로 유력한 정치가에게나 어울리는 진지하고 자신만의 확신에 찬 태도로 일어났다. 프리드리히는 그에게서 눈을 돌릴 수 없었다. 프리드리히는 그의 발언이 거의 성공적 결과를 낳지 못할 것임을 알고 안 됐다는 생각이 들었다.

배리는 먼저 그의 협회의 목적에 대해 명확하게 펼쳐 나갔다. 그는 어린이들이 산업, 상업, 수공업, 연극 분야에서 일하면서 학대받고 피해를 입은 여러 사례들을 열거했다. 이때 누군가가 프리드리히의 귀에 대고 속삭였다.

"저 사람은 자신을 속이고 있어요! 저 늙은이는 월스트리트 사람으로, 그의 공장에서 수많은 아이들을 고용하고 있으며, 가장 무자비한 착취자 중 한 사람입니다."

배리는 그러면서 그런 학대들로 인해 자신이 '아동학대방지협회'를 설립할 수밖에 없었다고 설명했다.

배리는 계속해서 협회는 사실로 입증된 긴급사건에만 개입할 의무가 있다고 말했다. 지금 다루고 있는 이 사건도 그러한 사건 중 하나라고 했다.

그는 "약탈자들"이란 말을 강조하면서 몇 년 전부터 뉴욕에는 특별한 종류의 약탈자들이 넘쳐나고 있다고 말했다. 이런 상황은 점증하는 믿음의 부족, 늘어나는 신앙의 결핍, 그리고 이로 인한 외적인 쾌락과 즐거움의 추구와 관련이 있다는 것이다. 그는 늘어나는 부도덕과 전반적인 부패는 그런 해적들의 돛을 채우는 바람이라고 말했다. 그러나 이러한 부패의 전염병은 이 나라에서 발생한 것이 아니라 런던, 파리, 베를린, 빈과 같은 유럽의 대도시들의 악습으로부터 유입되었다는 것이다. 그는 전염병을 멈추게 해야 하며, 이를 위해서는 전염병을 키우고 계속해서 유입시키는 약탈자들을 막아야 한다고 말했다.

배리는 모든 단어를 아주 정확하게 발음하며 말했다.

"그들은 선량한 미국 시민이 아닙니다. 전혀 아닙니다. 그들은 우리 시민이 아닙니다! 그렇기 때문에 그들은 우리의 종교, 관습, 도덕이 파괴되더라도 아무 관심도 없는 것입니다. 이 맹금류는 파렴치하며, 모이주머니가 가득 차게 되면 바다 건너 안전한 유럽의 둥지로 사라집니다. 미국인들이 이러한 관점에서 스스로를 돌아보고 그런 기생동물의 침략을 물리칠 때가 왔습니다."

극렬국수주의자 노인이 굳센 의지를 드러내며 그런 날카로운 말을 쏟아내는 동안 프리드리히는 그의 거칠고 고상한 늙은 얼굴의 모든 움직임을 쉬지 않고 관찰했다. 이상하게도 약탈적인 새들에 관해 이야기할 때의 화자의 표정은 자기 스스로를 독수리와 닮은 것으로 만들고 있었다. 그는 창문을 등지고 머리는 옆으로 돌린 채 서있었다. 프리드리히에게는 그가 가득 찬 모이주머니에 대해 말하는 동안 그의 청회색 눈이 하얀 빛으로 퇴색한 듯 여겨졌다.

배리는 잉이게르트에 대해 말하기 시작했다.

"하느님의 뜻에 의해 큰 배가 침몰하는 사고가 일어났습니다. 그것은 전적으로 사람들에게 스스로를 성찰하도록 하기 위해 일어난 사고입니다."

연사는 말을 끊고 그것에 대해 더 자세히 설명하는 것은 쓸모없는 일이

아틀란티스

라고 밝혔다. 왜냐하면 그러한 신의 형벌을 존중할 줄 모르는 자들에게는 도움을 줄 수 없기 때문이라는 것이었다. 그런 다음 그는 이어서 말했다.

"나는 16살이 되었는지 확인되지 않은 구출된 소녀를 병원으로 넘기고, 선박회사가 가능한 한 빨리 그녀를 유럽으로 다시 이송하여 파리에 살고 있는 그녀 어머니에게 넘겨줄 것을 요청합니다. 그 소녀는 아프고, 발달이 덜 되었으며, 의사의 손에 매달려 있을 뿐만 아니라 후견인의 보호를 받고 있습니다. 사람들은 그녀가 춤을 추도록 훈련시켜왔습니다. 이렇게 되면 그녀는 간질성 경련과 다르지 않은 상태에 빠지게 될 것입니다. 그녀는 나무처럼 뻣뻣해질 것입니다. 눈은 머리 밖으로 튀어나올 것입니다. 손가락으로 솜털을 뽑아낼 힘밖에 없게 될 것입니다. 마침내 그녀는 기진맥진 상태가 되고, 아무 것도 할 수 없게 될 것입니다. 그런 일들은 병실 벽 뒤에서, 의사와 간호사의 눈 아래에서나 일어납니다. 그런 일들이 극장무대 위에서 일어나서는 안 됩니다. 병원 안에서의 일을 극장무대 위에서 보여주려고 한다면 분노를 불러일으키고, 여론에 대한 도전이 될 것입니다. 나는 선량한 예절의 이름으로, 공공도덕의 이름으로, 미국 윤리의 이름으로 이에 반대합니다. 선박참사가 만인의 입에 오르내리고 있다는 이유만으로 이 가엾은 불행한 소녀를 대중 앞의 무대에 끌어올려 그녀의 불행을 뻔뻔하게 이용하는 것은 있을 수 없는 일입니다."

배리는 그렇게 분명하게 말했다. 새뮤얼슨 변호사는 배리가 자리에 앉자마자 즉시 일어났다. 그의 변론 방식은 잘 알려져 있었다. 사람들은 그가 처음에는 조심스럽게 말을 해나가다가 나중에는 예기치 않게 격렬한 격정을 폭발시킴으로써 듣는 사람들을 깜짝 놀라게 한다는 것을 알고 있었다.

이번 경우에도 그의 격정이 폭발했을 때, 그것은 릴리엔펠트, 언론, 프리드리히가 기대했던 것과는 전혀 일치하지 않았다. 표출된 분노는 수임

료와 강인한 의지에 의해 강요된 것이지 자연스런 근원에서 나온 것이 아니라는 것을 너무나도 분명하게 알 수 있었다. 그리스도의 수염과 깨끗하지 못한 핏기 없는 피부를 지닌 피곤에 쫓기는 남자는 사실 그의 직업의 희생자로서만 존중받을 만했고, 또한 이런 맥락에서 기껏 관심을 불러일으킬 뿐 인상적이지는 못했다. 그는 최대한의 동정을 불러일으키면서 내달리는 달변의 말에게 채찍과 박차를 동시에 가했는데, 유감스럽게도 그것은 오로지 자신의 적을 쓰러뜨리기 위한 것이었다. 배리와 시장 일로이는 의미심장한 눈빛으로 서로를 바라보았고, 둘 다 이 비참한 기사를 도와주고 싶어 하는 것 같았다.

이제 릴리엔펠트는 더 이상 가만히 참고 있을 수는 없었다. 그는 얼굴이 붉어지고 이마의 핏줄이 부풀어 올랐으며, 침묵의 시간이 지나고 웅변의 시간이 다가왔다. 백 개의 타자기와 수백만 달러의 수입이 있는 새뮤얼슨이 그 일을 감당할 수 없었기에 릴리엔펠트가 직접 나서서 처리해야 했다. 생각할 만큼 생각하고 행동할 만큼 행동해온 그였다! 땅딸막하고 고집 센 그 사업가의 입술 사이에서 말이 힘차게 흘러나왔다.

이제 배리가 침착하게 앉아서 눈썹 하나 까딱하지 않고 적의 빗발치는 난자질과 타격을 견뎌내야 할 차례였다. 그 늙은이의 모든 것이 남김없이 까발려졌다. 그는 브루클린에 있는 어떤 공장에서의 아동학대, 청교도로서의 위선, 공공연히 물을 마시라고 설교하고는 몰래 와인을 마신다는 등의 말을 듣고 이를 꿀꺽 삼켜야만 했다. 그는 배리가 셰익스피어, 바이런, 괴테와 같은 사람들을 발굽과 긴 꼬리를 가진 악마라고 믿는, 예술과 문화와 삶에 적대적인 편협한 계층의 일원임이 입증되었다고 말했다. 그런 사람들은 끊임없이 시간의 시곗바늘을 되돌리려 한다는 것이다. 그것은 자유의 땅이자 자긍심 넘치는 자유로운 미국에서는 특히나 역겨운 모습이라고 릴리엔펠트는 말했다.

릴리엔펠트는 물론 그렇게 시작한 저들의 시도가 먹혀들 것 같지는 않다고 말했다. 청교도의 내숭, 청교도의 양심고문, 청교도의 완고함과 편협함의 시대는 영원히 가라앉고 지나갔다는 것이다. 그것이 시간의 흐름, 진보의 흐름, 문화의 흐름을 막지는 못할 것이라는 것이다. 그리고 자신들의 어두운 경제에서 위협을 받고 있는 이러한 반동 세력들은 이제 작고, 비겁하고, 미천한, 악취 풍기는 게릴라전을 벌이기 시작했다는 것이다. 그런 모두에게 위험한 악취의 온상이 배리의 협회라는 것이다. 여기서 그는 배리가 앞서 했던 말을 되받아 정말로 미국 땅에 전염병이 존재한다면 그것의 온상은 바로 '아동학대방지협회'일 것이라고 말했다. 이 나라에 흑사병이 돈다면 흑사병의 진원지는 바로 여기 이 협회라는 것이다. 그는 배리가 유럽을 해악이라고 주장하는 것은 우스꽝스런 일이라고 말했다. 그는 유럽은 미국의 어머니이며, 지금 사람들이 1492년을 기념하고 있다면서 콜럼버스의 천재적 두뇌가 없었다면, 그리고 유럽, 즉 독일, 영국, 아일랜드의 지식인들이 끊임없이 몰려오지 않았다면 - 여기서 그는 시장을 가리켰는데 - 미국은 오늘날에도 여전히 황무지로 남아있을 것이라고 말했다.

릴리엔펠트는 어린 무용수 소녀를 위해 하늘과 땅과 바다를 뒤흔들어 놓을 만큼 열변을 토하고 나서 경쟁자가 그릇된 목적을 위해 협회를 이용하여 비겁하게 고발했음을 폭로했고, 자신이 착취자라는 배리의 주장을 분노하며 일축했다. 그는 착취자는 자신의 경쟁자일 것이라고 말했다. 그는 자신이 잉이게르트에게 제시한 조건이 그녀에게 얼마나 유리한지 내보였다. 그는 자신의 아내가 저쪽에 앉아있다면서, 자신의 집에 숙소를 정한 소녀에게 아내는 여러 가지 측면에서 어머니와도 같다고 말했다. 나아가 소녀는 아프지도 않으며, 그저 순수하고 건강한 예술가의 피가 그녀의 정맥에 흐르고 있을 뿐이라고 했다. 그는 젊은 여인의 명예와 도덕성을 건드리는 것은 파렴치한 짓거리라고 말했다. 그녀는 타락하고 버림받은 여자가 아니라, 반대로 아주 위대한 예술가라는 것이었다.

릴리엔펠트는 자신의 최후의 패를 끝까지 남겨두어 왔다. 4주 전 그는 어떤 이유에서인지 미국 시민권을 얻게 되었다. 이제 그는 너무 크게 소리를 질러 밖에서 뉴욕의 둔탁한 천둥소리가 들리는 높은 아치형 창문들이 삐거덕거렸다. 그는 배리가 자신을 낯선 이방인, 해적 등으로 불렀다고 외쳤다. 그는 자신도 배리와 똑같은 미국 시민이기 때문에 그렇게 불리는 것을 단호하게 거부하겠다고 말했다. 그리고 그는 온 몸을 책상 위로 구부린 채 늙은 극렬국수주의자를 향해 연거푸 소리쳤다.

"배리 씨, 들으셨나요? 나는 이 나라 시민입니다. 배리 씨, 들으셨나요? 나는 이 나라 시민입니다! 배리 씨, 나는 이 나라 시민이고 당신처럼 나도 권리를 누릴 겁니다!"

그는 말을 마쳤다. 그가 자리에 앉자 기관지에서 쌕쌕거리는 소리가 들렸다. 배리의 얼굴에는 미동조차 없었다.

오랜 침묵 끝에 시장이 말했다. 그는 차분하면서도 그에게 잘 어울리는 자신만의 약간의 당혹감을 내보이며 말했다. 그가 내린 결정은 정치 점성술사들이 예측했던 것과 정확히 일치했다. 잉이게르트는 대중 앞에서 공연하는 것을 허용 받았다. 의사의 진단에 따라 그 소녀는 건강한 것으로 간주되며, 게다가 이미 16세가 넘었고, 그것을 의심할 이유가 없으며, 그녀가 유럽에서 이미 해왔던 생계활동인 예술 활동을 행하는 것을 못하게 할 이유가 없다는 것이었다.

기자들은 의미심장한 미소를 지었다. 아일랜드인 가톨릭교도인 시장의 영국 출신 토착 청교도에 대한 은밀한 증오가 터져 나왔던 것이다. 배리는 일어나서 차가운 위엄을 보이며 자신의 적인 시장과 악수를 했다. 그런 다음 그는 똑바로 걸어 나갔다. 전혀 다른 성격의 그의 두 번째 적은 작별할 때 전혀 다른 종류의 증오를 눈빛에 담아 그의 눈을 쏘아보려던 계획에 실패했는데, 그의 눈이 단 한 순간도 릴리엔페트의 눈과 마주치지 않았기 때문이다.

잉이게르트는 사람들로 에워싸였다. 그 소녀는 겹겹이 축하를 받았다. 그녀는 자신의 자산을 차지하기 위해 두 개의 세계가 맞서 싸우는 것을 경험했고, 그것은 그녀의 마음을 흔들기에 충분했다. 사람들은 말 그대로 그녀의 마음을 사려고 애썼고, 그녀에게 경의를 표했다. 그리고 이 순간에는 그 어떤 공주가 나타나더라도 이 어린 예술가에게서 관심을 돌릴 수 없었을 것이다. 그녀는 행복과 감사의 마음으로 환하게 웃었다.

릴리엔펠트 감독은 마주치는 모든 기자들을 즉석에서 아침식사에 초대했다.

프리드리히는 용무가 있는 척하면서 적어도 후식을 먹을 때는 돌아오겠다고 어린 소녀에게 약속해야 했다. 그는 작별하고 그곳을 떠나 혼자가 되었다.

프리드리히의 첫 번째 행로는 시청공원을 가로질러 약 2천5백 명의 직원이 근무하는 거대한 건물인 중앙우체국까지 건너가는 것이었다. 그는 전보를 치고 다시 도시의 소음 속으로 나갔다. 사람들은 심한 바람에 얼굴을 감싼 채 서로 뒤얽혀 걸어가고, 끝없이 이어지는 전차, 택시, 트럭들이 귀를 먹먹하게 했다. 그는 시계를 꺼내 12시 30분이 되었다는 것을 확인

했다. 보통은 에바 번스가 그랜드센트럴 역 근처의 작은 단골식당에서 간단한 점심 식사를 하는 바로 그 시각이었다. 그는 택시를 타고 그곳으로 갔다.

만약 이번에 늘 이용하던 방에서 에바를 만나지 못한다면 그는 한없이 실망할 것 같았다. 그러나 그녀는 그곳에 있었고, 늘 그랬듯이 젊은 학자를 보고 기뻐했다. 그는 그녀에게 이렇게 외쳤다.

"에바 양, 당신은 지금 감옥에서, 감화원에서, 정신병원에서 풀려난 나를 보고 있습니다. 나를 축하해주세요! 오늘 나는 다시 독립한 사람, 얽매이지 않은 사람이 되었습니다!"

그는 자리에 앉아 더없이 활기찬 기분에 젖어 몹시 기뻐했다. 자신의 말대로 그는 세 가지 식욕, 여섯 가지 유머, 아테네의 타이먼*을 돕기에 충분한 좋은 기분에 젖어 있었다. 그는 말했다.

"나는 나중에 내게 무슨 일이 일어날지에 대해서는 전혀 신경 쓰지 않습니다. 어쨌든 이것만큼은 확실합니다. 어떤 키르케**도 더 이상 나를 지배하지 못하리라는 것 말입니다."

에바 번스는 축하하며 활짝 웃었다. 그런 다음 그녀는 무슨 일이 있었는지 알고 싶어 했다. 그는 이렇게 말했다.

"시청에서 있었던 희비극에 대해서는 나중에 모두 얘기해줄게요. 그보

---

*   타이먼은 윌리엄 셰익스피어의 희곡 〈아테네의 타이먼〉(1605)에 등장하는 주인공이다. 아테네의 부유한 귀족인 타이먼은 어려운 사람들을 기꺼이 도와주고, 만찬에 초대된 귀족과 의원들이 선물을 가져와 바칠 때면 선물보다 더 많은 돈을 주어 돌려보낸다. 한없이 베푸는 삶으로 마침내 재산이 바닥나고, 고리대금업자로부터 빚 독촉까지 받게 된 타이먼은 자신이 도왔던 귀족들과 의원들에게 돈을 빌리고자 하지만 모두 거절당한다.

**   그리스 신화에 등장하는 마녀이자 여신으로 사람들을 짐승으로 만들어 부렸다.

다는 먼저 당신에게 끔찍한 고통을 안겨주어야 하겠습니다. 그러니 에바 번스 양, 이를 악무세요! 이제 잘 들으세요. 당신은 나를 잃게 돼요!"

"내가 당신을요?"

그녀는 솔직하고 힘차게 웃었지만, 그녀의 얼굴에서는 어두운 빨간빛이 빠르게 나타났다 사라지면서 좀 어처구니없다는 표정을 보였다. 프리드리히가 말했다.

"그래요, 당신이 나를! 방금 나는 메리든에 있는 페터 슈미트에게 전보를 보냈습니다. 오늘 밤, 늦어도 내일 아침에는 나는 당신을, 그리고 뉴욕을 떠나 시골로 가서 농부가 될 것입니다!"

"아, 당신이 떠난다니 정말 너무나 안타깝다는 말을 하지 않을 수가 없네요."

에바는 전혀 감상적이 아닌 진지한 목소리로 말했다. 프리드리히는 활기차게 외쳤다.

"안타깝다니 왜요? 당신은 밖으로 나갈 수 있어요! 당신은 나를 방문할 수 있어요! 당신은 지금까지 나를 형편없는 걸레조각으로만 알고 있지요. 당신이 나를 찾아오게 되면 나한테도 쓸 만한 구석이 있다는 걸 발견하게 될지도 몰라요."

그리고 그는 계속해서 이렇게 말했다.

"화학을 예로 들어 보겠습니다. 주님의 숟가락에 의해 세차게 휘저어진 소금용액이 결정화 과정을 시작합니다. 내 안의 무언가가 결정화되려고 애를 씁니다. 용액을 둘러싸고 침투하는 구름이 가라앉으면 유리컵 속의 온갖 폭풍의 결과로 새롭고 견고한 구조물이 생겨날지도 모릅니다. 아마도 게르만족 인간의 진화는 서른 살이 되어야 끝나게 될 것입니다. 그런 다음에는 확실하게 완성된 남자 앞에 위기가 닥쳐오게 됩니다. 이것은 어쩌면 내가 무사히 이겨냈고, 어떻게든 이겨내야 할 그런 위기일 것입니다."

프리드리히는 이제 시청에서 열린 협의에서 가장 중요한 것, 즉 배리와 릴리엔펠트의 발언으로 벌어진 두 세계의 우스꽝스러운 충돌에 대해 간략하게 이야기했다. 그는 그것을 "계란과자 한 조각을 만드느라 피운 너무 큰 소동"이었다고 말했다. 그는 시장이 내린 결정에 대해 알리고, 잉이게르트에게 그녀가 원하는 인생행로를 열어준 이 결정의 순간이 그에게도 자신만의 새로운 삶을 향한 길을 열어주었다고 설명했다. 그는 시장의 말을 들으면서 자신을 위해 어떤 결정을 내려야할지 거의 몸으로 느꼈다고 말했다.

프리드리히는 배리에 대해 설명했고, 배리의 온갖 모순된 견해에도 불구하고 영국의 카알 1세를 심판하고 처형한 크롬웰의 추종자들의 후손인 배리가 자신에게 얼마나 깊은 감명을 주었는지를 숨기지 않았다. 배리가 정말로 위선자라고는 해도, 기자들이 악의 그림자처럼 늘어서 조롱의 미소를 짓고 있는 가운데 잉이게르트 할슈트룀의 도덕적 불가침성을 프리드리히가 무서워서 주위를 둘러볼 만큼 큰 소리로 외친 릴리엔펠트 또한 위선자가 아니던가? 거짓말은 어디에서나 피어나는 게 아닌가? 위선은 모든 진영에서 당연한 일이 아닌가?

프리드리히는 에바 번스와 함께 어울림으로써 다시 매우 편안한 느낌이 들었다. 그녀가 있음으로써 그는 언제나 정신을 뛰어넘어 감각으로까지 질서와 청결의 감정을 느꼈다. 그녀에게는 무엇이든 말하고 전달해도 되었으며, 그녀가 답해준 것은 혼란을 일으키는 대신 명확하게 해주었고, 흥분 시키는 대신 진정시켰다. 그러나 프리드리히는 오늘은 평소와는 다르게 그녀의 행동에 그다지 만족하지 않았다. 그가 해방된 데 대한 그녀의 기쁨이 충분히 큰 것 같지 않았다. 그는 그것이 그녀의 동정심 부족 탓인지 그녀가 은근히 자신의 말에 의문을 품고 있기 때문인지 알 수가 없었다. 그는 말했다.

"번스 양, 내가 당신에게 온 것은 내 운명의 새로운 국면에 대해 알리고 싶은 사람이 아무도 없기 때문입니다. 내가 이렇게 온 것이 옳은 일이었는지를, 그리고 터무니없는 열정에 더 이상 사로잡히지 않게 되었을 때 그 사람이 어떤 기분일지 당신은 이해할 수 있는지를 쉽게 터놓고 말해주세요."

에바 번스 양이 말했다.

"아마도 나는 그걸 알 것 같아요. 하지만…"

"하지만 뭐지요?"

그녀는 대답하지 않았고, 그가 이어서 말했다.

"나 같은 사람의 회복에 대해 확신할 수 없다고 말하고 싶은 거로군요. 그러나 나는 당신에게 확실하게 말하는데, 결코 이 어린 소녀의 공공연한 누드공연을 보며 군중들 사이에 앉아있지 않을 것이며, 세계 다섯 대륙의 저속한 쇼 무대를 누비는 그녀를 뒤따라 다니는 일도 없을 것입니다. 나는 풀려났어요! 나는 자유로워요! 그리고 나는 그렇다는 것을 당신에게 증명해보이기도 할 겁니다."

"그것을 스스로 증명할 수 있다면 물론 당신에게 가치 있는 일이 될 지도 모르겠군요."

하지만 그는 그것을 그녀에게 증명하고 싶었다. 그는 페터 슈미트가 보낸 편지를 꺼냈다. 거기에는 의사 페터 슈미트가 그의 부탁을 받아 시골집을 방문했었고, 최근에 프리드리히가 의사를 그만 둘 계획을 세웠다는 사실이 드러나 있었다. 그는 말했다.

"내가 조용한 시골에서 제 정신을 차리게 되면 내게서 소식을 듣게 될 것입니다. 그렇게 되리라는 확실한 전망이 있습니다."

식사가 끝났다. 프리드리히는 에바가 늘 먹는 야채도 맛있게 먹었다. 이제 그는 일어나서 에바에게 참을성 있게 들어준 데 대한 감사의 뜻으로 손에 입을 맞추도록 허락해 달라고 요청한 다음 릴리엔펠트 집에서의 승리를 축하하는 식사의 후식 자리에 제 시간에 도착해야 했기 때문에 재빨리 떠났다.

아이 없는 릴리엔펠트 부부가 살고 있는 124번가의 단독주택은 그 거리에 있는 다른 집들과 똑같이 아주 편리하게 꾸며져 있었다. 사람들은 커피를 마시며 높은 천장의 아래층 응접실에 앉아있었다. 그곳은 카펫, 값비싼 램프, 일본 꽃병, 검게 윤이 나는 호두나무가구들로 장식되어 있었고, 기자들이 피우는 귀한 수입담배의 연기로 가득 차 있었다. 호화로운 샹들리에가 전기불빛을 내리비추며 방을 어스름한 화려함으로 장식했다.

기자들에 에워싸인 잉이게르트는 안락의자에 등을 기대고 앉아 담배를 피우고 있었다. 그녀의 머리카락은 흐트러져 있었고, 전체적인 외모는 단정해 보이지 않았다. 그녀는 긴 옷을 우아하게 차려입는 것이 꽤 어려웠기 때문에 어린 애송이 같은 모양의 옷에 의존했다. 그리하여 그녀는 줄타기하는 아이처럼 내보이고 싶은 충동에 빠졌다.

프리드리히 폰 카마허가 응접실에 나타나자 그녀는 얼굴을 붉히며 자연스럽게 그에게 손을 내밀었다. 그녀의 손은 짧고 평범한 손가락들로 되어 있었는데, 소녀의 아버지인 할슈트룀이 길고 아름다운 손을 가지고 있었기 때문에 그것은 어머니에게서 물려받은 것에 틀림없었다. 프리드리히는 릴리엔펠트 부인의 손에 입맞춤하고, 너무 늦게 왔다면 용서해달라고 말했다.

당연히 시청에서 있었던 협의가 대화의 주제가 되었다. 릴리엔펠트 감독은 담배와 술을 들고 이리저리 다니며 기자들에게 시중을 들었다. 그는 목적이 담긴 애교를 부리며 기자들의 코트 주머니에 긴 하바나 담배를 넣어주었다.

그는 이 기자 저 기자를 한쪽으로 이끌고 갔다. 잉이게르트의 과거, 그녀의 혈통, 그녀의 구출, 그녀의 아버지, 그녀의 성공, 그리고 그녀의 재능을 발견하게 된 방식에 대해 진실과 허구를 꽤 화려하게 혼합하여 그들에게 일방적으로 알리기 위해서였다. 그는 그날 저녁 뉴욕의 신문들에 협의에 관한 기사와 함께 자신이 지금 알리고 있는 내용이 실리게 될 것을 알고 있었다. 그는 자신이 들은 하나하나의 모든 세부적인 내용들을 바탕으로 신뢰할 수 있게 만드는 레시피에 따라 이리저리 얽어 동화를 만들어냈으며, 확실한 효과를 기대하고 있었다.

잉이게르트는 꽤 피곤해 보였지만 기자가 있는 한 사치스러울 정도로 최대한 상냥한 모습을 보이라는 지시를 받았다. 프리드리히는 그녀를 불쌍히 여겼다. 그는 그녀의 생계를 위한 일이자 직업으로서의 일이 시작되었다는 것을 곧장 깨달았다.

프리드리히가 처음에 한동안 헌신적으로 돌보았던 릴리엔펠트 부인은 차분하며, 세련된 옷차림을 한 여인이었으며, 병으로 고생하고 있지만 무척 매력적이었다. 사람들은 그녀를 맹목적으로 숭배하는 그녀의 남편이 거의 눈에 띄지 않는 그녀의 눈짓을 따르는 데에 익숙하다는 인상을 받았다. 릴리엔펠트는 언제나 활기차게 떠들어대는 성격에도 불구하고 그녀 앞에서는 소심한 아이 같았다. 프리드리히가 자신의 확고한 결심에 대해 확실성을 느끼지 않았다면, 아마도 부인의 탐구하는 듯한 질문에 더 의미심장하게 대답했을 것이다. 그는 부인이 열정의 혼란에 빠져있는 자신을 어떻게든 돕고자 하는 의도와 바람을 가지고 있다고 느꼈다.

말도 안 되는 소리를 지껄이며 박수갈채를 받은 소녀에 관해 부인은 한없이 경멸적인 미소를 지으면서 살며시 프리드리히에게 말했다. 그녀는 그 어린 소녀를 밀랍인형 진열실에 있는, 왕겨로 뒤덮인 금발의 도자기 머리를 한 인형극용 인형이라고 불렀다. 그녀는 말했다.

"내가 보기에 그녀는 장난감이에요! 안 그럴 리가 있나요? 아마도 남자를 위한 장난감이겠지요! 또한 거래물일 수도 있습니다! 하지만 그 외에는 아무 것도 아니지요! 그런 것은 돈으로는 가치가 있을 수도 있지만 하찮은 어떤 물건이나 장식품에 불과할 뿐 아무런 가치도 없는 것입니다."

아마도 조금은 질투심을 느꼈을 잉이게르트가 프리드리히에게 와서 물었다. 그녀는 짐을 챙겼는지를 묻는 자신의 질문이 그에게 어떤 의미를 갖는지 그의 눈빛에서 깨닫지 못했다. 그녀의 질문에 프리드리히가 대답했다.

"아직 못 챙겼는데! 왜?"

"릴리엔펠드 감독은 1주일에 이틀 저녁은 보스턴에서 출연하기로 계약을 맺었어요. 짐을 싸세요. 모레 나와 함께 보스턴으로 가야 해요!"

"세상 끝까지!"

프리드리히가 이렇게 말하지 그녀는 만족해했고, 같은 표정으로 릴리엔펠트 부인을 바라보았다.

프리드리히는 합숙소에서의 마지막 아침식사를 마치자 기뻤다. 그는

윌리 스나이더스의 도움으로 옷, 속옷가지, 여행가방 및 기타 물건을 돌려받아 대강 정리했다. 그는 마지막 오후를 합숙소에서 조용히 보냈고, 사람들은 저녁에 사랑하는 손님과의 작별을 축하하는 자리를 생각하고 있었다.

프리드리히가 그날 오후처럼 그렇게 침착하고 평화로운 느낌을 받은 것은 오랜만이었다. 윌리 스나이더스는 옛 선생님을 자신의 독신자숙소에 초대하여 그가 모아놓은 아름다운 예술품들을 마지막으로 보여주었다. 가짜 일본인인 그는 진짜 일본 물건들을 수집했다. 그는 1시간 이상 프리드리히에게 골동품으로 가득 찬 작은 방에서 먼저 일본어로 츠바라고 하는 일본 칼의 손잡이장식물들을 보여주었다. 그것들은 손으로 쉽게 쥘 수 있는 작은 타원형의 금속물이다. 그것은 평평한 표면에 조각 작업이 되어 있는데, 금속만으로 되어 있는 것도 있고, 장식을 새겨 구리, 금 또는 은이 도금되어 있는 것도 있다. 프리드리히는 가마쿠라 양식과 난반 양식의 작품들과 수백 년을 이어오는 고토 학파, 야쿠시 학파, 키나이 학파, 아카사카 학파, 나라 학파의 수많은 작품들을 놀라워하며 둘러본 후 말했다.

"작은 물건들이지만 커다란 노력이 담겨있군."

거기에는 15세기와 16세기의 후시미, 고키나이, 가고나미의 작품들이 있었다. 또 마루보리 양식, 마루보리-초간 양식, 히코네보리 양식의 멋진 칼날들과 하마누의 작품 등이 있었다. 19세기 말에 살았으며, 거슬러 올라가 모두가 칼날 장식의 위대한 대가였던 16명의 조상을 두었던 고토 미츠노리와 같은 귀족이 어디에 또 있으랴. 삶뿐만 아니라 예술까지 물려받은 훌륭한 대가의 혈통이어라!

그리고 작은 타원형 손잡이장식물은 온갖 것을 묘사하고 표현하고 있었다. 행복의 신 다이코쿠의 두 개로 쪼개진 무가 있다. 숨결로 인간을 창조해내는 신선 셴닌이 있다. 자기 배를 두드리는 오소리가 늪으로 방랑자를 유혹한다. 보름달밤에 거위들이 날아가고 있다. 갈대밭 위로 날아가는 기러기들이 있다. 뒤쪽에서는 눈 덮인 산봉우리 사이로 달이 떠오르고 있다. 이 모든 것은 철, 금, 은으로 만들어져 있으며, 손바닥 크기도 안 되는 타원형으로 달빛이 비치는 끝없는 밤의 공간을 담고 있다. 간결함과 함께 지극히 작은 공간에서 최고의 예술성을 담아 펼치고 있는 풍부한 구성은 수집가 자신과 프리드리히에게 연거푸 감탄을 불러일으켰다. 손잡이장식물 중 하나는 울타리 뒤에 있는 차 마시는 정자를 보여주고 있었다. 드넓은 풍경 속에서는 쇠에 뚫린 구멍들, 즉 아무 것도 아닌 남겨진 공간들을 통해 개울과 하늘과 공기가 완벽하게 표현되었다. 또 다른 손잡이장식물에서는 영웅 히데사토가 세타 다리에서 지네를 죽이는 모습을 보여주고 있었다. 세 번째 손잡이장식물은 수레 끄는 소를 타고 있는 지혜로운 노자를 보여주고 있었다. 네 번째 것은 또다른 신의 인간인 신선 긴코가 황금 눈의 잉어를 타고 책에 빠져 있는 모습을 보여주고 있었다. 다른 츠바, 즉 칼 손잡이장식물에는 악마인 오니를 쫓는 신 이다텐을 나타내고 있었다. 이 악마는 부처님의 진주를 훔쳤다. 그밖에도 조개껍질 사이에 부리가 끼어 있는 새, 황금 눈의 문어나 오징어, 오두막 밖으로 반쯤 몸을 기댄 채 달빛 아래에서 두루마리 책을 읽고 있는 현자 키오코 등이 표현되어 있었다.

윌리는 민첩성과 대담성을 발휘하여 파이브포인트 지역에 있는, 그 어느 곳보다 악평이 자자했던 어느 선술집주인에게서 이 수집품들을 찾아냈다. 윌리는 몇 년 전에 흔적도 없이 사라진 한 일본 남자의 광산을 담보로 그것들을 얻어 보관하고 있었다. 윌리 스나이더스가 바우어리나 유대인 구역에 있는 고물상을 샅샅이 훑고 다니지 않은 날은 단 하루도 없었다. 항상 조금 놀라고 분개한 듯 바라보는, 두려워하지 않는 불타는 눈으로 그는 도시의 가장 어두운 곳, 심지어 중국인 구역에 있는 아편 소굴의 가장 어두운 구석까지도 과감하게 뚫고 들어갔다. 자신의 말대로 그는 뱃심 좋은 입담과 동그란 안경 때문에 그곳 사람들에게서 형사로 여겨졌고, 그것이 물건을 구입하는 데 도움이 되기도 했다.

윌리 스나이더스는 뉴욕의 중국인 거주구역인 차이나타운에 있는 한 뚱뚱한 중국인 고리대금업자의 가게에서 일본 목판화들을 싼 값에 무척 많이 구입했다. 이것들 또한 질투심 많은 수집가의 자부심에 의해 늘어났다. 히로시게의 작품은 비와호수의 일련의 풍경을 담은 대부분 컬러로 된 판화였고, 호쿠사이의 것은 후지산의 36개 풍경이었다. 차가운 하늘의 양떼구름 속에 솟아있는, 하얀 눈이 살짝 덮인 적갈색 원뿔형 산봉우리는 더 없이 매혹적이었다. 슌쇼와 시게마사의 작품들도 있었는데, 그것들은 에도 1776년에 나온 〈녹색 집의 아름다움의 거울〉이라는 책 속의 그림을 판화로 만든 것이었다. 또한 슌쇼는 〈싹트는 약초의 책〉을 바탕으로 삼기도 했다. 프리드리히는 호쿠사이의 판화 한 판을 "황금빛 여름의 시"라고 불렀다. 거기에서는 위쪽의 짙은 파란색 하늘, 왼쪽의 후지산, 아래쪽의 진한 청색 들판과 황금빛 곡식들, 벤치에 앉아 있는 시골사람들, 열기, 햇빛, 즐거움을 볼 수 있었다. 프리드리히는 히로시게의 판화를 "위대한 달의 시"라고 불렀다. 축축하고 광활하며 우울한 초원에 서있는, 잎이 얼마 붙어있지 않은 수양버들 같은 나무들이 유유히 흐르는 강물에 가지를 비추고 있었다. 일본인 뗏목 사공이 저어가는 뗏목배가 토탄을 싣고 지나가고 있었다. 황혼 빛이 파란 강물을 비추고 있었다. 끔찍스럽도록 창백한 달이 멀리 늪 가장자리 위로 떠올랐고, 핏빛의 흐릿한 색조가 그것을 가리고 있었다.

프리드리히가 말했다.

"윌리, 자네가 미국에서의 세월을 그렇게 유익하게 보냈으니 빈손으로 유럽으로 돌아가는 일은 없겠군."

"그럼요. 제기랄, 이 빌어먹을 나라에서 그런 것 말고 또 얻을 게 무엇이 있겠습니까?"

다음날 아침 프리드리히는 그랜드센트럴 역에서 기차 앞에 서있었다. 그는 이미 자신의 객차 안에 있는 그물망에 작은 짐을 넣어두었다. 기차는 다른 대여섯 량의 객차로 길고 우아하게 이어져 있었다. 프리드리히는 전날 저녁에 이미 친구들과 작별 인사를 했다. 그런데 갑자기 그는 대가 리터를 선두로 하여 그 소규모 예술가집단 전체가 급히 다가오는 것을 보았다. 거기에는 에바 번스도 있었다. 그녀는 다른 사람들과 마찬가지로 그 당시 유럽에서는 아직 재배되지 않았던 녹색의 긴 줄기가 달린 짙은 적포도주색 장미 서너 송이를 들고 있었다. 프리드리히는 그들이 가져온 장미꽃을 한 사람 한 사람으로부터 받으면서 진정으로 감동하여 말했다.

"내가 정말 프리마돈나가 된 것 같습니다."

기차역도 기차도 마치 이곳에는 도착하거나 떠나는 일이 없는 것처럼 쥐죽은 듯 고요한 상태로 있었다. 그러나 작은 장미꽃 행렬과 독일인들의 활기찬 떠들썩함은 사람들의 관심을 끌어 차창 너머로 여기저기서 여행자들의 얼굴을 내밀게 했다.

마침내 아무런 신호도, 역무원의 외침도 없이 기차는 마치 우연한 듯 움직이기 시작했고, 예술가들은 손을 흔들며 플랫폼에 그대로 남아있었다. 거기에는 손수건을 흔들고 있는 위엄 있고 우아한 보니파치우스 리터, 다정하고 진지한 조각가 로브코비츠, 윌리 스나이더스, 집시 같은 천재 프랑크, 그리고 마지막으로 에바 번스가 서 있었다. 프리드리히는 이 순간 자신의 삶의 한 시대가 끝났음을 느꼈다. 그는 이 동포들의 진심어린 온정에 빚을 지고 있다는 것을 깨달았으며, 그들과 함께 무언가를 잃었다는 것도 알았다.

그럼에도 불구하고 프리드리히는 인간의 보편적이면서도 이상한 방식에 따라 자신의 미래의 운명이 기차처럼 실제적으로도 비유적인 의미에서도 움직이기 시작했기 때문에 기쁨으로 들떠있었다. 기차는 뉴욕 지하의 어두운 터널을 통과했고, 나중에는 담이 쳐진 도랑을 통과한 다음 마침내 위로 올라가 탁 트인 풍경 속으로 들어섰다. 이것이 미국의 진짜 모습이었고, 프리드리히는 이제 어마어마한 소음이 어느 정도 가라앉은 다음 비로소 새로운 땅의 진정한 흙냄새를 맡았다.

프리드리히는 객차 안의 모든 승객들이 하고 있는 모습을 흉내 내어 기차표를 모자 띠에 꽂아두고 창밖에 펼쳐진 겨울의 하얀 들판과 언덕에 눈을 고정시킨 채 내다보았다. 겨울의 햇빛을 받고 있는, 더없이 친밀한 고향땅과 매우 비슷해 보인 이 가까운 곳과 먼 곳의 풍경은 고향땅에서 뿌리가 뽑힌 젊은이의 가슴을 설레게 하고 기쁘게 하는 신비를 지니고 있었다. 모든 것이 낯선 가운데서도 여기에서는 고향냄새가 났다. 그는 기차에서 내려 들판에 쌓인 눈을 손에 쥐고 싶었다, 그것이 그가 어린 시절 둥글게 뭉쳐 겨울기분에 흠뻑 젖은 가족과 함께 이따금 눈 폭탄을 던지며 한껏 즐겼던 바로 그 눈이라는 것을 눈으로 볼 뿐만 아니라 몸으로도 느끼고 싶어서였다. 그는 자신이 어머니 곁에서 떨어져나가 낯선 세상의 비정함에 내맡겨졌다가 오랜 동안의 고통을 겪은 끝에 예기치 않게 어머니의 여동생을 만나는 버릇없는 아이 같은 기분이 들었다. 그는 핏줄을 느낀다! 그는 그녀의 피가 자신과, 그리고 무엇보다도 자신의 친어머니와 기쁘게도 닮았다는 것을 느낀다.

프리드리히는 이제야 비로소 대서양을 건너왔다고 생각했다. 그는 이미 뉴욕에 상륙했지만 실제로 상륙했다는 실제적인 느낌은 아직 들지 않았었다. 그가 지금 처음으로 다시 본 어머니의 땅, 넓고 광활한 요새는 그의 마음속에서 무섭게 밀어닥치는 바다의 파도와 폭력을 잠재웠다. 이 어머니의 땅은 바다의 거인에게서 자기 아이들의 생명을 찾아내어 빼앗아 이제 모든 것을 영원히 견고한 기반 위에 세워놓고 안전하게 울타리를 둘러쳐준 위대하고 선한 거인이었다. 프리드리히의 마음속에서는 이렇게 울렸다.

'바다를 잊어라, 바다를 잊어라! 뿌리를 내리고, 땅속으로 뻗어나가라!'

그리고 기차가 부드럽게 굴러가는 소리를 내며 점점 더 빠르게 내륙으로 깊이 달려 들어가는 동안 그는 행복한 도피를 하고 있다는 느낌이 들었다.

프리드리히는 너무 생각에 깊이 잠겨 누군가가 아무 말도 없이 모자에서 기차표를 빼내자 놀라서 몸을 움찔했다. 그 사람은 평범한 차림의 차장이었고, 아주 교양 있는 인상을 풍겼다. 그는 기차표에 구멍을 뚫었고, 아무 말도 하지 않았고, 표정도 바꾸지 않았으며, 아무도 그에게 관심을 두지 않는 가운데 이 좌석 저 좌석을 오가며 똑같은 차표검사를 했다. 그는 항상 구멍을 뚫은 기차표를 승객들이 머리에 쓰고 있는 모자의 띠에 다시 꽂아주었다.

프리드리히는 독일을 생각하며 미소를 지었다. 당시 독일에서는 모든 열차가 천둥소리처럼 종소리가 울리는 가운데 들어왔고, 역무원의 지극히 일반적인 거친 외침소리와 함께 세 번의 종소리가 울린 다음 출발했다. 또한 독일에서는 차장이 모두 무례하고 거친 태도로 번거롭게 모든 승객에게 기차표를 보여 달라고 요구했다. 그는 여전히 편안한 마음으로 기차바퀴가 굴러가는 소리를 들으며 도피를 즐겼으며, 그것은 그에게 결코 부끄러운 일이 아니었다. 그는 깊은 생각에 잠겨 자신이 거미줄처럼 자신의 옷에서 실을 뽑아내고 있다는 것을 깨달았고, 매 순간 숨 쉬는 것이 점점 더 즐겁고 편안해지는 것을 느꼈다. 때때로 그는 막강한 급행열차의 민첩한 바퀴가 축에서 충분히 빨리 돌아가지 않는 것 같은 느낌이 들었다. 그는 계속하여 새롭고 건강한 인상들을 얇은 풍경커튼처럼 자신의 뒤에 쌓아두기 위해, 또한 점점 더 조밀하게 층층이 쌓인 이 인상들을 통해 자신이 남겨두고 온 위험한 자석과 분리되기 위해 손수 나서서 열차를 빠르게 몰아야 할 것 같은 느낌이 들었다.

기차가 잠시 정차한 뉴헤이븐에서는 샌드위치를 든 흑인남자와 신문을 든 소년이 기차 안을 통과해갔다. 프리드리히는 그가 산 조간신문 〈선〉이나 〈월드〉에서 잉이게르트의 공연 허용 소식과 함께 〈롤란트호〉의 참사를 통상적으로 눈에 확 띄는 표제를 달아 다시 다루고 있음을 알았다. 그러나 프리드리히의 정신 상태는 햇볕이 내리쬐는 맑은 겨울날 너무 밝고 희망에 차 있어서 침몰하는 배의 끔찍한 인상을 지금 다시 떠올릴 수는 없을 것 같았다. 오늘은 그가 구조되어 살아남은 것이 그를 감사의 마음으로 가득 채울 뿐이었다. 폰 케셀 선장과 재앙을 당한 나머지 사람들은 모두 죽었고, 그럼으로써 모든 고통에서 벗어나 있었다.

뉴헤이븐에서 메리든까지 가는 동안 프리드리히는 신문에 실린 잉이게르트의 생애를 전기적으로 요약한 기사를 보고 웃음을 멈출 수 없었다. 릴리엔펠트가 기자들에게 대담한 상상력을 펼쳤던 것이다. 아버지가 독일인 부모에게서 태어났고, 이혼한 어머니가 프랑스계 스위스인이었는데도 잉이게르트 할슈트룀이 스웨덴 귀족가문의 혈통을 이어받았다는 것이었다. 그리고 그녀에게는 스웨덴 리터홀름 교회에서 마지막 안식을 취하고 있는 한 친척 여자가 있다는 것이었다. 프리드리히는 신문을 접으면서 생각했다.

'불쌍한 어린 것!'

그런 다음 그는 바다와 신세계의 웅장하고 새롭고 다양한 모든 것들에도 불구하고 그 작고 어리석은 소녀가 지금까지 그와 다른 사람들에게 유지시켜온 중요성이 얼마나 큰지를 처절하게 깨닫고 머리를 손으로 감싸 안았다.

"이제 끝났어! 이제 끝났어! 이제 끝났어!"

그는 이렇게 속삭이고는 마음속으로 몇 번이나 욕을 내뱉었다.

프리드리히는 메리든에서 내려 페터 슈미트의 영접을 받았다. 조그만 기차역은 텅 비어 있었고, 기차에서 내린 승객은 프리드리히뿐이었다. 그러나 근처에서는 이 활기찬 시골마을에서 가장 큰 거리의 소란스러움이 이어지고 있었다. 슈미트가 말했다.

"이제 다 잘 됐어! 이제 뉴욕사람의 게으름은 끝났고, 우리는 이제 다른 방식으로 살아가는 거야. 내 아내도 의사로 일하고 있는데, 나중에 소개 해 줄 수 있을 거야. 자네만 괜찮다면 아침 식사 후에 썰매를 타고 시골로 가 내가 찾아낸 조그만 집을 구경하자. 마음에 들면 언제든지 그 집을 저렴하게 빌릴 수 있어. 당분간은 도시 전체가 자랑스러워하는 이곳 호텔에 머물도록 해."

프리드리히가 말했다.

"아, 사랑하는 친구야, 지금 내게 절실히 필요한 건 고독이야. 오늘은 도시의 소음에서 가능한 한 멀리 떨어진 나만의 그 집에서 첫 밤을 보내고 싶어."

"자네가 원한다면 다른 모든 일은 이 작은 집을 소유한 내 좋은 친구인 약사 람핑과 함께 15분 안에 처리될 거야. 그는 착하고 붙임성 있는 네덜란드인인데, 이런 일에 아주 만족해하고 있지."

두 친구는 호텔로 들어갔고, 편안한 집에서 맛없는 아침 식사를 했다. 그런 다음 페터는 나갔다가 5분 후 호텔 종업원소년을 들여보내 썰매가 문 앞에 대기하고 있다는 소식을 전했다. 놀랍게도 프리드리히는 멋진 2인승 썰매에 타고 있는 친구를 발견했다. 그는 이곳에서 늘 해오던 대로 마부 없이 그것을 빌렸다. 페터가 쾌활하게 말했다.

"우리가 뒤집히지 않고 목적지에 도착할 수만 있다면 난 정말 기쁠 것 같아. 왜냐하면 솔직히 나는 아직 말고삐를 손에 잡아 본 적이 없기 때문이야."

프리드리히가 말했다.

"그렇다면 차라리 장군인 아버지 밑에서 자란 나한테 맡겨."

프리드리히의 짐이 썰매에 실렸고, 프리드리히가 고삐를 잡고 갈색 말에 올라탔다. 그들은 "와!" 하는 환호성을 외치며 귀청이 찢어질 듯한 종소리와 함께 넓고 번잡한 중심가를 따라 달려 내려갔다.

프리드리히가 말했다.

"여기에는 저런 말들밖에 없는가? 뒤죽박죽 뒤엉켜 달리고 있군! 우리가 이 빌어먹을 혼잡한 거리를 무사히 뚫고 지나갈 수 있다면, 그건 하느님 덕분일 거야!"

슈미트가 말했다.

"그냥 달리게 내버려 둬! 날마다 수많은 말들이 이렇게 이곳을 지나가. 오늘은 우리 차례인데 어쩔 수 없지."

그러나 이리저리 빠져나가며 말을 빠르게 몰던 프리드리히는 혼잡한 도로를 따라 뻗어있는 차단대 없는 철길 앞에 멈춰서야 했다. 보스턴-뉴욕 급행열차가 이중으로 울리는 우렁찬 굉음을 내며 지나갔고, 프리드리히는 그 열차가 어떻게 수많은 아이와 노동자들, 높은 모자를 쓴 신사와 숙녀들, 개와 말, 마차들을 치어 산산조각내지 않고, 근처 집들의 벽을 무너뜨리지 않을 수 있는지 궁금했다. 말은 기차의 마지막 덜컹거리는 소리를 뒤로한 채 여전히 앞으로 나아갔다. 눈과 얼음 조각들이 프리드리히와 페터의 얼굴로 날아들었다.

프리드리히가 헐떡이며 말했다.

"빌어먹을, 여기서 나는 처음으로 미국인 특유의 미치광이 기질을 알아차렸어. 죽게 되면 죽는다는! 가고 싶으면 말을 몰고 간다는! 뼈가 부러지면 뼈가 부러진다는! 목이 부러지면 목이 부러진다는!"

프리드리히는 도시 외곽으로 나가면서 점점 더 낮은 집들이 있는 눈 덮인 거리 한가운데에서 유럽에서는 아직 알려지지 않은 전기 트램을 처음으로 만났다. 도르래와 유도전선 사이의 강력한 번쩍임은 그에게 흥분을 불러일으키는 새로운 현상이었다. 유도전선을 고정하는 기둥은 구부러지고, 기울어져 있고, 두꺼운 것도 있고 가는 것도 있어 모든 것이 임시로 설치된 것 같은 인상을 주었다. 하지만 전차의 객실은 아늑했고 무척 빠른 속도로 달려갔다.

그들은 하느님의 뜻과 페터의 안내로 위험한 도시지역을 아무 사고 없이 빠져나왔다. 종소리를 울리는 갈색 말 앞에는 눈 덮인 평원에 썰매가 달리기 좋은 텅 빈 도로가 끝없이 펼쳐져 있었고, 이제 미국사람이 된 용감한 프리드리히는 마음껏 말을 몰아 달릴 수 있게 되었다.

프리드리히는 자신이 어렸을 때 이후 한 번도 타본 적이 없는 썰매를 타고 말을 몰고 있는 것이 신기하다고 생각했다. 그리고 수십 년 동안 생각하지 못했던 말에 관한 많은 이야기들과 온갖 일들이 떠올랐다. 사냥여행을 갔다가 썰매사고를 당했다는 아버지의 이야기가 아늑한 겨울날 저녁에 얼마나 자주 온 가족을 웃게 만들었던가!

활기차고 상쾌하게 썰매를 몰아나가는 동안 프리드리히의 마음은 새로워졌고, 어릴 적 가장 아름다운 시절이 거의 직접적인 현실이 되었다. 눈부시게 반짝이는 눈 덮인 들판에 에워싸여 맑고 강철 같이 세찬 공기를 들이마시는 그에게는 존재 자체가 전례 없는 즐거움이 되었다.

갑자기 그는 얼굴이 창백해져서 페터에게 고삐를 넘겨야 했다. 썰매의 종소리에 끊임없이 혼란스럽게 울리는 전기 벨소리가 뒤섞였다. 그는 이러한 환청과 함께 공포와 오한을 느꼈다. 친구의 상태 변화를 즉시 알아차린 페터 슈미트가 말을 멈춰 세웠을 때 프리드리히도 이미 자신의 발작상태에 충분히 대처하고 있었다. 그는 사고 당시처럼 침몰하고 있는 〈롤란트호〉가 예기치 않게 다시 떠올랐다고 말하는 대신 단지 썰매 종소리가 청각신경을 지나치게 자극했다고 주장했다. 그는 그것을 견딜 수 없게 되었다고 말했다. 그들은 눈 속으로 내려섰다. 이미 하노버호수에 아주 가까이 접근해 있었으며, 건너편 호숫가의 집들이 눈에 들어왔다.

페터 슈미트는 아무 말도 하지 않고 갈색 말에서 종을 떼어낸 다음 말을 헐벗은 나뭇가지에 매어두고, 프리드리히와 함께 꽁꽁 얼어붙은 호수를 건너 외딴 시골집을 향해 걸어갔다. 금발의 프리슬란트인 페터가 앞장서서 두텁게 쌓인 눈을 밟고 현관문으로 난 계단을 걸어 올라가 문을 열고는 지금 보고 있는 것처럼 이 작은 집은 겨울에는 거의 이용하기가 어려울 것이라고 말했다. 그러나 프리드리히의 생각은 달랐다. 여름에만 사용되는 이 집은 지하실이 없었고, 작은 부엌과 2개의 방, 그리고 지붕 밑에 다락방 하나가 있었다. 여기에서 두 친구는 탁자 한 개와 매트리스, 삼각 베개, 모직 담요가 있는 침대를 발견했다. 프리드리히는 이 방에서 머물기를 원했다. 그는 마치 이 집, 오직 이 집만이 자신을 기다리고 있었던 것처럼 보인다고 주장함으로써 프리슬란트인 친구의 온갖 우려를 일축했다.

프리드리히는 곧바로 다음날 하노버 호숫가에 있는 이 눈 덮인 고적한 피난처로 입주했다. 그는 그곳을 디오게네스의 나무통*, 톰 아저씨의 오두막, 또는 자신의 시험관이라고 번갈아가며 불렀다. 그곳은 디오게네스의 나무통은 아니었는데, 숯과 무연탄이 있었기 때문이다. 다락방에는 작은 미국식 난로가 설치되어 있었고, 계속하여 타오르는 불꽃이 아늑한 온기를 퍼뜨렸다. 부엌과 음식물저장고에는 살아가는 데 필요한 것 이상으로 모든 것이 갖춰져 있었다. 프리드리히는 누군가의 시중을 받는 것을 거절했다. 그가 말한 대로 그는 결산을 하고 싶었고, 그럴 경우 낯선 사람의 존재는 그에게 방해만 될 뿐이었다.

두 사람은 함께 커피를 마셨다. 그런 다음 페터 슈미트는 썰매의 종소리와 함께 어둠 속으로 사라졌다. 프리드리히가 까만 밤에 휩싸인 눈 덮인 하얀 미국의 풍경 속에서 처음으로 혼자임을 느낀 것은 그에게 하나의 심오한 순간이었다. 그는 집으로 들어가서 문을 닫고 부엌에서 장작개비가 작은 불꽃을 일으키며 부서지는 소리를 들었다. 그는 복도에 놓여있던 등불

---

* 고대 그리스의 철학자였던 디오게네스는 자신의 나무통 안에 누워 지내면서 세상을 바라보았지만 결코 세상과 단절된 것처럼 보이지 않았고, 가난했지만 생기가 넘쳤다. 그의 나무통이 말발굽에 밟혀 박살났을 때 그는 곧 또다른 나무통을 찾아냈다.

을 가지고 계단 위를 비추었다. 그는 자신의 작은 방에 도달하여 온기와 조그만 둥근 난로에서 나오는 아늑한 불빛을 즐겼다. 그는 등불을 켜고, 책상보를 덮지 않은 긴 조립식 책상 위에 있는 물건들을 조금 정리한 다음 즐겁고, 깊고, 신비로운 편안함을 느끼며 자리에 앉았다.

그는 혼자였다. 그가 처해 있는 상태는 세계의 다섯 개 대륙 어느 곳에서나 똑같은 것이었다. 바깥에는 그가 고향에서 알았던 것과 똑같은 맑고 고요한 겨울밤이 내려앉아 있었다. 그가 지금까지 경험한 모든 것은 더 이상 존재하지 않았다. 아니면 존재는 하지만 결코 존재하지 않았던 듯한 것일지! 고향, 부모, 아내, 아이들, 그를 바다 건너편으로 끌고 온 연인, 여행 중에 그에게 일어났고 그에게 접근해온 모든 것은 그의 마음속에 그림자 놀이 외에는 아무것도 남기지 않았다. 프리드리히는 삶이란 꿈을 꾸는 데 필요한 재료에 불과한 것이 아닌지 자문해보았다. 그는 한 가지 확실한 것은 자신의 현재 상태가 살아있는 한 절대로 극복할 수 없는 것이라고 스스로에게 말했다. 사람이 비사교적일 필요는 없지만, 인간의 가장 자연스럽고 방해받지 않는 기본적인 관계인 이 상태, 즉 꿈과 같이 오로지 존재의 신비를 마주하게 되는 이 상태를 무시해서는 안 된다고 그는 생각했다.

프리드리히는 지난 몇 달 동안 가장 모순적인 파란만장한 삶을 살았다. 그는 겁에 질리고, 흥분하고, 위협을 받았으며, 자신의 고통은 다른 사람들의 고통 속에서 대부분 사라져버렸는가 하면 다른 사람들의 고통은 자신의 고통을 배가시켰다. 타버린 사랑의 잿더미에서 열정적인 새로운 환상의 불꽃이 솟아올랐다. 프리드리히는 아무런 의지도 없이 쫓겨나고, 추적당하고, 유혹당하고, 밧줄에 묶인 것처럼 먼 곳으로 끌려가기까지 했다! 의지도 없고 의식도 없이! 이제야 비로소 의식이 돌아왔던 것이다! 의식적이며 깨어 있는 정신 속에서 의식 없이 살아온 삶이 꿈의 재료가 되면 의식이 나타난다. 프리드리히는 종이 한 장을 펼쳐놓고, 그 위에 새 미국산 펜을 새 잉크병에 담가 적셔 이렇게 썼다.

'삶, 꿈의 재료'.

그런 다음 그는 기분 내키는 대로 로빈슨* 같은 살림살이를 정리해 나갔다. 그는 뉴욕에서 구입한 책들과 문고본들 및 다른 책들을 책상 위에 차곡차곡 쌓았는데, 그 가운데에는 페터 슈미트가 빌려준 슐라이어마허의 플라톤 번역본도 있었다. 라이덴 태생의 약사 람핑이 가져온 가죽을 씌운 오래된 소파 앞에는 커다란 두 번째 책상이 있었다. 프리드리히는 그것을 녹색 천으로 덮은 다음 그 위에 에바와는 별도로 예술가들에게서 받은 긴 줄기가 달린 적포도주 색 장미꽃을 올려놓았다. 이제 그는 거기에 놓여있던 커피 접시를 한쪽으로 치웠다. 그리고 페터 슈미트에게서 빌린 권총을 장전하여 책상 위 잉크병 옆에 놓았고, 그런 다음 평화적인 과학기기인 자이스 현미경을 시험해보고 조정해 놓았다. 이것은 프리드리히가 몇 년 전 예나에서 미국으로 떠나는 친구 페터 슈미트에게 주기 위해 개인적으로 골랐던 바로 그 현미경이었다. 당시 이것을 다시 보리라고는 상상도 못했으니 아주 특별한 재회였다!

프리드리히는 아직 할 일이 더 있었다. 그는 선박용 시계를 분해했다가 다시 조립하여 벽에 걸어야 했다. 그것은 오늘 그가 작은 가구를 사러 나간 김에 싼 값에 손에 넣게 된 낡은 물건이었다. 기쁘게도 그 늙은 할멈은 곧장 침대 발치 쪽 벽에 걸린 1미터 길이의 갈색 케이스에 들어앉아 적절한

---

* 영국 소설가 다니엘 디포의 장편소설 『로빈슨 크루소』에 나오는 주인공 평범한 선원 로빈슨 크루소를 가리킨다. 무역선을 타고 항해하던 중 배가 좌초되어 홀로 무인도에 상륙한 로빈슨은 주거지, 식량, 옷가지 등을 정리하며 손수 살아갈 방법을 찾는다.

위엄을 나타내며 똑딱거리기 시작했다. 시계는 이 새로운 주인이 그것을 가지고 유럽에 있는 고국으로 돌아갈 때까지 그곳에 머물 수 있었다. 왜냐하면 그것은 슐레스비히홀슈타인 산이었고, 프리드리히는 그것이 열망하는 대로 집으로 돌아가게 해주겠다고 굳게 약속했기 때문이다.

그가 침대에 누워있으면 고풍스런 시계의 노란색 구리 추가 이리저리 흔들리며 빛나는 것을 볼 수 있었다. 그 숫자판은 특이했다. 포동포동한 태양을 연상시키는 그것의 위쪽에는 헬고란트 섬과 주석으로 된 돛단배가 추의 장엄한 리듬에 따라 흔들리는 모습을 보여주고 있었다. 이러한 모습은 지친 선원에게 안전한 난로의 아늑함을 갑절로 느끼게 해주는 역할을 했다.

프리드리히는 배리의 신랄한 말, 새뮤얼슨의 실패한 선제공격, 청교도의 편협함에 맞선 릴리엔펠트의 아파치공격을 지켜보았던 때가 언제였는지를 곰곰이 생각했다.

'그것은 겉보기에는 한 영혼을 구하기 위해 벌어진 것 같았지만 실제로는 어리고 의지할 데 없는 토끼 한 마리를 놓고 벌인 까마귀들의 거칠고 거짓된 싸움일 뿐이었지. 그게 언제였더라? 분명 몇 년 전이었지. 아니야! 잉이게르트가 어제 저녁에 처음으로 대중 앞에서 무대에 올랐어. 그러니 그 일이 그저께보다 더 앞서 일어났을 수는 없지.'

한편 벌써 잉이게르트로부터 온 첫 번째 편지가 책상 위에 놓여있었다. 그 소녀는 그의 배신에 대해 심하게 비난하고 있었다. 그녀는 그에게 끔찍스러울 만큼 환멸을 느낀다고 주장했다. 동시에 그녀는 그가 베를린에서 그녀에게 접근해왔을 때 처음 5분 동안 그를 샅샅이 꿰뚫어 보았다고 썼다. 그러나 그녀는 그의 성격을 철저하게 파악하고 난 다음 그에게 돌아가 줄 것을 간절히 요구했었다는 것이다. 그녀는 이렇게 썼다.

"나는 오늘 엄청난 승리를 거두었어요. 관중은 고개를 꼿꼿이 들고 몰입했지요. 공연이 끝난 후 어떤 젊고 아름다운 영국인 아무개 경이 접근해왔는데, 그는 아버지와의 불화로 임시로 이곳에 살고 있대요. 늙은 아버지가 죽으면 그가 공작 칭호를 받고, 수백만 달러를 상속받게 된답니다."

프리드리히는 어깨를 으쓱했다. 그는 더 이상 그 어린 소녀의 보호자나 구원자가 되고 싶은 충동도, 그녀의 운명에 대해 꼼꼼하게 생각하고 싶은 욕구도 전혀 느끼지 않았다.

다음 날 아침 프리드리히는 잠에서 깨어나자, 난로가 방을 따뜻하게 유지해 주고 창문을 통해 겨울 햇살이 비치고 있었음에도 불구하고 몸을 오들오들 떨었다. 그는 난파선에서 가져온 금으로 된 회중시계를 집어 들었고, 맥박이 분당 100회 넘게 뛰는 것을 알게 되었다. 그러나 그는 이에 전혀 개의치 않았고, 침대에서 일어나 머리부터 발끝까지 찬물로 씻고, 옷을 입고, 정상적으로 아침식사를 했으며, 어디에서도 몸이 아픈 것 같은 느낌은 들지 않았다. 그러나 적어도 그는 조심해야한다는 경고는 느꼈다. 왜냐하면 긴장과 흥분이 가라앉은 지금 몸이 자본잠식을 인정하고 일종의 파산을 선언할 가능성이 없지는 않았기 때문이다. 때로는 더없이 극심한 긴장도 전혀 예고 없이 극복되며, 혹사당한 몸이 작동을 하는 한 모든 것이 잘 돌아가기도 한다. 하지만 그는 자신의 몸이 잉여 에너지로 견뎌내다가 의지와 긴장이 사라지는 순간 깡그리 무너져 내릴지도 모른다고 생각한다.

―――◆―――

10시쯤 프리드리히는 메리든 시에 있는 친구의 진료상담실에 있었다.

겨울날의 산책은 그를 기분 좋게 했다. 슈미트가 물었다.

"어떻게 잤나? 미신을 믿는 사람들은 낯선 집에서 첫날밤에 꾼 꿈은 이루어진다고 주장하지!"

프리드리히가 말했다.

"난 그런 건 바라지 않아. 내 첫날밤은 아주 형편없었고, 내 머릿속은 뒤죽박죽 얽혀있었지."

그는 자신을 집요하게 배가 침몰하던 순간으로 되돌려놓은 그 고통스런 벨소리에 대한 꿈 이야기를 입 밖에 내지 않았다. 마침내 이 청각적인 환각은 프리드리히의 남모르는 십자가가 되었다. 이따금 그는 그것이 심한 육체적 고통이 자주 일어날 것임을 알리는 일종의 전조증상이 아닐까 두려워했다.

프리드리히는 전날 친구의 아내이자 동료의사인 슈미트 부인을 처음 만났다. 상담실은 이 부부를 찾는 환자들이 함께 쓰는 대기실과 나뉘어 있었다. 슈미트 부인이 다가와 프리드리히에게 인사하고, 남편에게 환자 진찰을 도와달라고 청했다. 환자는 최근에 결혼한, 아직 스물여덟 살이 채 안 된 직장여성이었으며, 그녀의 남편은 메리든에 있는 크리스토펠 공장에서 좋은 지위를 차지하고 있었다. 그녀는 약간의 위장 장애가 있다고 생각했지만 슈미트 부인은 위암을 의심했다.

친구와 부인의 요청에 따라 프리드리히도 환자에게 들어갔고, 웃으며 수술대에 앉아있던 환자는 조금 당황하면서 남자들에게 인사했다. 프리드리히는 유명한 독일 의사로 소개되었고, 옷을 잘 차려입은 멋진 여자환자는 당연한 듯 자신이 초래한 상황에 대해 연거푸 미안하다고 말했다. 그녀는 자신이 단지 위가 조금 손상되었을 뿐인데, 그걸로 의사에게 달려간 걸 남편이 알면 자신을 비웃을 것이라고 말했다.

슈미트 부인은 프리드리히와 페터 슈미트가 확인한 것과 똑같은 진단을 내렸고, 아무것도 모르는, 죽음을 눈앞에 둔 여인은 간단한 수술을 받아야 할 수도 있다는 말을 들었다. 그런 다음 그들은 그녀의 남편에 대해 안부를 물었고, 1년 반 전에 슈미트 부인의 도움으로 태어난 아이의 상태에 대해 물었으며, 그녀가 좋은 기분으로 여러 질문에 대답한 후 그녀를 돌려보냈다. 그녀는 떠났고, 그녀의 남편에게 사실을 알리는 일은 페터 슈미트가 떠맡았다.

그 후 며칠 동안 페터는 친구를 점점 더 의료 활동에 끌어들이게 되었다. 프리드리히는 그 속에서 음울한 매력을 느꼈다. 영원한 고통과 죽음의 세계 한가운데에서 이루어지는 물레방아 돌아가듯 틀에 박힌 이 특이한 진료행위는 표면상 상대적으로 행복해 보인 뉴욕에서의 허위적인 삶과는 아무런 공통점도 없었다. 슈미트 부부는 이런 일을 계속해나갈 수 있을 만큼의 식량과 집을 제공받고 있는 것 외에는 다른 대가 없이 세상을 등진 힘든 봉사를 하고 있었다. 그들은 크리스토펠 공장에서 일을 하며 가까스로 힘들게 살아가는 가난한 이주민 노동자들을 진료해주었다. 의료수가는 극도로 낮았으며, 페터의 성격상 그마저도 받지 않는 경우가 많았다.

프리드리히는 진료실의 승화제와 석탄산 냄새에는 충분히 익숙해져 있었지만, 진료실이 위치한 황량하고 어둠침침한 분위기와 창 밖 거리의 소음이 던져주는 침울한 인상을 떨쳐내기에는 힘이 들었다. 독일에서는 3만 명의 주민이 살고 있는 도시가 죽어 있었다. 반면 2만 5천 명이 사는 이 미국의 도시는 뛰어다니고, 벨소리를 울리고, 덜커덩거리고, 딸랑거리고, 미친 듯이 날뛰고 있었다. 아무도 시간이 없었다. 모든 것이 서로 얽혀 급히 지나갔다. 이곳에서 산다는 것은 일하기 위한 것이었다. 이곳에서 일한다는 것은 궁극적으로 이런 환경에서 벗어나 즐거운 삶을 누리는 시대를 열어줄 힘을 가진 달러를 벌기 위한 것이었다. 대부분의 사람들, 특히 독일과 폴란드의 노동자와 사업가들은 이곳에서 이끌어가야 하는 삶을 임시방편적인 것으로 여겼다. 자신들이 저지른 범죄로 인해 고향으로 돌아가는 길이 막혀버린 사람들의 쓰디쓰게 고통스런 생각이었다. 프리드리히는 친구의 진료대기실에서 그런 비참하게 버림받은 사람들을 만난 적이 있었다.

슈미트 부인은 스위스 태생이었다. 홀바인의 그림에서와 같은 그녀의 전형적인 바젤 여성의 몸에는 섬세하고 곧은 코가 있는 넓은 알레만인의 머리가 달려 있었다. 프리드리히가 친구에게 말했다.

"자네 부인은 자네에게 과분한 사람이네. 그녀는 뒤러* 같은 사람의 아내이거나, 더 나아가 부유한 의회의원 빌리발트 피르크하이머의 아내였으면 더 좋을 뻔했지. 그녀는 고급스런 아마포, 무거운 금란, 비단 예복 등으로 가득 찬 함과 상자를 관리하기 위해 태어났어. 그녀는 열두 개의 다양한 아마포와 비단 이불로 덮인 3미터 높이의 침대 위에서 잠을 자야하고, 시의회가 가장 부유한 사람들에게 허용하는 것보다 두 배는 많은 모자와 모피 옷을 가지고 있어야 할 것 같네. 하지만 그런 것 대신 그녀는 아쉽게도 의학을 공부했고, 자네는 그녀를 불길한 느낌을 주는 가방을 들고 사방으로 뛰어다니게 하고 있구려."

실제로 1주일에 4일 밤을 희생해야 하는 그녀의 과도한 일과 주변 환경의 누추함은 에메렌츠 슈미트 부인을 처참하며 향수병을 앓는 사람으로 만들었다. 그녀는 스위스사람다운 확고한 의무감과 돈벌이에 대한 감각

---

* 르네상스 시기 독일을 대표하는 화가(1471~1528)로 '독일 미술의 아버지', '북유럽의 레오나르도'로 존경받는 인물이며, 특히 자화상과 판화로 유명하다.

을 가지고 있었고, 그것은 부모의 편지에 의해 강화되었다. 이것이 바로 그녀가 우선은 아무런 전망도 없는 확고한 재산을 모으기 전에는 고향으로 돌아가기를 확고부동한 의지로 고집스럽게 거부한 이유였다. 아내가 향수병에 시달리고 야위어가는 것을 본 페터 슈미트가 그녀에게 돌아가자고 제안할 때마다 그녀는 몹시 괴로울 수밖에 없었다.

슈미트 부인은 한 시간 정도 진료를 쉬면서 프리드리히와 자신의 남편과 스위스의 산과 산악여행에 관해 이야기를 나눌 수 있을 때면 생기를 얻었다. 그럴 때면 부부의 곰팡내 나는 진료실이나 작은 개인집에서는 어릴 적 여의사의 요람 가까이에 서있었던 젠티스 산의 멋진 환영이 떠올랐다. 그러면 그들은 셰펠의 소설 『에케하르트』, 천연동굴 빌트키르킬리, 알프스영양 보호구역, 보덴 호수, 고산도시 장크트갈렌에 대해 이야기했다. 여의사는 메리든에서 의사로 있는 것보다는 젠티스 산에서 더러운 마지막 낙농가로 살고 싶다고 말했다.

물론 금발의 프리슬란트인 페터 슈미트는 이러한 상황에 갈등을 겪었지만 그의 특별하고 열정적이며 확신에 찬 이상주의가 흔들릴 정도는 아니었다.

오히려 이렇게 현실적으로 언제나 존재하는 이상주의는 페터 슈미트로 하여금 순간순간의 온갖 어려움을 언제 어디서나 극복할 수 있게 했다. 프리드리히에게는 이러한 상황으로 부인의 상태가 더 악화될 것처럼 보였다. 페터가 인류의 발전보다는 자기 자신의 발전에 더 관심을 갖는 모습을 보기를 그녀가 원해왔다는 것이 그녀의 말을 통해 드러났다. 모든 종교적 믿음을 비난하면서도 세상에서 선의 승리에 대해 페터 슈미트보다 더 강한 믿음을 가진 사람은 없었다. 그는 에덴동산을 배척하는가 하면, 저 피안의 천국을 동화라고 주장하면서도 지구가 천국이 되어 인간이 그 안에서 신성한 존재로 발전할 것이라고 굳게 믿는 사람들 중 하나였다. 프리드리히 역시 유토피아를 지향하는 경향이 있었고, 친구 페터의 성향이 이를 일깨웠다. 프리드리히는 진료를 하거나 스케이트를 타거나 디오게네스의 나무통에서 친구와 이야기를 나누는 동안에는 희망 쪽에 있었지만, 그가 없으면 항상 희망의 반대편에 있었다.

두 친구가 주로 다룬 주제는 카를 마르크스와 다윈이라는 이름으로 특징지어진다. 페터 슈미트의 정신 속에서 이 인물들의 근본적인 경향들에 대한 일종의 조정이나 융합이 이루어졌다. 결국 그럼으로써 약한 자들을 보호하는 기독교-마르크스주의 원칙은 어쩌면 인류의 역사에서 일어난 가장 깊숙한 변혁의 시작을 의미할, 강한 자들을 보호하는 자연의 원칙으로 대체되었다.

처음 1주일 동안 프리드리히는 식사를 제공하는 하숙집에서 늘 점심을 의사 부부와 함께 먹었다. 그러나 그는 언제나 해질 무렵이면 대부분 걸어서 하노버 호숫가에 있는 자신의 디오게네스의 나무통으로 돌아갔다.

그 다음 주에는 친구를 방문하는 횟수가 줄어들었지만 그 이유는 프리드리히 자신도 알지 못했다. 그는 잠을 잘 자지 못했다. 벨소리가 울리는 꿈이 계속하여 그를 괴롭혔다. 깨어 있는 동안에도 그는 전에는 알지 못했던 이상한 두려움에 시달렸다. 그는 실제로 종을 단 썰매가 지나갈 때면 이따금 깜짝 놀라 몸을 떨었다. 그는 고요한 방 안에서 자신의 숨소리를 들을 때면 더 이상 놀라지는 않았지만 여전히 알 수 없는 불안감을 느꼈다. 때때로 그는 추워서 몸을 떨었고, 체온계를 가지고 있었기에 체온이 높이 올라간 것을 여러 번 확인했다. 이 모든 상황이 그를 불안하게 했고, 그는 도처에서 살그머니 작용하는 두려움의 기운을 쫓아내고 떨쳐버리려고 노력했지만 헛된 일이었다. 처음으로 하숙집에 가는 것을 그만두자 그는 방에서 나가기가 싫었고, 식욕을 잃었다. 또 한 번은 계속 이어지는 청명한 겨울날씨에 메리든으로 가던 중 중간쯤에서 돌아서서 간신히 집으로 돌아올 수 있었다. 그러나 프리드리히가 홀로 있는 가운데 겪은 모든 일에 대해서 친구 부부는 아무것도 알지 못했다. 그들은 프리드리히가 지금과 앞으로의 모든 날들을 그의 작은 공간에 머물고 싶어 하는 것을 특이하게 생각하지 않았다.

그러나 그의 삶은 차츰 점점 더 이상해졌다. 세상, 하늘, 풍경, 그가 있는 땅 등 한마디로 사람을 포함해 그의 눈앞에 있는 모든 것이 변해버렸다. 사람들은 자리를 옮겼고, 그들이 하는 일은 멀고 낯선 성격을 띠게 되었다. 프리드리히 자신의 일들도 더 이상 지금까지와 같은 것으로 남아있지 않았다. 그는 일들을 빼앗겼고, 그것들을 당분간 제쳐두었다. 그는 새로운 상황에 처해서도 자신의 궁극적인 목표가 다르지 않다면 나중에 그것들을 다시 찾을 생각이었다.

어느 날 페터 슈미트가 프리드리히의 쪼그라든 존재로 인해 낯설게 느끼며 걱정을 나타내자 프리드리히는 그를 밀어냈다. 그의 친구 역시 그에게 낯선 사람이 되었기 때문이다. 프리드리히는 자신이 숨 쉬고 있는 불안하고 무거운 분위기에 대해 친구에게 아무 말도 하지 않았다. 왜냐하면 이상하게도 그 분위기에는 프리드리히가 누구와도 공유하고 싶지 않은 비밀스러운 매력 같은 것도 들어 있었기 때문이다.

어느 날 저녁 프리드리히는 여느 때처럼 책상 등불 옆에 앉아 있었는데, 누군가가 그의 어깨 너머로 몸을 숙이고 있는 것 같은 느낌이 들었다. 그는 손에 펜을 들고 있었고, 그의 앞에는 원고지들이 뒤죽박죽으로 놓여 있었다. 그는 평소처럼 깊은 생각에 잠겨 몸을 움찔하며 말했다.

"라스무센, 자네 어디 있다 왔는가?"

그런 다음 프리드리히는 돌아섰고, 실제로 로이드보험회사 모자를 쓴 라스무센이 세계일주 항해에서 돌아와 침대 발치에 앉아 책을 읽고 있는 것을 보았다. 그는 손에 체온계를 들고 있었고, 마치 병실침대에 앉아 밤을 새워 독서를 하며 한가한 시간을 보내고 있는 것처럼 보였다.

프리드리히는 고립이 존재의 환상적 성향을 높인다는 사실을 알아차렸다. 자기 외에 두 번째 사람은 없었고, 두 번째 사람이 없기에 첫 번째 사람은 항상 유령과 교류하도록 운명 지어졌다. 프리드리히는 자신의 은거지에서 누군가를 생각하는 것만으로 그 누군가가 실제로 말하고 몸짓을 하는 것을 볼 수 있었다. 그는 자신의 환상이 이렇게 불타오르는 것으로 인해 동요하지는 않았다. 그는 냉철하고 예리한 관찰로 인해 새로운 현상이 나타나고 있다는 것 또한 알아차렸고, 자신의 영적 삶이 새로운 국면에 접어들었음을 깨달았다.

그는 얼마 후 잠자리에 들기 전 현관문의 잠김 상태를 확인하기 위해 1층으로 내려가 덧문이 달린 방의 문을 열게 되었다. 그가 그곳에서 불타는 등불 빛을 안으로 비췄을 때, 몹시 놀랍게도 그는 두 번째의 똑같이 또렷한 환각을 겪었다. 그는 자신이 이 정신병리학 분야에서 이제는 단지 소문에 의지해서만 얘기하지 않을 수 있게 되었다는 것을 확인하고 기뻐했다. 그의 눈앞에는 네 명의 카드놀이꾼이 테이블에 둘러앉아있는 것이 뚜렷하게 보였다. 꽤 거칠고 불그레한 얼굴을 한 남자들은 담배를 피우고 맥주를 마셨으며, 상인계층의 사람들로 보였다. 프리드리히는 갑자기 이해할 수 없는 일과 마주했다. 그는 상표와 병에서 〈롤란트호〉의 작은 바에서 팔던 맥주를 알아본 것이다. 그리고 그들은 그 배에서 잘 알려진 영원한 술꾼이자 카드놀이꾼들이었다. 프리드리히는 이 사람들이 지금 자신의 집 아래층 방에 묵고 있다는 기이한 사실에 고개를 저으며 따뜻하게 덥혀진 자기 방으로 돌아갔다.

혼자서지만 대부분 밖에서 보낸 낮 시간은 지금까지 프리드리히를 건강한 방식으로 현실로 돌려놓았다. 더욱이 자신의 상태에 대한 그의 판단은 전반적으로 건전했다. 이제 그는 자신이 점차 병이 들어가고 있다는 것을 느끼지 못했다. 침대 위에 있는 라스무센과 아래층 방에 있는 카드놀이꾼들을 실제로 존재하는 것들로 바라보는 것이 그에게는 당연하게 여겨졌다.

인디언 전설의 숨결에 둘러싸인 하노버 호수로 작은 강인 퀴니피악이 흘러들어오는데, 어느 날 프리드리히는 스케이트를 타고 내륙으로 그 강줄기를 따라가 본 적이 있었다. 그는 이 여행에서 어떤 그림자와 동행했는데, 그것의 실체가 있다는 것에 대해 의심하지 않았다. 그 그림자는 동료들보다 일찍 세상을 떠난 화부 치켈만의 모습과 같았다. 그것은 죽은 자로서가 아니라 프리드리히의 꿈속에서와 똑같은 모습으로 자신을 드러냈다. 화부의 그림자는 〈롤란트호〉와 함께 다섯 명의 수석화부, 서른여섯 명의 화부, 서른여덟 명의 석탄 작업자가 침몰했다고 말했는데, 이것은 프리드리히에게는 예상을 뛰어넘는 숫자였다. 화부의 그림자는 이어서 프리드리히가 꿈속에서 상륙했던 만과 항구는 다름 아닌 가라앉은 대륙 아틀란티스이며, 해수면 위에 남아있는 이 아틀란티스의 잔해가 바로 아조레스, 마데이라, 카나리아 제도라고 말했다. 프리드리히는 눈 덮인 참호 같은 동굴 앞에 섰을 때 제정신으로 돌아왔다. 그는 그 동굴에서 빛 가꾸는 농부들에게 가는 통로를 진지하게 찾고 있었다.

날이 갈수록, 아니 시간이 지날수록 프리드리히의 정신 상태는 점점 더 기이하고 낯설게 되어갔다. 라스무센은 늘 침대에 앉아 있었고, 상인들은 아래층 방에서 카드놀이를 했다. 외로운 병자 프리드리히는 속삭이며 이리저리 돌아다녔고, 사람들이나 물건들과 대화를 나누었다. 몇 시간 동안 그는 자신이 실제로 어디에 있는지 알지 못했다. 그는 자신이 의사의 작은 집에 있다가 부모님 집으로 돌아와 있다고 생각했다. 그의 말에 의하면 대부분의 시간 동안 그는 미국으로 향하는 급행증기선의 갑판과 일상적인 공간에 있었다. 그는 고개를 저으면서 그 배는 침몰하지 않았다고 말했다.

자정이 지난 후 프리드리히는 침대에서 일어나 거울을 좋아하지 않기 때문에 천으로 덮어놓았던 거울에서 천을 벗겼다. 그는 타고 있는 촛불을 들고 거울 가까이에 몸을 숙여 자신을 바라보았고, 자신의 모습과는 전혀 다른 일그러진 얼굴로 인해 깜짝 놀랐다. 그런 다음 그는 자기 자신과 혼잣말을 나누었다. 그가 말하거나 듣고, 묻거나 대답하는 것은 일부는 혼란스럽고 일부는 명확한 문장들로 되어 있었다. 그것들은 그가 이미 과거에 가장 끔찍하고 심오한 문제 중 하나인 이중인간의 문제를 다루었다는 것을 증명해주고 있었다. 그는 종이에 이렇게 썼다.

'거울은 동물을 인간으로 만들었다. 이 거울 없이는 나와 네가 없고, 나와 너 없이는 생각도 없다. 모든 기본개념은 쌍둥이이다. 아름다운 것과 추한 것, 좋은 것과 나쁜 것, 단단한 것과 부드러운 것. 그리고 슬픔과 기쁨, 증오와 사랑, 소심함과 용기, 농담과 진지함 등.'

거울 속의 모습은 프리드리히에게 이렇게 말했다.

"너는 전체로서만 작용하는 네 존재의 개별적 속성을 구별하고 분리할 수 있기 전에 너 자신을 너와 나로 나누었다. 너는 거울 속의 너 자신을 보기 전까지는 세상의 어떤 것도 볼 수 없을 것이다."

프리드리히는 거울에 비친 자신의 모습과 함께 혼자 있는 것이 잘된 일이라고 생각했다.

'나는 내게 다른 사람들을 나타내주는, 고통스런 수많은 오목거울과 둥근 거울은 필요하지 않아. 이 거울 속에 있는 내가 본래의 상태이고, 다른 사람의 시선과 말에 빠져 왜곡된 모습에서 벗어나 있지. 가장 좋은 것은 침묵을 지키거나 나 자신과, 즉 거울 속에 보이는 나 자신과 말을 주고받는 것이야.'

그는 오랫동안 그렇게 행동했다. 마침내 어느 날 저녁에는 집 근처에 나갔다가 집으로 돌아와서 방문을 열었을 때 생생하게 책상에 앉아 있는 자신을 발견하게 되었다. 프리드리히는 가만히 서서 눈을 비볐다. 그러나 그는 자신의 의자에 앉아 있는 사람을 환영에 불과한 것으로 여겨 날카로운 시선으로 산산조각 내버리려고 했음에도 불구하고 그것은 여전히 그 자리에 앉아있었다. 그러자 그는 지금까지 느껴본 적 없는 이루 말할 수 없는 공포와 동시에 극단적인 증오심에 사로잡혔다. 그는 "네가 나라니"라고 말하며 재빨리 권총을 집어 들어 그 이중인간의 얼굴에 들이댔다. 이중인간도 똑같이 했다! 그리하여 증오와 증오가 대립했을 뿐, 어떤 것도 증오와 사랑으로 마주하지 않았다.

―・――――◆――――・―

어느 날 페터 슈미트는 어떤 중요한 수술에 프리드리히의 도움을 요청했다. 친구이자 동료인 프리드리히가 베른에 있는 코허에게서 이 특별한 수술을 여러 번 지켜보았고, 운 좋게도 몇 번 직접 수술을 한 적도 있다는 것을 알고 있었기 때문이다. 문제의 환자는 마흔다섯 살인 농부이자 양키

였는데, 그에게서는 섬유질성 종양인 섬유지방종을 제거해야했다. 환자의 아들이 프리드리히를 모셔왔다. 프리드리히는 정해진 시간에 무척 창백하지만 겉으로는 침착하게 의사 부부의 진료실로 들어갔다. 분위기는 진지했고, 아무도 프리드리히가 의지력을 발휘하려고 얼마나 많은 애를 쓰고 있는지를, 그리고 그가 이런 일관된 의지력으로 자신을 제어하고 있다는 것을 알지 못했다.

의사들은 논의했고, 페터 슈미트와 그의 아내는 프리드리히가 수술을 수행해주기를 몹시 급하게 원했다. 프리드리히는 머리가 돌 지경이었다. 그는 열이 오르고, 몸을 떨었지만 친구들은 그것을 알아차리지 못했다. 그는 큰 잔으로 와인을 달라고 부탁하고 말없이 수술준비를 하기 시작했다.

슈미트 부인이 나이 든 농부를 데리고 들어왔다. 야무진 남자이자 가장인 아버지는 알몸상태로 수술대에 누워 익숙한 방식으로 철저하게 몸이 씻겼다. 그런 다음 페터 슈미트가 그의 겨드랑이 털을 면도로 제거했다. 셔츠소매를 걸어 올린 채 손과 팔을 끊임없이 씻고 손톱과 손가락을 문질러 닦은 프리드리히는 몽유병자와 같은 평온한 상태가 되었다. 그는 몸을 말린 다음 냉철하고 정확하게 병든 부위를 다시 살펴보았고, 아마도 종양이 이미 너무 넓게 번졌을 수도 있다는 것을 발견했지만 곧장 견고한 손으로 살아있는 살덩이를 파고들었다.

마취는 슈미트 부인이 담당했고, 페터는 수술기구와 거즈를 챙겨주었다. 1층 방의 충분치 못한 조명과 창문 밖 중심가의 혼잡한 교통은 수술하는 사람의 입에서 저주의 말을 내뱉게 했다. 종양은 깊은 곳에 자리하고 있었고, 기대와는 달리 팔의 신경총 안쪽에 있는 큰 신경줄기와 혈관 사이로 퍼져 있었다. 거기에서 해부용 메스를 사용하여 종양을 절제해내야 했다. 그것은 벽이 얇은 대정맥으로 인해 매우 까다롭고 위험한 일이었는데, 대정맥이 조금만 손상되어도 공기를 빨아들여 죽음을 초래하기 때문이었다. 그러나 모든 것이 순조롭게 진행되었고, 움푹 팬 큰 상처 부위는 요오드포름 거즈로 채워졌으며, 45분 후 여전히 의식이 없는 농부는 열아홉 살 아들의 도움을 받아 복도 건너편 병실의 침대에 눕혔다.

이 수술을 마치자마자 프리드리히는 자신을 방문하고 싶어 하는 에바 번스에게 오지 말라는 전보를 보내기 위해 우체국에 가야 한다고 말했다. 잠시 후 그에게도 진료실로 전보가 도착했다. 그는 그것을 열어보고 아무 말도 하지 않은 채 농부의 아들에게 즉시 집으로 태워다 달라고 부탁했다. 그는 친구들과 악수를 나눈 뒤 떠났지만 도착한 전보에 담긴 내용에 대해서는 한마디도 언급하지 않았다.

그가 농부의 아들 옆자리에 앉아 눈 덮인 풍경을 통과해 갈 때, 그것은 페터 슈미트와 함께 달렸던 때와는 완전히 달랐다. 우선 프리드리히가 손수 운전하지 않았고, 그가 오늘 생명을 구해주었을 수도 있는 농부의 젊은 아들이 운전을 했다. 또한 프리드리히는 그 당시 가졌던 자기결정권과 삶의 기쁨을 되찾은 느낌이 전혀 없었다. 여전히 구름 한 점 없는 하늘에서 태양이 눈 덮인 하얀 대지를 비추고 있었지만 프리드리히는 썰매종소리와 함께 깜깜한 어둠 속으로 끌려들어가는 느낌이었다.

젊은 농부는 자신의 옆에 몹시 창백한 얼굴로 유명한 독일인 의사가 앉아있다는 것 외에는 아무 것도 알아채지 못했다. 그러나 프리드리히는 전속력으로 달리는 썰매에서 미치광이가 되어 고함을 지르며 뛰어내리지 않기 위해 수술 할 때와 같은 강한 의지력을 필요로 하지는 않았다. 그는 모피주머니에 구겨 넣은 전보에 대해 알고 있었다. 그러나 그 내용을 기억하려고 할 때마다 마치 똑같은 망치가 계속하여 정신을 잃을 정도로 이마를 때리는 것 같았다.

프리드리히는 한밤중의 어둠 속에서 젊은 농부와 악수를 하며 작별한 후 비틀거리며 집으로 들어갔다. 젊은 농부가 한 몇 마디 감사의 말은 바닷물소리에 묻혀버렸다. 이제 다시 울리는 썰매의 종소리는 흩어져 사라지지 않고, 배가 침몰한 이후 구조된 그의 머리에 굳게 박혔던 그 견딜 수 없는 벨소리로 변했다. 프리드리히는 다락방에 들어서자 자신이 죽어가고 있거나 미쳐가고 있다고 생각했다. 선박의 시계가 나타났다가 다시 사라졌다. 그는 침대를 보고 침대기둥을 붙잡았다. 라스무센이 여전히 온도계를 들고 거기에 앉아 말했다.

"넘어지지 마!"

하지만 이번에는 그가 라스무센이 아니라 무릎에 노란 고양이를 안고 있는, 독일-미국 해상우체국을 운영하던 링크 씨였다. 프리드리히가 소리쳤다.

"여기서 뭘 찾고 있는 거죠, 링크 씨?"

그러나 그는 이미 눈부신 겨울햇빛이 비추는 창가로 갔고, 햇빛은 빛이 아닌, 밤을 낳는 하늘의 구멍과도 같이 칠흑 같은 어둠을 내뿜었다. 게다가 바람이 갑자기 탄식하며 울부짖었고, 문 틈 사이로 조롱하듯 천박한 휘파람소리가 들렸다.

'링크의 고양이가 야옹거리는 소리였나? 아니면 복도에서 아이들이 싸우고 있었나?'

프리드리히는 주위를 더듬었다. 집이 흔들리고 바닥이 떨어져나갔다. 온통 흔들렸다. 벽은 딱딱거리고, 삐걱거리고, 코르크조각처럼 바작바작 소리를 내기 시작했다. 문이 날아올랐다. 프리드리히는 세찬 공기의 압력에 의해 거의 쓰러질 뻔했다. 누군가가 말했다.

"위험해요!"

전기 벨소리가 폭풍우의 목소리와 함께 계속해서 미친 듯이 울려댔다. 그것은 이렇게 말하고 있었다.

"사실이 아니야. 사탄의 속임수였어. 너는 결코 미국 땅에 발을 디디지 않았어. 네 차례가 되었어. 너는 죽을 거야."

그는 구출되고 싶었고, 자신의 물건들을 챙겼다. 그는 모자를 잃어버렸다. 바지, 재킷, 부츠도 찾을 수 없었다. 밖에는 달이 떠 있었다. 맑은 달빛 속에서 폭풍은 격렬하게 날뛰었고, 갑자기 담벼락 같고 수평선처럼 넓은 바다가 바깥 대지 위로 몰려들었다. 바다는 해변을 삼켜버렸다. 프리드리히는 생각했다.

'아틀란티스! 우리의 지구가 옛 아틀란티스처럼 가라앉아야 할 때가 왔구나.'

프리드리히는 집 앞으로 달려 내려갔다. 그는 계단에서 자신의 세 자녀를 끌어안았고, 그제야 비로소 복도에서 울고 있던 사람들이 바로 그 아이들이었다는 것을 깨달았다. 그는 가장 작은 아이를 팔에 안고, 나머지 두 아이는 손을 잡았다. 대문 앞에서 그들은 잿빛 달빛을 받으며 끔찍한 대홍수의 파도가 점점 더 가까이 밀려오는 것을 함께 지켜보았다. 그들은 증기선 한 척이 부서진 채 끔찍하게 요동치고 흔들리며 파도에 휩쓸려가고 있는 것을 보았다. 증기선의 기적소리는 때로는 지속적으로, 때로는 간헐적으로 끔찍스럽게 울부짖었다. 프리드리히는 아이들에게 설명했다.

"저건 폰 케셀 선장이 모는 〈롤란트호〉란다. 나는 저 배를 잘 안단다. 내가 바로 저 호화로운 증기선과 함께 가라앉았으니까!"

그리고 증기선은 여러 군데를 부딪쳐 치명상을 입은 황소처럼 사방에서 피를 쏟아내고 있는 것 같았다. 배의 넓은 측면에서는 이곳저곳에서 폭포처럼 피가 솟구쳐 내렸다. 그리고 프리드리히는 피를 흘리며 싸우고 있는 배에서 총이 발사되는 소리를 들었다. 폭죽들이 달을 향해 발사되어 어두운 밤의 공포 속에서 눈을 부시게 했다.

그리고 이제 그는 자신의 아이들을 하나씩 팔에 안았다가 다시 놓치면서 솟아오르는 파도 앞에서 자신의 목숨을 구하기 위해 뛰기 시작했다. 그는 뛰고, 달리고, 뛰어오르고, 넘어졌다. 그는 자신은 이미 구출이 되었는데 지금 또 다시 죽어야 되느냐고 항의했다. 그는 한 번도 느껴본 적 없는 끔찍한 극도의 두려움에 싸여 저주하고, 달리고, 넘어지고, 다시 일어나 달리고 또 달렸다. 두려움은 파도가 그를 덮치는 순간 기분 좋은 평온함으로 바뀌었다.

―――◆―――

다음날 아침, 약 2주 전에 프리드리히가 이용했던 그 기차를 타고 에바 번스가 메리든에 도착했다. 그녀는 기차에서 내리는 자신을 마중 나와 있겠다고 했던 프리드리히가 보이지 않자 어떻게 된 건지 알아보기 위해 페터 슈미트의 진료실로 갔다. 페터 슈미트는 혼자 있었고, 어제 행한 성공적인 수술에 대해 그녀에게 이야기했다. 그런 다음 그는 프리드리히가 에바 번스에게 오늘의 약속을 취소하려던 바로 그 순간에 받은 전보에 대해 말했다.

번스는 쾌활하게 말했다.

"저는 지금 여기에 왔고, 그렇게 쉽게 돌아가지 않을 것입니다. 저는 교황을 만나지 않고는 로마에 있고 싶지 않습니다."

45분 후 이제 그 특징을 더 잘 알 수 있게 된 혈기왕성한 갈색 말이 끄는 2인승 썰매가 하노버 호숫가에 있는 '톰 아저씨의 오두막' 앞에 도착했다.

페터 슈미트는 에바를 내려주었다. 수술을 받은 늙은 농부는 열이 내렸다. 친구는 프리드리히에게 이 사실을 알리고 싶어 했다.

두 방문객은 조금 당혹스러워하며 계단을 올라가 집의 이상한 상태에 대해 큰 소리로 의견을 주고받으면서 지그려놓기만 한 문을 통해 프리드리히의 다락방으로 들어갔다. 여기서 그들은 그가 수술 후 진료실을 떠날 때와 똑같은 모습으로 모피를 입은 채 의식이 없이 헛소리를 지르며 심각한 병에 걸려 침대에 누워있는 것을 발견했다. 그러나 페터 슈미트는 방바닥에서 전보 한 장을 주워들었고, 에바 번스와 그는 그 내용을 알 권리가 있다고 믿었다. 그들은 읽었다.

"사랑하는 프리드리히에게 예나에서 전함. 앙엘레가 세심한 보살핌을 뒤로 하고 어제 저녁 영원히 잠듦. 어쩔 수 없는 사실을 받아들이고 언제나 널 사랑하는 부모 생각하여 잘 지내기 바람."

―――――◆―――――

프리드리히는 1주일을 생명의 위험 속에서 허우적거렸다. 아마도 파멸의 힘이 그토록 강력하게 그를 휘어잡은 적은 지금껏 없었을 것이다. 1주일 동안 그의 머리와 온 몸은 속속들이 불타고 있는 것 같았고, 그는 자신 속에 있는 모든 것과 함께 소진되어 사라져버릴 것만 같았다. 페터 슈미트가 가능한 한 최선을 다해 세심하게 친구를 처치했고, 슈미트 부인 또한 힘껏 자신의 역할을 다한 것은 당연한 일이었다. 우연히도 그렇게 심각한 순간에 프리드리히의 곁을 찾은 에바 번스는 이제 위험이 모두 가시지 않는 한 그가 누워있는 방에서 떠나지 않기로 그 자리에서 결심했다.

프리드리히가 미쳐 날뛰었다는 것은 뒤죽박죽 내던져진 물건들, 낡은 선박시계의 깨진 유리, 산산조각 난 도자기 등에서 알 수 있었다. 처음 이틀 밤낮 동안 페터 슈미트는 아내가 자신의 일을 대신해주지 못할 때를 빼고는 환자의 침대에서 떠나지 않았다. 고열로 인한 환자의 발작이 반복되었다. 부부가 열을 내리기 위해 조심스럽고 신중하게 가능한 모든 수단을 이용했는데도 열은 점점 더 심해졌고, 3일째에도 여전히 체온은 40도를 넘었다. 그러나 마침내 열은 조금씩 지속적으로 떨어지고 있는 것이 확인되었다.

병에 시달리며 첫 한 주가 지난 후 프리드리히는 처음으로 에바 번스를 알아보고, 그녀가 그 동안 그를 위해 애써주었다는 것을 알아채기 시작했다. 그는 힘들게 미소 지었다. 그는 이불 위에 힘없이 올려놓은 손가락을 움직였다.

둘째 주 끝 무렵인 3월 26일이 되어서야 그는 열에서 해방되었다. 둘째 주 동안에는 그의 상태가 더 이상 생사에 대한 우려를 불러일으키지 않았다. 환자는 말하고, 자고, 생생하게 꿈을 꾸고, 힘없는 목소리로 종종 약간의 유머를 섞어 자신의 마음속에 어떤 놀라운 일이 일어났는지 이야기했다. 그는 자신의 주위사람들을 알아보고, 소원을 말하고, 감사를 표했다. 또한 자신이 수술한 농부에 대해 물었다. 농부가 상처가 빨리 아물었고, 그 착한 시골사람이 벌써 진한 수프를 만들어 먹도록 뿔닭을 가져왔다는 페터 슈미트의 말에 그는 미소를 지었다.

에바 번스는 나무랄 데 없이 집안일을 잘 처리해나갔다. 프리드리히는 그렇게 언제나 지극정성으로 보살핌을 받았는데, 그것은 누구에게나 주어질 수 있는 것은 아니었다. 물론 의사인 페터 슈미트나 슈미트 부인은 고지식하지 않았다. 또한 강한 팔과 조각가의 손을 가진, 누드모델을 만드는 일에 익숙해진 에바 번스도 마찬가지였다.

에바 번스는 페터 슈미트에게 부탁하여 프리드리히의 아버지에게 전보를 보내도록 했고, 아버지는 이제 아들이 건강해졌다는 소식에 안심을 하게 되었다. 그녀는 그가 병이 나기 전에 그의 아버지가 써 보낸 두툼한 편지 속에 앙엘레의 비참한 최후에 대한 자세한 내용이 담겨있다고 생각하여 그것을 반송하고, 프리드리히가 건강하게 잘 지낼 수 있도록 받아서 보관하고 있으라고 아버지께 당부했다. 그녀는 편지를 가지고 있을 경우 어느 날엔가 그것의 존재를 환자에게 알려주고픈 충동에 빠지는 것을 원치 않았던 것이다.

그의 병이 발생한 지 세 번째 주말 아니면 네 번째 주초에 에바 번스는 그의 아버지인 장군으로부터 감사의 편지를 받았다. 그는 어머니와 아버지가 아들에게 전하는 많은 인사말과 함께 훌륭한 페터 슈미트 박사와 그의 아내, 그리고 번스에게 전하는 무척 감동적인 말을 적었다. 그는 그녀에게 불쌍한 앙엘레가 자연사한 것이 아니라고 전했다. 앙엘레는 앓고 있는 질환의 특성 상 요양시설에서 가장 엄격하게 감시받아야 했지만 불행히도 아무리 엄격한 감시를 한다고 해도 언제나 구멍이 뚫리는 순간은 있다는 것이었다.

눈은 녹았고, 프리드리히는 서서히, 아주 서서히 다시 건강한 삶으로 돌아왔다. 그의 마음속에는 온화함이 있었고, 그에게 사랑스러운 경험인 바깥의 자연 속에도 마찬가지였다. 그는 이곳저곳 어디든 소중하다는 느낌이 들었다. 그는 주석으로 된 낡은 선원용 시계가 위에 걸려있는 깨끗한 침대에 누워 안온한 느낌을 받았고, 나아가 새로워지고, 죄를 씻은 것 같았다. 유황구름으로부터 폭풍우가 사방을 깨끗하게 씻어 내리면서 내려왔다가 조용한 소리를 내며 멀리 지평선 너머로 다시는 돌아오지 않을 것처럼 사라졌다. 그 허약한 사람에게는 조용하고 풍부하고 충만한 삶의 향기가 남아있었다.

페터 슈미트가 아픈 사람에게 말했다.

"자네 몸은 강력한 치료와 광적인 발작에 의해 모든 부패한 물질에서 해방되었네."

어느 날 프리드리히가 말했다.

"새들이 노래하지 않으니 아쉽군요."

다락방 창문을 열고 에바 번스가 말했다.

"그래요, 아쉽네요!"

프리드리히는 이어서 말했다.

"당신이 저 바깥 하노버 호수 주변에서는 벌써 푸른 풀잎냄새가 난다고 말했잖아요."

"그게 무슨 뜻이에요? '풀잎냄새가 난다'?"

프리드리히는 웃었다. 그런 다음 그는 조용히 말했다.

"봄이 오고 있어요! 그리고 새의 노래가 없는 봄은 귀머거리 벙어리 봄이지요!"

"그럼 영국으로 가세요. 거기에서는 새들을 체험할 수 있어요!"

프리드리히는 여자 친구의 어조를 흉내 내며 느릿느릿 말했다.

"독일로 가세요, 에바 번스 양!"

―――――◆―――――

프리드리히는 병석에서 일어나야 할 날이 오자 이렇게 말했다.

"나 일어나지 않을 거요! 침대에 누워있는 게 너무 좋은걸요."

실제로 그는 열이 없는 몇 주 동안 상태가 나쁘지 않았다. 사람들은 그에게 책을 가져다주었고, 그의 눈에서 원하는 것이 무언지를 읽었으며, 페터 슈미트나 슈미트 부인이나 에바 번스는 그에게 도움이 된다고 생각되는 한 그 지역의 역사 이야기를 들려주며 그를 즐겁게 했다. 그들은 그의 침대에 현미경을 가져다 놓았다. 그는 무척 진지하게 자신의 몸에 있는 특정한 검체들로 직접 박테리아 검사를 하기 시작했는데, 이것은 많은 우스갯거리를 만들어냈다. 그리하여 질병에 대한 그의 끔찍한 공포는 그에게 매력적인 연구 주제이자 기분 좋은 오락을 만들어주었다.

아침 일찍 담요로 몸을 잘 감싼 채 안락의자에 앉아 있던 프리드리히는 처음으로 아버지와 어머니로부터 편지가 오지 않았는지 알고 싶어 했다. 그러자 에바 번스는 그를 기쁘게 하고 편안하게 해줄 수 있는 얘기를 해주었다. 그녀는 그의 창백한 입술에서 나오는 말을 듣고 깜짝 놀랐다.

"나는 불쌍한 앙엘레가 스스로 목숨을 끊었다고 확신합니다! 나는 겪어야 할 고통을 겪을 만큼 겪었으니 이제 내게 자비를 베풀 것으로 느껴지는 손길을 뿌리치지 않을 것입니다."

프리드리히는 에바의 눈을 보고 그녀가 자신의 말을 이해하지 못했다고 생각하고는 덧붙여 말했다.

"내가 하고 싶은 말은, 이 모든 것에도 불구하고 나는 다시 믿음을 가지고 새로운 삶을 향해 걸어가겠다는 것입니다."

어느 날 에바 번스는 세계 곳곳에서 만났던 남자들에 대해 이야기했다. 실망스러웠다는 조용한 불평의 말도 나왔다. 그녀는 1년 후 영국으로 가서 어딘가의 마을에서 소외된 아이들의 교육에 헌신하겠다고 말했다. 그녀는 조각가로서의 직업이 마음에 들지 않는다고 말했다. 그러자 회복기 환자가 장난기 어린 미소를 지으며 터놓고 말했다.

"어떨지 모르지만 에바 양, 좀 다루기 힘든 다 큰 아이를 교육시키고 싶지는 않으세요?"

페터 슈미트와 에바 번스는 잉이게르트 할슈트룀에 대해서는 말하지 않기로 합의했다.

"이것은 누구를 가리키는 걸까요?"

어느 날 프리드리히는 이렇게 말하며 에바 양에게 연필로 휘갈겨 쓴 짧은 시가 담긴 쪽지를 건네주었다.

실이 뽑혔나요? 아니오!
우리는 냉정하고 작고 혼자였지요!
우리는 더 높은 존재 속으로 들어갔나요?
사도 베드로가 열쇠를 주지 않았어요!
나는 성찬이 차려진 작은 집을 보고
신성한 손을 내밀었지만
불행하게도 빵도 포도주도 찾지 못했지요!
모든 것이 예사롭지 않게 빛났지만
그것은 흔한 속임수이자 환상이었지요.

에바 번스는 프리드리히가 아직도 그 어린 무용수를 잊지 못하고 있다는 것을 알아차리고는 조금 마음이 흔들렸다. 프리드리히는 또 어느 땐가는 이렇게 말했다.

"나는 의사가 되기에 적합하지 않습니다. 나는 나를 슬프고 심지어 우울하게 만드는 직업을 유지함으로써 사람들을 희생시킬 수는 없습니다. 내 상상력은 걷잡을 수 없기에 나는 작가가 될 수도 있을 테지요! 하지만 나는 앓고 있는 동안, 특히 셋째 주 무렵에는 피디아스와 미켈란젤로의 모든 작품을 다시 한 번 구상해보았습니다. 나는 조각가가 되기로 결심했습니다.

하지만 사랑하는 에바, 내 말을 오해하지는 말아요! 나는 더 이상 욕심이 없습니다! 나는 그저 예술의 모든 위대함을 사랑할 뿐이며, 소박하고 충실한 일꾼이 되고 싶습니다. 나는 시간이 지남에 따라 벌거벗은 인간의 몸을 능숙하게 다룸으로써 좋은 예술작품을 만들어 낼 수 있을 것이라 생각합니다."

이에 대해 에바 번스 양은 이렇게 말했다.

"아시다시피 나는 당신의 재능을 믿어요."

프리드리히는 계속해서 말했다.

"에바 양, 어떻게 생각하는지요? 가난한 내 아내의 재산은 내 세 아이의 교육에 쓸 약 5천 마르크 상당의 연금이 될 것입니다. 나는 조금은 여유가 있는 어머니의 재산으로 매년 3천 마르크를 지원 받습니다. 그걸로 플로렌스 같은 곳에 있는, 작업실이 딸린 작은 집에서 우리 다섯 명이 평화롭게 살아갈 수 있지 않을까요?"

에바 번스는 이 무거운 질문에 진심어린 웃음으로만 대답했다.

프리드리히는 말했다.

"나는 보니파치우스 리터가 되고 싶지는 않습니다. 예술품을 대량으로 제작할 수 있는 거대한 오두막집은 아무리 훌륭하다 해도 내 성격에 맞지 않습니다. 내가 원하는 건 창문을 열면 겨울에는 제비꽃을 볼 수 있고, 계절마다 참나무, 주목, 월계수의 가지를 꺾을 수 있는 정원이 딸린 작업공간입니다. 그곳에서 나는 세상으로부터 숨겨져 있는 일반적인 예술과 교육을 조용히 숭배하며 살고 싶습니다. 에바 번스 양, 그때는 내 정원 울타리 안에서 도금양도 자라겠지요."

에바는 아무 말도 하지 않고 웃었다. 그녀는 지극히 건전한 마음으로 프리드리히의 계획에 전적으로 동의했다. 그녀는 말했다.

"의사이자 행동하는 사람으로 태어난 사람들이 꽤 많이 이 분야에 뛰어들어요."

그녀는 리터에 대해 동정하면서 말했다. 그녀는 리터가 상위 4백 명이 사는 지역에 무리 없이 진입한 것을 기본적으로는 좋게 보고 있었다. 그녀는 믿음, 쾌락, 야망은 삶이 필요로 하는 것이며, 그럴 때 삶은 어느 정도 활기찬 열정을 내보이며 그것들을 향해 달려가고 싶어 한다고 말했다. 에바 번스는 아버지가 막대한 재산 대부분을 잃기 전에는 부모님 집에서 영국의 상류층 생활을 충분히 경험했는데, 그것이 공허하고 지루함으로 가득 차 있다는 것을 느꼈다고 말했다.

프리드리히가 부축을 받지 않은 채 천천히 계단을 오르고, 서고, 다시 걸을 수 있게 되자 에바 번스는 중단했던 작업을 5월 중순까지 마무리하기 위해 뉴욕으로 돌아갔다. 그녀는 5월 중순에 재산권 문제로 영국으로 가야 했기 때문에 함부르크-미국 노선의 대형 증기선인 〈아우구스트 빅토리아호〉의 선실좌석을 예약했다. 프리드리히 폰 카마허는 그녀를 놓아주었다. 그는 평생 그녀 같은 친구를 갖고 싶으며, 에바가 앙엘레의 아이들에게 엄마가 되어주었으면 좋겠다고 혼잣말을 했다.

하지만 그는 그녀를 놓아주고 더는 붙잡지 않았다.

―――◆―――

프리드리히는 회복되었다. 회복되자 그는 10년은 넘게 아팠던 것처럼 여겨졌다. 그의 몸에 관해 말하자면, 그것은 더 이상 변형과정에 있지는 않았지만 젊고 새로운 세포로 만들어지고 있었다. 정신의 영역에서도 같은 일이 일어나고 있는 것 같았다. 이전에 그를 억압하고 괴롭혔던 마음의 부담과 살면서 수많은 난파선 주위를 불안하게 맴돌던 생각들은 더 이상 존재하지 않았다. 그는 정말로 사라져버린 것처럼, 바람과 날씨에 찢기고 가시와 칼에 찔려 구멍 난 낡은 망토인 양 과거를 내던져버렸다. 그가 병에 걸리기 전 눈앞의 현실이 환상으로 치장되어 원치 않게 몰려들었던 추억들은 이제 사라졌다. 그리고 프리드리히는 놀라워하고 만족해하면서 그것들이 멀리 지평선 아래로 영원히 가라앉았다는 것을 깨달았다. 그의 삶의 여정은 그를 완전히 새로운 영역으로 이끌고 갔다. 그는 불과 물에 의한 무시무시한 단련과정을 통해 젊게 정화되었다. 회복 중인 사람들은 대부분 과거가 없는 어린아이처럼 주어진 새로운 삶 속으로 터벅터벅 걸어 들어간다.

미국의 봄은 일찍 찾아왔다. 겨울에서 거의 곧장 여름으로 넘어가는 지역에서처럼 날씨가 더워졌다. 황소개구리들이 다른 미국 개구리들의 밝고 맑은 종소리와 경쟁을 벌이며 웅덩이와 연못에서 개굴개굴 울었다. 이제 그 위도 지역에서는 견디기 어려운, 슈미트 부인이 그토록 두려워하는 습한 더위가 시작되었다. 더구나 그녀가 힘든 일을 계속해야만 했던 그 여름은 그녀에게 쓰라린 고통의 시간이었다. 프리드리히는 다시 페터 슈미트의 의사로서의 직업상의 일을 돕기 시작했고, 때로는 두 친구가 함께 좀 더 넓은 지역을 돌아다니기도 했다. 그러면서 오랫동안 즐겨 해 온 습관에 따라 여러 문제들이 논의되고, 인간의 운명이 다루어진 것은 당연한 일이었다. 프리드리히는 토론을 하면서 친구가 의아해할 정도로 공격에서도 방어에서도 이전의 민첩성을 보여주지 못했다. 어떤 기분 좋은 평온함이 온갖 일상적인 소망, 온갖 일상적인 두려움을 잠재웠다. 그리하여 페터는 친구에게 물었다.

"어떻게 된 거야?"

프리드리히는 이렇게 대답했다.

"나는 이제 그저 단순하고 맛있는 숨을 쉴 충분한 자격이 있다고 생각하고, 그것의 가치 또한 인정할 수 있네. 나는 우선 보고, 냄새 맡고, 맛보고, 나에게 존재의 권리를 부여해주고 싶네. 이카루스의 비행* 따위는 내 지금의 상태로는 아무런 가치도 없네. 따라서 피상적인 것에 대한 새롭게 깨어난 애틋한 사랑을 품고 있는 나에게서 이제 자네는 더 이상 깊은 곳을 힘들게 뚫고 들어가려고 하는 이전의 내 모습을 발견하기 어려울 걸세."

프리드리히는 웃으면서 이어서 말했다.

"이 친구야, 나는 이제 부르주아이고, 지금 당장 배가 부르네,"

페터 슈미트는 그의 주치의로서 만족감을 나타냈다. 그는 말했다.

"앞으로 자네는 틀림없이 다시 달라질 것이네!"

페터 슈미트에게는 인디언족의 낭만이 상당 부분 남아 있었다. 그는 최초의 백인 식민지개척자들과 인디언들 사이의 전투에서 비롯된 전설적인 사건들이 얽혀있는 구릉지역의 특정 지점을 찾아가는 것을 좋아했다. 그는 오랫동안 그러한 곳들에 머물면서 모피 사냥꾼들의 모험과 정착민들의 격렬한 투쟁을 마음속으로 경험했고, 자주 권총을 꺼내 전사가 된 기분으로 임의의 목표물을 정해 사격 연습을 했다. 그 프리슬란트인은 총을 잘 쏘았고, 프리드리히는 그를 따라갈 수 없었다. 프리드리히가 말했다.

"자네의 몸속에는 오래된 독일 모험가의 피와 식민지개척자의 피가 흐르고 있네. 우리에게서와 같은 완성되고, 너무 익고, 너무 정제된 문화는

---

* 그리스신화에 나오는 명 발명가 다이달로스의 아들이다. 아버지와 함께 감옥에 갇히게 되지만 아버지가 새의 깃털을 모아 밀랍을 입혀 만든 날개를 달고 탈옥한다. 하늘을 나는 맛에 취한 그는 태양에 너무 가까이 가지 말라는 아버지의 경고를 무시하고 더 높이 올라갔다가 밀랍날개가 모조리 녹아버려 추락사한다. 여기서는 평범함과는 동떨어진 지나치게 별난 행동이나 사고를 뜻한다.

사실 자네에게는 어울리지 않네. 자네는 거친 황무지와 그 위에 떠도는 환상적 세계를 가져야만 하네."

페터 슈미트는 말했다.

"세상은 아직 황무지 그 이상이 아니네. 철학이 세상을 세우는 데 함께 하기까지는 시간이 좀 걸릴 것이네. 간단히 말해서, 우리는 아직 할 일이 많네, 프리드리히!"

프리드리히가 대답했다.

"나는 주 하느님처럼 진흙으로 인간들의 몸을 빚어 만들고, 그들에게 살아있는 숨결을 불어넣을 것이네!"

그러자 페터가 외쳤다.

"아니 이런, 그런 인형을 만드는 것은 전혀 쓸데없는 일이네. 자네가 그렇게 말하니 정말 너무 유감스럽네! 사랑하는 친구여, 자네는 보루를 지키고 있고, 전장의 최전선에 속해 있네."

프리드리히는 웃으며 말했다.

"나는 앞으로 몇 년 동안 휴전상태로 살아가려고 하네. 나는 세상이 제공할 수 있는 것으로 살아가려고 노력할 것이네. 앞으로는 꿈과 성찰을 될 수 있으면 최대한 멀리하려고 하네."

프리드리히는 친구와 그의 아내를 위해 친구를 독일로 돌아가도록 하는 것이 자신의 의무라고 생각했다. 그는 말했다.

"페터, 미국인들은 자네 같은 사람을 필요로 하지 않네. 자네는 특히 받은 의약품을 추천하지도 못하고, 퀴닌으로 1주일 만에 치료할 수 있는 가난한 노동자를 7주 동안 변변치 못한 알약을 투여하며 젖을 짜는 암소처럼 병상에 묶어두지도 못하잖아. 자네는 이곳에 사는 표준적인 미국인의 고귀함을 이루는 어떤 특성도 지니고 있지 않네. 자네는 항상 불쌍한 모든 개들을 위해 자신을 희생할 준비가 되어 있기 때문에 미국적인 의미에서는 지독히도 어리석은 작자야. 다행히도 정신의 고귀함이자 신념의 고귀함이 여전히 다른 어떤 고귀함과도 동등하게 인정되는 나라로 자네는 돌아가야만 하네. 학문과 예술이 더 이상 나라의 번영을 나타내지 않을 경우 몰락하고 끝장난 것으로 간주될 그런 나라로 말이야. 게다가 자네가 아니라도 이곳에는 괴테의 언어와 어머니들이 가르쳐준 언어를 하루 빨리 잊으려고 애쓰는 독일인들이 충분히 있네. 자네 아내를 구해주게! 자네 자신을 구하게! 독일로 가게! 스위스로 가게! 프랑스로 가게! 영국으로 가게! 자네가 원하는 어디로든! 하지만 예술, 학문, 진정한 문화가 아직 전혀 어울리지 않는 이 거대한 무역 회사에는 남아있지 말게."

그러나 페터 슈미트는 흔들렸다. 그는 미국을 사랑했고, 인디언 방식으로 땅에 귀를 댈 때면 인류의 전반적 쇄신이 이루어지는 미래의 위대한 날을 위해 땅 밑에서 울리는 축제음악을 곧잘 들을 수 있었다. 그는 말했다.

"먼저 우리는 모두 미국화가 되어야 하고, 그런 다음 새로운 유럽인이 되어야 하네."

프리드리히가 좋아하는 산책로 중 하나는 메리든의 교외로 나 있었는데, 그곳에는 포도농사를 짓는 이탈리아인들이 거주하고 있었다. 거기에서는 그들이 따사로운 목소리로 노래하는 소리가 들렸고, 그들의 아내들이 익숙한 음정으로 아이들을 부르는 소리를 들을 수 있었으며, 햇볕에 그을린 남자들이 포도덩굴을 묶는 것을 볼 수 있었고, 일요일이면 그들의 웃음소리가 들려왔고, 놀이터의 다져진 진흙 위에서는 공굴리기놀이에 사용되는 공들이 굴러가며 둔탁하게 서로 부딪치는 소리가 들렸다. 이 소리, 이 울림은 프리드리히에게 고향과도 같이 한없이 친숙한 것이었다. 프리드리히는 말했다.

"나를 때려죽여봐! 그래도 나는 유럽인이고, 유럽인으로 남을 거야."

프리드리히의 갈망은 점점 더 강한 양상을 띠었다. 그의 열정과 고국에 대한 찬양을 통해 그는 친구들을 이 갈망의 그물 속으로 점점 더 끌어들였다. 페터 슈미트는 어느 날 갑자기 이렇게 말했다.

"자네는 정말로 유럽에 대한 열정으로 나를 약하게 만들었네. 그러나 이제 부탁하는데, 자네가 한번 나와 함께 가서 내가 보여주는 무언가를 보고 나서 그래도 여전히 내게 고향으로 돌아가라고 충고해 주고 싶은지 말해주기 바라네."

그리고 페터는 친구를 교회 묘지로 데리고 가 그의 아버지가 묻혀있는 언덕으로 갔다. 프리드리히는 유럽에서 그 용감한 사람을 알고 있었고, 나중에는 그가 고향에서 멀리 떨어진 곳에서 죽었다는 것을 알게 되었지만 그곳이 어디인지는 잊었다. 페터 슈미트는 말했다.

"나는 전혀 감상적인 사람은 아니지만 이런 것과 헤어지는 것은 언제나 어렵네."

그리고 그는 어느 공장의 감독관이었으며, 불안정하며 진취적인 정신과 자유로운 미국에 대한 열정으로 낯선 땅으로 내몰린 늙은 슈미트의 인생사를 죽 들려주었다. 프리드리히가 말했다.

"나는 이런 한 명의 죽은 사람이 천 명의 살아있는 사람들보다 낯선 땅 전체를 더 많이 고향처럼 친숙하게 만들 수 있다는 것을 인정하네. 하지만… 하지만…"

며칠 후에는 슈미트 부인의 마음속에서도 고향에 대한 완강한 저항이 스르르 녹아내렸다. 이제 이 여인에게서는 놀랄 만큼 새로운 삶이 시작되었다. 그녀의 피곤함은 잊혀졌다. 그녀의 행동은 활기차고 날렵해졌으며, 그녀는 열정적인 희망을 품고 미래의 계획을 세워나가기 시작했다. 수술을 받고 치유된 농부는 감사의 마음으로 프리드리히를 뒤따랐다. 그는 자신을 구해준 프리드리히에게 어떻게 하여 자신이 늘 하느님의 손에 의지해왔고 의지할 수 있는지를 털어놓았다. 그는 이번에도 하느님은 적절한 때에 적절한 사람을 자신에게 보내주셨다고 말했다. 그리하여 프리드리히는 이제 자신에게 이상하고 끔찍한 여행을 하도록 한 좀 더 깊은 이유를 알게 되었다.

프리드리히는 신문을 들여다보는 것을 피했는데, 신문을 통해 바다여행을 함께 했던 동료들에 대한 소식을 알게 되는 것을 병적으로 싫어했기 때문이다. 어느 날 잉이게르트 할슈트룀이 더 이상 청년의 모습을 보이지 않는 남자를 동반하고 보스턴에서 오는 열차에서 내렸다. 그녀는 동반자와 함께 페터 슈미트의 사무실로 가서 자신을 소개하고 프리드리히 폰 카마허가 아직 메리든에 있는지 알고 싶어 했다. 그러나 진실에서 벗어날 수 없어 어디서나 진실을 말하는 것이 몸에 뱀으로써 살아가는 데 지장을 받아온 페터 슈미트와 그의 부인이 이번에는 엄청난 거짓말을 했다. 그들은 그 여인에게 프리드리히가 뉴욕에서 화이트 스타 라인의 대형 여객선 〈로버트 키츠호〉를 타고 집으로 돌아갔다고 설명했다. 그 여인은 그 말을 듣고 별로 슬퍼하지 않았다.

프리드리히는 아무에게도 말하지 않고 번스와 마찬가지로 5월 중순에 승선할 〈오거스트 빅토리아호〉의 좌석을 예약했다. 그러나 페터 슈미트와 그의 부인은 더 느리고 값이 싼 증기선을 타고 바다를 건너갈 생각이었다. 그들은 모두 벌써부터 몹시 기분 좋은 초조함 속에 살아갔고, 바다는 그들의 그리움으로 인해 다시 작은 연못이 되었다. 당시 미국의 모든 극장에서는 어느 재단사의 공방에서 만들어진 '바다 건너편의 손'이라는 제목의 감상적인 작품이 공연되었다. '바다 건너편의 손'은 모든 건물 울타리,

모든 광고용 석회 통과 시멘트 통에서 읽을 수 있었다. 프리드리히는 그것을 흥얼거렸고, '바다 건너편의 손'이라는 문구를 볼 때마다 마음속에서 아름답고 풍부한 음악이 울려나왔다.

그러나 아직 프리드리히를 불안하게 하는 무언가가 있었다. 한 가지 깊은 생각이 계속 그를 괴롭혔다. 그는 그 생각을 말로 표현할지 편지로 쓸지 고심했다. 그가 하루에도 열 번은 말로 할까 편지로 쓸까 정하지 못하고 흔들리던 중 어느 일요일에 메리든으로 여행 온 윌리 스나이더스와 에바 번스가 눈앞에 나타남으로써 그를 구해줄 우연한 기회가 찾아왔다. 이제 프리드리히의 깊은 생각에서 계속하여 중요한 역할을 해온 것은 "무슨 일이 있어도 해야 하나?"이거나 "무슨 일이 있어도 하지 말아야 하나?"라는 것이 밝혀졌다. 그런데 가벼운 여름옷을 입은 아름답고 사랑스런 여자 에바가 그를 향해 웃으며 다가왔을 때 그 질문은 그의 마음속에서 답이 내려졌다. 그는 즐거운 마음으로 외쳤다.

"윌리, 원하는 건 뭐든지 하게. 어디든 원하는 곳에 머물고, 하고 싶고 할 수 있는 건 뭐든지 마음껏 즐기게. 우리 그럼 호텔에서 저녁식사 때 다시 만나세!"

그렇게 말하면서 그는 에바의 손을 잡고 그녀의 팔을 자신의 팔로 끌어당긴 다음 웃고 있는 여인과 함께 떠났다. 무척 당황한 윌리는 큰 소리로 웃으며 자신이 홀로 남아있다는 것을 흥미로운 방식으로 알렸다.

프리드리히와 에바가 저녁에 메리든 호텔의 멋진 식당에 들어서자 모두가 알아차릴 수 있는 미묘한 매력과 섬세하고 친밀한 따사로움이 그들 위를 맴돌아 두 사람을 더 젊고 우아하게 만들어주었다. 두 사람은 갑자기 새로운 요소, 새로운 삶이 몸속으로 파고들고 있음을 느끼면서 스스로도 깜짝 놀랐다. 두 사람은 자신들이 그렇게 되어가고 있었음에도 불구하고 바로 전까지도 그것을 알아차리지 못해왔다. 그들은 이날 저녁 샴페인을 터뜨렸다.

그로부터 1주일 후 뉴욕의 예술가단체가 에바 번스와 프리드리히를 〈오거스트 빅토리아호〉에 데려다주었고, 몇 차례 환송의 외침이 터졌다. 마지막으로 윌리가 떠나는 사람들에게 큰 소리로 외쳤다.

"저도 곧 뒤따라가겠습니다!"

그런 다음 증기선은 출발했다.

프리드리히와 에바에게는 바다 위에서의 하루하루가 일요일의 연속이었다. 사흘째 되던 날 저녁 무렵, 프리드리히가 〈롤란트호〉에서 구조된 승객이라는 것을 모르고 있던 선장이 이렇게 말했다.

"모든 계측에 따르면 여기 이 바다에서 대형 증기여객선 〈롤란트호〉가 침몰했습니다."

바다는 잔잔했고, 한없이 청명한 제2의 하늘과 같았으며, 돌고래들이 빙빙 돌며 뛰놀고 있었다.

그리고 저녁에 이어 찾아든 멋진 밤은 묘하게도 에바와 프리드리히의 신혼 첫날밤이 되었다. 두 사람은 행복한 꿈을 꾸며 공포의 장소인 〈롤란트호〉의 무덤 위를 지나갔다.

프리드리히의 부모와 아이들은 쿡스하펜 부두에서 두 남녀를 기다리고 있었다. 그러나 프리드리히의 눈에는 오직 자신의 아이들만 보였다. 그는 한동안 세 아이를 끌어안고 있었다. 아이들은 마구 재잘거리고, 웃으며 몸을 흔들어댔다.

재회의 한없는 기쁨에서 잠시 숨을 돌릴 수 있게 되자 프리드리히는 무릎을 굽히고 두 손으로 땅을 짚었다. 그는 에바의 눈을 들여다보았다. 그런 다음 일어나서 오른손 검지로 조용히 하라는 신호를 했고, 근처의 끝없이 펼쳐진 밭에서는 수천 마리의 종달새들이 지저귀는 소리가 들렸다. 그는 말했다.

"여기가 바로 독일이오! 여기가 바로 유럽이오! 이 시간 이후에는 우리가 비록 죽는다 해도 아무 상관없지요."

이제 프리드리히의 아버지는 보낸 사람의 이름이 뒷면에 적힌 편지를 프리드리히에게 건네주었다. 보낸 사람은 죽은 라스무센의 아버지였다. '아, 감사의 편지로군!'이라고 프리드리히는 생각했다. 그래서 그는 아무 관심도 없이 그것을 가슴 주머니에 넣었다. 그는 친구의 죽은 날짜와 시간을 언젠가 꿈에서 알게 된 그것과 비교해볼 생각은 전혀 없었다.

지나가던 선장이 프리드리히에게 인사했다. 프리드리히는 삶을 향한 용기에 넘쳐 말했다.

"내가 정말로 구조된 사람들 중 한 사람이라는 걸, 정말로 〈롤란트호〉에서 구조된 사람들 중 한 사람이라는 걸 아십니까?"

선장은 놀라면서 말했다.

"아, 그래요!"

그리고 그는 계속 걸어가면서 덧붙였다.

"예, 예, 우리는 변함없이 늘 바로 그 바다를 건너다니지요! 안녕히 가세요, 박사님."

게르하르트 하우프트만의 삶과 문학

　게르하르트 하우프트만(Gerhart Hauptmann)은 1862년 11월 15일 독일 슐레지엔의 오버잘츠브룬(현재는 폴란드 영토)에서 태어난 소설가이자 극작가이다. 막내인 하우프트만은 위로 두 명의 형과 누나 한 명이 있었다. 흥미롭게도 하우프트만의 작은형은 큰형수의 여동생과, 하우프트만은 또 다른 여동생과 결혼함으로써 삼형제가 한 집안의 세 자매와 결혼했다.

　어린 시절 하우프트만은 동네에서 이야기꾼으로 알려져 있었다. 1868년부터 마을학교에 다녔고, 적성시험에 간신히 통과하여 1874년부터 브레슬라우에 있는 중등학교에 다녔다. 하우프트만은 대도시 브레슬라우의 새로운 환경에 적응하는 데 어려움을 겪었다. 그는 작은형 카를과 함께 처음에는 낡은 학생기숙사에서 지내다가 어느 목사의 숙소로 옮겼다. 군국주의 프로이센의 영향을 받은 엄격한 학교생활은 그에게 어려움을 주었다. 특히 교사들의 엄격함과 귀족 친구들에 대한 편애가 그를 괴롭혔다. 게다가 잦은 질병으로 결석하는 날이 많았던 그는 첫 학년을 유급해야 했다. 그는 유토피아적 구상을 펼치는 '청년동맹'에 가입했다. 빌헬름 황제 체제의 제약과 편견에서 벗어나 적나라한 문화와 사랑의 자유가 있는 새로운 사회 질서가 수립되어야 한다는 것이었다. 시간이 지나면서 그는 대도시 생활 덕분에 극장을 방문할 기회를 얻게 된 것을 다행으로 여겼다.

1878년 봄 하우프트만은 중등학교를 중퇴하고 삼촌 구스타프 슈베르트의 사유지에서 농업 견습생이 되었다. 허약한 신체로 농사일을 감당할 수 없었던 그는 1년 반 후 견습생활을 중단해야 했다. 폐질환에 걸린 그는 그 후 20년 동안 여러 차례 목숨을 위협 당하게 된다.

하우프트만은 1880년 10월 브레슬라우에 있는 왕립 예술무역학교의 조각 반에 입학했다. 여기서 그는 평생 동안 깊은 우정을 나누었던 요제프 블록을 만났다. '불량한 행동과 노력 부족'을 이유로 낙제하여 조기 재입학에서 배제된 그는 1882년 학교를 떠났다. 그는 큰형 게오르크와 상인의 딸 아델레 티네만과의 결혼식을 위해 '사랑의 봄'이라는 작은 축제극을 써서 결혼식 전날 저녁에 첫 공연을 했다. 결혼식장에서 그는 신부의 여동생 마리 티네만을 만난다. 그리고 비밀리에 그녀와 약혼을 한다. 마리 티네만은 그가 대학에서 공부하도록 재정적 지원을 해주었고, 그는 1882/83년 겨울학기에 예나대학교에서 철학과 문학사를 공부할 수 있게 되었다. 그러나 여기서도 그는 곧 학업을 중단한다.

그는 마리의 여행비 지원을 받아 작은형 카를과 함께 지중해로 여행을 떠나 조각가로서 로마에 정착하기로 결심한다. 그러나 실물보다 더 큰 게르만 전사의 점토 조각상이 무너져 내리는 실수로 로마에 발판을 마련하려는 그의 시도는 실패했다. 하우프트만은 실망한 채 독일로 돌아와 드레스덴의 왕립 아카데미에서 그림을 공부하기 시작하지만 끝내지 못했고, 이후에도 베를린대학교에서의 역사 공부 역시 도중에 포기했다. 그는 공부보다는 연극에 관심을 쏟았다.

하우프트만은 마침내 1885년 5월 5일 드레스덴의 요하네스 교회에서 마리 티네만과 결혼식을 올렸다. 7월에 그는 작은형 카를과 그의 아내 마르타(마리의 또 다른 자매로 1884년 결혼)와 함께 뤼겐 섬으로 신혼여행을 떠났다. 그들은 히덴제 섬을 처음으로 방문했고, 그곳은 나중에 하우프트만이 즐겨 찾는 여행지가 되었다. 도시 생활로 인해 하우프트만의 폐에 문제가 생기자 그와 아내는 이후 4년 동안 에르크너에서 전원주택에 살았다. 그곳에서 세 아들이 태어났다. 1889년 하우프트만은 베를린 근교 샬롯텐부르크로 이사했다. 그곳에서 그는 카를 블라이프트로이와 빌헬름 뵐셰 등이 속한 자연주의문학단체 '두르히'와 교류했다.

1888년 오순절에 취리히에 머무는 동안 그는 노벨레 『성도』(1890)의 모델이 된 자연주의 성직자 요하네스 구트차이트를 만났다. 구트차이트와 정신과 의사이며 뇌 연구자이자 알코올 반대자인 아우구스테 포렐의 영향으로 하우프트만은 한동안 생활개혁가이자 금주주의자가 되었다. 이런 테마는 드라마 『해 뜨기 전』(1889)에서 로트라는 인물에 담겼고, 그는 극작가로서 획기적인 발전을 이루었다. 이 자연주의 작품을 둘러싼 논란은 그의 이름을 베를린을 넘어 널리 알리는 계기가 되었다.

1891년 하우프트만은 슐레지엔 리젠 산악의 슈라이버하우에서 작은 형 카를과 함께 집을 구입하여 이사했다. 현재 이 집은 히르쉬베르크에 있는 리젠 산악박물관의 분관이 되어 있다. 여기에는 현대 폴란드 미술작품이 전시되어 있으며, 하우프트만 형제를 기념하는 작은 전시회가 열린다.

드라마 『평화의 축제』(1890), 『외로운 사람들』(1891), 『해리모피』(1893)와 함께 『동료 크람프톤』(1891)과 같은 희극도 나왔다. 하우프트만은 대부분을 슈라이버하우에서 쓴 드라마 『직조공들』(1892)에서 1844년 슐레지아 직조공들의 봉기를 다루었다. 이 드라마에서 공식화한 그의 사회비판은 대대적인 논쟁을 불러일으켰다.

1893년 하우프트만은 여배우 마르가레테 마르샬크와 연인 사이가 된다. 상심한 아내 마리는 아들들을 데리고 1894년 1월 여객선 〈비스마르크호)를 타고 미국으로 떠났다. 파리에서 『한넬레의 승천』의 프랑스 초연을 준비하고 있던 하우프트만은 곧장 아내를 따라 미국으로 건너가 1894년 5월에 돌아왔다. 화해한 듯 보였던 그들은 수년간의 별거 끝에 결국 1904년 7월 이혼했다. 그리고 같은 해 하우프트만은 마르가레테 마르샬크와 결혼하여 아들을 낳게 된다. 이혼 후에도 마리는 1899년 하우프트만이 지은 드레스덴의 빌라에서 1909년까지 살았다. 마르가레테 마르샬크와의 두 번째 결혼은 하우프트만이 죽는 날까지 유지되지만 1905년 하우프트만이 열여섯 살 여배우 이다 오를로프를 사랑하게 됨으로써 심각한 위기를 맞기도 했다. 1908년에는 오를로프와의 사이에서 훗날 작가이자 비평가이며 편집자가 된 하인리히 자터가 태어났다.

　1912년 12월 10일 하우프트만은 스웨덴 한림원이 시상식에서 언급한 대로 "무엇보다 극작 분야에서의 풍부하고 다재다능하며 탁월한 활동"으로 노벨 문학상을 수상했다. 테오도르 몸젠(1902), 루돌프 오이켄(1908), 파울 하이제(1910)에 이어 하우프트만은 노벨 문학상을 수상한 네 번째 독일인이 되었다. 앞서 수상한 선배작가들이 노년에 평생의 업적을 인정받아 노벨상을 수상했던 것과는 달리 하우프트만은 상을 받을 당시 창작활동의 절정기에 있었다.

　하우프트만은 1918년 11월 16일 〈베를리너 타게블라트〉 신문에 게재된, 수많은 지식인이 서명한 선언에 참여하여 바이마르공화국에 대한 연대를 표명했다. 1921년 하우프트만은 제국 대통령 출마를 고려하고 있다는 소문을 부인했지만 총리직을 제안 받았다. 이듬해에 그는 독일제국의 독수리방패훈장을 수상한 첫 번째 인물이 되었다. 당시 그의 작품에 대한 수요가 줄어들었기 때문에 그는 생계를 유지하기 위해 영화 각색과 연재소설을 썼다. 하지만 그는 큰 인기를 누렸고, 해외에서는 탁월한 독일문학의 대표자로 여겨졌다. 1932년 그는 미국으로 강연 여행을 떠났다. 그는 컬럼비아대학교에서 명예박사 학위를 받았다. 그는 또 프랑크푸르트 암 마인에서 괴테상을 수상했다.

하우프트만은 1926년부터 1943년까지 여름 동안에는 늘 히덴제의 수도원에서 가족과 함께 지냈다.

아돌프 히틀러의 국가사회주의자들이 권력을 장악한 후, 하우프트만은 1933년 3월 16일 프로이센 예술아카데미의 충성선언문에 서명했다. 같은 해 여름 그는 국가사회주의노동당(NSDAP)에 당원 가입신청을 했지만 지역 당사무실에서 그의 신청을 거부했다. 그는 이 무렵 히틀러의 저서 『나의 투쟁』에 대해 비평, 발언, 메모, 설명 등을 통해 긍정적인 입장을 표명했다.

하우프트만은 당원은 아니었지만 분명히 히틀러에게서 나오는 매력을 인정하고 수용했다. 그는 1942년에 히틀러를 "독일인의 운명을 이끄는 별"이라고 공개적으로 추켜세웠다. 그는 전쟁이 막바지 국면에 접어든 1945년 1월에서야 히틀러를 "시대의 종말론적 악마"로 깎아내렸다. 따라서 나치체제에 대한 그의 입장은 양립적 가치를 특징으로 한다.

하우프트만은 대중으로부터 높은 평가를 받았고, 이것이 바로 국가사회주의자들이 수많은 동료작가들을 추방하면서도 그를 잡아두고 자신들의 목적을 위해 이용하려고 했던 이유였다. 그러나 국가사회주의와 하우프트만 사이에는 분명히 거리가 있었다. 제국 홍보장관 괴벨스도 하우프트만의 영향에 대해 주목했다. 괴벨스는 흑인 여성이 등장한다는 이유로 『공원의 사격』의 출판을 금지했다. 『해리모피』와 『해 뜨기 전』의 영화화도 금지 당했다. 그럼에도 불구하고 하우프트만의 80번째 생일 기념식과 축하행사 및 공연에는 나치정권의 대표자들이 참여했다.

1944년에는 4년간의 집필 끝에 후기 대표작인 『아트리드 4부작』이 출판되었다. 여기에는 '델피의 이피게니', '아우리스의 이피게니', '아가멤논의 죽음', '엘렉트라'가 담겨있다. 1944년 8월 아돌프 히틀러는 그를 신이 은총을 내린 인명록에 포함시켰을 뿐만 아니라 누구와도 대체할 수 없는 예술가 특별목록에 가장 중요한 6인의 작가 중 한 사람으로 포함시켰다.

1945년 2월 13일 드레스덴 공습 당시 하우프트만과 아내 마르가레테는 심각한 폐렴으로 인해 바흐비츠 지역(당시 도시 외곽)에 있는 바이드너 요양원에 머물고 있었다. 그는 전쟁의 지옥에 대해 이렇게 말했다.

"우는 법을 잊어버린 사람은 드레스덴의 몰락에서 다시 배울 것입니다. … 나는 인생의 출구에 서서 이런 경험을 하지 못한 채 죽은 내 영적 동료들을 모두 부러워합니다."

전쟁 후 슐레지엔은 폴란드의 통치를 받게 되었다. 하우프트만은 허가를 받아 잠정적으로 그곳에 계속 체류할 수 있게 되었다. 그러나 정확히 1년 후 1946년 4월 7일, 폴란드 정부는 모든 독일인의 추방을 결정했다. 하지만 하우프트만은 기관지염에 걸려 1946년 6월 6일 자택에서 사망했기 때문에 추방을 면했다. 그의 마지막 말은 "내가 아직 내 집에 있나요?"였다고 한다. 유언장에 명시된 그의 뜻과는 달리 하우프트만은 고국 독일에 묻힐 수 없었다. 하우프트만의 시신은 아연 관에 안치되어 그의 집 서재에 보관되었다. 시신의 안전한 이송을 위한 특별열차의 출발 승인에는 오랜 시간이 걸렸다. 마침내 하우프트만의 시신은 죽은 지 52일 만인 7월 28일 아침, 해가 뜨기 전에 히덴제 섬의 수도원 묘지에 묻혔다. 그의 미망인은 리젠 산악의 흙과 동해의 모래를 섞어 묘지에 뿌렸다. 히덴제의 게르하르트-하우프트만-하우스는 오늘날에도 원래 상태로 보존되어 가이드 투어와 강의에 이용되고 있다.

게르하르트 하우프트만 연보

1862년 슐레지엔 오버 잘츠브룬에서 어머니 마리와 아버지 로베르트 하우프트만 사이에서 출생.
1878년 실업학교 중퇴 후 삼촌 구스타프 슈베르트의 농장에서 농업 수련.
1880년 브레슬라우에 있는 왕립예술공예학교의 조각과정에 입학.
1881년 상인의 딸 마리 티네만과 약혼.
1882/83년 예나대학교에서 철학과 문학 연구 시작.
1883년 지중해 여행을 한 후 로마에서 조각가로 활동.
1884년 드레스덴 왕립아카데미에서 삽화 공부.
1885년 5월 5일 마리 티네만과 결혼한 후 세 아들을 낳음.
1887년 중편소설 『선로지기 틸』 발표.
1889년 10월 베를린 '자유극단(Freie Bühne)'에서 『해뜨기 전』 초연.
1892년 희곡 『직조공들』을 발표하여 선풍적 관심을 불러일으킴.
1893년 희곡 『해리의 모피』와 『한넬레의 승천』 초연.
1894년 아내 마리와 미국 여행 후 별거 시작.
1896년 빈에서 첫 그릴파르처상 수상.
1901년 아그네텐도르프로 이사하여 평생 거주함.

1904년 아내 마리와 이혼하고 마르가레테 마르샬크와 결혼하여 아들 한 명을 둠.
1906년 피셔 출판사에서 전집이 6권으로 출판됨.
1911년 베를린 레싱 극장에서 『쥐들』 초연.
1912년 노벨 문학상 수상.
1913년 장편소설 『아틀란티스』가 영화로 제작되어 상영됨.
1918년 11월 많은 지식인과 예술가가 서명한 하우프트만 선언문이 '베를리너 타게블라트' 신문에 게재되어 예술가들의 1차 대전 후 재건 참여 의지를 표명.
1922년 브레슬라우에서 게르하르트 하우프트만 축제 개최.
1924년 빈 미술 아카데미 명예회원이 됨,
1926년 연극 『도로테아 앙어만』 초연.
1928년 프로이센 예술 아카데미(시 부문) 입학.
1932년 미국 순회강연 하고 컬럼비아대학에서 명예박사학위 받음.
1937년 자서전 『내 청춘의 모험』 첫 출간.
1940~1944 아트리드 4부작 창작.
1946년 아그네텐도르프에서 기관지염으로 사망.